EL ORLOJ DE BOSTON

La serie El Orloj: Vol. 5

Erasmus Cromwell-Smith II

ISBN: 979-8-9996225-8-7
Editor: Elisa Arraiz Lucca
Diseño de portada y diseño interior: Elisa Arraiz Lucca.
Primera edición.
Impreso en EE. UU.
erasmuscromwellsmith.com

Books written by the author

In English,

As Erasmus Cromwell-Smith II:

- The Equilibrist series,
(Inspirational/Philosophical)
- The Happiness Triangle (Vol. 1)
- Geniality (Vol. 2)
- The Magic in Life (Vol. 3)
- Poetry in Equilibrium
- The Equilibrist (Trilogy)

(Young Adults)

-The Orloj of Prague (Vol. 1)
-The Orloj of Venice (Vol. 2)
-The Orloj of Paris (Vol. 3)
-The Orloj of London (Vol. 4)
-The Orloj of Boston (Vol. 5)
-Poetry in Balance

As Erasmus Cromwell-Smith II
The South Beach Conversational Method

(Educational)
-Spanish
-German
-French
-Italian
-Portuguese

The Nicolas Tosh Series,
(Sci-fi)

- Algorithm-323
- Algorithm-325
- Algorithm-326

As Nelson Hamel (*)
The Paradise Island Series,
(Action Thriller)
-Miami Beach, Dangerous Liaisons
The Rebel Hackers Series,
(Sci-fi)
-The Rebel Hackers of Point Breeze
-The Rebel Hackers of the Glacial Dawn
-Threshold of Embodiment

(*) in collaboration with Charles Sibley.
All titles are or will be available in audio book

En Español,

Como Erasmus Cromwell-Smith II:

-La serie del Equilibrista,
(Inspiracional/Filosófico)
- El triángulo de la felicidad (Vol. 1)
- Genialidad (Vol. 2)
- La magia de la vida (Vol. 3)
- Poesía en equilibrio
- El Equilibrista (La serie completa)

(Jóvenes Adultos)

-El Orloj de Praga (Vol. 1)
-El Orloj de Venecia (Vol. 2)
-El Orloj de Paris (Vol. 3)
-El Orloj de Londres (Vol. 4)
-El Orloj de Boston (Vol. 5).
-Poesía en Balance

Como Erasmus Cromwell-Smith II
El Método Conversacional South Beach

(Educacional)
-Inglés
-Alemán
-Francés
-Italiano
-Portugués

La serie de Nicolás Tosh,
(Ciencia ficción)

- Algoritmo -323
- Algoritmo-325
- Algoritmo-326

Como Nelsón Hamel (*)
La serie de la isla paraíso
(Acción Suspenso)
-Miami Beach, Relaciones peligrosas
La Serie de los Hackers Rebeldes,
(Ciencia Ficción)
-Los Hackers Rebeldes de Point Breeze
-Los Hackers rebeldes del amanecer glacial
- Umbral de la encarnación

Índice

Previamente en la saga de El Orloj — 9

Nota del autor: Acogiendo el viaje — 11

Prólogo I: Destellos de Sedona, Ecos de Boston — 13

Prólogo II: Boston Common, amanecer (2034) — 19

Introducción — 23

Capítulo 1: Del Vigilante silencioso de Cedar Rapids a la maravilla astronómica del Zytglogge de Berna — **El triunfo de la humildad** — 31

Capítulo 2: Tras la librería ambulante de Tetragor — 45

Capítulo 3: Los Relojes de Engle y Stará Bystrica — Rompiendo el dominio del estancamiento — 77

Capítulo 4: El reloj de la Old State House — El triunfo de la innovación — 117

Capítulo 5: Progreso silencioso — Guía del mentor — 147

Capítulo 6: El reloj de Thomas Jefferson en Monticello y el Horologium de Lund — La linterna de la indagación — 167

Capítulo 7: El reloj de Old North Church — Cuando las preguntas vencen — 193

Capítulo 8: Los relojes de Wanamaker y Rostock — El triunfo de la compasión — 219

Capítulo 9: El reto de Rostock — La prueba final de la compasión — 247

Capítulo 10: Reflexión en Concord — Las semillas de la sinergia — 281

Capítulo 11: El Orloj de Sedona y el planetario de Eise Eisinga — La justicia prevalece — 301

Capítulo 12: Los relojes de Rittenhouse y Jens Olsen — El triunfo de la justicia — 323

Capítulo 13: Del reloj de Independence Hall al reloj astronómico de Gdańsk — La prueba de la fortaleza — 361

Capítulo 14: El Gran Reloj Histórico de América   381
y el reloj de Ulm — El fuego de la fortaleza
Capítulo 15: Los relojes de Willard y Zimmer —   427
El ajuste de cuentas de la reflexión
Capítulo 16: Los relojes de Long Now y de la catedral   447
de Wells — El triunfo de la generosidad
Capítulo 17: El Planetario de Adler y el reloj astronómico   469
de Münster — La balanza de la justicia
Capítulo 18: Los relojes de Salisbury y Estrasburgo —   489
La llama del valor
Capítulo 19: Los relojes de Greenwich y Mesina —   505
El triunfo de la perseverancia
Capítulo 20: La Gran Prueba Final — La llama eterna   523
de la unidad
Capítulo 21: Confrontación final —   541
La victoria cósmica de la unidad

Epílogo   565
Nota del autor: Una ventana al viaje   569
Índice de relojes astronómicos   571
Glosario   577

Poemas y fábulas

- Capítulo 2: El erudito que rechazó la corona
- Capítulo 2: La montaña, el espejo y la semilla
- Capítulo 4: El lago y el arroyo
- Capítulo 4: Los soñadores forjan el mundo
- Capítulo 7: El búho y el bosque velado
- Capítulo 7: La linterna de la indagación
- Capítulo 9: El gorrión y el valle de piedra
- Capítulo 9: El sudario de la indiferencia
- Capítulo 12: El árbol de los ecos: una fábula de injusticia y esperanza
- Capítulo 12: El lago de los reflejos justos
- Capítulo 13: El diapasón y la sombra
- Capítulo 13: La nota de la mano firme
- Capítulo 14: El cuervo y el acantilado hecho añicos
- Capítulo 14: La llama de la determinación
- Capítulo 15: El consejo de los espejos
- Capítulo 16: El pozo que se compartía
- Capítulo 17: Voces divididas
- Capítulo 17: Las dos facciones
- Capítulo 18: El guardián azotado por la tormenta
- Capítulo 19: El faro azotado por el viento
- Capítulo 20: El tejido celestial
- Capítulo 21: El ocaso de la fractura, el amanecer del Uno

Previamente en la saga de El Orloj

La **saga del Orloj** sigue a seis jóvenes magos en una búsqueda por restaurar **relojes astronómicos mágicos** ("Orlojs") alrededor del mundo. En cada parada se enfrentan a engañosas ilusiones—vicios y temores—y deben invocar **verdaderas virtudes** para disiparlas.

A lo largo de **cuatro veranos consecutivos**, seis amigos descubrieron que las grandes ciudades del mundo esconden **relojes astronómicos vivientes**—Orlojs—que inician una cuenta regresiva de **24 horas** y los ponen a prueba con ilusiones nacidas de los vicios humanos. Guiados por excéntricos "**anticuarios**", acosados por un **goblin oscuro**, y fortalecidos por **fábulas** que enseñan la acción correcta, el grupo avanza de rango cada año: de **Aprendices** a **Jóvenes Magos**, luego **Magos Maestros**, y finalmente **Magos Orloj** — mediante la práctica de virtudes que disuelven las ilusiones.

Su travesía hasta ahora ha abarcado **cuatro ciudades legendarias**:

Praga (12 años) — *El Orloj despierta.* Bajo el Vltava y hasta Hradčany, los seis aprenden **humildad, generosidad y compasión** para dominar **orgullo, envidia y avaricia**, ganando sus primeras insignias como **Aprendices**.

Venecia (13 años) — *Bajo el reloj de San Marcos*, se enfrentan a **traición** y **resentimiento** con **honestidad, lealtad y perdón**, cruzando un "puente interminable" hacia San Giorgio Maggiore y ascendiendo como **Jóvenes Magos**.

París (14 años) — *Un Orloj oculto en Notre Dame* y una surrealista **doble Torre Eiffel** los obliga a elegir **respeto, tolerancia y entrega desinteresada** sobre **arrogancia, indiferencia y voluntaria sordera**, graduándose como **Magos Maestros**.

Londres (15 años) — *Un Orloj invisible tras el Big Ben* culmina en seis pruebas en la **Torre de Londres**. Al encarnar **humildad, generosidad, compasión, orgullo, envidia y avaricia**, vencen ilusiones desesperantes y se convierten en **Magos Orloj**.

Cada prueba de la ciudad profundiza la anterior: los mentores reaparecen con nuevos disfraces, el antagonista se vuelve más astuto, y cada virtud aprendida se convierte en la llave para la siguiente puerta. *Este volumen —**El Orloj de Boston**— se sostiene por sí solo* para los nuevos lectores, mientras que los lectores que regresan escucharán el eco de esos relojes anteriores en cada elección que los personajes toman ahora.

Nota del autor: Acogiendo el viaje

Una lección del huerto

Mucho antes de ser escritor, a los quince años, deambulé por un viejo huerto al anochecer, el aire cargado con el aroma de manzanas maduras y la luz del sol filtrándose entre hojas susurrantes. Mi corazón estaba ensombrecido por dudas sobre mi camino. Un amigo de la familia, al percibir mi tormento, compartió una suave verdad: la humildad y el coraje pueden arraigar cualquier sueño en suelo fértil. Ese momento —bañado en cálida luz y brisas susurrantes— dio origen a la saga Orloj, una historia de jóvenes magos que confrontan ilusiones para descubrir sabiduría, unidad y su yo más auténtico.

"La humildad y el coraje: el suelo donde los sueños echan raíz."

Esa sencilla lección del huerto se convirtió en el plano de la serie. Cada nueva ciudad ponía a prueba a los jóvenes magos con ilusiones de vicio, disipadas solo al descubrir las virtudes correspondientes.

El Orloj de Boston desafía la maestría de los jóvenes magos en una tierra nueva —una donde falsos espejismos amenazan con desentrañar la realidad misma. El Orloj oculto de Boston, grabado en calles adoquinadas y rincones históricos, exige que sus flamantes poderes se empleen con integridad. Guiados por mentores que hacen eco de la sabiduría del huerto, estos amigos enfrentan batallas cósmicas bajo la vieja casa de adunas (Custom House Tower) de Boston, demostrando que la unidad y la empatía triunfan sobre la división. Querido lector, mientras deambulas por los senderos encantados de Boston, que perdure esta lección del huerto: las ilusiones pueden ocultar el camino, pero el coraje y la conexión iluminan el corazón. Que el tañido del Orloj despierte la maravilla y guíe tu propio viaje a través de estas páginas.

Prólogo I

Destellos de Sedona, Ecos de Boston

Sedona — Verano de 2059: Ascua antes del relato

Los riscos de arenisca roja de Sedona ardían bajo el sol de Arizona, sus vibrantes tonos cambiando con cada sutil juego de luz. El aire del desierto tenía un misticismo silencioso, su quietud puntuada solo por la ocasional brisa susurrante y el lejano trino de un chochín del cañón. En medio de esta serena grandeza, el profesor Erasmus Cromwell-Smith II y su inquebrantable compañera, Lynn Tabernaki, deambulaban por un antiguo sendero, absorbiendo la profunda paz que emanaba de esa tierra sagrada. La introspección del verano anterior en Escocia había guiado suavemente a Erasmus de vuelta a un ritmo de reflexión. Los recuerdos se arremolinaban en su mente: las lecciones de Praga sobre ver a través de las ilusiones, la claridad de Venecia en medio de la fantasía, el llamado de París a la unidad, y la prueba de Londres que los elevó más allá de Magos Maestros. Comprendió que el relato de Boston podía sostenerse por sí solo —una aventura que cualquiera podría comenzar de nuevo— incluso mientras recompensaba a quienes habían viajado con él por Praga, Venecia, París y Londres. Sin embargo, ese año, rodeado de los altivos pináculos y las vastas panorámicas de Sedona, el profesor sintió un impulso particular de revivir recuerdos más antiguos y profundos: un viaje a la ciudad donde nació, Boston, donde según rumores una amenaza de Goblin Oscuro había latido bajo sus calles coloniales.

Esa noche, acurrucados en la terraza de su refugio de adobe con vistas a Oak Creek Canyon, Erasmus observó brasas elevarse de una chisporroteante chimenea. Lynn se sentó cerca, las gafas de lectura puestas mientras lo observaba pensativamente, reconociendo la quietud contemplativa que de nuevo se posaba sobre él.

—¿Otra travesía hacia la memoria? —preguntó ella en voz baja, dejando a un lado su taza de té.

Erasmus sonrió con gentileza, sus ojos reflejando llamas distantes.

—En efecto.

La palabra flotó entre ellos, cargada de un peso no expresado.

Lynn inclinó la cabeza.

—Ya has compartido tanto: Praga, Venecia, París, Londres. Pero Boston… nunca has explorado realmente esa ciudad conmigo.

Erasmus hizo una pausa, dejando que el silencio se extendiera antes de responder con cuidado:

—Boston fue única, —comenzó con delicadeza. —Fue… más personal. La ciudad donde nací, la de mi inocencia infantil y la que albergaba ilusiones que calaron más hondo que cualquiera que hubiésemos encontrado antes. Rumores de una presencia maligna —que llegamos a llamar el Goblin Oscuro— lo ensombrecían todo allí.

Con la curiosidad encendida, Lynn se inclinó hacia adelante, sus ojos centelleando de interés.

—¿Relojes ocultos otra vez? ¿Un Orloj oculto a ojos de los mortales?

—No solo oculto, —respondió Erasmus suavemente, con la mirada distante. —El Orloj de Boston estaba enterrado bajo la propia historia, entrelazado con mito y verdad, custodiado por mentores que conocían nuestras vulnerabilidades íntimamente. Una magia profunda, tanto hermosa como peligrosa, despertó nuevas habilidades en nosotros, poderes que pusieron a prueba no solo nuestra destreza sino también nuestra integridad, cada don tan desafiante como extraordinario.

—¿Y esos poderes, —preguntó Lynn con dulzura, intuyendo una complejidad mayor, —acarreaban riesgos?

—Significativos, —confirmó Erasmus sobriamente. Su voz cobró firmeza, con tono de profesor. —El mal uso de la Invisibilidad, por ejemplo, amenazaba con volver a uno de nosotros permanentemente translúcido, mientras que la Lectura Mental arriesgaba violar la confianza entre nosotros.

Lynn lo miró reflexiva, con la comprensión profundizando en su mirada.

—¿Cómo manejaron habilidades tan potentes sin perderse ustedes mismos?

Erasmus contempló las llamas, reflexionando en silencio.

—Confiamos en los Anticuarios que se convirtieron en nuestros mentores —guardianes sabios que nos guiaron a través de lecciones morales estructuradas. Nos enseñaron virtudes como la humildad, la integridad y la unidad, cada lección cuidadosamente entretejida en desafíos vinculados a relojes históricos como el Zytgloggede Berna o el reloj astronómico de Stará Bystrica. Esos encuentros fueron más que entrenamiento mágico; pusieron a prueba nuestras almas y fortalecieron nuestro carácter.

Lynn se acercó más, cautivada.

—¿Y las señales visuales, el atuendo Arlequín cambiante? ¿Los guiaba con fiabilidad?

—Con fiabilidad, aunque misteriosamente, —sonrió él, sus ojos brillando ante el recuerdo. —Nuestra ropa se transformaba sutilmente para advertirnos siempre que nos desviábamos de nuestra misión o cuando acechaba el peligro. Era un recordatorio constante de si seguíamos alineados con las verdades más profundas que buscábamos.

El silencio cayó suavemente entre ellos de nuevo, la noche del desierto envolviéndolos en su cálido abrazo. Cuando Erasmus habló nuevamente, su voz sonó baja y reflexiva.

—Nuestras mayores pruebas llegaron cuando nuestros poderes nos fallaron dentro de espacios sagrados como el Orloj oculto mismo, o en túneles conectados a él. Allí, despojados de magia, tuvimos que depender únicamente de la sabiduría impartida por nuestros mentores. Enfrentamos ilusiones forjadas no por hechizos, sino por nuestros propios miedos y vulnerabilidades.

Lynn tomó la mano de Erasmus y le dio un apretón alentador.

—Eso debe haber requerido un valor inmenso.

—Requirió más que valor, —admitió Erasmus en voz baja, con los ojos centelleando. —Exigió confianza, confianza entre nosotros, en nuestros mentores y, en última instancia, en nosotros mismos.

Las estrellas centelleaban sobre sus cabezas mientras la noche se profundizaba y el fuego se reducía a brasas incandescentes. Erasmus inhaló profundamente, el aire fresco del desierto dándole calma.

—Espíritus mentores también se nos aparecieron de vez en cuando, brindando guía emocional y moral. Repitieron lecciones que una vez le enseñaron a mi padre, Erasmus Sr. Uno de esos guías —el Sr. M.— había sido mentor de mi padre décadas atrás y su espíritu nos vigiló en Boston cuando más lo necesitamos. Cada espíritu era una voz del pasado guiándonos hacia adelante, recordándonos la sabiduría que mi padre valoraba profundamente. Él a menudo me decía que la humildad y el coraje, plantados como semillas en el corazón, pueden crecer hasta la grandeza. —Erasmus sonrió al recordarlo, —una lección atemporal que nos mantuvo con los pies en la tierra en momentos de duda.

Lynn sonrió cálidamente, su voz llena de suave admiración.

—Enfrentaron desafíos increíbles, Erasmus.

Él asintió lentamente, sus ojos reflexivos pero resueltos.

—Y cada desafío profundizó nuestra comprensión de quiénes éramos… y de quiénes necesitábamos llegar a ser.

Se quedaron sentados en silencio después de eso, con la tranquilidad del desierto acomodándose plácidamente a su alrededor, cada uno perdido en pensamientos del pasado y el presente. Finalmente, Erasmus se puso de pie y le ofreció a Lynn su mano para ayudarla a levantarse.

—Es hora de que comparta por completo este relato, —dijo suavemente, con una nota de determinación en la voz. —La historia de Boston ha esperado pacientemente, pero ahora debe ser contada.

Lynn se incorporó a su lado, mirándolo a los ojos con confianza.

—Entonces, contémosla juntos.

La noche desértica se profundizó a su alrededor, el antiguo silencio de Sedona portando la promesa tácita de historias aún por compartir.

Para cuando el primer frío del otoño tocó los acantilados rojos de Sedona, Erasmus sintió el familiar tirón de la nostalgia —y la disposición para regresar al Instituto.

Unos días después, cuando el silencio del desierto dio paso al suave zumbido del Hyperloop, Erasmus abordó una cápsula de tránsito en San Francisco. Durante el viaje, se encontró reflexionando sobre las leyendas susurradas de Boston: el Orloj oculto, el misterioso Goblin Oscuro que agitaba las cámaras más antiguas de la ciudad. Sus labios se curvaron en una débil sonrisa de complicidad mientras enviaba un mensaje rápido a Lynn: *En camino.*

Su respuesta bromista le hizo soltar una risita: *Por supuesto. No llegues tarde esta vez.* Él llegó, como era de esperarse, siete minutos retrasado.

Instituto Central — Otoño de 2059

El Hyperloop vibraba suavemente bajo el profesor Erasmus Cromwell-Smith II mientras lo conducía hacia su peregrinaje académico anual. Vestido con un traje de tweed verde esmeralda oscuro, sintió crecer su anticipación cuando la silueta familiar del Instituto Central apareció ante él.

Con la tranquilidad de Sedona aún resonando en su corazón, Erasmus pisó el bullicioso campus. Cientos de estudiantes y decenas de participantes virtuales ya se habían reunido con entusiasmo en el gran auditorio.

—¡Bienvenidos de nuevo! —los saludó con calidez, sus ojos centelleantes mientras la audiencia estallaba en un aplauso entusiasta.

—¡Qué gusto verlo de nuevo, profesor! —llegó un coro familiar desde las primeras filas.

Erasmus sostuvo sus miradas y con calidez en su voz:

—Hoy, queridos amigos, pasamos a otra página del libro de mi pasado mágico, una muy cercana a mi corazón, profundamente personal. Permítanme llevarlos de vuelta al verano de 2034. —Sonrió mientras un silencio se apoderaba de la sala. —Yo tenía dieciséis años, y mis amigos y yo viajamos a Boston, una ciudad sin ningún reloj astronómico famoso, pero que guardaba secretos que nos desafiaron más profundamente de lo que jamás anticipamos. Los susurros de un esquivo **Goblin Oscuro** flotaban allí también. En esa magia oculta, encontramos grandes triunfos… y enfrentamos nuestros mayores defectos.

Hizo una pausa deliberada, asegurándose de tener cada ojo y cada oído atentos.

—Una vez más, la poesía y la antigua sabiduría fueron nuestras guías. Las ilusiones nos aguardaban, las virtudes nos llamaban y verdades ocultas se revelaron en cada giro. Juntos, desvelaríamos el Orloj invisible de Boston.

Bajando la voz, Erasmus se inclinó hacia las filas de estudiantes y añadió en un susurro conspirativo:

—Así que acompáñenme, mis queridos amigos, mientras recorremos las calles de Boston y destapamos sus secretos mejor guardados.

El auditorio poco a poco quedó en silencio, los últimos murmullos desvaneciéndose en una expectante quietud. Erasmus inhaló lentamente, saboreando el momento de conexión, y comenzó su relato.

Y así, en el otoño de 2059, Erasmus se situó bajo las luces del auditorio para finalmente contar en voz alta la historia de Boston.

Prólogo II

Boston Common, amanecer (2034)

Boston ocultaba un Orloj antiguo, distinto a cualquiera que los jóvenes magos hubiesen encontrado antes, ligado al pasado más profundo de la ciudad y custodiado por sutiles y siniestras ilusiones tejidas por el **Goblin Oscuro**. Las pruebas que les aguardaban aquí pondrían a prueba no solo su magia, sino su carácter, exigiendo sabiduría, humildad y confianza mucho más que cualquier habilidad arcana.

Justo antes del amanecer, Boston yacía envuelta en un silencio cargado de expectación, como si la propia ciudad se preparase para una revelación oculta. Finos jirones de niebla se alzaban desde el río Charles, dibujando pálidos patrones alrededor de los venerables puentes de piedra y los muros gastados de Harvard Yard. Bajo esa quietud, un murmullo subterráneo de magia vibraba —un movimiento invisible que insinuaba secretos más profundos a punto de surgir a la superficie.

En lo alto de Beacon Hill, donde dignas casas de ladrillo recibían el primer resplandor de la mañana, el Sr. M. se materializó como una figura salida de un sueño casi olvidado. Su media capa espectral aleteaba con una brisa invisible, sus ojos silenciosamente luminosos con serena comprensión. Guardián de antiguos Orlojs y uno de los mentores del propio Erasmus Sr., el Sr. M. ahora velaba por ellos con una vigilancia constante. Alzando una mano enguantada hacia las oscuras agujas recortadas contra el cielo que clareaba, habló con una voz que se fundió armoniosamente con el susurro de las hojas:

—Ya vienen, —murmuró, como si hablara a la ciudad misma. —El equilibrio los guiará a través de peligros viejos y nuevos. Coraje, mis queridos, coraje, ante todo.

Un sutil escalofrío onduló por el aire del amanecer. La figura del Sr. M. centelleó, como una imagen reflejada en agua turbulenta. En ese fugaz momento, hilos de luz prismática revelaron el vínculo intangible que compartía con un linaje más antiguo de mentores —los mismos guías que una vez impartieron sabiduría al Erasmus Sr. y que ahora, a través de él, nos resguardaban. Luego, tan suavemente como el alba venidera, el Sr. M. se disolvió en retorcidos rastros de luz, dejando solo un susurro de magia en la brisa.

Desde algún lugar en lo profundo de las aún dormidas calles de la ciudad llegó un eco distante —una risa hueca y apagada que reverberó desde la oscuridad de callejones y viejos cementerios. Agitó la baja bruma, débil pero inconfundible —un recordatorio del supuesto **Goblin Oscuro** que, según decían, rondaba por los rincones ocultos de Boston. A medida que los relucientes vestigios de la presencia del Sr. M. se desvanecían, aquel eco surcó el Boston Common, donde rozó senderos iluminados por faroles y convocó a seis figuras para que emergieran en la grisácea luz temprana de la mañana.

Había pasado un año desde que estos seis jóvenes magos —**Blunt, Reddish, Firee, Checkered, Breezie y Greenie**— trascendieron la Magia Maestra en las cámaras secretas del Orloj de Londres. Su vínculo, forjado a través de pruebas e ilusiones a lo largo de Praga, Venecia, París y Londres, no se había debilitado. Si acaso, cada nuevo viaje había profundizado su confianza y agudizado su respeto por el peso ético de sus poderes.

Juramento en el Common: Ahora, esos tenues rumores de un **Goblin Oscuro** —cuya presencia solo habían percibido en sueños inquietos— los habían traído hasta aquí, a una ciudad célebre por su historia revolucionaria pero que supuestamente no albergaba ningún reloj astronómico famoso. Bajo el débil resplandor de los faroles de gas del Boston Common, aunque hacia un siglo que no ardían, los seis amigos confluyeron bajo la mirada de bronce de una venerable estatua. El silencio del alba solo se rompía por el suave susurro de los árboles cercanos. El rocío se aferraba a la hierba bajo sus botas, y el aire húmedo del amanecer traía un tenue olor salobre a brisa marina, recordándoles el puerto de Boston y sus siglos de historia marítima.

Firee apretó con fuerza un pequeño colgante rúnico que había conservado desde Londres —un talismán que evocaba un momento de valentía cuando las ilusiones casi lo consumieron. Echó un vistazo a sus amigos, su determinación afianzándose. Greenie inhaló hondo, recordando la humildad que aprendió en Praga, donde el poder por sí solo se había demostrado inútil sin honestidad y mesura.

—Es como Praga otra vez, —dijo suavemente, con la mirada puesta en la niebla que se cernía.

La unidad refuerza nuestra determinación, protegiéndonos del engaño de las ilusiones, se recordó en silencio.

Un chispazo errante de magia vibró entre ellos, haciendo que Reddish intentara advertir sobre un hechizo invisible con un parpadeo inadvertido —lo justo para recordarles lo rápido que incluso un hechizo bien intencionado puede salir mal. Por un instante, el antebrazo de Reddish se volvió translúcido antes de regresar bruscamente a la vista. Ella hizo una mueca, más por el recuerdo de la posible consecuencia que por el fallo en sí.

Sus miradas se desviaron cuando Blunt —Erasmus Cromwell-Smith II en persona, aunque sus amigos siempre usaran su apodo mágico— sacó con cuidado un familiar tomo encuadernado en cuero de su morral. Su cubierta antigua irradiaba un tenue calor interior. En la página del título, una inscripción brilló con mesurada claridad:

"Una vez más estáis en el umbral. Boston guarda verdades enmascaradas por la historia. Virtudes y defectos os esperan —un tapiz de pruebas por superar. Ascended más allá de Magos Orloj... o sucumbid a sombras invisibles".

Un silencio cayó entre ellos mientras Blunt leía esas palabras. Parecía como si la estatua de bronce sobre ellos —sus ojos de metal captando el primer destello del alba— también aguardara su respuesta. Breezie dirigió una mirada reflexiva al horizonte cada vez más luminoso, esbozando una decidida sonrisa en sus labios.

—Hemos desafiado ilusiones antes, —dijo con voz suave pero segura, —y lo haremos de nuevo.

Blunt miró a cada uno de sus amigos. En ese momento tranquilo, bajo el cielo del amanecer, todos entendieron lo que no se dijo: las pruebas que tenían por delante exigirían todo lo que habían aprendido. Con solemne determinación, cada uno de los seis colocó una mano sobre la placa de bronce en la base de la estatua, pasando entre ellos un pacto silencioso.

—Enfrentamos esto juntos, —dijo Blunt; sus ojos azul aguamarina reflejaban los primeros rayos de la mañana. —Pase lo que pase.

Alrededor del círculo, seis voces murmuraron en acuerdo. En ese instante, un voto silencioso quedó sellado en Boston Common, una promesa de unidad contra cualquier oscuridad que aguardara.

Introducción

Boston, media mañana — Se agitan las luces fantasmales

Boston recibió a los seis jóvenes magos con un brillante cielo a media mañana y calles animadas por el bullicio veraniego. Erasmus Cromwell-Smith II —conocido por sus compañeros magos como Blunt— encabezaba el grupo orgulloso de estar en su ciudad, aunque matizado por un atisbo de inquietud. Durante meses, mensajes crípticos habían insinuado que relojes astronómicos estaban despertando fuerzas mágicas invisibles en todo Estados Unidos. Algunos de estos relojes eran de nueva construcción y otros antiguos, pero recién desenterrados. Todos ellos estaban avivando poderes largamente dormidos. Ahora, una biblioteca secreta en Boston prometía pistas cruciales, si lograban interpretar su contenido a tiempo.

Frente a una elegante brownstone en el viejo North End, los jóvenes aventureros divisaron dos figuras familiares —sus acompañantes de aventuras previas. El tío de Blunt, Bart Sutton-Leigh, y su tía Antonella Cromwell-Smith estaban junto a los escalones del pórtico y les hicieron señas para que se acercaran. El aire cálido olía tenuemente a pan fresco y a salobre agua de puerto —una mezcla que evocaba el histórico pasado de Boston. Bajo livianas chaquetas, los seis magos mantenían discretos sus atuendos Arlequín; sabían bien que las crecientes perturbaciones mágicas de la ciudad ya estaban despertando curiosidad —y miedo— entre la gente común.

De pronto, un alarido cortó la concurrida acera. Desde el interior de un café cercano, una mujer aterrorizada retrocedió tambaleándose, con la mirada fija en serpentinas de luz pálida que danzaban cerca del techo. Clientes sobresaltados corrieron a asistirla, algunos murmurando acerca de "luces fantasmales" que habían pasado flotando frente a las ventanas antes de desvanecerse como niebla bajo el sol matutino.

—Ya está sucediendo, —susurró Reddish, con los dedos suspendidos cerca del bolsillo donde ocultaba su varita. Normalmente ella era la más rápida en actuar, pero ahora dirigió una mirada cautelosa hacia Blunt. —Deberíamos ver eso…

Antes de que pudieran correr hacia el alboroto, Bart guio al grupo con firmeza hacia la puerta cubierta de enredaderas de la casona.

—Dentro, —les apremió en voz baja. —No podemos ayudar a nadie si primero no entendemos lo que está pasando.

Antonella dirigió a la mujer asustada del café una última mirada de preocupación, luego ofreció a los jóvenes magos una sonrisa tranquilizadora mientras mantenía abierta la puerta.

—La sala de lectura está lista para ustedes, —les dijo. — Hemos reunido algunos diarios antiguos incluyendo algunos de los propios cuadernos de Erasmus Sr. que podrían conectar estos nuevos relojes americanos con los Orlojs de Europa.

Intercambiando una mirada cómplice con Reddish, Blunt recordó cómo los Anticuarios —esos sabios mentores suyos— tenían la costumbre de ocultar lecciones vitales en lugares inesperados, ya fuese en tiendas efímeras o en enigmas desconcertantes. Si fuerzas oscuras realmente se habían infiltrado en los nuevos relojes que estaban surgiendo por el país, esos diarios podrían contener el único mapa para impedir que el caos se propagase.

—Movámonos rápido, —murmuró Breezie mientras entraban en fila a un estrecho vestíbulo revestido de roble. Él mismo cerró la pesada puerta tras ellos. Afuera, una risa tenue e inquietante resonó calle abajo —imprecisa, pero indudablemente de otro mundo— como llevada por la brisa desde el puerto. Los seis amigos intercambiaron miradas de inquietud, con el corazón palpitándoles ante la comprensión de que esas ilusiones amenazaban no solo a Boston, sino posiblemente al país entero.

La reunión en la casa de piedra

Dentro de las paredes tenuemente iluminadas de la acogedora sala de lectura, gruesos volúmenes yacían abiertos sobre una amplia mesa de roble, aguardando. Remolinos de polvo giraban en un rayo de sol oblicuo que se colaba por una ventana alta, confiriendo al aire una gravedad silenciosa. Blunt y sus compañeros se reunieron alrededor de la mesa, mientras Bart extendía con cuidado los crujientes diarios, algunos encuadernados en cuero cuarteado y repletos de una escritura menuda de décadas atrás.

—Estos diarios mencionan un Orloj oculto aquí en Boston, —dijo Bart, dando golpecitos con el dedo en una página ajada, frunciendo el ceño pensativo. —Tu padre, Erasmus Sr., creía que el Orloj de esta ciudad servía como una especie de eje central. Sospechaba que conectaba los relojes astronómicos que se estaban activando aquí en Estados Unidos con los más antiguos de Europa. Eso significaría que Boston fue más que solo el punto de partida de vuestro viaje —fue la piedra angular, despertando fuerzas largamente dormidas a ambos lados del océano.

Antonella asintió, alisando con suavidad las páginas amarillentas de otro diario.

—También hemos descubierto notas sobre algo extraño. Tiendas efímeras llamadas 'Las Seis Estatuas' que desaparecen y aparecen, muy parecidas a los mercados ocultos que ustedes encontraron con los Anticuarios en el extranjero. Aún no sabemos cómo encajan en esto, pero si ese tipo de tiendas están apareciendo aquí también, no puede ser coincidencia."

Reddish alzó la mirada hacia una ventana cercana, recordando las pálidas luces fantasmales que habían centelleado instantes antes. Ya no estaban, pero la inquietud que dejaron permanecía.

—Si las ilusiones se intensifican así de rápido, —dijo, —no podemos esperar a que se sigan propagando. Necesitamos contener esto antes de que se descontrole.

—Cedar Rapids es el primer lugar que ha encendido una gran alarma, —continuó Bart, hojeando una página marcada con un listón. —Hemos tenido reportes dispersos de sucesos extraños en lugares como Monticello, Grafton, Columbia y otros. Pero Cedar Rapids, donde acaban de construir una nueva torre con reloj, parece ser el epicentro ahora mismo.

Antonella tomó un informe mecanografiado que reposaba junto a los diarios y leyó un pasaje resaltado:

—Saltos temporales al azar alrededor de la nueva torre del Orloj… ilusiones de calles enteras desapareciendo. —Alzó la vista, con expresión grave. —Los habitantes están aterrados. Si estas ilusiones siguen empeorando, el pánico por sí solo podría causar daños reales incluso antes de que la magia lo haga.

Blunt exhaló despacio, emergiendo en su memoria un recuerdo de las ilusiones que una vez enfrentaron en Venecia.

—Vencimos ilusiones allí al ver a través de elaboradas fantasías, —reflexionó, —pero lo que ocurre aquí… estas nuevas ilusiones se sienten más fuertes. Más hostiles.

Greenie posó con delicadeza sus dedos sobre uno de los diarios abiertos, siguiendo con ellos una línea de la pulcra escritura de su padre. Le lanzó a Firee una mirada significativa.

—¿Recuerdas cómo en Praga aprendimos el poder de la humildad? —dijo suavemente. —Quizá necesitemos de nuevo esa lección ahora. Si avanzamos con exceso de confianza, suponiendo que podemos controlarlo todo, estas ilusiones podrían atraparnos del mismo modo en que nuestro propio orgullo casi lo hizo en aquel entonces.

Firee asintió, su postura tensa mientras se inclinaba sobre la mesa.

—Tengo la misma sensación, —musitó. —Como si hubiera truco. Las ilusiones aquí podrían estar encubriendo algo más grande. Si percibo cualquier tipo de trampa cuando nos acerquemos a Cedar Rapids, alertaré de inmediato a todos.

Su innato Sentido del Peligro ya los había salvado antes, y todos se reconfortaron al saber que no les había fallado hasta ahora.

Bart paseó la mirada por los seis rostros jóvenes, su voz firme pero orlada de preocupación.

—Erasmus Sr. siempre creyó que ustedes seis podían restablecer el equilibrio dondequiera que las ilusiones echen raíces. Por eso me envió estos diarios, y por eso ahora cuento con ustedes.

El peso de la responsabilidad en su tono era inconfundible.

Un suave golpe en la puerta principal interrumpió el momento. Todos se quedaron inmóviles. Un mensajero asomó la cabeza en la sala de lectura —un joven con el uniforme arrugado, la gorra ladeada y los ojos muy abiertos por el susto.

—Eh… ¿señor? —se dirigió a Bart con voz trémula. —Telegrama rúnico urgente para usted… y esto estaba pegado a su buzón.

Alargó un sobre sellado color marfil y un pequeño papel de pergamino marcado con extrañas runas brillantes. Sus manos temblaban ligeramente mientras Bart los tomaba.

—Gracias, —dijo Bart en voz baja.

El mensajero asintió con rapidez y se retiró, lanzando una última mirada preocupada por encima del hombro. A través de la puerta entreabierta, se veían tenues luces verdosas fantasmales revoloteando sobre la calle.

—La mañana más extraña de mi vida, —murmuró el mensajero para sí al cerrar la puerta.

Antonella rompió con agilidad el sello de cera del sobre y desplegó el telegrama de su interior; sus ojos recorrieron las líneas escritas apresuradamente. A medida que leía, su rostro se ensombreció.

—Es de Iowa, —dijo en un susurro. —Dicen que las ilusiones alrededor de la torre del Orloj recién construida en Cedar Rapids empeoran por momentos. Apariciones extrañas, destellos de tiempo… rumores de edificios enteros disolviéndose en el aire.

Reddish observó una de esas luces fantasmales afuera, cruzando rauda la ventana antes de desvanecerse. Tragó con fuerza.

—Entonces nuestro enfoque es ese. Cedar Rapids, —declaró, intentando que su voz sonara firme. En ella había un temblor de emoción y de preocupación.

Blunt dio unos golpecitos en una de las páginas del diario de Erasmus Sr., su mandíbula tensándose con determinación.

—No podemos ignorar los otros sitios por completo, pero deberíamos comenzar por donde la amenaza es más fuerte. Si estas ilusiones se alimentan del miedo público, Cedar Rapids podría salirse de control rápidamente."

Bart sostuvo la pequeña tira con runas a la luz. Las runas pulsaron débilmente mientras se la pasaba a Antonella. Entrecerrando los ojos, ella tradujo en voz alta los símbolos arcaicos:

—Las sombras se agitan en tu umbral. Cedar Rapids vacila a continuación. Busca la verdad bajo las ilusiones. Los diarios de tu padre guardan la clave. Recuerda la humildad, o las ilusiones te consumirán.

El ceño de Firee se frunció.

—Es como una advertencia directa, —observó. —Podría ser de los Anticuarios… o de un enemigo tratando de asustarnos. En cualquier caso, alguien sabe lo que está pasando.

—Quien lo haya enviado, el mensaje es claro, —dijo Blunt, intercambiando una mirada resuelta con Greenie. —Cedar Rapids está en peligro inminente y nosotros somos quienes debemos detenerlo.

De repente, una espiral de luz verde pálida se deslizó por el exterior del marco de la ventana, delineando apenas por un instante lo que parecía ser el semblante burlón de un rostro espectral. Flotó allí, sonriéndoles con sorna, luego desapareció en un parpadeo. Firee se acercó al vidrio, llamas despuntando tenuemente en sus dedos en un acto reflejo. Breezie se le unió, un remolino de brisa agitándole los puños del abrigo, listo para disipar lo que fuera que viniera después. Pero la aparición se desvaneció tan pronto como había surgido.

—Esto lo decide, —dijo Checkered, cerrando de golpe uno de los diarios con determinación. Su mente analítica ya estaba en modo estratégico. —Sean lo que sean estas ilusiones, ahora saben de nosotros y nos están provocando. Hay que moverse.

Bart recogió con cuidado los diarios y se los entregó a Blunt y Checkered para que los custodiaran.

—Llévenlos con ustedes. Contienen todo lo que sabemos que podría ayudar, —les indicó. —Antonella y yo nos quedaremos aquí en Boston para seguir buscando más información y ocuparnos de cualquier otra cosa que surja.

Antonella colocó una mano gentil sobre el hombro de Blunt.

—Tened cuidado, —les urgió. —Y recuerden lo que Erasmus Sr. siempre enfatizaba en sus notas: toda ilusión, por poderosa que sea, tiene un punto débil. A menudo es una virtud o una simple verdad la que la revela tal como es.

Blunt asintió solemnemente.

—Lo recordaremos. Y regresaremos con buenas noticias, —prometió.

Con eso, los seis jóvenes magos se envalentonaron para el viaje que tenían por delante. Al volver a salir a la calle bañada por el sol, los ruidos habituales de la ciudad —vendedores pregonando, ruedas de carruajes sobre adoquines, lejanos silbatos de barcos en el puerto— casi les resultaron reconfortantes frente a la extrañeza que se había filtrado en los márgenes de la realidad. Ya algunos transeúntes escudriñaban con cautela el cielo, buscando más luces fantasmales.

Blunt tomó la delantera, los viejos diarios apretados bajo un brazo y su mano de la varita descansando junto a su costado. Reddish y Firee lo flanqueaban, alertas ante cualquier alteración repentina. Checkered, Breezie y Greenie siguieron de cerca, cada uno invocando en silencio las lecciones y el valor que necesitarían para lo que les aguardaba.

Sobre ellos, el despejado cielo de media mañana no daba indicio alguno de las ilusiones que acechaban apenas fuera de la vista. Pero todos sabían bien ahora que las sombras se agitaban. Juntos, arrojarían luz sobre ellas antes de que la oscuridad pudiera extenderse aún más.

Objetivo inmediato: llegar a Cedar Rapids y contener la perturbación allí antes de que se extienda.

Capítulo 1

Del vigilante silencioso de Cedar Rapids a la maravilla astronómica del Zytglogge de Berna

— El triunfo de la humildad

La advertencia del vigilante silencioso

La luz de la mañana bañaba la Czech Village de Cedar Rapids, iluminando tejados de tejas rojas y calles de adoquines. Algunos lugareños curiosos deambulaban junto al Orloj recién inaugurado —un reloj astronómico único en su tipo en Norteamérica—, aunque se mantenían a prudente distancia, como si percibieran el latido de un antiguo corazón palpitando bajo su esfera dorada.

Blunt se echó al hombro su morral, ocultando el borde de su capa azul arlequín bajo una chaqueta gastada. Reddish, Firee, Checkered, Breezie y Greenie venían tras él, aminorando el paso a medida que se acercaban al imponente reloj.

—Qué raro —murmuró Firee, entrecerrando los ojos hacia el cielo—. El aire se siente cargado.

Efectivamente, hasta la atmósfera misma zumbaba con el pulso del Orloj, una silenciosa llamada a la acción.

Breezie pasó la mano por la base de piedra del reloj, fijándose en las pequeñas tallas de agricultores y herreros que representaban la herencia del pueblo.

—Es más que una simple réplica. Parece que nos estuviera vigilando.

Blunt asintió, y su mirada se detuvo en algo incrustado en la cara del reloj. Un tenue símbolo —casi como una runa suiza— relucía en el borde de la esfera del Orloj, insinuando una conexión mucho más allá de Iowa. Bajo su chaqueta, su capa arlequín adquirió un cauteloso brillo plateado, señalando un posible peligro.

Una suave ráfaga recorrió la plaza, alborotando unos folletos que anunciaban el nuevo reloj. Desde un estrecho callejón, unos tentáculos de neblina plateada se deslizaron hacia adelante, rozando los sentidos de los magos. Firee sintió cómo se le erizaban los vellos de los brazos.

—Glamour —explicó Blunt en voz baja, al notar la confusión en el rostro de un transeúnte—. Un hechizo que oculta la verdad de un reloj tras ilusiones.

Greenie dejó que las yemas de sus dedos rozaran una de las figuras talladas del Orloj, provocando una chispa de empatía en su interior.

—Lo siento agitarse... algo antiguo está despertando.

La unidad refuerza nuestra determinación, protegiéndonos del engaño de las ilusiones, se recordó a sí misma en silencio.

Reddish inhaló, preparándose para entrar en acción.

—Será mejor que nos preparemos.

De pronto resonó desde el callejón brumoso una risa entrecortada y escalofriante, tan tenue que los transeúntes apenas se estremecieron y apuraron el paso. Pero los seis jóvenes magos sintieron un escalofrío de advertencia. Una forma fugaz —casi de apariencia goblin oscuro— se deslizó entre la niebla y luego desapareció. Fuera un Duende Oscuro o un Arlequín renegado, su sombría malicia estaba alimentando las ilusiones, una amenaza que conocían demasiado bien.

Breezie intercambió una mirada inquieta con Checkered.

—No podemos ignorar eso.

Reddish entrecerró los ojos en dirección a la niebla arremolinada. Parte de ella quería hacerse invisible y adelantarse para explorar, pero el aire cargado la hizo dudar —recordaba bien cómo una distorsión inesperada esa misma mañana había hecho parpadear su hechizo de invisibilidad. Esas ilusiones podían desestabilizar incluso su mejor magia si se veían alimentadas por el exceso de confianza. En su lugar, apretó con más fuerza su varita.

Blunt reunió al grupo en silencio.

—Procedamos con cautela. Nuestros poderes tienen un propósito, pero debemos usarlos con sabiduría. Nada de imprudencias.

Se acercaron más al reloj, con el corazón latiéndoles al unísono. El astrolabio dorado del Orloj titiló, como instándolos a avanzar. La cálida luz del sol volvió a reflejarse en la runa suiza —¿una invitación silenciosa, o quizás una advertencia?

Susurro sobre los adoquines

—Mantengámonos juntos —susurró Reddish, escudriñando el callejón vacío junto a la torre del reloj.

Firee asintió, intentando reprimir un trasfondo de miedo —el miedo de pasar por alto alguna señal vital y dejar que las ilusiones se colaran inadvertidas. Tenía el corazón acelerado y los sentidos en alerta ante la amenaza invisible.

Sobre ellos, las manecillas del Orloj avanzaron, anunciando suavemente la hora siguiente. A lo lejos, aquella risa fantasmal resonó una vez más, enviando un escalofrío por la espalda de Greenie.

El pulso tras la esfera

El Orloj emitió un leve zumbido, y su aguja dorada del sol centelleó como una onda en el agua. Algunos vecinos se detuvieron, inquietos por el sutil temblor en el aire. Los ojos de Blunt se agudizaron al poner en práctica su percepción aumentada. Vio que el anillo zodiacal del reloj vibraba por los bordes, velado por capas de ilusión.

Reddish se erizó con energía inquieta, apretando los puños.

—Parece que el reloj nos estuviera llamando.

Checkered apoyó una mano sobre la fría piedra del Orloj.

—Si las ilusiones están tejiéndose alrededor de esta esfera, tenemos que ver qué hay debajo.

Como si fuera en respuesta, la neblina plateada del callejón se extendió por la plaza. Firee se tensó, buscando con la mirada aquella silueta sombría que delatara la presencia acechante de un goblin oscuro. Al no aparecer nada, exhaló lentamente, aunque su corazón se negaba a calmarse.

Un momento después, una corriente arremolinada de luz se expandió desde el centro del Orloj, doblando la realidad como si fuera una lente. Breezie, desde la retaguardia, posó una mano tranquilizadora sobre el hombro de Reddish. Ocultó su propio miedo íntimo —el miedo a la soledad, a tener que enfrentarse solo a estos horrores.

Blunt tomó la iniciativa.

—Formemos un círculo alrededor de la base del reloj. Si las ilusiones se están intensificando, quizá podamos acceder a lo que sea que hay más allá con un enfoque unido.

Se tomaron de las manos alrededor del Orloj, recordando una técnica de sus primeros entrenamientos. Los adoquines se sentían cálidos bajo sus pies cuando una ráfaga repentina de viento azotó el lugar, haciendo vibrar los letreros de las tiendas cercanas. En la esfera del reloj, la tenue runa suiza resplandeció con fuerza, como reconociendo su unidad.

La Puerta de la Runa

Su círculo se estrechó. Las seis capas latieron bajo sus chaquetas, cada una adoptando un resplandor tenue. Blunt se concentró en la energía arremolinada que se reunía en su centro, dejando que su hechizo creador de portales cobrara vida en chispas. La runa suiza palpitó en respuesta —un faro que enlazaba Cedar Rapids con su contraparte europea. El aire se onduló con tonos prismáticos, uniéndose en un umbral translúcido: un vórtice giratorio entretejido con sutiles grabados alpinos.

Checkered inhaló hondo.

—¿Listos?

Sin dudarlo, los seis dieron un paso adelante y entraron en el portal. En un instante de ingravidez, el mundo dio un vuelco; colores vibrantes pasaron como rachas ante su vista, y ecos de engranajes resonaron al filo del oído, como si el mismo tiempo contuviera el aliento.

Luego sus pies volvieron a encontrar suelo firme. Un frío nítido les acarició el rostro, y el tañido lejano de una campana anunció que habían llegado a otra tierra por completo.

El llamado del Zytglogge

Cuando el antiguo mecanismo se puso en marcha, unos osos tallados empezaron a girar y una campana de bronce tañó un patrón mesurado —resonante y antiguo como las piedras bajo sus pies. Los seis amigos se encontraban en una calle empedrada bañada por la tenue luz del amanecer, contemplando una torre medieval de piedra coronada por una imponente esfera astronómica. Era la Zytglogge de Berna. Unas manecillas ornamentadas recorrían una esfera de color azul medianoche grabada con símbolos del zodíaco y un disco lunar giratorio. Un silencio matutino envolvía la capital suiza, realzando la serena autoridad de la torre.

A sus espaldas, el brillo del portal se desvaneció. Habían llegado a la fuente de la perturbación, el corazón medieval de Berna, donde la antigua sabiduría de la Zytglogge —y sus peligros ocultos— aguardaban.

Breezie giró en círculo lentamente, con el asombro venciendo por un momento a la aprensión.

—Berna, Suiza —exhaló.

Reconoció la torre por ilustraciones en los diarios de Erasmus.

—Este lugar tiene casi ocho siglos de antigüedad. La leyenda dice que se construyó para recordar que el tiempo humilla a todos.

Checkered apartó de su rostro un rizo de cabello alborotado por el viento.

—Entonces hemos venido a comprobar si esa leyenda se cumple. La energía del reloj se siente... extraña.

Y en efecto, mientras escuchaban, los enormes engranajes de la Zytglogge emitían un rechinar apagado y tenso, como si la maquinaria trabajara bajo un peso invisible. Una brisa fresca traía el aroma de pan recién hecho de una panadería cercana, entremezclándose con el aire frío de los Alpes.

Firee se frotó los brazos y examinó las sombras cerca de la torre.

—Todavía no hay ilusiones arremolinándose por aquí, pero mi instinto dice que no estamos solos.

Sus sentidos hormigueaban con la misma vigilancia que había afinado en las catacumbas de París.

Llegada de Las seis estatuas

Reddish vio fugazmente algo moverse en una callejuela lateral. Se puso en tensión, esperando ver a la misma figura sombría de Cedar Rapids.

En cambio, una pequeña tienda ambulante rodó silenciosamente a la vista sobre ruedas de bronce grabadas con runas palpitantes. Mientras los paneles de madera se desplegaban con elegancia, un letrero en lo alto brilló suavemente con el nombre de la tienda: Las seis estatuas.

A Greenie se le abrieron los ojos de par en par.

—Los diarios mencionaban una tienda con ese nombre. Aparece donde se acumulan las ilusiones.

Antes de que pudieran decir más, el interior de la tienda se reveló. Estantes de libros antiguos, instrumentos arcanos y chucherías relucientes cubrían las paredes. En el centro se erguía una estatua de mármol de una figura con túnica, ojos bajos y las palmas abiertas —una postura de absoluta humildad.

Cornelius y la llave de la humildad

Trás de la estatua surgió un hombre alto, con largo cabello blanco recogido en una pulcra cola de caballo. Vestía una túnica holgada de un plateado apagado, y en el dorso de su mano izquierda se veían grabadas unas tenues cicatrices rúnicas.

Con voz baja y pausada, dijo:

—Bienvenidos, viajeros. Soy Cornelius Tetragor.

De él emanaba una suave oleada de calma, como si ese hombre llevara la humildad en cada aliento. Blunt sintió que la tensión abandonaba sus hombros.

—Percibimos corrupción en el Orloj de nuestra tierra —explicó—, y nos condujo hasta aquí a través de un portal.

Cornelius hizo una reverencia respetuosa, imitando la postura humilde de la estatua.

—En efecto. La corrupción se filtra también en estos antiguos engranajes. Pero la humildad puede restaurar lo que la arrogancia busca quebrar.

Pruebas de humildad

Los paneles de madera de la tienda relucían bajo el débil sol del amanecer, y las runas de sus ruedas palpitaban al compás del rítmico tic-tac de la Zytglogge. Cornelius guio a los seis magos más cerca, con un porte sereno y lleno de propósito.

—Sé de las ilusiones que asolan vuestro Orloj —dijo en voz queda—. Este reloj también está bajo amenaza. La torre de Berna permanece en pie desde el siglo XIII, construida para recordar a los ciudadanos que nadie está por encima del tiempo. Pero algo busca distorsionar esa lección.

El aire a su alrededor vibraba con el pulso de la Zytglogge, una advertencia del alcance de la corrupción.

Extendió la mano y la pasó sobre los pliegues de la túnica de mármol de la estatua. En respuesta, la estatua resplandeció débilmente, como reconociendo su devoción.

—La humildad es más que una palabra. Es la llave que nos permite ver más allá de las ilusiones y más allá de nuestro propio orgullo.

Checkered observó la túnica plateada de Cornelius y la manera deliberada y suave en que se movía.

—¿Cómo podemos ayudar? —preguntó.

Un atisbo de cansancio asomó en la mirada de Cornelius.

—Dentro de esta torre hay un corredor de ilusiones —una prueba que medirá vuestra disposición a inclinaros ante la verdad por encima del ego. Si triunfáis, los engranajes corruptos del reloj podrán ser purificados. Si fracasáis... las ilusiones no harán más que fortalecerse.

Blunt intercambió miradas con Reddish y Firee, recordando la temblorosa esfera del reloj que habían dejado atrás en Cedar Rapids.

—Guíenos —dijo, con la determinación afianzándose en su voz.

Cornelius asintió y se dirigió hacia una pequeña puerta de madera en la base de la torre. Colocó la palma sobre el antiguo pestillo; las cicatrices rúnicas en sus nudillos brillaron, y un leve clic resonó al destrabarse la puerta, como si la propia torre lo reconociera.

Breezie inspiró hondo, con los nervios revoloteándole. Ya podía imaginar por dónde intentarían quebrarlos esas ilusiones —su soledad, sus dudas, el miedo a ser separado de sus amigos. Pero cuadró los hombros, decidido a no dejarse consumir por tales inquietudes. Había superado miedos en las pruebas de Londres, y lo haría de nuevo aquí.

El corredor de las ilusiones

Percibiendo la inquietud de Breezie, Greenie le tocó suavemente el brazo.

—Lo enfrentaremos juntos —prometió, esbozando una sonrisa reconfortante.

Cornelius empujó la puerta para abrirla e hizo un gesto para que lo siguieran.

—Recordad: las ilusiones se alimentan de vuestro deseo de ser más de lo que sois —advirtió en voz baja—. Aceptad la humildad, y las ilusiones perderán su agarre.

Entraron en el interior de la base de la torre del reloj. La tenue luz de unas antorchas reveló una estrecha escalera de piedra que ascendía en espiral. Antiguos muros los oprimían a cada lado, susurrando con memorias de siglos pasados. Mientras el grupo ascendía, el clangor rítmico de los engranajes del reloj se hacía más fuerte sobre ellos. De vez en cuando, una distorsión torcía el aire y figuras vacilantes parpadeaban en los límites de su visión.

La capa arlequín de Reddish brilló pasando del plateado a un tenue tono ámbar, reflejando su vigilancia intensificada. Firee cerró los ojos mientras subía, concentrándose en los más mínimos temblores mágicos a su alrededor. Cada peldaño se sentía más pesado que el anterior, como si aquella torre fuera un lugar donde el propio tiempo pusiera a prueba los corazones tanto como la determinación.

Al llegar a lo alto de la escalera, entraron en un largo pasillo impregnado de una energía inquietante. Débiles pulsos de luz correteaban por las paredes de piedra, y un tictac lejano reverberaba como el latido de un gigante. A lo largo del corredor, unos arcos de piedra centelleaban con ilusión, sus superficies ondulando para revelar imágenes fugaces antes de volverse sólidas de nuevo.

Breezie se detuvo al captar un destello de su reflejo en uno de los arcos. En lugar de su rostro real y ansioso, se vio a sí mismo completamente solo, deambulando por una ciudad silenciosa y vacía. Un frío punzante se le anudó en el estómago. La ilusión estaba exponiendo su miedo a la soledad. Apartó la mirada a la fuerza y se repuso, recordando las palabras tranquilizadoras de Greenie: estaban en esto juntos. No estamos solos aquí, se dijo con firmeza.

Firee también se armó de valor, escudriñando el oscuro pasillo en busca de cualquier rastro de la silueta del goblin oscuro. Una tenue voz de duda lo acosaba: *Si fallas, las ilusiones abrumarán a tus amigos.* Sacudió la cabeza para despejar la idea, repitiendo en silencio un mantra de vigilancia y confianza.

Cornelius avanzaba con silenciosa determinación por el centro del corredor, su túnica rozando las piedras alisadas por las eras.

—Aquí el glamur tuerce la realidad —explicó con suavidad—. Manteneos enfocados. El orgullo o el pánico solo alimentarán las ilusiones.

El propio corredor pareció palpitar con mayor rapidez ante sus palabras, como si desafiara su unidad.

Enfrentando los espejos

Greenie dio un paso al frente y apoyó la palma con firmeza contra la fría superficie de su espejo. Se negó a retroceder al encontrarse con la mirada de su doble grandioso.

—No quiero eclipsar a nadie —dijo, lo suficientemente alto para que todos la oyeran—. Humildad significa que servimos, no que dominamos.

Sus palabras enviaron una onda visible a través del espejo. Las imágenes deslumbrantes en su interior comenzaron a atenuarse. Un siseo sibilante y frustrado resonó por el corredor, como si la propia ilusión se encogiera. Alimentándose de la determinación de Greenie, Reddish bajó la llama que centelleaba en su mano.

—El poder sin humildad lleva a la ruina —añadió, con tono cortante de convicción.

Una a una, las ilusiones de grandeza empezaron a resquebrajarse. Breezie exhaló aliviado cuando la imagen de su solitaria ascensión parpadeó y se desvaneció. Firee observó su propia imagen, que antes lo mostraba como un señor del fuego imparable, retroceder de nuevo al cristal y desvanecerse.

Por fin, el dominio de cada espejo se hizo añicos por completo, y las superficies vidriosas se disolvieron en torbellinos de motas de luz que se esparcieron por el corredor. El camino por delante quedó despejado, revelando una amplia cámara de piedra más adelante, donde ruidos de engranajes más profundos y resonantes retumbaban con un traqueteo malsano.

El falso corazón del reloj

Sin más advertencia, la figura ahumada se lanzó contra ellos. Tentáculos de niebla negra arremetieron por el suelo, cada punta afilándose en una garra que siseaba tentaciones de poder a su paso. Reddish reaccionó al instante, arrojando una oleada de fuego sobre el tentáculo más cercano. La llama atravesó un rizo —pero el humo simplemente se reconstituyó, ileso, un momento después. Los ojos de Checkered se entrecerraron; a través de la oscuridad arremolinada vislumbró el destello de algo metálico.

—¡Hay un engranaje oculto en su núcleo! —gritó—. ¡Ese es el verdadero objetivo!

Blunt trazó un amplio arco con su varita, convocando un chorro de agua purificadora. La ola purificadora siseó contra la criatura de humo, y la entidad se arremolinó alejándose para evitar el torrente completo. Firee se escabulló hacia un lado y conjuró una lanza de fuego certera, apuntando directamente al engranaje interno expuesto. Pero la capa ondulante de sombras de la figura se cerró de nuevo en torno a su núcleo, frustrando el ataque directo.

Al mismo tiempo, Breezie sintió aquel viejo destello de aislamiento. El impulso de probar su valía enfrentando la amenaza él solo: *Los demás solo te retrasarán*, susurró un engañoso pensamiento. Apretó la mandíbula y se obligó a respirar con calma, recordando la voz de Greenie y la lección que acababan de aprender. No vencerían por separado. *Nos mantenemos unidos*, se recordó a sí mismo, apartando la ilusión aislante.

Greenie alzó las manos y lanzó delgadas vides de magia verde fulgurante, que se entrelazaron suavemente alrededor de la silueta de humo. La voz de la figura siseó, como burlándose de su hechizo de apoyo:

—¿Debilidad...? Nunca lograrán aplacarme.

Greenie solo entornó los ojos, vertiendo más de su poder constante hacia afuera.

—La humildad no es debilidad —respondió con calma—. Es el lazo que compartimos.

Sus enredaderas encantadas se tensaron, sujetando a la criatura sombría lo justo para ralentizar su contorsión. Blunt aprovechó la abertura, dirigiendo una ráfaga de agua helada que empapó a la entidad, congelando partes de su manto ahumado en el lugar. Reddish siguió con una ráfaga concentrada de fuego, cuya llama controlada achicharró los últimos jirones que protegían el engranaje expuesto. En el mismo aliento, la chispa previa de Firee por fin dio en el blanco, posándose sobre los dientes al descubierto del engranaje con un chasquido de energía.

Aprovechando el momento, Checkered se lanzó hacia adelante. Con un grito, canalizó un rayo de luz centelleante desde sus manos extendidas. La magia atravesó el engranaje corrupto y disolvió el residuo oscuro en un último estallido de brillo.

La figura sombría lanzó un alarido furioso. Su forma de humo se estremeció y luego se desintegró, dejando solo una lluvia de ascuas que se apagaban al caer al suelo. Lo habían logrado: el fantasma alimentado por el orgullo se había desvanecido. Su vigilancia y trabajo en equipo, anclados en la humildad, habían guiado cada golpe y los condujeron a la victoria.

Regreso a Cedar Rapids

Con esa última advertencia, Cornelius alzó una mano a modo de despedida. El aire centelleó en el borde de la cámara cuando la tienda mágica reapareció junto a un arco lateral. Sus runas palpitaban con calma sobre sus ruedas de bronce, y una suave ráfaga de luz se desplegó formando un portal abierto que conducía de regreso por donde habían venido.

Uno a uno, los seis atravesaron el portal para emprender el camino de regreso. Cruzar el umbral se sintió más suave esta vez —como si la armonía restaurada de la Zytglogge ahora los guiara de vuelta a casa sin contratiempos. En pocos instantes, se encontraron de nuevo en pie en la bulliciosa plaza de Czech Village en Cedar Rapids.

La luz del sol relucía sobre la esfera del Orloj sobre sus cabezas. Abajo, unos cuantos vecinos se abanicaban con folletos y se enjugaban el sudor de la frente, sin sentir nada más allá del calor habitual de una mañana de verano. Los lugareños ajetreados por las cercanías estaban dichosos e inconscientes del trascendental enfrentamiento que acababa de ocurrir a un océano de distancia. Blunt sacó con cuidado el astrolabio de bronce de su morral y lo presionó contra la carátula del Orloj de Iowa. El instrumento grabado centelleó y encajó con un suave clic en la esfera del reloj.

Greenie colocó una mano sobre la base de piedra del Orloj y cerró los ojos. Podía sentir un nuevo zumbido tranquilizador en el mecanismo —como si el reloj estadounidense reconociera la pieza de su contraparte suiza que ahora lo protegía.

—Las ilusiones... se están desvaneciendo —dijo en voz baja—. Todo se siente más en calma.

Reddish exhaló lentamente, con una sonrisa cautelosa asomando en sus labios.

—Superamos la prueba de la Zytglogge. Cedar Rapids parece a salvo por ahora.

Firee intercambió una mirada con Breezie, y ambos compartieron un entendimiento silencioso. Enfrentar esas ilusiones había exigido a cada uno plantar cara a sus dudas internas y lo habían logrado confiando el uno en el otro. Breezie asintió levemente, aliviado de que su miedo a quedarse aislado no lo hubiera apartado del equipo cuando más importaba.

Checkered se volvió hacia Blunt, con los ojos brillantes de determinación.

—Cornelius nos advirtió: las ilusiones se están extendiendo como una telaraña. Esto fue solo el comienzo.

La capa de Blunt volvió a un tono calmo y estable, ahora que el peligro inmediato había pasado. Miró a sus cinco amigos alrededor, con orgullo y gratitud brillando a partes iguales.

—Entonces estamos listos —dijo con firmeza—. No los enfrentaremos solos.

Su determinación compartida forjada en las pruebas de Berna los afianzó para los desafíos venideros. Por un momento, un silencio cayó sobre la plaza, como si la misma ciudad reconociera su juramento. En lo alto, las manecillas del Orloj se movían con apacible precisión, cada tic resonando con renovada claridad. Y en algún lugar a lo lejos —tenue pero inconfundible— volvió a sonar aquel sobrecogedor eco de risa, un recordatorio de que no todas las sombras habían sido desterradas.

Sin embargo, al alejarse los seis jóvenes magos del Orloj de Cedar Rapids se llevaban consigo la lección de la humildad. Unidos en su propósito y sostenidos por la vigilancia, se sentían listos para enfrentar cualquier nueva ilusión u oscuridad que les aguardara. Su travesía apenas comenzaba, pero sabían una verdad con certeza: mientras se mantuvieran humildes y permanecieran juntos, ninguna ilusión astuta podría prevalecer por mucho tiempo.

Capítulo 2

Tras la tienda ambulante de Tetragor

Luces fatuas sobre Beacon Hill

El Orloj se desvaneció, y el portal de Cornelius Tetragor depositó a seis jóvenes magos en una acera de Beacon Hill en Boston, devolviéndolos a casa en lugar de transportarlos a otra prueba distante. El crepúsculo se cernía sobre el cielo. Las farolas se encendieron parpadeando contra las imponentes casas de piedra rojiza y las barandillas cubiertas de hiedra. Aunque la ciudad estaba tranquila, cada uno de los seis llevaba consigo sutiles ecos de las pruebas mecánicas que habían superado recientemente. Boston misma se sentía expectante, como si secretos se ocultaran bajo la superficie adoquinada.

Blunt pasó una mano por su capa con estampado de arlequín, recordando cómo sus colores se habían calmado gracias a la humildad y no a la fuerza. En su cinturón colgaba la rueda de bronce que habían recuperado, con la antigua inscripción Innovare Contra Stagnatio brillando a la luz de las farolas. Al aspirar el aire de la ciudad, sintió que la quietud de la noche lo centraba. Alrededor de ellos, los estrechos callejones y las ventanas resplandecían con la vida cotidiana; Sin embargo, una pregunta no formulada parecía flotar en el aire.

La aguda mirada de Checkered recorrió las fachadas de ladrillo y las ventanas resplandecientes. Con el rabillo del ojo vislumbró una tenue llama verdosa titilar tras una chimenea lejana, una luz fantasmal que unos ojos comunes no percibirían.

—Algo se siente diferente esta noche, —murmuró, alerta a cada sombra cambiante.

Greenie ajustó la capa sobre sus hombros mientras caminaban.

—El corazón de la ciudad está sereno —observó en voz baja, —pero un acorde de expectación vibra bajo el bullicio habitual.

En efecto, los transeúntes caían en un silencio como si percibieran un drama invisible a punto de desarrollarse.

Firee se mantenía un poco apartado del grupo, escudriñando con atención.

Un destello carmesí reverberó en el borde de su capa, una advertencia instintiva.

—Aprendimos lecciones importantes en Berna, —dijo en voz baja, resistiendo el impulso de hablar abiertamente de las ilusiones en público, —sea lo que sea que nos aguarde aquí, no debemos perder la humildad.

Su intuición, aguzada por sus pruebas recientes, lo mantenía alerta.

Breezie exhaló despacio, dejando que la calma lo inundara.

—Cornelius Tetragor sí insinuó que Boston traería desafíos más profundos —comentó. Cerró los ojos por un momento, sintonizando con la corriente mágica de la ciudad. —Parece que la ciudad está esperando a que notemos algo.

Los ojos de Reddish recorrían con energía inquieta las verjas de hierro forjado y las sombras proyectadas por los faroles de gas. Una leve tensión en la suave brisa nocturna le crispaba los nervios, como si el escenario estuviera preparado para una obra invisible.

—Entonces no nos quedemos aquí parados —apremió, con una chispa de urgencia en la voz—. Deberíamos ir a la biblioteca. Bart y Antonella quizá tengan noticias a estas alturas.

Los seis jóvenes magos asintieron con determinación y abandonaron la tranquila calle de Beacon Hill.

La sesión informativa en la casona de piedra rojiza

No mucho después, la angosta calle desembocó en una casona de piedra rojiza cubierta de hiedra que les resultaba familiar. Un solo farol brillaba junto a la puerta principal —la sutil señal de Bart y Antonella para dar la bienvenida a casa a los jóvenes magos. En el interior, el vestíbulo estaba cálido y en silencio, perfumado con libros viejos y cera de limón. Desde la sala de lectura revestida de roble llegaba el suave murmullo de las voces de los dos mentores.

Reddish se quitó la chaqueta ligera de un encogimiento de hombros, revelando los bordes bordados de la capa de maga que llevaba debajo.

—Es bueno estar de vuelta —admitió, sintiendo cómo la tensión abandonaba sus hombros en aquel espacio acogedor.

El suave chasquido del fuego en la chimenea y la vista de las abarrotadas estanterías de libros aliviaron la preocupación que no se había dado cuenta de que cargaba.

En la biblioteca, Bart y Antonella se levantaron de una mesa cubierta de diarios y cuadernos antiguos. Estos dos veteranos magos habían sido guías inquebrantables en muchas pruebas en Venecia, París y Londres. Un destello de alivio cruzó por los ojos de Antonella al ver entrar a los seis.

—Han vuelto —dijo, sonriendo—. ¿Salió todo bien en Berna?

Blunt inclinó la cabeza con respeto.

—Lo logramos —informó—. Recuperamos lo que necesitábamos de la torre del reloj de Berna. Pero está claro que el viaje no ha terminado. Tenemos una nueva pista que descifrar, algo sobre la humildad, y quizá ilusiones más profundas aquí en Boston.

Antonella y Bart intercambiaron miradas de complicidad. Habían estado estudiando viejos registros en ausencia del equipo. Bart cerró con cuidado el volumen que había estado leyendo y señaló una página en particular.

—Mientras ustedes estaban fuera, continuamos nuestra investigación en los diarios —dijo—. Hay una frase que no deja de aparecer: *Veritas in Humilitate.*

Ante esa frase en latín, los seis magos se acercaron más. Bart giró el antiguo diario para mostrarles una entrada manuscrita con letra enrevesada.

—Significa "Verdad en la humildad". Sospechamos que es una pista clave para la próxima prueba.

Checkered se inclinó sobre el libro y murmuró traduciendo:

—"Verdad en la humildad…"

Intercambió una mirada con Greenie; aquel lema resonaba con todo lo que habían aprendido hasta entonces.

—Desde luego encaja con nuestro tema. Pero ¿a qué apunta exactamente, es una advertencia o un lugar?

Antes de que Bart pudiera responder, el viejo teléfono de la casona lanzó un breve timbrazo agudo. Todos se quedaron inmóviles por un instante, escuchando. Bart esbozó una leve sonrisa y murmuró en voz baja: —Tal vez ambos.

Greenie pasó los dedos por las páginas amarillentas del diario.

—"Verdad en la humildad" —repitió entre dientes—. ¿Está relacionado con algún lugar aquí en Boston? ¿Con alguna persona? ¿Algún suceso?

El silencio de la biblioteca los envolvía, apremiándolos a desentrañar el significado de la pista.

Antonella le pasó a Greenie un segundo cuaderno, con los márgenes llenos de referencias cruzadas garabateadas.

—Creemos que apunta a un lugar específico, algún sitio conocido por la investigación silenciosa y la sincera búsqueda de conocimiento —explicó Antonella.

Greenie revisó las notas mientras Antonella esbozaba una sonrisa.

—Nuestra mejor suposición es el Boston Athenaeum.

Los ojos de Greenie se iluminaron ante la sugerencia. El Boston Athenaeum era una de las bibliotecas más antiguas de la ciudad y un baluarte del saber.

—El Athenaeum… por supuesto. Un santuario del conocimiento y, desde siempre, un lugar de humildad intelectual. Si una ilusión sobre la verdad y la ambición hubiera de manifestarse en algún sitio, podría ser allí.

Breezie se tocó pensativo la barbilla.

—Tiene sentido. Cornelius dio a entender que nuestra próxima lección se desarrollaría en un lugar donde la humildad está profundamente arraigada. Una biblioteca histórica encaja perfectamente con esa pista.

Bart asintió, complacido con su rápida deducción. Hojeó algunas páginas sueltas.

—También nos hemos topado con informes locales curiosos: gente que afirma ver tiendas o portales que desaparecen en cuanto aparecen. Un nombre surge una y otra vez: una tienda itinerante llamada "Las seis estatuas" —dijo, alzando la vista significativamente—. Me recuerda a las tiendas mágicas de los Anticuarios con las que se toparon en el extranjero. Y podría estar conectada con cualquier ilusión que aceche aquí.

Greenie arqueó las cejas al reconocerlo.

—Recuerdo ese nombre de una de las entradas del diario —dijo—. Las seis estatuas parecen aparecer dondequiera que se juntan ilusiones poderosas, para luego desaparecer de nuevo.

Los ojos de Checkered se iluminaron ante este nuevo dato.

—Si una librería mística se está escondiendo cerca del Athenaeum, podría ser allí donde se centra la ilusión. Podría estar camuflada, esperando a que la encontremos.

Blunt se irguió con determinación.

—Entonces es allí adonde iremos. Debemos investigar el Athenaeum de inmediato. Si hay una ilusión o una tienda encantada allí, no podemos perder tiempo.

Su tono era firme, subrayado por la urgencia y la determinación.

Antonella extendió la mano y apretó suavemente el brazo de Blunt, con una preocupación maternal en la mirada.

—Tened cuidado —les instó—. Si esta prueba se parece en algo a la última, puede que sea aún más profunda. Manteneos en guardia.

Blunt esbozó una sonrisa tranquilizadora.

—Lo haremos.

Miró a sus compañeros, que lucían todos expresiones de serena preparación. Ya se habían enfrentado antes a ilusiones de orgullo y habían salido fortalecidos.

—Nos tenemos los unos a los otros, y recordamos lo que hemos aprendido.

En busca del Athenaeum

Saliendo de la casa de piedra rojiza —con Bart y Antonella quedándose en la puerta para dejar que los jóvenes magos afrontaran esta prueba por su cuenta—, los seis siguieron la guía de la nueva pista hacia el Boston Athenaeum. El anochecer oscureció el cielo hasta teñirlo de violeta mientras recorrían las calles iluminadas por farolas de Beacon Hill. El aire en sí se sentía cargado de potencial, como si la ciudad contuviera el aliento.

Al doblar una esquina, un señor mayor en bicicleta se detuvo para saludarlos llevándose la mano al sombrero. Su sonrisa atenta hizo que Blunt vacilara un instante, despertando el recuerdo de ilusiones que habían disipado muy lejos de allí. Antes de que pudieran decidir si se trataba solo de cortesía o parte de la silenciosa invitación de la ciudad, el hombre ya se había marchado, pedaleando de nuevo en el crepúsculo cada vez más oscuro.

Los faroles de gas proyectaban halos dorados sobre las aceras de ladrillo y las verjas de hierro forjado. Las estatuas en pedestales de las esquinas permanecían en silencio, sus rostros de mármol temblaban bajo la luz de las lámparas al paso del grupo. Unas pocas manzanas más adelante surgieron a la vista la cúpula blanca y la elegante fachada del Athenaeum, iluminadas por focos suaves desde abajo. La visión de sus grandes ventanales y pilares de mármol provocó un leve escalofrío de emoción en los magos —este era un lugar de historia y verdad, y tal vez el escenario del desafío de esa noche.

Reddish redujo el paso al acercarse a la entrada del Athenaeum. Las imponentes puertas estaban cerradas a esa hora tardía, y la calle estaba casi desierta. Examinó las sombras alrededor del perímetro del edificio.

—Si hay algo aquí, se mantiene en silencio —susurró.

Firee dio un paso al frente y apoyó la palma de la mano suavemente contra la pesada puerta de madera. Para su sorpresa, esta cedió bajo el empuje suave.

—No está cerrada con llave, —observó, intercambiando una mirada con Blunt. Ya era muy pasada la hora de atención al público; quizá

Cornelius hubiera arreglado el acceso fuera de horario, o tal vez los propios encantamientos del Athenaeum reconocieran su misión.

Se deslizaron al interior, uno tras otro.

El silencio del Athenaeum

El Boston Athenaeum los recibió con el silencio propio de un santuario. Rayos de luna se colaban por los altos ventanales arqueados, iluminando motas de polvo sobre filas de estanterías de caoba. Los bustos de mármol de autores y eruditos proyectaban largas sombras sobre los suelos pulidos. Cada paso que los magos daban en aquel suelo producía un eco suave que parecía ser inmediatamente devorado por el venerable silencio.

—Desplegaos, pero con cuidado —susurró Blunt.

El grupo se dispersó por la sala principal de lectura, con los ojos atentos a cualquier señal de magia o ilusión. Visitantes con capas no eran nada inusual allí —el Athenaeum a menudo acogía a eruditos heterogéneos—, así que se sintieron cómodos moviéndose entre las estanterías.

Reddish deslizó los dedos por un estante de tomos ajados mientras avanzaba, escuchando con atención. Nada saltó a su encuentro: ni susurros fantasmales, ni luces inexplicables. El único movimiento era el tenue parpadeo de los apliques de gas a lo largo de las paredes.

Greenie cerró los ojos y dejó que sus sentidos empáticos se extendieran. La atmósfera estaba cargada de historia y conocimiento, pero más allá de eso... Frunció el ceño.

—Percibo anticipación—murmuró—. Como si la biblioteca en sí misma esperara algo. Pero no percibo nada malo aquí dentro.

Checkered merodeaba entre las mesas de lectura, sosteniendo su farol en alto. El suave resplandor caía sobre los retratos al óleo de los fundadores de Boston y sobre los suelos de mármol que habían sentido los pasos de generaciones de lectores. Se detuvo cerca de una vitrina de manuscritos antiguos.

—No hay señales de hechizos ilusorios ni de puertas ocultas —dijo por lo bajo—. Es como si el edificio guardara muy bien sus secretos.

Tras un minucioso cuarto de hora buscando en las salas principales y rincones sombríos del Athenaeum, se reagruparon junto al mostrador de préstamos. Todos negaron con la cabeza: no habían encontrado nada evidentemente mágico en el interior.

—Puede que ni siquiera esté adentro —dijo Checkered, frustrada pero perseverante. Recordó las notas de Bart sobre tiendas efímeras—. Si yo fuera una ilusión intentando pasar desapercibida en un lugar como este, me escondería justo afuera, en algún sitio discreto cerca del Athenaeum, en lugar de dentro.

Blunt reflexionó sobre esto y asintió. La pista "Truth in Humility" (La verdad yace en la humildad) los había conducido aquí, pero tal vez la prueba real estuviera justo más allá de los muros de la biblioteca.

—Echemos un vistazo alrededor, afuera —decidió—. Puede que haya algo en los callejones o patios cercanos que pasamos por alto.

En silencio, volvieron a deslizarse a la noche, asegurando la puerta del Athenaeum tras ellos. La noche de la ciudad los recibió con el chirrido de grillos y un lejano rumor de tráfico. Decididos a descubrir cualquier ilusión que quedara, los jóvenes magos emprendieron la marcha para rodear el perímetro de la biblioteca.

La tienda ambulante llamada «Las seis estatuas» al descubierto

De repente, un destello plateado fugaz ondeó a lo largo del muro de ladrillo al fondo del patio —como luz de luna danzando sobre el agua donde no debería estar. Todos se tensaron.

Checkered entrecerró los ojos, enfocando su magia detectora de la verdad. El brillo se afinó bajo su escrutinio.

—Es una ilusión —exhaló—. Hay una distorsión justo delante de nosotros.

Blunt extendió un brazo, instando al grupo a permanecer unido.

—Con calma. Nos aproximamos como uno solo.

Avanzaron al unísono, con el corazón palpitante pero la determinación firme.

Greenie cerró los ojos brevemente mientras avanzaban, emitiendo una suave oleada de empatía. Pudo sentir rastros de emoción adheridos al aire, incertidumbre, curiosidad, un toque de asombro. Quienquiera que hubiese estado aquí había sentido esas cosas. Era como si el lugar mismo recordara.

Otro brillo tenue se formó contra el muro, coagulándose lentamente hasta perfilar un letrero de madera. A medida que la forma se definía, unas letras destellaron con una tenue luz dorada.

—Las seis estatuas —leyó Reddish en voz alta, y la tensión que tenía antes floreció en entusiasmo—. ¡El nombre que aparecía en los diarios!

Como convocada por el reconocimiento, la ilusión terminó de desplegarse. Ante sus ojos, una pequeña tienda itinerante se materializó en el patio, encajada cómodamente entre los muros de piedra. Unas lámparas de aceite bajo los aleros parpadearon al encenderse, proyectando un suave resplandor sobre paneles de madera tallados con símbolos arcanos. Toda la tienda descansaba sobre seis robustas ruedas de bronce, y un letrero colgado sobre la puerta mostraba seis pequeñas estatuas en círculo. La puerta principal estaba entreabierta, dejando escapar una franja de luz cálida y un silencio que invitaba a entrar.

La habían encontrado: la mística librería ambulante de Cornelius Tetragor, Las seis estatuas.

La bienvenida de Cornelius

Blunt tomó la delantera y empujó con suavidad la puerta de la tienda hasta abrirla del todo. Una campanilla de bronce sobre ella emitió un tintineo suave cuando entraron. En el interior, el espacio era acogedor y tenue, iluminado por unos pocos faroles colgantes. Olía a pergamino viejo, cera pulidora y un toque de algo metálico, como una fragua lejana. Las estanterías a lo largo de las paredes estaban atestadas de tomos encuadernados en cuero, curiosos artilugios mecánicos y frascos con ingredientes centelleantes. En el centro de la tienda se alzaba una mesa circular de madera, y junto a ella, una figura conocida con vaporosas túnicas blancas.

Cornelius Tetragor se giró hacia ellos con una sonrisa serena. Su largo cabello plateado se derramaba sobre sus hombros, y sus ojos amables brillaban con reconocimiento y aprobación. Hizo una leve reverencia a modo de saludo, con cada movimiento comedido y humilde.

—Bienvenidos, amigos —dijo suavemente. Su voz resonó con una cálida tranquilidad, como si los hubiera estado esperando—. La tranquila búsqueda de conocimiento de Boston os ha estado aguardando, y yo también.

Al ver a su mentor de Praga y Berna ahora allí en Boston, los seis jóvenes magos no pudieron evitar sonreír. La presencia misma de Cornelius era un bálsamo; las ansiedades de su búsqueda se desvanecieron. Hicieron una reverencia respetuosa en respuesta.

—Seguimos la pista hasta aquí —explicó Checkered, con el alivio evidente—. La frase Veritas in Humilitate nos condujo al Athenaeum, pero no encontramos ilusiones en su interior. Nos dimos cuenta de que algo podía estar oculto cerca… y entonces descubrimos su tienda.

Cornelius inclinó la cabeza, complacido con su deducción.

—El Athenaeum de Boston proporciona el escenario, pero como habéis visto, las ilusiones rara vez se revelan abiertamente en un lugar consagrado a la verdad. Por eso, mi librería itinerante permanece en el umbral, donde la curiosidad lleva a los humildes más allá de lo evidente.

Hizo un gesto invitándolos a reunirse alrededor de la mesa central.

Greenie dejó escapar un pequeño suspiro de alivio y avanzó un poco más, sintiendo que la tranquila confianza de Cornelius la envolvía.

—Nos alegra verlo de nuevo, señor, —dijo con sinceridad. —¿Qué lección debemos aprender esta noche?

Los ojos de Cornelius centellearon. Apoyó una mano delicada sobre una pila de pergaminos en la mesa.

—Esta noche, la humildad debe enfrentarse a un enemigo más sutil —respondió—. Habéis aprendido cómo la humildad protege contra las grandes ilusiones de la vanidad. Ahora veréis cómo la corrupción puede disfrazarse de ambición virtuosa.

Blunt se cruzó de brazos, pensativo.

—¿Corrupción bajo la apariencia de ambición… como alguien que persigue una meta elevada, pero es desviado en secreto por el orgullo o el engaño?

—Precisamente —asintió Cornelius, mientras la luz de las lámparas refulgía suavemente sobre los bordados dorados de su túnica—. Las tentaciones a menudo vienen envueltas en buenas intenciones. Un atajo ofrecido "por el bien mayor", un halago disfrazado de oportunidad... estas cosas pueden envenenar al corazón más puro si no se reconocen. —Dirigió la mirada a cada uno de ellos, con un porte afable pero serio. —La humildad y la honestidad serán vuestras lámparas en la oscuridad de tales tentaciones.

Lecturas a la luz de las lámparas

La librería encantada de Cornelius irradiaba un aura intemporal. Las estanterías rebosaban de delicados tomos y pergaminos. Instrumentos de latón y astrolabios hacían tictac suavemente a lo largo de las paredes. En el centro de la habitación, una estatua de tamaño real de una figura con capa estaba arrodillada en pose humilde, con la cabeza inclinada. La presencia de la estatua impregnaba el aire de una suave sensación de sosiego —un recordatorio silencioso de la virtud que necesitarían.

Alrededor de esta estatua central se dispusieron los jóvenes magos. Sentían una energía silenciosa vibrando en la tienda, como si las mismas paredes anticiparan la lección por venir.

Cornelius pasó un dedo por un pergamino enrollado sobre la mesa.

—Aquí están las voces de quienes enfrentaron pruebas similares hace siglos —dijo—. Esta noche, a la luz de las lámparas, leeréis dos fábulas. Cada una arrojará luz sobre cómo la humildad se mantiene firme frente a los susurros de la ambición corrompida.

Con una indicación de Cornelius, Blunt encendió con cuidado una lámpara adicional y la colocó en el centro de la mesa. El cálido resplandor cayó sobre los pergaminos, invitándolos a comenzar.

—Nuestro primer relato —dijo Cornelius, tomando el pergamino superior y ofreciéndoselo a Breezie— se titula "El sabio que rechazó la corona".

Breezie lo recibió con suave reverencia y desenrolló el pergamino crujiente. El texto estaba escrito con una caligrafía antigua y fluida. Carraspeó y comenzó a leer en voz alta con tono suave y pausado. Los demás escucharon con atención; los únicos sonidos en la tienda eran el tenue crepitar de la llama de la lámpara y la narración constante de Breezie.

El sabio que rechazó la corona
*Dicen que vivía en el recodo apacible del río,
bajo los ciruelos en flor
que se inclinaban sobre su techo como viejos amigos.*

*Su nombre no era conocido en las ciudades.
Ninguna estatua llevaba su semblanza,
ninguna tinta cantaba sus loas en los registros de los reyes.*

*Pero los pergaminos que escribía se copiaban en secreto
por aquellos que sabían dónde dormía la verdad.
Sus alumnos llegaban con sandalias y silencio,
y se marchaban con la mirada más despierta que antes.*

*La Corte escuchó susurros.
«Un sabio», decían,
«con una claridad rara como agua de manantial en la sequía.»
Y así enviaron mensajeros,
con capas de seda y promesas vestidas de oro.*

*El primero llegó con un anillo enjoyado.
«El puesto de Canciller es suyo —dijo—
si tan solo presta su sabiduría a la Corona.»
El sabio hizo una profunda reverencia y replicó:
«Una mente encadenada no puede pensar libremente.
Permitidme servir a la verdad, no a los tronos.»*

*La segunda llegó en la temporada de lluvias,
ofreciendo pergaminos escritos con títulos y honores.
«El mundo debería conocer su nombre» —sonrió.
«Podría guiar a generaciones.»*

Él la miró con dulzura.
«Un árbol no le pide al viento que talle su nombre en la montaña.
Su fruto es prueba suficiente» —contestó.

El tercero llegó envuelto en sombras,
susurros arrastrándose detrás como hojas secas.
No hizo promesas de gloria ni fama.
Habló en cambio de lo que podía perderse:
tu hogar, tus pergaminos, tus alumnos…
«Todo gran roble debe inclinarse en la tormenta» —advirtió.

El sabio encendió una lámpara
y la sostuvo entre ambos.
Respondió quedamente:
«Entonces seré la semilla que vuelve a crecer después del fuego».
Pasaron los años. El imperio cambió de forma.
Cayeron cancilleres. El oro se deslustró.
Y la casa del sabio permaneció —un poco más desgastada,
pero cálida bajo el brillo de la luz de la mañana.

Un día, una niña llamó a su puerta.
No llevaba títulos.
Solo preguntas.
Él la recibió con una sonrisa
que jamás había intentado conquistar una corona.

Cuando Breezie terminó los versos finales, su voz se extinguió en el silencio que llenaba la tienda. Un profundo mutismo siguió al final de la fábula. El grupo dejó que el suave poder de la historia los inundara. En sus mentes podían ver al humilde sabio inclinándose bajo los ciruelos, firme en su integridad, y a la muchacha de ojos brillantes llegando años después para aprender de él. Fue una victoria silenciosa, arduamente conseguida y nunca celebrada con fanfarrias y resonó profundamente en ellos.

Por un largo momento, nadie habló. Los magos intercambiaron miradas reflexivas. Los ojos de Reddish brillaban con admiración por la valentía del sabio. La expresión de Firee era pensativa, como si repasara en su mente cada una de las respuestas del sabio. Checkered rozó levemente el borde del pergamino, tal vez maravillada de cómo una historia sencilla podía cargar con tanto peso.

Cornelius observó sus rostros, con una suave sonrisa en los labios. Satisfecho de que la primera lección hubiera echado raíces, tomó el segundo pergamino. En el silencio respetuoso, se lo entregó a Greenie.

—Este te corresponde compartirlo a ti —dijo. El pergamino crujió mientras Greenie lo desenrollaba—. Se titula "La montaña, el espejo y la semilla".

Greenie tomó aire con calma y comenzó a leer el título en voz alta. Su voz era suave pero clara, cada palabra pronunciada con el esmero de una cuentacuentos tejiendo un hechizo:

La montaña, el espejo y la semilla

En una tierra antigua donde el cielo acariciaba las cimas de montañas altísimas, vivía un joven sabio llamado Lior. Había dominado los pergaminos de cada reino, dejado sin palabras a filósofos en debate, y recibidos honores de reyes. Y sin embargo, una silenciosa inquietud florecía en su pecho que no podía explicar.

Un día, al oír hablar de un maestro legendario que habitaba en la cima de la montaña más alta, Lior emprendió el ascenso.

Los aldeanos le advirtieron: «Muchos buscan respuestas allá arriba; pocos regresan siendo los mismos». Pero Lior, confiado en su intelecto, solo sonreía. «Busco la verdad, no la comodidad» —dijo.

Tras muchos días de ascenso, llegó a un templo vetusto encaramado cerca de la cumbre helada de la montaña. Dentro, una anciana estaba sentada junto a un pequeño fuego. Su manto era sencillo; sus ojos, antiguos y bondadosos.

«He venido —declaró Lior, inclinándose con rigidez— para aprender qué queda cuando todo el conocimiento está conocido.»

La anciana asintió. Sin mediar palabra, colocó ante él tres objetos: un espejo, una semilla y una balanza con plumas.

«Vuelve a mí cuando comprendas el peso de estos tres» —susurró.

Desconcertado pero decidido, Lior abandonó la cima llevando consigo el espejo, la semilla y la balanza.

Greenie hizo una pausa en este punto, bajando un poco el pergamino. Dejó que su mirada se posara en sus amigos, calibrando sus reacciones. La tienda se había quedado aún más en silencio, como si el mismo aire escuchara. A la tenue luz de las lámparas, cada uno de los magos se hallaba contemplando sus propias reflexiones —momentos en que tal vez habían permitido que el orgullo dictara sus actos, ocasiones en que quizá pasaron por alto las contribuciones de otros. Más de uno tragó saliva, sintiendo resonar la verdad de la fábula.

Cornelius permaneció inmóvil, permitiendo que la lección calara hondo. La estatua de la figura humilde proyectaba una larga sombra en el suelo, y Breezie inconscientemente dio medio paso más cerca de Reddish, buscando consuelo en su unidad. Los ojos de Firee relucían; quizá recordaba lo fácilmente que el conocimiento y el orgullo pueden entrelazarse.

Greenie vio que el relato había conmovido sus corazones, y prosiguió, con la voz suave como el ocaso que caía:

Entonces llegó la semilla. Lior la plantó en tierra fértil y la regó con diligencia, día tras día. Pero no brotó ningún retoño. Desconcertado y frustrado, finalmente rompió la semilla —solo para descubrir que estaba hueca. Lior lloró al comprender: solo la honestidad da fruto. Una semilla que carece de un núcleo vivo nunca crecerá. El conocimiento, sin humildad, está vacío.

Por último, la balanza con plumas. Lior colocó todos sus laureles en un platillo —sus pergaminos, sus medallas, sus trofeos— y luego él mismo se subió al otro lado. La balanza no se inclinó. Solo cuando colocó el espejo y la semilla hueca a su lado el equilibrio cambió, inclinándose lentamente a su favor.

En ese momento, Lior comprendió: el verdadero valor de uno no se mide por lo que logramos, sino por lo que estamos dispuestos a dejar de lado. Solo al soltar la vanidad pudo hallar el equilibrio.

Pasaron los años. Cuando Lior por fin regresó al templo de la cima de la montaña, ya no vestía seda ni certezas. La anciana lo recibió con una tranquila sonrisa y le sirvió una taza de té.

«¿Qué has aprendido?» —preguntó ella.

Lior respondió: «Que la sabiduría no está en saber más, sino en necesitar menos. Que la humildad no es silencio, sino negarse a ponerse por encima de la verdad. Una semilla, aunque callada, puede partir la piedra —y un espejo, aunque inmóvil, puede hacer añicos la arrogancia».

La anciana asintió.

«Entonces puedes quedarte… o regresar, como quieras. Tu elección ya no está impulsada por la necesidad de tener razón —dijo, vertiendo té en su taza—, sino por la gracia de estar completo».

Al leer Greenie la revelación final de Lior, su voz casi se quebró de la emoción. Depositó el pergamino con cuidado. Las palabras finales de la segunda fábula quedaron suspendidas en el aire, y una sensación de paz se apoderó del interior de la librería. Los seis jóvenes magos estaban sentados o de pie en un silencio reflexivo, absorbiendo la rica imaginería: un espejo que reflejaba el orgullo oculto, una semilla hueca que nunca crecería, una balanza sopesando virtudes intangibles.

Firee soltó un aliento que no se había dado cuenta de que contenía. Se sentía a la vez humillado e inspirado. Sin decir palabra, el grupo comprendió que estas dos fábulas eran imágenes especulares una de la otra —una mostraba una vida humilde rehusando la corrupción, la otra una vida orgullosa transformada por la humildad. Ambas convergían en la misma verdad: la ambición no significa nada si abandona la honestidad y la humildad.

Cornelius les concedió varios latidos para reflexionar. Luego, con una voz casi susurrada, dijo:

—Entender es solo un paso.

Sus tranquilas palabras hicieron que todas las miradas se posaran en él.

—Ahora, mostradme cómo os mantenéis en la verdad cuando las ilusiones vengan cargadas de promesas que preferiríais no rechazar.

Ante ese suave desafío, la luz de las lámparas de la tienda parpadeó. El propio aire a su alrededor empezó a cambiar. Greenie enrolló apresuradamente el pergamino mientras los estantes de madera temblaban como un espejismo de calor. Las llamas de aceite se alargaron en estelas brillantes. Una neblina nacarada se reunió en los bordes de la habitación, enroscándose alrededor de sus pies.

Antes de que los seis pudieran hablar, la niebla se espesó y la tienda a su alrededor empezó a disolverse. Las paredes repletas de libros y curiosidades se desvanecieron, reemplazadas por destellos lejanos de oro. Las tablas del suelo de la tienda se alisaron hasta volverse mármol pulido bajo sus botas. Todos se dieron cuenta, a la vez, de que el desafío de Cornelius estaba desencadenando una ilusión —la prueba estaba comenzando.

Ninguno de ellos resistió el cambio; fue suave, casi como ser guiados a un sueño. Su visión se nubló y luego se aclaró de nuevo. La tienda iluminada por lámparas se había desvanecido por completo.

La tentación dorada

Ahora se encontraban en un gran salón que bien podría haber sido sacado de un palacio real. Cada superficie relucía con opulencia. Suelos de mármol brillaban bajo sus pies, reflejando imponentes pilares dorados que sostenían un techo abovedado pintado con escenas triunfales. Una luz dorada se vertía por altos ventanales arqueados, aunque el paisaje más allá de ellos era una bruma brillante indistinta. Cortesanos ricamente ataviados flotaban por el salón, con sonrisas corteses, pero de algún modo inquietantes, como si cada gesto amable ocultara un plan.

En el centro del salón, sobre un pedestal de mármol blanco, reposaba una esfera de cristal del tamaño de una calabaza. Brillaba desde dentro con una luz hipnótica y etérea. Mientras los seis magos se aproximaban con cautela, susurros se arremolinaban a su alrededor como humo perfumado. Las voces incorpóreas murmuraban sobre alianzas, sobre patronazgo, sobre destinos forjados y futuros asegurados —todo en tonos quedos y seductores. La esfera de cristal palpitaba suavemente con cada sugerencia, ejerciendo un sutil tirón en el aire, como intentando atraer más a los jóvenes magos.

Reddish se descubrió con la mirada atraída hacia aquella esfera. Cuanto más la miraba, más parecía reflejar sus propias aspiraciones. En sus profundidades creyó ver un destello de sí misma, de pie triunfante en un gran escenario, su fogosa pasión aclamada por miles. Una voz —quizá de la esfera, quizá de su propia mente— susurró: «*Imagina cuánto más podrías hacer, si solo extendieras la mano y lo tomaras... solo un pequeño compromiso...*»

Los puños de Reddish se tensaron a sus costados. La tentación de canalizar su espíritu audaz en algo grande y reconocido tiró de su corazón. La oferta sonaba tan razonable. Solo una pequeña concesión, a cambio del poder de lograr tanto bien. El pensamiento le envió un escalofrío de sorpresa —no era propio de ella considerar atajos. Apretó los dientes, esforzándose por mantener la mente despejada.

Cerca de allí, la atención de Breezie fue atrapada por una sección pulida del suelo, que funcionaba como un espejo. Por un momento, no vio a su yo real sino una visión: a sí mismo, envuelto en finas vestiduras, celebrado e importante. En ese reflejo, estaba solo en un alto balcón, saludando a una multitud que lo adoraba. La visión tiró de la inseguridad más profunda de Breezie. *Si tuvieras más influencia —*susurró una voz melosa—, *nunca te dejarían atrás. Podrías asegurarte de que nadie jamás te abandone. Podrías mantener a todos a salvo y unidos.* El corazón de Breezie martilleó. La idea de tener el poder de garantizar la unidad —de no sentirse aislado nunca más— era una tentación que le humedeció las palmas de las manos. Tragó con fuerza y apartó la vista del suelo, acercándose a Reddish y Blunt en busca de seguridad.

Blunt abarcó todo el salón con una mirada cautelosa y firme. Reconocía los adornos de una ilusión diseñada para seducir. El silencio en el aire, el brillo demasiado intenso del oro, los cortesanos deferentes que flotaban apenas fuera de alcance —todo parecía orquestado para adormecerlos y hacerles bajar la guardia. Esto es justo como las fábulas, se recordó a sí mismo. Falsa grandeza que oculta una promesa vacía. Pensó en el sabio humilde que no quiso cambiar la verdad por un trono. La mandíbula de Blunt se tensó.

—Debemos mantenernos firmes —susurró a los demás, su voz apenas audible por encima de los suaves murmullos aduladores. Cruzó la mirada con Firee y vio su rápido asentimiento.

Firee había estado escudriñando la periferia del salón. Sus agudos instintos notaron que, aunque todo parecía suntuoso, había una oquedad bajo el brillo. La risa de los cortesanos sonaba un poco demasiado lejana, sus rasgos ligeramente borrosos. Cuando Blunt habló, Firee deslizó su varita en la mano, con el agarre firme.

—La corrupción aquí viste un rostro acogedor —murmuró Firee.

Prácticamente podía oler el engaño —como incienso dulce cubriendo el hedor de la podredumbre.

Checkered cerró los ojos, concentrándose en su sentido innato de la verdad. Cuando los abrió de nuevo, el esplendor del salón se atenuó ligeramente ante su vista. Los finos detalles de tapices y trajes se difuminaron, y percibió hilos de medias verdades en el aire, enroscándose a su alrededor.

—No percibo ninguna mentira flagrante —dijo Checkered en voz baja—, pero hay sinceridad retorcida por todas partes —una causa noble que lentamente se desliza hacia la vanidad.

Era como si la ilusión hablara en verdades a medias: Sí, haced el bien, insinuaba, pero a mi manera. Ceded un poco de vuestra virtud y os recompensaré.

Mientras ella explicaba esto, uno de los personajes de la ilusión flotó hacia ellos. Era un hombre alto envuelto en telas opulentas, el rostro oscurecido por el resplandor del salón. En sus brazos llevaba una bandeja pulida con seis pergaminos, cada uno sellado con cera reluciente.

—No hace daño un pequeño compromiso, queridos míos —arrulló, extendiendo la bandeja de forma invitadora. Su voz era reconfortante y persuasiva—. Firmad estos, y podréis lograr un bien mayor —solo un pedacito de vuestra integridad es todo lo que cuesta. Pensad en las vidas que podríais cambiar con la influencia que obtendréis.

Los seis magos permanecieron juntos, hombro con hombro, mirando los contratos ofrecidos. Escritura dorada centelleaba en cada pergamino, pero ninguno extendió la mano para tomarlos.

Los ojos de Reddish centellearon, la luz dorada ilusoria destellando sobre los ardientes matices rojos de sus iris.

—Ese "pedacito" de nuestra integridad lo es todo —replicó, con la voz dura de determinación—. No canjearemos lo que somos por todo el poder de este salón.

Su apasionada declaración resonó contra las columnas de mármol.

Ante la negativa de Reddish, un temblor onduló a través de la ilusión. La esfera de cristal sobre el pedestal se iluminó de repente, como si se alimentara del parpadeo de incertidumbre o duda que aún pudiera acechar en sus corazones. Los susurros melosos se volvieron insistentes, sondeando a cada mago en busca de debilidad.

Percibiendo el intento de la ilusión de afianzar su agarre, Blunt inhaló hondo y convocó la serena unidad que los había traído hasta aquí. Extendió las manos y tomó la de Breezie a un lado y la de Checkered al otro. Enseguida, los seis formaron un pequeño círculo, un frente unido.

—Rechazamos cualquier promesa que nos pida abandonar nuestra honestidad —dijo Blunt con claridad. Sus palabras resonaron como una campana, cortando el coro de voces susurrantes.

La sonrisa zalamera de la figura con túnica vaciló, volviéndose fría. A su alrededor, los cortesanos ilusorios detuvieron su deambular, sus ojos fijándose en los jóvenes magos. La suave música de fondo del salón adquirió un matiz discordante. La prueba estaba escalando. La luz dorada se aguzó en un resplandor deslumbrante y las sombras se acumularon en los bordes de la sala, como si la ilusión se preparara para abalanzarse ahora que su enfoque sutil había fallado.

En ese momento cargado de tensión, la opulencia del salón en sí comenzó a distorsionarse. Las columnas de mármol se alargaron más, retorciéndose de forma antinatural. En los rincones oscuros, las sombras se fusionaron en formas vagas con ojos —vigilando, esperando a que los magos flaquearan. Ecos de promesas y amenazas reverberaban en el alto techo, mezclándose en un zumbido abrumador.

Una punzada de soledad de pronto atenazó a Breezie mientras la luz y la sombra les jugaban malas pasadas. Por un momento, vio a sus amigos a su lado; al siguiente, era como si estuviera aislado en aquel alto balcón de la visión, los demás convertidos en motas distantes. Un viejo miedo se agitó en su pecho: el miedo a estar verdaderamente solo. Breezie apretó la mano de Blunt, anclándose.

—No me dejaré engañar pensando que necesito algún poder que me separe de mis amigos —dijo, la voz temblando de emoción, pero lo bastante alta para que se oyera—. Ninguna promesa de gloria vale la pena si perdemos nuestra unidad.

Greenie colocó su mano libre sobre la de Breezie, infundiéndole fortaleza con un pulso de calidez empática.

—Nuestra verdadera fuerza proviene de ser fieles —fieles unos a otros y a lo que es correcto —dijo con firmeza. En toda su apacible vida, Greenie nunca había hablado con tal convicción—. Ningún atajo, ningún premio vale nuestra honestidad.

Una ráfaga de viento azotó el salón, como si la propia ilusión siseara de frustración. La capa escarlata de Firee se agitó tras él, sacudida por la tormenta mágica que se estaba formando. Susurros ilusorios pululaban a su alrededor, ofreciéndole visiones de él dominando torrentes de magia imparable si tan solo aceptaba el contrato dorado. Firee apretó los dientes y cerró los ojos. En la oscuridad de su mente, vio la imagen de aquella semilla hueca del relato de Greenie —brillante por fuera, vacía por dentro.

—Por muy grandiosa que parezca —gritó Firee por encima del viento creciente—, ¡una semilla hueca no da nada! Sus ojos se abrieron de golpe, ardiendo de determinación. La tentación vaciló y retrocedió ante su feroz declaración de verdad.

Checkered soltó las manos de sus amigos y alzó su varita, no para atacar, sino para iluminar. Canalizando su magia, lanzó un rayo de luz blanco-plateada hacia la sombra más grande al acecho junto al pedestal.

—Veamos estas ilusiones por lo que realmente son —proclamó.

El rayo atravesó capas de glamour centelleante. Bajo la fachada de opulencia, dejó al descubierto algo mecánico y corroído: los engranajes de un artefacto de relojería, chirriando y oxidados, ocultos en la base de la esfera de cristal. Era como si el corazón de la ilusión fuese una máquina rota que se alimentaba de sus dudas.

—Falsa grandeza, alimentada por mentiras —anunció Checkered mientras grietas empezaban a ramificarse por el suelo dorado bajo sus pies.

La ilusión estaba quedando al descubierto.

Cerca de allí, Reddish invocó una pequeña llama en su palma. Su resplandor genuino y cálido rechazó la luz fría y falsa del salón. La sostuvo en alto, y su resplandor bañó sus rostros en un dorado sincero.

—Hemos visto ilusiones tomar muchas formas —exclamó Reddish, girando lentamente para enfrentar a los fantasmas que las rodeaban—. Siempre se desmoronan cuando se las enfrenta con humildad y verdad. ¡Esta no es diferente!

Fortalecidos por la determinación de los demás, los seis se movieron como una fuerza coordinada. Blunt avanzó hasta el pedestal de mármol donde la esfera de cristal vibraba intensamente, intentando reforzar la ilusión que se derrumbaba. Pensó en el espejo que Lior había cargado —el espejo que reflejaba el impacto de las propias elecciones. En la superficie vidriosa de la esfera, Blunt no vio una promesa de poder sino los rostros de sus amigos parados a su lado. Con mano firme, colocó la palma abierta contra la esfera. Estaba fría y lisa al tacto, palpitando bajo sus dedos como un corazón asustado. Blunt encontró su propio reflejo en el cristal y habló con calma:

—No deseo gobernar ni controlar. Elijo servir a la verdad.

Un suave resplandor azul se extendió desde la mano de Blunt. La magia protectora de agua que había aprendido en pruebas anteriores fluyó dentro de la esfera de cristal con delicadeza, como una marea bañando la orilla. Donde la luz purificadora tocaba, el brillo hipnótico de la esfera se apagaba. Una telaraña de grietas atravesó de pronto el cristal. El salón a su alrededor se estremeció.

Un coro de voces disonantes estalló desde todas direcciones, una andanada desesperada final: *«¡Necios! ¿Rechazarían la oportunidad de forjar el destino? ¡Piensen en lo que podrían haber hecho!»*. Las palabras llegaron como una cacofonía, furiosas y asustadas.

Pero ya era demasiado tarde. La integridad de la ilusión había quedado irreparablemente dañada. La esfera de cristal tembló sobre su pedestal y luego se partió con un estallido atronador, una explosión de luz blanca y brillante surgiendo de su núcleo. En ese instante, todo el gran salón se estremeció. Las columnas doradas se agrietaron y el techo pintado empezó a desmoronarse. Fragmentos de oro y vidrio ilusorios llovieron, disolviéndose en corrientes de luz inofensiva al caer.

Corrientes de oro y sombra giraron caóticamente alrededor de los jóvenes magos, buscando en vano algún corazón que les brindara asidero. Pero no había anclas que encontrar; ni un solo atisbo de vanidad o engaño dominaba en los seis corazones unidos. Al no tener nada a qué aferrarse, las ilusiones gimieron y comenzaron a disiparse como humo rasgado por un vendaval.

Reddish alzó el brazo para proteger sus ojos de la deslumbrante disolución del salón, mientras Firee afianzaba los pies, su capa restallando tras él al soportar el último vendaval de magia. Greenie cerró los ojos y respiró con calma, confiando silenciosamente en la virtud que los había guiado hasta allí. Breezie se aferró al hombro de Blunt para mantener el equilibrio, y Checkered se plantó al otro lado de Blunt, la luz de su varita sin titubear mientras el falso paraíso a su alrededor era barrido.

El triunfo de la humildad

Por fin, la tormenta de ilusiones se apagó en un suave remolino de luces de colores, y luego nada. Cayó un profundo silencio. El agobiante resplandor dorado había desaparecido, reemplazado por la cálida y estable luz de las lámparas de la tienda de Cornelius. Los jóvenes magos se encontraron de nuevo sobre las tablas de madera, entre estantes abarrotados de libros y artefactos. Su círculo permanecía intacto, con las manos aún entrelazadas desde que Blunt las había unido por primera vez.

La talla de la Humildad en el centro de la sala resplandecía con una suave luminiscencia de aprobación, como reconociendo que la prueba había sido superada. Cornelius estaba de pie a poca distancia, con sus túnicas blancas reposando con calma y las manos entrelazadas frente a él. Su rostro brillaba con un orgullo sereno. Dio un paso hacia ellos, el piso crujiendo suavemente bajo sus pisadas.

—Lo habéis hecho bien —dijo Cornelius, con tono cálido y sereno.

En esas simples palabras había una gran alabanza. Los seis no solo habían comprendido las lecciones de las fábulas —las habían puesto en práctica, incluso cuando la tentación los llamaba con dulces promesas.

Blunt exhaló un largo suspiro y soltó las manos de Breezie y Checkered. La tensión se escurrió de sus hombros.

—Esa ilusión intentó seducirnos de una forma tan sutil —dijo, con la voz ligeramente asombrada por lo cerca que habían estado—. Esta vez no atacó directamente nuestro orgullo. Nos ofrecía maneras de hacer más bien, si tan solo renunciábamos a un poco de la verdad. —Sacudió la cabeza, maravillado—. Una trampa muy inteligente.

Checkered apartó un mechón suelto de cabello que se le había escapado. Su frente estaba perlada de sudor.

—Las buenas intenciones pueden torcerse en otra cosa con tanta facilidad, sin la humildad que mantenga a raya la ambición —observó en voz baja. Incluso mientras hablaba, Checkered se dio cuenta de que ya no sentía la necesidad de sobre explicar la moraleja; todos la habían visto con sus propios ojos.

A su alrededor, la librería se sentía más liviana, como si una pesada presión se hubiera disipado. Firee presionó una mano contra su corazón, notando que todavía latía con fuerza por la adrenalina.

—Esas fábulas... —dijo suavemente— ...resonaron en nuestras mentes en los momentos justos. Por poco escucho esos susurros al principio.

Firee admitió esto con una media sonrisa de alivio. Ahora sabía que el sabio y Lior habían estado con ellos en espíritu, guiándolos.

—Me alegra que recordáramos el vacío que aguarda al final de ese camino. La ambición sin integridad es verdaderamente hueca.

Breezie asintió, recordando la imagen fugaz de sí mismo solo en aquel balcón.

—Es tentador creer en un camino rápido hacia la grandeza, especialmente si suena a que podrías ayudar a otros tomándolo. —Miró agradecido a sus amigos—. Pero si ese camino significa perder quiénes somos, perder la confianza y la honestidad que nos unen, entonces no conduce a nada más que a la soledad.

Los seis magos compartieron un momento de silenciosa comprensión. Habían sido puestos a prueba en un reino de ilusión y habían salido victoriosos, no por fuerza bruta ni poder arcano, sino permaneciendo fieles a los humildes principios que se habían comprometido a defender. Nadie necesitaba decir en voz alta que habían aprendido algo valioso; era evidente en sus rostros, en la tranquilidad de sus respiraciones, en la renovada confianza que brillaba en sus ojos.

Cornelius contempló todo esto con una mirada benévola. La leve sonrisa en su rostro hablaba de satisfacción y esperanza. Suavemente, rompió el silencio.

—Recordad bien esta lección —dijo—. La humildad no es un tesoro que se gana una vez y se guarda bajo llave; es una luz que debéis llevar y alimentar cada día. Cada vez que la sostenéis, la fortalecéis para las pruebas que vendrán.

Se volvieron hacia él y escucharon como a un maestro querido. El tono de Cornelius se mantenía suave, no amonestador, simplemente los estaba guiando hacia adelante. Una pila cercana de mapas antiguos revoloteó con una corriente de aire, llamando su atención sobre el hecho de que la noche afuera estaba quieta y silenciosa más allá del umbral de la tienda. La prueba había terminado, pero los misterios de Boston no necesariamente estaban todos resueltos de un golpe.

Reddish miró hacia la puerta de la tienda, donde más allá del callejón podía ver un retazo de la calle de Boston, aún envuelta en la calma de la medianoche.

—¿Cree que las ilusiones que rondaban esta parte de Boston se han ido ya? —preguntó a Cornelius—. ¿Liberamos la ciudad esta noche, o esas tentaciones simplemente se deslizarán a algún otro rincón?

Cornelius inclinó la cabeza, pensativo.

—Las ilusiones rara vez desaparecen para siempre —respondió—. Tienden a adaptarse y cambiar de forma. Sin embargo —levantó un dedo amablemente— vuestra victoria aquí significa que esos susurros en particular no pueden arraigar fácilmente en vuestros corazones de nuevo. Les habéis negado sustento, y por ello se marchitarán sin el alimento de vuestra duda. —Dirigió la vista hacia la puerta, como si mirara más allá, al alma de Boston. —En cuanto a la ciudad... Puede que aún haya otras sombras o embusteros que enfrentar. Pero habéis crecido más conscientes, más preparados para ver a través de ellos. Boston está más segura esta noche gracias a lo que lograsteis.

Blunt dio un paso al frente e inclinó la cabeza respetuosamente.

—Gracias, Cornelius. Usted planteó el desafío, pero nos permitió encontrar nuestro propio camino a través de él —dijo con gratitud hacia el mentor que nunca les imponía las respuestas—. Al igual que los sabios de las fábulas, tuvimos que elegir la verdad por nosotros mismos.

Los ojos de Cornelius se arrugaron en las comisuras al sonreír.

—Ha sido un honor para mí verlos crecer. —Dicho esto, se volvió y caminó hacia un pequeño armario de cedro al fondo de la tienda. —Y ahora —prosiguió—, una recompensa más por sus esfuerzos... una pista más en su travesía.

El gabinete estaba tallado con intrincados patrones rúnicos. Cuando Cornelius apoyó la palma contra su puerta, los grabados brillaron con un tenue azul. El pestillo se abrió con un chasquido. Del interior, Cornelius sacó un pergamino enrollado atado con una cinta verde oscura, y un pequeño cristal facetado que destellaba con luz interior.

Los jóvenes magos se acercaron, con la curiosidad despierta. Cornelius desenrolló el pergamino sobre la mesa, revelando un mapa detallado y anticuado del noreste de los Estados Unidos. Pequeños dibujos marcaban varios lugares —bosques, colinas, pueblos. Colocó el cristal suavemente sobre el mapa, e inmediatamente empezó a brillar con más intensidad sobre un punto: un pueblo llamado Hazleton, Pensilvania. Allí, dibujado junto al nombre, había una ilustración de una torre de reloj ornamentada. Al lado, escrito con letra floreada, estaban las palabras Engle Monumental.

—El Reloj Monumental Engle… —Breezie contuvo el aliento—. Pensilvania... ese debe ser el próximo sitio —dijo, con la emoción y la maravilla mezclándose en su tono.

Todos se inclinaron hacia adelante. En efecto, alrededor del pequeño reloj dibujado en el mapa había varias figuritas diminutas, casi como estatuillas mecánicas, y sobre él, Cornelius había bosquejado un tenue anillo de engranajes. Pero algo era extraño: sobre el dibujo de la esfera del reloj había pequeñas marcas de quemadura, como si alguien hubiera chamuscado el pergamino con la punta de una llama.

Greenie tocó suavemente una de las manchas chamuscadas, sintiendo el leve tizne.

—¿Mencionan los diarios este reloj? —preguntó. Su mente recorría a toda prisa lo que habían estudiado—. Recuerdo algo sobre Hazleton... El Reloj Engle fue un reloj del siglo XIX famoso por sus estatuas móviles y su música.

—Sí, —afirmó Cornelius. Tocó el mapa donde Hazleton estaba marcado con un círculo—. Los diarios y notas recopilados por sus mentores sugieren que su próximo desafío tendrá lugar allí. Y sospecho que la virtud en juego no será la humildad esta vez. —Les dirigió una mirada significativa—. Cada reloj, cada prueba, pone a prueba una faceta diferente de la sabiduría.

Checkered examinó la fina inscripción en latín escrita debajo del dibujo del reloj. Su latín estaba oxidado, pero podía descifrar algunas palabras.

—Innovatio... spiritu... —murmuró.

Cornelius asintió.

—Innovatio in Spiritu. Innovación en espíritu —tradujo—. Solo les daré este indicio: la próxima ilusión a la que se enfrenten tendrá que ver con el peligro del estancamiento frente al poder de la innovación y el progreso. Así como aquí la corrupción se disfrazó de ambición, la complacencia puede disfrazarse de seguridad y tradición. Manténganse de mente abierta y mirando hacia adelante, así como humildes.

Los magos asimilaron esto, intercambiando miradas intrigadas. Innovación versus estancamiento —sonaba como un desafío completamente nuevo. Reddish parecía ansiosa ante la perspectiva de algo diferente, mientras Firee se mostraba pensativo, ya reflexionando sobre cómo un reloj podría poner a prueba el impulso de innovar.

Blunt aceptó el cristal resplandeciente de manos de Cornelius. Estaba cálido en su mano, pulsando con una suave energía que le resultaba familiar, como un eco de la magia de agua que él había usado hace unos momentos.

—Esto guiará nuestro próximo portal, supongo.

—Así es —dijo Cornelius—. Este cristal de viaje resuena con la humildad que acaban de demostrar. —Cerró el armario y volvió hacia ellos. —Úsenlo en un lugar de convergencia mágica, sospecho que saben cómo encontrar uno después de tantos viajes y abrirá el camino hacia el Reloj Monumental Engle de Hazleton.

Firee giró el cristal entre sus manos, observando cómo su luz se refractaba en tonos de arcoíris. Podía sentir tenues hilos de magia en su interior, alineados perfectamente con la virtud que habían fortalecido.

—Aplicaremos todo lo que hemos aprendido aquí —prometió, guardando el cristal de forma segura en un estuche acolchado de su cinturón. Sus ojos verdes destellaron con determinación—. La humildad seguirá siendo nuestra ancla al dar el siguiente paso. Y si el estancamiento o la complacencia nos aguardan, romperemos esas ilusiones luchando por la verdad y el progreso, tal como lo hemos hecho esta noche.

La expresión de Cornelius se volvió momentáneamente distante, reflexiva. Quizá recordaba pruebas de su propia juventud o imaginaba los desafíos que los seis prontos enfrentarían. Posó una mano suavemente en el hombro de Firee y asintió una sola vez, con confianza.

—Manténganse fieles al ancla —aconsejó—. Cada reloj que encuentren, cada nueva ilusión, es otro hilo en el tapiz de su viaje. Las virtudes que ya han dominado los sostendrán, y se pondrán a prueba virtudes nuevas. Confíen unos en otros y en lo que saben que es correcto.

Reddish echó un último vistazo abarcador a la librería mágica de Cornelius. La luz de las lámparas danzaba sobre los lomos de libros ancestrales y destellaba en curiosos artefactos. En el centro, la estatua de la Humildad aún irradiaba una luz suave, haciendo que las sombras en la tienda fueran cálidas y acogedoras. Sintió un oleaje de gratitud y respeto por este lugar y este mentor que los había guiado sin fallar.

—No lo olvidaremos —dijo en voz baja—. Ni esta lección, ni las que vendrán. Cada paso que damos moldea lo que llegamos a ser, y llevaremos estas verdades con nosotros.

La sonrisa de Cornelius se profundizó. Se dirigió a la puerta de la tienda y la abrió, haciéndoles un gesto para que salieran. Afuera, el callejón estaba silencioso y vacío, como si nada inusual hubiera ocurrido allí. La única evidencia de magia era el sutil destello que aún se aferraba al umbral de Las seis estatuas, como rocío de la mañana captando la luz de la luna.

Uno a uno, los seis jóvenes magos salieron en fila y luego se volvieron para enfrentar a Cornelius. Hicieron una reverencia al unísono, un gesto de profundo respeto y agradecimiento. Cornelius correspondió con una elegante inclinación de la cabeza.

—Hasta que nos volvamos a ver —dijo a modo de despedida, su voz mezclándose casi con la brisa nocturna.

Volvieron a adentrarse en el abrazo de Boston. Las calles estaban como siempre: viejo ladrillo y hierro, tenuemente iluminadas por farolas, envueltas en el silencio de la hora tardía. Pero algo se sentía diferente para los magos. La pesadez intangible que había flotado en el aire antes se había desvanecido. En su lugar había una sensación de armonía —como si la propia ciudad reconociera que se había logrado un cambio positivo esta noche.

Breezie inspiró y podría haber jurado que el aire incluso olía más dulce, cargando un toque de hojas otoñales y humo de chimenea en lugar de la tensión de antes. —*Ninguna ilusión tira de nosotros aquí ahora* —murmuró, cerrando los ojos brevemente. En efecto, cada uno aguzó sus sentidos y no sintió más que el zumbido normal de fondo de la ciudad. Cualquier pequeña presencia maliciosa que hubiera estado al acecho se había disipado, al menos en este vecindario.

Checkered apretó suavemente el brazo de Firee, y Firee le devolvió una amplia sonrisa. Todos lo sentían: alivio, logro y la creciente emoción por lo que vendría después. Hazleton los aguardaba, y con ella, un nuevo misterio del Orloj por desentrañar.

Blunt sacó el cristal de viaje del estuche y lo sostuvo en alto. Este palpitó en respuesta, al sentir que sus portadores estaban listos.

—Es hora de abrir nuestro camino —dijo.

Los seis formaron un círculo a su alrededor, tomando instintivamente de nuevo las manos unos de otros.

En la esquina de una tranquila calle lateral, Blunt se concentró en el cristal. Hebras de luz plateada empezaron a girar en espiral hacia afuera, respondiendo a su voluntad y a la unidad del grupo. Las hebras se entretejieron en el aire, formando un umbral reluciente lo suficientemente grande para que pudieran atravesarlo. A través del portal en formación vislumbraron formas vagas de otro lugar —quizá el contorno difuso de una torre de reloj bajo un cielo nocturno lleno de estrellas desconocidas.

Justo antes de que entraran en el brillante portal, Breezie miró por encima del hombro. En las sombras del callejón, la tienda itinerante de Cornelius, Las seis estatuas, se estaba desvaneciendo de la vista, su forma volviéndose translúcida. El propio Cornelius ya no era visible; el mentor se había escabullido tan misteriosamente como llegó. Solo quedaba la tenue silueta del letrero, y luego también desapareció. Breezie sonrió para sí. El suave poder de la humildad y la sabiduría perduraba, incluso mientras la tienda física se desvanecía hacia dondequiera que la magia la llevaría a continuación.

Con los corazones fortalecidos por el triunfo de la noche, los seis jóvenes magos avanzaron hacia la luz del portal. Llevaban consigo las lecciones de la verdad en la humildad, grabadas indeleblemente en sus mentes y corazones. Mientras el mundo a su alrededor se desdibujaba y el reconfortante peso de Boston cedía al tirón desconocido del distante Hazleton, se mantuvieron bien unidos.

Juntos, cruzaron al siguiente capítulo de su travesía —preparados para enfrentar con determinación inquebrantable nuevas ilusiones, nuevos relojes y nuevas lecciones. El resplandor del cristal los envolvió por completo, y en un destello de brillantez, desaparecieron de Boston, camino de buscar el Reloj Monumental Engle y los desafíos que aguardaban en sus engranajes palpitantes. Su búsqueda, en constante desarrollo, continuaba, guiada por las virtudes que nunca más darían por sentadas.

Capítulo 3

Los relojes de Engle y de Stará Bystrica — Rompiendo el dominio del estancamiento

Llegada al reloj de Engle

La luz del cristal resplandeció con más fuerza, guiando a los seis jóvenes Magos hasta Hazleton, Pensilvania, y hasta la base del célebre Engle Monumental Clock —un símbolo de la osadía industrial. La penumbra del crepúsculo envolvía la plaza adoquinada de Hazleton en tonos índigo y dorado. En su centro se erguía la creación de Stephen Decatur Engle, que antaño fue una maravilla de la ingeniosidad estadounidense. El imponente armazón del reloj proyectaba una larga silueta contra las vacilantes lámparas de gas, y docenas de figurillas mecánicas permanecían inmóviles, como si esperaran una señal que nunca llegó. Construido en 1878, el reloj de Engle había exhibido cuarenta y ocho estatuillas animadas que marchaban, bailaban y reflexionaban en un gran despliegue del afán de la humanidad por el progreso. La investigación de Bart había señalado que, décadas después, el reloj misteriosamente se detuvo por completo durante una recesión económica local —quizás un indicio temprano de que las ilusiones de estancamiento ya lo habían afectado antes.

Ahora, una quietud pesada envolvía la plaza. Engranajes de bronce que normalmente zumbaban llenos de vida brillaban apagados, rechinando con un zumbido esforzado e irregular. Un leve olor a metal frío y hojas húmedas flotaba en el aire, como si el monumento mismo exhalara con cansada resignación. Por encima, la figura tallada del

Padre Tiempo permanecía congelada a medio movimiento, su guadaña detenida por alguna carga invisible.

Desde un callejón sombrío, una sutil ondulación perturbó el aire cuando seis Magos emergieron de un portal oculto. Blunt, Reddish, Firee, Checkered, Breezie y Greenie pisaron la tranquila calle. En un destello, sus ropas gastadas de viaje se transformaron en vibrantes capas Arlequín que relucían en el crepúsculo. El diseño de cada capa pulsaba suavemente, reflejando la agudizada percepción del grupo ante la esquiva magia en acción.

La mirada de Blunt se elevó hacia la inmóvil esfera del reloj.

—Algo pesa sobre este lugar, —murmuró.

Sus ojos color azul agua captaron destellos de una bruma gris que avanzaba lentamente, enroscándose cerca de los engranajes expuestos. Extendiendo sus sentidos alineados con el agua, Blunt detectó un ritmo discordante en el mecanismo —como una melodía atrapada en un bucle interminable.

Breezie ladeó la cabeza, aguzando su fino oído para percibir la pesadez en la maquinaria.

—No es solo lentitud, —susurró con la voz tensa. —Está atascado… repitiendo el mismo patrón una y otra vez. Sin cambio, sin crecimiento.”

A su lado, Firee entrecerró los ojos. A través de su vista mejorada pudo distinguir tenues volutas cenicientas envolviendo las figuras mecánicas, robándoles la vitalidad de sus superficies pintadas.

—Ilusiones de inercia, —dijo entre dientes, con la tensión asomando en sus palabras. —Están consumiendo la chispa del reloj… y la energía de la gente también.

Greenie se estremeció cuando una oleada de letargo irradió del reloj hacia la plaza. Algunos habitantes de la ciudad deambulaban, con la expresión vacía y los movimientos lánguidos, como si unas cadenas invisibles pesaran sobre ellos. Un tendero de pelo canoso permanecía en el umbral de su tienda, barriendo lentamente una y otra vez el mismo tramo de adoquines con su escoba, un movimiento tan rutinario y lento que parecía haber olvidado por qué lo hacía.

—Ni siquiera se dan cuenta de que les está afectando, — murmuró, con el corazón encogido por la empatía. —Si esto se expande, el espíritu de Hazleton podría simplemente desvanecerse.

Instintivamente supo que solo una audaz chispa de cambio podría romper ese lúgubre hechizo.

La guía de Zeetrikus

Reddish apretó los puños, con una brasa desafiante parpadeando en las puntas de sus dedos.

—Entonces actuemos ya, —dijo, con determinación ardiente en la mirada. —El estancamiento no tendrá a esta ciudad como rehén ni un minuto más.

Checkered pasó los dedos sobre una de las placas de bronce del reloj, notando las elaboradas tallas de soldados y eruditos que se habían quedado inmóviles.

—Engle construyó este reloj para inspirar un pensamiento progresista, —observó. —Quizá tengamos que hacer lo mismo: empujar los límites de su diseño para liberarlo de esta inercia.

El reloj de Engle, un monumento a la invención audaz exigía una reinvención igual de atrevida.

La capa de Blunt onduló mientras él se afirmaba.

—Enfrentaremos esto juntos, —afirmó, con voz serena y resuelta. — Nuevas ideas, guiadas por la humildad que hemos aprendido, iluminarán nuestro camino.

Con esa promesa, los seis Magos dieron un paso al frente al unísono, decididos a reavivar la chispa de innovación largamente dormida del reloj.

Al acercarse a la base del reloj, su zumbido ronco se profundizó. Volutas de niebla gris se arremolinaban con más densidad alrededor de las figurillas inmóviles. De repente, en la bruma bajo el reloj, la fachada modesta de una tienda parpadeó al tomar forma, como surgiendo de las sombras mismas. El letrero sobre la puerta brillaba con una suave luz ámbar, y en las letras talladas se leía: Las seis estatuas. A través de las ventanas, los Magos vislumbraron estantes atiborrados y el destello de herramientas curiosas. Una oleada de aire tibio con aroma a roble y un leve rastro de metal caliente flotó hacia afuera, evocando un taller cobrando vida.

Lentamente, la puerta de madera de la tienda se fue abriendo. Lazarus Zeetrikus estaba de pie en el umbral, alto y delgado, con un abrigo largo y oscuro. Un sombrero torcido le sombreaba los ojos penetrantes, que centelleaban con una luz de entendimiento. Ofreció al grupo una ligera y cordial reverencia.

—Lo sienten, ¿verdad? El peso que abruma a este reloj, —dijo en voz baja y firme, teñida de preocupación. Haciéndose a un lado para invitarlos a la cálida luz de la tienda, añadió: —La obra maestra de Stephen Engle una vez avivó la imaginación. Ahora decae bajo el hechizo de una repetición monótona.

Afuera, el propio aire parecía vibrar con el esforzado ruego de renovación del reloj.

Blunt devolvió el saludo con una respetuosa inclinación de cabeza.

Percibimos el problema, —respondió. —Es como si este lugar se resistiera a cualquier energía o cambio nuevos.

Los ojos de Zeetrikus brillaron aprobadoramente. Hizo una pausa reflexiva, dejando que el distante rechinar de engranajes subrayara sus palabras.

—El estancamiento prospera donde los viejos patrones se niegan a ceder, —dijo al fin, con cada palabra medida. —Para romperlo, necesitaréis innovación templada con humildad. El diseño de Engle fue audaz para su época; debéis ser igual de audaces en vuestro enfoque, pero no dejéis que el orgullo o la impaciencia fracturen vuestra unidad.

En el interior de Las seis estatuas, la luz de las lámparas reveló estantes atestados de rarezas mecánicas. Brújulas que giraban por sí solas lo hacían dentro de pequeñas vitrinas de vidrio, y engranajes con runas grabadas zumbaban suavemente con potencial almacenado. Cajas de acertijos crípticos se abrían y cerraban por su cuenta, reconfigurando sus formas como si insinuaran soluciones. En el centro de la tienda se erguía una estatuilla de bronce que representaba a una figura con túnica sosteniendo una antorcha en alto. Su pose celebraba la chispa triunfante de la creatividad, pero su expresión permanecía tranquila y centrada —un recordatorio de que la innovación sin control fácilmente podría desbordarse en caos.

Checkered dio un paso al frente, su curiosidad avivada mientras examinaba una repisa de engranajes de reloj que parecían retorcerse por sí solos hacia nuevas alineaciones.

—Entonces, ¿debemos modificar el funcionamiento del reloj desde dentro? —preguntó, ya contemplando cómo podrían actualizar el mecanismo centenario de Engle.

El corazón mecánico de Engle

—Precisamente, —replicó Zeetrikus.

Se movió detrás del mostrador y sacó un pequeño estuche de herramientas encantadas: minúsculas llaves inglesas grabadas con sigilo, frascos de aceite reluciente y más. Las desplegó con cuidado, los instrumentos resplandeciendo con magia latente.

—Pero recordad, —continuó con tono calmado y didáctico, —una sola mente no puede burlar el estancamiento aquí. Cada uno de vosotros debe contribuir. El orgullo y los heroísmos en solitario solo jugarán a favor de la ilusión, mientras que la colaboración la desconcertará.

Los ojos de Reddish, salpicados de chispas, recorrieron las herramientas y engranajes. Asintió, pensando ya por adelantado.

—Adaptar la alineación de los engranajes del reloj a algo más flexible podría ser la clave, —reflexionó.

Es probable que el mecanismo antiguo estuviera encasillado en una secuencia rígida; una nueva configuración podría aportar la chispa de cambio que necesitaba.

Zeetrikus tomó un objeto del mostrador y se acercó a Blunt. Era una brújula esbelta de latón, con la carátula de vidrio grabada con una pequeña runa que centelleaba en un tenue tono azul. La presionó en la mano de Blunt.

—Esto os guiará hasta el corazón del reloj, —dijo.

La aguja de la brújula giró y luego apuntó infaliblemente hacia el enorme reloj afuera.

—Seguidla hasta el núcleo del mecanismo.

Blunt aceptó la brújula encantada con gratitud. Con las herramientas y la nueva perspicacia en mano, los seis amigos salieron de nuevo por la puerta de la tienda y se acercaron a la base de la torre del reloj. Una escotilla de servicio cedió a su suave empuje, otorgándoles entrada al gigante mecánico de Engle. Ascendieron por una estrecha escalera de caracol dentro de la estructura de hierro del reloj, las botas resonando suavemente sobre los peldaños metálicos. Partículas de polvo remolinaban en el haz de la linterna de Checkered, y el aire olía a bronce añejo y aceite de maquinaria.

En lo alto de las escaleras, entraron en la cámara principal de engranajes —el corazón mecánico del reloj de Engle. Engranajes entrelazados más grandes que ruedas de carreta los rodeaban, muchos cubiertos de un residuo gris opaco. Algunos engranajes estaban completamente detenidos; otros vibraban espasmódicamente contra pivotes desalineados, produciendo un chirrido agónico con cada intento de giro. Las sombras saltaban por las paredes, proyectadas por las pocas lámparas de gas parpadeantes que aún ardían en la cámara.

Blunt sostuvo la brújula en alto; su runa palpitó con más intensidad a medida que avanzaban más adentro. La aguja tiraba hacia un masivo engranaje central, parcialmente incrustado en esa película gris.

—Ese debe ser el pivote central, —dijo Blunt. —Comencemos allí.

El equipo se desplegó con cuidado a lo largo de la plataforma que rodeaba el mecanismo central.

—Checkered, ¿puede tu lente detectar qué está atascando las cosas? —preguntó Reddish en voz baja.

Checkered desabrochó de su cinturón un lente encantado similar a un monóculo, una herramienta heredada que habían recogido en una prueba anterior y se lo llevó al ojo. Mirando a través de él la maquinaria, pudo ver más allá de la mugre superficial. Pequeñas grietas capilares y fracturas brillaban débilmente a lo largo de varios dientes clave de los engranajes.

—Se han bloqueado en una secuencia antigua, —informó Checkered. Su mente analítica rápidamente descifró el patrón. —Los engranajes intentan repetir los mismos movimientos sin variación. Es rígido…

inflexible. —Bajó el lente y miró a los demás. —Necesitamos introducir un sistema modular, algo que pueda adaptarse. Ahora mismo, es como si el reloj estuviera atascado tocando una sola nota una y otra vez.

Breezie ya había descorchado uno de los viales de aceite reluciente que les había dado Zeetrikus. Un aroma fresco, parecido al del pino, llenó el aire mientras vertía unas gotas sobre un conjunto de engranajes más pequeño que parecía oxidado en su sitio.

—Este aceite resuena con energía nueva, —señaló, observando el brillo del líquido al filtrarse en las junturas corroídas. El engranaje atascado dio un tirón al obrar la magia del aceite. —Quizá pueda lubricar las piezas viejas, ayudarlas a moverse de nuevo sin tener que arrancarlas por completo. No queremos destruir el diseño de Engle, solo ayudarlo a evolucionar.

A unos pasos, Firee flotaba junto a un diente de engranaje de latón deformado que no encajaba correctamente. Invocó una llama suave en su palma, el fuego danzando anaranjado y estable.

—Puedo intentar ablandar y enderezar algunos de estos dientes deformados, —ofreció.

Inclinándose, pasó la llama sobre el metal doblado. Bajo su control cuidadoso, el latón comenzó a calentarse y a ceder.

—Con calma… No podemos romper demasiado de una vez, o toda la estructura podría colapsar, —añadió, con el sudor perlándole la frente mientras contenía la intensidad del fuego.

Greenie se ubicó al lado opuesto del engranaje central, sacando un par de delgadas enredaderas verdes de su morral. Los zarcillos vivos se entrelazaron alrededor de un puntal de madera agrietado que apuntalaba parte del mecanismo. Imbuyendo las enredaderas de un suave resplandor curativo, las usó como abrazaderas improvisadas.

—Estabilizaré esta sección mientras reajustáis los engranajes, —dijo en voz baja.

Los demás pudieron sentir la magia de apoyo de Greenie extendiéndose por el metal y la madera, reforzando los puntos débiles.

Su trabajo en equipo provocó un suave pulso en la cámara; un contra ritmo esperanzador frente al lento tic-tac.

Mientras trabajaban realineando un engranaje, apretando otro perno, un leve susurro comenzó a resonar a su alrededor. Hebras de niebla gris se deslizaron por el suelo y se enroscaron alrededor de sus tobillos. La voz de la ilusión era suave e insidiosa, punzando la mente de cada uno: *¿Para qué arriesgar caminos nuevos?* parecía suspirar. *El camino antiguo es más seguro… más sencillo.* La niebla tironeaba sutilmente instando a cada Mago a retroceder, a abandonar estas reparaciones experimentales y dejar el statu quo intacto. Aún peor, Greenie sintió que intentaba sembrar desconfianza: sugería que cada uno trabajara solo, que demasiadas manos podrían arruinar la tarea.

Blunt sintió los fríos tentáculos enroscándose en sus piernas y se concentró. La runa de la brújula centelleó, recordándole su misión compartida. Con una profunda inhalación, invocó una suave oleada de magia acuática. Una onda translúcida se extendió desde sus pies en todas direcciones, empujando hacia atrás la niebla gris reptante.

—No escuchéis esa voz, —advirtió a sus amigos, con tono calmado pero firme. —Estamos rediseñando este reloj juntos. Ninguna ilusión va a dividirnos ni a hacernos rendir ahora.

En el aire húmedo, el aura acuática protectora de Blunt centelleó, manteniendo a raya lo peor de la duda susurrante.

El centinela oxidado

Bajo sus esfuerzos combinados, un gran engranaje gimió y se desplazó a una nueva alineación, luego otro. Poco a poco, el conjunto reconfigurado comenzó a girar con un poco menos de resistencia. Animados, los Magos continuaron cada ajuste construyendo sobre el anterior en una cuidadosa danza iterativa de innovación mecánica. Checkered indicó a Blunt qué engranaje abordar a continuación; el aceite encantado de Breezie suavizó un eje particularmente terco; Reddish empleó una pequeña llama controlada para quemar un residuo aceitoso que luego las enredaderas de Greenie barrieron hasta dejar limpio. Con cada pequeño éxito, las ilusiones grises siseaban y retrocedían, repelidas por la energía fresca del cambio que fluía a través de la máquina.

Pero el estancamiento aún no había terminado con ellos. Cuando el equipo convergió en el engranaje central, la penumbra circundante comenzó a espesarse y a concentrarse. Fragmentos de metal corroído, resortes rotos y pernos descartados corretearon por el piso y se agruparon erguidos cerca del engranaje principal, como si una fuerza maliciosa los magnetizara. En segundos, esos restos se ensamblaron en una figura corpulenta: un centinela oxidado nacido de la inercia del reloj. El guardián se alzaba a unos tres metros de altura, su cuerpo un mosaico de engranajes vetustos y chatarra dentada. Cuando se movió, lo hizo con un sonido rechinante doloroso, cada articulación soltando escamas de óxido que siseaban contra el suelo. Dos ojos huecos brillaban de un rojo apagado en su cabeza corroída, y alzó un pesado brazo como un martillo a punto de caer.

El coloso metálico emitió un gemido bajo y dio un paso al frente con un estrépito atronador, bloqueando el acceso al engranaje central. Cada movimiento pesado enviaba vibraciones a través de la pasarela bajo los pies de los Magos. La niebla gris se aferraba a la forma del centinela, envolviéndolo en el aura protectora de la ilusión. Un solo golpe de ese puño de hierro podría deshacer en un instante todo su minucioso trabajo. El corazón de Reddish latía con fuerza, pero se mantuvo firme, con llamas lamiendo sus dedos en señal de estar lista.

—¡Debemos tener cuidado! —advirtió Blunt, convocando esferas de agua arremolinada alrededor de sus manos. —Proteged el mecanismo del reloj mientras nos encargamos de esta cosa. Si los engranajes se hacen añicos, todos nuestros esfuerzos no habrán servido de nada.

Formando su magia acuática en un escudo translúcido, Blunt se colocó entre el centinela y la delicada maquinaria.

Con un grito decidido, Reddish extendió la palma y lanzó un rayo de fuego crepitante hacia la articulación del hombro del centinela, esperando hacer tambalear a la criatura. El proyectil de fuego golpeó la placa metálica con una lluvia de chispas. Por un momento, una quemadura brilló sobre el hierro. Pero la niebla gris que rodeaba al centinela se espesó en el punto de impacto, sofocando las llamas de Reddish casi de inmediato. Su magia chisporroteó y se extinguió contra la fría neblina resistente. Reddish apretó los dientes de frustración mientras la criatura se volvía hacia ella.

—¡Está amortiguando mi fuego! —gritó.

En efecto, comprendió que el guardián parecía apagar cualquier magia poderosa dirigida contra él.

—¡Esta cosa odia el cambio, literalmente intenta sofocar cualquier cosa que la saque de sus viejas costumbres!

El centinela oxidado respondió con un rugido gutural y rechinante. Pateó con fuerza, emitiendo una onda de choque de energía estancada. Una pesadez abrumadora cayó sobre la cámara como una manta de plomo. Breezie sintió que lo golpeaba como una ráfaga de viento fétido —sus extremidades de repente se volvieron pesadas y lentas. Cada bocanada de aire se volvió un esfuerzo, como si el mismo aire se hubiera vuelto melaza. Tropezó, luchando contra el encantamiento. Desesperado, Breezie reunió una contra corriente de aire fresco. Exhaló un látigo de brisa que giró en espiral a su alrededor y sus amigos, disipando el aura opresiva.

—¡Manteneos alerta! —jadeó, sacudiéndose la pesadez remanente. —Está tratando de atascarnos, de hacernos demasiado lentos para contraatacar.

Checkered volvió a llevarse el lente encantado al ojo y escudriñó la enorme figura en busca de alguna debilidad. A través del lente, la forma del centinela era un laberinto de piezas desparejas unidas por gruesos nudos de niebla ilusoria. Pero allí —un tenue resquicio, justo en el codo de su brazo alzado— divisó una bisagra muy corroída que unía el antebrazo con el resto del mecanismo. El perno que la mantenía en su sitio apenas se conservaba intacto.

—¡La bisagra de su brazo derecho está casi comida por el óxido! —gritó Checkered por encima del estrépito metálico. —Si podemos romper esa articulación, podemos inutilizarle el brazo. —Cruzó la mirada con Firee al otro lado de la cámara, señalando con urgencia. —Firee, ¿crees que puedas derretir ese punto con precisión?

Firee siguió su gesto hasta la chirriante articulación del codo. Asintió, la determinación destellando en sus ojos.

—Le daré con un rayo de calor concentrado, —respondió. —Pero necesitaré cobertura. Si ese otro brazo me alcanza, estoy acabado.

—Voy a ello, —respondió Greenie de inmediato. Con un elegante movimiento de su mano, envió sus enredaderas protectoras serpenteando desde el suelo. La vegetación encantada se trenzó formando un escudo de malla, interceptando el enorme puño izquierdo del centinela cuando se abalanzó hacia Firee. Los nudillos de hierro chocaron contra la barrera de enredaderas y madera de Greenie. El escudo se resquebrajó bajo el impacto, pero absorbió fuerza suficiente para desviar el golpe, regalándole a Firee un segundo precioso.

Aprovechando la oportunidad, Firee se lanzó. Al amparo de las enredaderas de Greenie, adelantó las manos, y de sus palmas brotó una lanza de llama intensamente blanca y ardiente. ¡WHOOSH! —el chorro certero de calor golpeó de lleno la bisagra oxidada. Por un instante, no pasó nada. Luego el metal corroído empezó a brillar rojo cereza, ablandándose hasta volverse líquido. Bajo la atenta protección de Greenie, la llama de Firee ardió con eficacia, sin verse obstaculizada por la niebla. El perno que sujetaba la articulación se derritió, goteando hierro fundido en regueros incandescentes. Con un chirrido de metal esforzado, todo el antebrazo derecho del centinela se cortó a la altura del codo y se estrelló contra el suelo en una explosión de chispas.

El gigante de hierro soltó un bramido metálico ensordecedor que hizo castañetear los dientes en la boca de los Magos. Se tambaleó, ahora sin un brazo, y casi cayó hacia atrás sobre la maquinaria. Reddish de inmediato se abalanzó, arrojando una cinta de fuego hacia los pies de la criatura para alejarla de los engranajes vulnerables. El centinela reculó, pero las ilusiones a su alrededor se enfurecieron. Zarcillos espesos de niebla se aglutinaron y comenzaron a rezumar sobre el conjunto de engranajes que los Magos acababan de reparar, intentando corroer sus recientes modificaciones con óxido acelerado. La cámara se estremeció mientras el centinela, recuperando el equilibrio, preparaba otro ataque con su brazo restante.

Derrotando al centinela

—¡No dejaremos que deshagas nuestro progreso! —gritó Blunt, con la determinación endureciendo su voz.

Pensando rápido, metió la mano en su abrigo y sacó el frasco de aceite centelleante. Con el centinela distraído por el dolor y la furia, Blunt se lanzó hacia el engranaje central. Vertió el resto del aceite encantado sobre los engranajes recién realineados. La sustancia líquida, semejante a metal, recubrió los engranajes con un brillo protector, haciendo que las superficies de bronce recién limpias relucieran. El óxido invasor retrocedió dondequiera que el aceite se extendía, incapaz de adherirse a las piezas renovadas.

Mientras Blunt protegía el mecanismo, Reddish se plantó frente a él, invocando un amplio arco de fuego. Con un movimiento de sus brazos, envió una oleada de llamas que cubrió el suelo, quemando los serpenteantes zarcillos de ilusión que se abalanzaban hacia las manos de Blunt. Canalizando su frustración en un propósito, sus llamas ardían ahora con mayor intensidad —reforzadas por saber que sus amigos la respaldaban.

—¡No paréis, ni por un segundo! —Los animó por encima del hombro. —¡Seguid así!

Checkered cerró los ojos brevemente, enfocando su mente. Cuando los abrió, destellaban con una luz violeta. Frente al torpe centinela, un patrón de figuras ilusorias centelleó al hacerse presente —duplicados fantasmales de los Magos, que lo provocaban y revoloteaban a su alrededor. La magia de Checkered se entretejió con astucia en las percepciones de la criatura, confundiéndola. El centinela oxidado blandió su brazo restante contra una de estas imágenes, creyéndola Breezie, y se pasó de largo con un fuerte estruendo contra una viga de soporte.

Breezie, aprovechando la apertura, inhaló profundo y desató otra ráfaga purificadora. El viento azotó al centinela, llevándose por delante fragmentos de óxido e ilusión por igual. Cada ráfaga barría más de la asfixiante neblina gris. Breezie se concentró en dirigir la brisa para proteger también el vulnerable conjunto de engranajes. Pequeñas motas de polvo corrosivo que empezaban a posarse sobre los engranajes fueron barridas y dispersadas sin daño en el aire.

Al mismo tiempo, Greenie notó que uno de los pivotes principales del mecanismo del reloj tambaleaba peligrosamente por la embestida del centinela. Si cedía, el reloj podría colapsar internamente. Apretando los dientes, guio la magia restante de sus enredaderas para que se enrollaran alrededor de la base del pivote. Las enredaderas encantadas se tensaron como un vendaje de apoyo, reforzando la estructura con fuerza viva. La tranquila determinación de Greenie fluyó a través de la madera y el metal, manteniendo el corazón del reloj firme en medio del caos.

—¡Todos juntos ahora! —exclamó Blunt.

Había llegado su oportunidad: el centinela estaba desequilibrado y las ilusiones a su alrededor flaqueaban. Blunt podía sentir la magia elemental de cada amigo acumulándose, resonando como acordes en una sola armonía. Con una respiración profunda, dejó surgir su propia magia de agua y actuó como conducto para todos ellos.

Al unísono, cada Mago desató su poder una vez más. Corrientes de agua, fuego, viento y tierra viviente se arremolinaron juntas, reforzadas por la luz ilusoria de Checkered. El torrente combinado de magia golpeó de lleno en el pecho del guardián oxidado, una convergencia brillante de cada elemento que comandaban. Los ojos brillantes del centinela relampaguearon de shock cuando la ráfaga perforó la niebla de estancamiento que lo protegía. Bajo el golpe concentrado y colaborativo, grietas se extendieron como telarañas por el torso corroído de la criatura. Su brazo restante dio un sacudón y cayó inerte. Por un instante, el gigante de hierro quedó vibrando, surcado de fisuras de luz… luego sus ojos se apagaron a negro y se desplomó sobre sí mismo.

Con un último clamor resonante, el centinela oxidado se derrumbó en un montón de chatarra y se disolvió en un torbellino de polvo gris. Ese polvo pronto se dispersó, la ilusión incapaz de mantener la forma bajo el embate de la magia unida. Todo lo que quedó fueron montones de fragmentos metálicos inertes y una tenue neblina disipándose donde el guardián había estado.

Un zumbido cálido y resonante surgió del núcleo del reloj. Libre de las garras del estancamiento, el mecanismo retomó su movimiento con vueltas suaves y firmes. Engranajes que habían estado detenidos o rechinando ahora giraban en perfecta sincronía. Muy arriba, una de las campanas, silenciada durante años, dejó escapar un tañido claro y brillante que resonó sobre Hazleton. La nota hizo eco en la cámara como un grito de celebración. Los seis Magos permanecieron de pie en medio del silencio que se asentaba, con el pecho agitado por el esfuerzo, pero el corazón henchido de triunfo. Habían enfrentado el desafío del reloj de Engle y habían prevalecido.

En la quietud posterior, una suave calidez impregnó la sala de engranajes. La luz del sol, que se intensificaba mientras el amanecer daba paso a la mañana en el exterior, se filtraba por las grietas en la esfera del reloj e iluminaba motas de polvo que danzaban en el aire. Los engranajes antes grises y agarrotados ahora relucían con saludables tonos dorados y cobrizos, el aceite encantado haciendo que brillaran como nuevos. La niebla opresiva de la ilusión se había disipado por completo. En lo alto, la estatua del Padre Tiempo reanudó su antigua danza —guadaña oscilando en un arco grácil, cada barrido acompasado una promesa simbólica de que el tiempo y el progreso volvían a avanzar. Parecía como si el propio reloj hubiera suspirado de alivio, respirando libre por primera vez en siglos.

Greenie posó con delicadeza una mano sobre uno de los grandes engranajes mientras este giraba. Cerró los ojos y sintió la vitalidad vibrando a través del metal.

—Es como si la máquina estuviera respirando de nuevo, — dijo en voz baja. Una sonrisa de satisfacción asomó en sus labios mientras las últimas enredaderas regresaban a su morral. —Todo ese estancamiento… había agotado la chispa de la ciudad. Ahora Hazleton también puede respirar tranquila.

Reddish se secó con el dorso de la mano unas gotas de sudor de la frente, las mejillas ruborizadas pero orgullosas.

—Presionar al reloj para que se adaptara... esa fue la clave, —coincidió. —Si cualquiera de nosotros hubiera intentado forzar una solución solo, quizás solo habríamos puesto un parche que no aguantaría. Pero juntos, orquestamos un cambio verdadero.

Intercambió sonrisas de alivio con Breezie y Firee, cada uno dándose cuenta de lo mucho más poderosa que había sido su magia al combinarse.

Desde el otro lado de la cámara llegó el sonido de un aplauso lento y medido. Zeetrikus salió de un recoveco sombrío entre dos altos engranajes, sus botas resonando suavemente en el suelo metálico. Se acercó con una calmada sonrisa y se tocó el gastado sombrero en un gesto de aprobación.

—En efecto, —dijo cálidamente. —Vencieron la inercia abrazando la innovación colectivamente. Stephen Engle estaría orgulloso de ver su reloj en tan buenas manos.

Los ojos del mentor brillaban con orgullo hacia los jóvenes Magos. Habían superado esta prueba no con fuerza bruta o hechizos temerarios, sino con creatividad, cooperación y humildad —tal como estaba previsto.

Blunt contempló el mecanismo ahora estabilizado con tranquila satisfacción. La pequeña brújula de bronce en su mano, que había estado vibrando todo este tiempo, finalmente se quedó quieta. Su runa dejó de brillar, como declarando que su propósito aquí se había cumplido.

—La brújula se ha callado, —señaló Blunt. Miró a Zeetrikus, ladeando la cabeza con curiosidad. —¿Qué viene ahora para nosotros?

Un nuevo desafío aguarda

En respuesta, Zeetrikus metió la mano en su largo abrigo y sacó un nuevo objeto: una pequeña palanca de bronce, ornamentada y marcada con una inscripción a lo largo de su lado. La sostuvo para que la vieran. Curvadas en elegante cursiva estaban las palabras "Innovare Contra Stagnatio" — latín que significa "Innovar contra el estancamiento". Esa palanca del largo aproximado del antebrazo de Blunt emitía un leve zumbido en la mano de Zeetrikus.

—La brújula orientadora ha cumplido su parte, —explicó Zeetrikus. —Ahora, esta palanca servirá como la llave a su próximo destino. El reloj de Engle fue solo una cara de la lección sobre la innovación. —Paseó su mirada reflexiva por la sala de engranajes. —Otro reloj, lejos de aquí, comparte una conexión con este. Su armonía también ha sido interrumpida enredada en ilusiones de estancamiento. Y si se deja sin atender, toda esa región podría sumirse en un declive apático.

Su tono era grave pero sereno; cuidaba de no sonar ominoso, pero la urgencia de la situación era clara.

El tiempo apremiaba.

Breezie dio un paso al frente y aceptó la palanca de bronce con reverencia. En cuanto tocó sus manos, la palanca resonó con una suave vibración, como si reaccionara a la energía restaurada del reloj de Engle. Casi se sentía viva —ansiosa.

—¿Adónde vamos? —preguntó Breezie, observando el mango de la palanca brillar al compás de los engranajes que tic-taqueaban a su alrededor.

Los ojos de Zeetrikus se dirigieron a la base de la torre del reloj, donde las sombras habían empezado a acumularse y retorcerse en una forma circular.

—Les aguarda un portal, —dijo, con una nota de aliento en su voz serena. —Vinculará la invención de Engle aquí en Pensilvania con su contraparte distante. Sigan adonde la palanca conduzca. Su sinergia será puesta a prueba de nuevo en ese nuevo lugar, de una nueva manera.

Incluso mientras hablaba, la palanca palpitaba en las manos de Breezie, alineándose con las sombras arremolinadas. A lo lejos, un pulso de respuesta —casi como un eco— pareció contestar desde más allá de la vista mortal. La conexión estaba establecida; a lo largo de continentes, un gran reloj llamaba a otro.

Firee tomó una larga y reconfortante bocanada de aire y cruzó una mirada con los demás. Un atisbo de agotamiento asomaba en sus facciones tras la reciente batalla, pero quedaba ensombrecido por la determinación.

—Estamos listos, —afirmó en voz baja. Puso una mano sobre el hombro de Reddish, y ella asintió.

Uno a uno, Greenie, Checkered y Blunt dieron también un paso al frente, formando un círculo decidido. Sus capas de arlequín, ahora algo ahumadas y desgastadas por la pelea, aun así, brillaban con color renovado. No cabía duda de la confianza en sus posturas.

Zeetrikus se hizo a un lado, extendiendo un brazo hacia el portal que tomaba forma mientras las sombras se ensanchaban en un suave vórtice espiral de luz. Ofreció una sonrisa tranquilizadora.

—Entonces adelante, mis amigos. Han demostrado que la humildad ancla sus ideas nuevas, lleven esa fortaleza con ustedes al próximo reloj.

Mientras la luz del portal se reflejaba en sus ojos, les dirigió una última mirada de confianza.

—Sé que mantendrán a raya la complacencia y seguirán afrontando cada desafío con la mente abierta. Vayan, y lleven esperanza al próximo lugar agobiado por estas ilusiones.

Con esa bendición resonando en sus oídos, los seis Magos avanzaron dentro del torbellino mágico. La sala del reloj de Hazleton, con sus triunfantes engranajes dorados y su campana repicando, se desvaneció tras ellos. En su lugar vino una ráfaga de color y viento al envolverlos el portal. El aire mismo pareció cambiar —cargado con la promesa de un nuevo desafío y perfumado con posibilidades desconocidas. Juntos, se zambulleron en la luz, dejando Hazleton y el reloj de Engle revitalizados a su paso.

Portal a Stará Bystrica

Un torbellino de luz esmeralda, dorada y zafiro llevó a los Magos velozmente a través de leguas de tierra y mar. Viajaron como por un túnel prismático —nada visible más allá de colores cambiantes y el zumbido de energía arcana. Tras unos momentos mareantes, el vórtice los depositó suavemente de nuevo sobre suelo firme.

Se encontraron de pie en una tranquila plaza de pueblo bajo un cielo matutino azul pálido. Un aire montañoso fresco llenó sus pulmones, trayendo el olor de bosques de pinos y tierra fértil. El silencio del alba envolvía el área; claramente era temprano, con solo algunos pájaros trinando y ningún poblador a la vista todavía.

Ante ellos se erguía una notable torre de reloj, a diferencia de cualquiera que hubiesen visto antes. Esta no estaba hecha solo de piedra o metal, sino de una fusión de madera finamente tallada y robustas vigas. La estructura en sí parecía una pieza de arte. Su fachada estaba adornada con arcos celestiales azules y dorados que señalaban los movimientos del sol, la luna y las estrellas. Motivos ornamentales de ríos locales y imponentes picos de los Cárpatos estaban grabados alrededor de la esfera del reloj. Sobre todo, presidía una figura intrincadamente tallada de una Madonna sentada —la santa patrona de estas tierras— contemplando serenamente la plaza. Un balcón abierto debajo de la esfera sostenía varias estatuas mecánicas de madera que deberían haberse estado moviendo en un orgulloso desfile cada hora. Pero al igual que el reloj de Hazleton cuando llegaron allí, estas figuras estaban inquietante quietas. Sus ojos pintados lucían apagados, sus extremidades fijas en su sitio como si durmieran bajo la misma pereza gris que había plagado el monumento de Engle.

—Stará Bystrica, —susurró Checkered con asombro. La reconoció por fotografías y las notas de Bart. Sus ojos recorrieron el bellamente labrado exterior de madera. —He leído sobre este reloj. Es el único reloj astronómico de Eslovaquia, una maravilla local hecha a mano para reflejar la herencia cultural y la armonía cósmica.

Recordó algo más de la investigación de Bart y sintió un escalofrío de anticipación. De hecho, los diarios de Bart habían marcado este lugar: años atrás, durante un impulso de modernización en el pueblo, este mismo reloj sin explicación enmudeció por un tiempo —un presagio de que las ilusiones de estancamiento se habían infiltrado incluso aquí, poniendo a prueba el equilibrio entre tradición y progreso.

Reddish cruzó los adoquines cubiertos de rocío, sus botas dejando huellas en el tenue brillo de la humedad matinal. Al acercarse a la base del reloj de madera, notó volutas de niebla fantasmal aferradas alrededor de los cimientos, igual que en Hazleton.

—Estancamiento… otra vez, —murmuró, unas brasas chispeando en sus ojos.

Era el mismo tipo de neblina gris ilusoria, apenas visible con la creciente luz del día, pero innegablemente presente.

—Veamos cómo se ocultan estas ilusiones esta vez, —dijo, arremangándose. Había una fiereza en el tono de Reddish nacida no de ira, sino de confianza. Ya habían vencido al estancamiento una vez; lo harían de nuevo.

El estancamiento del reloj de madera

Greenie se acercó a la torre de madera y apoyó delicadamente la palma contra su lisa superficie tallada. La madera estaba fresca al tacto y bajo la penumbra retenía un cierto calor vivo. Su sentido empático hormigueó al cerrar los ojos y sentir la esencia del reloj. Imágenes tenues danzaron en su mente: percibió generaciones de artesanos eslovacos que habían volcado amor y orgullo en esos grabados, incrustando historias del pasado de la región en cada centímetro. Este reloj estaba destinado a unir pasado y futuro.

—Se supone que combina la tradición con el progreso, —dijo Greenie en voz baja. Su mano recorrió un motivo tallado de espigas de trigo entrelazadas con constelaciones. —Puedo sentir cuánto orgullo hay en su arte… pero algo está sofocando ese propósito.

El orloj de madera de Stará Bystrica, impregnado de tradición local, necesitaba un delicado equilibrio para funcionar, un equilibrio ahora claramente perturbado.

Firee entrecerró los ojos y examinó la interfaz entre las piezas móviles de metal y los grabados de madera. Con su vista potenciada, pudo distinguir los inconfundibles hilos de ilusiones, muy similares a los de Hazleton. Aquí, sin embargo, parecían entretejerse entre elementos antiguos y nuevos entre las estatuas tradicionales de madera y los mecanismos modernos del reloj.

—Veo ilusiones similares en acción, —informó en voz baja. —Están distorsionando la sinergia entre la artesanía antigua y las piezas mecánicas más nuevas. Esas figurillas deberían moverse en armonía, pero parece que están encadenadas por rutinas anticuadas.

Breezie inclinó la cabeza para escuchar. Un reloj astronómico normal como este tocaría alegres melodías folclóricas o campanadas cada hora, una celebración de la comunidad y el tiempo. Ahora no escuchaba nada de eso. En cambio, solo un lento tic-tac desparejo emanaba desde el interior de la torre —sin alegría y descompasado. Frunció el ceño.

—No hay melodía alegre, ni siquiera una campanada en la hora, —señaló. —Solo ese pesado tic… tic… tic una y otra vez. Las ilusiones deben de estar consumiendo su vitalidad, igual que lo hicieron en Hazleton.

Blunt sacó la palanca de bronce grabada con Innovare Contra Stagnatio de su abrigo. Al sostenerla en alto, la palanca comenzó a emitir un suave resplandor dorado, pulsando en resonancia con el reloj de madera. Cuando la acercó a la base de la torre, vibró suavemente en su mano, confirmando que este era el sitio conectado.

—Zeetrikus advirtió que enfrentaríamos más ilusiones ligadas al estancamiento, —dijo Blunt. La reacción de la palanca solo lo reafirmaba. Echó un vistazo a los demás. —Eso significa que debemos adaptar nuestra estrategia otra vez. Entremos y busquemos el mecanismo que mueve este reloj.

Antes de que pudieran actuar, una voz familiar —rica y cálida, con acento local— flotó en la brisa. Parecía provenir de todas partes y de ninguna a la vez. *"Su sinergia restauró el reloj de Hazleton,"* observó la voz. Llevaba la inconfundible cadencia de Zeetrikus, aunque el propio mentor no se veía por ninguna parte de la plaza. *"La obra maestra de Stará Bystrica igualmente pondrá a prueba su innovación y unidad"*. Quizás solo su eco los guiaba ahora, ofreciendo un indicio, pero dejando la tarea en sus manos.

Los Magos intercambiaron miradas resueltas. El silencioso arte de Stará Bystrica merecía salvarse de este estancamiento latente. Hazleton les había enseñado que la humildad y el trabajo en equipo podían encender la renovación; ahora, en este pueblo, tendrían que entremezclar esa chispa con respeto por la tradición. Armados con ese entendimiento, se dirigieron a una robusta puerta de madera en la base de la torre del reloj. Blunt la empujó para abrirla y, tomando colectivamente una profunda respiración, entraron —listos para devolver la vida a otro gigante adormecido antes de que la apatía reclamara un segundo rincón del mundo.

La realineación del astrolabio

El interior de la torre estaba en penumbra, iluminado solo por angostos haces de luz del amanecer filtrándose a través de pequeños ventanucos. Una empinada escalera de madera ascendía en espiral, sus peldaños alisados por años de pasos de cuidadores. El grupo subió con cautela. El olor a madera pulida y maquinaria antigua se hacía más fuerte a cada escalón.

En lo alto, entraron en una cámara circular que albergaba el mecanismo del reloj. En lugar de la majestuosidad industrial de hierro del reloj de Engle, esta sala era una elegante fusión de madera y bronce. El punto focal era un gran astrolabio: anillos entrelazados de bronce y madera tallada que representaban el sol, la luna y las estrellas, todos conectados a la esfera del reloj y a las figurillas del exterior. Este astrolabio debería haber estado girando en un ballet cósmico elegante, regulando los movimientos del reloj. En cambio, avanzaba con un chirrido lánguido. Varios de sus componentes de madera y metal estaban desalineados, y un conocido residuo gris apagado se aferraba a junturas y ejes como telarañas.

Blunt sostuvo la palanca de bronce en alto, y reaccionó de inmediato brillando más para iluminar ciertas partes del mecanismo. Al moverla lentamente, podían ver destellos de luz resaltando donde piezas se habían salido de lugar o estaban trabadas.

—Probablemente necesitaremos un enfoque similar al anterior, — dijo Blunt, arrodillándose para inspeccionar un engranaje conectado al anillo central del astrolabio. —Replantear la configuración, limpiarla, empujarla a adaptarse. —Pasó la yema del dedo sobre un pivote que la palanca reveló estaba casi completamente inmovilizado por esa mugre gris. —Pero manteneos alerta. Las ilusiones aquí podrían explotar un ángulo diferente al de la simple inercia. Este reloj mezcla tradición con innovación, así que el desafío podría ser… matizado.

La cámara pareció palpitar ligeramente a su alrededor, como reconociendo las palabras de Blunt y urgiéndoles a proceder.

Reddish se acercó a un engranaje de madera tan alto como ella. Con suavidad, presionó su mano contra él. La madera estaba hermosamente labrada con patrones tradicionales eslovacos —flores y estrellas— pero los dientes del engranaje estaban trabados contra un engranaje de bronce.

—Fue construido con tanto amor por la tradición, —murmuró con un dejo de pena, reconociendo la pasión que los constructores habían puesto en él. —Tenemos que actualizar su función sin destruir su herencia.

La idea de simplemente arrancar la vieja madera y encajar piezas nuevas se sentía mal. Necesitaban una solución que honrara la artesanía.

Checkered alzó de nuevo el lente de Hazleton hasta su ojo y observó un grupo de engranajes de bronce montados en un marco de madera.

—Miren esto, —dijo, apuntando a finas grietas que recorrían una de las principales vigas de soporte; el lente las hacía brillar con un tenue azul. —Fisuras capilares, igual que vimos en el reloj de Engle. —Frunció los labios. —El tiempo ha sido detenido a la fuerza aquí también, por medios artificiales. Es como si alguien intentara congelar este reloj en un momento específico.

Le dio una sensación escalofriante —quienquiera que lanzara estas ilusiones deseaba detener el progreso en ambos lugares.

Greenie se acercó a una viga tallada que representaba una escena de la cordillera local. Colocó una mano sobre ella, cerrando los ojos para sentir las emociones ligadas en la madera.

—Siento tanto orgullo en estos grabados, —dijo. —Los artesanos querían preservar su cultura e historia en este reloj. —Pero luego su expresión se ensombreció. —Sin embargo, el orgullo puede volverse un arma de doble filo… Si es demasiado rígido, se niega a permitir cualquier cambio. Ese tipo de orgullo podría ser justamente lo que alimenta estas ilusiones convirtiendo el amor por la tradición en miedo al progreso.

Breezie agitó una mano frente a su rostro removiendo un poco el aire viciado cargado con el olor del abandono. Delicados filamentos de ilusión gris se aferraban como polvo en los dientes de los engranajes.

—Entonces, ¿cuál es el plan? —preguntó. —¿Comenzamos limpiando toda esta mugre, o intentamos realinear los engranajes para que se muevan un poco primero?

Firee se agachó junto a un punto particularmente problemático donde un engranaje de madera estaba trabado contra uno metálico. Con un trapo, limpió la mugre endurecida, luego chasqueó los dedos para invocar una diminuta llama. Aplicó con cuidado el calor para ablandar la grasa y suciedad solidificada.

—Lo haremos paso a paso, —le respondió a Breezie. —Primero limpiar, luego remodelar piezas según sea necesario, luego realinear todo el mecanismo. Igual que en Hazleton, solo que seremos extra cuidadosos de no dañar estos grabados.

Le dedicó a Greenie una pequeña sonrisa, reconociendo la importancia de preservar la artesanía.

Los Magos se pusieron manos a la obra. Greenie y Breezie asumieron la tarea de la limpieza; Greenie guio un pequeño zarcillo de enredadera a lo largo de los engranajes para absorber y raspar con delicadeza el residuo gris, mientras Breezie dirigía leves soplos de aire para soplar la mugre suelta fuera de las grietas. Reddish y Firee se enfocaron en las reparaciones: Reddish apretó con cuidado tornillos y abrazaderas en las uniones de madera que se habían aflojado, y Firee usó calor controlado para enderezar metal combado. Blunt y Checkered supervisaron la reconfiguración: cada vez que algo se limpiaba o reparaba, Blunt usaba la palanca resplandeciente y Checkered el lente para ajustar los anillos del astrolabio más cerca de su alineación correcta.

Fue un trabajo meticuloso y delicado. Por unos minutos la cámara se llenó solo con los suaves sonidos de cacharreo y chisporroteo. Pero las ilusiones al acecho en el reloj de Stará Bystrica no iban a quedarse inertes. Al sentir su interferencia, las sombras grises agazapadas en los rincones de la sala se coaligaron y contraatacaron.

Un viento helado —ajeno al de Breezie— se coló en la cámara, portando voces susurrantes que se enroscaban en los oídos de cada Mago.

"Sus cambios borrarán el pasado..." suspiraban los susurros incorpóreos, infiltrándose insidiosamente en sus mentes. *"El verdadero progreso solo necesita la tradición... ¿Para qué cambiar lo que ya funciona?"*

Greenie hizo una mueca; la voz sonaba gentil, casi triste, aprovechando su reverencia por la tradición. Firee sintió un tirón en la dirección opuesta: un impulso de forzar rápidamente el mecanismo a una forma nueva él solo, como si la colaboración los estuviera retrasando. Las ilusiones astutamente probaban ambos extremos tentando a algunos a aferrarse tercamente a lo viejo y a otros a apresurarse temerariamente adelante en solitario.

Blunt sintió un frío reptando por su espalda, como si manos invisibles intentaran inmovilizarlo. Se dio cuenta de golpe de que las ilusiones intentaban congelarlos igual que habían congelado al reloj.

—Oh, no lo harán, —murmuró.

Canalizando su magia, Blunt liberó un pulso de agua fresca en una oleada barrida a ras del suelo. No fue agresiva; en cambio, fue calmante, como un río que se rehúsa a congelarse. El agua pasó sobre sus botas y disipó una delgada capa de cristales de hielo que había empezado a formarse por el aliento de la ilusión. Los siniestros susurros vacilaron por un momento bajo la influencia fresca y estabilizadora de Blunt.

Al otro lado de la sala, un zarcillo de sombra se había deslizado hasta el astrolabio y había comenzado a reformar la mugre en una juntura que acababan de limpiar. Reddish lo vio y ardió de rabia. No esta vez.

—¡No podemos dejar que deshaga nuestro trabajo! —gritó.

Sosteniendo su varita como una batuta, lanzó una cascada de chispas brillantes y crepitantes sobre la superficie del astrolabio. Las chispas saltaron y danzaron, ahuyentando las sombras de la maquinaria. Reddish mantuvo la andanada, su fuego una distracción deslumbrante.

—¡Mantengan ocupado a ese espectro mientras aseguramos el mecanismo! —gritó, confiando en que sus amigos continuarían con los ajustes mientras ella enfrentaba con llamas las ilusiones que avanzaban.

—¡Cuidado con la bisagra central! —advirtió Checkered, cuyo lente captó un movimiento.

Una de las bisagras principales del astrolabio —conectando un anillo de madera a un eje de bronce— se estaba fracturando bajo la tensión del movimiento parcial y el asalto de la magia. Una fina grieta se abría camino a través de la madera, creciendo por segundos. Si se rompía, toda una sección del mecanismo podría colapsar.

—Esa juntura se está abriendo, ¡Firee, fusiónala ahora!

Firee ya se movía. Se abalanzó al centro del astrolabio donde el gran anillo de madera pendía precariamente. Colocando una mano contra la bisagra rajada, invocó calor concentrado con la otra. Una gota de sudor rodó por su sien mientras alimentaba con cuidado calor en el punto de unión entre la madera y el metal.

—Necesito calentar el perno metálico y la madera lo suficiente para soldarlos demasiado y lo carbonizaré, — murmuró.

Un suave fulgor naranja emanó de debajo de su palma mientras las fibras de la madera y el metal comenzaban a responder.

—¡Breezie, mantenlo fresco! —llamó Firee con voz tensa.

La temperatura en la zona se disparaba, y eso podía causar tanto daño como beneficio. Con un rápido saludo, Breezie agitó sus manos y envió una corriente controlada de aire fresco girando alrededor del área donde Firee trabajaba. La brisa eliminaba el exceso de calor en soplos suaves, evitando que la madera se carbonizara y que el metal se deformara aún más.

A pesar de la tensión, Breezie no pudo evitar bromear:

—Otro día más, reingenierizando un reloj de siglos de antigüedad.

Su comentario desenfadado arrancó una rápida risa a Greenie y una media sonrisa a Reddish, levantando los ánimos de todos. En momentos así, un poco de humor era un antídoto bienvenido contra el avance sutil de la desesperanza.

Con la cuidadosa reparación de Firee y el toque refrescante de Breezie, la grieta en la bisagra empezó a sellarse. El perno metálico volvió a asentarse en su soporte, y la fractura de la madera se soldó bajo un sutil brillo mágico. El anillo del astrolabio se enderezó, alineándose por fin correctamente con sus contrapartes. El lente de Checkered mostró la fisura, antes luminosa, desvaneciéndose hasta desaparecer.

—¡Eso lo logró! —anunció, dedicándole a Firee y a Breezie un efusivo pulgar arriba.

Apenas había hablado cuando surgió una nueva amenaza. Las sombras reunidas en los bordes del cuarto se espesaron y alzaron, atraídas por la conmoción y el progreso de los Magos. Desde el rincón más oscuro, una figura avanzó flotando: un guardián espectral nacido del estancamiento de Stará Bystrica. A diferencia del corpulento centinela herrumbroso de Hazleton, este guardián era vaporoso y translúcido —la aparición quizá de un viejo relojero, con largos miembros cargados de engranajes y ojos como vidrio pálido. Su forma estaba delineada en una luz azul pálida, y dentro de su pecho fantasmal, ruedas y engranajes giraban trabajosamente con un sonido discordante. Se movía como bajo el agua, lento pero inexorable, y donde flotaba, el aire se volvía más frío.

"Os atrevéis a profanar la tradición," entonó el espectro, su voz un susurro lastimero que resonó como en una catedral. *"La innovación borra la herencia... Vuestra intromisión profana el pasado. ¡Ceda vuestro empeño, y preservad las viejas costumbres intactas!"* La voz llevaba una nota de hermosa melodía bajo la malicia, como si fuera el espíritu de un viejo artesano horrorizado al ver su obra alterada.

El guardián espectral

El corazón de Greenie se encogió ante esas palabras. Como la empática del grupo, podía sentir el núcleo de verdad que la ilusión retorcía. Había una preocupación genuina por preservar la herencia, pero el espectro la estaba usando como arma contra el progreso. Era una falsa dicotomía, un truco cruel para demorarlos. Greenie se fortaleció y dio un paso adelante, con los ojos brillando con lágrimas que no recordaba haber derramado.

—Escuchamos tu preocupación, —se dirigió con gentileza al fantasma, —pero te equivocas al pensar que es todo o nada. Podemos preservar la cultura sin frenar el crecimiento.

Su voz tembló de emoción, cada palabra cargada de compasión.

Mientras Greenie hablaba, el espectro se detuvo, ladeando la cabeza en un gesto casi humano de incertidumbre. Su sincero cuidado y respeto por la tradición se proyectaron hacia afuera como un cálido escudo. En ese momento, las ilusiones insidiosas vacilaron, incapaces de torcer el amor genuino de Greenie por la herencia para convertirlo en temor. Su empatía afianzó la determinación del equipo, formando una barrera protectora que las mentiras del estancamiento no podían penetrar. Por un instante, la cámara se llenó de una luz dorada: la manifestación de la magia sincera de Greenie rechazando el frío del espectro.

Los ojos del guardián se encendieron con repentina, fría ira. Frustrado en un enfoque, probó otro. La aparición alzó un brazo trémulo y desató una ola invisible de fuerza que pulsó a través de la cámara. Vigas de madera gemían sonoramente en protesta, y el propio astrolabio tembló violentamente. La cuidadosa alineación que habían logrado comenzó a flaquear cuando pernos se aflojaron y engranajes se desajustaron, amenazados por el intento del espectro de literalmente sacudir el reloj hasta desarmarlo.

Blunt reaccionó velozmente, invocando su magia de agua para amortiguar el impacto. Una cúpula de agua centelleante apareció sobre el astrolabio como un cuenco invertido, absorbiendo la mayor parte de la onda espectral. Las vigas de madera dejaron de gemir, y el mecanismo se asentó de nuevo antes de que se produjera daño serio.

—¡Ignorad sus ultimátums!" gritó Blunt. —Habla en falsos extremos.

Sabía que la batalla real allí era tanto ideológica como mágica. Ese guardián personificaba la ilusión de que lo nuevo y lo viejo nunca podrían coexistir.

El rostro del espectro se contorsionó en un gruñido, su voz antes melodiosa volviéndose áspera. *"No podéis sostener a la vez la tradición y la innovación,"* siseó, rodeándolos amenazadoramente. *"¡Una debe dominar a la otra! Escojan, o miren cómo ambas se desmoronan."*

La aparición extendió sus brazos, y réplicas sombrías de la Madonna de madera del reloj y del astrolabio de bronce aparecieron a cada lado suyo. En una mano espectral, la imagen fantasmal de la Madonna se agrietó; en la otra, el astrolabio fantasma chisporroteó y se fracturó. Era una metáfora visual cruel: Si intentan tener ambas, romperé ambas.

La duda hormigueó en la mente de cada Mago. ¿Debíamos elegir? Pasó un destello de pensamiento, quizá para salvar el reloj tenían que sacrificar o su belleza histórica o su funcionalidad. Por un momento, incluso la lógica férrea de Checkered vaciló y la confianza ardiente de Reddish flaqueó. Esa fue la abertura que buscaba el espectro.

Pero Blunt no se dejó convencer. Apretó con fuerza la palanca de bronce, ese artefacto nacido de la fusión del viejo reloj de Engle con la nueva magia. La inscripción de la palanca, Innovare Contra Stagnatio, relució como recordatorio de su propósito. Tomando aire profundamente, Blunt se plantó directamente frente al pivote central del astrolabio, enfrentando al guardián espectral.

—Rechazamos tus condiciones, —dijo con firmeza. En un movimiento decisivo, encajó la palanca de bronce en una ranura donde una viga de madera se encontraba con un engranaje metálico, uniéndolos. Las runas de la palanca resplandecieron de un blanco intenso al trabar en perfecto equilibrio los componentes antiguos y nuevos.

—La tradición alimenta el progreso cuando están en equilibrio, — declaró Blunt, su voz resonando clara y fuerte en el espacio cerrado. — No escogeremos una sobre la otra. ¡Escogemos la sinergia!

Al pronunciar esa palabra, un tono resonante vibró desde el astrolabio, como si el reloj mismo estuviera de acuerdo.

El espectro reculó, sus falsos iconos de la Madonna y el astrolabio parpadeando con incertidumbre. La noción de sinergia —de armonía entre lo antiguo y lo nuevo— era algo sobre lo que no tenía poder. Enfurecido, reunió sus fuerzas para un ataque final. Pero los jóvenes Magos fueron más rápidos.

—¡Ahora! —gritó Checkered.

Habiendo recuperado la compostura, canalizó su magia en un rayo de luz púrpura dirigido a la cabeza del espectro, intentando distraerlo y desorientarlo.

Recurriendo a cada lección de Hazleton y de esta prueba, el equipo desató una oleada coordinada de magia. Esta vez, no fue una explosión violenta tanto como una oleada restauradora. Reddish y Firee combinaron sus llamas en un fénix radiante de fuego que se abalanzó hacia el espectro, fuego simbólico de renovación más que de destrucción. Greenie extendió sus brazos e impulsó una oleada de vides y hojas esmeralda en espiral alrededor del fuego, representando la naturaleza y el crecimiento que prosiguen a través del cambio. Breezie añadió una ráfaga envolvente que empujó la oleada ígnea teñida de verde hacia delante, su viento otorgándole guía y un control suave. El agua de Blunt se arqueó desde el otro lado, una corriente azul fresca que rodeó la magia colaborativa, manteniéndola cohesionada y equilibrada. Y Checkered, concentrada intensamente, infundió toda la mezcla con una luz violeta clarificadora. Una ilusión para contrarrestar la ilusión, asegurando que su ataque diera en el núcleo del engaño del espectro.

La magia combinada, un caleidoscopio de color y energía, bañó al guardián espectral como una marea armoniosa. La aparición se retorció e intentó convocar sus ilusiones, pero fue superada en todos los frentes. El calor de la innovación entrelazado con el respeto acogedor por la tradición —esto era algo contra lo que la ilusión del estancamiento no podía luchar. La armonía era su perdición.

El guardián lanzó un alarido agudo que lentamente se disolvió en un lamento. *"Ustedes… trastocan el equilibrio… que dicen proteger…"* gimió, como sin poder creerlo. Grietas de luz pura aparecieron por toda su forma transparente. Con un último chillido sobrecogedor, el espectro del estancamiento se hizo añicos en incontables motas de luz que rápidamente se desvanecieron, como cenizas llevadas por la brisa.

Mientras el último eco del grito del fantasma se extinguía, la cámara cayó en silencio. Entonces llegó un sonido: tic… tic… tic… —firme y robusto. El latido del reloj había sido restaurado.

La restauración de la armonía

Un suave resplandor de luz matutina se filtraba a través de los calados de la torre de madera, pintando el interior con haces dorados. El mecanismo ahora giraba con una confianza fluida, libre de roces y tensiones. Los engranajes taconeaban con ritmo preciso, y los anillos del astrolabio rotaban con gracia una vez más, trazando el camino celeste como debían hacerlo. El opresivo residuo gris había desaparecido junto con las ilusiones que lo crearon. En su lugar, cada superficie limpiada y reparada relucía.

Un suave ¡ding! resonó desde arriba —la sutil campanada del reloj marcando el cuarto de hora. El tono fue claro y dulce, reverberando por las vigas de madera como si anunciara una nueva vida. Hacía tiempo que esa melodía no se escuchaba; ahora se derramaba hacia la plaza, sin duda alcanzando los oídos de quienes madrugaban en el pueblo con su sonido placentero.

Greenie se detuvo ante un panel tallado que representaba las altas montañas Tatras y deslizó las yemas de sus dedos por las crestas y valles allí grabados. Podía sentir el amor del artesano en cada surco y también la energía renovada que ahora latía debajo. Tradición e innovación, ambas presentes, ambas respetadas.

—Le ha vuelto el latido, —dijo quedamente. Una suave sonrisa se dibujó en su rostro, iluminando sus facciones de alegría. —La herencia y la innovación pueden coexistir… hermosamente, de hecho.

Breezie miró hacia la estatua de la Madonna que presidía pacíficamente la sala. La luz del sol iluminaba el rostro tallado de la Madonna, haciendo que pareciera casi vivo, lleno de serenidad. Las figurillas mecánicas en la galería abierta abajo empezaron a moverse también —apóstoles de madera y héroes regionales reanudando lentamente su procesión ahora que el reloj estaba libre. Los ojos de Breezie brillaban mientras las observaba.

—Este lugar resuena con siglos de tradición, —murmuró. —Me alegra que hayamos preservado esa alma a la vez que abrimos la puerta a ideas nuevas. El equilibrio se siente… correcto.

Los seis amigos se reunieron, formando un pequeño círculo en medio de la maquinaria ahora palpitante. Lo habían logrado: dos relojes en dos lugares muy distintos, liberados ambos por las mismas virtudes aplicadas de maneras únicas. Por un momento, simplemente saborearon la victoria, intercambiando sonrisas de alivio y abrazos.

En ese momento, comprendieron: las ilusiones del estancamiento habían intentado enfrentar al pasado contra el futuro, pero honrando a ambos, habían forjado el verdadero camino hacia adelante.

Desde el borde de la sala, un brillo en el aire llamó su atención. Lazarus Zeetrikus apareció, saliendo de una sombra que se desvanecía con las manos entrelazadas a su espalda. Su sombrero doblado se inclinaba en un ángulo pensativo familiar mientras contemplaba el astrolabio restaurado.

—En efecto, —dijo, su voz cargada de un orgullo contenido. —Al estancamiento le encanta enfrentar el pasado y el futuro entre sí. Ustedes demostraron que era una elección falsa. Disiparon una ilusión que exigía optar por uno u otro. En verdad, el progreso honra de dónde venimos mientras mira hacia adelante.

Al oír a su mentor expresarlo en palabras, el grupo sintió un cálido resplandor de satisfacción. No solo habían resuelto el problema práctico, sino que habían comprendido la lección detrás de él. Firee exhaló y permitió que la tensión que quedaba en sus hombros por fin se liberara. Los últimos jirones de niebla gris se evaporaban bajo la creciente luz del día.

—¿El reloj está a salvo ahora? —preguntó a Zeetrikus, echando un último vistazo alrededor en busca de alguna sombra persistente.

Zeetrikus inclinó la cabeza.

—El corazón de Stará Bystrica está libre de estancamiento, por el momento, —confirmó. Luego, siempre el maestro precavido, añadió:

—Pero recuerden, las ilusiones son ingeniosas. Nunca supongan que están vencidas para siempre. Puede llegar el día en que la complacencia o la arrogancia las dejen colarse de nuevo.

Les regaló una sonrisa tranquilizadora, contrarrestando la advertencia.

—Por ahora, sin embargo, se llevan algo precioso de este lugar: la lección de Innovare et Harmonia —innovación guiada por un propósito compartido y armonía.

La frase en latín rodó de su lengua con reverencia. Era una evolución del lema grabado en la palanca de Hazleton. El credo de Engle había sido luchar contra el estancamiento; este nuevo se enfocaba en equilibrar la innovación con la armonía. La prueba aquí había añadido profundidad a la lección que comenzaron a aprender en Hazleton.

Blunt ajustó su agarre sobre la palanca de bronce, que ahora brillaba con una luz más suave, satisfecha. Entonces se dio cuenta de algo: encajado entre dos de los engranajes del astrolabio había un pequeño disco de madera con runas que antes no era visible. Al completar el mecanismo su primer ciclo pleno y saludable, el disco giró a la vista. Los ojos atentos de Checkered captaron un rápido destello de texto en él —probablemente la pista oculta que Zeetrikus pretendía que encontraran aquí. Blunt lo extrajo con cuidado y el grupo se reunió alrededor. Rúnicas arcanas en el disco centelleaban tenuemente, formando un breve mensaje que Zeetrikus tradujo en voz alta:

—Cuando la cultura cambió, este reloj se paralizó. Advertencia para todos. El corazón de Boston se acerca a la misma fractura.

Zeetrikus señaló el disco de madera, confirmando su significado.

—Han restaurado el progreso aquí. Pero Boston… —pausó, su rostro ensombreciéndose momentáneamente al pensar en su ciudad natal, —Boston se encuentra al borde de una gran fractura. Cada éxito que logran los arma con un nuevo conocimiento. Van a necesitarlo todo para lo que aguarda en casa. Las runas del disco pulsaron una vez y se desvanecieron, habiendo entregado su mensaje.

Los seis Magos intercambiaron miradas que eran en partes iguales determinación y preocupación. Sus capas, captando la luz de la mañana, centelleaban con los colores de la resolución. Habían confrontado dos veces ilusiones de estancamiento y dos veces encontrado la forma de romperlas —mediante humildad, creatividad, trabajo en equipo y respeto. Pero Boston… Boston era una metrópolis enorme con incontables personas e incontables rincones ocultos donde las ilusiones podían arraigar. El desafío allí sería mucho mayor que el de un solo reloj en una plaza tranquila.

Aun así, al ver los rostros de cada uno, hallaron confianza. Si habían podido unir la ingenuidad industrial con la humildad en Hazleton, y combinar tradición con innovación aquí en Stará Bystrica, entonces fuera lo que fuera que Boston requiriera, también se adaptarían y superarían eso.

Una pequeña y orgullosa sonrisa curvó la boca de Zeetrikus al leer la determinación en sus ojos.

—Lo han hecho muy bien, —dijo en voz baja, palabras solo para ellos. —Lleven estas victorias con ustedes al enfrentar la próxima prueba. Que el equilibrio de humildad y audacia que han demostrado continúe guiándolos, y evite que nuevas ilusiones echen raíz en sus corazones.

Alzó su bastón y le dio un suave giro. En respuesta, la realidad misma pareció ondular cerca de la pared de la sala. Un portal redondo, centelleando con luz azul plateada, se arremolinó abierto donde hacía unos momentos solo había madera sólida. A través de él, pudieron discernir el contorno difuso de la plaza de Hazleton y la torre del reloj Monumental de Engle que habían dejado atrás. El aroma de madera de pino tallada y el resplandor de la mañana en Stará Bystrica enmarcaban la puerta mágica, recordando a los Magos el lugar que dejaban —un pueblo donde la herencia y el progreso ahora se entrelazaban sin fisuras. Era un ejemplo de armonía que planeaban llevar de vuelta con ellos.

Regreso a Hazleton

Blunt se acercó al portal, el primero en aproximarse al umbral de regreso a casa. Todavía sujetaba con firmeza la palanca de bronce, su lema grabado reluciendo. Se giró hacia Zeetrikus e inclinó la cabeza con gratitud.

—Gracias, Zeetrikus, —dijo sinceramente. —Nos mostraste que podemos fusionar creatividad con tradición y hacerlo sin permitir que la arrogancia o el estancamiento se afiancen. No lo olvidaremos."

Zeetrikus devolvió la inclinación con una respetuosa inclinación de su sombrero. Sus ojos estaban cálidos, orgullosos.

—La innovación es poderosa solo cuando se equilibra con humildad, —reiteró con suavidad. —Aférrense a esa verdad al regresar a la ciudad que más los necesita. La prueba de Boston no se parecerá a estas, pero confío en que la afrontarán con la misma gracia que han demostrado hoy.

Uno a uno, todos agradecieron al mentor a su modo —Reddish con una sonrisa radiante y saludando con su varita, Breezie con una reverencia agradecida, Greenie con un abrazo rápido e impulsivo que Zeetrikus rio y correspondió amablemente. Realmente presentaba una imagen muy diferente de cuando lo conocieron en Hazleton; había desaparecido toda severa urgencia, reemplazada por una guía tranquila y el orgullo en sus alumnos.

Reddish entonces se giró hacia el portal. Inspiró un último sorbo del aire frío de la montaña, dejando que el frescor calmara lo que quedaba de adrenalina de la batalla en sus venas. Las brasas que parecían bailar siempre en sus dedos se habían asentado a un brillo cálido y apacible. Estaba en paz, pero ansiosa por lo que venía.

—Es hora de irnos, —dijo, la voz ligera pero confiada. Una pequeña sonrisa asomaba en sus labios. —Ya vimos qué ocurre cuando las ilusiones enfrentan lo viejo contra lo nuevo. Boston será un escenario más grande con trucos diferentes, pero estamos listos para ellos.

Había acero en su tono forjado a partir de la dura experiencia.

Checkered se demoró un momento, dejando que su mirada analítica recorriera el interior restaurado del reloj. La luz del sol filtrada por los listones de madera proyectaba patrones moteados en el suelo. La sensación allí ahora era de tranquilidad, de equilibrio. El astrolabio brillaba en equilibrio sereno, trazando una vez más obedientemente los cielos.

—Espero que este pueblo prospere por muchos años, —dijo suavemente. —Merece un futuro que haga eco de su rico pasado.

Sabía que quizá los lugareños nunca supieran de la extraña batalla que tuvo lugar al alba dentro de su querido reloj, pero sin duda notarían la diferencia: el reloj volvería a funcionar correctamente, su música regresaría para marcar sus días.

Greenie colocó su palma sobre una viga de madera pulida, con los ojos cerrados mientras absorbía la suave vibración de vida ahora presente. Donde antes había tensión y pena, ahora sentía paz y propósito fluyendo por la estructura.

—Puede que los aldeanos ni se den cuenta de que algo cambió durante la noche, —musitó, —pero se despertarán con un reloj que vuelve a estar vivo y saludable. Y quizá esa pequeña chispa renovada inspire a alguien allá afuera. A veces el progreso es tan simple como restaurar la esperanza." Palmeó cariñosamente la viga, como se haría con un ser vivo, luego retrocedió para unirse a sus amigos.

Firee se quedó un momento junto al astrolabio, pasando un dedo por uno de los arcos de bronce recién limpiados. Su mente repasaba las runas brillantes en aquel disco de madera y la advertencia sobre Boston.

—El mensaje decía que Boston podría enfrentar ilusiones aún más extendidas de lo que hemos visto hasta ahora, — dijo en voz baja, como para sí mismo. La perspectiva era intimidante, pero luego miró a sus camaradas y esbozó una leve sonrisa. —Al menos ahora sabemos cómo enfrentarlas juntos, con todo lo que hemos aprendido.

Breezie posó una mano tranquilizadora en el hombro de Firee.

—Y si Boston es un escenario más grande, —añadió con una sonrisa fácil, —se nos ocurrirán ideas más grandes. Nos adaptaremos, igual que lo hicimos aquí… y en Hazleton… y en todos lados.

Su capa revoloteó con un soplo de viento conjurado juguetón y optimista.

Zeetrikus los observaba con un brillo afectuoso en la mirada. Con sus pruebas aquí completas, su papel terminaba por ahora. Hizo una última inclinación de cabeza mientras los seis Magos se reunían y, lado a lado, atravesaban el portal centelleante.

En un parpadeo, la tranquila sala de madera y las montañas de Eslovaquia desaparecieron. El contorno familiar del reloj de Engle en Hazleton tomó forma a su alrededor. Se encontraron una vez más dentro del interior del reloj Monumental de Engle, justo donde habían estado cuando partieron de Hazleton. Pero allí también habían cambiado cosas: la cámara estaba inundada por la luz de media mañana que se vertía a raudales por la esfera, y la atmósfera se sentía más ligera. Las figurillas antes inmóviles de la torre del reloj de Engle ahora estaban en movimiento, restauradas por la victoria anterior. Asomándose por una estrecha escotilla de mantenimiento, pudieron ver las pequeñas figuras en la fachada del reloj muy arriba cumpliendo gozosas sus ciclos —miniatura de eruditos pasando las páginas de sus libros, bufones ejecutando alegres saltos, soldados desfilando. El reloj de Engle estaba vivo y en buen estado, un gigante juguetón una vez más.

Un suspiro colectivo de alivio y logro recorrió al grupo. Tanto Hazleton como Stará Bystrica habían sido liberadas de las garras del estancamiento. Cada uno de ellos silenciosamente dio las gracias a Stephen Engle y a los artesanos eslovacos anónimos cuyas obras maestras los habían guiado hacia esos conocimientos. En su ojo de la mente, Blunt y Checkered casi pudieron imaginar el fantasma de Engle tocándose el sombrero, y Greenie fantaseó que la Madonna tallada sonreía un poco más ampliamente.

Descendieron con cuidado la torre del reloj de Engle y salieron a la plaza de Hazleton. El portal se cerró tras ellos con un suave chasquido, dejando solo el cielo límpido de la media mañana arriba. La diferencia en Hazleton era inmediata: la plaza ya no estaba lastrada por la penumbra. Los habitantes se movían de aquí para allá con energía renovada —algunos caminos a desayunos tardíos o abriendo sus tiendas, otros reunidos en pequeños corrillos señalando el renovado espectáculo de la torre del reloj. Unos niños aplaudían y reían mientras las figuras del reloj hacían su danza horaria. El aroma a pan de panadería y hojas otoñales flotaba en el aire, que se sentía fresco y lleno de posibilidades.

Los Magos permanecieron juntos sobre los adoquines, sus capas de Arlequín posándose suavemente a su alrededor. Los vibrantes patrones abigarrados de cada capa centelleaban bajo la luz del sol, reflejando una tranquila sensación de culminación y orgullo. La odisea de Hazleton había tenido un final feliz, y ellos habían sido parte de ello.

Mientras contemplaban la escena, los agudos ojos de Blunt notaron algo nuevo en la base del reloj.

—Miren allí, —señaló.

Donde antes la piedra estaba lisa, ahora unas letras recién grabadas relucían, como si una mano invisible las hubiese cincelado. La inscripción rezaba: Innovare Contra Stagnatio. El mismo lema de su palanca ahora adornaba los cimientos del reloj Monumental de Engle, conmemorando lo ocurrido allí. Justo al lado había otra inscripción, elegantemente entrelazada: Innovare et Harmonia. Las dos frases brillaban juntas, un legado conjunto de Hazleton y Stará Bystrica. Juntas formaban un tapiz de sabiduría: Innovar contra el estancamiento, e innovar con armonía.

Blunt pasó los dedos sobre las palabras en latín talladas en la piedra, con un toque reverente. Casi podía oír la voz resonante de Zeetrikus explicando el significado de cada lema. Reddish se situó a su lado, leyendo también las inscripciones. Un destello de recuerdo cruzó por su rostro —las ilusiones en Hazleton casi la habían engañado para intentar arreglar las cosas con la fuerza de su fuego ella sola, así como las ilusiones aquí en Stará Bystrica habían intentado que eligieran solo la tradición o solo la innovación. Cuadró los hombros.

—No caímos en esas trampas, —dijo con firmeza. Luego añadió, pensando en lo que podría venir: —Las ilusiones quizá prueben tácticas diferentes con otras virtudes la próxima vez.

Firee intercambió una mirada con Breezie, recordando ambos los sucesos en Boston antes de emprender este viaje. Ya allí las ilusiones habían empezado a agitarse, causando apatía en algunos vecindarios, agresividad en otros —señales de varias virtudes puestas a prueba o pervertidas. Firee asintió con determinación.

—Ya vimos indicios de lo que pueden hacer en Boston. Incitar la complacencia, sembrar discordia. La próxima vez, quizá no sea estancamiento. Pero sea lo que sea, no nos tomará desprevenidos, —prometió.

Había un fuego en su voz que nada tenía que ver con la magia y todo con la convicción.

Greenie sacó su teléfono móvil y rápidamente escribió un mensaje. Sonrió al recibir una respuesta casi al instante.

—Ya avisé a Antonella y a Bart que estamos en camino de regreso, —dijo, guardando el teléfono. —Puede que hayan encontrado más pistas sobre lo que está pasando en Boston mientras estuvimos fuera. No debemos perder impulso. Boston nos necesita, y ahora tenemos una mejor idea de qué buscar.

Checkered se quitó el lente y cuidadosamente lo pulió con un pañuelo.

—Sin duda las ilusiones en Boston serán más complejas que las que enfrentamos aquí, —advirtió, siempre la estratega. — Necesitaremos cada lección que hemos aprendido hasta ahora: todo lo de Berna, del reloj de Engle, de Stará Bystrica. Quizás más.

Fue enumerando sus pruebas previas, pensando en cada desafío de ciudad que habían superado. Cada uno los había preparado para este momento.

Blunt miró a sus compañeros —sus amigos, su equipo— y sintió una oleada de gratitud y orgullo. Habían crecido tanto juntos. Pensó en la humildad que habían cultivado en sus primeras aventuras, la chispa inventiva que habían alimentado aquí, y el equilibrio que habían aprendido a lograr.

—Nos apegaremos a lo que funciona, —dijo, con los ojos brillantes. —Enfrentaremos lo que venga con humildad y con ingenio, codo a codo. Mientras nos mantengamos fieles a nuestro propósito compartido, ninguna ilusión, tome la forma que tome, tendrá posibilidad contra nosotros.

El sol de la mañana se elevaba, bañando con luz esperanzadora Hazleton, mientras los seis Magos daban la vuelta para dirigirse hacia la estación de tren. Sus pasos eran ligeros pero decididos. Destellos de color de sus capas bailaban sobre la acera —esmeralda, carmesí, zafiro— como una promesa de la magia y la unidad que llevaban consigo. Cada uno echó un último vistazo por encima del hombro al reloj Monumental de Engle, que ahora tic-taqueaba lozano y brillaba al sol. Era una visión que les recordaría por siempre lo que habían logrado y todo lo más que podían lograr.

En ese momento final en Hazleton, un silencioso entendimiento pasó entre ellos. Delante aguardaba Boston, y con ella desafíos que pondrían a prueba todo —quizá nuevas ilusiones dirigidas a la compasión, la honestidad, el coraje o más. Pero entrarían en esa refriega como lo habían hecho aquí: juntos. La penumbra estancada se había disipado en dos rincones del mundo hoy. Animados por ese conocimiento, los seis Magos de Boston partieron, renovados por un triunfo arduamente ganado y listos para encender el siguiente, a dondequiera que el viaje los llevara.

Capítulo 4

El reloj de la Old State House

— El triunfo de la innovación

Descifrando el lenguaje antiguo

La tenue vibración del reloj Engle se apagó mientras el resplandor del portal los devolvía al crepúsculo de Boston. El crepúsculo cubría el distrito histórico con tonos de lavanda y oro. La esfera dorada del reloj de la Old State House proyectaba un brillo vacilante sobre la plaza abarrotada. Sus gastados engranajes, grabados con motivos coloniales, se tensaban bajo intrincados relieves; sus campanadas — que en su día fueron un faro de progreso cívico — sonaban ahora discordantes y estridentes, como si el peso del estancamiento hubiera torcido su ritmo. Los adoquines relucían bajo la trémula luz de antorchas ilusorias — claramente una ilusión que superponía un resplandor de época a la plaza moderna — donde comerciantes y eruditos se mezclaban entre puestos fantasma, alzando sus voces en debates rígidos. Un corpulento comerciante se aferraba a métodos anticuados, desdeñando las técnicas nuevas de un rival, mientras un orador con gafas se burlaba de las teorías innovadoras de otro. La brisa vespertina traía aroma a sal marina y el bullicio de la vida urbana, pero un filo de tensión la cruzaba: las miradas en la plaza estaban apagadas por la resistencia.

De la suave luminosidad del portal surgieron seis magos — Blunt, Reddish, Firee, Checkered, Breezie y Greenie — que avanzaron hasta situarse bajo la sombra imponente del reloj. Sus capas Arlequín, normalmente vistosas, parecían atenuadas bajo el resplandor trémulo, pero aun así palpitaban suavemente en muda rebeldía contra el silencio inquietante. Blunt rozó con sus dedos un engranaje de latón grabado con "Innovare Contra Stagnatio", el segundo artefacto que Zeetrikus les había otorgado tras la palanca de Hazleton — cada pieza formaba parte de un conjunto de herramientas modulares para la innovación. Su calor les recordaba las pruebas que afrontaron en Hazleton y Stará Bystrica.

—Hemos visto el poder de la innovación, —dijo Blunt, con la voz cargada de determinación. —Ahora "Innovare Contra Stagnatio" nos señala que desafiemos la inercia de Boston.

Checkered examinó la fachada de ladrillo de la Old State House cuya torre cortaba el crepúsculo y cada campanada fatigada era un clamor por el progreso perdido.

—El estancamiento está encerrando el corazón de Boston en patrones rígidos, —observó, mientras su mente analítica diseccionaba la tensión de la plaza. —La pista señala este lugar donde antes floreció el progreso y ahora se ve deformado por viejas tradiciones.

Greenie extendió sus sentidos empáticos hacia la multitud, sintiendo las obstinadas defensas de los comerciantes y los tajantes desdenes de los eruditos. Su capa se oscureció en simpatía.

—Se aferran a la comodidad, rechazando las ideas nuevas, —susurró. —Es una ciudad hundiéndose en el estancamiento, igual que Hazleton antes de que la liberáramos.

Sin embargo, incluso ahora percibía un atisbo de curiosidad centelleando tenuemente entre la gente — una chispa que, de avivarse, podría romper las ataduras del estancamiento.

La capa carmesí de Firee se agitó con un destello de alerta al recordar las ilusiones que habían atrapado Hazleton.

—Zeetrikus debe andar cerca, —dijo en voz baja.

La fricción que se vivía en Boston no era casualidad: la Old State House se alzaba en la encrucijada de viejos ideales y voces nuevas.

Reunión en la casa de piedra rojiza
Breezie reparó en los maltrechos puestos de vendedores y en las posturas rígidas de los debatientes temerosos del cambio.

—La innovación significa adaptar nuestras fortalezas para romper la inercia, —dijo en tono reflexivo, recordando cómo el mecanismo del reloj de Stará Bystrica había prosperado una vez que aflojaron sus engranajes rígidos.

La determinación ardiente de Reddish resplandeció al ver a las facciones enfrentadas. Los comerciantes estaban aferrados a prácticas anticuadas; los eruditos se burlaban de teorías novedosas.

—Encontremos a Zeetrikus ahora mismo, —instó, con los ojos encendidos como brasas mientras escudriñaba a la multitud inquieta.

Firee le puso una mano en el brazo a modo de advertencia.

—Si nos apresuramos, las ilusiones podrían atraparnos, —dijo con calma, dejando que las lecciones de unidad aprendidas en Hazleton los guiaran.

Blunt los miró a ambos con sus ojos azul agua, firmes.

—Nos acercaremos con humildad, como un equipo, afirmó. — La Old State House es nuestra pista y la tienda de Zeetrikus nos espera.

A su alrededor, la discordia de la plaza latía instando a que su unidad prevaleciera. Con eso, se internaron en el crepúsculo cada vez más profundo, con los adoquines resonando bajo sus pasos decididos, listos para encender el progreso donde el corazón de Boston se había estancado.

Descifrando Innovare Contra Stagnatio

La biblioteca revestida de roble en la casa de Bart y Antonella ofrecía un breve santuario del tumulto exterior. Estanterías combadas exhibían tomos muy usados y mapas encuadernados en cuero que detallaban las raíces coloniales de la ciudad. Un globo terráqueo tallado se erguía junto a la chimenea, con los continentes descoloridos por años de estudio. La luz ámbar de una lámpara parpadeaba contra las paredes, iluminando dos artefactos que descansaban sobre una mesa de caoba pulida: el engranaje de latón de Stará Bystrica, grabado con "Innovare et Contra Stagnatio", y la esbelta palanca de latón de Hazleton, grabada con el lema original "Innovare Contra Stagnatio". Juntos, esos obsequios de Zeetrikus conformaban un conjunto evolutivo de herramientas, cada lema un ancla filosófica que se construía sobre el anterior.

Afuera, voces apagadas llegaban desde la calle —una maraña de discusiones acaloradas sobre ideas nuevas. Blunt colocó el engranaje de Stará Bystrica en el centro de la mesa, dejando que su zumbido constante calmara sus pensamientos turbulentos.

—Necesitamos claridad, —dijo, recordando el tenso torbellino de energía cerca de la Old State House. —La pista de Zeetrikus, Innovare Contra Stagnatio. Innovar contra el estancamiento. Esa es la clave.

Checkered se inclinó, dando golpecitos con un dedo sobre las runas grabadas del engranaje.

Ese reloj de la Old State House simbolizó en su momento ideales progresistas, —señaló. —Pero la inercia de la ciudad lo ha convertido en un bastión de tradición rígida. Sospecho que ahí es donde reside la próxima prueba de Zeetrikus.

Breezie se recostó en un sillón, contemplando un viejo grabado de la torre de la State House.

La innovación solo prospera si la gente acepta el cambio, —reflexionó. —Y, sin embargo, afuera en la plaza vimos a comerciantes y eruditos aferrados al pasado. Zeetrikus quiere que desmantelemos esa mentalidad, igual que realineamos los engranajes del reloj en Hazleton.

Firee paseaba inquieto junto a una estantería polvorienta, perturbado por el eco de las ilusiones que casi los atraparon en Hazleton.

—Si las ilusiones apuntan a la esencia misma de Boston, necesitaremos precaución, —advirtió, recordando cuán cerca estuvo la inercia de abrumarlos antes. —Innovare implica que adaptemos de nuevo nuestra sinergia.

Greenie pasó la mano por un volumen centenario que detallaba los concilios revolucionarios celebrados antaño en la Old State House. Suspiró suavemente.

—Es trágico. Un lugar que antaño defendió ideas nuevas se ha estancado, —dijo, con la empatía tintando su voz. —Stará Bystrica nos enseñó que la tradición puede fusionarse con el progreso. Quizá Boston necesite también ese equilibrio.

Los ojos de Reddish destellaron con impaciencia, brasas danzando a la luz de la lámpara.

—Entonces no nos demoremos, —instó. —La tensión de la ciudad va en aumento cada momento, el estancamiento gana terreno.

Firee alzó una mano en señal de cautela, como de costumbre.

—Cargar a ciegas invita a las ilusiones, —recordó, mientras su capa se apagaba reflejando moderación. Su vigilancia, pulida durante las pruebas en Venecia, los protegía contra las sutiles trampas de las ilusiones.

Blunt tendió un puente entre su fervor y una calma firme.

—Encontraremos la tienda efímera de Zeetrikus cerca de la Old State House, —aseguró, mirando a cada mago a los ojos por turno. —Nos acercaremos con humildad y sinergia, ninguna ilusión podrá resistir si nos mantenemos unidos.

La calidez de la biblioteca afianzó su determinación. Juntos, respondieron al llamado a la acción.

Checkered recogió sus apuntes, cada línea resonando con la victoria duramente ganada en Hazleton.

—De acuerdo, —dijo con firmeza. —Es hora de enfrentarnos de lleno a la inercia de Boston. Innovare Contra Stagnatio.

En busca de Lazarus Zeetrikus

Al salir de la casa de piedra rojiza, siguieron el tirón de la pista de regreso a la plaza de la Old State House. La atmósfera se había vuelto aún más cargada. Disputas estancadas crepitaban en el aire; las voces resonaban ásperamente sobre los adoquines. Cuando los magos se acercaron a un callejón familiar junto al antiguo edificio, un destello de magia gris les llamó la atención — un velo que ocultaba una humilde puerta de madera. Reconocieron al instante la mano de Zeetrikus.

Dentro de la tienda Las Seis Estatuas, el crepúsculo se acumulaba en los rincones, iluminando estantes repletos de curiosidades mecánicas y pergaminos envejecidos. Seis estatuas — Innovación, Armonía, Conocimiento, Coraje, Resiliencia y Humildad — circundaban la sala, cada una tallada en una piedra diferente y destellando con encantamiento. En el centro se encontraba el propio Lazarus Zeetrikus, ataviado con ropajes remendados y un sombrero de copa torcido, apoyado con aire despreocupado contra el majestuoso planetario mecánico que dominaba el fondo de la tienda. Planetas y engranajes de latón giraban en lentas órbitas sobre él, proyectando reflejos danzantes en las paredes.

Zeetrikus los saludó con una leve inclinación de cabeza, con la mirada seria pero acogedora.

—El corazón de Boston se estanca atado por mentes aferradas, —confirmó con tono calmado y mesurado. —¿Trajeron las enseñanzas de Hazleton y Stará Bystrica?

Blunt dio un paso al frente y colocó los dos artefactos previos sobre el mostrador — el engranaje de Stará Bystrica, grabado con "Innovare et Contra Stagnatio", y la palanca de latón de Hazleton.

—Sí, —afirmó. —Hazleton nos mostró la unidad; Stará Bystrica nos enseñó cómo combinar la innovación con la tradición. Boston parece necesitar ambas.

—Bien entendido. —Zeetrikus esbozó la más mínima sonrisa de aprobación. —Esta noche, la prueba de esta ciudad se centra en romper un punto muerto. Escuchen ahora. Dos relatos los guiarán. —Señaló un atril de lectura donde dos pergaminos antiguos aguardaban. —Una fábula y un poema, —explicó. —En ellos se encuentran las claves para destrabar el estancamiento de Boston. ¿Quién los leerá?

Breezie y Reddish intercambiaron miradas. Juntos, dieron un paso al frente y cada uno tomó un pergamino del atril.

Un silencio cayó sobre la tienda de Las Seis Estatuas mientras Breezie desenrollaba con cuidado el primer pergamino. Los ojos de Checkered se iluminaron con curiosidad intelectual y Reddish se inclinó hacia adelante, la anticipación tintada de fuego en su postura. Incluso Firee y el propio Breezie se relajaron ligeramente al recordar cómo las fábulas y poemas anteriores de Zeetrikus habían disipado ilusiones en Hazleton y Eslovaquia. Greenie apoyó una mano suave sobre la estatua de Armonía a su lado, sintiéndola resonar con la misma sinergia que les había ayudado a vencer al guardián de Hazleton.

Fábula del lago

—Tu voz es adecuada para la fábula del lago y el arroyo, — dijo Zeetrikus suavemente a Breezie. —Muéstrales cómo el estancamiento pudre lo que debería estar vivo.

Breezie asintió y alzó el pergamino hacia la luz de la lámpara. Al comenzar a leer, la luz de las velas brilló sobre la delicada caligrafía. Los instrumentos de la tienda emitieron un zumbido suave en armonía, como si las propias palabras poseyeran un poder transformador. Él tejió un relato de quietud que volvía rancio a un hermoso lago, mientras un arroyo fluido prosperaba con la renovación:

El lago y el arroyo

En el corazón de un frondoso valle yacía un lago hermoso y tranquilo, alimentado suavemente por un arroyo animado y vivaz. El lago era vasto y reflejaba las nubes y las estrellas, admirado por cada criatura a su alrededor. El arroyo, aunque más pequeño y angosto, centelleaba con movimiento incesante, danzando entre las rocas, con sus aguas siempre claras y llenas de vida.

Un día, el lago le habló al arroyo con convicción:

—¿Por qué corres con tanto desasosiego, querido arroyo? Mírame a mí, estoy calmado, estable, admirado por todos los que contemplan mi belleza. Tu agitación sin fin parece una locura.

El arroyo se rio suavemente y respondió:

—Debo fluir, porque el movimiento es mi naturaleza. Sin él, perdería todo lo que estimo.

El lago rio quedamente, descartando las palabras del arroyo como una insensatez inquieta. Pasaron los años, y el arroyo siguió fluyendo alegremente, nutriendo flores, fauna y árboles a lo largo de sus orillas. Se mantuvo siempre fresco y vibrante, admirado por sus aguas cristalinas.

Pero el lago, complacido en su quietud, fue cambiando gradualmente. Sus plácidas aguas se oscurecieron lentamente, ahogadas por malezas y algas. Los peces empezaron a evitarlo, los pájaros dejaron de anidar en sus orillas, y los animales dejaron de visitarlo. Las aguas estancadas, antes tan admiradas, se volvieron rancias y turbias.

Con el tiempo, entristecido y desconcertado por su soledad, el lago llamó de nuevo al arroyo:

—Amigo, dime, ¿por qué se ha alejado el mundo?

El arroyo, aún vivo y fresco, respondió con suavidad:

—Querido lago, la belleza sin movimiento se marchita hasta la descomposición. Elegiste la calma sin crecimiento, la tranquilidad sin renovación. La vida prospera en movimiento.

Al darse cuenta de la verdad demasiado tarde, el lago preguntó con tristeza:

—¿Queda alguna esperanza para mí?

El arroyo consoló al lago con dulzura, diciendo:

—Nunca es demasiado tarde para renovarse. Si me dejas fluir de nuevo a través de ti, quizá juntos podamos restaurar tu vitalidad.

Humillado, el lago se abrió a las aguas refrescantes del arroyo y lentamente la vida regresó. Los peces volvieron a nadar, los pájaros cantaron y los animales se reunieron una vez más. Aunque el lago nunca olvidó la lección del estancamiento, vivió de ahí en adelante en armonía agradecida con el arroyo, siempre en movimiento, siempre creciendo.

Un pesado silencio siguió a las últimas líneas de la fábula, como si los mismos estantes hubieran absorbido la lección. Los magos intercambiaron miradas reflexivas, con el corazón conmovido por el eco de los debates estancados afuera. Los engranajes de Hazleton una vez se habían trabado en viejos patrones; Stará Bystrica estuvo a punto de perderse por la apatía. Si no se confronta, el estancamiento corrompe incluso la creación más grandiosa, tal como Boston ahora corría el riesgo de perder su chispa.

Breezie enrolló el pergamino con cuidado.

—La belleza sin movimiento se convierte en podredumbre, —dijo en voz baja, resumiendo la tardía comprensión del lago. —Las viejas costumbres de Boston reflejan a ese lago.

Checkered asintió, llevándose una mano al mentón.

—Es fácil deleitarse en la gloria del pasado y ser admirado al principio. Pero sin renovación, todo se vuelve rancio, — reflexionó. — Lo vimos pasar también en Hazleton.

Greenie se estremeció, recordando la fricción en la plaza.

—La gente allá afuera está atrapada en creencias antiguas como el lago que rechazó la ayuda del arroyo, —dijo en voz baja. —Tenemos que abrirlos al cambio.

Zeetrikus inclinó la cabeza y señaló el segundo pergamino, este brillando tenuemente con encantamiento en las manos de Reddish.

—Precisamente. Pero nota: el estancamiento no se vence solo rechazando lo viejo; también deben impulsar lo nuevo. Reddish, deja que tu fuego encienda el poema Los soñadores forjan el mundo. Permíteles vislumbrar el latido de la innovación.

Reddish tomó aire pausadamente y desenrolló el pergamino. El poema describía a unos viajeros forjando nuevos horizontes, sin temor a los escépticos y tejiendo el futuro a partir de la chispa de la imaginación. Sus versos bailaban con imágenes vívidas, sueños convertidos en verdad viva, invención incontenible, humildad valiente que asumía riesgos por el bien común. Los versos evocaban un prado lleno de flores silvestres, cada color representando una idea fresca que polinizaba a la siguiente, un contrapunto vibrante a la quietud del lago:

Los soñadores forjan el mundo

Somos los susurros en la oscuridad,
Las suaves chispas que encienden la llama,
Nos atrevemos a recorrer caminos invisibles,
Inventando senderos sin nombre.
Con mentes sin trabas, horizontes amplios,
En sombras profundas plantamos la semilla,
Avanzamos a través de la posibilidad,
Pues de cada necesidad nace una obra mayor.
Mil caminos se abren ante nosotros,
Mas el valor guía nuestros pies inquietos,

Porque la innovación agita el corazón —
El pulso y latido de los hacedores de música.
Desafiamos el lánguido reino de la comodidad,
En cada límite, rompemos el molde,
Transformando la pérdida en ganancia esperanzadora,
Volviendo de oro los sueños de plomo.
Habitamos donde azar y visión se funden,
Forjando el futuro desde el deseo,
Dentro del cauce de la imaginación,
Moldeamos el mundo con fuego inagotable.
La innovación, dicho de forma simple,
Es el pensamiento audaz vuelto manifiesto,
Que transforma las visiones en nuestra mente
En verdades vivientes, la más brillante búsqueda de la vida.
Arriesgamos, desafiando el desprecio,
Imperturbables ante el llamado del escéptico,
Con fe en lo que aún no ha nacido,
Creyendo en los sueños a pesar de todo.
Recuerda esto, abraza la luz —
Cada sueño perseguido renueva la tierra,
Pues del valor brillante florece el progreso —
La innovación moldea el renacimiento.
Así que sueña, crea y esfuérzate con valentía,
Deja que el valor escriba tu rima perdurable,
A través de la innovación sobrevivimos —
Al cambiar, desafiamos al tiempo para siempre.

Cuando la voz de Reddish se apagó, la estatua de Armonía sobre el estrado brilló cálidamente, como si la energía creativa del poema la hubiera nutrido. Un silencio se instaló en la tienda una vez más. Cada mago se tomó un momento para contemplar la sinergia entre la advertencia de la fábula contra el estancamiento y el llamado del poema a la creación audaz. El poema había encendido una chispa inequívoca de innovación, un faro que iluminaba el camino para el desafío que se avecinaba. Zeetrikus cruzó los brazos, con un destello de determinación en la mirada.

Prueba en la Old State House

—El estancamiento ahoga el viejo reloj de afuera, —dijo, calmado y serio. —Su misión: disipar las ilusiones que incitan a Boston a aferrarse a la comodidad. Unan sus poderes, creen soluciones que fusionen la tradición con el impulso hacia el futuro. Innovare Contra Stagnatio.

Reddish dejó el pergamino a un lado, con ascuas danzando en sus ojos.

—Hazleton nos enseñó la sinergia, Stará Bystrica nos enseñó a unir la herencia con el progreso. Boston exige que hagamos ambas de nuevo."

Firee tocó suavemente un diapasón expuesto en un estante, sintiendo que vibraba débilmente.

—Nos adaptamos o las ilusiones nos arrastrarán de vuelta a la inercia, —convino, recordando la negativa de la multitud a cambiar allá afuera en la plaza.

Breezie inhaló profundamente y se irguió, sacando fuerzas de los versos del poema sobre soñadores valientes.

—Entonces combinemos la esperanza con la practicidad y forjemos nuevos engranajes para ese viejo reloj, hablando metafóricamente, — dijo.

Recordó cómo habían reconstruido físicamente engranajes en pruebas anteriores, y supo que ahora debían hacerlo en espíritu.

Una sutil y rara sonrisa cruzó el rostro de Zeetrikus.

—Exacto. Prepárense, —dijo. —El reloj de la Old State House espera su prueba. Recuerden: el estancamiento esgrime ilusiones de comodidad, solo la verdadera innovación las destruye.

Al pronunciar Zeetrikus su última palabra, las paredes plateadas de la tienda Las Seis Estatuas temblaron.

—¡Enfrenten las ilusiones del estancamiento, forjen el triunfo de la innovación! —resonó su voz y el resplandor de la tienda envolvió a los magos.

En un parpadeo vertiginoso, el acogedor interior se desvaneció, depositándolos directamente en la amplia plaza de la ciudad alrededor de la Old State House.

Se encontraban una vez más bajo la torre del reloj, pero ahora la plaza estaba cubierta de ecos fantasmales del pasado. Antorchas tenues e ilusorias parpadeaban donde antes había farolas modernas, bañando la escena con un resplandor antiguo y espectral. Zarcillos mágicos cubiertos de óxido se enroscaban alrededor de los engranajes expuestos del reloj, altos arriba, congelándolos a mitad de campanada.

Por todas partes, comerciantes y eruditos discutían como antes, cada uno defendiendo tercamente prácticas arcaicas. La plaza, que antes estaba unida, se había fragmentado en facciones:

—¡No necesitamos métodos nuevos! —gritó un hombre.

—¡No arregles lo que no está roto! —vociferó otro.

Sus palabras desafiantes evocaban al lago quieto de la fábula. Sobre ellos, la gran esfera del reloj brillaba con un dorado lúgubre y enfermizo. Incluso su campana intentó sonar, pero la nota salió discordante y desafinada, como si el propio reloj gimiera de dolor ante la negativa de la multitud a adaptarse.

Apenas habían recuperado la orientación cuando un remolino de ilusiones asaltó la mente de los magos. Cada susurro era una voz melosa que prometía la comodidad de la tradición. Blunt sintió una oleada sedante incitándolo a preservar a toda costa la herencia de Boston e ignorar cualquier idea novedosa. *Recuerda Hazleton*, se dijo con fiereza, sacudiéndose la falsa nostalgia. Conjuró un escudo de agua centelleante que cortó la niebla mental.

—Estamos del lado del progreso, —recordó a sus amigos, con voz firme y clara.

Reddish apretó los dientes cuando una ilusión la coronó como la gran protectora de las viejas costumbres, tentándola con orgullo y autoridad si tan solo dejaba de impulsar el cambio. Se burló en voz alta, recordando la lección de Stará Bystrica de que el progreso y la tradición deben estar en equilibrio.

—¡Seguimos avanzando! insistió. Con un florido ademán de sus manos, liberó una ráfaga de fuego innovador que quemó el óxido aferrado al borde de un engranaje congelado arriba.

Checkered parpadeó rápidamente cuando una visión reconfortante apareció ante ella: un gran archivo lleno de tomos polvorientos que la instaban a no alterar jamás una sola página de conocimiento. Su lente analítica centelleó, detectando el estancamiento al acecho en ese mensaje.

—El conocimiento debe evolucionar, —soltó tajante.

Con un gesto rápido, conjuró en el aire un complejo patrón de engranajes ilusorios. Un zarcillo de hierro que lo perseguía se desvió del mecanismo del reloj, liberando por un momento un pivote atascado.

Greenie tambaleó bajo una oleada de miedo que se propagó desde el inconsciente colectivo de la multitud. Por un instante, escuchó un coro fantasma alabándola por *"mantenernos a salvo"* si tan solo conservaba el statu quo. Cerró los ojos y dejó que la empatía la guiara a la verdad. El arroyo de la fábula fluía en su memoria.

—La seguridad no se encuentra en la inmovilidad, —susurró.

Extendió zarcillos de magia vegetal, que empujaron un segundo engranaje atascado hasta alinearlo con una presión suave pero persistente.

Firee sintió cómo se disparaba su sentido del peligro cuando una ilusión le prometió gloria si defendía la tradición y aplastaba la disidencia. Exhaló con fuerza, el corazón golpeándole en el pecho. No caigas en eso. Con un movimiento rápido trazó una runa de calor en el aire. Un chorro preciso de llamas se lanzó y quemó el residuo pegajoso que atascaba un delicado engranaje, permitiéndole girar libremente de nuevo.

Breezie, siempre gentil, se enfrentó a una susurrante oferta de paz: una vida tranquila y confortable sin más batallas, si tan solo defendía las costumbres antiguas. Inhaló el fresco aire nocturno y lo exhaló lentamente. Con un movimiento de brazo convocó una ráfaga controlada. El viento fresco despejó de su mente la pegajosa ilusión.

—El progreso necesita aire fresco, —dijo.

Dirigió esa brisa hacia arriba, manteniendo un engranaje ya suelto girando con corrientes cuidadosas y de apoyo.

Entonces, desde lo profundo de la torre del reloj, reverberó un estruendo rechinante. Los engranajes se sacudieron y una enorme forma se desgarró de la maquinaria con un chillido de metal. Ante sus ojos tomó forma un guardián imponente hecho de hierro oxidado. Sus articulaciones estaban soldadas por la corrosión, sus ojos brillaban de un dorado opaco a través de la mugre. *"¡La innovación es caos!"* rugió, cada palabra un áspero chirrido. *"¡El estancamiento es orden!"* Con eso, el gigante lanzó un brazo macizo y corroído hacia los magos. Cada paso que daba dejaba parches de ilusión escarchada sobre el suelo, y sus zarcillos de hierro seguían conectados a los mecanismos del reloj, amenazando con bloquearlo todo.

Los habitantes del pueblo continuaban con sus disputas, ajenos a la lucha espectral que ahora se desarrollaba en medio de ellos.

Blunt reaccionó al instante. Estiró ambas manos y una cúpula de agua brotó, centelleando en azul, para desviar el puño lento pero demoledor del guardián. El impacto onduló a través del escudo de Blunt, pero él se mantuvo firme.

—¡O nos unimos o fracasamos! —Gritó con voz resuelta. —¡La innovación solo prospera si combinamos nuestros poderes!

A su lado, Reddish se lanzó agachada. Chasqueó los dedos y envió chispas danzando a lo largo del flanco del guardián, cada chispa impregnada con un poco de perspicacia mecánica obtenida de las imágenes del poema. Las chispas brillantes buscaron bisagras y articulaciones.

—No podemos dejar que congele este reloj, —advirtió, clavando una lanza de fuego concentrado en una articulación de la cadera oxidada.

La criatura siseó, manoteando hacia ella; ilusiones estallaron en halos de ira alrededor de la articulación dañada.

Checkered, manteniéndose atrás, alzó su monóculo y examinó al guardián que se agitaba de arriba abajo. Sus ojos perspicaces encontraron la debilidad:

—¡Allí su engranaje central está desalineado! —gritó, señalando un gran engranaje visible en el pecho de la criatura. —¡Dañen ese pivote!

Firee escuchó y comprendió. Afirmando los pies, convocó una llama blanco-ardiente en su palma. Con un gesto preciso, envió el estrecho chorro de fuego a toda velocidad hacia el engranaje central desalineado. El metal empezó a tornarse anaranjado al rojo vivo.

—¡Prepárate, Breezie! —advirtió Firee, sin apartar la vista del engranaje candente.

Breezie ya estaba en movimiento. Saltó hacia arriba y juntó las manos, liberando una ráfaga concentrada de viento. El vendaval golpeó de lleno el engranaje al rojo vivo. Un fuerte crujido resonó cuando el enfriamiento abrupto fracturó el metal. El guardián bramó de rabia. Arremetió desesperado, golpeando el suelo con su brazo restante y enviando una oleada de ilusión estancada que estalló hacia afuera. *"¡El orden no admite invención!"* aulló, su grito resonando contra los muros de ladrillo.

Greenie alzó los brazos como si dirigiera una orquesta. De los adoquines bajo el guardián brotaron gruesas enredaderas verdes, convocadas por su magia. Se enroscaron alrededor del brazo tenso de la criatura y formaron un andamio efímero contra la torre del reloj detrás de él, apuntalando un gran engranaje que el guardián había estado intentando arrancar. La criatura rugió e intentó zafarse, pero las enredaderas de Greenie aguantaron. Ella las infundió con la energía calma y persistente del arroyo fluyendo.

—El estancamiento asfixia; debemos dejar entrar corrientes frescas, —entonó con voz firme.

La embestida frenética del guardián flaqueó, su ímpetu menguando bajo la contención combinada.

Aprovechando el momento, Blunt barrió el aire con los brazos en un amplio arco. Una oleada de magia acuática se arremolinó y se enroscó alrededor de las piernas del guardián como la aplastante presión del mar. Los movimientos del gigante oxidado se lentificaron hasta casi detenerse, sus pies sujetos firmemente por los escudos de agua de

Blunt. Con un grito determinado, Blunt solidificó el agua en bandas de hielo. El guardián quedó inmovilizado en su sitio.

Reddish y Firee no desperdiciaron la oportunidad. Cruzaron miradas y asintieron. Reddish convocó en sus manos la llama más feroz que pudo reunir, mientras Firee comprimía su propio fuego en una lanza chisporroteante. Juntos, con un tiempo perfecto, desataron explosiones gemelas de calor directo al pecho del guardián. El impacto combinado golpeó la coraza ya resquebrajada. Bajo la temperatura extrema, el hierro corroído se partió con un crujido ensordecedor.

Checkered superpuso una última ilusión sobre los ojos del guardián tambaleante, un repentino espejismo de enemigos ágiles abalanzándose sobre su flanco. El gigante oxidado lanzó manotazos al aire vacío, excediéndose.

—¡Ahora! —indicó Checkered.

Con un poderoso exhalar, Breezie conjuró un viento con fuerza de vendaval. La ráfaga concentrada golpeó el costado expuesto del guardián. Desequilibrada y debilitada, la corpulenta criatura se desplomó hacia atrás con un estruendo que sacudió la plaza.

Una ovación entrecortada casi escapó de los labios de los magos, pero la lucha no había terminado. Desde donde yacía tendido, los ojos del guardián relampaguearon de nuevo con una luz desesperada. Reuniendo lo último de sus fuerzas, hundió un puño colosal directamente en la base de la torre del reloj. En lo profundo, los engranajes rechinaron en protesta. Al instante, una intrincada red de magia gris crepitó sobre el mecanismo del reloj. El guardián había activado una ilusión final: un seguro espectral destinado a proteger el reloj, ahora pervertido en una trampa.

"¡Estas ideas nuevas arruinarán nuestra herencia!" chilló el guardián, su voz distorsionándose mientras su cuerpo comenzaba a deshacerse. Una onda expansiva de magia aplastante estalló hacia afuera, golpeando las defensas combinadas de los magos y haciéndolos retroceder un paso. Muy arriba, el gran tren de engranajes del reloj se estremeció. La delicada rueda contadora que gobernaba las campanadas dio un tirón y se salió de secuencia. Medio segundo

después, las campanas intentaron sonar la hora en punto y el cuarto de hora al mismo tiempo — una superposición imposible y cacofónica que resonó como un tañido disonante. Y luego... silencio.

Por un instante, todo quedó suspendido en una quietud escalofriante. Las manecillas del reloj se detuvieron. Los golpes superpuestos habían activado el seguro interno del propio reloj; en respuesta al caos de secuencia, la magia del lugar bloqueó por completo el mecanismo. Lo que debió ser una medida de seguridad se había convertido en un cerrojo espectral. El tiempo mismo pareció congelarse alrededor de la Old State House.

Desde el borde de la plaza atónita, un sonido nuevo se elevó de repente por encima del silencio. El orador con gafas — el hombre que había sido el opositor más vocal al cambio — ahuecó las manos alrededor de su boca y gritó:

—¡El estancamiento conduce a la decadencia!

Su voz resonó, sobresaltando a quienes estaban más cerca. Un comerciante de pie junto a él, que instantes antes había estado discutiendo a favor del statu quo, se unió al clamor:

—Solo a través de la renovación florece la vida!

Uno a uno, otros vecinos encontraron su voz y comenzaron a gritar variaciones de la verdad de la fábula.

—¡La innovación es esperanza! exclamó una joven con atuendo de erudita.

—¡Ideas nuevas, crecimiento nuevo! —vociferó un vendedor ambulante, subiéndose a su carro para que todos lo vieran. El fervor se propagó entre la multitud como reguero de pólvora. Personas que minutos antes habían estado gritando en contra del cambio ahora hablaban a favor de él, como si despertaran de una mala pesadilla. Su convicción colectiva — nacida de una realización genuina — destrozó las ilusiones rezagadas de la plaza.

El efecto fue inmediato. El guardián, que ya se resquebrajaba, tambaleó bajo esta arremetida de voluntad pública. Su aura ilusoria se adelgazó y empezó a desprenderse a medida que los gritos de los ciudadanos se volvían más fuertes y seguros.

Los ojos de Blunt brillaron ante la escena: la gente de Boston estaba venciendo por sí misma el hechizo de la ilusión.

—Lo están logrando... —murmuró.

La mente de Checkered, sin embargo, estaba en el reloj congelado. La trampa agonizante del guardián todavía mantenía el mecanismo sujeto en un torno. Vio los dientes del engranaje principal rechinando inútilmente entre sí, incapaces de girar.

—La secuencia está desordenada, ¡el reloj está atascado en un seguro de emergencia! —advirtió con brusquedad. —Necesitamos realinearlo ya, ¡o todo esto no habrá servido de nada!

Blunt lo entendió. Junto con Greenie, corrió hacia la base de la torre donde el guardián había golpeado. Breezie, Firee y Reddish se desplegaron a su alrededor, protegiendo el área según fuera necesario. Arriba, las entrañas del reloj centelleaban bajo la luz de las estrellas, congeladas por el cerrojo espectral. La rueda contadora estaba efectivamente desalineada — una gran muesca que debió haberse colocado centrada bajo el martillo de las campanas estaba desplazada a un lado, confundida por los golpes superpuestos.

Con un floreo de su mano, Blunt dirigió un chorro concentrado de agua hacia el interior de la torre. El agua fluyó alrededor de la rueda contadora atascada, lubricando el mecanismo y empujándolo suavemente. Greenie extendió una enredadera hacia arriba, cuyo zarcillo se enroscó delicado alrededor de un engranaje más alto. Apoyó un pie contra la piedra de la torre y tiró apenas un poco. En el interior, el metal hizo un suave clic cuando el tirón de la vid ayudó a que los dientes del engranaje volvieran a alinearse correctamente. Breezie añadió una ráfaga precisa de aire para empujar un péndulo que se había detenido, haciéndolo oscilar en ritmo una vez más.

Mientras los magos trabajaban en conjunto, el brillo gris del cerrojo espectral comenzó a resquebrajarse. Uno a uno, los engranajes del reloj dieron una sacudida y reanudaron su movimiento. La rueda contadora giró a su posición correcta con un chasquido decisivo. En ese instante, el bloqueo mágico se hizo añicos — la preservación y el cambio encontrando equilibrio mientras el reloj se protegía a sí mismo y volvía a avanzar. El guardián, privado tanto de su aura ilusoria como de su carta de triunfo, lanzó un último gemido resonante.

Los seis magos no dudaron. Se reagruparon en un instante, cada uno recordando la sinergia que habían perfeccionado en Hazleton y en el extranjero. Blunt los ancló con una fuerza serena y fluida; Reddish vertió pasión ardiente para impulsar el ímpetu; la lógica de Checkered cortó los últimos hilos de irrealidad; la precisión de Firee abrasó los últimos grumos de óxido; la empatía de Greenie tejió su magia en unidad; y el viento guía de Breezie mantuvo el hechizo combinado enfocado y firme.

—¡Ahora! —gritó Blunt.

Al unísono, desataron un pulso innovador de magia combinada — fuego, agua, viento, ilusión y tierra — directo al núcleo del guardián tambaleante. La ráfaga multicolor golpeó con la fuerza de un cañón. El metal gimió y luego cedió por completo. El titán oxidado explotó en una lluvia de fragmentos de hierro opaco que llovieron sobre los adoquines.

La unidad había guiado su sinergia, forjando la innovación contra las cadenas de la inercia. En lo alto, libre de todas las ataduras, los engranajes del reloj de la Old State House giraron de nuevo. Recuperaron el ritmo restaurado y empezaron a moverse con un compás suave y equilibrado. Un latido después, la gran campana del reloj lanzó un tañido claro y armonioso que resonó por la plaza.

Por doquier, comerciantes y eruditos detuvieron sus discusiones y alzaron la vista, asombrados. Los acalorados debates que habían llenado la noche enmudecieron. En la repentina calma, el reloj dio otra campanada, cada nota pura y resuelta. El reloj cívico más antiguo de Boston estaba entonando una nueva canción.

El triunfo de la innovación

Mientras los restos destrozados del guardián caían estrepitosamente al suelo, la magia opresiva que nublaba la mente de la multitud se evaporó como rocío bajo el sol. Los comerciantes que hace un minuto habían estado gritando, rojos de furia, se detuvieron, parpadeando confundidos ante su propio comportamiento. Los eruditos que tercamente habían desdeñado las ideas nuevas enmudecieron, el peso de la tradición rancia levantándose de sus pensamientos. Solo ahora alguno de ellos escuchó de verdad el reloj de la Old State House repicando en armonía renovada arriba.

Un silencio se extendió por la plaza — un aliento de posibilidad. Las personas intercambiaron miradas de asombro y sonrisas vacilantes. El hechizo del estancamiento se había roto.

Blunt bajó los brazos, disipando por fin su escudo de agua. Su corazón latía con fuerza en su pecho, pero el triunfo y el alivio corrían por sus venas.

—Lo logramos, —exhaló.

Sus ojos azul agua rebosaban de orgullo mientras contemplaba la plaza transformada. No pudo evitar recordar la suave moraleja de el lago y el arroyo: la ruina del estancamiento había sido predicha — y aquí se había evitado por poco. Boston había escapado a ese destino.

Reddish exhaló, y las llamas que envolvían su capa se atenuaron hasta quedar en un brillo cálido y constante. Ella se giró lentamente, contemplando la imagen de los habitantes del pueblo saliendo de lo que parecía un sueño. Muchos se llevaban las manos a la cabeza o miraban hacia el reloj con asombro.

—La innovación venció de nuevo a la inercia, —dijo, permitiéndose una sonrisa satisfecha. —Y no obligando a nadie, sino liberando la voz del reloj para que todos pudieran oírla.

Checkered pasó por encima de un fragmento retorcido de metal — los últimos destellos de la magia del guardián se desvanecían en él. Se arrodilló para inspeccionarlo brevemente.

—El estancamiento puede resurgir siempre si la gente se niega a adaptarse, —advirtió, siempre lógica. Al ponerse de pie, sacudió el óxido de sus rodillas. —Solo hemos abierto la puerta al progreso. Ellos tendrán que optar por atravesarla.

Greenie cerró los ojos y dejó que sus sentidos empáticos se extendieran suavemente por la plaza. Lo que sentía ahora era muy distinto de antes: confusión, sí, pero también alivio, curiosidad e incluso esperanza. Sonrió suavemente.

—Al menos ya no están atrapados en ese punto muerto rígido, —dijo.

Recordó la celebración en Hazleton cuando su reloj volvió a sonar con pureza, y el sobrecogedor silencio en la plaza de Stará Bystrica. Aquí en Boston, percibía un punto de inflexión similar.

—Quizá ahora de verdad se escuchen unos a otros.

La llamada de Monticello

Una suave ondulación en el aire anunció la llegada de su mentor. Lazarus Zeetrikus surgió desde detrás de un muro de piedra bajo al borde de la plaza, con su sombrero doblado ladeado con garbo y las comisuras de su boca alzadas en una sutil aprobación. Atravesó la multitud que se dispersaba hacia los seis, con fragmentos de hierro crujiendo suavemente bajo sus botas.

—Han forjado sinergia una vez más, —dijo, con voz baja pero audible en la quietud expectante. Había un sereno orgullo en su tono. —Pusieron a prueba la tradición con ideas nuevas, rechazando ilusiones que exigían un orden estático.

Firee se volvió hacia él, varita aún en mano, pero ahora bajada.

—Las ilusiones del estancamiento jugaban con la comodidad de la gente, con su miedo a perder la identidad, —señaló, haciendo eco de lo que todos habían presenciado. —Pero nuestra sinergia innovadora les dio espacio para liberarse y cambiar.

Zeetrikus asintió de acuerdo. De lo profundo de su abrigo sacó un pequeño engranaje plateado, recién inscrito con una elegante caligrafía. Lo sostuvo entre el pulgar y el índice. El nuevo engranaje relucía a la luz de la luna, grabado con las palabras "Innovare Est Virtus". Su tenue zumbido melódico coincidía con el ritmo del tictac del reloj recién revivido.

—Tomen esto como su ancla, —dijo Zeetrikus, ofreciendo el engranaje plateado a Blunt. —La colaboración forjó su victoria aquí, recuérdenlo más allá de Boston.

Blunt aceptó el engranaje con reverencia. Lo presionó contra el engranaje de latón más antiguo de Stará Bystrica que aún llevaba sujeto a su costado. La inscripción "Innovare Est Virtus" relucía junto a

"Innovare et Contra Stagnatio". Cada artefacto con lema que habían ganado había evolucionado a partir del anterior, se dio cuenta. Innovar contra el estancamiento los había conducido hasta aquí; ahora poseían una nueva verdad: innovar es una virtud.

—Llevaremos estas lecciones adelante, —prometió Blunt en voz baja.

Miró a cada uno de sus amigos por turno, la mirada determinada y ardiente de Reddish; los ojos cuidadosos y reflexivos de Firee; el vivo enfoque lógico de Checkered; la sonrisa tranquila y bondadosa de Breezie; y la cálida expresión empática de Greenie. Habían crecido gracias a esta prueba, todos y cada uno.

A lo lejos, el reloj de la Old State House dio de nuevo la hora, resonando claramente en la noche. La nota fue brillante y segura. Alrededor de la plaza, grupos de ciudadanos intercambiaban sonrisas cautelosas y comenzaban a hablar en tonos más suaves. Estaban inseguros, sí, pero visiblemente más abiertos que antes. Una chispa de curiosidad brillaba ahora donde antes solo había hostilidad. Era una pequeña chispa, pero una que podría florecer en un verdadero progreso.

Zeetrikus lanzó una última mirada abarcadora sobre la plaza y la torre del reloj, asegurándose de que no quedaran ilusiones sueltas. Satisfecho, hizo un suave ademán. Los últimos jirones translúcidos de magia se apartaron alrededor de los magos, devolviéndolos al suave brillo plateado de la tienda Las Seis Estatuas para un último intercambio. Se encontraron de nuevo de pie en medio de las curiosidades de Zeetrikus. La quietud mágica de la tienda había regresado, rota solo por el tañido distante de las campanadas liberadas del reloj afuera. Motas de polvo centelleaban a la luz de la lámpara, flotando cerca de la estatua de Innovación, cuyos dedos de piedra tallada estaban entrelazados en un gesto de unidad, un recordatorio silencioso de su victoria en colaboración.

Zeetrikus estaba de pie junto a una colección de chucherías mecánicas en un estante, sus ojos agudos reflejando una renuente admiración. Inclinó la cabeza hacia los seis magos.

—Han roto el dominio del estancamiento sobre el reloj de la Old State House de Boston, —dijo, con voz contenida pero cálida de respeto. —Donde las ilusiones predicaban la adhesión eterna a la tradición, ustedes defendieron el movimiento hacia adelante. Esta ciudad respira un aire más libre ahora, gracias a su sinergia.

Blunt sostuvo el nuevo engranaje plateado — Innovare Est Virtus — sintiendo que vibraba en su mano con una energía que igualaba la unidad entre ellos. Las lecturas anteriores — El lago y el arroyo y Los soñadores forjan el mundo — aún persistían en su mente, un vívido contraste entre la quietud del estancamiento y la chispa de la innovación.

—Aprendimos a unificar ideas audaces, —reflexionó en voz alta, girando el engranaje para que su inscripción atrapara la luz.

Checkered esbozó una pequeña sonrisa de satisfacción.

—Y Monticello es el próximo paso, ¿no es así? —insinuó.

Recordó una frase críptica que habían descubierto antes en su viaje: Donde la curiosidad enciende el pensamiento en tinta y fuego, busca el reloj que guarda el nombre de un fundador. Los había desconcertado brevemente, pero ahora el significado parecía claro.

Zeetrikus sacó un pergamino doblado de un bolsillo interior de su abrigo y se lo entregó a Checkered.

—Sí. Monticello se alza donde la invención y la búsqueda filosófica una vez se fusionaron, —respondió. —Un lugar que antaño vibraba con la investigación, ahora amenazado por ilusiones similares a las que han enfrentado aquí. Necesitarán todo lo que han aprendido para mantener el estancamiento a raya allí.

Monticello — la histórica finca de Thomas Jefferson en Virginia, hogar de innumerables experimentos — los estaba llamando, al igual que el reloj Engle en Hazleton lo hizo al inicio de su travesía.

Los ojos de Reddish chispearon ante la mención de un nuevo desafío. Recordó cuán cerca estuvieron las ilusiones de convertirla esta noche en una defensora de las viejas costumbres, y cómo había luchado contra ello.

—Estamos listos, —declaró, enderezando la espalda con renovada determinación. —Superamos la fricción de Boston, Monticello no nos quebrará.

Greenie exhaló largo y tendido, liberando la tensión que había cargado. Sus sentidos empáticos aún vibraban levemente con ecos de la catástrofe casi ocurrida en Boston.

—Cada lugar nos recuerda que el progreso es frágil, —dijo suavemente. —Tenemos que custodiarlo manteniendo la mente abierta y siendo adaptables.

La capa de Firee se asentó en un tono tranquilo y constante ahora que las ilusiones de Boston quedaban atrás. Él asintió ante las palabras de Greenie.

—Negar lo nuevo es demasiado fácil, —observó. —Por eso las ilusiones florecen donde persiste el miedo al cambio. Estaremos alerta.

Breezie extendió la mano y tocó suavemente una pluma mecánica en un estante cercano, como para afirmar el espíritu de invención que llenaba la tienda.

—Enfrentaremos Monticello juntos, forjando de nuevo nuestra sinergia, —dijo con confianza, su voz cargada de esperanza.

Las pruebas en Hazleton, Stará Bystrica y Boston los habían afilado. Fuera lo que fuera lo que aguardara en Monticello, él creía en su unidad.

Zeetrikus dio un paso atrás e inclinó la cabeza en un gesto afectuoso, casi paternal. Una pequeña sonrisa suavizó sus rasgos normalmente severos.

—Vayan entonces, lleven estas verdades con ustedes, —dijo. —El estancamiento acecha en todas partes, esperando que la comodidad triunfe sobre la curiosidad. Su camino los lleva ahora al reloj de Monticello. Recuerden: humildad, invención y unidad.

Con ese consejo final, el Anticuario de la innovación alzó su sombrero torcido en un sutil saludo. En el siguiente parpadeo, él y su tienda mística se desvanecieron suavemente en las sombras de la ciudad, tan efímeros como había llegado.

Los seis magos se miraron unos a otros a la luz de la luna que ahora se filtraba en el callejón vacío. Sus capas Arlequín resplandecían suavemente, reflejando el orgullo y la camaradería en sus rostros. Habían estabilizado el diligente reloj de Hazleton, revitalizado el tesoro cultural de Stará Bystrica, y ahora liberado el reloj revolucionario de Boston de las garras de la inercia. Pronto, Monticello los convocaría para reafirmar una vez más esa sinergia duramente ganada.

Un suave remolino de magia residual los condujo fuera del callejón oculto hacia una calle lateral tranquila. El aire nocturno de Boston los recibió con una brisa suave, que ya no traía los debates estridentes que los habían recibido más temprano. A lo lejos, el reloj de la Old State House dio la hora, notas claras y armoniosas ondulando sobre los adoquines, insinuando un cambio modesto pero significativo en la mentalidad colectiva de la ciudad.

Aun aferrando el engranaje Innovare Est Virtus, Blunt sintió que su zumbido reconfortante reflejaba la unidad de su grupo. Echó un vistazo a la torre del reloj, un emblema de la renovada disposición de Boston a adaptarse en lugar de aferrarse al estancamiento.

—Hemos abierto una puerta, —les dijo en voz baja a sus compañeros. —No todos aquí abrazarán el cambio de la noche a la mañana, pero las ilusiones ya no pueden mantenerlos estancados para siempre.

Reddish dejó que una pequeña sonrisa le calentara el semblante. Una brasa de su magia danzaba en sus dedos mientras asentía.

—La innovación venció a la tradición rígida hoy. Diría que es una victoria, —dijo.

No pudo evitar recordar cómo aquellas astutas ilusiones habían intentado tentar a cada uno de ellos con poder en la estasis y cómo todos se habían negado.

Checkered guardó su lente en su estuche de cuero, con la mente aun repasando las lecciones de las lecturas de Zeetrikus.

—El lago y el arroyo... Los soñadores forjan el mundo, — musitó. —Ambos nos recuerdan que el crecimiento surge de la renovación constante y las ideas audaces.

Miró hacia la esfera iluminada del reloj de la torre.

—Es posible que el reloj de Boston siga marcando un futuro más claro ahora.

Firee exhaló, liberando el resto de su tensión en la fresca noche.

—Puede que los habitantes no recuerden exactamente qué cambió o por qué, —dijo, observando a un par de comerciantes hablar entre ellos con tonos inusualmente corteses al otro lado, —pero lo sentirán. Les dimos espacio para cuestionar sus viejos supuestos. Solo eso podría suscitar un progreso real.

Greenie se envolvió en su capa para protegerse del ligero frío, pero sobre todo para saborear la reconfortante chispa de esperanza que aún sentía en el aire.

—Desde los engranajes fabriles de Hazleton, hasta la maravilla tallada de Stará Bystrica, pasando por el corazón revolucionario de Boston, cada lugar tenía una historia sobre resistirse a nuevos conceptos, —reflexionó. No dudaba de que este patrón continuaría. — Sospecho que Monticello presentará una vez más otro tipo de ilusión al que debamos enfrentarnos.

Breezie contempló pensativo el cielo nocturno, escuchando cómo las campanadas del reloj se mezclaban con los sonidos lejanos del puerto.

—Monticello... el hogar de los experimentos de un fundador en arquitectura y ciencia, —murmuró, recordando lo que sabía de la finca de Jefferson.

Luego sonrió, sus agudos oídos captando optimismo en el timbre del tañido decreciente del reloj.

—Ya veremos cómo la curiosidad es puesta a prueba allí por nuevas ilusiones, pero creo que lo lograremos, juntos.

Mientras avanzaban por una calle iluminada por farolas hacia la casa de piedra rojiza de Bart y Antonella, notaron que la multitud por la que pasaban había cambiado sutilmente. Los comerciantes ya no se gritaban unos a otros; los eruditos hablaban en tonos medidos y más calmados; una leve atmósfera de apertura se había infiltrado en muchas conversaciones. Eran pequeñas señales de cambio, pero prometedoras. La unidad de los magos — forjada a través de la victoria de Boston —

los impulsaba hacia adelante con una determinación inquebrantable. Las ilusiones podrían resurgir en el camino por delante, pero por este momento, el progreso había encontrado espacio para respirar en Boston.

Subieron los escalones de la casa de piedra rojiza para por fin descansar, cada paso guiado por el cálido resplandor de las farolas y el tañido distante de un reloj liberado. Dentro, Bart y Antonella esperaban con rostros ansiosos y emocionados. Apenas los seis cruzaron el umbral, Bart esbozó una amplia sonrisa de entusiasmo.

—¡Lo lograron! —exclamó en un quedo susurro, consciente de la hora tardía. Sus ojos brillaban mientras los acompañaba al acogedor salón frontal donde un fuego crepitaba alegremente. —Lo juro, toda la ciudad sintió que algo cambió.

Antonella les puso en las manos tazas calientes de té especiado mientras ellos se dejaban caer con gratitud en sillones mullidos.

—Mientras estuvieron fuera, revisamos algunos archivos, — dijo, sin poder contener su entusiasmo.

Sobre la mesa baja frente a ellos había un diario encuadernado en cuero abierto, salpicado de recortes de periódico amarillentos.

—Pensamos que les interesaría lo que encontramos.

Bart pasó algunas páginas con cuidado reverente para mostrarles un recorte de periódico de hace más de un siglo. "Un fallo del reloj desconcierta a las autoridades de la ciudad", leyó el titular, y luego señaló el cuerpo del artículo.

—Esto fue en 1877, durante un gran alboroto cuando Boston se resistía a una serie de nuevas mejoras tecnológicas. El reloj de la Old State House se detuvo repentinamente durante dos días seguidos. Nunca se encontró una causa mecánica.

Antonella pasó la página a otro recorte, fechado en 1926.

—Aquí, durante la protesta pública contra una instalación de arte moderno en la ciudad. Se dice que la campana horaria del reloj se saltó las campanadas intermitentemente esa semana, —explicó. —De nuevo, sin explicación.

Bart levantó la vista hacia los magos, con los ojos centelleando.

—De hecho, cada vez que los líderes de la ciudad o la población se opusieron vehementemente a alguna nueva innovación, hay registros de que este reloj se comportaba de forma extraña, deteniéndose, sonando a horas inusuales, incluso una vez andando hacia atrás. —Cerró el diario con aire pensativo. —No hay historias así que vinculen este reloj con épocas de injusticia social o desunión. Esos problemas parecen atados a otros sitios, a otros relojes, tal vez. Pero la parálisis ante la innovación... esa siempre ha sido la maldición de este reloj.

Blunt intercambió miradas asombradas con sus amigos. Las pruebas realmente estaban entretejidas en el tejido de la historia de Boston.

—Entonces, el reloj de la Old State House se rebelaba cada vez que Boston intentaba congelar el progreso, —dijo en voz baja.

—Precisamente, —respondió Antonella. —Es como si el reloj de la ciudad supiera que Boston necesitaba seguir avanzando. —Esbozó una sonrisa cansada pero encantada. —Gracias a ustedes, ahora goza de buena salud.

Cayó un suave silencio mientras los magos asimilaban esto. Afuera, el reloj recién liberado comenzó a dar la medianoche, cada campanada clara como una estrella. Reddish alzó su taza de té con ambas manos.

—Innovare Est Virtus, —dijo, brindando en latín con una sonrisa.

—Innovar es una virtud, —tradujo Bart con calidez, alzando su propia taza.

Los demás lo imitaron, y el nuevo y sencillo lema pasó con aprecio por sus labios: Innovare Est Virtus.

Bebieron el dulce té y dejaron que su fatiga comenzara a disiparse. A través de la ventana de la sala, podían ver la torre del reloj a lo lejos, iluminada y en paz. La prueba de Boston había terminado — y no se había tratado de justicia o unidad ni de ningún otro ideal abstracto, sino claramente del valor de cambiar e innovar. El viejo reloj había demostrado esta noche que la preservación y el cambio no tienen por qué ser enemigos: al corregir su secuencia y respetar su diseño, habían restaurado la seguridad y permitido el progreso.

Mientras los seis magos se acomodaban en un descanso muy necesario, sus pensamientos derivaron hacia el viaje por venir. El engranaje plateado grabado Innovare Est Virtus brillaba sobre la mesa, junto al codo de Blunt, un recordatorio de la sabiduría arduamente ganada de la noche. A la reconfortante luz del hogar de Bart y Antonella, los compañeros se permitieron saborear su triunfo. El venerable reloj de Boston había reanudado su fiel tictac, y el ánimo de la ciudad había cambiado con él.

Era solo un capítulo de una búsqueda mucho más grande, pero se sentía trascendental. El reloj de la Old State House — una vez silenciado por el miedo al cambio — ahora resonaba con propósito renovado. Con el tiempo, sus claras campanadas les recordarían a todos los que las escucharan: Innovare Est Virtus. La innovación es una virtud. Y esa verdad, como el constante tic-tac del reloj restaurado, resonaría mucho más allá de esta noche.

Capítulo 5

Progreso silencioso

– Guía del mentor

El silencio cargado del amanecer

El primer resplandor del amanecer se extendió sobre Boston, dorando campanarios y tejados en un suave silencio. Abajo, en el antiguo barrio colonial, el aire se sentía cargado, brisas suaves pero inquietas insinuaban agitaciones recientes. Los adoquines brillaban tras la lluvia nocturna, y un tenue murmullo de los puestos de comerciantes flotaba por las calles serpenteantes. Sin embargo, bajo la calma latía una corriente de tensión: los habitantes se movían con vacilación, como si ilusiones persistentes aún tiraran de los rincones de sus mentes.

Seis jóvenes magos — Blunt, Reddish, Firee, Checkered, Breezie y Greenie — se internaron en un estrecho callejón detrás de la Old North Church. Un húmedo frío otoñal flotaba en el aire, trayendo consigo el aroma terroso de los adoquines empapados por la lluvia. Ese frío se aferraba a sus capas curtidas por el viaje, que aún estaban húmedas y raídas por dos pruebas recientes. Tan solo unos días atrás se habían enfrentado a la ilusión corruptora de Tetragor en Hazleton y al glamur de estancamiento de Zeetrikus en Boston, pruebas que habían dejado sombras de fatiga en sus rostros. Sin embargo, bajo el cansancio se movían con una unidad silenciosa e irrompible forjada por la adversidad.

—Se siente más tranquilo aquí que en la Old State House, —murmuró Firee, recordando cómo unas ilusiones frenéticas casi los engulleron allí hace unos días.

El recuerdo se le pegaba como una capa de hollín.

Greenie apoyó una mano contra los viejos cimientos de piedra de la iglesia, percibiendo tenues ecos rúnicos.

—Pero también hay algo vigilante, —añadió en un murmullo.

Casi podía sentir que la ciudad se preparaba para la próxima oleada de hechicería. El mismo aire vibraba con magia latente, instándolos a mantenerse alerta.

Dentro de la cripta de la Old North Church

El murmullo de la ciudad se desvaneció cuando se escabulleron en la cripta sombría de la iglesia, en busca de la guía del Orloj. Junto a una pequeña puerta arqueada, Reddish exhaló y alzó la mirada hacia el campanario.

—Aquí es donde siempre lo encontramos, —dijo en voz baja. —Después de enfrentarnos a dos Anticuarios, es hora de nuestra guía habitual, ¿no?

Checkered asintió, manteniendo la voz baja.

—Las ilusiones en Hazleton y Stará Bystrica casi quebraron nuestra unidad. Primero la corrupción, luego el estancamiento, pero la humildad y la innovación nos hicieron salir adelante. El Orloj debería estar aquí ahora para ayudar a unificar esas lecciones.

Breezie se sacudió la lluvia de las mangas y señaló la pesada puerta de roble de la cripta, flanqueada por viejas linternas.

—Él nos estará esperando, —afirmó.

No podían permitirse más tropiezos, no con nuevas ilusiones acechando seguramente más adelante.

Cuando se acercaron, la puerta de madera se abrió con un quejido por sí sola, derramando luz cálida hacia el callejón en penumbra. Una voz familiar, firme y paternal, resonó desde el interior.

—Entrad, Arlequines, —los llamó con amabilidad. —He tomado nota de vuestro viaje. Hablemos.

Intercambiando asentimientos rápidos y resueltos, los seis amigos cruzaron el umbral. El amortiguado bullicio de la ciudad se desvaneció, reemplazado por la tranquila luz de las antorchas y la promesa de más guía por parte del ser que los había conducido a través de tantas pruebas: el Orloj de Boston.

Surgieron en un rincón oculto bajo la Old North Church. Sus muros de piedra estaban grabados con tenues runas coloniales. Las llamas vacilantes de las antorchas proyectaban sombras danzantes en el techo bajo, revelando un banco curvo de madera y una modesta mesa dispuesta con pasteles tibios y tazas humeantes, un convite acogedor para viajeros fatigados. Junto a la pared del fondo estaba el Orloj de Boston, corpulento y de cabello plateado, irradiando una sabiduría bondadosa. Sus ojos brillaban como faroles distantes al saludarlos con un único asentimiento de bienvenida. Los Arlequines tomaron asiento alrededor de la mesa, sus capas acomodándose a su alrededor bajo el resplandor acogedor.

Lo que aprendimos—y lo que falta

—Os veo agotados, —observó el Orloj con suavidad, su voz resonante cargada de preocupación. —Dos Anticuarios enfrentados, y cada uno casi hizo trizas vuestra unidad por momentos.

Reddish hizo una mueca y se pasó una mano por el pelo, recordando lo cerca que estuvo de sucumbir a esos engaños. Las ilusiones casi la habían convertido en una defensora de formas anticuadas.

—Los superamos, —dijo con un atisbo de pesar en su tono.

Esas victorias habían costado mucho esfuerzo.

—A duras penas, —intervino Blunt, inclinando la cabeza en sincera admisión. —En Hazleton dudamos demasiado tiempo y le dimos a la corrupción una oportunidad. Luego, en la Old State House cargamos con demasiada imprudencia y casi alimentamos la trampa del estancamiento. Ambas veces, las ilusiones casi nos vencieron. — Recorrió con la mirada a sus amigos. —Tenemos que encontrar un mejor equilibrio de cara al futuro.

El Orloj asintió y se sentó al borde del banco, entrelazando las manos con calma.

—Equilibrio y velocidad, —recalcó. —La corrupción y el estancamiento no esperan cortésmente. Debéis enfrentar las ilusiones al instante, o arriesgaros a perder terreno. —Su tono se volvió más grave al continuar. —El Arlequín Oscuro merodea cerca, aprovechando cada desliz. Puede que esté entretejiendo todas estas ilusiones en una sola trampa, aguardando incluso la más mínima vacilación de vuestra parte.

Un silencio cayó ante la mención de ese Arlequín Oscuro. Breezie inhaló despacio; con solo oír ese nombre, un escalofrío atravesó la calidez de la cripta. Los rumores pintaban al Arlequín Oscuro como una presencia mucho más siniestra que cualquier Anticuario al que se habían enfrentado.

—No dejaremos que las ilusiones nos fracturen de nuevo, —prometió Breezie en voz baja, apretando un puño junto a su costado.

Bajo presión, había sido demasiado fácil que la duda y el desacuerdo se colaran, pero eso ya no ocurrirá.

Firee miró al Orloj y a sus compañeros, sus ojos brillaban con determinación.

—Todos podemos sentirlo... ahora se cierne una amenaza mayor, ¿verdad?, —preguntó.

Se sentía como si las mismas sombras de Boston estuvieran cobrando más audacia.

—Sí, —confirmó el Orloj, con un atisbo de preocupación paternal entretejiéndose en su expresión. —Pero primero, conoceréis a un viejo amigo: Benjamin Franklin. Creo que habéis oído uno que otro cuento sobre él.

Una pequeña sonrisa asomó en los labios del Orloj mientras los jóvenes magos parpadeaban sorprendidos.

—Visitaremos un momento extraído del espíritu revolucionario de esta ciudad para conectar vuestras lecciones recientes. Luego hablaremos más.

Alzó de la mesa un farol del tamaño de la palma de una mano; brillaba en su interior con una chispa de relámpago aprisionado.

—La verdadera sinergia exige una mente ingeniosa, —añadió enigmáticamente.

Miradas de sorpresa se cruzaron entre el grupo. ¿Franklin? ¿Un cameo histórico? Los ojos color brasa de Reddish se abrieron con curiosidad.

—¿Por qué Franklin?, —preguntó, inclinando la cabeza.

—Ya veréis, —respondió el Orloj.

Dicho esto, se puso de pie y alzó en alto el farol. Su resplandor eléctrico se intensificó, bañando la cripta con una brillantez nítida y cargada. Una suave presión envolvió a los Arlequines, como si el mismo aire se plegara a su alrededor.

Philadelphia, década de 1770 — El taller de Franklin

En un abrir y cerrar de ojos, los muros de piedra y las antorchas parpadeantes de la cripta comenzaron a desdibujarse. La luz y la gravedad se alteraron — y entonces, en lugar de la cripta, una nueva escena se cristalizó a su alrededor: una calle adoquinada en Philadelphia bajo turbulentos nubarrones de tormenta.

Una llovizna repiqueteaba sobre los adoquines. El martilleo lejano de un herrero y el traqueteo de ruedas de carro resonaban en el aire húmedo. Justo enfrente se erguía un alto edificio de ladrillo con un letrero de madera pintado que se balanceaba sobre su puerta: B. Franklin, Printer. Un destello de relámpago iluminó los bordes del cartel, y por un instante Greenie creyó ver tenues runas mágicas entretejidas en las letras adornadas. Los seis amigos intercambiaron miradas asombradas mientras sus capas se ajustaban solas contra el repentino frío húmedo. Se mantuvieron instintivamente alerta por si se trataba de alguna ilusión, sin estar seguros de lo que podría traer este "pliegue temporal".

Checkered dio un paso adelante bajo el alero de una tienda cercana, sus gafas empañándose levemente por la lluvia.

—Benjamin Franklin..., —exhaló, reconociendo el nombre en el letrero. Había leído tanto sobre sus inventos y su curiosidad sin límites. —¿Estamos realmente en su época? ¿Es esto una especie de superposición histórica?

El Orloj apareció junto a ellos en la calle mojada por la lluvia, con el farol en la mano. Asintió para tranquilizarlos.

—Sí. Un cameo del pasado plegado en el tiempo, no un verdadero viaje en el tiempo, —explicó. La lluvia resbalaba por su cabello plateado mientras hablaba. —El ingenio de Franklin ayudó a moldear el progreso de esta ciudad. Permitid que os guíe ahora. Está en el umbral entre la tormenta y la solución, un espejo de vuestro propio desafío, donde las ilusiones deben enfrentarse con acción rápida y unida.

Reddish se ciñó más la capa, enjugándose las gotas de la frente. A pesar de la llovizna, una chispa de entusiasmo se encendió en sus ojos.

—Así que estamos aquí para ver cómo maneja él una tormenta... de la misma manera en que nosotros debemos manejar las ilusiones, —dijo, con una sonrisa tironeando de la comisura de sus labios. La perspectiva de conocer a Franklin y aprender de él hizo que un escalofrío de emoción le recorriera las venas.

Greenie se estremeció con agrado; incluso a través de la lluvia sus sentidos empáticos absorbían la vitalidad de la Philadelphia colonial. Los vendedores voceaban panfletos calle abajo, y los niños se escabullían bajo los aleros para escapar de la lluvia.

—Aquí están tan llenos de vida, —susurró Greenie, esperando a medias que de las sombras turbulentas de la tormenta se deslizara alguna ilusión. Pero todo se sentía históricamente real un eco del pasado vívidamente traído a la vida.

Blunt inclinó la cabeza hacia la entrada de la tienda de Franklin.

—Entremos, —sugirió.

Recordó que durante cameos anteriores guiados por el Orloj, a menudo les aguardaban valiosas lecciones en pleno desarrollo de la acción. Firee ya se había adelantado un paso, con la varita guardada discretamente bajo la capa mientras observaba el cielo oscurecerse. Estaba preparado para cualquier artimaña de ilusión que pudiera interrumpir esta lección.

Empujaron la pesada puerta de madera y entraron en el taller. Una escena cálida y bulliciosa los recibió. Decenas de velas arrojaban un suave resplandor sobre estantes repletos de libros encuadernados en cuero, frascos de tinta y prolijas pilas de panfletos recién impresos. En medio del desorden, un hombre corpulento con atuendo colonial estaba de pie ante un sólido banco de trabajo. Hurgaba en un surtido de varillas metálicas y esferas de vidrio. Chispas de estática crepitaban a su alrededor cada vez que sus manos rozaban alguna varilla de metal, y un aprendiz pasó corriendo con los brazos cargados de artefactos inusuales.

—¿Arlequines, eh?, —exclamó el hombre, girándose hacia ellos con ojos brillantes e inquisitivos tras unas gafas de montura de alambre.

El rostro de Benjamin Franklin se iluminó en una amplia sonrisa de bienvenida. Les hizo señas para que salieran de la lluvia y se adentraran en el corazón de su taller.

—¡Vaya aguacero se está gestando ahí fuera! Pero que no cunda el pánico, las tormentas son maestras espléndidas para las mentes preparadas. —Les guiñó un ojo jovialmente, con una mano aun aferrando una esbelta varilla de latón que relucía a la luz de las velas.

Checkered se adelantó primera, completamente embelesada por la variedad de artilugios esparcidos sobre el banco de Franklin. Bobinas de alambre de cobre dignas de Tesla, frascos de Leyden de vidrio, cometas y llaves, era como adentrarse en uno de sus famosos experimentos. Consiguió hacer una reverencia cortés.

—Benjamin Franklin..., —empezó, mitad asombrada, mitad recordando sus modales. —Es un honor. El Orloj nos envió para buscar una lección sobre... sobre actuar de inmediato, juntos.

Franklin soltó una risita, un sonido cálido y crepitante como las chispas a su alrededor. Colocó la varilla de latón en la mano de Checkered; al sujetarla, sintió un hormigueo de estática.

—Entonces habéis llegado en el momento perfecto, —dijo con un destello de deleite en la mirada. —Estoy a punto de demostrar cómo hacer que el rayo coopere.

Como por señal, un trueno retumbó afuera, haciendo vibrar los cristales de las ventanas. El aprendiz de Franklin asomó la cabeza nerviosamente hacia el cielo oscurecido mientras Reddish sentía que su corazón se aceleraba. La carga eléctrica en el aire encendió sus brasas interiores. Así que esta era la 'mente ingeniosa' a la que el Orloj había aludido. Fuera cual fuese el plan de Franklin, prometía ser una vívida demostración de pensamiento rápido y trabajo en equipo.

Capturando el rayo

Un relámpago destelló, partiendo el cielo sobre Philadelphia con una dentada estela blanca. Dentro de la tienda de Franklin, los jóvenes magos se reunieron a su alrededor mientras él armaba apresuradamente un aparato improvisado sobre una mesa despejada. Había varillas metálicas de longitudes variadas, un par de esferas de vidrio grabadas con símbolos, y rollos de alambre de cobre. El mismo aire del taller crepitaba de potencial. Era inquietantemente parecido a estar bajo el influjo de una ilusión, pero aquí la única magia era el ingenio humano domando la naturaleza.

—No os entretengáis, el rayo no espera, —bromeó Franklin mientras indicaba a Reddish y Firee que fijaran dos varillas de latón en posición vertical sobre un soporte de madera.

Ellos se movieron sin dudar.

Breezie apuntaló el soporte desde el otro lado, con una mano canalizando sutilmente una brisa constante para mantener la estructura equilibrada. Greenie se mantuvo cerca y cerró los ojos por un segundo, sintiendo el zumbido de su cooperación. Podía percibir el latido de cada amigo acelerándose al unísono ante la emoción de intentar atrapar un rayo.

Bajo la dirección de Franklin, Checkered alineó cuidadosamente una esfera de vidrio en el centro del aparato, girándola hasta que las runas grabadas en su superficie coincidieron con los símbolos correspondientes en las varillas.

—Cada símbolo... es como una pieza de rompecabezas, — murmuró con los ojos brillantes.

La configuración se encargaría de que la carga eléctrica fluyera hacia donde debía.

Blunt supervisaba sus esfuerzos, recordando la advertencia del Orloj de que las tormentas — al igual que las ilusiones — exigían una acción rápida y coordinada.

—No podemos demorarnos, —recordó con voz firme. —Si dudamos, la tormenta golpeará en sus propios términos.

Los demás asintieron; no había margen para demoras ni titubeos.

Franklin le entregó a Firee un carrete de hilo de cobre conductor.

—Sujeta esto a esa placa metálica junto a la ventana, —le indicó. — Asegúrate de que no haya huecos el rayo encuentra hasta el más pequeño resquicio.

Firee desenrolló el cable y, con un toque de su magia ardiente, lo soldó firmemente a la placa. La placa estaba conectada a un cable grueso que salía por una ventana alta, desapareciendo en la tormenta desatada. Parecía que Franklin había preparado un camino para atraer un rayo directamente al aparato.

Afuera, un trueno retumbó de nuevo — un vibrante llamado a la acción. Los magos intercambiaron una sola mirada silenciosa, y de inmediato cada uno saltó a su posición final. Los ojos de Reddish brillaron cuando ajustó la última varilla en su sitio. Firee revisó nuevamente el hilo de cobre, asegurándose de que el circuito estuviera tenso y continuo. Greenie mantuvo una suave presión en los cables, sus sentidos empáticos rastreando el enfoque unificado del grupo. Breezie exhaló una brisa estabilizadora alrededor del aparato para que nada volcara en el momento crítico. Checkered se agachó para apretar la última abrazadera, mirando a través de su lente para confirmar que no hubiera puntos débiles. Finalmente, Blunt extendió las palmas y conjuró un tenue escudo azul sobre todo el artilugio — una fina película de magia acuática para amortiguar cualquier chispa suelta. En solo unos segundos, sin mediar palabra, se habían coordinado a la perfección.

Un cegador ramal de relámpago cayó con un crujido, golpeando el tejado de un edificio al otro lado de la calle.

—¡Todo listo!, —gritó el aprendiz de Franklin mientras abría de un tirón una pequeña claraboya en el techo de la tienda. La lluvia salpicó adentro y con ella el aire nocturno cargado. Franklin asintió satisfecho y accionó un interruptor en el soporte de madera. De pronto, todo el aparato empezó a zumbar y chisporrotear con arcos de estática danzando entre las varillas.

—¡Aquí viene el espectáculo!, —anunció, con una sonrisa de anticipación extendiéndose bajo su bigote erizado.

Por un instante, todo pareció detenerse. Los magos contuvieron el aliento mientras una carga hormigueante se acumulaba en el aire. Luego, un destello abrasador: un rayo se precipitó a través de la claraboya abierta, atraído por el dispositivo de Franklin. El rayo descendió canalizado por las varillas y golpeó de lleno la esfera de vidrio. La esfera ardió en resplandor, conteniendo el poder puro por unos pocos latidos antes de dispersarlo sin peligro por los cables conectados. Todo el taller se iluminó con una luz blanca y cruda. Los aprendices se agacharon tras las cajas con los ojos muy abiertos mientras chispas saltaban en remolinos sobre el suelo.

Cuando la luz se disipó, Franklin soltó una risa triunfal. Levantó la esfera, ahora incandescente, de su soporte, con arcos de electricidad aun danzando dentro del vidrio.

—¡Innovación, aprovechada al instante!, —proclamó, claramente encantado con el éxito. —¿Veis cómo un esfuerzo unido y oportuno puede domeñar la furia de la naturaleza?.

Blunt y los demás exhalaron y esbozaron sonrisas de alivio. El paralelismo con sus propias pruebas era inconfundible. En ese momento intenso, habían actuado como uno solo y prevalecido tal como necesitaban hacerlo contra cualquier ilusión. Reddish le dio un suave codazo a Firee y no pudo evitar soltar una rápida risita de asombro. Estaban de pie en el taller de Benjamin Franklin, acababan de ayudarlo a atrapar un rayo en una botella, o casi. Y más allá del entusiasmo, el mensaje de esta demostración ardía en la mente de cada uno de ellos.

El resplandor remanente del relámpago capturado danzaba alrededor del aparato, pintando el taller con arcos pulsantes de luz azul-blanca. Los aprendices de Franklin salieron sigilosos de sus escondites, aplaudiendo y vitoreando asombrados. La lluvia continuaba tamborileando en el techo, pero su amenaza se sentía ahora menguada.

De vuelta a la cripta

Los magos retrocedieron, con el corazón aún palpitante por la adrenalina. Afuera, un trueno retumbó una vez más, pero sonó lejano e inofensivo después del rayo que acababan de capear sin vacilar. Firee se limpió el sudor — o tal vez la lluvia — de la frente, y Greenie se dio cuenta de que durante la emoción había estado aferrada a la manga de Blunt. Todos prorrumpieron en risas entrecortadas, exaltados y un poco asombrados por lo que acababan de hacer.

Franklin dejó cuidadosamente la esfera de vidrio electrificada a un lado, sobre una caja acolchada. Delicados filamentos de electricidad serpenteaban en su interior, proyectando sombras juguetonas en las paredes. Se giró hacia los seis visitantes, con una expresión mitad orgullo y mitad maestro.

—¿Lo veis?, —dijo, palmeando la esfera. —La naturaleza no espera a nadie. Si vaciláis, la tormenta decidirá el resultado. Pero si actuáis con rapidez y al unísono, haréis que la tormenta se pliegue en vuestro beneficio.

Reddish dejó escapar una risita baja mientras recuperaba el aliento. Su mente evocó su casi desastre en la Old State House de Boston cuando flaquearon.

—Igual que con aquellas ilusiones a las que nos enfrentamos —, murmuró. —La indecisión de un segundo puede salir cara.

Si hubieran tardado siquiera un latido más ensamblando este aparato, el impacto del rayo podría haber tenido un desenlace muy distinto. Era una lección que no olvidaría.

Greenie asintió con un leve temblor en la voz.

—No podemos dejar que el Arlequín Oscuro aproveche ni un instante de duda entre nosotros, —dijo.

La sombra de ese enemigo invisible le encogía el estómago, pero la demostración de Franklin le daba esperanza de que podrían negarle cualquier oportunidad.

Franklin enarcó una ceja ante el nombre desconocido.

—¿Arlequín Oscuro, dices?

No parecía alarmado, más bien curioso. Contempló con admiración al grupo de jóvenes empapados pero decididos.

—¡Vaya, sois unos defensores itinerantes formidables, casi parecéis una nube de tormenta llena de vida!

Su sonrisa regresó, y le dio a Blunt una palmada en el hombro.

—Sospecho que ese villano se meterá en problemas si atacáis con un solo propósito. Un enemigo así no tendrá ninguna posibilidad contra un rayo unificado.

Checkered todavía inspeccionaba el aparato del relámpago, maravillándose de cómo cada pieza había encajado en el momento crucial. Pasó un dedo por una de las varillas donde unas líneas rúnicas brillaban tenuemente.

—Su método, señor, fomenta una rápida adaptación, —observó. — Cada pieza encaja en su lugar con tanta rapidez.

Intercambió una mirada significativa con sus amigos.

—Demasiadas veces nos hemos quedado atrás esperando la alineación perfecta... y las ilusiones solo se fortalecían por ello. No podemos permitirnos esa demora.

Franklin soltó una risita comprensiva. Tomó una delgada herramienta de cobre de su mesa y la hizo girar entre los dedos, con chispas siguiendo su punta.

—La alineación perfecta es un ideal loable, pero la audacia en el momento es mejor, dijo. —Sed prudentes, sí — pero nunca dejéis que la precaución os paralice.

Extendió la herramienta hacia Firee; era un objeto curioso, parecido a un pequeño pararrayos rematado con una bobina.

—Una ventaja de medio segundo puede cambiar el curso de cualquier enfrentamiento, mágico o no. Recordad esa chispa.

Firee aceptó la herramienta de cobre con solemnidad, entendiendo que Franklin se refería tanto a la chispa literal como a la metafórica.

En ese momento, la calle empapada por la lluvia afuera comenzó a ondular y desvanecerse. El Orloj, que había estado observando en silencio, alzó una vez más el farol encantado. Su luz se arremolinó junto con el aire brumoso, plegando la escena a su alrededor. El clamor de la Philadelphia colonial se atenuó. Los muros de ladrillo de la tienda de Franklin y los bancos de trabajo fluctuaron, disolviéndose de nuevo en los contornos de la cripta de la Old North Church.

—El cameo de Benjamin Franklin concluye, —anunció el Orloj, su voz atrayéndolos suavemente de vuelta al presente. —Os ha enseñado el meollo de esta lección: sinergia rápida. Unidad inmediata. Una demora solo le da fuerzas tanto a las tormentas como a las ilusiones.

Reddish apartó una gota de lluvia extraviada de su capa de tono naranja quemado. Ya extrañaba la energía chispeante del taller de Franklin.

El pararrayos de Franklin... fue emocionante, —admitió, con los ojos aún brillantes. —No hubo tiempo para dudar, solo acción. Actúa, o la tormenta gana. Necesitábamos eso.

Firee flexionó los dedos, notando por fin lo fuertemente que había estado aferrando la herramienta de cobre que Franklin le entregó. Exhaló y asintió.

—Un buen recordatorio", dijo en voz baja. —Hemos pagado el precio tanto por vacilar como por apresurarnos a ciegas antes. La próxima vez, atacaremos como un rayo sin tiempo perdido y sin cabos sueltos.

Breezie se pasó una mano por el cabello húmedo y cerró los ojos, recordando cómo las ilusiones de estancamiento una vez lo habían paralizado en una agonizante indecisión. Esa sensación no lo atormentaría nunca más.

—No volveré a quedarme paralizado, —prometió en voz alta, con acero en su tono normalmente ligero. La chispa de Franklin había encendido algo en él aún podía sentirla cálida en su pecho. —De ahora en adelante, mantenemos nuestra sinergia inmediata.

Checkered se acomodó las gafas, que todavía estaban ligeramente empañadas por el repentino cambio de temperatura al regresar a la cripta. Su mente analítica ya estaba catalogando los paralelos.

—No más esperar el plan perfecto, —dijo con firmeza. —Pensó en cuántas veces había analizado opciones mientras las ilusiones se multiplicaban a su alrededor. —Mejor hacer un movimiento decisivo juntos que dejar que una docena de ilusiones nos invada mientras debatimos.

Blunt tomó a pecho las palabras de todos sus amigos. Apoyó suavemente una mano sobre el engranaje de plata grabado en su cinturón que rezaba Innovare Est Virtus (Innovar es una virtud) y el amuleto palpitó débilmente como haciendo eco de la lección de Franklin. Miró a cada uno a los ojos y dio un único asentimiento resuelto.

Cayó un breve silencio mientras el grupo asimilaba colectivamente su renovada determinación. Se dieron cuenta de que todos estaban sonriendo, cansados, mojados, pero llenos de nueva confianza. En ese silencio, también se percataron de otra cosa: de lo rápido que habían alcanzado un acuerdo tácito.

Checkered esbozó una sonrisa.

—¿Lo notasteis?, —dijo en voz baja. —Logramos hacer todo eso sin decir ni una palabra, solo con una mirada.

Greenie soltó una risita.

—La verdad, apenas tuve tiempo de pensar. Simplemente... sabíamos qué hacer.

Los labios de Blunt se curvaron en una sonrisa poco común.

—Entonces hagámoslo nuestro hábito, —dijo. —A partir de ahora, en cuanto una ilusión se manifieste, nadie espera una orden. —Echó un vistazo a cada uno de ellos. —Uno de nosotros da una señal rápida, puede ser un cabeceo, una palabra, lo que sea y todos actuamos a la vez. ¿De acuerdo?.

Reddish respondió dando golpecitos con la punta de su varita tres veces contra la palma de su mano — tac, tac, tac — luego apuntándola hacia afuera como a un enemigo fantasma.

—Tres golpes, y luego todos juntos, —sugirió, con los ojos encendidos.

Firee mostró una amplia sonrisa.

—Como un director marcándonos la entrada, —dijo. —Me gusta.

Todos asintieron, con una nueva táctica acordada entre ellos. La próxima vez que las ilusiones atacaran, estarían listos con solo un latido de preparación — una cuenta silenciosa para sincronizar su magia. En ese pequeño instante, los Arlequines se sintieron más coordinados que nunca.

Gradualmente, los últimos jirones del pliegue temporal de Franklin se desvanecieron, dejando solo el brillo constante de los faroles de la cripta. Habían regresado por completo a la tranquila cripta subterránea de la Old North Church. Las paredes de piedra se solidificaron de nuevo a su alrededor y el olor a polvo añejo y cera reemplazó al ozono del relámpago. La puerta de roble hacia el callejón estaba cerrada una vez más, amortiguando los sonidos de la mañana exterior. El cameo ahora no era más que un recuerdo zumbando en sus corazones.

El Arlequín Oscuro acecha

De vuelta en la quietud de la cripta, el Orloj guio a los jóvenes magos a reunirse alrededor de un simple banco de madera. Las viejas piedras de la iglesia se arqueaban sobre sus cabezas, emanando una fría calma. Más allá de la puerta cerrada llegaba el murmullo amortiguado de la ciudad al despertarse. La mañana había avanzado mientras ellos no estaban; el suave silencio del amanecer había dado paso a un bullicio ligero — recordándoles que las ilusiones nunca descansan, incluso mientras la vida continúa.

Como una señal, una sombra fugaz titiló justo fuera del umbral de la cripta. Greenie se tensó, sintiendo una presencia, y en el mismo instante la mano de Reddish que empuñaba la varita se crispó hacia arriba. La palma de Firee se encendió con una llama pronta y Blunt se incorporó a medias del banco, magia de agua en la punta de sus dedos. En la entrada a media luz no había nada, solo una paloma que emprendía el vuelo desde los escalones hacia el cielo. Los seis amigos intercambiaron sonrisas cautelosas mientras volvían a relajarse. Sin una sola palabra, todos habían reaccionado al unísono. Solo fue una falsa alarma esta vez, pero demostraba lo sincronizados que se habían vuelto. Estarían preparados.

Los ojos del Orloj se fruncieron en silenciosa aprobación. Esperó hasta que todos estuvieron instalados de nuevo, luego habló.

—El cameo de Benjamin Franklin fue su *evento memorable* esta vez, —comenzó, mirando a cada uno de ellos a su vez. —Demostró lo rápido que debéis uniros frente a una amenaza.

Greenie inspiró hondo. Su corazón todavía latía con sobresalto por aquella sombra repentina, pero asintió con firmeza.

—Lo sentí, —dijo. —No hubo ilusiones que nos engañaran en esa tormenta, pero la propia tormenta exigía acción inmediata o habríamos fracasado. No había espacio para la duda.

Checkered echó un vistazo a las runas talladas de la cripta y recordó cómo, en pruebas anteriores, el Orloj a menudo les había enseñado mediante acertijos o fábulas.

—Ninguna lectura ni fábula de su parte esta vez, —señaló con una pequeña sonrisa. —Solo la demostración directa de Franklin.

El semblante severo del Orloj se suavizó en una sonrisa irónica.

—En efecto. Tetragor y Zeetrikus os pusieron a prueba cada uno a su manera mediante ilusiones y alegorías. Pero ahora el cameo de Franklin se sostiene por sí solo como vuestra lección del Orloj. Un ejemplo puramente práctico, que os recuerda que debéis fusionar lo que habéis aprendido y hacerlo con rapidez.

Firee cerró los ojos por un momento, liberando la última tensión.

—He de decir que prefiero la tormenta a más ilusiones, — admitió con una risita. —Sin palabras retorcidas ni juegos mentales, solo la naturaleza pura. O respondíamos rápido, o nos freíamos. Así de simple.

La mirada de Blunt se posó en el suelo de la cripta, donde un tenue entramado de luz proveniente de una rejilla alta dibujaba formas sobre la piedra.

—Superamos tormentas de corrupción y estancamiento en esas primeras pruebas, —reflexionó, pensando en Hazleton y la Old State House. —Pero las próximas ilusiones podrían ser más fieras, ¿verdad?

Había una nota de preocupación en su voz. Todos sabían que el Arlequín Oscuro no sería un enemigo sencillo.

Los ojos del Orloj se entrecerraron con gravedad.

—Sí. El Arlequín Oscuro está tejiendo ilusiones más allá del alcance de Tetragor o Zeetrikus. Aprovechará cada momento ocioso que le deis como una invitación.

Monticello llama

Un leve indicio de satisfacción calentó la expresión del Orloj.

—Otro reloj os llama ahora, —dijo, su voz resonando suavemente contra los muros de la cripta. —Monticello, en Virginia. Un lugar de indagación moldeado por la mente curiosa de su fundador. Allí las preguntas serán ataques abiertos. Aun así, serán ilusiones destinadas a engañaros y desconcertaros. —Hizo una pausa, estudiando sus rostros.—¿Sentisteis el llamado de Monticello anoche, no es cierto? La lección de Franklin os ha mostrado cómo responder a ese llamado cuando llegue.

Los ojos de Reddish chispearon ante la mención de un nuevo sitio. Monticello, el hogar de Thomas Jefferson y su famoso reloj, era una perspectiva emocionante.

—Nos encargaremos de eso, —declaró, con confianza en su voz.

La capa carmesí de Firee se arremolinó cuando cuadró los hombros, desvaneciéndose el último vestigio de fatiga. La idea de un nuevo desafío la sustituyó por determinación.

—Entonces Monticello nos espera, —dijo.

El rincón silencioso a su alrededor casi pareció respirar en señal de acuerdo. Por instinto, los amigos se juntaron un poco más, una estrella de seis puntas de determinación. La promesa flotaba sin palabras en el aire: la próxima ilusión que enfrentaran encontraría un frente unido y veloz como un rayo.

Una suave luz de lámpara los guio mientras el Orloj abría camino más adentro por los pasadizos de piedra de la cripta. Había un tenue frío en esos corredores y el mismo silencio que los había recibido al llegar, ahora mezclado con el aroma persistente de la lluvia que habían traído de Filadelfia. Sobre ellos, la ciudad matutina seguía con su bullicio — vendedores abriendo sus puestos, eruditos subiendo las escalinatas de la biblioteca — pero abajo el tiempo se movía al ritmo de runas susurrantes y ecos de latidos.

Por fin llegaron a una pequeña cámara revestida de reliquias coloniales. Los ojos de Greenie revolotearon con silencioso asombro. Había un fragmento agrietado de campana colocado sobre un pedestal, un antiguo farol que se decía era uno de los dos colgados para la cabalgata de Paul Revere, y un maltrecho letrero de madera pintado con la imagen de un rayo. La pintura del letrero se descascaraba por la edad, pero cuando el Orloj posó una mano sobre él, destelló con un leve encantamiento — claramente un guiño al cameo de Franklin que acababan de presenciar.

—Boston os ha enseñado a resistir las ilusiones de la tradición, el dominio de Zeetrikus, —dijo el Orloj, con voz baja y reflexiva en el estrecho recinto. —Y ahora, gracias a Franklin, habéis visto cuán rápidamente la unidad puede canalizar la tormenta más feroz. —El letrero con el rayo bajo su palma emitió un suave pulso. —Monticello es el siguiente. Os pondrá a prueba de una manera diferente: un lugar donde las preguntas y las dudas podrían distraeros o engañaros, si sois demasiado lentos para ver a través de ellas.

Las reliquias de la cámara parecieron zumbar en señal de acuerdo. La lección de Franklin sobre actuar con prontitud afianzó su determinación; no permitirían que los acertijos de Monticello los hicieran tropezar.

Checkered dio un paso al frente y pasó delicadamente los dedos por el fragmento de campana agrietado. Runas desvanecidas estaban grabadas a lo largo de su curva, casi desgastadas por el tiempo.

—Preguntas, —repitió, pensativa. —Hemos visto cómo las ilusiones explotan la vacilación. Si Monticello nos desafía con acertijos o con medias respuestas, esa es otra clase de demora: la confusión. Tendremos que ser igual de rápidos para cortar a través de eso.

Greenie se acercó a Blunt, buscando la estabilidad que su tranquila confianza emanaba. Podía sentir su corazón latiendo con un ritmo calmado y firme. Eso ayudaba a anclar al resto del grupo.

Los ojos de Firee se entrecerraron al captar un sutil cambio en la expresión del Orloj. Una sombra de preocupación cruzó el rostro del viejo mentor ante la mención de Monticello.

—Hay algo más, ¿verdad?, —preguntó Firee en voz baja. —¿Le preocupa... el Arlequín Oscuro?

El Orloj inclinó la cabeza, sin negarlo.

—No es meramente un ilusionista, —dijo solemnemente. —Es astuto. Retorcerá cada virtud que habéis aprendido y la volverá en contra de ustedes si puede. La corrupción y el estancamiento pueden resultar juegos de niños comparados con las trampas que está tendiendo ahora. —Sus ojos grises pasaron por encima de ellos con feroz espíritu protector. —Actuad con una unión inquebrantable o sus ilusiones se escurrirán por las grietas entre vosotros.

Reddish sintió que un calor le subía al pecho ante sus palabras. Apretó su mano sobre la empuñadura de su varita, con los nudillos pálidos contra la madera cobriza.

—No más espera, no más precipitarnos imprudentemente, —prometió, en voz baja pero ferviente. —De ahora en adelante respondemos de inmediato y juntos.

Los demás murmuraron su acuerdo, recordando cada uno a su manera el escozor de errores pasados y la promesa de lo que acababan de lograr en el taller de Franklin.

Ante eso, un tenue resplandor dorado onduló por las paredes del pasillo. Los antiguos resguardos de la cripta parecieron responder a la determinación del grupo, reforzándose con la magia de la unidad. El Orloj esbozó una pequeña sonrisa de labios. Parecía orgulloso.

—Bien, —dijo el Orloj, con su voz resonando en la cámara de piedra. —Habéis hecho propia la demostración de Franklin. Llevadla adelante ahora.

Señaló el letrero centelleante del rayo, que ahora iluminaba un pasaje que conducía de vuelta hacia la cripta principal. Los ojos del Orloj brillaron al ofrecer una última guía.

—Id con rapidez y unidad, queridos magos. Monticello aguarda. Recordad que las ilusiones no se quedarán quietas, y vosotros tampoco podéis hacerlo.

Con esa directriz clara resonando en sus oídos, los seis Arlequines se prepararon para partir. El Orloj se quedó en el umbral del pasaje, observando en silencio mientras cada joven mago se enderezaba la capa y cuadraba los hombros. Ya no había vacilación en ninguno de ellos. Sentían como si compartieran un solo latido, rápido y listo.

Sin mediar palabra, los seis amigos se movieron con un propósito rápido y sincronizado. Checkered recogió un mapa de la mesa y se lo entregó a Breezie, quien lo guardó cuidadosamente en su morral. Reddish apiló en silencio sus tazas vacías y se las pasó a Greenie, quien las devolvió a la bandeja junto a los pasteles restantes. Firee recuperó la varilla de cobre de Franklin de donde la había guardado en su cinturón y se la pasó a Blunt, quien aseguró la nueva herramienta a salvo junto al amuleto del engranaje de plata bajo su capa. Incluso el acto de que Greenie abriera silenciosamente la pesada puerta de roble de la cripta para su salida pareció perfectamente sincronizado. En la tenue luz de las antorchas, el engranaje grabado en la cadera de Blunt relució con un brillo suave y efímero, como reconociendo su silenciosa armonía.

Mientras subían los escalones de regreso a la luz del día, llevaban consigo la unidad rauda como el rayo que les había inculcado Franklin. En sus mentes casi podían oír el crujido del trueno y ver el brillo de aquel relámpago capturado. Juntos, estaban decididos a enfrentar de lleno las próximas ilusiones del Arlequín Oscuro sin la menor vacilación.

Capítulo 6

El reloj de Thomas Jefferson en Monticello y el Horologium de Lund

– La linterna de la indagación

Bajo el tragaluz: el reloj que oculta respuestas

La luz dorada del amanecer se derramaba sobre las colinas ondulantes de Monticello, bañando la finca de ladrillo rojo de Thomas Jefferson con un resplandor cálido que danzaba sobre las columnas cubiertas de hiedra y los cornejos en flor. El aire de la mañana zumbaba con la frescura del rocío, impregnado de un leve matiz metálico, como si la propia finca exhalara secretos para indagar. Un inquieto pulso mágico hormigueaba en los sentidos de los jóvenes magos, agitando la serena mañana.

Blunt, Reddish, Firee, Checkered, Breezie y Greenie emergieron de un portal arremolinado al interior del vestíbulo de Monticello; una fresca brisa del amanecer acompañó su llegada, agitando suavemente sus capas de arlequín a su alrededor. Frente a ellos se alzaba el reloj astronómico restaurado de Jefferson, cuyos engranajes de bronce pulido tic-taqueaban con un zumbido bajo y engañoso. Cada esfera celestial, grabada con arcos zodiacales y fases lunares, relucía bajo el alto tragaluz. Los grabados, forjados en 1806 para seguir los cielos de Virginia, susurraban de la incansable curiosidad de Jefferson, pero una leve distorsión en la esfera estelar del reloj insinuaba misterios ocultos.

Morpheus Rubicom —el anticuario que conjuraba ilusiones ignorantes— había tejido claramente un hechizo ilusorio en este lugar. Ese sutil zumbido llevaba su sello: una distorsión que ofrecía solo medias respuestas y ocultaba el resto.

Blunt avanzó primero, dejando que sus dedos se deslizaran sobre la fría y lisa carcasa de bronce del reloj. Una sutil vibración le latió en la mano, haciéndolo inhalar bruscamente. La sensación hizo eco en el engranaje de la innovación guardado dentro de su capa —el obsequio de Zeetrikus con la inscripción Innovare Est Virtus (Innovar es una virtud).

—La mente de Jefferson forjó esto, _dijo Blunt con voz calmada pero atenta mientras sus ojos recorrían los precisos arcos de la esfera. —Una herramienta de curiosidad... pero ese zumbido está ocultando algo.

El engranaje a su lado vibró en señal de acuerdo, recordándole el trabajo en equipo que los había hecho superar las pruebas anteriores de Boston.

Reddish se acercó más, con una mano suspendida cerca de un engranaje de bronce, como tentada a moverlo para forzarlo a decir la verdad. Sus ojos color ámbar se encendieron chispas cobrando vida cuando percibió un engañoso temblor en el zumbido del reloj. Le recordaba a una verdad medio oculta en la sombra.

—Nos está guiñando el ojo como si las constelaciones estuvieran saltándose la mitad de sus estrellas, —dijo con agudeza.

Su resolución ardiente, templada por la unidad que habían forjado, evitó que destrozara el reloj allí mismo. En su lugar, apretó el puño contra su costado. El matiz metálico en el aire se intensificó en ese instante, un sabor amargo que le recordó la naturaleza de Morpheus Rubicom: él era la encarnación de la ignorancia, y ese zumbido era obra suya.

Greenie cerró los ojos y dejó que sus sentidos empáticos se extendieran por el salón. Absorbió rastros persistentes del legado de Jefferson a su alrededor: telescopios montados junto a altos ventanales, diarios muy usados sobre una mesita, ingeniosos inventos bajo vitrinas de cristal.

—Él vivía para saber, —exhaló, mientras los tonos verdes de su capa se iluminaban con reverencia. —Este reloj construido para que sus almanaques rastrearan las estrellas de una joven nación respira con esa misma necesidad de comprender. Pero esta distorsión... está velando una verdad que nos oculta.

Un escalofrío le recorrió el brazo al tocar el armazón del reloj, y su capa palpitó en silenciosa advertencia. Recordó la lección de Tetragor sobre la humildad que le serenaba el corazón; solo una mente humilde percibiría que aquí había más por aprender, más allá de la ilusión.

La mirada analítica de Checkered recorrió los engranajes expuestos, notando un ritmo ligeramente irregular en su giro. Ajustó el lente de su monóculo sobre un ojo.

—Una maravilla de la Ilustración, —comentó con firmeza. —Reacondicionado para honrar su ciencia, pero está... inquieto. Quiere que hagamos más preguntas.

En efecto, mientras los demás observaban, un diminuto engranaje saltó un ciclo y luego reanudó su tictac, como si el propio mecanismo rogara una indagación más profunda. Los seis amigos intercambiaron miradas cómplices. Los patrones de sus capas de arlequín palpitaban al unísono —un silencioso voto de unidad listo para desentrañar cualquier glamour críptico que aquejara el reloj de Jefferson. Preparándose, se dispusieron a enfrentar de frente la prueba de Morpheus, con la curiosidad despertándose frente a la inminente sombra de la ignorancia.

Donde miente el firmamento

La tenue luz matutina se colaba oblicua a través del tragaluz, refractándose en colores prismáticos sobre el reloj astronómico de Jefferson. Sus engranajes de bronce continuaban con su furtiva cadencia, cada rotación teñida de un temblor engañoso. Los magos se agruparon ahora muy juntos, con sus capas de arlequín palpitando suavemente al unísono. El matiz metálico en el aire del vestíbulo se hizo más intenso, insinuando que alguna ilusión acechaba tras el brillo exterior del reloj.

Firee se arrodilló junto a la base del reloj, con su capa carmesí rozando el suelo pulido. Con delicada precisión, pasó los dedos por los engranajes expuestos, notando que cada diente estaba grabado con diminutas lunas crecientes.

—La precisión de Jefferson es extraordinaria, —murmuró con asombro contenido mientras examinaba los dientes entrelazados de bronce. —Cada giro traza los cielos, el bronce capturando la curiosidad.

Sin embargo, incluso mientras admiraba la artesanía, su mirada vigilante detectó un leve temblor en la esfera del zodíaco. Una constelación grabada —Virgo— titilaba como vista a través del vaho del calor, y el disco de fases lunares a su lado se rezagaba casi medio día fuera de sincronía. Algo en el mecanismo estaba siendo desviado sutilmente.

Checkered se inclinó junto a él, sosteniendo el lente del monóculo ante un ojo. Su mente se encendió con un enfoque analítico mientras examinaba los diales celestiales. Los grabados de estrellas y figuras en la cara del reloj centelleaban de forma extraña bajo su lente.

—Es extraordinario, —admitió, —pero el movimiento se siente... desajustado. Como si enmascarara su propia rotación.

Como para confirmar su sospecha, un delicado indicador de la ecuación del tiempo titubeó en la marca del cuarto antes de reanudar su recorrido: un peculiar indicio del glamour en acción. El zumbido del reloj pareció intensificarse bajo el escrutinio de Checkered, como si la ilusión resintiera ser observada tan de cerca.

Cerca de allí, Greenie apoyó la palma en el marco de madera del reloj, dejando que su magia empática cobrara vida. En ese momento, casi pudo sentir la inquieta búsqueda de conocimiento de Jefferson resonando desde los mismos engranajes. Imaginó sus almanaques y cartas estelares, cada descubrimiento alimentando la siguiente pregunta.

—Este reloj respira con sus preguntas, —dijo en voz baja. —Pero ese temblor... está sofocando algo más profundo.

Su capa ondeó con una tranquila alarma, la distorsión punzándole el sentido empático. Greenie se mordió el labio, preocupada porque si no actuaban, las preguntas sin respuesta que flotaban allí quizá nunca saldrían a la luz.

De pronto, Checkered se lanzó hacia una mesita lateral donde un mapa estelar enrollado yacía entre las notas de Jefferson. Desenrollando rápidamente el amarillento pergamino, lo sostuvo junto a la esfera estelar del reloj y examinó a través de su monóculo. Su pulso se aceleró. La posición de una constelación en el mapa no coincidía con la lectura de la esfera.

—Estas estrellas no coinciden..., —dijo con la voz tensa por la comprensión repentina. —Es como un error de paralaje, el mapa y la esfera están desincronizados.

Breezie se acercó más, su Visión de la Realidad atravesando la ilusión. Vio una tenue superposición de luz estelar verdadera que flotaba desviada del despliegue de la esfera, como si el reloj mostrara el firmamento desde un ángulo distorsionado.

—Tienes razón, —dijo, con el corazón acelerado. —La esfera está mintiendo sobre el cielo. Las estrellas reales están en otra posición.

Los ojos de Blunt se entrecerraron mientras recordaba los meticulosos registros astronómicos de Jefferson. Se situó junto a Checkered, alternando la mirada entre el mapa y el reloj.

—Los cálculos del propio Jefferson nunca estarían tan equivocados, —afirmó. Una determinación acerada se asentó en su pecho. —La ilusión está retorciendo la verdad del firmamento.

Justo entonces, los ojos de Breezie destellaron cuando su Visión de la Realidad reveló un tenue brillo sobre la esfera estelar. Alzó una mano hacia ella.

—Se está formando un portal, —anunció, con su voz habitualmente tranquila teñida de urgencia. Una tenue luz bronceada se entretejía ahora a través de los engranajes en movimiento, un indicio inconfundible de la magia ilusoria cerniéndose para un nuevo movimiento. —Está ligado al camino de la curiosidad, pero es engañoso —como si pretendiera absorber el conocimiento si no tenemos cuidado.

La presión del aire en el salón descendió mientras ese resplandor bronceado remolinaba, insinuando que un portal se abría apenas fuera de fase con la realidad.

Blunt entrecerró sus ojos azul agua al descubrir un grabado que emergía a lo largo del borde del reloj. Unas nuevas palabras en latín habían aparecido sobre el metal: Scientia Lucem Affer; Ignorantia Tenebras Praebet .

—El conocimiento aporta luz; la ignorancia trae tinieblas.

Reconoció la frase al instante como una advertencia: el mismísimo lema de su desafío.

—Así que esa es la lección... nuestra curiosidad debe empujarnos a disipar esta ignorancia, dijo, con la determinación endureciéndose en su voz.

Incluso mientras hablaba, el engranaje de la innovación dentro de su capa zumbaba, instándolos a avanzar.

Cuando Blunt terminó de leer la frase en latín, Checkered contuvo el aliento. Su lente captó un detalle adicional reluciendo justo debajo de la inscripción resplandeciente. Tallado junto al texto latino había un pequeño símbolo, una runa en un alfabeto desconocido, con líneas y curvas afiladas distintivamente nórdicas. Resplandeció por un instante con una luz de otro mundo, luego se desvaneció tan rápido como había aparecido. Checkered intercambió una rápida mirada de perplejidad con Blunt. ¿Por qué habría una runa escandinava grabada en el reloj de Jefferson?

Se sacudió la distracción por ahora y alzó el mentón.

—Esto es un desafío, —declaró, volviendo a concentrarse. — Tenemos que descubrir la verdad juntos, sin medias tintas.

Sus palabras evocaron el juramento de sinergia que todos habían hecho.

Las capas de los seis magos brillaron al unísono, cada uno recordando cuán velozmente habían destrozado ilusiones en pruebas previas actuando como uno solo. El engañoso zumbido del reloj subió hasta un crescendo; la esfera estelar parpadeó erráticamente al comenzar a estabilizarse el portal en su superficie. El resplandor bronceado se intensificó alrededor de la puerta que tomaba forma. Todos podían sentirlo ahora: un tirón invitante más allá de los límites de Monticello. Una ilusión los aguardaba al otro lado de ese portal, desafiando a sus mentes curiosas a seguirla.

Portal abierto: camino a Lund

El vestíbulo de Monticello resplandecía bajo la luz del sol que se hacía más intensa, mientras el reloj astronómico de Jefferson proyectaba un brillo dorado sobre el suelo de roble. Su engañoso zumbido se hacía más fuerte a cada segundo, una tensión invisible enroscándose en el aire. Los seis magos permanecían firmes a su alrededor, sus capas ondeando con propósito compartido. La lección de la frase latina ardía en la mente de cada uno como un farol en el crepúsculo, instándolos a ahuyentar la oscuridad que se cernía.

La mano de Greenie flotaba cerca de la esfera estelar, donde la constelación de Virgo aún temblaba. Sus sentidos empáticos sentían la distorsión latir con magia inquieta.

—Nos está llamando, —murmuró, y su capa se profundizó a un tono verde esmeralda mientras la energía la atenazaba. Bajo sus dedos, el bronce se sentía cálido y vivo, emitiendo un quejido sordo y evasivo, parecido a una pregunta sin responder.

De pronto, la esfera estelar vibró y comenzó a abrirse, revelando un portal arremolinado bordeado de luz bronce y azul, como si un líquido estelar se derramara. Blunt reconoció el distintivo resplandor del engranaje de la innovación (Innovare Est Virtus) resonando en respuesta.

—La curiosidad abre un camino, —afirmó, con voz firme.

Con un movimiento de su brazo, conjuró un suave escudo acuático para estabilizar los bordes oscilantes del portal, contrarrestando el obstinado zumbido que resistía su entrada.

El gemido del portal subió de tono, como si las ilusiones al acecho resintieran el frente unido de los magos. Impasible, Reddish dio un paso al frente y presionó la palma contra el límite centelleante del portal. Ascuas ardientes envolvieron sus dedos, reflejando su inquebrantable determinación.

—A Lund, —declaró, con sus ojos encendidos de certeza.

La extraña runa nórdica que habían vislumbrado instantes antes no dejaba lugar a dudas en su mente: tenía que estar señalándoles el reloj medieval de Lund, en Suecia.

—Esta vez, sin titubear.

Como respondiendo a su audacia, un suave brillo tomó forma junto al portal. Apareció una figura translúcida: el familiar espíritu mentor de la señora V. Su medio manto ondeaba en una brisa invisible mientras los observaba con cálido orgullo.

—La curiosidad busca la verdad, pero la humildad debe guiar sus pasos, —aconsejó con dulzura, su voz con el tono de una maestra paciente. —Y cuidado: si alguna ilusión les ofrece una ignorancia fácil, ignórenla. Profundicen más.

Con este oportuno recordatorio, la forma de la señora V. se disolvió en motas de luz plateada, instándolos a continuar.

Intercambiando asentimientos decididos, los jóvenes magos cerraron filas y avanzaron hacia el portal como un solo ser. Los patrones arlequín de sus capas palpitaban con un ritmo sincronizado. Breezie invocó un viento constante a sus espaldas para conducirlos a través de él. Firee echó una última mirada alrededor de Monticello para asegurarse de que no quedara ninguna ilusión rezagada. Checkered ajustó su agarre en el monóculo, con el lente listo, y Greenie inhaló profundamente para calmarse mientras templaba su corazón. A la señal de Blunt, los seis se lanzaron al unísono dentro del corredor de brillantez arremolinada, salpicado de estrellas.

Cayeron dando tumbos a través de un pasaje prismático de luz, con los oídos llenos del distante tic tac de engranajes invisibles. Tras un instante suspendido en un silencio cósmico, el corredor mágico los depositó sobre piedra fría y húmeda. El calor de Monticello se desvaneció; en su lugar llegó el escalofrío de una cripta subterránea. El tenue resplandor de unas velas reveló arcos abovedados de piedra a su alrededor, y el aire olía a incienso añejo y humedad. Greenie aspiró una bocanada repentina: conocía ese lugar por relatos históricos. Todos lo conocían.

Habían llegado a la antigua catedral de Lund, en Suecia. En el extremo opuesto de la cripta se alzaba un imponente reloj de madera, el Horologium Mirabile Lundense, cuyo añejo armazón de roble estaba adornado con santos tallados y marcadores celestiales. Aunque quieto a primera vista, el reloj emitía un bajo zumbido propio —una ilusión al acecho. Los jóvenes magos se recompusieron, con la curiosidad intacta y el valor incólume. Estaban preparados para enfrentar el poder de su indagación unida contra las sombras de la ignorancia más seductoras.

El segundo pensamiento del Horologium

Cuando el resplandor bronce-azulado del portal se desvaneció, los magos se encontraron de pie en la tenue cripta de la catedral de Lund. Antorchas parpadeantes proyectaban largas sombras a lo largo de los arcos abovedados de piedra, arrojando apenas la luz suficiente para revelar el ornamentado reloj de madera que se alzaba imponente ante ellos. El Horologium Mirabile Lundense, construido en 1425, dominaba la cripta con su presencia. Figuras bíblicas talladas de ángeles y reyes rodeaban una esfera de reloj similar a un astrolabio grabada con signos del zodíaco. Cada figura de madera estaba congelada en un silencioso retablo de reverencia, como si llevaran siglos esperando para hablar de nuevo.

Todo allí se sentía marcadamente distinto a Monticello. El aire era fresco y húmedo, con matices de incienso, y un lejano tañido a modo de canto resonaba desde arriba, aunque se quedaba a destiempo —como si el desfile normal de autómatas se hubiera desajustado. Bajo la antigua grandeza de la catedral acechaba una distorsión conocida: un zumbido sutil, como el que habían escuchado en Monticello, emanando ahora desde lo profundo de los engranajes de madera del gran reloj de Lund. La esfera estelar de este Horologium brillaba débilmente, pero sus patrones parpadeaban incompletos. Blunt avanzó con cautela, el engranaje de la innovación en su capa palpitando a modo de advertencia.

—Esta maravilla medieval alguna vez enseñó a la gente a cuestionar el tiempo y la fe, —dijo en voz baja. —Ahora las ilusiones intentan reprimir esa curiosidad.

Reddish caminaba de un lado a otro junto a él, con ascuas crepitando en sus dedos. El zumbido aquí era más agudo que en Monticello, casi agresivo.

—La ignorancia de Morpheus es más densa aquí, —murmuró, entrecerrando los ojos. —La puedo sentir. En este lugar no habrá medias tintas.

Greenie cerró los ojos y dejó que su empatía se extendiera. Percibió tenues ecos de eruditos y astrónomos que siglos atrás se reunieron en esta cripta para calibrar el reloj —buscando conocimiento a la luz de sus estrellas.

—El Horologium solía ser adalid de la indagación, —susurró con tristeza. —Ahora las ilusiones lo envuelven. Tendremos que cuestionarlo todo para abrirnos paso.

Checkered alzó el monóculo e inspeccionó con detenimiento la cara del reloj. Los anillos del zodíaco y las escenas talladas alrededor de la esfera estaban sutilmente desalineados.

—Algunos de estos grabados se han desplazado, —señaló, con voz analítica y queda. —Es como si la ilusión hubiera reescrito partes del diseño.

La idea hizo que apretara la mandíbula; alguien había alterado la verdad de este tesoro histórico.

Breezie inhaló lenta y profundamente, saboreando el aire viciado de la cripta en su lengua.

—Justo como sospechábamos: cuando la gente acepta las cosas ciegamente, las ilusiones prosperan, —comentó. Recordó cómo en Monticello los ardides del reloj casi los habían embaucado con información parcial. —Lo superamos actuando juntos sin demora. Haremos lo mismo aquí.

Firee pasó una mano enguantada a unos centímetros por encima del suelo de piedra, buscando trampas. Un calor suave se elevaba de su palma mientras escaneaba la base del reloj.

—Todo se siente inestable, —murmuró, frunciendo el ceño. —Si nos precipitamos a ciegas, la ilusión que acecha podría atacarnos.

Lanzó una mirada a Blunt, quien asintió en acuerdo, procederían con curiosidad y cautela a la vez.

Un repentino destello de movimiento en un rincón oscuro de la cripta captó su atención. Una figura esbelta surgió de detrás de una columna torcida: Morpheus Rubicom, por fin a plena vista. Su raída capa de anticuario colgaba de sus hombros, y una colección de baratijas y llaves deslustradas tintineaba en su cinturón al moverse. Sus ojos, hinchados y febriles, brillaban a la luz de las antorchas.

—Simplemente no pudieron resistir el llamado de un misterio, ¿verdad?, —dijo, con una voz semejante al susurro de hojas secas. Una fina sonrisa se dibujó en sus labios, pero no contenía calidez alguna. —Díganme, jóvenes, ¿acaso no os habría ahorrado todos estos problemas una ignorancia dichosa?.

Blunt se adelantó colocándose frente a sus amigos, con la barbilla en alto.

—Preferimos la verdad, incluso cuando es dura, —respondió con firmeza. —No abandonaremos nuestras preguntas: ninguna ilusión quedará sin desafiar.

Morpheus arqueó una ceja, su sonrisa retorciéndose. Extendió los brazos en un gesto burlón de bienvenida hacia el reloj imponente.

—Entonces, por todos los medios, continúen con su noble indagación... y enfréntense a las ilusiones de ignorancia que he preparado. —Su tono era sedoso, casi casual, pero bajo la superficie latían matices de amenaza. —Piensen en esto: si la luz de su curiosidad titubea siquiera un instante, ¿qué creen que pasará? —Su pregunta quedó suspendida en el aire frío durante un latido. —Se extinguirá, —continuó suavemente, respondiéndose. —Y mis ilusiones los devorarán en la oscuridad.

Con un chasquido de sus dedos, la gran esfera del Horologium emitió un quejido malsano: sus arcos estrellados pintados se deformaron bajo la presión de fuerzas invisibles.

El desafío estaba claro. Los seis magos se desplegaron sutilmente, sus capas ondeando al invocar su valor. Cada uno de ellos recordó cómo, en Monticello, su curiosidad unida había desterrado la oscuridad que Morpheus cernió sobre el reloj de Jefferson. No permitirían que ninguna ilusión aquí sofocara sus preguntas ni oscureciera la verdad.

Morpheus, maestro de la ignorancia

En el silencioso recogimiento iluminado por faroles de la cripta, Morpheus Rubicom merodeaba cerca de la base del Horologium, sus ojos hinchados recorriendo de uno a otro a los jóvenes magos. Su andrajosa capa estaba erizada de baratijas y retazos deslustrados — llaves oxidadas, mapas medio quemados, rollos deshilachados con escrituras crípticas. Cada artefacto colgando de él parecía vibrar con un fragmento de conocimiento incompleto, tejidos juntos en un raído tapiz de ignorancia que se aferraba a su figura.

—Se aferran a sus preguntas, —dijo Morpheus, con la voz seca como pergamino susurrante. —Pero díganme, ¿saben cuándo florecen realmente las ilusiones? Es cuando se conforman con media respuesta.

Levantó una de sus manos cargadas de anillos y musitó un encantamiento. En respuesta, una sección de la esfera del Horologium se estremeció y se retorció hacia afuera, revelando unas cuantas formas estelares fugaces que danzaron y luego se desvanecieron.

El monóculo de Checkered destelló mientras seguía rápidamente los sutiles fantasmas que se deslizaban alrededor de los bordes de un engranaje.

—La ignorancia se alimenta de nuestra disposición a aceptar conclusiones fáciles, coincidió con frialdad. —Eso lo aprendimos en Monticello.

La capa esmeralda de Greenie brilló suavemente. A través de su don empático, pudo sentir un estremecimiento en el aura de Morpheus — un atisbo de miedo enterrado bajo su bravuconería. Quizás temía que, si lo cuestionaban todo, sus ilusiones se desmoronarían.

—Si las ilusiones prosperan con la apatía y la aceptación superficial, —dijo con dulzura, —entonces nuestra unidad debe permanecer inquebrantable.

Firee avanzó por el flanco de Morpheus, con la varita lista y la capa roja centelleando con calor.

—Hemos visto ilusiones de corrupción, e ilusiones de estancamiento, —dijo, invocando los nombres de Tetragor y Zeetrikus de sus pruebas pasadas. —Ahora nos enfrentamos a ilusiones de ignorancia. El remedio es el mismo: lo cuestionamos todo.

Morpheus esbozó una mueca, arrastrando la punta de su zapato raído por el suelo de piedra con un chirrido rasposo.

—Corrupción y estancamiento... sí, esas falsedades son lo bastante obvias como para notarlas. ¿Pero la ignorancia? — Soltó una risita baja y desdeñosa. —La ignorancia se esconde a plena vista. Rara vez la gente sospecha que está a oscuras. —Un momento de complacencia, una media verdad conveniente aceptada... y una ilusión se cuela como su "verdad".

Reddish dio un paso al frente, con ascuas arremolinándose alrededor de sus puños.

—Con nosotros no, —replicó, con voz tajante. —En cuanto surge una ilusión, la eliminamos. Nos rehusamos a aceptar información parcial.

Blunt sintió el engranaje de la innovación de Zeetrikus vibrar contra su costado en concordancia con la distorsión del reloj. Clavó una mirada firme en Morpheus.

—Tus ilusiones no pueden ganar mientras sigamos excavando hasta la verdad completa, —dijo. —Jamás nos conformaremos con tus verdades a medias.

Una risa áspera y rasgada escapó de la garganta de Morpheus.

—Entonces pongamos a prueba esas audaces palabras.

Desde dentro de su capa hizo volar una pequeña llave deslustrada hasta su palma, una llave grabada con extraños remolinos y runas sospechosas. La giró en el aire, y de repente las figurillas de madera del Horologium dieron un tirón, como si algo invisible hubiera tomado sus hilos. Los ángeles y santos tallados se crisparon en sus nichos, suspendidos entre el movimiento y la quietud. Los ojos de Morpheus relampaguearon.

—¿Curiosidad o complacencia... cuál será?, —desafió, alzando la llave en alto. —Muéstrenme que pueden resistir las ilusiones que buscan enterrar sus preguntas.

Un tenso silencio se apoderó de la cripta. Los seis magos se prepararon, sus capas flameando con un brillo unificado mientras afianzaban su determinación. La voz calma de Breezie finalmente rompió el silencio:

—Desafiaremos cada ilusión en cuanto aparezca.

Ante eso, el aire mismo de la cripta se espesó de tensión. Volutas de ilusión empezaron a enroscarse alrededor de los santos y profetas tallados del reloj, haciendo que las sombras saltaran de forma espeluznante bajo la luz de las antorchas. Los ojos hinchados de Morpheus relucían con anticipación.

—Ya veremos, —susurró, retrocediendo hacia la oscuridad entre dos pilares.

La esfera del Horologium parpadeó caóticamente mientras la magia en su interior se agitaba. Las ilusiones se congregaban para un asalto, pero los magos estaban listos, decididos a atravesar el velo de la ignorancia con apremiante unidad.

Campanadas que devuelven la pregunta

Un temblor recorrió la cripta cuando la esfera del Horologium comenzó a brillar intensamente, sus arcos estelares deformándose bajo la tensión de las ilusiones en ciernes. Las figurillas de madera de ángeles y profetas se sacudieron y retorcieron en sus hornacinas, impulsadas por efímeras apariciones de falso conocimiento. Desde las sombras, Morpheus extendió sutilmente los dedos y los agitó, incitando a las ilusiones a atrapar a cualquier mago que pudiera aceptar una respuesta fácil.

Checkered fue la primera en atacar. A través de su monóculo escudriñó un remolino de formas ilusorias que se fusionaban en un pergamino luminoso en medio del aire. Una ornamentada inscripción en el pergamino proclamaba: «*Todos los secretos del cosmos sin esfuerzo alguno*». Bufó, reconociendo de inmediato la trampa: una promesa de conocimiento sin trabajo, un ardid clásico de la ignorancia.

—Nada de atajos, —dijo tajante, proyectando un rayo concentrado desde su lente. El pergamino se arrugó y se disolvió en volutas de luz.

Greenie intervino junto a un grupo de imágenes fantasmales que flotaban ante ella, representando el reloj de Monticello arreglado milagrosamente con una sola y simple pregunta.

Nada más requerido, susurraban seductoramente las ilusiones. Pero Greenie sabía bien que la verdadera comprensión les había exigido a todos trabajar juntos y hacer muchas preguntas.

—Una pregunta superficial no resuelve nada, —declaró.

Vides de magia verde se deslizaron desde sus dedos, envolviendo la visión y rasgando su reconfortante fachada en trizas. La ilusión estalló como una burbuja y desapareció.

Cerca de allí, un grueso tomo encuadernado en cuero dorado apareció en el camino de Reddish, con la portada emblazonada: «Cronología Completa de Lund — No hace falta investigar».

Reddish pudo ver que sus páginas estaban en blanco tras el brillo. Soltó una risa desdeñosa.

—Aprendimos a profundizar, —dijo, lanzando una controlada ráfaga de fuego que prendió el falso libro. Mientras ardía hasta hacerse cenizas, añadió con frialdad: —La ignorancia prospera con la complacencia.

Firee se encontró frente a todo un taller de artilugios a medio terminar, conjurado de la nada. Cada uno llevaba un pequeño letrero que rezaba: *«Suficiente si confías en nosotros».* Su sentido innato de peligro se activó; esas visiones convenientemente evitaban mostrar cualquier detalle crítico.

—Ninguna ilusión se sostiene cuando profundizamos más, —gruñó.

Un delgado chorro de fuego brotó de su varita, cortando limpiamente la escena del taller. Las imágenes engañosas chisporrotearon y se desplomaron en una cascada de chispas.

Breezie vaciló solo un instante cuando un grupo de luces flotantes tintineó a su alrededor con un ritmo hipnótico. Ofrecían «la esencia» de los secretos del Horologium —supuestamente conocimiento suficiente para seguir adelante sin profundizar más. Sintió una breve tentación de aceptar, pero entonces la lección previa de Franklin resonó en su mente: actuar juntos, actuar ya.

—No es suficiente, —dijo Breezie, volviendo en sí.

Invocó una ráfaga de viento que barrió el coro de verdades a medias. Las luces ilusorias vacilaron y se apagaron con un leve silbido.

Finalmente, Blunt se enfrentó a una ilusión con la forma de un anciano erudito que le hacía señas con un manuscrito antiguo. *«Aquí reposan las páginas perdidas de Jefferson»*, prometía la figura, *«si tan solo dejas todas esas agotadoras preguntas»*. Los ojos de Blunt se entrecerraron ante la oferta.

—No hay trato, —dijo con firmeza.

Con un amplio ademán de su brazo, envió una ola de magia de agua que se abatió sobre la forma del erudito. La ilusión chisporroteó y se disolvió en la nada bajo el diluvio. Blunt se irguió, vapor elevándose a su alrededor por la batalla candente.

—Lo cuestionamos todo, —afirmó.

En cuestión de segundos, todas las ilusiones conjuradas por Morpheus yacían hechas trizas. Conforme cada engaño se resquebrajaba bajo el escrutinio inmediato, la deformada esfera del Horologium empezó a estabilizarse. Los desacompasados tañidos volvieron a un ritmo adecuado. Desde su rincón ensombrecido, los ojos hinchados de Morpheus se entrecerraron. Sus ilusiones se estaban deshaciendo mucho más rápido de lo que había previsto. Un suspiro de mala gana escapó de sus labios:

—Así que, —murmuró, —la curiosidad demuestra ser más poderosa que la ignorancia... una vez más.

Surgió de entre las sombras con las manos bajas, concediendo este asalto. A medida que los últimos restos de falso resplandor estelar se desvanecían, la cripta recobró su silenciosa calma natural y la esfera estelar del Horologium se realineó a su configuración veraz. Los jóvenes magos intercambiaron miradas de alivio y triunfo: su rápida indagación unida había prevalecido.

Portal de regreso y partida

Con las ilusiones completamente disipadas, el gran reloj de Lund recuperó su semblante pacífico. La esfera del Horologium brillaba con un lustre sereno, y los santos y ángeles de madera en su derredor volvieron a sus poses tranquilas y reverentes. Ni rastro de distorsión o zumbido permanecía en la cripta; el efímero dominio de la ignorancia había sido vencido.

Morpheus Rubicom se quedó de pie en el centro de la silenciosa cripta, con la capucha ladeada y la postura encorvada en derrota. Aun recuperando el aliento, contempló a los jóvenes vencedores con resignación en sus ojos hinchados. Con el tiempo, metió la mano en su capa raída y sacó una pequeña llave deslustrada grabada con intrincadas runas en espiral. La extendió hacia Blunt.

—Han vencido a la ignorancia hoy, —murmuró Morpheus. Su voz era apagada, pero en ella había una extraña y distante respetuosidad. —Quizá esto los ayude en las preguntas por venir.

Blunt dio un paso adelante y aceptó la llave con un cortés asentimiento. Al hacerlo, sintió el conocido pulso del engranaje de la innovación de Zeetrikus vibrar con aprobación dentro de su propia capa.

—Seguiremos cuestionando cada ilusión que encontremos, —prometió Blunt. —La ignorancia no puede prosperar mientras sigamos unidos en la curiosidad.

Ante esas palabras, los tensos hombros de Morpheus se relajaron ligeramente, como reconociendo a regañadientes su determinación. Vaciló, las comisuras de su boca crispándose como sopesando un último consejo.

—Manténganse alerta, —finalmente advirtió, alzando una mano temblorosa hacia el Horologium. —La ignorancia tiende a colarse de nuevo... si le dan la más mínima oportunidad.

Dicho esto, movió la mano en un arco amplio. Un portal se arremolinó hasta existir junto al antiguo reloj, sus bordes brillando con la ya familiar luz bronceada.

—Vayan ahora. Monticello los espera para la última comprobación.

Reddish se adelantó hacia el portal, con los ojos todavía llameantes. No había olvidado la leve distorsión que habían sentido persistiendo en el reloj de Jefferson cuando se marcharon.

—Nos aseguraremos de que Monticello esté libre de cualquier ilusión, —aseguró a Morpheus con un decidido asentimiento. —No dejaremos medias verdades al acecho.

Greenie se demoró un instante, mirando a Morpheus mientras él se retiraba hacia las sombras. En sus ojos cansados percibió un destello de algo casi parecido a añoranza —un deseo, tal vez, de que él mismo pudiera escapar de la misma ignorancia que propagaba.

—La ignorancia encadena a todos los que toca, —le dijo suavemente. —Nosotros elegimos el conocimiento y las preguntas para mantenernos libres.

Su capa centelleó con un tenue brillo verde, como ofreciéndole una pizca de empatía, antes de darse la vuelta.

Checkered le dio al Horologium una última y minuciosa inspección a través del monóculo. Ninguna ilusión —por pequeña que fuera— escapó al agudo ojo de ella.

—Todo despejado por aquí, —informó con presteza. Satisfecha de que el reloj de Lund estuviera realmente libre de cualquier glamour residual, compartió sonrisas de alivio con Firee y Breezie.

—Hora de ir a casa, —dijo Firee, conjurando ya una pequeña llama en su palma para ayudar a estabilizar el portal que los aguardaba.

Breezie invocó una brisa guía final que hizo danzar y ensancharse invitadoramente los bordes bronceados del portal. Juntos, los seis magos atravesaron en fila india.

Una ya familiar ingravidez los envolvió mientras viajaban de regreso a través del brillante corredor mágico. En un abrir y cerrar de ojos, la fría oscuridad de Lund dio paso a la suave calidez de Monticello. Los magos se encontraron de nuevo en el vestíbulo de Jefferson, ahora sumido en los tonos violeta del crepúsculo tardío. El opresivo zumbido metálico que los había recibido al amanecer había desaparecido —solo quedaba un nítido y puro tictac que resonaba honestamente en el tranquilo salón.

—El reloj de Jefferson permanece intacto, —dijo Firee en voz baja, rompiendo el silencio. Contemplaba la esfera restaurada del reloj, que ahora reflejaba el profundo índigo del cielo vespertino afuera. El silencio de la finca se sentía reconfortante y puro, como si la propia Monticello respirara con más facilidad ahora que la ilusión había sido levantada. Blunt deslizó la llave obsequiada por Morpheus en un bolsillo de su capa, su corazón animado por la victoria duramente conseguida. Con la oscuridad disipada y la verdad brillando de nuevo, se dispusieron a asegurar que Monticello permaneciera en paz.

El reloj de Monticello liberado

Las sombras del crepúsculo se alargaban a través del vestíbulo de Monticello, tiñendo los muros de ladrillo rojo con sutiles tonos púrpura. El reloj astronómico de Jefferson se erguía en el centro, con sus engranajes de bronce tic-taqueando en armonía, libre ya del asfixiante zumbido. Los magos —Blunt, Reddish, Firee, Checkered, Breezie y Greenie— contemplaban la escena con silencioso alivio.

Checkered se acercó, con el monóculo ya guardado pero listo.

—No quedan ilusiones. Las esferas estelares vuelven a reflejar datos precisos sin destellos falsos ni arcos incompletos, —afirmó con decisión.

Greenie, colocando suavemente una mano sobre el bronce pulido, no sintió más que tranquila curiosidad en lugar de discordia.

—Es como si el reloj volviera a respirar el espíritu de Jefferson indagador, ávido, sin miedo, —observó en voz baja.

La efímera tensión que antes reptaba bajo la superficie se había desvanecido. Las ascuas de Reddish se apaciguaron hasta convertirse en un suave resplandor, y la tensión previa se fundió en una sonrisa de satisfacción.

—Todo en orden, —confirmó Firee tras un barrido final del área. — Parece que el conocimiento de Monticello vuelve a prosperar.

Blunt se acercó a la mesa lateral, notando mapas estelares y notas inconclusas. Ahora aparecían corregidos, como si las ilusiones los hubieran revuelto previamente.

—Los hechos retoman su lugar una vez que las ilusiones desaparecen, —comentó, dejando la llave deslustrada de Morpheus sobre la mesa. —El dominio de la ignorancia sobre este lugar por fin se ha quebrado.

Afuera, el silencio de la finca se fusionaba con el canto de las cigarras al aproximarse el anochecer, el último fulgor del día rozando las ventanas del oeste. Monticello parecía en paz, como si la propia finca hubiese soltado un suspiro de alivio. Ninguna sombra acechaba en las esquinas del vestíbulo; solo el suave tic-tac del reloj y el tenue canto de las cigarras se percibían a través de la ventana abierta.

Greenie se volvió hacia el grupo, una suave sonrisa iluminándole el rostro.

—Creo que eso es todo. Monticello vuelve a estar inquisitivo, sin ilusiones que frustren la verdad.

Su capa palpitó levemente, afianzando la tranquilidad.

Reddish lanzó una ascuilla con la punta de los dedos y la dejó desvanecerse. —Tendremos que permanecer alerta, —les recordó. —Puede que Morpheus intente algo más en el futuro, pero al menos aquí hemos sellado la brecha para siempre.

Blunt asintió, su mirada azul agua firme con determinación.

—Nos mantenemos vigilantes. Por ahora, el reloj de Monticello marcha fiel y honesto. La curiosidad ha traído luz a este lugar, y las sombras de la ignorancia se han desvanecido.

Allí cerca, el lema en latín grabado a lo largo del borde del reloj parecía relucir con aprobación en la tenue luz: Scientia Lucem Affer; Ignorantia Tenebras Praebet — *«El conocimiento aporta luz; la ignorancia trae tinieblas»*. Los jóvenes magos intercambiaron sonrisas al resonar su significado en sus corazones. En ese momento, cada uno de ellos comprendió que era la humildad de seguir cuestionando —de nunca dar por sentado que lo sabían todo— lo que mantendría esa luz brillando mientras avanzaran.

Reflexionando sobre las lecciones

La noche cayó por completo sobre Monticello para cuando los seis magos se reunieron de nuevo en el gran vestíbulo. Unos cuantos quinqués arrojaban un resplandor suave sobre los retratos de Jefferson y el bronce pulido del reloj, que relucía renovado. Un apacible silencio prevalecía mientras todos tomaban un momento para reflexionar sobre cuán peligrosamente cerca había estado la ignorancia —y cómo sus preguntas persistentes finalmente ahuyentaron esas ilusiones.

Reddish se apoyó contra la barandilla de la escalera, con la mirada fija en la esfera zodiacal del reloj, que ahora giraba libre y clara.

—Esas ilusiones de ignorancia en Lund fueron bastante astutas, —comentó. Recordó lo seductor que resultaba que le ofrecieran un atajo fácil hacia el conocimiento. —Casi logran que pensara que podía saltarme el trabajo. Menos mal que supimos profundizar y no caímos en ello.

Greenie hacía girar una pequeña enredadera entre sus dedos, recordando cómo cada ilusión había intentado presentar una solución incompleta que una persona menos precavida podría haber aceptado.

—Las medias verdades pueden ser tan reconfortantes, —dijo en voz baja. —Te arrullan si no tienes cuidado. Al final, solo una indagación constante y perseverante puede romper ese hechizo.

Checkered dejó que su monóculo colgara de su cadena mientras rememoraba las "revelaciones" cósmicas ilusorias que habían enfrentado.

—Las ilusiones se apoyan en que la gente no verifique dos veces, —dijo con firmeza. —Siempre que aparecía una, la cortábamos antes de que pudiera echar raíces.

Firee cruzó los brazos sobre el pecho, con expresión pensativa.

—Las ilusiones de corrupción intentaron deformar nuestra moral, las ilusiones de estancamiento frenaron nuestro progreso... e ilusiones de ignorancia se ocultaban tras nuestra disposición a aceptar las cosas con facilidad, —dijo. —Sin importar el tipo, nuestra unidad y acción rápida nos permitieron superarlas. Simplemente nunca aceptamos una ilusión por su apariencia.

Blunt permanecía un poco apartado de los demás, con las manos apoyadas en el respaldo de un diván mientras repasaba en su mente los acontecimientos de la noche. Se dio cuenta de que en la lucha, en el reloj de Monticello, ninguno de ellos había dudado: en cuanto apareció una ilusión, todos reaccionaron al unísono. El recuerdo le trajo a la mente la orientación fulminante de Franklin durante su prueba en Boston.

—Ni uno solo de nosotros vaciló cuando surgió una ilusión, — dijo, mirando a sus amigos. —Nuestra unidad en ese instante marcó la diferencia.

Breezie exhaló y se permitió relajarse en uno de los sillones, la tensión de su postura finalmente disipándose.

—Se siente bien lo bien que manejamos las cosas, —dijo con satisfacción. —Si tan solo cada desafío transcurriera así de fácil.

La expresión de Greenie se tornó más seria ante el comentario de Breezie. Su intuición empática llevaba una nota de advertencia.

—Debemos recordar que no todas las ilusiones estarán tan aisladas, —advirtió. —Podrían combinar trucos la próxima vez —ignorancia mezclada con otra cosa. Tendremos que mantenernos flexibles y listos para cualquier cosa.

Checkered asintió firmemente ante eso. Guardó su monóculo y cuadró los hombros con determinación.

—Debemos tener cada lección que hemos aprendido lista para usarse, —dijo. —Humildad, innovación, curiosidad, cada virtud que hemos adquirido hasta ahora. Puede que las necesitemos todas juntas para lo que venga.

Los ojos de Reddish destellaron asintiendo, una sonrisa decidida ensanchándose en su rostro.

—Entonces ese es nuestro plan, —acordó. —Quizá el Arlequín Oscuro intente lanzarnos eventualmente todas las ilusiones a la vez... pero nosotros le responderemos con todas las virtudes.

Cayó entre ellos un silencio cómodo. A lo lejos, escucharon el eco fugaz de un par de pasos por un pasillo lateral —probablemente un cuidador haciendo su ronda tardía— pero nada perturbó la paz del vestíbulo. Ningún destello errante de ilusión permanecía. El acompasado tic-tac del reloj llenaba el salón con un ritmo reconfortante y sincero. Los seis amigos intercambiaron miradas de confianza. Habían enfrentado la ignorancia bajo muchas de sus facetas y prevalecido sin perderse a sí mismos. Juntos, renovaron silenciosamente su voto: cualquiera fueran las ilusiones venideras, se mantendrían unidos, inquisitivos y humildes —asegurándose de que la falsedad no hallara resquicio a la luz de su sabiduría compartida.

Una pista sutil para el futuro

Permanecieron en el vestíbulo un rato más, saboreando la tranquilidad ganada con esfuerzo. Los últimos rayos del atardecer pintaban los muros de ladrillo rojo con un cálido resplandor cobrizo. Al moverse Blunt para dar cuerda suavemente al reloj, la mirada de Checkered se posó en un trozo de papel sujeto detrás de una pila de viejos mapas estelares sobre una mesa auxiliar. Frunciendo el ceño, deslizó el frágil papel y lo sostuvo a la luz de la lámpara. Garabatos desvaídos se volvieron apenas legibles: *«Horologium: Pasado, Presente, Futuro... Buscad sinergia en las sombras de los Fundadores».*

—Otro acertijo, —suspiró Reddish, asomándose por encima del hombro de Checkered para ver la nota críptica.

El resplandor del fuego de su capa hacía que la retorcida caligrafía destacara un poco más.

—Parece que estas ilusiones siempre dejan una pista que conduce al próximo desafío.

Greenie tomó con delicadeza la nota de manos de Checkered y la estudió, con el ceño fruncido en reflexión.

—Menciona Horologia, relojes, —tradujo en voz baja, reconociendo el plural en latín. —Pasado, presente, futuro... sombras de fundadores... Insinúa que otros relojes históricos podrían enfrentar ilusiones similares.

Blunt intercambió una mirada de complicidad con Greenie. Parecía que su trabajo podría no haber terminado. Exhaló lentamente.

—No podemos agotarnos persiguiendo cada pista, —dijo, sintiendo una mezcla de determinación y fatiga.

Aun así, el reloj restaurado de Monticello frente a ellos era prueba de que seguir las pistas había valido la pena.

—Pero estaremos atentos a cualquier señal de que la ignorancia vuelve a colarse.

Firee dobló cuidadosamente la nota hecha jirones y la guardó en un bolsillo junto a la llave deslustrada de Morpheus.

—Si aparecen más ilusiones, uniremos estas pistas entonces, —dijo con pragmatismo.

Compartía el cauto optimismo de Blunt. No se obsesionarían con cada indicio, pero tampoco los ignorarían. Y si la ignorancia intentaba otro engaño, confiaba en que podrían manejarlo.

—Pase lo que pase, no nos tomará desprevenidos por mucho tiempo.

Breezie tomó una vieja pluma de la mesa lateral, girándola distraídamente entre sus dedos mientras ponderaba las posibilidades. Casi podía imaginar nuevas ilusiones de medias verdades gestándose en alguna distante ciudad.

—Al menos Monticello está a salvo ahora, —dijo en voz baja. Una sonrisa cansada pero satisfecha cruzó su rostro. —El legado de Jefferson está intacto, no hay mentiras al acecho en estas salas.

Checkered asintió y se acomodó la capa, pensando ya en lo que vendría.

—Cuando volvamos a Boston, deberíamos cotejar esta pista, —sugirió. —Quizá en la biblioteca oculta del Orloj u otro archivo. Incluso es posible que el Orloj nos guíe directamente. De una forma u otra, pronto encajaremos estas piezas del rompecabezas.

Reddish se apartó del reloj, estirando sus brazos por encima de la cabeza hasta que su capa se desplegó tras ella.

—Derribamos estas ilusiones en cuanto entendimos la amenaza, —dijo, reflexionando sobre su victoria. —Se siente bien ver el reloj de Monticello brillando libre de engaño ahora.

Greenie se apartó un mechón de cabello detrás de una oreja y sonrió con serenidad.

—El conocimiento vuelve a florecer aquí de nuevo, —estuvo de acuerdo. No dudaba de que cualesquiera futuras ilusiones resultarían igual de efímeras que el desafío de esta noche siempre y cuando permanecieran tan unidos como siempre. Al fin y al cabo, tanto en Lund como en Monticello el enemigo había intentado aislarlos con mentiras fáciles, y cada vez el plan falló cuando se mantuvieron firmes juntos.

—Lo que venga a continuación se deshará igual de fácilmente si mantenemos nuestra unidad y curiosidad, — añadió, con una confianza suave pero inquebrantable.

Breve interludio: el crepúsculo de Monticello

La noche había caído por completo para cuando los seis amigos traspasaron las puertas de Monticello. Un suave silencio crepuscular envolvía la finca en un tenue brillo púrpura, las altas columnas y emparrados del hogar de Jefferson se recortaban en sombras apacibles bajo las primeras estrellas. Los magos recorrieron el sendero de losas hacia la avenida principal, cada paso ligero con la confianza bien ganada de su rápida victoria. Destellos de luciérnagas comenzaban a puntear el césped —diminutas chispas doradas danzando entre los árboles, como reflejando la chispa unida que había ahuyentado en un instante la oscuridad de la ignorancia.

Capítulo 7

El reloj de Old North Church

— Cuando las preguntas vencen

El quejido del campanario

La luz del sol a media mañana se filtraba por la Old North Church de Boston, bañando con un suave resplandor las piedras polvorientas de su cripta colonial. Antiguas runas relucían tenuemente en los muros, y en el aire flotaba el suave aroma de cera de vela mezclado con madera añeja. Pero bajo esta fachada tranquila latía un pulso inquieto, un zumbido engañoso que pinchaba los sentidos de los seis jóvenes magos.

En una sutil oleada de energía, guiados por la atracción de la llave encantada de Morpheus, Blunt, Reddish, Firee, Checkered, Breezie y Greenie surgieron de un portal de bronce y azul hacia la cripta, recién salidos de su victoria en Monticello y de la electrizante lección de unidad de Franklin. Sus capas arlequinadas centelleaban suavemente en la penumbra mientras motas de polvo danzaban en el aire. El suave aroma de cera y madera vieja los anclaba a la realidad de la cripta, incluso mientras la magia hormigueaba en los límites de su percepción. Sobre ellos, el reloj de la Old North Church —una reliquia de 1723— marcaba el paso del tiempo con un tic constante en lo alto del campanario. Sus engranajes de bronce, grabados con diminutos motivos de linterna, giraban metódicamente, pero un leve quejido acompañaba cada tic, como si algo invisible tejiera respuestas incompletas en cada movimiento.

Blunt aferraba en su mano la llave deslustrada de Morpheus, traída de Lund, con su inscripción en latín "Quaestio Veritatem Revelat"

("Las preguntas revelan la verdad") brillando aun débilmente tras su última victoria. Guardado en el interior de su capa llevaba el engranaje de la innovación de Zeetrikus, "Innovare Est Virtus" ("Innovar es una virtud"), que latía en silenciosa resonancia con la llave.

—La curiosidad iluminó el camino en Monticello —murmuró Blunt, recordando su reciente victoria—, y ahora este reloj exige preguntas más profundas.

Reddish entornó sus ojos ámbar, mientras destellos chispeaban sobre la tela de su capa. Percibió una sutil discordancia en el quejido del reloj, algo que le recordó a las ilusiones de verdades a medias que habían disipado anteriormente.

—Esta presencia es esquiva —dijo, escudriñando las sombras de la cripta. Un leve olor a metal flotaba en el aire, haciéndole apretar los dientes—. Es como si la verdad aquí estuviera siendo asfixiada, mantenida justo fuera de nuestro alcance.

Esa sensación le trajo inmediatamente a la mente las artimañas de Morpheus Rubicom, flotando en el aire como un humo acre.

Greenie cerró los ojos y envió una suave onda empática a su alrededor. En su mente vislumbró ecos de abril de 1775 —las señales de linterna de Paul Revere brillando en el campanario, una ciudad entera despertando con preguntas urgentes.

—Este lugar una vez dio origen a los interrogantes de toda una nación —susurró Greenie, mientras los dibujos verdes de su capa palpitaban con emoción—. Pero ahora un velo de ignorancia cuelga aquí, como si estuviéramos de nuevo en Monticello.

Checkered se inclinó para observar más de cerca los bordes desgastados de la inscripción.

—Es un desafío directo —confirmó—. O lo cuestionamos todo, o las ilusiones quedan sin oposición. Sabía por experiencia que solo una investigación exhaustiva podría deshacer semejante engaño.

Los jóvenes magos se armaron de valor. Uno a uno, sus capas centellearon mientras cada uno asimilaba esa determinación. El leve quejido del reloj ascendió a un zumbido penetrante, como si resistiera su perspicacia conjunta. La modesta esfera sobre ellos casi parecía observarlos, con su péndulo dando sacudidas desiguales. El llamado era inequívoco: avanzar o aceptar las medias verdades que acechaban allí. En tácito acuerdo, se prepararon para otra prueba de Morpheus Rubicom, decididos a proteger el legado de búsqueda de la verdad de la Old North Church del sigiloso silencio de la ignorancia.

A través del péndulo

Bajo la bóveda de la cripta, el resplandor broncíneo en la base del reloj se intensificó. El péndulo se estremeció y, con un destello de luz azul, un portal giratorio se desplegó junto al pie del reloj. Energía estática crepitaba a lo largo de sus bordes —la misma distorsión que habían visto cuando las ilusiones intentaron bloquearles el paso en Monticello. Los ojos azul agua de Blunt se entrecerraron mientras daba un paso adelante.

—La curiosidad abre caminos —les recordó, evocando una lección anterior.

Con un fluido movimiento de la mano, lanzó un suave escudo ondulante de magia acuática que estabilizó el borde oscilante del portal.

Reddish acercó la palma de su mano al vórtice en formación, con ascuas danzando en su mirada.

—Entremos —dijo con firmeza—. Ninguna ignorancia puede ocultarse si la cuestionamos de inmediato. Su confianza se veía reforzada por el recuerdo de Monticello, donde su rápida unión había desbaratado cada engaño en su camino.

A medida que el portal se ensanchaba, un brillo espectral tomó forma a su lado. Mrs. V. —su espíritu mentor— se materializó brevemente, con su media capa flotando alrededor de sus hombros.

—La curiosidad revela la verdad, pero las ilusiones disuadirán las indagaciones más profundas —advirtió con dulzura, su voz resonando en la cripta—. Permanezcan unidos, como les enseñó Tetragor.

Con una sonrisa tranquilizadora, la aparición estalló en motas de luz plateada que los instaban a seguir adelante.

Unidos en su propósito, los seis magos se movieron como uno solo. Breezie convocó una brisa constante para reforzar el contorno del portal. Firee echó una mirada vigilante tras ellos para asegurarse de que ningún fantasma extraviado merodeara en las sombras de la cripta. Checkered sostenía su lente lista para un análisis inmediato, mientras el sentido empático de Greenie hormigueaba ante la anticipación de lo que se hallaba más allá. A una rápida señal de Blunt con la cabeza, dieron el paso todos juntos hacia el resplandor azul y bronce del portal.

Un coro de engranajes en marcha y un torrente de luz estelar los envolvió al cruzar el umbral. Por un instante, se sintieron ingrávidos en un corredor de silencio cósmico. Luego, con un leve golpe sordo, el portal los expulsó sobre tierra húmeda. La niebla de la mañana se arremolinaba alrededor de lápidas erosionadas mientras recobraban el equilibrio.

La pregunta equivocada

Blunt avanzó con cuidado a través de la niebla arremolinada, notando de inmediato una verja de hierro forjado frente a ellos. Encima del arco de la entrada había un reloj modesto incrustado en la mampostería —oscurecido por la edad, pero zumbando tenuemente con la misma nota disonante que habían percibido en la cripta. A unos pocos metros, una lápida desgastada destacaba entre las demás, su epitafio cincelado suavemente iluminado por un rastro persistente de encantamiento.

Sin detenerse, Blunt alzó la voz en el tranquilo cementerio.

—¿Qué secretos escondes aquí? —exclamó, dirigiendo su desafío al reloj y a las fuerzas invisibles a su alrededor. Su tono era firme, teñido por la presunción de que algo en este camposanto ocultaba deliberadamente la verdad.

El efecto fue inmediato y perturbador. El Reloj del Granary respondió con un tañido discordante, como si una campana en su interior hubiera dado mal la hora. El áspero repique desafinado reverberó por todo el cementerio. En ese mismo momento, el suave resplandor sobre el epitafio cercano parpadeó y se apagó —las letras grabadas se hundieron en la oscuridad, su tenue luz extinta. Fue como si la enérgica pregunta de Blunt hubiera hecho que la esencia misma de este lugar se contrajera, ocultando sus secretos en lugar de revelarlos.

Los ojos de Checkered se abrieron de par en par tras su monóculo.

—¡Cuidado! —siseó, colocándose al lado de Blunt.

A través de su lente vio que el aura mágica alrededor del reloj vibraba y centelleaba caóticamente en respuesta a su exigencia. La forma en que lo preguntaste... obligó a la ilusión a reaccionar, se dio cuenta. Comprendió que una pregunta capciosa —una que presuponía una respuesta— solo envalentonaba a la ilusión.

—Lo estás alimentando al formularlo así —advirtió Checkered—. Torció tus palabras en más confusión.

Greenie corrió hacia la lápida cuyo brillo se había apagado, apoyando una mano sobre su fría superficie cubierta de musgo. Emitió un pulso de magia empática, sondeando el pico emocional que el desafío de Blunt había provocado.

—Percibo frustración... y miedo —informó en voz baja. La ilusión que cubría este cementerio se sentía casi como un ser vivo, ahora asustado y erizado, arremetiendo porque se sentía acorralado. Greenie dirigió su mirada sincera hacia Blunt. —Prueba con otro enfoque —le urgió con suavidad—. Pregunta con curiosidad, no con acusación. Invita a la verdad a mostrarse; no la exijas.

Las mejillas de Blunt se sonrojaron al reconocer su error. Tomando aire para calmarse, asintió. Necesitaban encarnar precisamente la virtud que defendían. Avanzó de nuevo, acercándose más al reloj del arco, y esta vez colocó la palma de la mano sobre la fría piedra bajo la esfera. Con voz serena y clara, habló hacia la niebla impregnando la pregunta de auténtica curiosidad:

—¿Qué verdad guardas aquí?

Por un instante, todo quedó inmóvil. Entonces el Reloj del Granary respondió. Su péndulo, que oscilaba de manera irregular, se estabilizó en un vaivén suave y uniforme. El zumbido disonante que subyacía a su tic-tac se desvaneció hasta volverse un ritmo más suave y natural. Desde lo profundo de los mecanismos del reloj llegó un único bong grave —no un estruendo metálico, sino un tañido resonante que pareció reconocer la pregunta correctamente formulada.

Al otro lado, la inscripción de la lápida comenzó a brillar una vez más. Las letras talladas se reavivaron una a una hasta que todo el epitafio volvió a resplandecer nítidamente, como rejuvenecido por la respetuosa pregunta. Y en lo alto, tras la esfera del reloj, un engranaje de bronce oculto en la sombra relució brevemente con una cálida luz dorada.

Checkered ajustó su monóculo y observó con satisfacción cómo la red de magia alrededor del reloj empezaba a aflojarse en lugar de tensarse.

—Así está mejor —murmuró.

La distorsión en el aire se estaba disipando; la ilusión, tranquilizada por la pregunta bien formulada, ya no se debatía contra ellos.

Greenie soltó el aliento que había estado conteniendo. Sintió que la tensión anterior se aligeraba en el cementerio, y la estática cargada en la atmósfera se disipaba.

—La ilusión está cediendo... al menos por ahora —confirmó en voz baja.

La sensación opresiva que había asfixiado este lugar momentos antes se estaba retirando, apaciguada por el poder de una pregunta genuina.

Blunt retrocedió hacia sus amigos con una pequeña sonrisa de alivio mientras el único tañido del reloj se desvanecía en el silencio.

—Cómo se formula una pregunta... —comenzó a decir pensativo.

—...puede ser la diferencia entre la niebla y la claridad —completó Checkered, devolviéndole la sonrisa.

Su monóculo captó un último destello del brillo del engranaje de bronce antes de que este se apagara de nuevo.

Los ojos de Greenie se detuvieron en el epitafio reiluminado y en el reloj ahora estable. De nuevo, una calma apacible se había asentado sobre el cementerio.

—Tenemos que recordarlo —dijo, con la voz cargada de significado. El destello broncíneo detrás de la esfera había sido como un guiño del propio mecanismo —una promesa que en esta prueba, como siempre, la pregunta adecuada iluminaría el camino.

Revivificados por esta pequeña victoria, los magos avanzaron a través de la niebla que se disipaba, pasando bajo el arco y adentrándose en el corazón del cementerio.

Ante la puerta de los nombres

Ya completamente dentro del Granary Burying Ground —el icónico cementerio colonial de Boston y lugar de descanso de rebeldes y héroes—, los magos contemplaron sus alrededores. Altos robles y arces se alzaban sobre ellos, con sus hojas de finales de verano filtrando la pálida luz de la mañana. Lápidas torcidas sobresalían del suelo en ángulos extraños, cada una grabada con nombres centenarios. Una brisa tenue susurraba entre las hileras de tumbas envueltas en neblina, agitando algunas hojas caídas y trayendo los sonidos lejanos de la ciudad que despertaba.

Cerca de la verja de hierro tras ellos, el modesto reloj empotrado en el arco seguía con su tic-tac. Este Reloj del Granary oculto, que databa de 1713, no figuraba en ningún mapa ni guía turística; era un mecanismo arcano que velaba en silencio por los muertos. Aunque la pregunta bien formulada de Blunt lo había calmado momentáneamente, las manecillas del reloj aún se movían con un ritmo sutil e inquieto. Un zumbido bajo persistía bajo cada tic —un ligero temblor que se sentía extrañamente familiar, como si el espíritu de la ignorancia todavía intentara susurrar por encima del sonido del tiempo.

Blunt se acercó de nuevo al reloj y pasó los dedos sobre su carátula de latón deslustrada.

—Construido en 1713, marcando el tiempo incluso para una ciudad de ideas inquietas... —murmuró, recordando un fragmento de historia mientras buscaba nuevas pistas. El metal se sentía frío bajo su palma, pero una vibración antinatural latía bajo el tic constante. —Al igual que el reloj de la Old North Church, su ritmo no es puro —observó Blunt en voz baja. Era como si una sombra de falsedad aún reposara sobre los mecanismos del reloj. Su engranaje de sinergia dio un leve golpecito a su costado en solidaridad. Miró a sus compañeros. —Ninguna ilusión se mantendrá en pie si actuamos al unísono, como siempre.

Reddish sintió brasas agitarse en su capa mientras examinaba las filas silenciosas de lápidas a su alrededor.

—Esto lleva por todas partes la marca de Morpheus —dijo en voz baja, cargada de fiereza.

El aire aquí tenía el mismo silencio cargado de medias respuestas que recordaban de Monticello. Apretó con más fuerza su bastón, pequeñas lenguas de fuego titilando en la punta.

—Si estas tumbas... si la propia historia de Boston está siendo silenciada por fantasmas, la sacaremos a la luz enseguida.

Greenie cerró los ojos y dejó que su consciencia empática se expandiera en ondas por el cementerio. Débiles impresiones del pasado surgieron a su encuentro: acalorados debates junto a las tumbas de patriotas, votos desafiantes susurrados sobre las víctimas de la Masacre de Boston.

—Aquí una vez cuestionaron la tiranía —susurró Greenie, su corazón resonando con aquellas antiguas reverberaciones —Ahora una ilusión de ignorancia intenta ahogar ese espíritu, como un velo húmedo sobre un fuego.

El diseño verde de su capa resplandeció suavemente al hablar; la lección de humildad de Tetragor afianzaba su determinación de escuchar incluso las voces de la verdad más tenues.

Checkered examinó con su monóculo los bordes desgastados del reloj oculto. Sutiles auras danzaban en cada grieta diminuta entre las piedras.

—Es una reliquia sólida —comentó con tono tajante y analítico, como de costumbre—, pero algo la hace vacilar.

De hecho, a través de su lente observó que el segundero se sacudía de forma irregular con cada tic. El zumbido engañoso vibraba a través del enrejado de hierro de la verja. Reconoció este patrón de pruebas anteriores y chasqueó la lengua con disgusto.

—Tendremos que desentrañar esto rápidamente, antes de que se extienda más.

Breezie observó un remolino de niebla deslizarse bajo una lápida cercana.

—Este suelo alberga innumerables preguntas de los orígenes de Boston —caviló, muy consciente de la curiosidad histórica que yacía aquí enterrada. Entrecerró los ojos ante la idea de que ese legado fuera oscurecido. —Si alguna niebla de engaño se posa aquí, la disiparemos —dijo, alzando la mano.

Su capa centelleó al invocar una brisa ligera, listo para dispersar cualquier espejismo que pudiera surgir de la niebla persistente.

Firee inhaló despacio para calmarse, sus ojos recorriendo el perímetro del cementerio. Podía ver zarcillos de ilusión flotando al límite de su campo visual, fusionándose con la bruma natural de la mañana. Apretó con fuerza su varita. Hoy no habría medias tintas. Sabía por experiencia que la ignorancia crecía mejor en la oscuridad cuando no se la confrontaba. A la primera señal de engaño aquí, responderían sin dudar.

De repente, un destello de movimiento apareció en el límite de su campo visual. El suave zumbido del Reloj del Granary se elevó a un tono más agudo, cada tic llegando ahora más rápido que el anterior, como si su mera presencia lo provocara. Los magos se tensaron, corazones acelerados, instintos afilados por muchas batallas previas. Conocían muy bien esa sensación: el aire cargado antes de una prueba final. La prueba de Morpheus Rubicom en Boston estaba a punto de revelarse.

Las respuestas a medias de Morpheus

Una fría niebla gris se aferraba a los límites del cementerio cuando una figura demacrada surgió de detrás de una lápida torcida. Morpheus Rubicom emergió por fin, alto y cadavérico, con una raída capa de anticuario, sus ojos hinchados y sombreados tras eras dedicadas a escudriñar tomos prohibidos. Chucherías chirriantes colgaban de su cinturón, cada una quizá un relicario de verdades a medias. Miró a los jóvenes magos con una mueca torcida de desdén.

—Así que habéis regresado —dijo con voz áspera, surcada por un siseo seco y agitado—. La sed de conocimiento de Boston es legendaria... y sin embargo el saber es frágil. En cuanto se presenta la ocasión, las ilusiones confortantes arrullan la mente si nadie se preocupa de profundizar.

La amargura rezumaba de sus palabras, como si le molestara que estos niños se negaran a conformarse con las fáciles mentiras que él ofrecía.

Blunt cuadró los hombros, sintiendo el suave pulso del engranaje de sinergia a través de su capa.

—Ya nos hemos topado con tus ilusiones antes —replicó, sosteniendo con aplomo la mirada inyectada en sangre de Morpheus—. Monticello, Lund... cada vez rehusamos tus verdades parciales, y cada vez salimos victoriosos. No vamos a detenernos ahora.

La mirada de Morpheus se desvió un instante hacia el Reloj del Granary a sus espaldas y luego regresó.

—La ignorancia prospera cuando aceptáis realidades incompletas —murmuró, con sus dedos nudosos crispándose a los costados—. Aquí, en el sagrado suelo de Boston, las preguntas sin respuesta dan fuerza a mis fantasmas. ¿Os atrevéis a seguir adelante y dejarlos al descubierto?

Checkered alzó la barbilla, con la lente en la mano.

—Hemos derrotado cada falsedad ahondando hasta que la verdad salía a la luz —dijo con confianza. Ni un leve temblor empañó su voz —tenía una fe absoluta en el proceso que los había llevado hasta allí—. Ningún engaño puede resistir una indagación minuciosa.

El corazón de Greenie se encogió al percibir, gracias a su magia empática, el anhelo retorcido tejido en el tono de Morpheus. Una parte de él casi quería que ellos tuvieran éxito, se dio cuenta ella; pero él no podía renunciar al poder que extraía de la ignorancia.

—Aunque las ilusiones consuelen a quienes temen lo desconocido —dijo suavemente—, el espíritu de Boston se merece algo mejor. No abandonaremos la curiosidad, no aquí.

Reddish dio un paso al frente, con ascuas danzando a lo largo de sus mangas.

—Quizá tus ilusiones prometan conocimiento fácil o historias convenientes —dijo con aspereza—, pero solo mantienen a la gente en la oscuridad. Las enfrentaremos juntos, sin vacilar. En sus ojos ardía determinación, como brasas al rojo vivo.

El rostro demacrado de Morpheus se crispó. Un destello de irritación, pero también un asomo de respeto renuente. Lentamente, sacó un polvo tomo encuadernado en cuero de entre su raída capa.

—Palabras audaces —dijo con un graznido ronco—. Si es cierto que buscáis respuestas en cada sombra... entonces pongamos a prueba la profundidad de vuestra curiosidad.

Hizo un gesto hacia un lado, y la niebla frente a la puerta del Granary giró, reconfigurándose.

Para sorpresa de los magos, la niebla se condensó en la silueta de una vieja mesa de madera rodeada por seis sillas vacías. Una cálida linterna dorada cobró vida con un titilar en su centro, proyectando una luz danzante sobre varios pergaminos antiguos y libros esparcidos por la mesa. Morpheus se arrastró hacia aquel extraño rincón de lectura y les hizo señas con brusquedad.

—Venid —dijo, con voz más suave que antes, pero cargada de desafío—. Conceded a un viejo bibliotecario este capricho. Leed... y contadme lo que aprendéis. Quizá tengáis razón, quizá la curiosidad lo revele todo.

Dos lámparas para una pregunta

Con cautela, pero intrigados, los seis amigos tomaron asiento lentamente alrededor de la mesa conjurada. Sus capas arlequinadas cayeron inmóviles a su alrededor, los colores vibrantes atenuándose respetuosamente bajo el resplandor dorado de la linterna. Esto se sentía menos como una batalla y más como un extraño seminario entre la niebla —una breve y misteriosa tregua en el corazón de un cementerio embrujado. Morpheus permanecía de pie al otro lado de la mesa, una mano esquelética apoyada sobre el tomo abierto. En el silencio, su actitud había cambiado de enemigo a instructor.

—La curiosidad desaloja las ilusiones —murmuró Morpheus, como si citara un proverbio que todos conocían. Su tono adoptó una cadencia didáctica y mesurada—. Pero, aun así, las sombras permanecen... a menos que hagáis brillar la luz plenamente.

Pasó un dedo por una página amarillenta y, con un gesto curiosamente gentil, deslizó el tomo hacia el grupo. Estaba abierto en una corta fábula titulada "The Owl and the Shrouded Forest". La apretada ilustración entintada en la parte superior de la página relucía tenuemente a la luz de la linterna mientras los magos se inclinaban para leer:

El búho y el bosque velado

En un antiguo bosque velado en un crepúsculo sin fin, las sombras susurraban suavemente, tejiendo relatos de miedo e ignorancia. Los árboles permanecían solemnes y silenciosos,
con sus ramas pesadas de resignación y sus raíces atadas por la apatía. Hablaban al unísono:
—La oscuridad siempre ha sido nuestro hogar. Cuestionar es peligroso; mejor aceptar lo conocido.

Sin embargo, en medio de esta penumbra vivía Lira, una lechuza curiosa de plumas color plata lunar y ojos brillantes como estrellas. Inquieta y sin temor, clavó la mirada en la penumbra, con su corazón ardiendo por una única pregunta:
—¿Por qué debemos habitar por siempre en la oscuridad?
El bosque gimió con desdén, sus hojas susurrando con desaire.
—La curiosidad trae peligro. No perturbes lo que siempre ha sido.
Pero Lira no pudo acallar el anhelo que se agitaba dentro de ella. Impulsada por la necesidad de comprender, desplegó sus alas y se elevó hasta el corazón mismo de la oscuridad, más profundo de lo que ninguna criatura se había atrevido a llegar. Allí, escondido tras ramas enmarañadas y espinas antiguas, encontró un claro apartado iluminado por el débil brillo de una estrella solitaria.

En el claro yacía un sudario tejido densamente con hilos de ignorancia y miedo, palpitando como una entidad viva. A medida que Lira se acercaba, las sombras sisearon con fiereza:
—¡Acepta la oscuridad! ¡Vuelve a la seguridad!
Pero la curiosidad de Lira era más fuerte que el miedo. Decidida, convocó a las criaturas del bosque, instándolas a compartir su pregunta. Zorros se adelantaron con valentía, liebres avanzaron con cautelosa esperanza, y cuervos descendieron de sus altas ramas,

impulsados por un hambre de verdad recién descubierta. Juntos —pata con garra con ala— empezaron a desenredar el sudario.

Lentamente al principio, luego más rápido, los hilos de ignorancia se aflojaron y fueron cayendo. Con cada hilo retirado, más luz inundaba el claro, esparciendo calidez e iluminación por todo el bosque. Por fin, una brillante luz solar se abrió paso, bañando los árboles en un resplandor dorado.

Despertados de su largo letargo pasivo, los árboles se agitaron con asombro, sus hojas centelleando de maravilla. Le susurraron suavemente a Lira:

—Estábamos equivocados al temer las preguntas. Nos has enseñado a buscar, a aprender, a iluminar nuestro mundo.

Posada en una rama en el corazón del bosque —ahora vibrante de vida y luz— Lira contempló a su comunidad renovada.

—La curiosidad —declaró suave pero firmemente— es el faro que disipa la oscuridad. Juntos, nuestras preguntas se convierten en la luz con la que se revela la verdad.

Morpheus los observó leer en silencio, y cuando la línea final hubo sido asimilada, cerró el tomo suavemente.

—Reflexionad sobre la búsqueda de Lira —indicó, rompiendo el silencio—. ¿No es ese precisamente el método que vosotros mismos empleasteis en Monticello, desenmascarando la ignorancia al negaros a aceptar medias respuestas?

Blunt asintió lentamente, vislumbrándose la comprensión en sus ojos.

—En Monticello acabamos con la ignorancia cuestionándolo todo —dijo—, tal como Lira se negó a aceptar la oscuridad eterna. La ignorancia solo sobrevive cuando nadie hace preguntas.

Sin decir palabra, Morpheus pasó algunas páginas crujientes y luego sacó un pergamino enrollado de debajo del tomo. Se lo entregó a Reddish. El título en su vitela rezaba "The Lantern of Inquiry", y la yema de los dedos de Reddish brilló tenuemente mientras lo desenrollaba. El desafío de Morpheus continuó:

—Leed, y ved cómo una llama compartida puede desterrar las sombras.

Aclarando la garganta, Reddish comenzó a leer en voz alta. Los versos del pergamino narraban la historia de una humilde linterna de la indagación que se aventuró por pasillos oscurecidos, reuniendo a la gente en una búsqueda común hasta que triunfó la primera luz del alba. Mientras recitaba, la linterna sobre la mesa cabeceaba y centelleaba como agitada por la historia del poema. Al final, otra moraleja centelleó a la vista en la página:

La lámpara de la curiosidad

En un reino de pasillos en penumbra,
donde susurros ocultaban la luz,
ardía una linterna de llama diminuta,
pero su fulgor traspasaba la noche.
Buscaba lo oculto, lo invisible,
por corredores de duda incesante;
cada pregunta, chispa encendida,
destello brillante para ahuyentar la oscuridad.
Las sombras sisearon: "¡Acepta la oscuridad!",
pero la llama de la linterna se avivó valiente;
su luz curiosa se negó a apagarse,
revelando verdades jamás contadas.
Llamó a los corazones: "¡Venid, buscad conmigo!",
y las manos se unieron una a una,
sus preguntas, un canto, un decreto compartido,
hasta conquistar la primera luz del alba.
Una audaz hambre ardía por dentro,
una sed de saber, de ver;
arriesgaron la seguridad de la penumbra
por verdades que les dieran libertad.

Las líneas finales del poema se desvanecieron en el suave resplandor de la linterna. Los magos levantaron la vista de los pergaminos, con el corazón encendido por las lecciones gemelas. Checkered advirtió con sorpresa que la postura de Morpheus había cambiado mientras leían. La hostilidad en su rostro se había atenuado, reemplazada por un extraño respeto a regañadientes. En ese momento se erguía menos como un enemigo y más como un severo maestro. Aquellas lecturas subrayaron una verdad que todos ellos atesoraban: la curiosidad unida podía derribar cualquier engaño.

Los ojos de Morpheus brillaron un instante, y un tono duro se filtró de nuevo en su voz. El interludio de aprendizaje había terminado. Cerró el tomo de golpe y arrojó el pergamino a un lado, retrocediendo unos pasos en la niebla ondulante. El cálido resplandor de aquel improvisado rincón de lectura comenzó a desvanecerse.

—Curiosidad o apatía —desafió, abriendo los brazos mientras sombras empezaban a arremolinarse a su alrededor—, veamos cuál prevalece ahora.

En el mismo momento en que sus palabras resonaban, la reconfortante luz de la linterna desapareció. El cementerio se sumió de nuevo en la penumbra mientras una nube giratoria de verdades a medias y fantasmas surgía alrededor del Reloj del Granary. Formas ilusorias se enroscaron y embistieron en el aire —cada una un tentador fragmento de conocimiento plagado de mentiras. La figura de

Morpheus se fundió con la oscuridad circundante, dejando solo su risa amarga suspendida en el aire. La confrontación real había comenzado.

Checkered reaccionó primero. Ante ella, un luminoso cartel apareció parpadeando, proclamando en letras doradas:

¡Todos los secretos de Boston —sin esfuerzo!

Era una ilusión hecha a medida para tentar una mente estudiosa como la suya. Por un instante, la promesa de un conocimiento rápido y fácil tiró de la curiosidad de Checkered, y su corazón dio un vuelco ante la idea de obtener información sin esfuerzo. Pero entornó los ojos y alzó su monóculo para escudriñar el cartel resplandeciente.

—No, no caeré —murmuró, negándose a aceptar la oferta al pie de la letra.

Mientras profundizaba con su visión de la verdad, el ostentoso letrero comenzó a titilar. Le siseó con frustración, luego se deshizo en jirones de luz, sin revelar nada más que aire vacío tras él.

Greenie retrocedió tambaleante cuando otro espectro se lanzó hacia ella: un historiador fantasmal flotando sobre una tumba, ofreciendo un relato pulcro y prefabricado del pasado de Boston.

—Confía en la versión oficial —susurró con tono tranquilizador.

La sugerencia resultaba casi reconfortante en su sencillez, y por un latido del corazón Greenie sintió la tentación de simplemente asentir y dejar el asunto por la paz. Pero negó con la cabeza, recordando lo complejo y apasionado de la historia real.

—La historia no es tan simple —replicó con firmeza.

El espectro ofrecía un relato demasiado pulido, demasiado edulcorado —vacío de la pasión y crudeza que ella sabía que la verdad contenía. Plantándose bien, Greenie extendió su empatía como raíces en el suelo bajo sus pies. Sintió las lagunas y omisiones en el relato del espectro, la vacuidad tras su cómoda narrativa. Unas enredaderas de magia verde se desenrollaron de su capa y envolvieron al falso historiador. Con un tirón resuelto, Greenie arrancó las capas de la ilusión. La narrativa pulida se desintegró en volutas de humo negro, incapaz de resistir un cuestionamiento más profundo.

No muy lejos, un remolino de documentos espectrales revoloteaba alrededor de Firee —páginas que prometían revelar todo el conocimiento de Boston compilado en un único volumen definitivo. El pulso de Firee se aceleró al verlo; ¿qué erudito no se sentiría tentado por semejante tesoro? Agarró un pergamino del aire. Parecía impresionantemente detallado; por un momento, casi creyó en la promesa de la ilusión. Pero entonces el sentido de peligro innato de Firee le hizo cosquillas en la nuca. Se dio cuenta de que la página estaba hueca —nada más que una bonita fachada que ocultaba el vacío.

—Truco más que hábil —gruñó.

Con un gesto rápido, lanzó una precisa ráfaga de fuego desde su varita, prendiendo la mentira. Los falsos registros chillaron mientras ardían hasta quedar en ceniza, dejando solo una lección flotando en el aire: el verdadero entendimiento no tiene atajos.

Cerca de allí, Reddish se encontró ante el espejismo de una puerta roja brillante que aparecía en el aire. A través de ella vislumbró altas estanterías repletas de libros y artefactos relucientes. Una voz melosa más allá del umbral susurró: *Todo el saber del Granary puede ser tuyo... solo toma el camino rápido.* El corazón de Reddish latía con fuerza. Por un momento, su instinto competitivo, su deseo de obtener la victoria rápidamente, se encendió ante la perspectiva tentadora de un triunfo fácil. Dio medio paso adelante, las puntas de sus dedos extendiéndose hacia el picaporte de la puerta mientras el espejismo, al percibir su vacilación, brillaba aún más.

Pero entonces un verso del poema destelló en su mente: *"la llama de la linterna se avivó valiente, su luz curiosa se negó a apagarse".* Reddish se detuvo en seco. Aquella oferta seductora de un atajo era exactamente el tipo de sombra contra la que la Linterna de la Indagación había advertido. Apretando los dientes, retiró la mano.

—¡La curiosidad no toma atajos! —gritó, su voz resonando entre las tumbas.

Con un barrido de su brazo, convocó una oleada de magia ígnea. La puerta-espejismo estalló en una nube de brasas y vapor, la voz susurrante cortada en un siseo ahogado.

Una aurora boreal giratoria de luz cósmica descendió alrededor de Breezie, coalesciendo en una ilusión que suplicaba con un coro suave: *Deja de buscar... conténtate con lo que sabes.*

Las luces centelleantes eran hermosas, casi hipnóticas, y por un segundo Breezie sintió una dichosa urgencia de descansar, de simplemente aceptar las cosas y cesar su búsqueda. Pero desechó el trance, recordando el valor de Lira y cómo las criaturas del bosque se unieron para desgarrar el sudario. Los ojos de Breezie se endurecieron.

—Nada de estancarse —murmuró. Haciendo girar su bastón sobre la cabeza, desató un rugiente vendaval.

La aurora adormecedora no pudo resistir el viento, tiras de falsa serenidad fueron despedazadas y esparcidas como polvo centelleante.

—La verdad no puede florecer si dejamos de buscar —dijo, tan constante como la brisa que ahora hacía susurrar las hojas.

Finalmente, una imponente silueta se alzó ante Blunt: un erudito anciano con atuendo colonial surgió de la niebla sosteniendo un voluminoso tomo encuadernado en cuero: *Todo el saber de cada alma enterrada aquí, tuyo por el solo hecho de pedirlo* —prometió el fantasma con un tono gentil y paternal—, *si tan solo cesas tu incesante cuestionamiento ahora mismo.*

Blunt sintió el peso de los años en esa oferta —la tentación de poseer un conocimiento completo sin todo el esfuerzo. Por un solo latido, ansió aceptar. Pero entonces percibió un tenue olor acre que emanaba del tomo del espectro: el hedor de papel viejo y estancado, de conocimiento sellado durante largo tiempo y dejado a pudrir. Era el olor de la muerte de la curiosidad. El estómago de Blunt se revolvió. Alzó la palma y conjuró un amplio escudo de agua ondulante entre él y el erudito espectral.

—Nunca dejaremos de preguntar —declaró Blunt.

El escudo acuático avanzó como una ola encrespada, estrellándose contra el falso erudito. El libro se disolvió en una explosión de páginas empapadas, y el fantasma se desvaneció entre espasmos antes de estallar en bruma vaporosa.

Una a una, los engaños se vinieron abajo bajo la andanada de preguntas y la inquebrantable determinación de los magos. En solo unos instantes, el cementerio quedó nuevamente en silencio. Solo se oía el tic-tac constante del Reloj del Granary, y aun este se asentaba en un compás claro y sincero. Una brisa fresca barrió el cementerio, dispersando los últimos jirones de ilusión como el humo final de una vela extinguida. A un lado, Morpheus permanecía en un débil halo de luz gris del amanecer, con la expresión inescrutable y los hombros caídos.

La prueba de la curiosidad había terminado. Rodeados por las lápidas de los buscadores de la verdad de Boston, los seis magos habían enfrentado la ignorancia en su propia guarida y la habían expulsado. Durante un largo momento, solo se oyó el reloj de la Old North Church, en lo alto, marcando el tiempo en tranquila armonía, cada tic una afirmación de conocimiento recuperado.

Un suave clink atrajo su atención. Morpheus dio un paso adelante desde las sombras, respirando con dificultad. Para él, la lucha había terminado, la curiosidad había triunfado aquí. Con manos temblorosas, metió la mano en su capa y sacó un pequeño engranaje de bronce, ornamentado y bordeado de pátina verdosa. A lo largo de su circunferencia estaba grabada la frase "Quaestio Iterum" —latín para "Preguntar de Nuevo". El engranaje centelleó en la luz pálida mientras lo ofrecía a Blunt, un trofeo de su victoria.

—Donde el progreso agita corazones mecánicos —murmuró Morpheus crípticamente mientras Blunt aceptaba el engranaje—, buscad el reloj que la curiosidad reinicia.

Sonaba como un acertijo y, de hecho, la pista de otro lugar. Los ojos hinchados de Morpheus parpadearon, una mezcla de alivio y derrota cruzando por su semblante. Había perdido aquí, pero sus palabras sugerían que la ignorancia podría echar raíces en otra parte si se le dejaba sin freno.

Blunt cerró la mano alrededor del engranaje de bronce. El metal estaba cálido, resonando con el poder de su indagación combinada. Sostuvo la mirada de Morpheus y asintió.

—No permitiremos que la ignorancia prospere en ningún rincón —prometió en voz baja.

Los demás se reunieron a su alrededor, sus capas aun destellando levemente por la sinergia de la victoria.

Reddish exhaló, un brillo de satisfacción en el rostro. Con suavidad tocó el borde del nuevo engranaje en la mano de Blunt, haciendo que una diminuta brasa danzara sobre su superficie. Otra victoria, otra lección aprendida.

Greenie apoyó una mano gentil en la superficie ahora estable del Reloj del Granary. Solo sentía el tic normal y tranquilizador del tiempo.

—El espíritu de indagación de Boston respira libre de nuevo —murmuró. La opresiva quietud que había cubierto este lugar se había desvanecido, levantada tan ciertamente como Lira había alzado el sudario en la fábula—. Morpheus ya no puede apagarla.

Checkered ajustó su monóculo y escaneó el aire por última vez. Ni un parpadeo de ilusión permanecía.

—Todas las falsedades se han disipado —informó en voz baja. Con la creciente luz del sol, nada acechaba ya en los rincones del cementerio—. Ni una sola media verdad queda.

Morpheus se envolvió en su raída capa. Su expresión era cansada, pero curiosamente en paz.

—Marchaos —dijo con voz ronca—. Vuestra unidad de propósito supera mis ilusiones. Pero recordad: la ignorancia, una vez dispersada, puede regresar donde las preguntas dejan de hacerse.

Con ese último consejo, su figura se disolvió en la niebla matinal. Un tenue remolino rojo y negro parpadeó y luego desapareció, dejando solo silencio donde había estado el antagonista.

Desde un rayo de sol junto a la verja, emergió una silueta familiar, como tallada de la propia luz. El Sr. M., el afable espíritu mentor de la media capa, apareció para recibirlos.

—La curiosidad vence a la ignorancia —los elogió, con voz cálida y orgullosa—. ¡Otro triunfo en vuestro camino! Pero nunca os volváis complacientes, la ignorancia nunca duerme. Manteneos unidos y cuestionad todo, tal como hicisteis hoy.

Les guiñó un ojo y se tocó el ala de su sombrero tricorne antes de evaporarse en una lluvia de chispas doradas.

Los seis magos intercambiaron sonrisas de alivio, con el corazón henchido por los elogios. Habían logrado lo que vinieron a hacer. Blunt guardó con cuidado el engranaje Quaestio Iterum en un bolsillo interior junto a sus otros trofeos ganados con esfuerzo. En grupo, se alejaron de la puerta del Granary. Ya un sutil temblor en el aire señalaba que su portal se estaba reformando para transportarlos de vuelta.

Atravesaron el velo mágico y reaparecieron en las sombras frescas de la cripta de la Old North Church. Sobre ellos, el viejo péndulo volvía a oscilar con un ritmo perfecto y honesto. Su quejido engañoso se había ido, reemplazado por el simple tic-tac de un reloj bien afinado. La luz del sol se filtraba por la trampilla que conducía a la capilla, iluminando motas de polvo en la ahora tranquila cripta.

Blunt sacó una vez más el nuevo engranaje de bronce y leyó en voz alta su inscripción: Quaestio Iterum. Una sonrisa asomó a sus labios. Como los otros engranajes que habían recogido, llevaba una divisa en latín —otro eslabón en la cadena de su misión. El mensaje de este objeto era claro: siempre habría otra pregunta, otro misterio, otro reloj que arreglar.

—Sigamos nuestra próxima pista —dijo en voz baja.

Mientras se preparaban para salir de la cripta, los ojos de Checkered captaron un destello detrás de un candelabro polvoriento en un nicho de piedra. Se acercó y recuperó una pequeña placa metálica oculta en las sombras. Los otros se reunieron a su alrededor mientras apartaba las telarañas. Llevaba un tenue grabado en latín: "Quaestio Prodevit: Mortifer Artifex?"

—Otra pista, quizá —dijo Reddish, traduciendo. — Significa: "Surge una pregunta: ¿artesano mortífero?" La frase era críptica.

Greenie pasó los dedos sobre la inscripción y percibió un rastro latente de la misma magia ilusoria que acababan de disipar.

—Deberíamos llevárnosla —sugirió—. Podría señalar algo o alguien con quien nos toparemos pronto.

Firee asintió y guardó la misteriosa placa junto con sus otros hallazgos curiosos.

Con el secreto de la Old North Church ahora a salvo y nuevas pistas en mano, los magos subieron los peldaños y salieron de la cripta. El mundo exterior los aguardaba, lleno de nuevas preguntas listas para ser formuladas.

Después de la campana

Afuera, la luz de media mañana caía sobre las calles adoquinadas junto a la Old North Church. El mundo cotidiano seguía su curso. Los vendedores abrían sus puestos, unos caballos pasaban trotando arrastrando carros de reparto, y unos pocos turistas madrugadores deambulaban con guías en mano, ajenos a que algo inusual acababa de ocurrir bajo sus pies. El aire fresco traía un dejo salobre del puerto, mezclándose con el aroma de pan recién horneado de una panadería cercana. Todo estaba como debía estar.

Blunt lideró al grupo por el camino de ladrillos que salía de la iglesia, el engranaje Quaestio Iterum guardado a salvo en su capa. Miró hacia el campanario donde, instantes atrás, había tenido lugar una batalla oculta por el conocimiento. Ahora, el único sonido que provenía de lo alto era el tañido sincero de la campana de la iglesia marcando la hora. Se asombró de lo rápidamente que la ignorancia había sido vencida aquí.

—Cada vez parece más rápido —murmuró—. Monticello, Lund, ahora el corazón de Boston... la ignorancia nunca tuvo oportunidad.

Reddish asintió, dejando que su mirada se paseara por los edificios históricos de la calle.

—Hemos perfeccionado nuestro enfoque —coincidió—. En cuanto surge cualquier espejismo, nos unimos y lo derribamos. Simplemente no pudieron echar raíces.

Había orgullo en su voz, pero también una nota de precaución, sabía que tendrían que mantenerse alerta para lo que viniera después.

Checkered caminaba a su lado con el monóculo guardado y una sonrisa de satisfacción en el rostro.

—La ignorancia intentó alimentarnos respuestas superficiales, pero no la dejamos terminar ni una frase —dijo. Ya había catalogado cada ilusión que habían disipado: cada afirmación falsa se había hecho ceniza bajo la fuerza de sus preguntas rigurosas—. Empieza a volverse algo instintivo.

Breezie inhaló profundamente al pasar junto a un vendedor ambulante que acomodaba una variedad de pasteles. El dulce olor y la tranquila escena matutina se sentían como una recompensa bien merecida.

—Creo que Monticello nos enseñó rapidez y unión —reflexionó—. Para cuando llegamos aquí, no le dimos a la ignorancia tiempo para arraigarse. Es... reconfortante, en realidad, lo pronto que esos fantasmas se deshicieron.

Firee caminaba un paso detrás, volteando en sus manos la enigmática placa de la cripta.

—Hemos visto ilusiones de corrupción, ilusiones de estancamiento, y ahora ilusiones de ignorancia, todas derrotadas —dijo en voz baja. Sus ojos brillaban con una luz resuelta—. El Arlequín Oscuro no se quedará de brazos cruzados tras esto. Quizá intente combinar esas estrategias la próxima vez, o presionar con algo que aún no hemos visto. Debemos estar preparados.

Greenie extendió la mano y apretó suavemente el hombro de Firee.

—Lo estaremos —lo aseguró con voz cálida y firme. Sin importar qué forma tomara la ignorancia u otra sombra, tenía fe en que la enfrentarían de la misma manera —juntos y sin demora. —Miró a las animadas calles de Boston y sonrió quedamente. —El espíritu de indagación de esta ciudad vive en cada uno de nosotros.

Caminaron en un silencio afable por un rato, simplemente disfrutando el brillo del día. Otra oleada de ignorancia se había alzado y estrellado contra ellos, como agua oscura rompiendo contra un faro firme. El engranaje de sinergia en el bolsillo de Blunt palpitaba con una cálida suavidad, recordándoles la fuerza unida que los había sostenido una vez más.

Migas de pan en latín

Unos pocos bloques más allá de la iglesia, el grupo se detuvo junto a la modesta estatua de bronce de Paul Revere a caballo. Rayos de sol sesgaban el rostro resuelto del famoso patriota —símbolo de la insaciable curiosidad revolucionaria de Boston. Mientras Breezie admiraba la estatua, Reddish notó algo sujeto a la base. Al lado del estribo de bronce de Revere había una pequeña placa desgastada por la intemperie, casi invisible para un transeúnte casual.

—Hay algo escrito aquí —llamó Reddish, agachándose.

Los otros se acercaron mientras retiraba una capa de suciedad. El texto estaba grabado con una floritura de escritura antigua: "Chronos taceo, Hazleton vocat?"

—Otra vez latín —murmuró Checkered, ajustando sus gafas—. Aproximadamente... "El tiempo calla, ¿Hazleton llama?"

Intercambió una mirada con Blunt y Firee. El nombre Hazleton les sonaba por sus estudios y pistas previas.

—Hazleton... ahí es donde está el reloj Monumental de Engle —dijo Blunt, recordando una referencia anterior en su misión. El Monumental Engle en Hazleton, Pensilvania, era una torre de reloj del siglo XIX conocida entre los relojeros —y un objetivo probable para lo que sea que el Arlequín Oscuro planeara después—. Esto no puede ser coincidencia.

Greenie posó una mano sobre la placa, percibiendo un débil rastro mágico. La frase "el tiempo está silencioso" le produjo un ligero escalofrío.

—Parece que Morpheus, o alguien de su calaña, nos dejó una migaja de pan —dijo en voz baja.

Tal vez algo, o alguien, estaba silenciando ese reloj en Hazleton, de la misma forma que la ignorancia intentó silenciar este.

Firee desprendió con cuidado la placa de la estatua de Revere y la guardó junto a la que habían encontrado en la cripta.

—Dos pistas en latín en una mañana —comentó—. Nuestro adversario ciertamente ama sus acertijos. —Se irguió y miró a sus amigos. —Parece que Hazleton, Pensilvania, nos llama.

Breezie se encogió de hombros como preparándose ya para el próximo viaje.

—Si la ignorancia u otra oscuridad se ha deslizado en el reloj de Hazleton, nos haremos cargo —dijo con calma.

El sol de la mañana brillaba en los bordes de su capa, un día más, los secretos de otra ciudad por proteger.

Reddish sonrió y dio a su bastón un giro juguetón.

—Que intenten lo que quieran en Hazleton. Haremos exactamente lo que hicimos aquí —declaró—. Atacarlos rápido, atacarlos juntos, y formular las preguntas que quemen las sombras.

Checkered guardó con cuidado las dos placas con inscripciones latinas en su cartera.

—Tendremos tiempo durante el viaje para desentrañar cada matiz de estas frases —dijo con entusiasmo. Ya la comezón de un nuevo misterio se formaba en su mente, dándole energías —. Si ocultan respuestas, las encontraremos.

Quaestio Iterum — «Preguntar de nuevo»

Con el reloj de la Old North Church restaurado y los secretos del Granary al descubierto, los magos sabían que una vez más habían defendido la luz del conocimiento de Boston contra la oscuridad invasora. La más reciente campaña de ignorancia de Morpheus Rubicom había sido frustrada aquí gracias a su incansable curiosidad y unidad. Cada media verdad y cada cómoda mentira que él había conjurado se desmoronaron ante el simple acto de hacer la siguiente pregunta.

Pasearon por el histórico North End de Boston, el peso de esta victoria dando paso poco a poco a la ligereza en sus corazones. El legado inquisitivo de la ciudad —nacido de cabalgatas a medianoche y señales de linterna— permanecía a salvo y vibrante. Sobre sus cabezas, la campana de la Old North Church tañó marcando el mediodía, cada campanada una celebración de la verdad resonando libre. Ningún susurro secreto enturbiaba ahora sus notas.

De esta aventura, los amigos se llevaban nueva sabiduría y nuevas pistas. El engranaje de bronce grabado con Quaestio Iterum en el bolsillo de Blunt era más que un trofeo —era un recordatorio de que el camino de las preguntas nunca termina del todo. Las frases crípticas en latín que habían reunido insinuaban que el próximo capítulo los aguardaba en Hazleton. Quizá el Arlequín Oscuro enviaría otro emisario o entretejería la ignorancia con sus otros hilos oscuros de corrupción y estancamiento. Fuera lo que fuese que les aguardara, los magos se sentían preparados.

Su triunfo en Boston había reforzado cuán poderosa podía ser la búsqueda unida a la verdad. Aun así, al dejar atrás el North End, permanecían alerta y humildes ante los desafíos por venir. A sus espaldas, el reloj oculto de la Old North Church seguía marcando un tiempo de honesta paz, y las bulliciosas calles de Boston tarareaban con las conversaciones casuales de un pueblo libre. La curiosidad había prevalecido aquí. Los seis amigos echaron a andar hacia el horizonte, esperanzados de que su luz unida los guiara a través de cualquier sombra que se alzara en el camino adelante.

Capítulo 8

Los relojes de Wanamaker y de Rostock

— El triunfo de la compasión

El patio de corazones de hojalata

La luz de media mañana se vertía a través del elevado atrio del Grand Court de Wanamaker en Filadelfia, bañando el Reloj del Grand Court de Wanamaker —una altísima obra maestra antigua— con un cálido brillo dorado. Los engranajes intrincadamente diseñados, antaño aclamados por inspirar compasión, ahora palpitaban con una energía fría y despiadada. Decenas de figuras mecánicas —soldados, eruditos, bufones— permanecían inmovilizadas en poses distantes, sus movimientos ralentizados por una palpable falta de empatía. Incluso los célebres autómatas del reloj que normalmente dan vida a cada hora seguían inquietantemente quietos: una figura de Padre Tiempo que suele girar su reloj de arena y tocar una campana en cada cuarto de hora estaba congelada a mitad de paso, y un esqueleto destinado a dar las campanadas colgaba inmóvil, con el brazo huesudo eternamente listo para golpear una calavera que nunca sonó.

En el borde del atrio, Blunt, Reddish, Firee, Checkered, Breezie y Greenie se materializaron saliendo de un portal de bronce y azul, con sus capas de Arlequín: remolinos esmeralda, llamas carmesí, ondas zafiro brillando tenuemente. El tenue olor a piedra húmeda y aceite de máquina les dio la bienvenida, pero un escalofrío más profundo les erizó los sentidos: una corriente latente de indiferencia emanaba del reloj.

Blunt sujetaba en la mano un engranaje de bronce grabado con «*Caritas Veritatem Revelat*» – «*La compasión revela la verdad*». Recordó su victoria previa en Boston.

—La curiosidad reveló la verdad allí —murmuró, aludiendo a cómo habían disipado las ilusiones de la ignorancia.

Dentro de su capa, la pieza de innovación de Zeetrikus, grabada con «Innovare Est Virtus», zumbaba quedamente en señal de acuerdo, recordándole su fuerza combinada.

—Ahora nos enfrentamos a ilusiones que se alimentan de la apatía... ilusiones que buscan apagar la compasión misma.

Reddish barrió con la mirada ámbar el silencioso marco del reloj y las brasas de sus ojos captaron un tenue destello antinatural en el metal.

—Se siente distante —observó, notando cómo el vacío de cada figura mecánica reflejaba una falta de preocupación impuesta. Reconoció el quejido inconfundible de la hechicería —las ilusiones a menudo se manifiestan como sutiles distorsiones. Aquí algo está sofocando la empatía —susurró.

Greenie cerró los ojos y extendió sus sentidos empáticos por el atrio, captando destellos de la visión filantrópica de John Wanamaker que antaño animaba esta máquina.

—Este reloj solía despertar conexiones entrañables —susurró.

Ahora solo percibía un frío distanciamiento en su zumbido. Los tonos verdes de su capa ondularon con determinación mientras ella se preparaba; la calidez comunitaria que el reloj irradiaba antaño se había esfumado.

Checkered se acercó a la base del reloj; sus ojos analíticos notaron diminutos desequilibrios mecánicos.

—Es una maravilla centenaria —dijo con tono tajante—, diseñada para promover la bondad y la unidad. Sin embargo, una bruma helada de magia se le aferra. Esto no es en absoluto una falla mecánica, es deliberado.

En su mente centellearon recuerdos de ilusiones previas; todas se habían disipado gracias a una acción rápida y conjunta, y esta no sería distinta.

Las capas de los magos brillaron al unísono al recordar cada uno lo rápido que las ilusiones se desmoronaban cuando se las enfrentaba sin titubeos. Como respuesta, el reloj Wanamaker emitió un zumbido sombrío e intenso, como si el encantamiento latente reconociera su desafío. Los ojos de vidrio de varias figuras destellaron con una vacuidad antinatural, casi como si siguieran a los recién llegados. Alguna ilusión más profunda estaba efectivamente poniendo a prueba la compasión aquí; sin duda era obra de la guardiana de ilusiones más reciente de la que habían oído hablar: Paulina Tetrikus, la supuesta Anticuaria de la Compasión.

En silencio, los seis amigos se reunieron más cerca del Reloj Astronómico de Wanamaker preparados para cualquier fantasma que se alimentara de la apatía en este lugar, antaño dedicado a la compasión. Donde la pieza emblemática del Grand Court antes forjaba calidez comunitaria, ahora una ilusión buscaba endurecer los corazones. Así comenzó una nueva misión en este patio de corazones de hojalata.

Lo que recuerdan los engranajes

La luz dorada inundaba el Grand Court de Wanamaker mientras el equipo iniciaba una inspección minuciosa del Reloj de Wanamaker. Sus engranajes de bronce giraban con un ritmo hueco e impasible que socavaba cualquier noción de calor. Blunt, Reddish, Firee, Checkered, Breezie y Greenie se dispersaron alrededor del pedestal del reloj, con sus capas de Arlequín pulsando suavemente mientras cada uno aguzaba los sentidos en busca de indicios de hechicería. Un penetrante olor metálico flotaba en el aire, como si la esencia de la empatía hubiera sido arrancada, dejando los movimientos de la máquina curiosamente desalmados.

Firee se arrodilló junto a un conjunto de engranajes deslustrados, su capa carmesí extendiéndose sobre el pulido suelo de mármol. Apoyó la palma de la mano contra un engranaje grande.

—Estas figuras normalmente representan pequeños dramas de compasión: mini-escenas de cuidado, —murmuró.

Por lo general, al dar la hora, el elenco mecánico del reloj cobraba vida: un erudito inclinaba su sombrero ante un soldado, una enfermera atendía a un paciente, un granjero compartía la cosecha con un mendigo; cada viñeta era una lección de empatía.

—Pero ahora están todos completamente congelados. Brazos inmovilizados, ni un ápice de unidad entre ellos.

Checkered alzó su reluciente monóculo y lo dejó suspendido sobre los engranajes entrelazados. Pequeñas inscripciones en latín y motivos decorativos brillaban bajo su lente.

—Fue construido para simbolizar la empatía entre vecinos —les recordó, rememorando notas históricas—. Si se está atascando de esta manera, es porque una ilusión le está absorbiendo el espíritu. Mecánicamente está en orden; algo mágico lo está enfriando.

Greenie se detuvo junto a una estatua de un maestro que había dejado de ofrecer su habitual gesto amable. Su sentido empático confirmó lo que veían sus ojos: cada personaje mecánico que antes interactuaba cálidamente con su vecino ahora permanecía aislado e inerte.

—Han perdido su conexión entre sí —dijo en voz baja. Le recordaba a las ilusiones que fomentan el aislamiento. —Es como si ya no les importara nada.

Breezie caminó en círculos alrededor de la base, levantando una suave brisa con un sutil movimiento de la mano. El aire junto al reloj se sentía pesado y estancado, resistiéndose incluso a su apacible viento.

—Contrarrestamos las ilusiones de la ignorancia en Boston con acción inmediata —señaló, remontándose al recuerdo de su reciente triunfo—. Esta oleada parece matar de hambre la compasión... intenta mantener helados y separados todos los corazones.

Frunció el ceño al ver que su brisa se extinguía contra un peso invisible.

Los dedos de Blunt recorrieron un grabado tenue recién revelado en el pedestal de piedra del reloj. Las letras brillaban con una fría luz azul al apartar la suciedad: «Caritas Contra Calliditas» – «Compasión contra insensibilidad».

Blunt intercambió una mirada significativa con Checkered.

—Apuesto a que es la marca de Paulina Tetrikus —dijo Blunt.

Cada guardián de ilusiones dejaba pistas sobre la virtud necesaria para superar sus pruebas. Tetragor había enfatizado la humildad; Morpheus, la curiosidad. Ahora Paulina literalmente había inscrito compasión versus insensibilidad en la escena.

Las llamas de Reddish ondularon a lo largo del borde de su capa mientras ella se enderezaba con resuelta determinación.

—Si las ilusiones aquí pretenden congelar corazones —dijo con firmeza—, responderemos con compasión inmediata. Sin vacilar.

Recordó cómo en desafíos anteriores cualquier demora les había dado a las ilusiones un punto de apoyo. No lo permitirían aquí.

Como si fuera una señal, un sutil remolino de energía se reunió alrededor de uno de los engranajes chirriantes de arriba. El zumbido del reloj se profundizó de forma ominosa. Las estrellas pintadas en su esfera zodiacal brillaron brevemente con un fulgor escarchado. La ilusión reconoció a sus retadores. Este antiguo reloj —por lo general un vibrante punto focal de la vida comunitaria— había sido despojado de su calor, su corazón mantenido en una helada estasis. Los seis magos sabían que una prueba estaba a punto de comenzar, y dado el lugar en que se encontraban, tenían el fuerte presentimiento de quién presidiría.

Los ojos de Greenie se posaron en un par de ángeles tallados en madera que flanqueaban el reloj. Sus expresiones, antes amables, lucían casi afligidas en la luz gris de la mañana. Cada detalle de la escena parecía suplicar el regreso de la compasión. *«No los haremos esperar»*, pensó. Los magos rápidamente se juntaron y avanzaron hacia el centro de la nave. No tenían intención de titubear. Cada uno recordó cómo las ilusiones de vanidad, corrupción, incluso estancamiento, se habían desmoronado bajo la fuerza arrolladora de su sinergia. Las ilusiones de insensibilidad no serían diferentes.

—Aportamos un cuidado genuino, rápido y unificado —afirmó Blunt, desenfundando su varita.

Formaron un círculo cerrado, espalda con espalda, encarando hacia afuera. Los elementos comenzaron a reunirse sutilmente a su alrededor —agua, fuego, viento, tierra, luz y empatía.

—Ninguna fachada falsa que intente romper nuestros lazos se mantendrá por mucho tiempo —aseguró.

El equipo se preparó con firmeza. Un jirón de niebla helada serpenteó sobre los adoquines, anunciando el inicio de la ilusión. Estaban listos.

Constelaciones antiguas, congeladas

Apenas un latido después, los magos salieron tambaleándose del vórtice giratorio y cayeron sobre el frío suelo de piedra de una enorme iglesia gótica. Se encontraron dentro de la Iglesia de Santa María en Rostock, Alemania. Una pálida luz matutina se filtraba a través de los altos vitrales, iluminando uno de los relojes astronómicos más antiguos del mundo, que se alzaba imponente ante ellos al fondo de la nave. Esta maravilla medieval, una preciada pieza del patrimonio alemán construida en 1472, consta de tres secciones: la parte superior presenta un "Carrusel de Apóstoles" — doce figurillas de apóstoles que normalmente desfilan frente a una figura de Jesús para recibir su bendición (la última figura, Judas, queda excluida); el nivel intermedio alberga una colorida esfera de astrolabio que muestra al Sol y la Luna moviéndose a través de las constelaciones del zodíaco; y la sección inferior contiene un disco calendario que marca la fecha a lo largo de los siglos (actualizado recientemente para extenderse muy lejos en el futuro). Normalmente, las campanas de la iglesia sonarían para acompañar la procesión de los apóstoles cada hora, despertando la admiración de todos los que se reunían a mirar.

Pero ahora, todo estaba silencioso y quieto. Las esferas doradas y las figuras talladas del reloj astronómico aparecían apagadas bajo el peso de un zumbido frío y antinatural. La esfera zodiacal avanzaba con pesadez, sus constelaciones apenas se movían, como si estuvieran lastradas por una escarcha invisible. Una neblina azulada y helada se aferraba a la fachada del reloj y a los pilares de piedra circundantes. Las ilusiones de insensibilidad claramente habían echado raíces también aquí, absorbiendo el calor y el espíritu comunitario que habitualmente irradiaba este querido reloj.

Blunt dio un paso adelante sobre las losas húmedas del suelo, reconociendo aquel lugar de una visita anterior.

—Ya hemos estado aquí antes —murmuró, recordando cómo en el pasado un tipo distinto de ilusión los había puesto a prueba en ese mismo reloj. Ahora ese mismo lugar estaba de nuevo bajo asedio, esta vez por la apatía. Apoyó una mano sobre el liso marco de madera de la base del reloj. —Este reloj encarna el espíritu de comunidad —dijo Blunt en voz baja.

Su engranaje de sinergia emitió un leve zumbido al resonar con tenues vibraciones mágicas en la madera.

—Las ilusiones están asfixiando ese espíritu, impidiendo la empatía entre esta gente.

Reddish se envolvió más en su capa para resguardarse de un escalofrío antinatural que flotaba en la neblina. Sentía un aura de aislamiento emanando del reloj, como si desalentara a cualquiera que intentara tender la mano a los demás.

—Vencimos las ilusiones de la ignorancia uniéndonos de inmediato —reflexionó, pensando en la biblioteca de Monticello y en la cripta de Boston donde un rápido trabajo en equipo disipó las falsedades. Su aliento formó una nubecilla blanca en el frío aire matinal—. Del mismo modo, estas ilusiones de insensibilidad deben romperse en cuanto aparezcan: un acto genuino de compasión podría romperlas.

Greenie caminó bajo las figurillas ahora inmóviles de los doce apóstoles en el nivel superior del reloj. Normalmente, esos apóstoles saldrían de sus pequeñas puertas cada hora con la música de las campanas, recordando a los fieles la esperanza y la comunión. Ahora sus rostros de madera parecían desolados. Los sentidos empáticos de Greenie hormiguearon con un desagradable entumecimiento; podía sentir cómo los corazones de los habitantes del pueblo eran empujados mágicamente a distanciarse unos de otros.

—Este reloj solía unir a los vecinos en el orgullo y la oración —dijo en voz baja. Los remolinos verdes de su capa giraron con energía decidida—. Ahora una ilusión los está separando, congelando sus corazones.

Checkered dejó que su monóculo recorriera el astrolabio y las tallas góticas de alrededor. La normalmente vibrante artesanía y los intrincados detalles se veían sutilmente distorsionados y apagados, como si hasta la propia manufactura sufriera bajo el hechizo.

—Los detalles están deformados —señaló, frunciendo el ceño. Un número pintado en el dial del calendario estaba desalineado, y el rostro de un apóstol tallado parecía desteñido—. Esto no es desgaste; es la ilusión manipulando la realidad —añadió. Echó un vistazo al equipo a sus espaldas. —Contraatacaremos con compasión, igual que lo hicimos hace unos minutos en Filadelfia.

Breezie avanzó entre remolinos de niebla, rodeando el reloj. Invocó una brisa juguetona que hizo parpadear las velas de un altar cercano y ondear un estandarte colgado en la iglesia. Sin embargo, cuando esa brisa alcanzó el reloj, se apagó hasta quedar inmóvil.

—Se resiste a cualquier calidez —murmuró, recordando que las ilusiones a menudo se alimentan de la negatividad, como el cinismo. La madera y el metal del reloj se notaban inertes incluso al toque elemental de Breezie—. Esta apatía se alimenta de sí misma... pero no lo permitiremos.

Firee se desplazó al frente del reloj, escuchando los tenues tictacs de su mecanismo. Eran irregulares y débiles, como los latidos de un corazón que flaqueara. Colocó una mano sobre los paneles de madera, infundiendo un pulso de su calor interior, como si le diera ánimo a un amigo enfermo.

—Acabamos con la última oleada de ilusiones casi al instante —dijo, mirando a cada uno de sus compañeros—. Hagámoslo de nuevo. En cuanto aparezca cualquier cosa, actuaremos todos unidos de inmediato.

Una pequeña llama danzaba en la punta de su dedo, ansiosa por disipar cualquier helada que se les presentara.

Como si fuera la señal, el suave zumbido del reloj se volvió más profundo, de forma siniestra. Las estrellas pintadas en su esfera zodiacal brillaron por un instante con un destello gélido. La ilusión reconoció a quienes la desafiaban. Este antiguo reloj —normalmente un vibrante foco de la vida comunitaria— había sido despojado de su calidez, su corazón atrapado en una parálisis helada. Los seis magos sabían que una prueba estaba a punto de comenzar. Y, dado el lugar en el que se encontraban, tenían el firme presentimiento de quién la presidiría.

Los ojos de Greenie se desviaron hacia un par de ángeles de madera tallada que flanqueaban el reloj. Sus expresiones, antes dulces, lucían casi afligidas bajo la luz gris de la mañana. Cada detalle de la escena parecía suplicar el regreso de la compasión. No los haremos esperar, pensó. Los magos se juntaron enseguida y avanzaron hacia el centro de la nave. No tenían intención de vacilar. Cada uno recordó cómo las ilusiones de vanidad, corrupción e incluso estancamiento se habían desmoronado bajo la fuerza total de su sinergia. Las ilusiones de insensibilidad no serían distintas.

—Actuaremos con compasión genuina, de inmediato y todos unidos —afirmó Blunt, sacando su varita.

Formaron un círculo compacto, espalda contra espalda, encarando hacia afuera. Los elementos comenzaron a reunirse sutilmente a su alrededor —agua, fuego, viento, tierra, luz y empatía.

—Ningún engaño que intente romper nuestros lazos se sostendrá por mucho tiempo.

El equipo se preparó con firmeza. Un jirón de niebla helada se deslizó serpenteando sobre las losas, anunciando el inicio de la ilusión. Estaban listos.

El gentil ultimátum de Paulina

Del borde velado por la niebla de la nave llegó el suave tap... tap... de unos pasos acompasados. De entre dos columnas de piedra emergió una figura alta, envuelta en una túnica de color gris plateado que atrapaba la tenue luz de la mañana. Su rostro se iluminaba con una suave radiancia. El aire mismo se templó ligeramente a su paso, aunque remolinos de la niebla persistente se enroscaban en sus pies.

Era Paulina Tetrikus, la Anticuaria de la Compasión. A diferencia de la inquieta y amarga presencia de Morpheus Rubicom, Paulina se movía con una serena gracia. Cada uno de sus dedos lucía un anillo que emitía un calor sutil. A medida que se acercaba, las propias ilusiones arremolinadas en la iglesia parecieron retroceder un poco, revoloteando alrededor de su figura sin atreverse a tocarla.

Se detuvo a una corta distancia del grupo y ofreció una cálida sonrisa llena de empatía. Su voz resonó melódica en el silencio, cargada tanto de amabilidad como de gravedad.

—Habéis venido a liberar este reloj de la apatía —dijo Paulina. Su tono era acogedor, pero sus palabras constituían un reconocimiento solemne de la crisis—. Las ilusiones de insensibilidad han atrapado los corazones aquí, deteniendo el espíritu de unidad del reloj.

Blunt dio un paso al frente e inclinó la cabeza respetuosamente. A pesar de la tensión en el aire, reconoció en Paulina el mismo tipo de presencia guía que habían encontrado antes en Tetragor y Zeetrikus.

—Vencimos las ilusiones de la ignorancia en Monticello —respondió, con sus ojos azul agua fijos en ella—. Ahora la empatía está siendo obstaculizada en Rostock. Estamos listos para ayudar. Los demás se desplegaron a su lado, sus seis capas ondeando suavemente con la brisa ligera.

Los ojos de Paulina centellearon con una triste comprensión; podía percibir su sinceridad.

—Exacto. Las ilusiones de insensibilidad empujan a la gente de bien a ignorar las necesidades ajenas —explicó, entrelazando las manos frente a sí—. Solo la compasión genuina —rápida y sin reservas— las disuelve.

Paulina giró ligeramente y señaló hacia el silencioso reloj astronómico, cuyo gran dial vibraba como si padeciera algún dolor.

—Mis ilusiones pondrán a prueba vuestra voluntad de conectar —advirtió con dulzura.

Reddish dio un paso adelante, con un pequeño orbe de fuego flotando sobre su palma.

—Ya hemos visto ilusiones que buscan separar a la gente —dijo, recordando escenarios previos en los que la división y el aislamiento eran el objetivo. Las brasas que danzaban en el borde de su capa se avivaron con determinación—. Siempre respondemos de la misma manera: juntos. Ofreceremos ayuda en el instante en que haga falta.

Greenie sintió oleadas de emoción emanando de Paulina —pena, esperanza y empatía entrelazadas—. Le resultaba reconfortante, incluso mientras la niebla de la indiferencia se espesaba a su alrededor.

—Las ilusiones de la ignorancia nos negaban el conocimiento —dijo en voz baja, recordando cómo los acertijos de Morpheus intentaron engañarlos—. Las ilusiones de insensibilidad niegan la compasión a quienes la necesitan. No permitiremos que eso suceda aquí.

Apretó la mandíbula, con el corazón abierto y resuelto.

El monóculo de Checkered flotaba junto a ella, enfocado ahora en los pies de Paulina, donde se arremolinaban tenues volutas de niebla oscura. Analizó la escena con tranquilidad.

—Entonces crearás escenarios de frialdad o distancia —dedujo. Las ilusiones seguían patrones; ella ya los anticipaba—. Romperemos cada uno tendiendo un puente de inmediato, sin titubear.

Hizo clic una vez con su monóculo, lista para lo que viniera.

Paulina alzó un brazo con elegancia, y su túnica plateada relució con la luz matinal. Aunque su expresión seguía siendo compasiva, una nota de severo desafío brilló en sus ojos.

—Demostradlo —dijo simplemente. Las dos palabras quedaron en el aire como un guante arrojado al suelo—. Aceptad las ilusiones que obstaculizan la empatía... o derribadlas con auténtica compasión.

Al barrer el brazo hacia el reloj, grietas de luz espectral se extendieron por la gran esfera circular. Su semblante cálido mostraba ahora un atisbo de urgencia.

—Este reloj prosperaba con los lazos comunitarios; las ilusiones lo retuercen en apatía. Demostradme que vuestra compasión puede deshacerlo.

Firee inhaló profundamente y se preparó. Sabía lo que vendría a continuación: un aluvión de escenas ilusorias diseñadas para atraparlos.

—Que vengan, pues, esas farsas —proclamó, mientras las llamas rojas de su capa centelleaban con anticipación—. Uniremos nuestra compasión en cuanto surja la más mínima señal de necesidad. Apretó su varita, y una cinta de fuego se enroscó alrededor de su brazo, listo para actuar.

Paulina esbozó una leve sonrisa de aprobación y se hizo a un lado. Con un suave ademán de su mano, reveló que la esfera del reloj se fracturaba con tenues líneas fantasmales de luz. Esta es vuestra prueba, parecían decir sus ojos.

—Las ilusiones de insensibilidad acechan. Unid vuestros corazones sin demora —susurró, mientras la densa niebla alrededor de la nave comenzaba a solidificarse en formas.

La figura de Paulina se volvió difusa entre los remolinos, observando en silencio desde un lado, con esperanza en la mirada.

No hicieron falta más palabras. Los seis magos se juntaron, hombro con hombro, formando un círculo compacto. Sus capas centellearon con una luz interior mientras cada uno se concentraba en la virtud que representaba. Cruzaron breves miradas, compartiendo un asentimiento de determinación inquebrantable. Monticello, Lund, Boston, Filadelfia... en cada lugar, las ilusiones habían sido fulminadas casi al instante por su sinergia. Esta vez no sería diferente. La compasión sería su escudo y su espada en esta prueba.

Un siseo sordo recorrió la niebla al desatarse las ilusiones. La bruma densa se retorció hasta formar fantasmas definidos, forjando a su alrededor escenas gélidas de indiferencia. La figura de Paulina se convirtió en una silueta pálida que observaba desde cierta distancia, con las manos entrelazadas como en oración. El entorno se oscureció, la realidad cediendo parcialmente ante la ilusión.

Checkered se encontró con la aparición de una anciana aldeana que intentaba cargar un montón de leña demasiado pesado para sus delgados brazos. La mujer avanzaba encorvada y jadeante, dejando caer ramas a medida que caminaba. Alrededor de Checkered, una voz susurrante se enroscó: *«No es asunto tuyo... sigue tu camino»*. Era una invitación a la indiferencia. La mente analítica de Checkered rechazó de plano esa fría sugerencia. *No*, pensó, *nosotros ayudamos de inmediato*.

—Ayudamos en el acto —declaró en voz alta, tomando la decisión al instante.

En su mente se apresuró hacia la anciana, recogiendo parte de la carga. En ese momento, la ilusión se resquebrajó —literalmente—. La imagen de la leña y la aldeana esforzada se hendió como hielo quebradizo, revelando nada más que niebla detrás. La falsa carga se desvaneció, y el camino ante Checkered quedó despejado.

Greenie distinguió a un niño pequeño aferrado a una muñeca raída, llorando por su madre. La ilusión tironeaba del corazón de Greenie al tiempo que intentaba engañar su mente: *«Alguien más ayudará... esto no es tu problema»*, susurró una voz incorpórea. Los instintos protectores de Greenie ardieron con fuerza contra aquella fría tentación.

—Estamos juntos en esto. Nadie será abandonado —afirmó con firmeza. Extendió los brazos e imaginó envolver al niño perdido en un abrazo reconfortante. Un relajante resplandor verde emanó de su capa mientras vides de magia empática se entretejían alrededor de la pequeña figura a modo de escudo. El llanto cesó y, entonces, la forma del niño se desvaneció en humo dentro del tierno abrazo de Greenie. El engaño no pudo sostenerse cuando se enfrentó a una preocupación genuina.

Reddish se vio rodeada por la ilusión de dos aldeanos enfrascados en una acalorada discusión. Un hombre y una mujer se gritaban, sus voces cargadas de ira y dolor. Observando alrededor, había testigos fantasmales inmóviles que no hacían nada. Un susurro insidioso flotó hasta Reddish: *«No te entrometas... es su problema, no el tuyo»*. Por un brevísimo segundo sintió la tentación de permanecer como espectadora, pero ni por asomo cedería. *Ni hablar*, se dijo Reddish. Con calma, dio un paso y se interpuso entre las dos figuras que reñían. Con un suave ademán de sus manos, liberó una oleada de magia cálida y calmante —sus brasas proyectando un tenue resplandor que bañó a ambos combatientes.

—No habrá más insensibilidad aquí —dijo quedamente. El hombre y la mujer ilusorios fueron bajando el tono de sus gritos, la dureza de sus expresiones suavizándose... hasta que desaparecieron por completo, fundiéndose en jirones de niebla. El conflicto se había desvanecido como si nunca hubiera ocurrido, dejando el espacio a su alrededor en silencio.

Firee se enfrentó a la ilusión de un niño mendigo que tiritaba en los escalones de la iglesia, ignorado por decenas de ciudadanos acomodados que pasaban de largo. El chico tendía la mano suplicante, pero todos los transeúntes se apartaban con un resoplido o una excusa. Una voz gélida susurró a Firee: *«No puedes ayudarlos a todos... sigue adelante»*. Firee entrecerró los ojos. Tal vez no pudiera ayudar a todos, pero podía ayudar a ese ahora mismo.

—No nos quedaremos de brazos cruzados —gruñó.

Con un amplio ademán, invocó un fogonazo controlado de calor que surcó la escena con un whoosh. El fuego dorado no pretendía arder, sino irradiar consuelo y esperanza. Engulló tanto al niño mendigo como a los altivos ciudadanos en una brillante aureola. Cuando las llamas se disiparon, los peldaños de la iglesia quedaron vacíos: tanto el niño como los indiferentes ciudadanos habían desaparecido. La cruel imagen se había desvanecido bajo una oleada de compasión.

Blunt contempló un escenario completo desplegado ante él: una fila de campesinos agotados esperando afuera de una clínica cerrada, golpeando para recibir una ayuda que no llegaba. En el interior, un funcionario de abrigo elegante se encogía de hombros y corría las cortinas, dando la espalda a los enfermos y heridos. *«No hay nada que hacer»*, suspiró una voz cínica a su alrededor. *«No es tu papel arreglar esto»*. El corazón de Blunt se llenó de justa indignación por aquellos aldeanos desamparados.

—La compasión debe unir a la comunidad —proclamó, alzando bien alto su varita.

De la punta brotó una cascada de agua pura y cristalina que barrió suavemente la escena: envolvió a los aldeanos que esperaban e inundó la clínica pasando directamente por debajo de la puerta. En lugar de empaparlos, aquella agua portaba una sensación de entendimiento compartido y cuidado colectivo. El funcionario ilusorio escupió agua y se desvaneció bajo la ola; los rostros angustiados de los aldeanos se apagaron uno a uno. Cuando el agua se retiró, Blunt se encontró solo sobre los adoquines mojados, y la escena opresiva había desaparecido como un mal sueño.

Breezie vio una escena más tranquila pero igual de desgarradora: una anciana solitaria clamaba débilmente por compañía, pero nadie acudía a su llamada. Puertas y ventanas a su alrededor se cerraban de golpe una tras otra. Un pensamiento desdeñoso cruzó la mente de Breezie: *«No es de tu familia... tienes cosas más importantes que hacer»*. Breezie sintió una punzada en el pecho. En vez de darse por vencido, caminó directamente hacia la figura desamparada. *«¿Por qué habrías de preocuparte?»*, siseó una voz invisible. Breezie respondió arrodillándose con suavidad al lado de la mujer y ofreciéndole un brazo amistoso para sostenerse. Convocó un viento delicado que llevaba consigo el sonido de risas alegres y el aroma reconfortante del pan recién horneado —memorias de compañía.

—No estás sola; eres vista y amada —le dijo con ternura.

El rostro de la anciana se iluminó justo cuando su forma se disolvía en la brisa suave. La visión de los hogares clausurados a su alrededor se deshizo en la niebla, cayendo la última ilusión.

En cuanto cada mago realizó un gesto inmediato de compasión, los gélidos fantasmas se vinieron abajo. En cosa de un minuto escaso, los seis escenarios ilusorios de aislamiento habían sido demolidos por completo. El frío cortante que había dominado el ambiente se elevó y desapareció. La niebla gris comenzó a aclarar y a evaporarse, y los rayos del alba penetraron a través de los vitrales. Sobre sus cabezas, las campanas de la iglesia dejaron escapar un único tañido jubiloso. La helada esfera astrolabio reanudó su rotación suave, y las figurillas de los apóstoles en lo alto volvieron a avanzar por sus rieles, con sus ojos tallados luciendo de repente mucho más esperanzados.

Paulina Tetrikus avanzó a través de los últimos jirones de niebla que se disipaban. Sonreía radiante, y sus ojos brillaban, húmedos de lágrimas de felicidad.

—Habéis vencido a las ilusiones de insensibilidad con compasión inmediata —les felicitó, su voz resonando con aprobación. Una mano descansaba sobre su corazón mientras los contemplaba con auténtico orgullo.

Alrededor, las figuras del reloj astronómico volvían a moverse. Los pequeños autómatas de la fachada —los Apóstoles y la figura central de Cristo— habían retomado su suave desfile, y el zumbido helado se había desvanecido, reemplazado por un tic-tac cálido y constante. El orgulloso reloj de Rostock volvía a latir con espíritu comunitario.

Paulina se acercó al grupo con pasos gráciles, su túnica plateada susurrando suavemente sobre el piso de piedra. En su palma, conjuró un nuevo objeto: un engranaje de bronce del tamaño de un plato pequeño, con intrincadas inscripciones. Lo ofreció a Blunt con ambas manos.

—Vuestra sinergia ha reavivado la empatía aquí —dijo Paulina, con voz melodiosa pero firme. En el engranaje relucía una inscripción: *Caritas Est Finis* – «*La compasión es el fin*». —Allá donde las ilusiones se alimenten de la insensibilidad, llevad este símbolo. Que os guíe en el camino por delante.

Blunt aceptó el engranaje de bronce con reverencia, leyendo su inscripción y sintiendo la suave calidez que palpitaba en el metal.

—Gracias —respondió con sinceridad.

Greenie se inclinó a su lado para tocar también la pieza, y percibió ese agradable calor lleno de cuidado.

—Nos aseguraremos de que las ilusiones de indiferencia no prosperen —prometió, cerrando los dedos en torno al borde del engranaje con una sonrisa.

Paulina asintió, claramente satisfecha con esa respuesta.

Con un pequeño floreo de su mano, Paulina conjuró un portal giratorio cerca de la base del reloj: su pasaje de vuelta a Filadelfia. Los bordes del portal centelleaban en tonos blanco y dorado, mostrando la tenue silueta del Grand Court al otro lado. Era hora de regresar y asegurarse de que el reloj Wanamaker hubiera quedado completamente liberado.

Los ojos de Reddish brillaban como ascuas a la luz del amanecer mientras reflexionaba sobre su doble victoria lograda en tiempo récord.

—Que prueben las ilusiones en cualquier otro lugar —dijo, levantando el mentón con orgullo—. Responderemos con compasión, sin demora, cada vez.

Había un fervor seguro en su porte y ascuas danzantes recorrieron el borde de su capa.

Firee echó una última mirada panorámica a la iglesia de Rostock, que empezaba a iluminarse con la mañana. El cuidador de la iglesia y un par de feligreses madrugadores asomaban ahora por una puerta lateral, con expresiones curiosas, pero notablemente más afables que antes. No acechaba ya ninguna sombra de ilusión.

Firee exhaló con alivio.

—Todo despejado por aquí —afirmó, apagando la brasa remanente en la punta de su varita—. Es hora de volver a Filadelfia y comprobar el estado final del reloj Wanamaker.

Checkered examinó el nuevo engranaje de bronce en la mano de Blunt, ladeando la cabeza mientras lo comparaba mentalmente con su creciente colección de pistas.

—Caritas... conectando corazones —murmuró, pasando el dedo por la frase en latín—. Otra clave para deshacer ilusiones.

Recordó cómo cada virtud que habían reunido —humildad, innovación, curiosidad, y ahora compasión— había sido fundamental para desentrañar oleadas de engaños. Esta nueva pieza encajaba claramente en el rompecabezas del plan del Arlequín Oscuro.

Breezie fue el primero en adentrarse en el portal que giraba suavemente.

—Aquí ya no quedan ilusiones —observó con una sonrisa satisfecha—. El reloj de Rostock vuelve a estar libre y lleno de calidez.

Hizo una reverencia cortés a Paulina. Ella correspondió con una sonrisa afable mientras, uno tras otro, el resto del equipo seguía a Breezie y desaparecía en el resplandor del portal. Paulina los observó partir, su túnica plateada centelleando con la nueva luz del día, antes de desvanecerse también: una guardiana complacida con el triunfo de la compasión que acababa de presenciar.

En un destello de luz y con ese familiar retorcimiento de estómago, los jóvenes magos atravesaron los senderos salpicados de estrellas entre los mundos y emergieron de nuevo en el Grand Court de Filadelfia, bajo un cielo nocturno teñido de violeta. Era como si no hubiera transcurrido tiempo alguno allí: el crepúsculo apenas había avanzado hasta convertirse en el inicio de la noche.

El majestuoso reloj del Grand Court los recibió con su silueta señorial en el centro del vestíbulo. De inmediato, los seis notaron la diferencia: sus figuras mecánicas se movían con suavidad, ya no estaban congeladas. Todo el reloj emanaba un aura de calma. El amargo frío que antes se filtraba desde él había desaparecido, reemplazado por un silencio apacible y agradable. La gente paseaba por allí con actitud relajada y cordial; algunos dirigían miradas curiosas hacia el conjunto animado del reloj y hacia los magos que reaparecían con sus coloridas capas, pero continuaban su camino con sonrisas cálidas y saludos amistosos. La opresiva sensación de apatía que había atenazado el Grand Court ya no se percibía por ninguna parte.

Blunt sostenía aún el engranaje de bronce entregado por Paulina en Rostock. Lo acunaba con cuidado, notando el calor que traspasaba sus guantes. Al alzar la vista hacia el reloj liberado de Filadelfia, pensó en lo rápidamente que habían deshecho las ilusiones allí y en el extranjero.

—Hemos vencido las ilusiones de insensibilidad —dijo en voz baja, confirmando para sí que sus esfuerzos previos habían tenido éxito—. El reloj Wanamaker debería estar estable ahora.

Reddish dio unos pasos al frente, sus botas resonando sobre las baldosas de mármol que unas horas atrás se sentían antinaturalmente frías. Ahora el aire estaba quieto y templado. Inhaló profundamente; incluso el ambiente olía distinto, con un toque a perfume y a bronce pulido en lugar del olor viciado de antes.

—Ya ninguna ilusión entorpece la empatía aquí —anunció, esbozando una leve sonrisa de satisfacción.

Cada mago se tomó un momento para aguzar sus sentidos. En efecto, la maravilla mecánica del Grand Court irradiaba de nuevo un suave espíritu de compasión. El cambio sutil era casi palpable, como si un peso se hubiese alzado de todo el vestíbulo.

La noche se había instalado por completo mientras ellos contemplaban la escena transformada. El último fulgor dorado del ocaso había dado paso a la suave luz de las lámparas, que iluminaban el reloj Wanamaker en tonos plateados y azulados. El reloj de Filadelfia estaba liberado. Cada una de sus figuras mecánicas —soldados, eruditos, bufones— se movía con renovada gracia y propósito, exactamente como John Wanamaker había pretendido al presentarlo hace más de un siglo. Los magos se reunieron en silencio junto a su base, saboreando el suave tic-tac y zumbido que ahora sonaban reconfortantes y cálidos.

Checkered activó su monóculo una vez más para escanear en busca de algún rastro remanente de magia ilusoria. Rodeó el reloj lentamente, con la lente centelleando al no detectar nada más que energía limpia y normal.

—Todo despejado —informó, con la voz matizada de alivio y cansancio—. La compasión del reloj está intacta; no queda ningún zumbido gélido.

La vibración inquietante que antes había puesto a todos en tensión había desaparecido por completo.

Greenie apoyó con ternura la palma de su mano contra la figurita de bronce de un erudito ofreciendo ayuda a un hombre pobre —una de las muchas pequeñas escenas del reloj—. El metal se sentía agradablemente tibio bajo su toque. Ella cerró los ojos y solo percibió las benignas intenciones del diseño, las caritas que Wanamaker deseaba inspirar.

—Vuelve a estar cálido —susurró, sonriendo. Su intuición empática no detectaba rastro alguno de malicia, solo las emociones honestas de las personas que proseguían su velada—. Ya ninguna ilusión lo afecta.

La capa llameante de Reddish se había atenuado hasta quedar en un brillo cálido. Pasó los dedos por su cabello, que centelleaba levemente con una magia semejante a motas de hollín.

—Intentaron congelar los corazones aquí —reflexionó, recordando cómo una frialdad apática casi se había asentado de forma permanente. La idea la hizo estremecer, aunque solo ahora al pensarlo con distancia—. Las vencimos con tanta rapidez.

Miró a sus amigos, con el orgullo brillando en sus ojos incandescentes. Tanto en Rostock como en Filadelfia, su sinergia había hecho que aquellas ilusiones desaparecieran casi en el mismo instante en que aparecían.

Breezie soltó una risita, y una brisa suave levantó los bordes de su capa como en celebración. Revolvió juguetonamente uno de los estandartes decorativos que colgaban de un balcón superior.

—Hemos seguido el mismo enfoque que en Monticello y Boston —comentó—. Aparecen las ilusiones, nos unimos... y las ilusiones terminan. Chasqueó los dedos, y el estandarte ondeó. —La compasión venció a la insensibilidad en un abrir y cerrar de ojos esta vez.

Firee recorrió el salón con la mirada. Algunos transeúntes tardíos se habían detenido a admirar el suave movimiento del reloj. Un grupito de niños señalaba y reía en el Grand Court mientras una figura —un bufón de la corte— se quitaba el sombrero en el cuarto de hora. Una pareja de ancianos estaba de pie junto a la gran estatua del águila de bronce en el centro, observando con sonrisas de satisfacción. Firee asintió, complacido.

—Ya nadie siente tensión aquí —observó, refiriéndose no solo a los presentes sino a la ciudad en general. Las ilusiones nunca tuvieron la oportunidad de arraigar y sembrar la desconfianza. —No les dimos a esos fantasmas ni tiempo de echar raíces.

Blunt giró lentamente, recorriendo con la mirada el Grand Court tenuemente iluminado. Recordó cómo en aventuras anteriores a veces les había costado identificar o ponerse de acuerdo sobre cómo derrotar una ilusión. Pero aquí —y en Rostock— habían actuado sin dudar ni un segundo.

—Cada vez se nos da mejor esto —dijo en voz baja, casi para sí—. Ante la primera señal de una ilusión, actuamos. Ya no esperamos ni nos cuestionamos.

Esbozó una pequeña sonrisa de satisfacción. Era cierto; su crecimiento era evidente.

Checkered sacó su libreta y garabateó una breve nota final: «Filadelfia – Triunfo de la compasión, ilusiones: 0». La cerró de un golpecito y suspiró con satisfacción.

—Y como nos negamos a cada intento de volvernos apáticos, ninguna ilusión sobrevivió más de un momento —dijo—. Cuentan con que la gente simplemente acepte la situación o vacile. No les dimos nada de eso. Dio unos golpecitos en la libreta para enfatizarlo.

Greenie dejó que su atención vagara hacia la calle exterior, visible a través de las puertas del Grand Court. Algunas familias aún conversaban bajo los toldos de las tiendas, y risas alegres llegaban desde un café donde un grupo de amigos apuraba la velada. Una suave sensación de paz se instaló en su pecho.

—El reloj de Filadelfia vuelve a representar la compasión. La visión de Wanamaker está viva y en buen estado —dijo.

En efecto, la esperanza de John Wanamaker de una comunidad unida por las lecciones apacibles de aquel reloj se había cumplido una vez más esta noche.

Entonces cayó sobre el vestíbulo un silencio profundo, aunque pacífico, resonando solo el suave zumbido de engranajes ya libres de toda influencia oscura. Los magos respiraron al unísono y reconocieron el marco por lo que era: otra oleada de ilusiones terminada, otro legado de una ciudad salvado. Se habían unido con prontitud y compasión, asegurando que ningún engaño echara raíces en corazones que se negaron a enfriarse.

Tras unos instantes, se reagruparon con el tácito entendimiento de que su labor allí había concluido. Cuando el reloj Wanamaker comenzó a dar la hora —una melodía dulce y suave que flotó en el crepúsculo de Filadelfia—, los seis permanecieron junto al monumento, reflexionando sobre cómo se había desarrollado este capítulo de su travesía.

Cada uno no pudo evitar rememorar las ilusiones de desafíos anteriores: la corrupción en Monticello, el estancamiento en Lund, la ignorancia en Boston. Ahora habían enfrentado la insensibilidad aquí en Filadelfia (y su reflejo en Rostock) y la desmantelaron con igual rapidez.

Reddish dejó que su fuego interior se redujera a simples brasas.

—Esas ilusiones de compasión fueron más fáciles de lo que esperaba —admitió, rompiendo el silencio. Se dio cuenta con cierta sorpresa de que era verdad—. Intentaron atraernos hacia la indiferencia, pero lo notamos de inmediato y nos negamos.

La capa de Greenie resplandeció con un suave tono verde en señal de acuerdo.

—Reconocimos cada situación: alguien necesitaba ayuda y la ilusión susurraba "no hagas nada". En el momento en que cualquiera de nosotros intervenía, la ilusión se deshacía por completo —dijo.

Le reconfortaba darse cuenta de lo automático que se había vuelto para ellos responder con solidaridad.

Checkered pasó algunas páginas hacia atrás en su registro, repasando encuentros pasados.

—Sí. En Monticello y Boston aprendimos que actuar juntos de inmediato hacía fracasar esas ilusiones. Aquí, las ilusiones de insensibilidad se derrumbaron en cuanto tendimos una mano o dijimos una palabra amable —señaló, colocando con un clic decidido el capuchón a su pluma.

Firee esbozó una sonrisa relajada y juvenil —algo poco frecuente durante sus intensos viajes.

—Nuestra sinergia básicamente significa que las ilusiones ya nunca alcanzan a arraigar —dijo—. Sea una única escena conjurada o toda una oleada en una ciudad, esos fantasmas se desvanecen ante una respuesta inmediata. Hizo girar su varita apagada con un ademán floreado.

Breezie cruzó los brazos, dejando que una brisa suave girase alrededor del grupo bajo la cálida luz de las lámparas.

—Así que supongo que seguiremos haciendo exactamente eso —dijo con ligereza—. Hasta que incluso la ilusión más astuta no pueda surtir efecto en nadie. —Se encogió de hombros con aire juguetón—. Esta noche, básicamente hicimos que las ilusiones volvieran a desaparecer en segundos.

Los invadió una tranquila sensación de orgullo. Cada uno recordaba los inicios de su misión, cuando las ilusiones a veces les habían desconcertado o demorado. Ahora esos trucos apenas duraban un latido frente a su frente unido. Se habían vuelto expertos, forjando una sinergia imparable. Las ilusiones de corrupción de Monticello habían sido apagadas rápidamente, las de ignorancia en Boston aún más velozmente, y ahora las ilusiones de insensibilidad en Filadelfia y Rostock se habían esfumado casi de inmediato. Los seis juntos eran demasiado rápidos y cohesivos para que ninguna mentira perdurase.

Greenie exhaló un pequeño suspiro de alivio.

—Se siente bien —dijo en voz baja—. Si las ilusiones regresan con nuevos disfraces, las enfrentaremos del mismo modo. Esa es nuestra fórmula ahora: acción inmediata y unida.

Checkered se echó el cabello detrás de una oreja y sonrió con ironía.

—Las ilusiones dependen de la vacilación o la duda —dijo—. Nosotros no les damos nada de eso. No es de extrañar que se desmoronen al instante. Guardó su lente en el bolsillo; ya no quedaba nada por analizar allí.

Sobre ellos, las figuras del reloj Wanamaker continuaban sus apacibles ciclos de movimiento, cada una nuevamente retratando la compasión en acción. Un soldado de juguete alzaba su espada en saludo a un erudito, quien inclinaba su libro en respuesta. Un diminuto cuadro familiar mostraba a una madre abrazando a un niño. Alrededor de la esfera, esos símbolos de empatía giraban fielmente. Los magos contemplaron en silencio por un momento, satisfechos de haber preservado esta pieza emblemática del patrimonio de Filadelfia.

Finalmente, los agudos ojos de Checkered divisaron algo medio enterrado entre unas hojas caídas cerca del pedestal del reloj.

—¿Qué es esto? —murmuró, acercándose y agachándose.

Blunt se le unió, apartando las hojas con la mano. Allí, reluciendo a la luz de las lámparas, había una pequeña placa de bronce cubierta de letras grabadas. El tiempo y la intemperie la habían desgastado, pero aún alcanzaban a leer: *Humanitas Sive Nexum: Rises?*

Blunt la leyó en voz alta, lentamente. —*Humanitas sive nexum: rises?* —tradujo aproximadamente, frunciendo el ceño. —¿Humanidad o conexión: se alza?

Sonaba como un acertijo o un lema. Greenie se inclinó sobre su hombro, con su sentido empático vibrando con una leve inquietud ante la críptica frase.

—Probablemente otra migaja dejada por las ilusiones —aventuró. Todos recordaban que, tras cada victoria, alguna pista quedaba atrás: un indicio del siguiente desafío.

Reddish cruzó los brazos, con una chispa de frustración en la mirada.

—Así que el autor intelectual está preparando la siguiente prueba —dijo—. Las ilusiones planean algo mayor, tal vez tratando de unificar temas. Parece que nos estuvieran tentando con lo que viene. —Bufó, y luego esbozó una sonrisa—. Sea lo que sea, lo abordaremos en cuanto empiece. Ya hemos demostrado que no les daremos la más mínima oportunidad de afianzarse.

Checkered ya había sacado su cuaderno y copiaba las palabras en latín.

—Humanitas sive nexum... Humanidad o conexión —musitó mientras escribía—.

Podría insinuar la próxima oleada de ilusiones; quizá otro sitio histórico o reloj que tenga que ver con unir a la gente. Subrayó nexum, pensando en vínculos o tal vez redes de personas.

Firee tomó con cuidado la placa de bronce de las manos de Blunt y la guardó en su zurrón para mantenerla a salvo. El metal estaba frío ahora, inerte, pero quién sabía qué poder tendría esa pista en el futuro. Esbozó una sonrisa tranquilizadora.

—Vencimos ilusiones en Monticello, Boston, Filadelfia, Rostock —enumeró—. Adonde sea que nos lleve esta nueva pista, incluso si las ilusiones intentan combinarlo todo, estaremos listos.

Blunt asintió y sintió el engranaje de sinergia bajo su capa palpitar suavemente en señal de acuerdo.

—Permaneceremos preparados —afirmó—. Cuando quiera que las ilusiones reaparezcan, responderemos como lo hicimos ahora: de inmediato, unidos y a fondo. Eso acaba con las ilusiones al contacto, siempre.

Breezie invocó una suave ráfaga para dispersar las hojas restantes, asegurándose de que no quedara nada más oculto. El aire estaba limpio; no persistía ninguna artimaña.

—Todo tranquilo ahora —confirmó con satisfacción—. Si la próxima oleada de ilusiones es más grande o compleja, estamos listos para enfrentárnosle.

Lo sentía en lo más profundo de su ser —todos lo sentían. Se habían convertido en una fuerza formidable en favor de la verdad y la virtud.

Greenie pasó su brazo por el de Checkered en un gesto de orgullo fraternal.

—Si las ilusiones intentan combinar ignorancia, insensibilidad o lo que sea, simplemente uniremos todas las virtudes que hemos aprendido —compasión, curiosidad, humildad, innovación— de inmediato.

Miró a sus amigos a su alrededor. Ahora cada uno de ellos cargaba una pieza de ese rompecabezas en su interior.

Checkered contuvo un bostezo; el largo día y la velada comenzaban a pasarle factura. Guardó su pluma en el aro del cuaderno y apoyó una mano en la base ya benigna del reloj.

—Al menos por ahora, Filadelfia está a salvo —dijo quedamente. El bronce se sentía normal, incluso agradablemente cálido bajo sus dedos. Se permitió sonreír. —El reloj vuelve a respirar empatía —añadió. — Que las próximas ilusiones hagan lo peor que puedan: sabemos exactamente cómo encargarnos de ellas.

Zanjado eso, los seis dedicaron una última mirada cariñosa al Gran Reloj Wanamaker del vestíbulo. Sus melodiosas campanadas se apagaban, resonando por la sala silenciosa. La medianoche se acercaba; el Grand Court estaba casi vacío, salvo por ellos y las estatuas.

Reddish conjuró una diminuta llama en la punta de su dedo y la lanzó distraídamente al aire frío de la noche más allá de las puertas. La flama se apagó de inmediato sin causar daño, simbolizando la extinción final de esta oleada de ilusiones.

—Descifraremos el significado de esa placa cuando llegue el momento —dijo, mirando hacia el zurrón de Blunt donde ahora descansaba la pista—. Mientras tanto, esta ciudad está libre de ilusiones insensibles. Esbozó una sonrisa radiante, reconociendo la pequeña pero importante victoria que habían logrado.

Blunt inspiró hondo y luego exhaló despacio, sintiendo que sus hombros se relajaban por primera vez en todo el día. Miró con afecto a cada uno de sus compañeros —sus amigos— a su vez.

—Entonces, seguimos adelante —dijo con decisión—. Si la insensibilidad u otra ilusión surge en algún otro lugar, la aplastaremos igual que hicimos aquí. Otro trabajo bien hecho.

Intercambiaron asentimientos y pequeñas sonrisas. La adrenalina de la batalla se desvanecía, reemplazada por un cálido resplandor de logro y camaradería.

Sobre ellos, algunas estrellas comenzaban a asomarse entre nubes dispersas, visibles a través del techo acristalado del atrio. Afuera, en Market Street, la ciudad había recobrado su calma habitual: las últimas luces de las tiendas se apagaban, y solo los faroles de la calle permanecían encendidos. Los magos se dispusieron a marcharse y salieron del vestíbulo, encaminándose hacia la calle que los conduciría a su siguiente destino —fuera cual fuese.

En la esquina, se detuvieron bajo un farol forjado donde Market Street volvía a comenzar. Su resplandor proyectaba largas sombras tras ellos: seis siluetas unidas en una sola. Contemplaron por última vez la apacible estampa de la ciudad. Otra oleada de ilusiones había sido enfrentada y derrotada. La sinergia había prevalecido una vez más.

Claro que sabían que no debían volverse complacientes. Nuevas señales llegarían: el mágico Orloj de Praga que los puso en marcha en esta búsqueda seguramente los convocaría de nuevo pronto, o quizá aquella críptica placa de bronce los guiaría. Pero también sabían que dondequiera que las ilusiones pudieran aparecer después, responderían al instante con compasión, con curiosidad, con cada virtud que habían ganado —en resumen, con sinergia. No permitirían que ningún velo de engaño supurase en ningún corazón ni en ningún reloj histórico del mundo.

Con esa silenciosa promesa compartida entre ellos, se aventuraron en la ciudad bañada por la luz de la luna. Los magos Arlequines —Blunt, Reddish, Firee, Checkered, Breezie y Greenie— avanzaron en formación relajada, con las capas centelleando suavemente contra la oscuridad. Conversaban en voz baja sobre la bondadosa mirada de Paulina, sobre lo veloz que habían disipado las ilusiones y sobre lo que el Arlequín Oscuro podría intentar a continuación.

Sus voces se desvanecieron en la distancia mientras el gran reloj de Filadelfia tañía un último suave cuarto de hora a sus espaldas, una suave bendición sobre la noche. «El triunfo de la compasión», en efecto, se había logrado allí. El espíritu de la empatía estaba liberado y resplandeciente.

Así terminó la última misión de los magos con una silenciosa victoria. El venerable reloj de Filadelfia seguía marcando las horas en serena armonía, siendo una vez más un faro de cuidado comunitario. Los seis amigos se internaron en la noche, con las ilusiones deshechas en minutos y su sinergia verdaderamente imparable —cada paso los acercaba más al gran clímax de su travesía para disipar ilusiones.

Capítulo 9

El reto de Rostock

— La prueba final de la compasión

Respondiendo al reloj de madera

Un silencio solitario cubría el mundo antes del amanecer. La llama del farol se inclinaba hacia el este, guiando a los jóvenes magos a través de la escarcha iluminada por la luna hacia un lejano puerto báltico. Al caer la tarde, se encontraban en la plaza del mercado de Rostock, donde la última luz dorada del día se unía con el umbral del invierno. Los lugareños se movían por sus puestos con una rutina mecánica. Cada saludo y cada pisada sonaba apagado, como si una neblina fría se hubiese posado sobre la calidez habitual del pueblo. Blunt, Reddish, Firee, Checkered, Breezie y Greenie se congregaron en el centro de la plaza, con sus capas Arlequín centelleando tenuemente bajo el resplandor ámbar. Esa mañana habían triunfado sobre una oleada de ilusiones insensibles en Hazleton, pero una intuición —como el sutil tirón de un farol— los había conducido hasta allí para completar la prueba final de la compasión. Esta, pues, era en verdad la prueba definitiva de la compasión —el mismo desafío insinuado silenciosamente en su camino. Ahora, mientras contemplaban la escena, un aliento gélido de indiferencia colgaba en el aire, acallando las voces y enfriando la brisa de finales de otoño.

Greenie se ciñó la capa con fuerza, mientras sus sentidos empáticos se adentraban en el silencio. Bajo el repiqueteo de los cascos sobre el adoquín y la charla apagada de los vendedores, percibía tensión y aislamiento: los vecinos que deberían estar joviales permanecían retraídos, con la mirada esquiva. Este pueblo prospera en la unidad, pensó, pero algo está asfixiando su corazón. De hecho, donde normalmente resonarían las risas o las charlas amigables, solo había un silencio amortiguado, como si la compasión aquí se hubiese quedado congelada bajo una campana de cristal.

La aguda mirada de Checkered saltó de un grupo de personas reunidas a otro. En un puesto de la esquina, dos lugareños reñían por el precio de los víveres mientras otros pasaban sin dedicarles ni una mirada de consuelo. Al otro lado, un anciano dejó caer un saco de leña y trataba de recogerlo con dificultad, ignorado por quienes estaban junto a él.

Por un instante, ninguno de los presentes se movió para ayudar —pero Greenie sí lo hizo. Sin vacilar, atravesó el aire helado y se arrodilló al lado del anciano, recogiendo con cuidado la leña esparcida de nuevo en su saco. El anciano se sobresaltó ante esta repentina muestra de bondad, luego logró esbozar una sonrisa temblorosa y agradecida cuando ella le ofreció un brazo firme para reincorporarse. Breezie recuperó en silencio una ramita extraviada que había rodado lejos, colocándola sobre la pila con un asentimiento tranquilizador. A su alrededor, los demás habitantes del pueblo siguieron con lo suyo, sin reparar siquiera en aquel acto de bondad. Mientras el anciano se alejaba con su carga apretada contra el pecho, Blunt inclinó la cabeza al percibir un leve sonido que venía de lo alto. El siguiente tic del reloj de madera llegó con un ligero retraso, como si el corazón del mecanismo hubiera flaqueado. Un instante después, otro tic le siguió —más fuerte y decidido— volviendo sutilmente a su ritmo, como si el propio reloj hubiese cobrado ánimo gracias a aquel acto oportuno de bondad.

—Paulina Tetrikus debe de estar cerca —murmuró Checkered, reconociendo el patrón de apatía que había plagado Hazleton.

Tentáculos ilusorios de insensibilidad se deslizaban por la ciudad, incitando a todos a ocuparse solo de sus propios asuntos. Una neblina con aroma a pino se enroscaba alrededor de sus pies mientras hablaba, y el mordisco del aire helado le pinchaba la nariz. Las ilusiones insensibles se alimentan de la gente que se da la espalda, reflexionó, apretando los labios con determinación.

Reddish se acercó hasta colocarse junto a Checkered, con sus ojos ámbar captando un reflejo deformado en una ventana cerrada. Una delgada capa de hielo se adhería al vidrio, deformando los rostros de una madre y su hijo en el interior, sentados espalda contra espalda, cada uno ajeno a la silenciosa desesperación del otro. El corazón de Reddish se encogió ante aquella escena.

—Está asfixiando sus lazos —dijo en voz baja.

Una lengüeta de llama carmesí danzó en sus dedos en respuesta a su creciente determinación. Aunque habló quedamente, la promesa en su voz era clara: disiparían esta escarcha antinatural. La compasión se abrirá paso. La brasa titilante de su poder proyectó un suave resplandor sobre el alfeizar espolvoreado de nieve, un pequeño calor frente al frío que avanzaba.

Breezie exhaló y una bocanada de viento se arremolinó hacia afuera, agitando la niebla que se aferraba al suelo. En ese remolino vislumbró la misma inquietante quietud —vecinos evitando cruzar sus miradas, puertas cerrándose donde podría haber entrado ayuda.

—El frío se está colando —observó en voz baja.

Mientras hablaba, su brisa pasó junto a una farola, y la escarcha crujió sobre el hierro como para afirmar sus palabras. Breezie cerró los ojos, sintiendo la inusual pesadez del aire. La empatía está siendo sofocada aquí, anulada por algo desalmado. Los seis amigos intercambiaron miradas de entendimiento. Por muy sutil que fuera esta ilusión de indiferencia, ya habían visto algo parecido antes. Al unísono, sus capas emitieron un pulso de luz suave, recordando cuán rápidamente un acto genuino de bondad había hecho añicos sombras similares en el pasado.

Blunt dio un paso al frente, plantando con firmeza su báculo sobre los adoquines.

—Ya hemos visto de qué es capaz la apatía —dijo en voz baja, al evocar la plaza hechizada de Hazleton al amanecer.

Sus ojos color avellana recorrieron el camino hacia una vieja torre de reloj de madera recortada contra el cielo crepuscular. Las tallas de ese reloj apenas eran visibles: una procesión de figuras de madera ahora inmóviles en el creciente ocaso. Blunt sintió una leve vibración en el aire, como si el reloj mismo los estuviera llamando.

—Otro desafío nos espera en el corazón de ese reloj —continuó solemnemente.

A su alrededor, la tarde se oscurecía y la ciudad parecía contener el aliento. Los seis magos asintieron entre sí. En ese acuerdo silencioso, la compasión se encendió entre ellos como una llama compartida. No importaba cuán gélida fuera la ilusión que atenazaba ese lugar, le responderían con calidez. Juntos, se internaron en dirección a la torre del reloj, con todos los sentidos en guardia. El aire se volvía más frío con cada paso, un lúgubre frío glacial espesándose como para salirles al encuentro —pero los jóvenes magos llevaban una linterna de empatía en el corazón, y su resplandor no se dejaría apagar.

A través del mercado y la niebla

Las estrechas callejuelas de Rostock yacían bajo un velo de quietud antinatural. Normalmente, la cálida luz de las farolas y las charlas amistosas animarían el crepúsculo, pero ahora cada callejón se sentía sombrío y ajeno. Los seis compañeros se desplegaron con cuidado por la plaza, moviéndose como centinelas silenciosos. Un movimiento fugaz llamó la atención de Greenie: al fondo de una calle empedrada, una mujer con una túnica gris plateada se escabulló entre los puestos del mercado, su figura medio perdida en la niebla arremolinada. Paulina Tetrikus —la Anticuaria de la Compasión— se deslizaba en el límite de su visión. Aunque la bruma distorsionaba su silueta, un aura de suave pena irradiaba de ella, como la luz de la luna tras las nubes. Estaba guiándolos, intencionadamente o no, hacia el viejo cementerio de la iglesia más allá de la plaza.

Blunt hizo una seña con dos dedos, y ellos lo siguieron en formación. Los últimos destellos del ocaso se aferraban a los tejados de ladrillo rojo mientras pasaban junto a tiendas cerradas y umbrales silenciosos. Cuanto más se acercaban al camino de Paulina, más intenso se volvía el frío. Finas capas de escarcha se cristalizaban a lo largo de las barandillas de hierro forjado y los bordes de los ventanales. Breezie se deslizó al frente, alzando la mano. Un suave viento sopló hacia adelante a su mandato, apartando los tentáculos de niebla que serpenteaban por un callejón. A la luz de una solitaria farola, vieron la silueta de Paulina detenerse al fondo, junto a un portón de hierro forjado que conducía hacia el Reloj Astronómico. Nos está guiando a la torre del reloj, pensó Blunt, con el corazón sereno.

Desde las callejuelas cercanas, la influencia de la ilusión se cernía sobre ellos, poniendo a prueba su determinación incluso mientras avanzaban. La magia empática de Greenie se extendió como enredaderas invisibles a ras del suelo, percibiendo las ondulaciones del descontento. A través de las rendijas bajo sólidas puertas de madera, captó fragmentos de disputas triviales y sollozos ahogados.

—Los vecinos riñen por asuntos sin importancia —susurró—, y nadie se detiene a consolarlos.

Podía sentir cómo esos pequeños abandonos alimentaban la gran ilusión, como leña seca avivando un fuego.

Los ojos de Reddish se entrecerraron mientras escudriñaba las sombras cada vez más densas. Junto a una panadería cerrada divisó una figura pálida acurrucada en el escalón: la tenue ilusión de un niño con la cabeza entre las manos, que se desvaneció en el mismo instante en que alguien podría haber reparado en él. Al otro lado de la calle, parpadeó otro fantasma: una anciana batallando con un cubo pesado mientras los transeúntes —tanto reales como ilusorios— se desviaban. Los rizos castaño-cobrizos de Reddish crepitaron con estática al elevarse su ira.

—Si la ilusión nos incita a ignorar un grito de auxilio —dijo entre dientes—, responderemos tendiendo la mano.

Su determinación brillaba en las brasas de su varita. No habría vacilación: ya se estaba preparando para actuar.

El monóculo de Checkered relució mientras enfocaba un tenue brillo cerca de una farola. Dos ciudadanos espectrales estaban allí en acalorada discusión, mientras a su alrededor otras siluetas pasaban de largo con la nariz en alto. La erudita en Checkered se indignó ante el patrón evidente: eran pruebas, escenas conjuradas para provocar indiferencia.

—Son trampas para el corazón —advirtió en voz baja—. Ilusiones para ver si pasamos de largo. No debemos permitir que arraiguen.

Como en señal de acuerdo, la capa rubí de Firee centelleó tras ella.

—Ni una sola —murmuró él.

Una chispa restalló en sus dedos, reflejando su impaciencia por enfrentar al enemigo invisible. Todos recordaban la lección de Hazleton: en el instante en que se mostraba compasión, la ilusión de apatía se resquebrajaba. Aquí y ahora, pensaban hacer lo mismo sin demora.

El grupo avanzó a través del laberinto de casas y tiendas, alerta y unido. En cada recodo aparecía una nueva escena de callada desesperación o discordia —apariciones lanzadas como cebo en el crepúsculo. Y a cada paso, los magos respondían con empatía viviente. Checkered se apartó brevemente para alzar aquel cubo fantasmal de las manos de la anciana, ofreciéndole una suave sonrisa antes de que tanto la mujer como la carga se desvanecieran en fina niebla. No había pasado un solo latido cuando Reddish ya se arrodillaba junto a la imagen del niño lloroso, envolviendo a la pequeña figura en el calor reconfortante de su capa.

—No estás solo —susurró, y la silueta sollozante del niño se disolvió en luz. Breezie envió una corriente vigorizante de viento entre los dos espectros que reñían junto a la farola, acallando sus voces airadas; en la repentina calma, la ilusión pendenciera perdió toda sustancia. Al mismo tiempo, Firee se topó con la aparición de un anciano tiritando, encorvado contra un muro. Sin mediar palabra, se quitó su propia capa y la colocó sobre la forma desvaída, conjurando un calor suave que derritió el hielo de los adoquines bajo los pies del anciano. Una sonrisa agradecida surcó el rostro de la ilusión un instante antes de que se desvaneciera como vaho en un espejo.

Cada acto compasivo fue simple y pequeño, pero en esos momentos la niebla opresiva retrocedía. Las ilusiones que merodeaban por esas calles no tenían respuesta ante una bondad tan inmediata. Una a una, parpadearon y murieron, dejando solo leves huellas tras de sí: una única lágrima seca entibiándose sobre la piedra, un destello de luz donde antes hubo sombra. Cuando los seis amigos se reagruparon cerca del portón del cementerio, el aire a su alrededor se sentía apenas un poco más liviano. La bondad, por breve que fuera, había empezado a deshelar la escarcha. Incluso los vecinos ocultos tras puertas cerradas parecieron agitarse con un poco más de empatía, como si inconscientemente hubieran sido tocados por la suave onda que los magos enviaron a través de la noche.

Un portón de hierro forjado se abrió con un chirrido más adelante. Paulina Tetrikus estaba justo al otro lado, en el amplio patio de la iglesia donde se alzaba la gran torre de reloj de madera. Volvió su rostro velado hacia los seis, con los ojos apenados pero orgullosos. Los últimos vestigios de niebla remolinaban a sus pies. Detrás de ella, el Reloj Astronómico de la Iglesia de Santa María en Rostock aguardaba en una quietud sobrecogedora. Sus constelaciones y figuras talladas estaban ya apagadas bajo una pátina de escarcha, y toda la torre emanaba un frío glacial. Paulina alzó una mano esbelta, haciéndoles señas para que atravesaran el portón. El tiempo de las pruebas sutiles había terminado; el corazón de la ilusión yacía aquí, atado al antiguo reloj, y era aquí donde la compasión enfrentaría su prueba definitiva.

La prueba de la bondad

Dentro del patio de la iglesia reinaba una quietud extraña. El crepúsculo había dado paso a la noche, y unos cuantos copos de nieve flotaban a la luz de las linternas como si el tiempo mismo se hubiera ralentizado. El célebre Reloj Astronómico de Rostock se erguía ante los magos, con sus figuras talladas e intrincadas esferas silenciadas bajo un encantamiento de hielo.

Durante cinco siglos, desde que el relojero Hans Düringer lo construyera en 1472, este reloj había marcado fielmente las horas… hasta esta noche. Normalmente, cada día al mediodía, las figuras talladas del reloj cobraban vida: un esqueleto que representaba a la Muerte tañía una campana, y los doce apóstoles desfilaban frente a una figura central de Cristo que alzaba Su mano en bendición por cada uno —todos salvo el último apóstol, Judas, para quien la puerta permanecía cerrada. Era un ritual de siglos, de tiempo y fe, que recordaba a la ciudad la preciosa brevedad de la vida. Pero ahora el reloj yacía silencioso e inmóvil. Ninguna figura se movía en sus nichos, y no sonaba ningún alegre carrillón —solo el susurro distante de ramas desnudas rompía el silencio. La visión encogió el corazón de Greenie. Este reloj había guiado a la ciudad durante generaciones; verlo tan detenido se sentía como contemplar un corazón convertido en piedra.

Paulina Tetrikus dio un paso al frente bajo la gran esfera zodiacal del reloj. En la penumbra, sus túnicas grises plateadas captaron el resplandor de las linternas, centelleando como si estuvieran tejidas de la misma niebla. Su rostro apacible estaba parcialmente oculto por una capucha, pero la preocupación grabada en él era evidente. A sus pies, tenues escenas espectrales continuaban centelleando —ilusiones de vecinos necesitados, repitiéndose y multiplicándose mientras la fuente de la magia luchaba por mantener el control. La voz de Paulina sonó suave y clara, propagándose en el aire frío:

—Las ilusiones de insensibilidad se deslizan aquí, separando unos corazones de otros. Al hablar, un escenario fantasmagórico a su lado mostró a dos vecinos dándose la espalda, con los brazos cruzados y la mirada fría. Paulina lo atravesó con el brazo, tristemente, y la visión se dispersó en motas heladas. —Si no se detiene, esta apatía se extendería hasta que nadie sintiera el dolor ajeno.

Los seis magos formaron medio círculo frente a ella, su aliento elevándose en vaho pálido en la gélida noche. Comprendían bien —esta era la misma ilusión contra la que habían luchado antes, ahora concentrada y desesperada. Blunt podía sentir la malignidad latente como agujas en su piel. Pero más poderoso era el calor que resplandecía en su pecho: la certeza inquebrantable de lo que debía hacerse.

—No dejaremos que eche raíces —prometió Blunt en voz queda.

Reddish colocó una mano sobre su corazón, mientras la de la varita ya se encendía en una llama tranquila y constante.

—Sin vacilar —afirmó.

Firee apretó un puño y asintió. Checkered se ajustó el monóculo, sus ojos brillando con determinación; Greenie y Breezie intercambiaron una mirada tranquilizadora. Uno tras otro, cada uno de los seis pronunció en unas pocas palabras o en silenciosa determinación la misma promesa: que, ante la primera señal de necesidad, responderían con genuina compasión. Ninguna mentira susurrada ni engaño gélido los tentaría hacia la indiferencia. Estaban allí para cuidar, de inmediato y con todo el corazón, hasta que esta ilusión se rompiera como hielo al deshelarse.

La expresión solemne de Paulina se suavizó ante sus declaraciones. Sus ojos centelleaban con una mezcla de tristeza y esperanza, como si llevara tanto el peso de aquellos que aún sufrían como la creencia de que estas valientes almas frente a ella podrían al fin aligerar esa carga. Por un instante, simplemente los miró: seis rostros jóvenes llenos de valor frente a la oscuridad. En su postura decidida vio el reflejo de cada virtud que habían reunido en su travesía: la humildad en su falta de arrogancia, la innovación en su enfoque creativo de cada rescate, la curiosidad en cómo buscaron cada dolor oculto, la perseverancia en la forma en que nunca se rindieron —y ahora la compasión brillando como la suma de todas esas luces. Paulina exhaló, dejando escapar un vaho plateado de sus labios. Satisfecha con su determinación, inclinó la cabeza.

—Que comience la prueba —dijo en voz baja.

Con un giro elegante, Paulina los condujo hacia un banco bajo de piedra al pie del reloj. Una linterna tenue colgaba allí de un gancho de hierro, su llama titilando frente al frío circundante. Junto a la linterna había una pequeña mesa de madera espolvoreada de nieve, y sobre la mesa descansaban dos pergaminos enrollados sujetos con una cinta simple. La escena resultaba curiosamente íntima: un estudio improvisado dispuesto a la sombra del imponente reloj, como si una maestra hubiera preparado una última lección para sus alumnos antes del examen final. Los magos se congregaron alrededor, y la luz de la linterna dibujó suaves reflejos en sus mejillas. Su resplandor anaranjado reveló cálida esperanza en algunos ojos, determinación de acero en otros, y en todos ellos, el reflejo de esa pequeña llama firme contra la oscuridad. Paulina se colocó frente a ellos, con las manos apoyadas ligeramente sobre los pergaminos.

—La compasión se nutre de la comprensión —dijo en voz baja—. Antes de enfrentar plenamente estas ilusiones, recuerden las lecciones que los guían.

Tomó el primer pergamino y se lo entregó a Greenie.

—Comencemos con un relato que ya han oído antes: El gorrión y el Valle de Piedra. Lo leímos esta mañana en Hazleton, pero bajo el silencio de esta noche quizá su verdad brille de nuevo. Greenie aceptó el pergamino con reverencia. Aunque conocía esta fábula, comprendió por qué Paulina quería revisitarla: ciertas lecciones se profundizan cada vez que se reflexiona sobre ellas. Con sumo cuidado, Greenie desenrolló el pergamino sobre la mesa. El pergamino crujió levemente, despidiendo el tenue aroma de tinta añeja. Todos se aproximaron, hombro con hombro, mientras la suave voz de Greenie se alzaba para leer a la luz de la linterna.

El gorrión y el Valle de Piedra

En el Valle de Piedra, el sol ardía implacable, dejando la tierra agrietada y sin vida. Allí habitaban criaturas cuyos corazones hacía mucho se habían secado en duras corazas de indiferencia. Lagartos tomaban el sol a solas sobre rocas quebradizas, coyotes merodeaban en amarga soledad, e incluso los cactus se erguían rígidos, con espinas afiladas e inflexibles. "Siempre ha sido así", murmuraban, resignados a un mundo despojado de ternura.

Aun así, a esta tierra reseca llegó aleteando Elara, un pequeño gorrión de plumas color del alba y un corazón radiante de compasión. Dondequiera que volaba, difundía susurros de esperanza, pero estos se dispersaban en oídos sordos y corazones cerrados. Indómita, Elara buscó sin descanso, percibiendo una verdad oculta bajo la tierra estéril.

Los vientos ardientes se burlaban de sus esfuerzos, silbando con crueldad por el valle: "Ríndete, pajarilla insensata. La compasión no puede ablandar la piedra."

Sin embargo, Elara se negó a ceder. Una noche estrellada, guiada por su inquebrantable empatía, sintió un pulso bajo la corteza del valle, como el latido lejano de la propia tierra. Aterrizando suavemente, picoteó con delicadeza el suelo. Pronto surgió un hilo de agua, diminuto pero milagroso: un manantial secreto oculto en lo profundo.

Las criaturas observaban con escepticismo.

"Desaparecerá," siseó el lagarto. "No es más que un engaño," gruñó el coyote. Sin embargo, día tras día Elara continuó su humilde labor, ensanchando con cuidado el pequeño arroyo con incansable esfuerzo.

Gradualmente, la curiosidad ablandó a los endurecidos habitantes del valle. El cactus se inclinó más cerca, ofreciendo sombra al gorrión incansable. El lagarto, intrigado por su perseverancia, apartó los guijarros sueltos de su camino. El coyote, conmovido por su gentil fortaleza, cavó en la tierra dura a su lado. Con un propósito compartido, garras y espinas, patas y plumas se unieron en armonía —cada criatura aportando lo que podía.

Finalmente, el manantial brotó con fuerza, claro y abundante, descendiendo en cascada jubilosa por el valle. La vida floreció rápidamente, suavizando no solo la tierra sino también los corazones antaño insensibles de quienes vivían allí. Las flores brotaron donde la desesperanza había echado raíces, la risa resonó donde antes reinaba el silencio, y aquellos seres antes solitarios descubrieron el calor de la comunidad.

Elara, cumplida su misión, se posó satisfecha sobre una rama florecida. "La compasión," cantó suavemente, "es el agua escondida que nutre toda vida. Juntos, florecemos. Divididos, nos marchitamos."

Y desde aquel día, el Valle de Piedra no fue recordado por su pasado insensible, sino como el Valle de la Renovación —donde la compasión fluía tan libremente como las aguas que restauraron su mundo.

La voz de Greenie se fue apagando, y durante unos instantes el único sonido fue el chisporroteo suave de la linterna. Sostuvo el pergamino con ternura, como si sintiera el peso de la travesía de Elara posarse en su propio corazón.

—Incluso un desierto de indiferencia puede restaurarse —susurró Greenie.

La imagen de aquel gorrioncillo picoteando persistentemente la piedra parecía flotar en el aire frío a su alrededor. Pensó en las ilusiones de Hazleton esa mañana, en cómo un solo acto de acercamiento había empezado a resquebrajar el hielo de la apatía.

—Elara logró que todos se unieran para ayudar —continuó Greenie, con los ojos brillantes—. En el momento en que alguien se atrevió a preocuparse, la ilusión de un valle sin vida perdió su dominio. Y de hecho, en Hazleton ellos habían presenciado esa misma verdad: una chispa de compasión había reunido a muchos.

Paulina asintió, una suave sonrisa iluminando sus facciones.

—Exactamente. Con sumo cuidado tomó el primer pergamino de manos de Greenie y sacó el segundo. Los bordes de este pergamino relucían con una leve escarcha a la luz de la linterna, como si hubiera estado esperando una noche de invierno como esta. Lo colocó en las manos anhelantes de Reddish.

—Y ahora El sudario de la indiferencia —dijo Paulina—. Un poema para reforzar la magia silenciosa de la compasión. Léelo en voz alta, y que cada verso les recuerde cómo la empatía deshiela lo que está congelado.

El sudario de la indiferencia
En el abrazo del invierno, un sudario se tejió,
Un velo de hielo ocultando el dolor,
Donde los corazones yacían encerrados
en escarcha silenciosa,
Cada súplica en la oscuridad clamaba en vano.

El sufrimiento silencioso persistía invisible,
Los lamentos flotaban como aliento en el aire gélido,
La fría indiferencia atenazaba la tierra,

Nadie recordaba cómo mostrar cariño.

Sin embargo, en lo profundo de aquel frío quebradizo,
Una sola chispa comenzó a brillar—
La tibia quietud de un cuidado tierno,
Una semilla de bondad en la nieve.

Se propagó suavemente de corazón a corazón,
Derritiendo con gracia el hielo amargo,
Hasta que la compasión descongeló la escarcha,
Revelando verdades que el tiempo no puede borrar.

Cuando el calor disolvió el velo helado,
Las ilusiones se hicieron añicos, nítidas y brillantes:
Cuando los corazones se unen en empatía,
Llevan al mundo de la oscuridad a la luz.

No hay crueldad donde mora el amor,
No queda escarcha una vez que germina la bondad;
La calidez gentil sana las heridas más hondas,
Y a través de ella fluye la humanidad.

Reddish dejó que los versos finales resonaran en el silencio. Las imágenes del poema perduraban como un aliento visible en el frío —desvaneciéndose lentamente, pero no sin que todos hubieran sentido su verdad. Breezie cerró los ojos, imaginando aquel sudario de hielo partiéndose bajo la fuerza de muchas manos bondadosas. Los dedos de Firee tamborileaban suavemente sobre la mesa, cada línea evocando recuerdos de ilusiones que habían derrotado: las sombras de la ignorancia, las tormentas de la injusticia, y ahora este frío de la apatía. Todos percibían el poder sutil tejido en las rimas del poema. La compasión no llegaba como un fuego rugiente o un repentino rayo; comenzaba como una chispa, un pequeño brillo constante que se propagaba de una persona a otra, derritiendo incluso una vasta penumbra helada.

—Porque cuando los corazones se unen, ninguna ilusión perdura —dijo Reddish en un murmullo, casi como para sí.

La llama de la linterna titiló, y en ese momento cada uno de ellos asimiló la promesa del poema: No queda escarcha una vez que germina la bondad. Blunt exhaló un aliento que no se había dado cuenta de que contenía. Pensó en el Arlequín Oscuro —el titiritero sin rostro detrás de estas pruebas— y sintió que una tranquila confianza echaba raíces. Cualquiera fuera la última ilusión que ese enemigo pudiera tejer, podría deshacerse con la misma cálida paciencia descrita en estos versos.

Un silencio cayó sobre el grupo tras la lectura. Paulina cerró los ojos como en una breve plegaria, luego los abrió con renovada claridad.

—Ahora poseen las lecciones —murmuró, su voz reverente en la quietud invernal—. La esperanza de un gorrión, el resplandor de una linterna, un sudario que se deshiela: cada cual les enseña la elección ante ustedes.

Lentamente, volvió a enrollar el pergamino escarchado y lo dejó a un lado. Cuando volvió a mirar a los magos, su actitud había cambiado sutilmente. La bondadosa mentora seguía allí, pero en su porte estaba también la firme resolución de una anticuaria a punto de administrar un examen final.

—¿Compasión o insensibilidad? —dijo Paulina, alzando una mano—. Muéstrenme cuál prevalece.

En respuesta a sus palabras, el aire circundante tembló, y de los rincones del patio las figuras espectrales de la indiferencia empezaron a reunirse una vez más. La última oleada de la prueba era inminente.

Los seis amigos se irguieron y cuadraron los hombros. Podían sentir el poder de la ilusión arremolinándose a su alrededor ahora, atraído por la convocatoria de Paulina. Checkered se ajustó rápidamente la cola de caballo, su mente analítica anticipando ya los patrones que estas pruebas podrían tomar. Greenie colocó una mano tranquilizadora sobre su propio pecho, centrando su energía empática y preparándose para proyectarla hacia afuera en cualquier momento. Firee y Reddish dejaron que un hilo de magia elemental —calor y llama— fluyera a través de sus varitas, listos para desplegar bondad en la forma que fuera necesaria. Breezie y Blunt intercambiaron una última mirada de firme seguridad. Ya habían hecho todo esto antes y lo harían de nuevo, tantas veces como hiciera falta. En sus mentes resonaba el estribillo: sin vacilar, solo corazón.

Paulina trazó un arco suave con el brazo y dio un paso atrás. La linterna sobre la mesa parpadeó y palideció mientras el frío en el patio se intensificaba.

—Manténganse firmes —dijo suavemente. Su figura plateada pareció difuminarse en el fondo cuando la verdadera prueba dio comienzo—. Muestren a estas ilusiones el calor que mora en ustedes. Muéstrenlo ahora, o se perderán en la escarcha.

En su última palabra, una ráfaga repentina aulló por el patio, llevando consigo una ráfaga de nieve y seis escenas distintas de necesidad que se abalanzaron hacia los jóvenes magos desde todas las direcciones.

Escenas del corazón

Un conjunto de imágenes espectrales cobró vida alrededor de la torre del reloj, cada una un cuadro en movimiento de soledad o conflicto, cada una exigiendo empatía inmediata. En la primera, un hombre de mediana edad estaba sentado en el suelo a pocos pasos de Checkered, el rostro enterrado entre las manos. Aunque solo era un fantasma, irradiaba una desesperación tan palpable que Checkered sintió un nudo en la garganta. Cuando dio un paso hacia él, un susurro siseante se enroscó en su oído: *«Sigue caminando; esto no es asunto tuyo. Tienes cosas más importantes que hacer.»* La voz era fina e insistente, el último intento de la ilusión por sembrar duda. Por un brevísimo instante, el lado racional de Checkered casi estuvo de acuerdo; al fin y al cabo, estaban en medio de una prueba crítica. Pero entonces recordó la fábula del gorrión y el juramento del poema. Nada es más importante que un solo acto de compasión cuando hace falta. Apartando aquel pensamiento ponzoñoso, Checkered avanzó a zancadas a través de la ráfaga de nieve y se arrodilló junto a la figura encorvada. Apoyó una mano firme en el hombro del hombre.

—Estoy aquí contigo —susurró. Sus palabras fueron sencillas, pero vertió en ellas toda la delicada inmediatez de que fue capaz. De inmediato, el hombre fantasma alzó la cabeza; sus ojos hundidos destellaron con un repentino brillo de consuelo. La ilusión se estremeció bajo el toque de Checkered, formándose grietas de luz a lo largo de su silueta. En un parpadeo, la triste figura se evaporó en un remolino de copos de nieve, dejando solo la calidez de la mano de Checkered tocando el aire vacío.

Al otro lado del patio, Greenie se enfrentó a una segunda aparición. Un recién llegado al pueblo —reconocible por un abrigo manchado de viaje— permanecía tímidamente al borde de un pequeño grupo. Los lugareños en esta ilusión le daban la espalda, hablando en tono áspero sobre "forasteros", mientras el rostro del recién llegado se arrugaba de dolor. El corazón de Greenie latió con empatía; podía sentir el aguijón del rechazo tan vívidamente como si fuera propio. Una voz fría flotó desde la multitud ilusoria: *«No te metas. Este no es tu problema»*. Los ojos de Greenie destellaron con determinación. No sería una espectadora de la crueldad. Con un grácil movimiento de su brazo, envió una oleada de luz esmeralda. De la nieve a sus pies brotaron zarcillos de suave magia verde que se entrelazaron alrededor de los aldeanos de la visión, volviéndolos delicadamente hacia el recién llegado y enlazando sus manos en una cadena de hiedra.

—Te damos la bienvenida —dijo Greenie, con voz suave pero firme.

El hechizo de aislamiento se rompió en un instante: los rostros hostiles de la multitud se suavizaron, y uno a uno se acercaron al recién llegado como amigos. Un suspiro colectivo de alivio pareció emanar de la ilusión cuando se hizo añicos en mil motas de luz esmeralda, como hojas arrastradas por la brisa. Donde habían estado los vecinos fantasmales, Greenie ya solo se encontró con nieve cayendo y sintió la cálida gratitud de una docena de corazones encontrando aceptación.

Reddish, con sus sentidos afinados para percibir cualquier atisbo de sufrimiento, divisó un tercer fantasma junto al viejo pozo de piedra. Un niño pequeño tropezó y cayó en la nieve fresca, gritando de dolor. Alrededor del niño, figuras pasaban de largo, con la nariz en alto y la expresión vacía —nadie se detenía, ninguna mano se extendía. Reddish ni siquiera oyó el susurro que intentó disuadirla; ya estaba en movimiento.

—Oh, pobrecito —murmuró, atravesando el patio a toda prisa. Tomó al pequeño en sus brazos sin vacilar.

El niño era liviano como el aire —solo un espectro— pero él se aferró a su cuello, sollozando en su hombro como si fuera real. La capa carmesí de Reddish centelleó y proyectó un halo de calor alrededor de ambos, derritiendo la nieve donde estaban arrodillados. Ella frotó la espalda del niño con suavidad.

—Todo está bien. Te tengo.

Las ilusiones de transeúntes indiferentes se detuvieron en seco; cada figura congelada se disolvía en la niebla al enfrentarse a la evidencia innegable de la compasión. El llanto del niño se apaciguó. Él miró a Reddish con ojos llenos de asombro y gratitud antes de que su pequeña forma brillara y desapareciera como una chispa elevándose en la oscuridad. Reddish permaneció sobre una rodilla un momento, sonriendo suavemente al espacio vacío en sus brazos que instantes antes sostuvo a un niño necesitado. Una única lágrima —ya no fría— humedeció la comisura de su ojo, y la dejó caer.

Firee se enfrentó a la cuarta ilusión cuando esta se abalanzó hacia él en un torbellino de aguanieve. Un anciano apareció en un banco, con los brazos alrededor de sí mismo, los dientes castañeteando por un frío invisible que ninguno de los vecinos a su alrededor parecía notar. Las gafas del anciano se empañaban mientras miraba a su alrededor suplicante, pero la gente pasaba apresurada, con la cabeza gacha. Una voz lo aguijoneó a Firee: *«No puedes ayudar a todos. Déjalo estar»*. La respuesta de Firee fue generar una llama suave entre sus manos ahuecadas, el fuego proyectando un brillo danzante en su rostro decidido. Se acercó al banco y se arrodilló. Sin decir palabra, Firee extendió sus manos hacia el anciano tiritante, ofreciéndole el regalo del calor. Los ojos del hombre ilusorio se abrieron tras sus lentes al ser envuelto por el calor dorado. Poco a poco, su postura rígida se relajó y un tenue color volvió a sus mejillas. Firee sostuvo su mirada y habló quedamente; el vaho de su aliento se mezclaba con las chispas que brotaban de sus palmas.

—No te han olvidado —le dijo—. Estoy aquí.

El anciano asintió lentamente, con gratitud, mientras lágrimas de alivio centelleaban en sus ojos. En ese momento, el solitario banco quedó bañado en un resplandor que ningún viento invernal pudo atenuar. Toda la escena luego se desvaneció en un fino vapor; la última brizna de la agradecida sonrisa del hombre perduró un segundo extra antes de desvanecerse en la noche. Firee se puso de pie, la nieve bajo sus botas derretida en un círculo perfecto. Presionó una mano cálida sobre su corazón, que latía firme con compasión y orgullo.

Un clamor de voces airadas atrajo a Breezie hacia la quinta ilusión cerca de la puerta del cementerio. Dos grupos de vecinos —traslúcidos como humo— se enfrentaban, gritando acusaciones sobre un jardín pisoteado. Otros se mantenían alrededor observando, con los brazos cruzados en desinterés, mientras la discusión escalaba hacia una pelea física. Era un caldo de cultivo perfecto para la apatía: un conflicto que todos consideraban "no es mi problema". Breezie sintió un conocido tirón de tentación en el aire: *«Mejor no entrometerse; ¿qué diferencia puedes hacer?»* Pero Breezie había renunciado hacía mucho a tal cinismo. Convocó una brisa amplia que se precipitó entre las partes enfrentadas. El viento repentino los sobresaltó, tironeando de abrigos y sombreros. Traía consigo un aroma reconfortante —aguja de pino y leña de hogar, la calidez del hogar— y envolvió a las figuras en disputa en un abrazo etéreo. Breezie se interpuso entre ellos, su capa ondeando como una gentil bandera de tregua.

—Paz —susurró, como al propio viento.

El aire arremolinado respondió llevándose las palabras ásperas de los labios de todos. Los aldeanos fantasmas parpadearon confundidos mientras la ira se escurría de sus rostros, reemplazada por una compasión avergonzada. Un hombre se agachó para recoger un fajo de papeles dispersos del otro; una mujer sacudió la nieve de los hombros de su vecina. La multitud de espectadores apáticos parpadeó fuera de la existencia al instante: ya no quedaba nada de lo que la indiferencia

pudiera alimentarse allí. Con una última ráfaga, todo el conflicto —
gente incluida— se esfumó en fina nieve centelleante. Breezie sonrió y
dejó que su viento amainara. Donde había estado la trifulca, dos
vecinos reales al otro lado del patio de pronto se detuvieron a mitad de
camino y se estrecharon las manos sin razón aparente, como si hubieran
sido tocados por la onda de armonía que Breezie había liberado.

La sexta y última ilusión se abalanzó hacia Blunt. Dos vecinos
espectrales estaban de pie frente a la iglesia, cara a cara, gritándose
furiosos por una linde marcada en la nieve. Otras figuras del pueblo
pasaban de largo encogiéndose de hombros, con un "No es asunto mío"
en los labios. Blunt sintió que la ilusión tironeaba de él para hacer lo
mismo: simplemente seguir caminando y dejarlos en su pelea. Pero él
ya había afianzado el agarre en su báculo, la determinación
inundándolo. Mientras Reddish ayudaba al niño fantasma cercano y
Firee daba calor al anciano, Blunt se interpuso directamente entre estos
dos fantasmas enfrentados. Alzó su mano libre, y de sus dedos se
desplegó una suave radiación azul como una cinta de agua. La luz
reconfortante se entretejió alrededor de los vecinos airados, formando
un delicado puente de iluminación entre ellos.

—Basta —dijo Blunt, en voz queda, pero con autoridad—. Mírense
el uno al otro.

Los dos vecinos fantasmas guardaron silencio, mirando a través del
velo de luz de Blunt. Bajo el resplandor, sus expresiones se ablandaron
de ira a remordimiento. Uno extendió una mano vacilante hacia el otro
en señal de disculpa. Blunt asintió, guiando sus manos para juntarlas
dentro de la neblina cerúlea. La compasión propicia la resolución,
pensó mientras veía desvanecerse su malentendido. El frío amargo que
alimentaba su disputa se evaporó, y con él toda la ilusión estalló como
una burbuja. Copos de nieve se precipitaron al suelo donde los vecinos
enfadados habían estado, ahora nada más que cristales inofensivos
disolviéndose en la tierra húmeda. Sobre sus cabezas, el gran arco
estrellado del reloj relució, captando el reflejo de la luz azul de Blunt
mientras se desvanecía.

Por un instante, ninguno de los magos se movió. Pequeñas nubecillas de aliento se elevaban de cada uno mientras permanecían allí, tras el impacto de sus acciones inmediatas y desinteresadas. Alrededor del patio, los fantasmas de la apatía habían sido disipados casi tan pronto como aparecieron. Seis pruebas, seis respuestas instantáneas —compasión ofrecida sin vacilación a cada necesidad fugaz. Los jóvenes magos intercambiaron miradas de silencioso triunfo. En cada par de ojos estaba la misma realización: la ilusión nunca tuvo oportunidad. Privada de la indiferencia que requería, la magia de la insensibilidad se había marchitado como escarcha bajo un amanecer primaveral.

Un zumbido armónico y bajo comenzó a emanar de la base del reloj. El encantamiento que congelaba sus engranajes se estaba rompiendo. Firee, aún de pie cerca del banco donde había estado el anciano, alzó la vista para ver la esfera del Reloj Astronómico comenzar a brillar con una suave luz dorada. Uno a uno, los mecanismos del reloj reanudaron su movimiento. Una puertecilla sobre la esfera se abrió, y de ella salió el esqueleto tallado de la Muerte, tañendo su campana con ritmo solemne. Al mismo tiempo, la procesión de apóstoles se reanudó: cada figura de apóstol avanzó con elegancia en turno, y la figura central de Cristo alzó lentamente su mano en bendición. Incluso el disco calendario pintado en la base del reloj empezó a girar una vez más, contando en silencio días y años por venir. Todo el mecanismo cobró vida con gracia y propósito, liberado del encantamiento gélido. Un sonoro y cálido tic-tac resonó por el patio: el primer sonido genuino del tiempo avanzando que la ciudad había escuchado desde que las ilusiones cayeron —tiempo y vida, restaurados en armonía.

Paulina Tetrikus bajó los brazos, mientras los últimos restos de escarcha conjurada se evaporaban a su alrededor en volutas plateadas. Su rostro resplandecía con gratitud y serena maravilla al contemplar la escena transformada.

—Han demostrado su entrega —dijo, con la voz tintineante de un suave orgullo.

A su alrededor, la amenaza de la indiferencia había sido desterrada por el abrazo imparable de la empatía. Ninguna fanfarria estridente anunció la victoria —solo una paz profunda y reconfortante, de esas que se filtran cuando termina una pesadilla y uno se da cuenta de que el amanecer está cerca.

El reloj respira calidez

La antigua torre del reloj brillaba ahora con una amabilidad casi palpable. El ancestral reloj astronómico de Rostock, hacía unos instantes sepultado en hielo, irradiaba un calor suave como roble bañado por el sol. La llama de la linterna sobre la mesa se avivó por sí sola, como alimentada por la compasión que impregnaba la noche. Bajo el reloj, Paulina estaba de pie con las manos cruzadas sobre el corazón, contemplando su amada ciudad reavivarse. Las figuras talladas del reloj continuaban sus delicados movimientos, girándose unas hacia otras en actitudes de amistad y preocupación. Era como si el reloj mismo volviera a respirar —cada tic un latido del espíritu comunitario regresando al pueblo.

Al otro lado de la plaza, algunos vecinos habían salido de sus casas, atraídos por la extraña calma que se había asentado. No sabían de los fantasmas que habían girado a su alrededor minutos antes; solo veían su familiar reloj brillando cálidamente y a un puñado de desconocidos con coloridas capas de pie en el patio de la iglesia. Sin embargo, algo sutil había cambiado en su comportamiento. Dos vecinos que se habían evitado todo el día ahora se sonreían y caminaban del brazo por la calle. Un transeúnte se detuvo para ayudar a una anciana a cargar su leña, y continuaron juntos charlando amigablemente. Risas suaves y sinceras llegaban desde la dirección de la taberna reabierta mientras los amigos saludaban a los amigos. Sin saber por qué, todos en Rostock de pronto se sentían un poco más generosos, un poco más conscientes unos de otros. El frío que les había encorvado los hombros todo el día se había ido. En su lugar fluía una tranquila ligereza, como un río descongelado que se mueve suavemente tras una larga helada.

Blunt se apartó de la torre del reloj y dejó que su mirada vagara por la tranquila escena de la ciudad. Se dio cuenta de que todavía tenía los puños cerrados por la prueba; lentamente los abrió, sintiendo el aire frío de la noche morder el sudor que se había acumulado en sus palmas.

En una mano aún sostenía su báculo de roble, pero en la otra encontró un pequeño objeto que no recordaba haber agarrado durante el torbellino de acción. Sorprendido, Blunt abrió los dedos para revelar un engranaje de bronce, no más grande que su palma. Su superficie estaba realzada con patrones ornamentados de estrellas y enredaderas, y aunque una fina capa de escarcha se aferraba a él, el metal debajo relucía invitador. De pronto lo comprendió: debía haber estado encajado entre las tallas de madera del reloj y se soltó cuando el encantamiento se rompió. Un símbolo de la culminación de la prueba. Mientras la escarcha restante se derretía del borde del engranaje, unas letras se hicieron visibles, grabadas en un círculo elegante: Caritas Veritatem Revelat. Los labios de Blunt pronunciaron silenciosamente el latín, y sintió la traducción en su corazón tan clara como si alguien la hubiera hablado: "La compasión revela la verdad".

Blunt levantó el engranaje de bronce con reverencia, y sus palabras grabadas atraparon el resplandor de la linterna. Era precisamente la frase que los había guiado hasta aquí, la virtud que conectaba sus victorias pasadas con este momento. Greenie y Checkered se acercaron para ver el engranaje, y sus ojos se abrieron con sorpresa ante lo que veían. La inscripción parecía latir con una luz suave propia, como reconociendo que la verdad de la compasión efectivamente se había revelado esta noche. Uno a uno, los demás se reunieron alrededor de Blunt, formando un pequeño círculo bajo la benévola mirada del reloj.

Greenie pasó con delicadeza la punta de sus dedos sobre la inscripción. El bronce estaba tibio al tacto, casi vivo.

—El siguiente eslabón en nuestra cadena de virtudes —dijo en voz baja.

En su ojo mental vio la progresión de su travesía: desde la humilde semilla de la humildad en épocas pasadas, hasta la chispa de la innovación que Zeetrikus había encendido, hasta la luz inquisitiva de la curiosidad que empuñaron contra la ignorancia, hasta la firme fortaleza y perseverancia que los había llevado a través de cada dificultad —y ahora hasta la compasión, suave y radiante, que unía todos esos hilos. Cada virtud los había conducido de forma natural a la siguiente, forjando un lazo irrompible entre ellos. La garganta de Greenie se tensó de emoción al darse cuenta de lo lejos que habían llegado.

Blunt asintió, sosteniendo el engranaje contra su pecho. Dentro de su capa, otro artefacto —un engranaje plateado de la innovación que Zeetrikus le había dado tiempo atrás— zumbó en armonía solidaria. El lema del nuevo engranaje de bronce se sentía tanto como una promesa como una revelación. La compasión literalmente había descubierto la verdad aquí: que el frío insensible era una ilusión y que el verdadero corazón de esta ciudad seguía latiendo, cálido y bondadoso, por debajo. Blunt se volvió hacia Paulina, quien los miraba con lágrimas de alegría centelleando en sus pestañas.

—Gracias —dijo con sinceridad, y aunque se dirigía a Paulina, sus palabras parecieron abarcar toda la lección, la fábula, el poema y la prueba que acababan de compartir.

Paulina se acercó al grupo, posando sus manos sobre las de Blunt para encerrar el engranaje de bronce entre ellas. Por un momento, no dijo nada, dejando que el silencio hablara. De fondo, el restaurado tic-tac del reloj era tan reconfortante como el latido de una madre en una canción de cuna. Cuando Paulina finalmente habló, su voz estaba baja de gratitud.

—Donde la compasión se yergue, las ilusiones fracasan —dijo. Miró a cada uno de los seis a su vez, con orgullo y afecto brillando a través de su gentil semblante—. Lleven esta sabiduría con ustedes, amigos míos. No todas las pruebas se anunciarán tan claramente como esta, pero un corazón compasivo siempre revelará lo que la falsedad oculta.

Los magos inclinaron ligeramente la cabeza en señal de reconocimiento. Lo entendían bien: ya fuera en una ilusión mística o en la vida cotidiana, actuar con bondad iluminaría el camino por delante. Breezie dio un paso al frente, quitándose su gorra de terciopelo en un gesto cortés.

—No lo olvidaremos —prometió en voz baja.

A su alrededor, la nieve comenzó a caer de nuevo, pero esta vez los copos eran grandes, suaves e inofensivos, cubriendo el patio de la iglesia en una escena de pura tranquilidad.

Paulina dirigió una última y prolongada mirada al reloj rejuvenecido y a la apacible ciudad más allá. Su papel aquí había terminado. Con una sonrisa serena como luz de luna sobre la nieve, echó su capucha plateada sobre sus oscuros rizos.

—Su viaje ahora los lleva lejos de aquí —dijo—. A través de tierras y épocas… y de regreso a donde comenzó.

Sus ojos centellearon con picardía, insinuando verdades aún por desplegarse. Greenie sintió un leve escalofrío —no de frío, sino de anticipación— ante esas palabras.

De regreso a donde comenzó. ¿Era posible que Paulina supiera sobre el Orloj oculto de Boston, los antiguos salones que los aguardaban allí? Antes de que Greenie pudiera preguntar, Paulina dio un elegante paso atrás.

—Que tengan un viaje seguro, valientes —los bendijo la anticuaria.

Alzó una mano, y la luz de las estrellas pareció reunirse en la punta de sus dedos. Con un barrido lento, trazó un símbolo en el aire: el delicado contorno de un corazón que brilló y luego descendió suavemente sobre los seis como nieve que cae. El símbolo de Caritas —compasión— imbuido en la noche. Con eso, la forma de Paulina Tetrikus comenzó a disolverse en la misma niebla plateada de la que había surgido.

Reddish enjugó apresurada una lágrima de alegría de su mejilla y gritó: —¡Te haremos sentir orgullosa! Su voz resonó suavemente contra la piedra de la iglesia.

La figura desvaneciendo de Paulina les dedicó un último cálido asentimiento. Luego se fue, dejando solo unas cuantas motas centelleantes que se mezclaron con los copos de nieve que descendían del cielo.

En el silencio que siguió, los magos se dieron cuenta de que habían estado conteniendo el aliento. Lo dejaron salir al unísono, y una sensación de paz profunda llenó el patio de la iglesia. Arriba, el Reloj

Astronómico dio una sola nota clara cuando la figura tallada de la Muerte apareció y tocó su campana, marcando la conclusión de la prueba. El resplandor de la compasión residiría en este lugar por mucho tiempo.

Reflexiones en la plaza central de la ciudad

Durante unos minutos, ninguno de los seis se apresuró a partir. Deambularon por la plaza ahora tranquila, dejando que la experiencia calara hondo. La nieve se acumulaba en sus hombros y pestañas, pero apenas sentían el frío. Greenie cerró los ojos y extendió su aura empática hacia afuera en un suave barrido. Todo lo que percibía ahora era la emoción normal y sana de una comunidad en paz: una leve complacencia, un toque de cansancio al final del día, pero debajo de ello una renovada corriente de afecto vecinal. Las familias estaban en casa compartiendo la cena, los amigos intercambiaban saludos de camino a sus hogares, y ni rastro de malicia o desesperación mancillaba el ambiente. Greenie sonrió para sí. Como si la penumbra anterior nunca hubiera existido. En cierto modo, ése fue el mayor triunfo: habían corregido todo tan rápidamente que no quedó cicatriz alguna.

Cerca de allí, Checkered se apoyaba en una farola, repasando los acontecimientos de la noche en su mente analítica. Un suave halo dorado de la lámpara caía sobre la nieve a sus pies mientras reproducía cada escenario de ilusión. Cada uno de ellos había sido una variante del mismo tema: alguien necesitado, y otros tentados a ignorarlo. Y cada vez, los magos habían respondido de inmediato, uniendo acción y empatía sin demora. Ella asintió levemente, satisfecha.

—Es consistente —murmuró en la quietud, su aliento formando una breve nube—. Si la compasión llega de inmediato, la ilusión de la indiferencia sencillamente no puede arraigar.

En esa comprensión residía un profundo aliento: habían encontrado una fórmula para derrotar este vicio tan segura como un teorema demostrado. Checkered se permitió una sonrisa poco común, sintiendo orgullo por cuánto había avanzado su entendimiento.

Firee, por su parte, deambulaba junto a los puestos del mercado que habían visto antes, ahora cerrados por la noche. Pasó una mano enguantada por un mostrador cubierto de nieve, recordando cómo las ilusiones en sus primeras aventuras a veces persistían y ofrecían resistencia. No esta noche. Incluso una oleada combinada de insensibilidad se había derretido casi al instante bajo su compasión concertada. Alzó la vista hacia la distante silueta de las torres de ladrillo rojo de la ciudad, luego más allá de ellas en su imaginación hasta Boston, donde sin duda esperaban más pruebas. Una suave risita se le escapó.

—Ilusiones que antes nos tomaban horas desenredar —dijo para nadie en particular— ahora apenas duran un minuto.

No había arrogancia en su tono, solo una especie de risa asombrada, como la de quien se percata de que ha crecido más alto sin darse cuenta. Firee sintió una profunda confianza brillando en su interior. Ahora eran más rápidos, más sabios y más fuertes juntos, como una orquesta bien ensayada que puede interpretar cualquier pieza impecablemente al primer vistazo.

Breezie inspiró profundamente el aire frío y puro, saboreando la sensación limpia de un mundo liberado de sombras. El aroma de fogatas de pino y nieve recién caída llenaba sus pulmones. Al exhalar, envió un travieso soplo de viento a bailar entre los tejos del cementerio. Las ramas susurraron suavemente, como dándole las gracias. Los pensamientos de Breezie revolotearon de regreso a Concord, a Monticello, a cada lugar que habían visitado en este viaje. Un patrón estaba claro: cuando dudaban, aunque fuera por un momento, las ilusiones encontraban terreno. Pero cuando actuaban como uno solo, directamente desde el corazón, esas ilusiones colapsaban inmediatamente.

—Compasión inmediata, resultados inmediatos —dijo en voz baja, haciendo eco de la simple verdad.

Un orgullo tranquilo se instaló en él. No es que fueran más fuertes o rápidos que antes en ningún sentido muscular; más bien, habían aprendido a confiar en la importancia del ahora. Una bondad demorada era una bondad potencialmente perdida; una bondad brindada al instante era una semilla que podía salvar una vida.

Cuando la suave brisa de Breezie regresó al grupo, llevando consigo una ráfaga de nieve que centelleaba a la luz de las lámparas, Blunt carraspeó para reunirlos con delicadeza. Tenían la costumbre, después de cada prueba, de compartir una reflexión final, y los viejos instintos los juntaron en un estrecho corro. Su aliento y el calor de sus cuerpos formaron un bolsillo acogedor en la fría noche. Al principio no hicieron falta palabras —cada uno vio sus propios sentimientos reflejados en los ojos de los demás. Alivio. Logro. Determinación ante lo que les aguardaba. Greenie apretó ligeramente el hombro de Blunt, y él le correspondió, reconociendo todo lo que ella había hecho con un solo gesto. Firee ofreció un suave choque de puños a Reddish, quien lo recibió con una sonrisa; ambos recordaban cuán rápidamente ella había acunado a aquel niño ilusorio. Checkered se ajustó el monóculo y le dedicó a Breezie un gesto de agradecimiento por su hábil manejo de la disputa. En el silencio, su unidad quedó reafirmada con más fuerza que cualquier juramento pronunciado.

Salida de Rostock

Por fin, los seis amigos supieron que era hora de seguir adelante. La noche había caído por completo, y una luna creciente plateada asomaba entre nubes cargadas de nieve, iluminando su camino fuera del patio de la iglesia. Antes de irse, se reunieron al pie del Reloj Astronómico para una última mirada. La torre del reloj se alzaba alta y orgullosa, cada una de sus figuras restauradas brillando suavemente mientras continuaban su delicada procesión a la hora en punto. La luz de las farolas y la nieve recién caída le daban a toda la plaza un encanto de cuento.

—Ahora estarán bien —dijo Blunt en voz baja.

En la quietud, sus palabras cobraron peso. Rostock estaba a salvo del yugo de la apatía una vez más.

Blunt guardó el engranaje de bronce con la inscripción Caritas Veritatem Revelat en un bolsillo interior de su capa, cerca de donde guardaba los otros símbolos de su travesía. El engranaje vibró suavemente, como satisfecho. Sintió un zumbido similar resonar a través de su propio engranaje de sinergia —un artefacto entregado cuando se formó su hermandad. Los dos objetos parecían reconocerse entre sí, bronce y latón, compasión y unidad, palpitando en armonía. Blunt sonrió ante el ritmo reconfortante contra su pecho: un trabajo bien hecho.

Las puertas de la ciudad estaban abiertas y sin guardia, despidiendo a los viajeros con la misma calidez con que los habían acogido. Al cruzar más allá de la última casita, Firee se volvió para una última mirada. El rostro de la torre del reloj era apenas visible sobre los tejados, sus agujas doradas reflejando la luz de la luna. Más temprano esa noche, esas agujas habían estado congeladas; ahora se movían libremente, marcando la hora con perfecta precisión. Firee asintió satisfecho y murmuró:

—Las ilusiones dependen de nuestra vacilación para sobrevivir, y esta noche no les dimos ninguna.

Checkered, caminando a su lado, añadió por lo bajo:

—Ni un segundo para afianzarse.

Los dos compartieron una mirada de complicidad. Era un pensamiento alentador para llevar consigo hacia cualquier oscuridad que pudiera venir: no permitirían al mal ni el más mínimo adelanto.

Una vez fuera de las afueras de la ciudad, el camino descendía a través de un bosque de pinos adormecidos. Las pesadas ramas se doblaban bajo la nieve fresca, formando un arco natural. Breezie se detuvo, percibiendo algo en el viento. Cerró los ojos y extendió su magia, filtrando la brisa nocturna como si hojeara las páginas de un libro. Cuando los abrió de nuevo, brillaban agudos con información. —Todo despejado por aquí —informó suavemente. Los últimos vestigios de la ilusión de Paulina se habían disipado por completo; nada maligno quedaba en los alrededores. Breezie entonces envió esa misma brisa a saltar por el camino, de este a oeste. Regresó con los más leves indicios de sal y humo de chimenea: aromas de la lejana ciudad junto al mar que llamaban hogar por ahora. Breezie sonrió. —Boston nos llama — dijo, con una nota de entusiasmo en la voz—. Sospecho que sus antiguos salones han guardado algo esperándonos. Quizá otra prueba, o tal vez un enfrentamiento gestado durante mucho tiempo —de cualquier modo, su viaje estaba trazando una curva de regreso a Boston, donde había comenzado.

Los ojos de Blunt se iluminaron ante la mención de Boston. Sacó de nuevo el engranaje de bronce para verlo mejor a la luz de la luna. Efectivamente, junto con el lema en latín, el engranaje llevaba pequeños símbolos alrededor de su borde: un astrolabio, una balanza, una pluma, una linterna. No los había notado en la penumbra del cementerio, pero ahora reconocía esos iconos —cada uno vinculado a una virtud y a un lugar que habían encontrado. Y allí, justo al lado de la palabra grabada Veritatem, había un diminuto grabado de un edificio familiar con aguja: la Antigua Casa de Estado de Boston, o quizá la Antigua Casa de Congregación del Sur —uno de los salones coloniales que albergaba el reloj más antiguo de la ciudad. Blunt no podía estar seguro de cuál, pero era una pista suficiente. Los antiguos corredores de Boston, como insinuó Paulina, en verdad los estaban llamando. —Investigaremos cada salón antiguo y reloj escondido en Boston si es necesario —dijo Blunt con tranquila determinación, guardando el engranaje de nuevo con cuidado—. Cualquiera que sea la ilusión o el adversario que nos espere allí, estaremos listos. Sintió el peso reconfortante de todos los símbolos y lecciones reunidos, descansando contra su corazón. Cada uno de ellos los guiaría ahora.

Reddish caminaba unos pasos por delante, sus botas crujiendo en la nieve recién caída. Echó un vistazo por encima del hombro a sus compañeros, los extremos de su bufanda roja ondeando en la brisa nocturna. —Que las ilusiones se reúnan todo lo que quieran —dijo, no con arrogancia sino con una especie de vivo entusiasmo. Chispas escarlatas danzaron brevemente en las puntas de sus dedos, reflejando su espíritu ardiente—. Las enfrentaremos como siempre lo hemos hecho: juntos y sin demora. En la mente de Reddish, ya estaba imaginando el enfrentamiento final que seguramente se avecinaba: si el Arlequín Oscuro pretendía fusionar todos los trucos perversos que ellos habían derrotado —ignorancia, corrupción, estancamiento, insensibilidad, y quizá más— ellos contraatacarían con las virtudes combinadas que ahora encarnaban. Sus ojos brillaron como ascuas ante la idea.

Los compañeros adoptaron un paso relajado mientras el camino se abría ante ellos, extendiéndose hacia el oeste bajo la luna. La nevada había cesado, dejando el paisaje cubierto de un blanco prístino. Sus siluetas proyectaban largas sombras sobre el brillante manto de nieve, seis figuras oscuras rodeadas por una tenue aura de luz reflejada en sus capas encantadas. No hablaron mucho; no hacían falta palabras para reconocer lo que cada uno sentía. En el silencio, el suave crujido de sus pasos parecía casi sonoro, y sobre ellos las estrellas brillaban nítidas y claras en el cielo negro.

Contemplando las virtudes unidas

Mientras viajaban hacia el oeste, más allá de las afueras de la ciudad hanseática, Reddish se encontró enumerando en su mente todas las ilusiones a las que se habían enfrentado hasta ahora. Ignorancia, injusticia, estancamiento, apatía… Cada una había intentado fracturarlos o frenarlos, y cada una había fracasado más rápido que la anterior. Mordió su labio pensativa. Si estos defectos morales eran piezas de un rompecabezas mayor que el Arlequín Oscuro estaba armando, entonces quizá una prueba final involucraría a todos a la vez. La idea era sobrecogedora —una sola ilusión encarnando cada vicio que habían visto— pero Reddish no sintió miedo. En cambio, una curiosa calma se apoderó de ella. Ya conocemos el antídoto, reflexionó. Actuar con virtud de inmediato, actuar como uno solo. Miró a sus amigos que avanzaban con esfuerzo por la nieve, cada uno absorto en una reflexión similar. Checkered cruzó la mirada con ella y le dedicó una pequeña inclinación afirmativa; claramente compartía la línea de pensamiento de Reddish. Las dos mujeres sincronizaron el paso, y aunque ninguna habló, ambas hallaron consuelo en el hecho tácito de que, cuando las virtudes se combinan, su poder no solo se suma: se multiplica.

Revelación sobre la próxima pista de Boston

Horas después, cuando el cielo al este comenzaba a clarear con la llegada del alba, los magos se detuvieron junto a una posada solitaria, al borde del camino, que permanecía a oscuras y cerrada a esa temprana hora. Se agruparon bajo el alero para descansar brevemente y planificar. Blunt sacó una vez más el engranaje de compasión de bronce y lo sostuvo en alto para que todos lo vieran en la tenue luz azulina de la mañana. La inscripción en latín alrededor de su borde relucía: Caritas Veritatem Revelat – "La compasión revela la verdad". El pulgar de Blunt recorrió pensativamente las palabras grabadas.

—Este emblema lleva la lección final de Paulina —dijo. En el silencio del patio de la posada dormida, su voz sonó firme—. En algún lugar de los barrios antiguos de Boston, otro reloj, otra verdad espera ser revelada.

Greenie se apretó la capa de viaje mientras soplaba una suave brisa helada. Su aliento se condensó blanco cuando habló.

—Quizá la ilusión final intentará ocultarse tras cada mentira y oscuridad que hemos visto hasta ahora —reflexionó en voz alta.

Ignorancia, miedo, odio… todos entretejidos. Antes esa posibilidad podría haberla hecho temblar, pero ahora se limitó a apretar la mandíbula. Si eso era lo que les aguardaba, lo enfrentarían con todo en lo que se habían convertido.

Firee colocó una mano sobre el hombro de Blunt, extrayendo calor del aura roja que aún se aferraba a él tras los esfuerzos de la noche.

—Pase lo que pase —dijo Firee, completando el pensamiento de Greenie—, proyectaremos sobre ello la luz combinada de todas nuestras virtudes. La compasión, antes que nada.

Echó un vistazo al engranaje en la mano de Blunt. Casi parecía brillar más con sus palabras.

—Revelaremos la verdad detrás de cualquier ilusión —añadió Firee con una sonrisa confiada. Cualquiera podría haber confundido su certeza con fanfarronería, pero cada uno de ellos sentía la misma confianza aflorando. No es que se creyeran invencibles; solo que creían con todo el corazón en los principios que los guiaban. Esa convicción, lo sabían, marcaba toda la diferencia.

Con los primeros tintes rosados del amanecer asomando por el este, se alejaron de la posada y retomaron el camino. La ciudad de Boston yacía muy lejos más allá del horizonte, pero en sus mentes se alzaba próxima y entrañable. Checkered se envolvió en su capa contra el frío de la madrugada.

—Salones antiguos… relojes antiguos —murmuró, recordando los muchos sitios históricos de Boston—. Empezaremos por lo más antiguo e iremos avanzando. La pista tendrá sentido cuando encontremos el lugar adecuado.

Los demás estuvieron de acuerdo. Era un plan sensato. Y si el Arlequín Oscuro pretendía enfrentarlos allí, que así fuera. Llevaban consigo el coraje humilde de Concord, el ingenio innovador de las enseñanzas de Zeetrikus, la curiosidad incansable de Monticello, y ahora, de Rostock, el fuego suave e inflexible de la compasión. Unidas, estas virtudes los guiarían hacia la verdad con tanta certeza como la Estrella del Norte guiaba a los marineros a casa.

El triunfo de la compasión

Así, al despuntar el alba, el Capítulo 9 de su travesía llegó a un tranquilo cierre. Las pruebas de la compasión en la plaza de Hazleton y en el reloj de Rostock habían sido como dos movimientos de la misma sinfonía, cada uno reforzando el mismo estribillo: un corazón bondadoso, mostrado sin demora, puede disipar incluso las sombras más profundas. En Hazleton, habían reavivado la calidez en una comunidad casi perdida en la apatía. En Rostock, demostraron que incluso un encantamiento que congelaba el espíritu de toda una ciudad se haría añicos ante una bondad inmediata y unificada. El engranaje de bronce inscrito con Caritas Veritatem Revelat era tanto prueba como recordatorio de estas victorias —una pequeña y reluciente pieza de la verdad que estaban descubriendo paso a paso.

Bajo la suave luz de la mañana temprana, los seis magos siguieron caminando, dejando huellas frescas en la nieve. Detrás de ellos, Rostock comenzaba a desperezarse bajo la protección de su reloj restaurado, los habitantes despertando a un nuevo día lleno de una ternura inconsciente los unos por los otros. Ni una sola persona en esa ciudad se daría cuenta de lo cerca que habían estado de perder su calidez comunitaria ante un frío invisible la noche anterior; la vida simplemente se sentiría un poco más dulce, un poco más esperanzada, como si la bondad hubiera tomado ventaja al comenzar el día.

Capítulo 10

Reflexión en Concord

– Las semillas de la sinergia

La advertencia del vigilante silencioso

La suave luz del crepúsculo se filtraba en la cripta de la Old North Church, donde piedras centenarias exhibían tenues runas coloniales que latían suavemente —un trasfondo de magia vibrando en el histórico corazón de Boston. La luz de las velas titilaba contra los arcos desgastados, proyectando sombras alargadas que danzaban como espíritus del año 1775. Desde un portal de resplandor bronce y azul surgieron Blunt, Reddish, Firee, Checkered, Breezie y Greenie, con sus capas Arlequín —remolinos esmeralda, llamas carmesí, olas de zafiro— reluciendo en la penumbra.

Blunt sostenía un engranaje de bronce con la inscripción "Quaestio Veritatem Revelat", aun débilmente resplandeciente tras su triunfo en Monticello. El lema en latín —"La pregunta revela la verdad"— evocaba cómo la curiosidad había hecho añicos las ilusiones de la ignorancia en aquella prueba, lo que les valió la llave de Morpheus. Igualmente, reciente era el recuerdo de las ilusiones de insensibilidad disipadas por la compasión en Stará Bystrica. Ahora percibía una nueva llamada del Orloj de Boston, una energía que no exigía combate sino reflexión. Su sutil zumbido, resonando a través de las runas de la cripta, se sentía como un faro acogedor.

Reddish observó la cripta silenciosa, con las brasas de su capa atemperadas por las lecciones previas de empatía y curiosidad.

—Se siente sagrado —murmuró, notando que la tenue bruma ilusoria previa ya se había disipado.

La sensibilidad empática de Greenie rozó las viejas piedras, captando tenues ecos del legado de Revere —faroles que simbolizaban la indagación y la unidad.

—El Orloj nos quiere en una postura más calmada —concluyó en voz baja, la humildad de Tetragor dándole firmeza.

La mente analítica de Checkered siguió débiles corrientes mágicas trazadas por el suelo de la cripta, restos de encantamientos contra los que habían luchado antes.

—No hay ilusiones directas —dijo con tono tajante—. Más bien parece una invitación reflexiva.

Firee exhaló, aliviando la tensión.

—Respondamos como solemos hacerlo: juntos —añadió, aludiendo a la sinergia que tanto les había costado forjar.

La presencia serena de Breezie se intensificó al evocar episodios previos: el engaño de la ignorancia en Monticello y la farsa despiadada en Hazleton.

—Seguimos adelante —dijo en voz baja.

Las únicas sombras a su alrededor provenían de la luz de las velas; ninguna nueva ilusión turbaba la calma sagrada.

La cúpula de la cripta centelleó entonces, formando la silueta celestial del Orloj de Boston —luz de estrellas y engranajes fusionándose en una figura radiante cuyos ojos ardían como faroles. Su voz, un suave zumbido cósmico, llenó el aire.

—Arlequines —entonó—, habéis vencido las ilusiones, pero el Arlequín Oscuro se agita. Reflexionad sobre vuestro viaje; abrazad la luz de la trascendencia.

Las capas del grupo palpitaban, y cada uno de ellos recordaba las ilusiones disipadas gracias a su rápida sinergia. Otro paso los llamaba, no a la lucha sino a la introspección, con la santidad de la cripta como escudo para el siguiente nivel de claridad moral.

El sermón de la linterna del Orloj

Al suave llamado del Orloj, un halo de calor se formó alrededor de una mesa de roble iluminada por la tenue luz de las velas. Los magos —Blunt, Reddish, Firee, Checkered, Breezie y Greenie— se acomodaron en sus bancos gastados, con las capas brillando suavemente en el silencio. El Orloj de Boston, manifestado como una figura centelleante de luz estelar y engranajes entrelazados, permanecía en la cabecera de la mesa, con los ojos cósmicos reluciendo como faroles coloniales.

Un único engranaje de bronce —«Quaestio Veritatem Revelat»— reposaba sobre la mesa, junto a una tetera rúnica que exhalaba vapor aromático. Destellos de escenas de lecciones anteriores se dibujaban entre los remolinos de vapor: las ilusiones de ignorancia de Monticello, las ilusiones de insensibilidad de Hazleton —cada una disipada por su esfuerzo unido. La voz del Orloj, suave pero resonante, rompió el silencio:

—Habéis triunfado mediante la curiosidad, la compasión, la unidad. Pero las ilusiones del Arlequín Oscuro unifican defectos morales; actuad al instante y esas ilusiones se desvanecen.

Blunt asintió, recordando cómo las ilusiones caían cuando respondían como uno solo.

—La curiosidad guio mi liderazgo —admitió, aludiendo a la ilusión de ignorancia que superamos—. Al principio dudé, pero las preguntas más profundas nos unieron.

Las brasas de la capa de Reddish titilaron.

—Antes arremetía a ciegas —confesó, recordando las ilusiones que se aprovecharon de su impulsividad—. La innovación me enseñó a crear, no solo a destruir.

Su tono transmitía tanto alivio como un renovado propósito.

Checkered jugueteó con su lente.

—Casi flaqueé ante ilusiones de conocimiento parcial —dijo con firmeza—. Pero la sinergia las superó.

La empatía de Greenie resplandeció al pensar en ilusiones que la empujaban a ignorar o desconectar.

—Estuve tentada por ilusiones que cercenaban la compasión —dijo en voz baja—. La compasión y la curiosidad me anclaron.

Recordó cómo unieron corazones en Hazleton y Stará Bystrica.

Firee, vigilante pero más sereno ahora, añadió:

—Mi miedo a las ilusiones fue utilizado en mi contra, pero juntos las apagamos.

La suave voz de Breezie selló la reflexión.

—Juntos, extinguimos cualquier oscuridad —concluyó en voz baja—. Confiamos en la chispa de cada uno.

Los ojos del Orloj se iluminaron.

—Vuestras virtudes convergen: humildad, innovación, curiosidad, compasión. Las ilusiones del Arlequín Oscuro unifican defectos morales; reflexionad al instante y esas ilusiones se desvanecerán.

El vapor de la tetera rúnica mostró un efímero indicio de futuros desafíos —el Orloj de Sedona, la ignorancia acechante de Morpheus— una señal de que los magos no deben vacilar. Intercambiaron miradas resueltas; el silencio de la cripta parecía afirmar su resolución unificada. En ese silencio, su vínculo se sintió irrompible. Otra etapa concluía, con el zumbido cósmico del Orloj guiándolos a nuevas alturas en la trascendencia de las ilusiones.

Una constelación de relojes

Una vez asentada esta reflexión, los arcos de piedra de la cripta relucieron con una luz nueva, la luz de las estrellas entretejiéndose entre los grabados rúnicos. El Orloj de Boston alzó una mano etérea, proyectando imágenes cósmicas que danzaban a lo largo de los muros. Galaxias, engranajes y tenues siluetas de relojes distantes se arremolinaban en un grandioso tapiz —algunos conocidos, como Monticello y Hazleton, otros sin nombre— cada uno brillando con una virtud distinta. Los magos contemplaron con asombro, sus capas centelleando en respuesta al zumbido cósmico del Orloj. Al alzar la mano, las llamas de las velas vacilaron —atenuándose brevemente, como si hubiera pasado un eclipse— antes de que visiones espectrales aparecieran arremolinándose ante sus ojos.

Primero surgió una escena del desierto, girando sobre sí misma: el Orloj de Sedona, enclavado entre rocas rojas, con ilusiones de ignorancia enroscándose alrededor de la figura de Morpheus Rubicom.

—La curiosidad prevalece —entonó el Orloj, destacando cómo la indagación disipaba el engaño.

Blunt recordó la lección de Monticello y asintió ante la visión del desierto.

—Nuestro camino nos espera en Sedona —murmuró.

A continuación, se elevó en la visión una torre futurista: el Reloj Long Now, con cada engranaje representando siglos de custodia y generosidad. La silueta de túnica plateada de Paulina Tetrikus flotaba allí, ilusiones enfrentando la generosidad con la avaricia.

—La compasión desafía la apatía —dijo el Orloj.

Las brasas de Reddish se avivaron al recordar la prueba de empatía de Hazleton.

—No dudaremos —aseguró.

Entonces surgió un majestuoso reloj de unos grandes almacenes —el Reloj Wanamaker— que simbolizaba la unidad por encima de la discordia y daba indicios del dominio de Tetragor.

—La unidad silencia la división —declaró el Orloj.

El lente de Checkered centelleó al recordar cómo se habían superado esas ilusiones divisivas.

—Estamos listos —dijo con tono firme.

Greenie sintió una oleada de empatía inundar cada visión.

—Cada reloj lucha contra ilusiones de defectos morales —dijo en voz baja.

Firee reconoció el patrón —humildad contra arrogancia, innovación contra estancamiento, curiosidad contra ignorancia, compasión contra insensibilidad— todos desafíos que habían disipado con sinergia.

Por último, el mosaico cósmico se desvaneció, devolviendo la cripta a la trémula luz de las velas. La mirada del Orloj se volvió solemne.

—El Arlequín Oscuro une ilusiones de ignorancia, codicia, división; sed rápidos o las ilusiones se intensificarán. Que vuestra sinergia actúe al instante.

Las capas de los magos palpitaban mientras cada uno recordaba lo rápido que habían hecho añicos las ilusiones al responder de inmediato. Las runas de la cripta brillaron; los siglos de indagación de Boston alimentaban su unidad. Otra fase de reflexión concluyó. La visión cósmica del Orloj había reforzado su preparación para las pruebas venideras.

Caminando con Emerson

Al desvanecerse la visión cósmica, un portal giratorio se abrió en un rincón de la cripta, entrelazando hilos de bronce y azul que recordaban los cameos previos de Franklin y Tetragor. La señora V., la anticuaria de Concord cuyo medio manto siempre atrapaba las brisas más leves, apareció deslizándose.

—Un sabio os llama —dijo con dulzura.

Sin dudarlo, Blunt, Reddish, Firee, Checkered, Breezie y Greenie entraron en el remolino tras ella. Los colores giraron en espiral, la luz de las estrellas centelleó, hasta que emergieron en el estudio de Ralph Waldo Emerson en Concord, hacia 1841.

Las paredes estaban cubiertas de libros, una chimenea crepitante desprendía calor, y plumas y manuscritos yacían dispersos sobre un escritorio de roble. Emerson —delgado y de mirada penetrante— apartó la vista de sus escritos para observarlos. Su presencia rezumaba una introspección reflexiva, reminiscente del cameo de Franklin, pero más profunda en matices filosóficos.

—Viajeros —los saludó con voz melodiosa—, traéis indagación; ¿qué es la curiosidad para vosotros?

Blunt, con el engranaje de la sinergia zumbando aún bajo su capa, sostuvo la mirada de Emerson.

—Buscar la verdad a través de preguntas compartidas —respondió—. Descubrimos que en cuanto nos uníamos, cualquier ilusión se desmoronaba.

La leve sonrisa de Emerson reflejó aprobación.

—Una mente compartida, entonces —replicó—. Las ilusiones echan raíces en preguntas que no se hacen.

Reddish dio un paso al frente, con las brasas de su capa atenuadas por respeto.

—Antes combatíamos las ilusiones con fuego puro —dijo—. Ahora la sinergia y la inventiva las desenmascaran.

La sonrisa de Emerson se amplió.

—Fascinante: el Over-Soul de la naturaleza obrando en armonía —musitó, haciéndoles señas para que se acercaran.

La sensibilidad empática de Greenie rozó su aura, percibiendo una calidez intelectual serena pero inmensa.

—Vencimos ilusiones en Monticello, Hazleton, Stará Bystrica —dijo en voz baja—. La curiosidad nos ancló.

Los ojos de Emerson centellearon.

—La curiosidad engendra trascendencia —entonó.

El lente de Checkered destelló sobre sus papeles.

—Nos unimos cada vez que surge una ilusión —dijo con tono firme.

Emerson dio unos golpecitos a un manuscrito titulado «Nature».

—En efecto, una unidad plena disipa las ilusiones —sombras del yo no examinado— comentó con calma.

Firee reconoció paralelismos con la tempestuosa lección de Franklin y las pruebas de Tetragor, pero encontró el tono de Emerson más contemplativo.

—No podemos demorarnos —dijo.

Emerson asintió.

—Precisamente: las demoras alimentan las ilusiones.

El asentimiento mesurado de Breezie selló su determinación compartida.

Así, se acomodaron en sillas junto al fuego, mientras el piso de madera de Concord crujía suavemente bajo sus pies.

—Escribamos un ensayo —propuso Emerson, pluma en mano—, entretejiendo vuestra sinergia con el don del Over-Soul: la conexión universal de la naturaleza. Un baluarte contra la ilusión.

Las capas de los magos palpitaban en señal de acuerdo. Comenzó otra lección en forma de cameo, forjando una claridad moral más profunda en el suave silencio del estudio de Emerson.

Lección trascendental

El estudio de Emerson resplandecía con la luz del fuego, reflejándose en manuscritos rúnicos. Los magos se reunieron alrededor de un amplio escritorio de caoba, cada uno aportando líneas a un nuevo ensayo sobre la sinergia y la curiosidad trascendental. Emerson supervisaba su trabajo, la pluma repiqueteando suavemente, la tinta rúnica brillando con un calor intangible.

Blunt recordó las ilusiones deshechas en Monticello, Boston, Hazleton —cada oleada engañosa abatida por la unidad instantánea. Escribió: «Cuando las ilusiones llaman, respondemos al unísono, forjando preguntas que ninguna media verdad puede eludir».

Emerson asintió con aprobación.

Las brasas de Reddish parpadearon mientras plasmaba líneas sobre convertir la energía bruta en empatía creativa. «Antes consumía ilusiones a ciegas —admitió en la página—, pero la sinergia me enseñó a transformar el caos en cuidado consciente».

La sonrisa de Emerson confirmó la idea.

Greenie, con la empatía arremolinándose a su alrededor, enmarcó sus líneas en torno a tender puentes entre corazones. «Las ilusiones aíslan —escribió—, pero la sinergia tiende una mano. La compasión une lo que las ilusiones cercenan». Recordó cómo el engaño insensible se desvaneció al instante en Hazleton.

El lente de Checkered sobrevoló el texto para mayor claridad. «Ninguna ilusión sobrevive a un escrutinio inmediato —añadió con tono firme—. La acción demorada invita a que las falsedades se propaguen».

Emerson elogió su precisión lógica, reminiscente de las metódicas lecciones de Franklin.

Firee dejó a un lado su varita, entintando con cuidado una advertencia sobre el miedo. «El miedo prospera en rincones de duda —escribió—. Lo sacamos a la luz de inmediato».

Emerson volvió a asentir, la pluma danzando mientras sus perspectivas colectivas crecían.

Breezie orquestó un tejido final de sus líneas, evocando un prado de los comienzos de su viaje. «Nuestra sinergia es el Over-Soul en miniatura —concluyó suavemente».

Emerson, leyendo el ensayo compilado, murmuró:

—Maravilloso. Vuestra unidad canaliza la de la naturaleza misma. Esto es un testimonio de las ilusiones deshechas.

El manuscrito completo brilló, tenues volutas de ignorancia y apatía elevándose de sus páginas —pero los magos respondieron como siempre con resolución unificada. Las sombras se desvanecieron, la luz del ensayo triunfante. Emerson dejó la pluma a un lado y fijó la mirada en el grupo.

—Atesorad esta sinergia —dijo—. El Arlequín Oscuro es astuto; unirá defectos morales si se le da la oportunidad. No demoréis la respuesta, y sus ilusiones se desvanecerán.

Las llamas de la chimenea titilaron mientras sellaban ese voto.

Paseo por Concord y partida

Poco después, bajo una luna plateada, Emerson los guio por las callejuelas silenciosas de Concord, con una antorcha iluminando suavemente las vallas y los árboles retoñando. Los magos caminaban detrás, cada uno sintiendo la paz de la noche de Nueva Inglaterra. La señora V. los acompañaba, su medio manto ondeando como en un silencioso aliento de ánimo. La calma intangible reflejaba aventuras previas: no había ilusiones inmediatas, solo una leve tensión poniendo a prueba su vigilancia.

Emerson se detuvo en un pequeño puente de piedra que atravesaba un arroyo plácido.

—La naturaleza revela la unidad; ignórala y las ilusiones proliferan —dijo en tono reflexivo—. El miedo, la ignorancia, la insensibilidad... tales sombras se mueren de hambre ante una unidad inquebrantable.

El manto de Greenie brilló suavemente, sus sentidos empáticos detectando solo la más leve duda flotando en el aire nocturno. Percibió que se gestaba una sutil prueba.

—Si surge alguna ilusión, respondemos al instante, como hicimos en Monticello, Hazleton, Boston —recordó con dulzura.

Las brasas de Reddish centellearon mientras divisaba un tenue jirón de niebla elevándose del arroyo.

—Probablemente solo sea niebla —murmuró, casi descartándolo.

Pero mientras hablaba, la niebla se espesó de forma antinatural cerca del agua —claramente una ilusión tomando forma. Las protecciones de Blunt relampaguearon, su curiosidad aguzando la concentración.

—¿Qué ilusión acecha? —inquirió, escudriñando la penumbra. Firee encendió una pequeña llama, disipando una sombra fugaz —quizá la última chispa de ignorancia.

El lente de Checkered la capturó brevemente antes de que se disolviera en un solo aliento unificado.

—Desaparecida —informó con sequedad.

Los ojos de Emerson brillaron de satisfacción.

—¿Lo veis? Actuar al unísono sin demora no deja oportunidad a las ilusiones de arraigarse —dijo mientras bajaba del puente.

Breezie envió una brisa que dispersó los últimos jirones de niebla.

—Nunca las dejamos afianzarse —confirmó en voz baja.

Pronto llegaron a una encrucijada junto a un grupo de casas antiguas. La señora V. se detuvo, su medio manto ondeando mientras se abría un portal giratorio.

—Vuestro tiempo con Emerson termina —dijo amablemente— Regresad ahora a la cripta de Boston.

Emerson ofreció una reverencia cortés, tocándose un sombrero imaginario.

—Cuestionad siempre, queridos viajeros —los animó—. Ninguna ilusión puede perdurar frente a vuestra unidad.

Campanadas de despedida

Con eso, entraron en el portal, envueltos en luz bronce y azul. El silencio de Concord se desvaneció, sin que las ilusiones tuvieran dónde arraigar. Momentos después, estaban de nuevo en la cripta de la Old North Church, las runas brillando. El cameo de Emerson había terminado: no quedaban ilusiones, y su sinergia se sentía aún más refinada. Otro cameo había impulsado su claridad moral, preparándolos para las pruebas mayores por venir. La silueta cósmica del Orloj de Boston los aguardaba junto a la mesa rúnica, con sus engranajes estelares zumbando suavemente. La reflexión en Concord había solidificado su unidad, y ahora el Orloj parecía listo para ofrecer una última palabra.

Crepúsculo bajo los olmos

Instantes después, emergieron bajo el cielo crepuscular del Boston Common. Los faroles de la ciudad brillaban a lo largo de los senderos serpenteantes, y transeúntes paseaban en paz entre viejos olmos y robles. La calma allí contrastaba marcadamente con la agitación de pruebas anteriores: ninguna ilusión girando, solo un suave silencio reflexivo. Se detuvieron sobre el césped, recordando las palabras de Emerson y las revelaciones cósmicas del Orloj, rememorando cómo la ignorancia se disipó en Monticello, la insensibilidad en Hazleton y la división en Stará Bystrica.

Reddish inhaló profundamente, las brasas de su capa suavizadas por la introspección.

—Se sintió menos como una lucha y más como una lección —dijo—. Ninguna ilusión nos desafió; solo el cameo de Emerson impulsando nuestra sinergia a un nuevo nivel.

Checkered ajustó pensativa su lente.

—Nuestra unidad es más fuerte que nunca —aventuró—. Nada puede afianzarse si actuamos ante la primera señal.

Breezie escuchó la suave brisa nocturna y solo sintió paz.

—Sí, aquí no hay ilusiones —coincidió—. El cameo trató realmente de crecimiento, no de conflicto.

La capa de Firee centelleó, reconociendo cuán a menudo habían fallado los engaños.

—Ahora combinamos curiosidad, innovación y compasión sin dudarlo —dijo con certeza.

Blunt contempló el estanque del parque, donde se reflejaban las luces de la ciudad.

—El Orloj advierte que el Arlequín Oscuro podría unir muchas ilusiones —dijo—. Responderemos uniendo nuestras virtudes, sin un momento de demora.

Recordó cómo antaño les había tomado horas resolver un acertijo que ahora podría tomar instantes.

Breezie exhaló un suspiro de satisfacción, la brisa nocturna reflejando su calma.

—Mantengámonos atentos por el llamado de Sedona —dijo en voz baja—. Puede que surja otro desafío, pero podemos afrontarlo.

Reafirmada su unidad, la claridad moral del cameo persistía mientras avanzaban por un sendero sinuoso. Cada mago mantenía cerca la perspectiva trascendental de Emerson. Otra lección había concluido, forjando un ancla espiritual más profunda para las batallas venideras. Ninguna sombra los acosó esa noche: la ciudad descansaba bajo un cielo salpicado de estrellas, todas las ilusiones previas desvanecidas desde hacía mucho y su sinergia brillando intensamente.

Encuentro en el Frog Pond

Cruzando charcos de luz de farolas en los caminos del Common, los magos confluyeron en el Frog Pond, cuya agua inmóvil espejaba el cielo estrellado. Un suave silencio envolvía la zona; unos pocos paseantes rezagados pasaban con saludos amistosos. No había rastro de ilusión allí, solo el murmullo tenue de la ciudad a lo lejos. El engranaje de bronce en la capa de Blunt latía débilmente, sutil eco del resplandor espiritual del cameo.

Reddish se apoyó en la baja valla de hierro del estanque, sus brasas reflejándose en la serena superficie del agua.

—El cameo del Orloj se sintió como un re-centro —dijo—. Antes superamos ilusiones; quizá esté preparándonos para una oleada final.

Greenie contempló el agua a la luz de la luna, recordando cuán velozmente cayeron las ilusiones en Monticello, Hazleton, Boston.

—Ninguna ilusión llegó a arraigar cuando actuamos de inmediato —dijo en voz baja—. El cameo de Emerson solo nos recordó mantenerlo así.

Su sentido empático solo captaba lejanos sonidos curiosos de la ciudad.

Los ojos de Firee escudriñaron en busca de alguna señal de problemas.

—Todo está en paz —informó—. Incluso si algo intenta atacarnos, estamos más que listos.

Blunt acarició el medallón "Quaestio Veritatem Revelat" sobre su pecho, resonante con la lección de la noche.

—Llevamos estas lecciones adelante, manteniéndonos humildes, inquisitivos, ingeniosos y compasivos —dijo en voz baja, cada virtud demostrada en pruebas recientes.

Breezie envió una suave onda por la superficie del estanque con un chasquido de aire.

Al otro lado del estanque, los ruidos de la ciudad se adormecían —un recordatorio de que ninguna ilusión acechaba esta noche. El grupo sintió que habían alcanzado un nuevo nivel de unidad: ninguna futura decepción podría desafiarlos de verdad si se mantenían así de firmes. Con el cameo atrás, reafirmaron la enseñanza final de Emerson: las ilusiones se mueren de hambre cuando se enfrentan a la unidad inmediata. Otra etapa de su viaje había concluido, sin dejar engaños persistentes en su estela, su sinergia intacta mientras el Frog Pond reflejaba las estrellas arriba.

Análisis del cameo

Finalmente, bajo un venerable roble al borde del Common, los magos se reunieron en semicírculo para discutir las revelaciones de la noche. Los insectos nocturnos zumbaban suavemente, sin susurros ilusorios que los acompañaran. El tenue resplandor del engranaje de sinergia de Blunt era como un gesto de aprobación del propio Orloj.

Greenie abrió la discusión, los tonos verdes de su capa centelleando.

—El cameo de Emerson fue tan... pacífico. Sin ataques, sin caos. Pura reflexión —dijo en voz baja, recordando cómo en arcos previos se requirió combate.

Reddish cruzó los brazos, pensando en pruebas más duras.

—Vencimos rápidamente aquellas ilusiones crueles en Hazleton. Quizá el Orloj sabía que no necesitábamos otra prueba ahora —opinó.

Checkered jugueteó con su lente.

—Quizá. Cada cameo tuvo un propósito: algunos nos hicieron luchar contra ilusiones de frente, otros refinaron nuestra unidad. Este refinó nuestra introspección, conectando la sinergia a un plano más espiritual.

Firee contempló una farola cercana.

—Permaneceremos alerta. Que este cameo haya sido pacífico no significa que nada nos ponga a prueba pronto —dijo con confianza.

Blunt tocó el medallón de bronce del estudio de Emerson.

—Sí —coincidió—. Demostró que debemos mantenernos rápidos y unidos, como lo hemos estado.

Cayó un silencio contemplativo mientras cada mago reflexionaba sobre lo aprendido. Este tiempo con Emerson se sintió como un giro espiritual, llevándolos de ilusiones dispersas hacia la posibilidad de una oleada culminante. Sabían que el Arlequín Oscuro pronto podría intentar aunar cada defecto moral a la vez, pero se mantenían firmes, su sinergia más fuerte que nunca.

Greenie sonrió suavemente, sin detectar oscuridad acechante a su alrededor.

—Nos mantendremos fieles a este enfoque —afirmó.

Dejaron que esa determinación se asentara entre ellos, fruto de este tranquilo interludio. Cada ilusión pasada se había deshecho en un instante, y este cameo reflexivo solo los había templado para lo que vendría. Su sinergia se elevó a nuevas cotas.

Tenues indicios de Sedona

Con el tiempo, los magos se encaminaron hacia un rincón tranquilo del Common. Allí, al límite de su visión, danzó un sutil remolino de imágenes del desierto —destellos de mesetas anaranjadas y rayos de sol giratorios. Blunt reconoció un atisbo de Sedona, quizás anunciando la próxima jugada de Morpheus Rubicom, probablemente involucrando ilusiones de ignorancia.

Reddish captó el remolino etéreo junto a una farola.

—El llamado de Sedona —murmuró, recordando sus victorias en Monticello y Lund—. Disipamos ilusiones de ignorancia en Boston; quizá Morpheus lo intente de nuevo allí.

Checkered entrecerró los ojos y ajustó su lente. En el espejismo de rocas rojas giraban tenues motivos de engranajes.

—Sí, si ese es Morpheus, se están fraguando ilusiones de ignorancia —dijo con tono firme—. Nuestra unidad las disipará.

Greenie trazó suavemente la visión con su sentido empático.

—Vientos del desierto... posiblemente el Orloj de Sedona fusionando elementos cósmicos —musitó—. ¿Otra oleada en camino?

Recordó cómo superaron el conocimiento parcial en Monticello.

La cautela de Firee se encendió.

—La ignorancia podría aliarse con otros defectos. —advirtió— Contraatacaremos con todas las virtudes: curiosidad, innovación, compasión, humildad.

Breezie envió una leve brisa hacia la visión. Pasó de largo —intangible, mera premonición.

—Aún no se ha formado ninguna ilusión —dijo con calma—. Solo estamos viendo la advertencia del próximo sitio. Si algo aparece, responderemos sin demora.

Blunt sintió palpitar el engranaje de sinergia a su costado y comprendió la intención del Orloj: garantizar que ninguna ilusión pudiera volver a tomarlos desprevenidos.

—Mantengámonos vigilantes —dijo con firmeza—. Sedona puede traer pronto nuevas ilusiones, pero las afrontaremos en cuanto surjan.

Al poco, el espejismo desértico se desvaneció, dejando solo una farola parpadeante en la noche ordinaria de la ciudad. Nada se había manifestado realmente, apenas un indicio de eventos en el horizonte. Impulsados por la confianza ganada con el cameo introspectivo y las victorias pasadas, recorrieron la ciudad adormecida. La noche permaneció tranquila, su unidad imperturbable —un testimonio viviente de lo lejos que habían llegado. Ningún desafío los confrontó en ese momento, solo la silenciosa promesa de Sedona aguardando.

Calma nocturna en la ciudad

A medida que se acercaba la medianoche, los magos recorrieron una ruta plácida por Beacon Street, rememorando lecciones de aventuras previas. Algunas habían sido intensas, pero al final todas se resolvieron gracias a su sinergia. Ahora ninguna sombra acechaba sus pasos. La resonancia moral del cameo perduraba, fortaleciendo su determinación.

Greenie suspiró con satisfacción, el brillo verde de su capa intenso incluso a esas horas.

—Acabamos con ilusiones en Monticello, Hazleton y Stará Bystrica —reflexionó—. El cameo de Emerson hizo aún más clara nuestra sinergia.

Reddish hacía rodar una pequeña brasa entre sus dedos, su fulgor suave.

—Pasé de la agresión pura a la unidad inmediata. —murmuró —Ningún engaño puede aprovecharse de mí cuando estamos juntos.

Checkered recordó cómo ciertas ilusiones antes requirieron múltiples intentos, para ahora derrumbarse con un solo golpe.

—Hemos aplicado bien las lecciones de esos cameos —apuntó con precisión.

Los instintos vigilantes de Firee lo confirmaron.

—Exacto. Lo que venga —Sedona o donde sea— se topará con el mismo frente unido —declaró con confianza.

Blunt asintió, el engranaje de sinergia bajo su capa pulsando con constancia.

—No veo amenaza alguna ahora. Este cameo fue reflexión, no batalla. Terminemos aquí y sigamos adelante —sugirió.

Breezie dejó correr una suave brisa por una acera vacía.

—Nada se oculta en los márgenes. Podemos descansar tranquilos por ahora —dijo.

En efecto, nada se escondía a los límites de su percepción.

Se detuvieron en una esquina donde parpadeaba una vieja farola, reconociendo que quizás con el tiempo se reuniría una última oleada combinada de ilusiones, pero ninguno sintió miedo. En este punto, su travesía terminaba no con una batalla culminante sino con la ausencia de amenazas y una sensación más profunda de unidad. De hecho, este cameo pacífico incluso había derrotado a un enemigo intangible —la vacilación— sin que ninguna ilusión necesitara aparecer. Abandonaron

Beacon Street con el corazón en calma, todas las ilusiones pasadas largamente disueltas, su unidad imperturbable bajo el dosel estrellado.

De nuevo en el Frog Pond

Por fin, volvieron a un lugar conocido —el Frog Pond—, los magos lo encontraron desierto a tan altas horas. El agua yacía lisa como el cristal, reflejando el débil brillo de las estrellas y las siluetas de los árboles circundantes. Permanecieron junto a la barandilla, recordando cómo en tiempos pasados las ilusiones a veces los emboscaban en rincones insospechados de la ciudad. Ahora no surgía tal oscuridad; la claridad obtenida con el cameo de Emerson parecía disipar incluso la posibilidad.

Reddish apoyó los brazos en la barandilla, con sus brasas ya tenues.

—Seguimos tendiendo la mano a través de cada brecha —dijo, con la lección del cameo fresca en la mente—. Basta una chispa y... ¡puf!, la oscuridad se esfuma.

Firee repiqueteó pensativo con los dedos en la baranda de hierro, la calma carmesí de su capa intacta.

—Permaneceremos vigilantes —aseguró.

Breezie suspiró, una brisa reconfortante rizando la superficie del estanque.

—Nos hemos convertido en una fuerza a tener en cuenta —dijo con calma—. Este cameo dejó eso claro.

Blunt, con el engranaje de sinergia zumbando quedamente, posó una mano sobre su inscripción rúnica.

—Emerson, el Orloj, la tormenta de Franklin, la guía de Tetragor —enumeró en voz baja—. Todo reafirma una cosa: la necesidad de unidad inmediata. Llevaremos eso adelante.

Permanecieron un momento en silencio reverente, contemplando el estanque tranquilo. Cada ilusión previa era ahora un recuerdo, y esta noche reflexiva había afinado aún más su sinergia. Entendieron que los miedos cotidianos ya no los amenazaban —solo quedaba la promesa de una prueba final en el horizonte. Siempre que surgiera una nueva ilusión, responderían de inmediato. Con esa silenciosa determinación, abandonaron el Frog Pond bajo el cielo de medianoche, sin sombras siguiéndolos, su unidad brillando firme y radiante.

Concluyendo la lección de la noche

Ya bien pasada la medianoche, los magos finalmente se reagruparon cerca de la entrada de la cripta, absorbiendo en silencio la trascendencia de la noche. No habían surgido amenazas; no se requirió ningún enfrentamiento directo. En lugar de eso, habían obtenido un ancla moral más profunda. El engranaje de sinergia en la capa de Blunt brillaba tenuemente, como confirmando la paz de la hora.

Checkered rompió sucintamente el silencio:

—Nuestro tiempo con Emerson reafirmó la necesidad de mantenernos unidos. El Orloj nos mostró destellos de los desafíos por venir. Vimos que, si bien el Arlequín Oscuro intentará reunir cada defecto moral a la vez, nuestra sinergia puede contrarrestarlo al instante.

Greenie asintió, pensando en Monticello, Hazleton, Boston.

—Superamos todas las ilusiones. Ahora sabemos que podemos manejar cualquier oleada final —dijo con dulzura.

Firee echó un vistazo alrededor del rincón tenue de la cripta, confirmando que todo estaba en calma. Bromeó:

—Parece que el cameo evitó cualquier problema esta noche. La próxima vez que veamos ilusiones será en Sedona, o en el acto final que tenga planeado.

Las brasas de Reddish brillaron suavemente.

—Estamos preparados. El cameo de Emerson nos dio una perspectiva más profunda: las ilusiones ya no pueden cegarnos —dijo con una pequeña sonrisa.

Breezie cruzó los brazos, una brisa leve arremolinándose a sus pies.

—Así es. Hemos crecido con cada reto. Las ilusiones se quiebran ante nuestra unidad —afirmó serenamente, recordando lecciones tanto de Tetragor como de Franklin.

Blunt cerró los ojos un instante, sintiendo el zumbido constante de su fuerza combinada.

—Descansemos. Si aparece alguna ilusión, nos uniremos de inmediato —dijo.

Cada mago asintió —sin dudas ni miedos persistentes. El cameo había concluido.

Se alejaron de la cripta, la Old North Church envolviéndolos con una última y suave garantía. La claridad y la unidad obtenidas esa noche los llevarían a nuevas aventuras. Cada uno anticipaba que el Arlequín Oscuro aún podría intentar desatar contra ellos todos los vicios a la vez, pero ninguno dudaba de su capacidad para enfrentar ese desafío juntos. Este encuentro había finalizado no en combate, sino en iluminación. Las calles silenciosas de Boston los recibieron mientras salían; ni una sola ilusión acechaba en las sombras, y su vínculo permanecía tan fuerte como siempre.

La luz de la trascendencia

La noche envolvía la Old North Church, cuya cripta colonial descansaba en silencio. Donde antes las ilusiones habían amenazado los relojes icónicos de la ciudad —ilusiones de estancamiento, ignorancia e insensibilidad— ahora no se agitaba ninguna. Los magos comprendieron que este encuentro no había sido una batalla, sino un cameo reflexivo conjurado por el Orloj de Boston. En el sosiego de la cripta examinaron cómo la curiosidad, la innovación y la compasión moldeaban su unidad, forjando un escudo que ninguna ilusión podría romper.

Guiados por el zumbido cósmico del Orloj, vislumbraron arcos históricos y futuros más amplios: visiones cameo de otros relojes, cada sitio representando una virtud puesta a prueba por el engaño. Al mismo tiempo, el Orloj les recordó que el Arlequín Oscuro aún podría intentar combinar ignorancia, codicia, división y apatía —defectos de cada rincón— en una gran oleada. Pero insistió también en que ninguna ilusión podía echar raíces si se la confrontaba sin demora.

Su tiempo con Ralph Waldo Emerson se convirtió en un giro espiritual. En lugar de combatir fantasmas arremolinados, colaboraron pacíficamente en su estudio de Concord, escribiendo sobre sinergia y el Over-Soul. Ninguna ilusión los asaltó allí —solo un efímero intento de engaño, que disiparon en un instante. El cameo de Emerson evocó lecciones previas de Tetragor y Franklin, forjando una capa más profunda de unidad. Al final de su paseo por las callejuelas de Concord iluminadas por la luna, cualquier sombra rezagada huyó en segundos, reforzando la solidez de su unidad.

Al regresar a Boston, el cameo concluyó tranquilamente. El Orloj reconoció que estaban listos, aconsejándoles llevar esa luz trascendente de unidad a su siguiente prueba —quizá en el Orloj desértico de Sedona, o donde fuera que el Arlequín Oscuro atacase después. "Luz de la trascendencia" fue el nombre y el don de este nuevo plano de unidad: una fuerza moral y espiritual que ninguna ilusión podría empañar.

Así, el segundo encuentro de los magos con el Orloj de Boston llegó a su fin con su unidad más profunda que nunca. Salieron de la cripta de la Old North Church al despuntar el alba, hacia la calma de la ciudad. Ni una sola ilusión acechaba en las sombras. El don del cameo —sinergia inmediata e inquebrantable— seguía siendo la piedra angular para cualquier desafío futuro. Si el Arlequín Oscuro intentara desatar una oleada final con todos los vicios a la vez, el vínculo trascendente de los magos garantizaría que se desmoronase. El escenario estaba preparado para el siguiente arco —Sedona y más allá— dondequiera que nuevas ilusiones pudieran convocarse de nuevo. Los magos estaban listos, su unidad brillando con la luz de la trascendencia.

Capítulo 11

El Orloj de Sedona y el Planetario de Eise Eisinga

— La justicia prevalece

Llegada al Orloj de Sedona

La luz del mediodía bañaba el desierto de roca roja de Sedona, resaltando un Orloj moderno de piedra carmesí con engranajes de bronce: una deslumbrante combinación de concepto antiguo y arte del suroeste. Las esferas celestiales grabadas con motivos del desierto zumbaban con una cadencia irregular, como si la injusticia ensombreciera el equilibrio previsto del reloj. Surgiendo de un portal giratorio de bronce y azul, Blunt, Reddish, Firee, Checkered, Breezie y Greenie llegaron con sus capas arlequín —remolinos esmeralda, llamas carmesí, olas zafiro— que brillaban suavemente bajo el calor seco.

Blunt aferraba un medallón rúnico grabado con "Aequitas Est Virtus", que había recibido tras su lección reflexiva con Emerson.

—Nos hemos enfrentado a ilusiones de ignorancia y de insensibilidad; ahora acecha la injusticia —apuntó, escuchando el leve zumbido descompasado del Orloj. El engranaje de Zeetrikus con la inscripción "Innovare Est Virtus" vibraba bajo su capa, recordándole la sinergia forjada a base de hábito.

Breezie tanteó el viento del desierto, percibiendo sutiles susurros de rumores entre turistas.

—Hablan de prácticas injustas, de alguna disputa local opacada por ilusiones —comentó con calma, recordando cómo en pruebas anteriores las ilusiones se desvanecían en cuestión de segundos. —Sospecho que esos fantasmas giran en torno a la injusticia.

Las brasas de Reddish centellearon mientras escudriñaba las esferas del Orloj, donde escorpiones y mapas estelares grabados temblaban.

—Descompensado —murmuró—. Se supone que representa la equidad, un homenaje a los antiguos diseños del Orloj. Las ilusiones lo están entorpeciendo, obviamente.

Recordó lo rápido que habían puesto en orden el reloj de Hazleton no hacía mucho.

Los sentidos empáticos de Greenie rozaron la célebre aura mística de Sedona, y percibió una leve distorsión en la energía.

—Esta tierra es conocida por sus vórtices espirituales —dijo en voz baja—, pero las ilusiones convierten esa unidad en parcialidad. No podemos permitirlo.

Checkered mantuvo su lente suspendida sobre los engranajes temblorosos del Orloj.

—Una maravilla de la artesanía moderna —dijo con tono tajante, impresionada por el diseño—. Sin embargo, la injusticia lo distorsiona. Estas ilusiones se alimentan de juicios parciales y favoritismos.

Recordó el reloj de Monticello, donde los espejismos alimentados por la ignorancia habían caído rápidamente ante su poder unido.

Firee posó una mano sobre la cálida base de piedra, sintiendo cómo el calor del desierto reflejaba el pulso irregular del reloj.

—Nos uniremos de inmediato —dijo—. Ninguna ilusión puede perdurar si actuamos al instante. Cada mago asintió; una y otra vez, la acción unida había hecho añicos las ilusiones en apenas unos instantes.

Así, se acercaron al Orloj de Sedona, cuyo zumbido se intensificaba a modo de llamado a confrontar la injusticia. Otra oleada les aguardaba, pero confiaban en la fortaleza conjunta de su equipo: implacable y rápida. En sus mentes, cualquier ilusión se desmoronaría en segundos. El silencio del desierto los apremiaba a actuar, sin dar tiempo a que ninguna falsedad echara raíces.

Descubrimiento e inspección del reloj

El Orloj de Sedona dominaba una pequeña plaza enmarcada por imponentes formaciones de roca roja. Cada engranaje estaba grabado con diseños del suroeste —cactus, cañones, patrones cósmicos—. Sin embargo, un agudo quejido sesgado quebraba su armonía, el sonido de la injusticia amenazando la equidad. Los magos se desplegaron alrededor de la base del Orloj, con sus capas brillando bajo la luz del mediodía.

Checkered acercó su lente al dial principal, notando que las manecillas de bronce se sacudían erráticamente, como si el propio reloj estuviera en conflicto.

—La artesanía es impecable —murmuró—, pero algo lo está desquiciando. Señaló los pequeños planetas pintados en el dial. —Coincide con la injusticia que sospechábamos.

Firee apoyó la palma de su mano contra un engranaje tallado, sintiendo una sutil vibración que pugnaba contra el giro suave.

—Es como si el mecanismo intentara moverse de manera equilibrada, pero algo lo obligara a torcerse —observó.

Su mente evocó el reloj de Hazleton, donde juntos lo habían arreglado en un abrir y cerrar de ojos.

Greenie cerró los ojos, extendiendo su empatía a través del aura del lugar. Percibió a unos viajeros cercanos murmurando acerca de tarifas injustas y disputas mezquinas: una bruma de descontento que empañaba la habitual maravilla de Sedona.

—La injusticia está en el aire —dijo en voz queda, con preocupación—. Tenemos que corregirlo.

Breezie hizo circular una suave brisa alrededor de la base de bronce del Orloj.

—Siento que todo el mecanismo se resiste a la imparcialidad —apuntó con el ceño fruncido—. Pero no tendrá oportunidad de permanecer desviado si actuamos de inmediato.

Blunt se arrodilló y repasó con el dedo una tenue inscripción que acababa de brillar a lo largo de la base: "Aequitas Est Virtus; Iniquitas

Est Vitium." Las dos frases se alternaban a cada lado del dial como platillos de una balanza en busca de equilibrio.

—Esto confirma el toque de Lettizia Dillettante aquí —dijo, reconociendo la mano de la anticuaria en esta prueba moral—. Una prueba de equidad contra iniquidad.

Las brasas de Reddish ardían, listas para entrar en acción. Sabía que las ilusiones prosperaban con tan solo un instante de aceptación.

—No les daremos ese instante —afirmó con firmeza—. Actuaremos como uno solo antes de que la injusticia pueda echar raíces.

Al reagruparse al pie del reloj, el zumbido del Orloj se elevó repentinamente de tono. Los turistas en la plaza miraron a su alrededor confundidos, ajenos a las distorsiones centelleantes que se fusionaban sobre el dial. Los magos reconocieron las señales: prejuicios tomando forma fantasmal. Otra oleada de ilusiones estaba a punto de aparecer. Ya habían visto tales distorsiones antes, y cada vez habían actuado juntos con tanta rapidez que las ilusiones ni siquiera llegaban a formarse del todo. Afirmando su resolución, se dispusieron a hacer lo mismo ahora.

La balanza en la roca roja

Una tenue imagen de una balanza de la justicia centelleó sobre el Orloj, con uno de sus platillos lastrado por una injusticia fantasmal. Abajo, se desplegó una escena ilusoria: los lugareños en un acalorado debate, un viajero inocente condenado mientras el verdadero culpable escapaba libre. Los magos intercambiaron miradas de complicidad. Por un instante, Greenie sintió un destello de incertidumbre —¿y si esa injusticia resultaba más tenaz? Pero al encontrar la determinación en la mirada de sus amigos, su resolución se afianzó. Intervinieron sin vacilar.

—La justicia requiere verdad —proclamó Checkered, mientras su lente proyectaba un rayo de luz pura que reveló al verdadero culpable del espejismo.

Las balanzas fantasmales vacilaron. Aprovechando ese momento, Reddish lanzó su capa hacia adelante en un arrebato de llamas.

—No más injusticia —entonó, y las llamas se abatieron sobre la visión.

En un estallido de calor y luz, la escena falsa se desintegró en motas de brillo inofensivo.

Tan rápido como comenzó, la ilusión se deshizo. El Orloj dio un único tic de alivio al recuperar su cadencia regular, libre de sesgo. Los magos apenas habían intercambiado asentimientos de triunfo cuando apareció un destello de magia detrás del dial principal del reloj: energías acumulándose y fusionándose en un nuevo portal. Aunque el reloj de Sedona volvía a estar equilibrado, su misión no había terminado. Un portal giratorio se desplegó, con sus bordes crepitando con chispas azules, como si estuviera cosiendo juntas dos eras distantes de la justicia y llamándolos a avanzar.

Activación del portal y viaje a Franeker

Un leve zumbido mágico onduló bajo el Orloj mientras el aire, difuminado por el calor, crepitaba. Detrás del dial principal del reloj brotó un portal giratorio de plata y ónice, con electricidad danzando en sus bordes. Los seis compañeros intercambiaron miradas decididas. Reconocían este fenómeno: otro portal que conectaba lugares distantes marcados por la injusticia.

A Greenie le hormiguearon las yemas de los dedos al acercarse al portal.

—Hay más injusticia más allá —susurró al sentir el familiar cosquilleo de la injusticia—. Está conectado a este reloj... quizás al planetario de Eise Eisinga —aventuró, recordando saltos previos entre relojes lejanos.

El engranaje de sinergia de Blunt vibró junto a su costado. Asintió con determinación.

—La injusticia intenta propagarse —dijo—. Respondemos con justicia inmediata. Recordó pruebas anteriores donde su embate unido había fulminado las ilusiones antes de que las falsedades pudieran siquiera tomar forma.

Reddish apoyó la palma en la superficie centelleante del portal, con sus brasas firmes.

—Haremos lo de siempre: enfrentarlas de inmediato —afirmó—. No tendrán tiempo de afianzarse.

Firee hizo girar su varita y cuadró los hombros.

—Las ilusiones se alimentan de la vacilación, y no les daremos oportunidad —aseguró.

Checkered ajustó el agarre de su lente, estudiando el borde reluciente del portal.

—No aparece ninguna de este lado —informó—. Lo que significa que nos esperan al otro.

Breezie inspiró hondo para serenarse.

—La misma estrategia en cualquier tierra —susurró—. En cuanto veamos una ilusión, actuaremos juntos sin demora.

Unidos en propósito, los seis magos dieron un paso al frente y entraron en el portal como uno solo.

Inmediatamente fueron envueltos por una luz giratoria. En un parpadeo, el abrasador sol de Sedona y los acantilados de tono rojizo dieron paso a un torrente de oscuridad salpicado de estrellas. Un aire fresco y amaderado llenó sus pulmones, reemplazando el calor del desierto, y un tenue aroma a libros viejos y cera de velas flotó a su alrededor. Mientras se precipitaban a través del conducto mágico, un suave tic-tac resonó en torno a ellos, volviéndose más fuerte con cada latido. Por un instante, un susurro fantasmal de parcialidad intentó tomar forma en el vacío, pero un pulso colectivo de la voluntad de los magos lo destrozó antes de que pudiera formarse.

Momentos después, la luz giratoria estalló y los depositó sobre suelo firme en una acogedora sala de estar holandesa.

Llegada al reloj del Planetario de Eise Eisinga

Parpadearon mientras sus ojos se adaptaban a la cálida luz de las lámparas. Las paredes allí estaban cubiertas de libros, y un modesto hogar crepitaba suavemente, llenando el espacio con el aroma de leña ardiendo. Sobre sus cabezas, un intrincado modelo planetario se extendía por el techo de vigas de madera: el famoso reloj planetario de Eise Eisinga, terminado en 1781 para disipar el pánico cósmico. Un tenue zumbido desafinado vibraba en sus engranajes de madera, reflejando el desequilibrio que habían oído en el Orloj de Sedona. Los magos se reunieron cerca de una robusta mesa de roble, con sus capas brillando tenuemente bajo la acogedora luz de la sala.

Checkered deslizó su lente sobre los planetas en movimiento.

—Fascinante —murmuró, maravillada por la artesanía—. Pero algo anda mal... unas ilusiones están manipulando las órbitas.

Como para probar su punto, el modelo de Júpiter se sacudió a mitad de su recorrido, su trayectoria alargándose en una elipse antinatural cada vez que un engranaje oculto se atascaba.

—Hay alguna injusticia actuando aquí —concluyó.

Firee entrecerró los ojos ante los movimientos desviados de arriba. Reconoció el patrón: un sistema destinado a funcionar con equilibrio estaba siendo empujado fuera de balance.

—Arreglamos el reloj de Hazleton en un santiamén —dijo con confianza—. Haremos lo mismo aquí.

Greenie inhaló despacio, sintonizando con el aura de la sala. Bajo el olor a libros viejos latía una tensión, como si el propio aire recordara el miedo.

—Este lugar se construyó para reemplazar el miedo con la razón —apuntó—. Ahora las ilusiones tuercen esa razón hacia la parcialidad.

Breezie envió un suave soplo de viento hacia los planetas que giraban lentamente y percibió un tropiezo en su movimiento.

—Están intentando deshilvanar la equidad —dijo—, inyectando medias verdades y prejuicios en el mecanismo. Responderemos de la misma forma: juntos y sin demora.

Blunt se acercó a una pared donde una placa de bronce exhibía las palabras originales de Eisinga sobre la armonía y el orden. Justo al lado, unas runas frescas brillaban: "Aequitas Est Virtus; Iniquitas Est Vitium." Era el mismo lema que habían visto en Sedona, resplandeciendo a modo de desafío.

—Esto confirma que es el desafío de Lettizia Dillettante —dijo, sintiendo que su engranaje de sinergia vibraba en respuesta.

Las brasas de Reddish crepitaron, listas para actuar. Hacía apenas unos momentos, en Sedona, habían apagado ilusiones de injusticia casi en el mismo instante en que aparecían.

—Estamos listos —dijo Reddish, con la vista fija en los planetas del modelo que temblaban suavemente—. Estos fantasmas quizá intenten veredictos sesgados o verdades a medias, pero los extinguiremos a todos.

Encuentro con la Anticuaria – Lettizia Dillettante

Los engranajes del planetario gimieron suavemente sobre sus cabezas —la única advertencia antes de que comenzara la verdadera prueba. Los magos se prepararon bajo los planetas de madera que giraban lentamente, parándose juntos con una determinación inquebrantable mientras la injusticia se disponía a mostrar su rostro.

De las sombras junto al hogar surgió una figura serena: Lettizia Dillettante, una de las Anticuarias. Su elegante vestido relucía con filigranas plateadas, y sus ojos serenos rebosaban de suave autoridad. Aunque su porte era amable, el aire a su alrededor ondulaba con juicios latentes; claramente ella era la guardiana de esta prueba de justicia. Pálidas apariciones de veredictos sesgados revoloteaban a su lado, cada injusticia a medio formar esperando tentar a los incautos.

—Bienvenidos, viajeros —saludó Lettizia suavemente, con voz melodiosa—. La injusticia ha deformado este reloj, amenazando la búsqueda de la razón de Eisinga.

Con un gesto elegante de su mano señaló el techo, donde jirones de ilusión se rizaban alrededor de los planetas pintados, fantasmas de veredictos injustos, favoritismo y exclusión.

Blunt avanzó un paso, sereno y resuelto.

—Hace apenas unos momentos limpiamos el Orloj de Sedona —dijo, aludiendo a su reciente victoria—. Estamos listos para hacer lo mismo aquí.

Lettizia inclinó la cabeza y avanzó, quedando plenamente iluminada por la luz de la lámpara.

—La injusticia solo prospera donde los corazones toleran la inequidad —afirmó, desenrollando un pergamino que brillaba con texto en movimiento: notas ilusorias de juicios parciales y fallos sesgados—. Demostradme vuestro compromiso con la verdadera justicia, o estas ilusiones se impondrán.

Las brasas de Reddish se avivaron, recordando lo rápido que habían extinguido la injusticia en Sedona.

—Nos mantenemos unidos —declaró—. No dejaremos que ninguna falsedad prevalezca.

Checkered se ajustó las gafas mientras nuevas escenas ilusorias comenzaban a parpadear junto a los engranajes del planetario.

—Nos ocuparemos de estas de inmediato —dijo con firmeza. —Sin vacilación ninguna ilusión sobrevivirá.

La capa esmeralda de Greenie centelleó, y sus sentidos empáticos captaron tenues clamores psíquicos de los agraviados.

—Restauraremos el equilibrio —prometió en voz baja, con determinación.

Firee alzó la barbilla, la punta de su varita brillando, preparada. Antes, pruebas como esta podían alargarse; ahora una ilusión apenas duraba un latido contra ellos.

—Vemos estas ilusiones por lo que son —dijo—. Aquí no podrán afianzarse.

Breezie exhaló lentamente, sin perder la compostura.

—Adelante, ponednos a prueba —invitó Breezie a la Anticuaria—. Afrontaremos cada injusticia con justicia inmediata.

La expresión afable de Lettizia se endureció. Hilos ilusorios de plata se arremolinaron alrededor de su vestido mientras convocaba la prueba por completo.

—Entonces, que la justicia os guíe —proclamó.

Con un repentino ímpetu, aquellas hebras de plata se dispararon hacia afuera y tomaron forma por todo el planetario. Escenas se cristalizaron en el aire: tentaciones de aceptar resultados sesgados, de guardar silencio ante el mal, de anteponer la lealtad a la justicia. Los magos conocían este ardid; apretaron su formación, cada uno listo para contrarrestar las ilusiones venideras sin demora.

Órbitas de la equidad en Eisinga

Un silencio cayó cuando la primera ilusión tomó forma bajo la cúpula estrellada del planetario. Unas figuras difusas de un juicio amañado centellearon sobre el modelo giratorio: un chivo expiatorio condenado mientras el verdadero culpable permanecía altivo. Checkered reaccionó de inmediato, su lente centelleando.

—La justicia exige que veamos la verdad —proclamó, lanzando un rayo de luz que atravesó el engaño.

La ilusión crepitó y se fracturó en un solo aliento.

Incluso mientras esa visión se desvanecía, otra tomó forma cerca de la órbita de Marte: una disputa entre dos amigos, con presión para favorecer a uno sobre el otro. La empatía de Greenie se intensificó al verlo.

—Nada de favoritismos —insistió, entrelazando zarcillos de suave energía verde alrededor de ambas figuras—. La equidad contempla todos los puntos de vista.

Los fantasmas pendencieros desaparecieron en un abrir y cerrar de ojos.

Una tercera ilusión brilló junto al Sol del modelo, mostrando a Reddish una oferta de beneficio personal si apoyaba una decisión injusta. Sus ojos se entornaron bajo su capucha llameante.

—Rechazamos tu soborno —espetó, haciendo un ademán para lanzar una cinta de fuego a través de la tentación.

Falsas monedas doradas y promesas fastuosas prendieron y se redujeron a cenizas en segundos.

Un latido después, una nueva escena se materializó junto al anillo de Saturno: un juez pomposo imponiendo dobles raseros en una sala de tribunal. Firee dio un paso al frente, una llama precisa danzando en su bastón.

—Una sola ley para todos —retó, trazando un sigilo ardiente que cortó la duplicidad.

El juez ilusorio y las balanzas desiguales a su alrededor se dispersaron como chispas, desapareciendo al instante.

Otra voluta de injusticia se enroscó cerca del gigantesco péndulo colgante. Blunt vio una imagen que lo incitaba a guardar silencio ante la falta de un colega. Apretó el puño y una oleada de agua centelleante surgió de su capa.

—No. Lo que está mal, está mal —afirmó.

La ola acuática barrió la escena, que colapsó en un instante; los engranajes de madera del planetario brillaron más, como aliviados de una carga.

Breezie se enfrentó al fantasma final de esta andanada: una voz que luchaba por hacerse oír en un rincón, ignorada por un consejo. Exhaló, enviando una ráfaga constante sobre la aparición.

—Ninguna voz queda sin escuchar —entonó, mientras la brisa disolvía las figuras como polvo.

En un latido, el último fantasma de esa oleada desapareció.

Pero Lettizia no había terminado. Al ver a los magos acabar con las injusticias evidentes con tanta facilidad, agitó la mano una vez más. Una ilusión final se materializó en el centro de la sala —una mucho más personal. Las nieblas formaron el semblante familiar de Morpheus, uno de los venerados mentores del equipo, presidiendo como magistrado. Ante él estaban arrodilladas dos figuras: una, un protegido querido de Morpheus; el otro, un extraño. En este tribunal fantasma, Morpheus declaraba inocente a su protegido a pesar de su clara culpabilidad, trasladando toda la culpa al extraño.

La llama de Firee titubeó al ver a su venerado maestro aparentemente impartiendo un juicio parcial.

—Morpheus nunca... quizás él sabe algo que nosotros no —murmuró Firee, debatido entre el respeto y la indignación.

Los ojos de Greenie se llenaron de dolor al sentir la cruda injusticia que irradiaba del extraño condenado.

—¿Quién está siendo perjudicado aquí? —susurró con la voz trémula—. Un desconocido sufre mientras el culpable queda libre, esto no está bien. Hasta los mentores pueden fallar, pero esta injusticia no puede tolerarse.

Blunt apretó la mandíbula. Entendió la trampa de la ilusión: lealtad versus justicia.

—No importa quién esté en ese estrado —dijo, alzando la voz para animar a sus amigos—. Lo malo es malo, aunque lo haga un amigo.

Por un instante inquietante, la propia sala del tribunal fantasmal pareció dejarse influir por el veredicto sesgado de Morpheus. Los espectadores espectrales de la ilusión asentían como si el resultado fuera incuestionable. Firee retrocedió tambaleándose, un frío atisbo de duda aferrándose a él —tal vez la decisión de su mentor estaba de algún modo justificada. Pero entonces un agudo tic del mecanismo del planetario cortó el silencio: un único golpe fuera de compás que no debería haber sonado. Los ojos de Checkered relampaguearon tras su lente al advertir que un diminuto planeta del modelo sobre ellos se desviaba de su órbita correcta, una clara señal de desequilibrio. Apuntó con un dedo acusador hacia arriba.

—¡Incluso las estrellas contradicen este veredicto! —gritó, su voz resonando bajo la cúpula—. Ninguna prueba corroborará un juicio así.

Ante su declaración, la propia ilusión vaciló. Los murmullos de los espectadores fantasmales se apagaron en confusión y la autoridad en el rostro ilusorio de Morpheus titiló con duda. El hechizo que dominaba la sala comenzó a revertirse.

Al ver que el agarre del glamur se debilitaba, los jóvenes magos sacudieron sus últimas dudas. Su vacilación se disipó en llamas. Los seis magos se volvieron a una hacia la ilusión de Morpheus.

—Perdónanos, maestro —dijo Reddish en un murmullo—, pero la equidad debe prevalecer.

En ese momento, el equipo proyectó un estallido de energía unida —una mezcla armoniosa de empatía esmeralda, viento zafiro, llama rubí y luz dorada. El mentor ilusorio retrocedió al ser golpeado por la virtud combinada. En silencio, al unísono, la escena se disolvió: el semblante conflictivo de Morpheus se desvaneció en la niebla, y las dos figuras arrodilladas desaparecieron juntas.

Por un instante, el planetario quedó en silencio. Los magos intercambiaron miradas silenciosas y solemnes mientras el peso de esa lección final se asentaba sobre ellos —la justicia debe prevalecer, incluso contra alguien a quien aman. Entonces el gran reloj sobre ellos reanudó su suave tic-tac, y cada planeta pintado recuperó una vez más su órbita correcta.

La moneda de «Aequitas» y la llamada de Boston

Al desvanecerse la última ilusión, el planetario de Eisinga recuperó su ritmo adecuado. Cada planeta pintado giraba ahora en armonía precisa; el discordante quejido de antes se había convertido en un zumbido tranquilo y equilibrado. Lettizia dio un paso al frente, con una suave sonrisa de aprobación en el rostro. En su palma extendida relucía una moneda de bronce grabada con el lema "Aequitas Est Virtus".

—Habéis restaurado la justicia aquí —dijo suavemente, colocando la moneda en la mano de Blunt—. Llevad este símbolo con vosotros: vuestra próxima prueba os espera más adelante.

Blunt se inclinó al aceptar la moneda, sintiendo su peso. El engranaje de sinergia en su capa todavía vibraba con energía residual.

—La mayoría de esas ilusiones ni siquiera lograron formarse por completo antes de que las detuviéramos —observó, cerrando los dedos sobre las palabras grabadas de la moneda—. Nos mantendremos alerta para lo que venga después.

Lettizia dirigió la mirada a los movimientos ahora suaves del planetario.

—Eise Eisinga construyó este dispositivo para disipar el miedo con comprensión —explicó—. Vuestra unidad ha asegurado que las ilusiones de injusticia no pudieran arraigar aquí. —Hizo un gesto hacia un nuevo portal que se desplegaba junto al hogar, cuya superficie giratoria reflejaba las rocas rojas de Sedona—. Ahora, regresad al Orloj de Sedona.

Greenie asintió agradecida.

—Gracias, Lettizia. No dejaremos que la injusticia se arraigue en ninguna parte —prometió.

Los labios de Reddish esbozaron una pequeña sonrisa confiada.

—Ninguna ilusión tiene ya posibilidad contra nosotros —añadió, sus brasas proyectando un cálido resplandor.

Checkered abatió su lente, confirmando que el aire estaba despejado.

—Todo despejado por aquí —afirmó con el cuaderno en la mano.

Firee y Breezie intercambiaron también miradas de satisfacción.

Lettizia retrocedió con una sonrisa serena, observando cómo los seis compañeros se reunían y entraban en el portal que los aguardaba. En un parpadeo, el brillante sol del mediodía de Sedona los rodeó una vez más. Emergieron junto al Orloj tal como debía estar.

Orloj de Sedona liberado

Los magos encontraron el gran reloj tal como debía estar. Figuras mecánicas que representaban la tradición del suroeste —escorpiones, cactus, arcos cósmicos— se movían en suave sincronía, sin sacudidas bajo ninguna tensión invisible. El sol del mediodía bañaba la piedra roja del Orloj en oro radiante, un brillante testimonio de la justicia restaurada.

Checkered pasó su lente por el dial una vez más.

—Todo despejado. Sin distorsiones —confirmó, satisfecha de que cada ilusión se hubiera desvanecido de verdad—. Las resolvimos aquí con tanta rapidez como en cualquier otro lado.

Greenie cerró los ojos y solo percibió alivio en el aura de la plaza.

—Esas ilusiones se desmoronaron antes de poder arraigar —dijo en voz baja—. El reloj de Sedona vuelve a representar la equidad.

Reddish dejó que sus llamas se redujeran a un suave resplandor.

—Se siente bien —admitió—. No hace mucho, estas luchas tomaban horas. Ahora la injusticia desaparece en solo momentos. Nuestro trabajo en equipo se ha vuelto realmente fuerte.

Firee cruzó los brazos y asintió. Tras tantas batallas, actuar al unísono se había vuelto casi instintivo.

—Ya es como una segunda naturaleza —convino en voz baja.

Blunt hizo girar la nueva moneda de bronce entre sus dedos, mientras el sol destacaba su inscripción: "Aequitas Est Virtus." Sonrió pensativo.

—El símbolo de Lettizia... las mismas palabras, pero cada vez que lo ganamos, su significado crece —dijo—. Debemos permanecer vigilantes. Diferentes males aún pueden unirse si bajamos la guardia.

Breezie sacó de su bolsillo la moneda gemela —una de una prueba anterior— y comparó las inscripciones con una sonrisa.

—Nunca tendrán esa oportunidad —dijo, mirando a sus amigos—. No volveremos a dudar jamás.

Una ligera brisa recorrió la plaza, como asintiendo. La piedra carmesí del Orloj brillaba con vida renovada mientras el viento del desierto solo traía calidez y claridad. Otra oleada de oscuridad había ido y venido en un instante, barrida por la luz de sus virtudes combinadas. El reloj de Sedona marcaba las horas en armonía una vez más, y por ahora al menos ninguna nueva amenaza asomaba en el horizonte.

Breve reflexión en el desierto

Esa tarde, los seis amigos encontraron un mirador panorámico en las afueras del pueblo, al pie de imponentes rocas rojas. El viento del desierto traía el cálido aroma del enebro y de la piedra calcinada por el sol, completamente libre de cualquier rastro de ilusión. Se tomaron un momento para apreciar cuánto habían avanzado. No hacía mucho, las ilusiones de injusticia podrían haberlos acosado durante horas. Ahora, la mayoría eran eliminadas casi en cuanto aparecían.

Greenie se encaramó a un saliente plano de arenisca, contemplando el amplio cielo de Arizona.

—Terminamos con los problemas aquí en Sedona y allá en Franeker prácticamente en el momento en que comenzaron —dijo en voz baja, maravillada ante ese hecho.

Checkered garabateó una nota rápida en su libreta de bolsillo.

—Las ilusiones solo funcionan si alguien vacila o cree en ellas —afirmó con naturalidad—. Nosotros no hicimos ninguna de las dos cosas.

Firee se apoyó contra un alto pináculo rojo, recordando cómo en otra época las ilusiones habían intentado hacerlos tropezar.

—Las ilusiones van y vienen —dijo con un encogimiento de hombros satisfecho—. Esas lecciones fugaces realmente nos enseñaron a actuar en cuanto algo anda mal.

Reddish hizo girar una pequeña brasa entre sus dedos.

—Nuestro trabajo en equipo ahora está pulido —asintió—. Ningún truco dura más de un momento contra nosotros.

Blunt entornó los ojos, pensativo.

—El Arlequín Oscuro quizá intente una última jugada: lanzarnos todo a la vez —dijo, refiriéndose a su sombrío adversario. Sin embargo, no sonaba asustado.

Breezie, con la mirada serena, dejó que sus ojos vagaran sobre el paisaje bañado por el sol del atardecer.

—Venga lo que venga, combinaremos todas las virtudes y lo extinguiremos —dijo en voz baja—. Lo hemos demostrado una y otra vez.

Informe posterior del encuentro en Franeker

Al bajar el sol, el grupo se reunió en círculo sobre una amplia losa de roca. Blunt alzó la moneda de bronce de Lettizia, que relucía bajo la luz tardía. Rememoraron lo rápidamente que habían arreglado las cosas en la sala de estar de Eisinga. Desde el Orloj moderno de Sedona hasta un salón holandés del siglo XVIII y de vuelta —no se le había permitido a la injusticia más de unos pocos segundos para arraigar en ninguno de los dos lugares.

Checkered se ajustó el monóculo y recordó los veredictos parciales a los que se habían enfrentado.

—Esas ilusiones intentaron formarse, pero intervenimos y ¡puf!, se desvanecieron —dijo, cerrando de golpe su cuaderno.

Greenie asintió, recordando cómo la atmósfera en el planetario se había aliviado una vez que intervinieron.

—No quedó tensión alguna —dijo—. Nuestra unidad eliminó cada distorsión al instante.

Firee conjuró distraídamente una diminuta llama y la observó parpadear.

—Las manejamos casi sin ningún esfuerzo —dijo, permitiéndose luego una sonrisa—. A veces me pregunto si alguna ilusión podría durar contra nosotros ahora.

Breezie soltó una risita por lo bajo.

—Lo dudo —respondió—. Cada nueva oleada ilusoria intenta algo, y cada vez nuestro trabajo en equipo la derriba.

Blunt hizo girar la moneda en el aire y la atrapó, recordando cuando una sola ilusión podía agotarlos durante todo un día —ya no más.

—Hemos visto lo mal que puede ponerse, pero también sabemos cómo detenerlo rápido —dijo—. No las dejamos arraigarse, así que se desvanecen con la misma rapidez.

Reddish hizo girar la brasa agonizante con la que había estado jugueteando, observando cómo se extinguía.

—Exactamente —coincidió—. Si nadie cae en una ilusión, esta fracasa. Y nosotros no caemos en ninguna.

Todos intercambiaron sonrisas decididas. En este breve repaso, confirmaron que la justicia había prevalecido tan rápido como había sido desafiada. Solo el espinoso dilema con Morpheus los había hecho dudar —e incluso eso terminó en unidad y verdad. Su vínculo colectivo permanecía intacto. Mientras bajaban del claro rocoso, con el corazón orgulloso y sereno, se sentían preparados para cualquier nuevo plan que pudiera urdir el Arlequín Oscuro.

Indicios de otro foco de ilusiones

Hacia el atardecer, los magos deambulaban por las afueras de Sedona, donde el desierto se extendía en sombras violáceas. En una alta cresta con vistas a un amplio valle, Greenie de repente se detuvo y señaló un brillo distante en el aire caluroso. Un tenue espejismo había aparecido cerca del horizonte: el contorno de una torre de reloj lejana ondeando en tonos azules y dorados.

—¿Lo veis? —murmuró Greenie, con sus sentidos empáticos hormigueando.

Los demás asintieron, forzando la vista hacia la visión de un reloj con arcos ornamentados y un atisbo de engranajes en movimiento. Oscilaba apareciendo y desapareciendo, como si un eco de su próximo destino los estuviera llamando.

—Probablemente otro reloj que nos necesita —dijo Checkered, ajustando su lente para enfocar el espejismo. Alcanzó a vislumbrar un diseño morisco distintivo antes de que la imagen titilara—. Las ilusiones no están limitadas por la distancia o el tiempo. Podrían estarse uniendo a través de continentes.

Reddish cruzó los brazos, con sus brasas encendiéndose en anticipación.

—Si planean juntar sus trucos, nosotros simplemente iremos un paso adelante —dijo con una confiada sonrisa.

Firee golpeó su varita contra su bota, escudriñando la luz menguante del horizonte. El espejismo ya había comenzado a disiparse, dejando solo el crepúsculo normal del desierto.

—Nada urgente en este preciso momento —observó—. Pero nos mantendremos listos.

Breezie sintió una suave brisa vespertina arremolinarse a su alrededor.

—Podría ser en una hora, o en un día —dijo—, pero cuando llegue la próxima llamada, responderemos de inmediato. No daremos tiempo a que ninguna nueva ilusión crezca.

Blunt observó cómo el último destello del lejano espejismo del reloj se desvanecía, y el desierto volvía a la quietud. Apretó la mandíbula y asintió una sola vez, con firmeza.

—Seguimos vigilantes —dijo en voz baja—. Sea lo que sea y donde sea, si la injusticia se está fraguando allí, llevaremos nuestra respuesta aún más rápido.

El desierto volvió a quedarse en silencio, la extraña visión desaparecida. Los seis compañeros emprendieron el camino de regreso al pueblo, con el cielo sobre ellos teñido de naranja y púrpura por el ocaso. Sabían que quedaban más pruebas por delante —posiblemente mayores y más complejas—, pero tras el triunfo de hoy, su determinación era más fuerte que nunca.

Calma vespertina en el desierto

Al caer la noche sobre las rocas rojas de Sedona, los magos regresaron paseando por la plaza junto al Orloj ya restaurado. Las linternas se encendían una a una, y unos cuantos turistas rezagados deambulaban tranquilos, completamente ignorantes de que la injusticia había amenazado su ciudad. El engranaje de sinergia en la capa de

Blunt yacía silencioso; no sonaban nuevas alarmas. Por primera vez en mucho tiempo, el equipo podía disfrutar de una tarde tranquila tras una victoria limpia.

Greenie contempló cómo los colores del cielo se volvían rojo y violeta, con los pináculos rocosos recortados contra ellos.

—Ni siquiera un altercado esta vez —dijo, pensando en lo fácilmente que habían limpiado el planetario de Eisinga—. Desterramos esas ilusiones antes de que pudieran causar algún daño.

Reddish sonrió para sí, recordando batallas pasadas que no habían resultado ni de lejos tan fluidas.

—Recuerdo cuando teníamos que intentarlo una y otra vez para vencer a un solo truco —dijo—. Ahora la mayoría ni siquiera dura un instante contra nosotros. Mantengámoslo así.

Checkered apuntó una nota final en su cuaderno y lo cerró de golpe.

—La injusticia nunca tuvo oportunidad —afirmó, acomodándose las gafas—. Actuamos antes de que el problema crezca; por eso desaparece.

Firee ladeó la cabeza cuando una brisa ligera trajo el aroma de mezquite de una fogata cercana. Recordó ilusiones en ciudades anteriores que se habían prolongado.

—El mismo patrón cada vez —reflexionó en voz alta—. Si surge una ilusión, la derribamos de inmediato.

El rostro de Breezie estaba sereno mientras escuchaba los lejanos sonidos de la noche.

—Y no dejaremos que ningún mal menor se una para formar algo más grande —añadió—. Nuestro vínculo es ya demasiado fuerte para eso.

La capa de Blunt pulsó débilmente, recordándoles la promesa que habían hecho. Él apoyó una mano en la barandilla exterior del Orloj al pasar junto a él, el metal frío bajo sus dedos.

—Cumpliremos esa promesa —dijo en voz baja—. Pase lo que pase, no dejaremos que opaque lo que hemos logrado.

Se detuvieron junto a un muro bajo de adobe, contemplando la esfera del Orloj brillar suavemente en la noche que se acercaba. El reloj de

Sedona estaba libre de corrupción, sus engranajes y símbolos moviéndose con tranquila finalidad. Otro desafío quedaba atrás; su trabajo en equipo había demostrado ser inquebrantable. Abandonaron la plaza en silencio, seis siluetas fundiéndose con el crepúsculo, cada una lista para lo que un nuevo amanecer pudiera traer como nuevo llamado a la acción.

Informe posterior sobre la influencia de Eisinga

La noche cayó por completo mientras los magos acampaban en las afueras de Sedona, bajo un manto de brillantes estrellas. Reflexionaron sobre el planetario de Eise Eisinga y la lección que se llevarían de él. La justicia, al igual que el engranaje del cosmos, requería un equilibrio constante —y ellos lo habían aportado. Comprendieron que no solo la acción rápida sino también las virtudes detrás de esas acciones eran lo que mantenía a raya la injusticia.

Reddish atizó la pequeña fogata que habían encendido.

—¿Recuerdas cuando solíamos batallar con ilusiones toda la noche? —dijo, enviando una lluvia de chispas hacia arriba—. Ya no más. Ahora terminamos estas pruebas en tiempo récord.

Checkered asintió, estirando las piernas tras el largo día.

—Cada ilusión depende de que alguien crea en ella —dijo—. Hemos aprendido a ver a través de ellas de inmediato; por eso se desmoronan tan rápido.

Greenie bebió de una cantimplora, recordando cómo los gritos de los injustamente tratados en Franeker habían resonado en su mente.

—Fuera la empatía, la honestidad o el valor lo que se pusiera a prueba, el resultado era el mismo —dijo—. La injusticia nunca se sostuvo por mucho tiempo contra nosotros.

Firee se sentó con la espalda contra una roca, la mirada fija en las brasas.

—Es consistente —convino—. Las ilusiones aparecen, las enfrentamos juntos de frente y se desvanecen igual de rápido. Ese es el estándar que nos exigimos ahora.

Breezie dejó que una brisa suave agitara el aire fresco.

—Y mientras actuemos ante el primer indicio de problema, ninguna de estas ilusiones podrá afianzarse jamás —añadió con confianza.

Blunt hizo girar la moneda grabada con "Aequitas Est Virtus" entre sus dedos, su metal brillando a la luz de la fogata.

—Nos mantendremos alerta —dijo—. Si el Arlequín Oscuro intenta mezclar estos fracasos morales, simplemente uniremos todas las virtudes que hemos aprendido. Nada puede burlar ese tipo de unidad.

Con esa conclusión, se sumieron en un silencio satisfecho. Habían confrontado la injusticia a través de dos eras y ganado sin un solo contratiempo. Otra oscura oleada se había estrellado contra la roca de su trabajo en equipo. Sabían que vendrían más —y probablemente peores—, pero mientras contemplaban las serenas estrellas sobre Sedona, estaban seguros de una cosa: pasara lo que pasara, lo enfrentarían juntos y prevalecerían.

Anochecer en Sedona y secuelas

Para cuando salió la luna, los acantilados rojos de Sedona eran siluetas bajo un manto estrellado. Los magos ascendieron por un sendero corto hasta un mirador familiar desde donde podían ver el tranquilo pueblo abajo. El Orloj de Sedona dio la hora con un tañido apacible. Todo estaba en calma.

Greenie encontró un saliente liso y se sentó, echando la cabeza atrás para admirar las constelaciones.

—Monticello, Hazleton, Boston, Stará Bystrica, Sedona, Franeker... —murmuró, enumerando los lugares que habían liberado de diversas ilusiones—. Hemos arreglado las cosas en cada uno, y cada vez más rápido.

Reddish se dejó caer sobre una roca plana cercana con un suspiro de satisfacción. Lanzó una piedrecilla y la vio desaparecer en la oscuridad.

—No hace mucho estaríamos curando heridas y dudando de nosotros mismos tras un día como este —dijo, maravillándose de lo lejos que habían llegado.

Checkered pulió pensativamente la lente de su monóculo.

—Cada ilusión que hemos encontrado ha estado vinculada a alguna falla moral —dijo—. Pero nuestras virtudes combinadas las atraviesan cada vez. Es casi... rutina —soltó una pequeña risa al pensarlo.

Firee se paró al borde del mirador, la luz de la luna reflejándose en sus ojos.

—Si algún día todos esos defectos vinieran contra nosotros de una vez —cada uno de ellos—, estaríamos preparados —declaró en voz baja—. Uniríamos todo lo que hemos aprendido y los enfrentaríamos de frente.

Breezie, que estaba a punto de añadir un comentario triunfante, permaneció en silencio; los amigos simplemente intercambiaron sonrisas cómplices.

Blunt permaneció callado un momento, dejando que calaran las palabras de cada uno de sus amigos. El engranaje de sinergia en su capa pulsaba con una luz lenta y constante, como en reposo, pero siempre alerta.

—Permaneceremos listos —dijo finalmente, con voz firme en la oscuridad. Miró a cada uno de ellos, con el orgullo reflejado en el rostro. —El próximo sitio, el próximo villano —sea quien sea, donde sea— los enfrentaremos igual que hoy: juntos y de inmediato.

Con ese voto reafirmado, los seis se irguieron como uno solo y comenzaron a descender desde el mirador. La noche del desierto era fresca y quieta a su alrededor. Los desafíos del día habían terminado en victoria, y los desafíos de mañana aún no se habían revelado. Mientras caminaban bajo el vasto manto de estrellas hacia su próximo destino —guiados por la silenciosa promesa de la moneda y su propio vínculo inquebrantable— estaban llenos de una confianza absoluta en que la justicia triunfaría dondequiera que su viaje los llevara a continuación.

Capítulo 12

Los Relojes de Rittenhouse y Jens Olsen

– El triunfo de la justicia

La noche caía suavemente sobre las rocas rojas de Sedona mientras los seis Magos recuperaban la compostura tras el juicio en Arizona. En la mano de Blunt relucía una moneda de bronce recién ganada de Lettizia Dillettante, con la inscripción latina Aequitas Est Virtus ("La equidad es una virtud"), todavía tibia tras haber disipado las ilusiones de injusticia en Sedona. La moneda tiraba de la palma de Blunt con un sutil e insistente tirón. Reddish entrecerró los ojos, intrigada.

—Nos conduce hacia el noreste —observó, mirando cómo la moneda resplandecía débilmente. Checkered extendió un mapa sobre un bloque de arenisca y el brillo de la moneda se intensificó en un punto.

—Filadelfia —dijo Checkered, señalando el lugar en el mapa—, sede de la Sociedad Filosófica Americana… y hogar del famoso reloj astronómico de David Rittenhouse en Drexel.

Una chispa de reconocimiento iluminó su ojo cubierto por el monóculo: Rittenhouse, patriota-científico y relojero, había sido un defensor de la razón en la joven república.

Greenie sonrió con determinación.

—La equidad guiada por la razón; ese debe ser nuestro próximo juicio —afirmó. Blunt asintió y alzó la moneda.

En respuesta, el disco de bronce emitió un rayo de luz pálida. El aire mismo se estremeció, formando un portal rodeado por constelaciones tenues. Confiando en la llamada de la moneda, los Magos atravesaron juntos el portal.

Emergieron en el silencio de una galería en penumbras. La luz de la luna filtraba a través de altos ventanales, iluminando el Reloj

Astronómico Musical de David Rittenhouse, erguido con orgullo en el centro de la sala. El reloj era una obra maestra de caoba con caja alta, sus tallas de estilo Chippendale chino ornamentadas pero sobrias. Seis diminutos planetas de latón orbitaban alrededor de un sol pintado, justo encima de la esfera del reloj: un elegante orrey que mostraba el sistema solar tal como se conocía en 1773. Alrededor de la esfera, constelaciones doradas del zodíaco se entrelazaban en un círculo. Incluso en quietud, el reloj irradiaba un aire de orden racional: no solo marcaba la hora, sino también las posiciones de los cuerpos celestes y el mes y el día. Se decía que incluso tocaba diez melodías diferentes en sus campanadas, aunque ahora solo emitía solemnes tictacs en silencio. Breezie aspiró ante la vista de tanta artesanía.

—Un auténtico triunfo de la razón... —susurró— el reloj más importante de América, así lo llamaban.

Firee deslizó una mano por la caja de caoba, sintiendo el peso de la historia.

—Construido en la era revolucionaria, cuando la equidad y la libertad eran ideales nuevos —murmuró—. Rittenhouse fue amigo de Franklin y Jefferson, hombres que intentaron casar el gobierno con la Ilustración —añadió.

El equipo intercambió miradas cómplices. Ese reloj, mezcla de ciencia y arte, simbolizaba el conocimiento al servicio de la justicia.

Un tenue resplandor de ilusión se adhería a la esfera del reloj como escarcha matutina. La moneda de bronce en la mano de Blunt se calentó, advirtiendo de una injusticia latente allí. Checkered bajó su monóculo y el lente encantado reveló jirones de oscuridad aceitosa enroscándose alrededor de los planetas del orrey.

—Hay sesgo en los engranajes —advirtió en voz baja.

Como si fuera una señal, el reloj de caja alta emitió un tembloroso tic, y el orrey empezó a desalinearse: Marte y Júpiter se detuvieron abruptamente en retroceso, la Luna quedó fija en su órbita. Greenie hizo una mueca, sintiendo un escalofrío de desequilibrio en el aire.

—Una ilusión se está formando —advirtió.

Sin más demora, una escena fantasmal se materializó a su alrededor en la galería. El aroma a aceite de lámpara y a libros antiguos flotaba en el aire. Figuras espectrales ataviadas con ropajes del siglo XVIII aparecieron, dispuestas como si estuvieran en un tribunal colonial. En el centro se erguía el propio Rittenhouse, reconocible por los retratos: un hombre digno con abrigo de lana, sujetando un fajo de cartas astronómicas. Frente a él, una figura con toga de juez y peluca blanca alzaba un mazo sobre la mesa.

—¡La superstición y el miedo no tienen cabida aquí! —declaró con firmeza el espectro de Rittenhouse, encarando a la multitud murmurante.

El espectro del juez frunció el ceño.

—¡Tus juguetes científicos desafían la tradición! —ladró, señalando con el dedo el espléndido reloj detrás de Rittenhouse: ese mismo orrey que ahora brillaba con luz propia.

Algunos testigos espectrales asintieron aterrados, lanzando miradas sospechosas a los planetas mecánicos y a los engranajes. El ambiente se cargó con una injusticia familiar: el prejuicio contra el conocimiento y la verdad.

Checkered avanzó al centro de la escena ilusoria, los tonos zafiro de su capa captaban el parpadeo de la luz fantasmal. Era una prueba de justicia mediante la razón.

—Acusas lo que no entiendes —dijo con brusquedad al espíritu del juez, alzando su varita como un profesor con puntero en mano—. Muestra alguna prueba de daño causado por este aparato o por la obra de este hombre; si no puedes, tu juicio carece de fundamento —continuó, sus palabras lógicas resonando claras.

La figura del juez vaciló insegura, su boca abriéndose y cerrándose sin réplica. Animada, Reddish añadió:

—El conocimiento no es herejía. ¡Es iluminación! Nuestra nación se fundó sobre la verdad, no sobre el miedo. ¡No permitiremos que la ignorancia condene a un hombre inocente! —exclamó Reddish con fervor. Llamas danzaban en las puntas de sus dedos, proyectando sombras fugaces que hicieron retroceder asombrados a varios aldeanos espectrales.

Algunos en la multitud empezaron a murmurar su aprobación, con los rostros suavizándose como si despertaran de un hechizo de miedo.

Pero no todos estaban convencidos.

Desde el fondo del salón se alzó un grito de pánico:

—¡Brujería! —exclamó uno de los colonos espectrales, con los ojos desorbitados por el miedo—.

—¡Destrozad ese reloj infernal! —gruñó otra voz, sacudiendo el puño.

Al percibir que el terror resurgía, el espíritu del juez golpeó de nuevo su mazo y apuntó hacia Rittenhouse con el dedo.

—¡Atrapad al hereje y a su artilugio! —ordenó.

Con un rugido, varias figuras fantasmales se lanzaron al ataque, dispuestas a silenciar por la fuerza este "peligroso" conocimiento.

Firee se movió como un relámpago. Se plantó frente a Rittenhouse y el orrey, barriendo el aire con el brazo en un amplio arco. De pronto, una cortina de llamas incandescentes cobró vida con un rugido, trazando una línea brillante entre la multitud que avanzaba y el reloj.

—¡No tocaréis este símbolo de la verdad! —tronó Firee, con la voz encendida por la furia justa.

La muralla de fuego se extendió hacia afuera, formando un círculo protector alrededor de la creación de Rittenhouse. Las figuras espectrales delanteras retrocedieron entre gritos de alarma, tambaleándose lejos del calor abrasador. Incluso el juez se tambaleó, con su certeza vacilando ante la feroz defensa de los Magos.

Al lado de Firee, Greenie dio un paso adelante con ambas palmas levantadas, no para golpear sino en súplica. Su capa esmeralda ondeaba con el calor mientras enfrentaba las miradas desencajadas de los colonos aterrados.

—¡Por favor, escuchad! —imploró, con un tono suave pero que resonaba por toda la sala—. Este reloj fue construido para iluminar, no para maldecir. El conocimiento no es vuestro enemigo; vuestro miedo lo es. ¡No permitáis que la ignorancia os ciegue ante la verdad! —susurró.

Sus palabras compasivas envolvieron a la multitud. Algunos aldeanos espectrales vacilaron, bajando las antorchas y los garrotes que creían empuñar. Una incertidumbre titiló en los rostros que, momentos antes, ardían con odio.

Una fresca ráfaga de viento barrió la sala, ahuyentando las últimas sombras del miedo. Breezie dio un paso al frente, guiando una brisa purificadora con un sutil movimiento de su varita. La suave brisa extinguió las brasas que aún quedaban de las llamas de Firee y despejó la neblina aceitosa y negra que se aferraba a la figura del juez.

—Pensadlo bien, todos vosotros, —dijo Breezie con voz calmada y clara. —¿Castigaríais a alguien a quien ni siquiera habéis intentado comprender? La verdadera justicia busca la comprensión, no la destrucción ciega, —añadió.

Sus palabras, llevadas por el aire fresco, se abrieron paso entre la asamblea. Uno a uno, los gritos enfurecidos de los colonos se apagaron. La fachada unida de la turba se desmoronó al dominarla la vergüenza y las dudas. El brazo espectral del juez —aún alzado para incitar a la violencia— vaciló y lentamente bajó mientras la furia de la ilusión se desvanecía.

Cuando cayó el silencio, la aparición de Rittenhouse salió de detrás del reloj. Esta vez estaba más erguido, con los hombros elevados mientras el alivio brillaba en sus ojos.

Blunt aprovechó ese momento esperanzador. Se dirigió al modelo planetario y colocó suavemente la mano sobre el sol mecánico.

—La verdad y la justicia se mueven en armonía, —dijo Blunt con voz baja pero resuelta.

La suave presión de su mano —impulsada por la virtud orientadora de la moneda— hizo que los planetas mecánicos retomaran su ordenado movimiento. El modelo celestial se reajustó con un satisfactorio clic, cada planeta volviendo a encontrar de nuevo su trayectoria correcta. En ese instante, el mazo del juez ilusorio se astilló y partió en dos con un crujido seco. Las sombras opresivas alrededor del juez desaparecieron. Toda la escena del tribunal colonial se desvaneció como niebla al sol. En el silencio que siguió, el reloj de Rittenhouse dio una única campanada, un tono claro resonando por la sala, como declarando su aprobación.

Los seis amigos exhalaron al unísono, con el corazón aun latiendo con fuerza. La injusticia había luchado con ferocidad, pero al final fue desterrada.

—Justicia mediante la razón, —afirmó Checkered apoyando una mano en el fresco dial de latón del reloj.

Greenie cerró los ojos y solo halló claridad donde instantes antes reinaba la confusión. En efecto, frente a las pruebas y a su unidad de propósito, la ilusión finalmente se derrumbó, testimonio de lo lejos que habían llegado.

Blunt levantó la moneda de bronce; su resplandor era firme y satisfecho.

—Adelante, —dijo, sintiendo de nuevo cómo la moneda tiraba de él.

Un nuevo portal se abrió en forma de iris sobre el reloj, arremolinando una luz azul fría salpicada de estrellas. El siguiente llamado de la moneda se había activado, señalando al otro lado del océano.

Sin dudarlo, los magos atravesaron la bruma azul del portal. Del otro lado les recibió una fresca brisa nocturna. Se encontraron en un amplio salón de piedra, con el aire ahora más fresco y cargado con un ligero olor a metal antiguo y aceite. Altas ventanas revelaban un paisaje urbano europeo más allá: habían llegado a Copenhague, al interior del Ayuntamiento. Ante ellos se alzaba una enorme maquinaria dorada de ruedas y esferas: el Reloj Mundial de Jens Olsen.

A Greenie se le cortó la respiración al contemplar la maravilla. El reloj era una proeza de la relojería moderna: quince mil piezas interconectadas de latón y pan de oro, todas pulidas hasta obtener un brillo suave. Varias carátulas y subesferas llenaban su fachada, cada una midiendo un ciclo diferente: la hora local, la hora exacta en ciudades de todo el mundo, la posición de planetas y constelaciones, las horas de salida y puesta del sol, la fecha e incluso las futuras fechas de eclipses y festividades. Todos estos diversos indicadores avanzaban al unísono, en una armoniosa complejidad de mecanismos. Todo el reloj fue diseñado para funcionar durante 2.500 años con una sola cuerda semanal —un verdadero Verdensur (Reloj Mundial) que equilibraba lo celestial con lo terrenal. Sus superficies doradas reflejaban los rostros asombrados de los magos.

Breezie susurró, pasando una mano por su aireado cabello plateado, mientras contemplaba las innumerables agujas móviles y las estrellas grabadas en las carátulas:

—Esto es... espectacular.

Checkered ajustó su monóculo para captar los detalles más finos: delicados engranajes dentro de engranajes que giraban con precisión matemática.

—Olsen dedicó su vida a esta obra maestra, —dijo ella en voz baja, —un reloj para unificar todos los tiempos y los cielos del mundo… todos los sistemas en equilibrio.

La actitud normalmente feroz de Reddish se suavizó al contemplar la silenciosa poesía del movimiento del reloj.

—Equilibrio en todos los sistemas, —repitió ella. —Si alguna parte se desincronizara… todo se vería afectado.

Una sensación de gravedad invadió el ambiente. El propósito mismo de este reloj resonaba con el principio de justicia que tanto valoraban: una equidad que tomaba en cuenta a todos, al conjunto entero, no solo a una parte.

Tan pronto como ese pensamiento cruzó sus mentes, los enormes engranajes del Reloj Mundial crujieron. La esfera central del tiempo empezó a girar de forma errática, y varias esferas más pequeñas que representaban ciudades de todo el mundo parpadearon con horas en conflicto. La armonía de los mecanismos tic-tac empezó a fallar; en su lugar surgió un zumbido discordante.

Greenie jadeó, llevándose una mano al pecho mientras una abrumadora sensación de desarmonía golpeaba sus sentidos empáticos.

—Algo no va bien... siento voces chocando, —dijo.

Filamentos de magia ilusoria plateada se filtraron desde los mecanismos del reloj, fusionándose en formas translúcidas alrededor del salón. El equipo se formó en círculo, instantáneamente alerta. Reconocieron la niebla creciente de una ilusión compleja que tomaba forma —tal vez una de las firmas de Lettizia.

De la niebla emergieron figuras: un conjunto de siluetas fantasmales que representaban a personas de muchas tierras. Algunos vestían las sedas drapeadas del Oriente, otros los sobrios trajes de Occidente; unos aparecían como humildes campesinos, otros como autoridades con pergaminos en las manos. Sus rostros estaban marcados por la frustración y la desesperación. De inmediato, una cacofonía de súplicas superpuestas llenó el salón en una docena de idiomas. Aunque las lenguas diferían, el sentimiento era el mismo:

—¡No es justo! ¡Escuchadnos; deben satisfacerse nuestras necesidades!

Un corpulento espectro con boina de minero golpeó su puño contra la palma de la otra mano.

—¡Nuestra aldea trabaja día y noche, y sin embargo no tenemos pan mientras otros se dan el festín! —tronó.

Frente a él, un dignatario con toga de juez replicó:

—¡Hay que mantener el orden! Si vuestra aldea recibe más grano, otra deberá pasar hambre —¡ese es el precio!

Una mujer de humilde vestimenta adelantó un paso con lágrimas en los ojos, apretando una cesta vacía.

—Mis hijos pasan hambre, —suplicó con voz entrecortada. —¿Quién decide cuál de nosotros come?

Detrás de ella, un creciente coro repetía:

—¿Quién decide? ¿Quién decide?

La ilusión presentaba un clamor global de voces enfrentadas, cada una con una necesidad válida y temerosa de ser ignorada. Los magos estaban en el ojo de aquella tormenta de agravios, sintiendo cómo la marea de la discordia amenazaba con arrastrarlos. Era una prueba de la balanza de justicia: ¿podrían encontrar una armonía justa entre tantas necesidades urgentes?

Firee apretó los puños, mientras el resplandor ígneo a su alrededor vibraba y él luchaba por contener sus emociones ante la ola de desesperación e ira. Breezie cerró los ojos brevemente, concentrándose en el peso tranquilizador de la moneda en la mano de Blunt y en el recuerdo de la armonía que pretendía alcanzar el Reloj del Mundo.

Blunt dio un paso al frente y alzó la moneda de bronce sobre su cabeza. Su inscripción brilló con más intensidad, proyectando una cálida luz ámbar que atravesó la fría neblina azul. Las voces dispares se aplacaron un poco ante ese resplandor dorado.

—¡Escúchanos! —exclamó Blunt con voz autoritaria.

—Os escuchamos a todos. Todas vuestras vidas importan, y la verdadera justicia no sacrificará a un pueblo por otro.

La multitud de fantasmas vaciló, insegura. Un hombre demacrado, con vestiduras de erudito, dio un paso adelante, con los ojos llenos de desesperación.

—Nuestras bibliotecas están cerradas para financiar sus graneros, —gritó señalando al minero. —¿Eso es justicia? ¿Debe el conocimiento pasar hambre para que los cuerpos puedan vivir?

Inmediatamente, el minero y los que estaban detrás de él lanzaron una réplica airada.

Antes de que las facciones pudieran chocar, Greenie se interpuso entre ellas. Extendió los brazos, su capa de esmeralda fluyendo como agua serena.

—El dolor y la necesidad existen en todas partes, —dijo Greenie con voz suave, pero que llegaba a cada rincón del salón. —Por favor, en lugar de gritar unos contra otros, mirad.

Greenie agitó la mano, y la luz dorada de la moneda de Blunt se refractó en un amplio haz que iluminó el Reloj del Mundo tras ellos. En esa luz, las múltiples esferas del reloj quedaron claramente visibles para la multitud: una por cada huso horario, otra para los planetas, otra para el calendario, y así sucesivamente. Todas estaban interconectadas.

—Este reloj tiene muchas caras, pero todas forman parte de una misma creación, —dijo Greenie con los ojos brillantes. —Vuestras preocupaciones no son distintas: son muchas facetas de un único mundo. Justicia significa que ninguna voz quede olvidada.

Breezie apoyó a Greenie, y su magia de viento arremolinó la bruma persistente en suaves cintas.

—La justicia no es un tira y afloja donde sólo un lado gana, —añadió, mirando a la madre hambrienta, al erudito vestido de túnica y al minero fatigado. —Es un pacto en el que todos merecen equidad. Si una parte del sistema falla, todo el conjunto sufre.

Checkered dirigió entonces su varita al mecanismo del reloj. Murmuró un encantamiento, y uno de los engranajes rebeldes que había estado girando erráticamente comenzó a desacelerar. Al instante, el traqueteo de las piezas desincronizadas se apaciguó. Animado, Firee lanzó un pulso de llamas controlado contra otro engranaje rechinante, y su sacudida repentina lo devolvió al ritmo de los demás. Poco a poco, engranaje tras engranaje, los seis trabajaron al unísono para restaurar el equilibrio del mecanismo.

El efecto sobre la ilusión del salón fue profundo. Las furiosas delegaciones guardaron silencio al observar a los magos corregir metódicamente el funcionamiento del reloj. El erudito bajó el brazo acusador, frunciendo el ceño pensativo. El minero aflojó los puños, lanzando una mirada recelosa hacia la madre con la cesta. En la nueva quietud, el único sonido era el constante tic, tic, tic del Reloj del Mundo de Olsen sincronizándose gradualmente —mil diminutos clics fundiéndose en un zumbido constante. Checkered habló en ese silencio:

—Recursos, conocimiento, orden: todos son importantes. No negamos una necesidad a costa de otra; encontramos la manera de sostenerlos juntos.

Se acercó a la madre fantasma y colocó suavemente una hogaza de pan conjurada en su cesta vacía. Al mismo tiempo, Breezie conjuró una pluma y un libro de cuentas delante del erudito, reabriendo simbólicamente la biblioteca que temía perder.

—Hay suficiente, si dejamos de temernos unos a otros, —dijo Breezie en voz baja.

Desde la multitud surgió una voz vacilante:

—¿De verdad podemos encontrar el equilibrio?

Era el dignatario con toga de juez, su rostro severo ahora marcado por la vulnerabilidad. Reddish dio un paso adelante, bajando su varita. El calor de su aura se transformó en un brillo cálido en lugar de arder con furia.

—Podemos, —afirmó Reddish. —La justicia significa que cada uno ceda un poco para que todos prosperen. Fuerza templada con compasión, ley guiada por la equidad. —Alzó el mentón, su voz cargándose de convicción. —No más 'nosotros contra ellos'. Elegimos juntos.

Un murmullo de asentimiento recorrió a los espectros. El juez asintió lentamente, bajando la cabeza en señal de aceptación. El minero posó una mano amable en el hombro del erudito, mientras la madre apretaba el pan contra su pecho y derramaba lágrimas de alivio. Los grupos dispares que habían estado a punto de despedazarse entre sí ahora se mezclaban, sus contornos ya desvaneciéndose conforme la energía de la ilusión se disipaba. La comprensión unida había socavado la injusticia en su origen. Por encima de ellos, el Reloj del Mundo repicó dulcemente: todos sus diales ahora alineados y haciendo clic al unísono. Marcó la medianoche en Copenhague; las grandes campanas del Ayuntamiento resonaron con profundas, melodiosas campanadas. La asamblea ilusoria inclinó la cabeza en agradecimiento mientras se disolvía en motas de luz, dejando el salón en silencio y quieto una vez más.

En la base del reloj, un pequeño compartimento se abrió con un suave clic. De él rodó un objeto hasta el suelo: una diminuta llave plateada que relucía con la luz tenue. Breezie la recogió, sosteniéndola entre el pulgar y el índice. El arco de la llave tenía la forma de una balanza.

—¿Un regalo de despedida de Jens Olsen? —se preguntó en voz alta.

Checkered examinó el objeto, notando las delicadas runas en su asta.

—Más bien de Lettizia, —dijo con media sonrisa, percibiendo un encantamiento virtuoso familiar en la llave. —Un símbolo de equilibrio... para usar cuando llegue el momento.

Blunt guardó la llave a salvo en su capa junto a la moneda de bronce. Los demás intercambiaron miradas de satisfacción: habían superado la prueba global de la justicia. Ahora solo un destino les aguardaba.

Greenie señaló hacia una gran puerta de roble que conducía fuera de la sala del reloj. A través del panel de vidrio de la puerta vieron un nuevo portal cobrando vida en el pasillo contiguo, cuya superficie ondulaba con la imagen de una antigua sala de reuniones de ladrillo.

—Boston —susurró Greenie.

De hecho, el tirón de la moneda apuntaba ya con firmeza y constancia hacia esa dirección. Con renovada determinación, los seis compañeros atravesaron el portal con la llave plateada y la moneda de bronce en la mano.

Salieron a una calle tranquila bajo un cielo brumoso de madrugada. Ante ellos se alzaba imponente la histórica Antigua Casa de Reuniones del Sur de Boston, con sus muros de ladrillo y su aguja blanca apenas visibles a la tenue luz azulada del amanecer. En lo alto de la torre había una gran esfera de reloj circular, débilmente iluminada por una farola cercana; sus agujas mostraban que el amanecer estaba por llegar. La plaza alrededor de la Casa de Reuniones del Sur estaba desierta a esa hora, imprimiendo a la escena una calma casi sobrenatural. Sin embargo, los Hechiceros percibieron de inmediato que no estaban solos. Una bruma punzante de magia flotaba en el aire, teñida por el inconfundible escalofrío de las ilusiones de injusticia. La moneda de bronce en el bolsillo de Blunt latía con urgencia, y la llave plateada emitió un único zumbido cálido, como si fuera una advertencia. Reddish desenfundó su varita, y de su punta surgió una lengua de fuego parpadeante que iluminó su camino.

—Lettizia está por aquí en alguna parte —murmuró ella.

La moneda los había guiado hasta allí para esta confrontación final; la prueba definitiva de la virtud de la Justicia estaba a punto de comenzar.

Los seis avanzaron al unísono hacia la entrada de la Casa de Reuniones, pero antes de que llegaran a la puerta, una figura esbelta emergió de las sombras de un callejón cercano iluminado por una farola de gas. Vestida con una túnica fluida de color gris plateado y un velo diáfano plagado de estrellas que ondeaba tras ella, Lettizia Dillettante apareció ante ellos como un espectro de luz lunar. Su rostro sereno los miraba con ojos gentiles y cómplices. En la luz tenue, jirones de niebla ilusoria arremolinaban a sus pies, serpenteando sobre los adoquines. Dentro de esa bruma, destellos de distorsiones se hacían visibles: Checkered levantó su monóculo y vio imágenes fugaces en su interior: veredictos parciales, turbas con antorchas, balanzas inclinándose injustamente. La presencia de Lettizia era inconfundible; ella estaba allí para supervisar esta prueba.

Lettizia los saludó con voz melódica y serena:

—Bienvenidos, viajeros. La injusticia se amontona aquí como el rocío antes del amanecer. ¿Nos ayudaréis a disiparla?

Sin esperar respuesta —ya la conocía de antemano—, Lettizia giró y se deslizó hacia una pequeña puerta lateral de la Casa de Reuniones. Un letrero colgante sobre ella, meciéndose suavemente con la brisa, identificaba el local como Las Seis Estatuas. La puerta estaba cerrada con fuerza, asegurada con un candado de hierro. Lettizia se detuvo en el umbral y miró hacia atrás a sus compañeros, con un desafío en la mirada.

—¿Buscáis la justicia, o preferís aferraros a consuelos ilusorios? —preguntó.

Acto seguido, atravesó la puerta; la neblina a su alrededor hacía incierto si la había abierto o si simplemente la había cruzado flotando como un fantasma. La puerta se cerró de golpe tras ella.

Blunt dio un paso adelante y agarró con fuerza el candado de hierro. Era real y muy sólido. La llama de Reddish proyectó sombras danzantes sobre su superficie oxidada.

—Está bien cerrado, —gruñó Blunt al tirar de él.

Pero Breezie ya estaba a su lado, sacando la llave plateada que habían obtenido en Copenhague.

—Quizá una llave otorgada por el equilibrio también nos permita el paso, —dijo Breezie, introduciéndola en la cerradura.

La llave encajó a la perfección. Con un clic satisfactorio, el candado se abrió y cayó al suelo. La tienda Las Seis Estatuas les invitaba a entrar desde la oscuridad del interior. Con un asentimiento decidido, los Hechiceros empujaron la puerta y entraron.

Las Seis Estatuas: Balanzas a la luz de la lámpara

En el interior, la tienda llamada Las Seis Estatuas estaba iluminada únicamente por unos pocos farolillos de aceite de llama baja; sus luces dibujaban largas sombras sobre estanterías repletas de curiosidades y libros antiguos. Era un espacio recogido y silencioso, impregnado del olor a papel envejecido, latón y un leve aroma a incienso. A medida que sus ojos se acostumbraban a la penumbra, vieron seis estatuas de mármol dispuestas en semicírculo al fondo de la tienda. Cada estatua mostraba a una figura vestida con toga que simbolizaba una virtud: Valentía portando una espada, Compasión con la mano abierta, Sabiduría con un búho y así sucesivamente. En el centro se alzaba una estatua de la Justicia, más alta que las demás, inconfundible por la venda en sus ojos y las balanzas equilibradas que sostenía. Sin embargo, las balanzas de mármol se mecían suavemente como si una brisa invisible las perturbara. Los Hechiceros podían notar cómo la magia latente en el aire se espesaba. Lettizia Dillettante estaba cerca de la base de la estatua de la Justicia, con una mano grácil apoyada en el pedestal. A la luz de las linternas, su túnica plateada brillaba, y su expresión era serena, casi tierna.

Lettizia dijo en voz baja:

—Esta tienda está dedicada a la equidad, pero incluso aquí las ilusiones se infiltran para distorsionar la verdad. —Asintió hacia la estatua de la Justicia, cuyas balanzas ahora se inclinaban de un lado al otro por sí mismas. —Demostradme vuestro compromiso con la justicia verdadera. Volved a equilibrar estas balanzas.

En cuanto terminó de hablar, la última llama de las linternas titiló y se apagó, sumiendo la tienda en un crepúsculo tenue, interrumpido solo por el débil resplandor que emanaba de las propias estatuas.

Los Hechiceros avanzaron con cautela, extendiéndose en semicírculo. Sus capas de arlequín palpitaban con un ritmo suave, siendo el único movimiento en el expectante silencio del lugar. La atmósfera se sentía cargada y, sin embargo, extrañamente quieta; ninguna ilusión se había materializado por completo, pero algo invisible pendía en el aire como un suspiro contenido. El equipo de sinergia de Blunt vibró débilmente contra su pecho, sintonizado con la magia latente que flotaba en el ambiente.

—Aquí la injusticia se acumula —susurró él.

La punzante tensión le recordó otros lugares encantados que habían visitado —el reloj astronómico de Sedona, el planetario de Franeker— lugares donde las ilusiones persistían, aguardando a ser confrontadas.

Greenie deambuló junto a una estantería llena de viejos artefactos. Recorrió con la yema de los dedos una fila de pesas y medidas de bronce, y su intuición empática captó sutiles hilos de tensión en el ambiente.

—Siento un sesgo oculto, dispuesto a torcer la verdad —murmuró. Las yemas de sus dedos le hormiguearon al pasar sobre un registro polvoriento en la estantería; tenues impresiones de ilusiones de veredictos parciales se adherían a él. —Están al acecho, justo fuera de la vista —susurró Greenie—, juicios a medio formar, como los que hemos disipado antes, aguardando la oportunidad de inclinar la balanza.

En ese momento, la estatua de la Justicia, de mármol, pareció casi moverse. Las balanzas en su mano comenzaron a inclinarse, un lado bajando como si se hubiera agregado un peso invisible a uno de los platillos. Alrededor de la base de la estatua, las sombras se arremolinaban en oscuros remolinos antinaturales. Detrás de la estatua apareció Lettizia como una figura que salía de un cuadro. Su expresión era serena y autoritaria; a la tenue luz de las linternas, sus ojos grises brillaban con determinación. Lettizia les dio la bienvenida con voz baja y melódica:

—Bienvenidos, buscadores. Esta tienda está dedicada a la equidad, pero incluso aquí las ilusiones se filtran para inclinar las balanzas con medias verdades y sesgos ocultos.

El cabello llameante de Reddish se agitó tras ella cuando se giró, siguiendo las sombras que se deslizaban por el suelo. Sostuvo su bastón listo, la llama ya ascendiendo por su asta.

—Conocemos esos trucos, —dijo con voz firme y valiente. —No importa qué artimañas intenten inclinar esas balanzas, las volveremos a equilibrar.

Checkered se desplazó hacia uno de los altos espejos plateados alineados en la pared. En lugar de ver su propio reflejo, por un instante vislumbró una imagen fantasmal: un estrado de juez con la balanza inclinada hacia un lado. Chasqueó la lengua con desdén y cerró de golpe su lente.

—Contrarrestaremos todo desequilibrio, —declaró ella. —Ninguna ilusión nacida del prejuicio prevalecerá mientras permanezcamos vigilantes.

Breezie inhaló lentamente, sintonizándose con el leve aire viciado. Al exhalar, una suave brisa recorrió la tienda, haciendo titilar las llamas restantes de las linternas. Aunque él no dijo nada, su postura tranquila hablaba por él: nunca antes habían ignorado una distorsión, y no iban a empezar justo ahora.

Lettizia asintió ligeramente, como si sus respuestas la satisficieran. Sus ojos centellearon mientras sutiles fantasmas de juicios parciales flotaban entre los estantes como espectros al acecho.

—Entonces demostrad de nuevo vuestra imparcialidad, —la desafió ella. Con un gesto elegante, levantó una de sus manos delgadas.

Al gesto de Lettizia, la tienda pareció cobrar vida. Las lámparas de bronce se atenuaron, sus llamas titilando mientras una sombra antinatural se espesaba en cada rincón. La balanza de la estatua de mármol empezó a subir y bajar, como si una mano invisible siguiera añadiendo y quitando peso. Los estantes crujieron y los espejos plateados se empañaron, con imágenes humeantes retorciéndose en sus superficies.

Se aglomeró otra ola de ilusiones, arremolinándose por Las Seis Estatuas como una tormenta creciente de susurros. Los magos sintieron una presión familiar a su alrededor: la prueba comenzaba en serio.

Instintivamente, formaron un círculo defensivo bajo la mirada impasible de la estatua. Se habían enfrentado a innumerables ilusiones antes, disipándolas en cuestión de segundos al mantenerse unidos. Esta vez no sería diferente… o eso creían.

Páginas que pesan en el corazón

En un rincón apartado de la tienda, cerca del pedestal de la Justicia, se encontraba un acogedor rincón de lectura. Una mesa redonda de madera estaba rodeada por sillas de respaldo alto, y una lámpara de bronce suspendida sobre ella proyectaba un resplandor dorado constante. Apilados ordenadamente, pergaminos enrollados y volúmenes encuadernados en cuero reposaban sobre la mesa. El aire aquí estaba impregnado del aroma a cera derretida, cuero viejo y pergamino.

A la suave invitación de Lettizia, los seis magos tomaron asiento alrededor de la mesa, con sus capas susurrando antes de quedarse en silencio a su alrededor. Lettizia permaneció de pie a la cabecera de la mesa. Con deliberado cuidado, abrió un enorme tomo encuadernado en cuero que reposaba frente a ella.

—La justicia triunfa sobre la ilusión, —entonó ella en voz baja.

Había reverencia en su voz que silenció incluso a las sombras ansiosas que parpadeaban en el borde de la luz de la lámpara.

—Antes de que os enfrentéis al corazón de esta prueba, escuchad estas lecciones.

De la pila de manuscritos a su lado, Lettizia extrajo dos pergaminos añejos. Ofreció el primero a Greenie con una sonrisa solemne.

—Dos lecturas breves, —dijo Lettizia, —para recordarnos cómo la imparcialidad desarma la falsedad.

Greenie aceptó el pergamino con manos firmes. Su don empático a menudo la sintonizaba con los significados más profundos ocultos en tales relatos. Desenrolló el pergamino con cuidado, extendiéndolo sobre la mesa. Los demás se inclinaron, con la mirada fija en Greenie mientras ella empezaba a leer:

El Árbol de los Ecos: una fábula de injusticia y esperanza

En un valle anidado entre dos grandes montañas se alzaba la Aldea de los Espejos, donde los aldeanos vivían en armonía, reflejando bondad unos con otros. En el corazón de esa aldea crecía el Árbol de los Ecos, con sus hojas plateadas susurrando verdades y sus frutos dorados alimentando la justicia.

Un día, una sombra cayó sobre el valle: un viajero envuelto en tinieblas llamado Injusticia. Llevaba un bastón tallado de engaño, y dondequiera que caminaba, las flores se marchitaban y las voces que hablaban la verdad quedaban silenciadas.

La Injusticia se acercó al Árbol de los Ecos, molesta por su incesante honestidad. Golpeó el tronco con su bastón. Grietas surcaron la corteza mientras hojas plateadas revoloteaban al suelo, convirtiéndose en ceniza a sus pies.

—Vuestra equidad es una carga, —siseó. —Silenciaré vuestros ecos.

Los aldeanos se reunieron alarmados, pero el miedo los paralizó en silencio. Cada uno esperaba a que otro se levantara, y en su vacilación el dominio de la sombra se afianzó.

El puño de Blunt se apretó bajo la mesa; él sabía bien cómo la oscuridad se alimenta del silencio de los buenos.

El valle, antes radiante, se apagó; sus espejos se empañaron, reflejando sólo confusión y duda.

Sin embargo, bajo las raíces fracturadas del gran árbol permaneció una única semilla dorada. Una joven llamada Aletheia, que había presenciado la verdad ser derribada y la equidad herida, recogió con delicadeza la semilla. Guiada por un valor silencioso, la plantó al borde del valle y la cuidó con sus lágrimas y susurros esperanzados.

Con el tiempo, surgió un nuevo retoño: un árbol humilde, resistente y firme. Su corteza estaba marcada por cicatrices, pero era fuerte, sus frutos modestos pero nutritivos. Cuando los aldeanos probaron con cautela el fruto de este nuevo árbol, sus voces perdidas regresaron: al principio suaves, luego más claras y valientes. Fortalecidos incluso por este pequeño sabor de la verdad, se unieron y enfrentaron a la Injusticia.

—Te alimentaste de nuestro silencio, —proclamó Aletheia erguida a pesar de su voz temblorosa. —Pero la verdad no puede ser destruida. Incluso de la semilla más pequeña, la justicia renacerá.

Abrumada por las voces unificadas y el regreso de la luz de la verdad, Injusticia retrocedió, deslizándose más allá de las montañas.

A partir de ese día, los aldeanos valoraron el nuevo árbol que había crecido de la pequeña semilla. Aprendieron que la justicia no prospera mediante grandes demostraciones de poder, sino gracias a la valentía silenciosa e inquebrantable de quienes están dispuestos a alzar la voz, aun cuando ésta les tiemble.

Un silencio solemne siguió a las últimas líneas de la fábula, como si las mismas estanterías hubieran absorbido la lección. Los magos intercambiaron miradas pensativas, con el corazón conmovido por el eco de los debates estancados del exterior. Los engranajes de Hazleton se habían encasillado en viejos patrones; Stará Bystrica estaba casi perdida ante la apatía. Si no se desafía, la inercia corroe incluso la creación más grandiosa —así como ahora Boston corría el riesgo de perder su chispa.

Greenie bajó el pergamino lentamente, con los ojos brillando de emoción. El eco del relato sobre el coraje frente a la opresión resonó profundamente en ella, pues la peripecia de Sedona había sido muy parecida.

—Aletheia se negó a quedarse callada, tal como nosotros nos hemos negado a ceder terreno a las ilusiones —dijo Greenie en voz baja. —Incluso una sola voz hablando con la verdad puede empezar a deshacer una gran injusticia —añadió con convicción.

Lettizia inclinó la cabeza en señal de aprobación, con una suave sonrisa en los labios.

Lettizia entregó entonces el segundo pergamino a Reddish.

—Este habla del equilibrio —dijo ella mientras lo entregaba.

Reddish desenrolló el pergamino; su cabello encendido proyectó un suave resplandor cobrizo sobre el papel envejecido mientras comenzaba a leer:

El lago de los reflejos justos

En una tierra velada por la niebla yacía un lago oculto, cuyas aguas eran tan puras como el cristal y reflejaban solo la verdad.

Al borde del lago se reunieron tres criaturas —Fox, Raven y Deer— en busca de justicia, pues el sesgo se había extendido por su tierra como una plaga.

Fox fue el primero en hablar, con voz suave y astuta.

—La justicia favorece a los astutos —ronroneó. —Los sabios son más astutos que los fuertes, —añadió.

Sin embargo, cuando Fox se asomó a la superficie cristalina del lago, su reflejo tembló y se distorsionó, revelando una sonrisa astuta que ocultaba un engaño aún mayor.

Entonces Raven graznó con voz cortante y áspera:

—La justicia pertenece a quien grita más fuerte, a quien la reclama primero.

Pero en el agua su imagen se torció, alargándose bajo el peso de la arrogancia.

Los magos intercambiaron miradas inquietas mientras escuchaban. A Checkered se le fruncieron los labios ante la falacia sutil de Fox, y los ojos de Reddish chispearon ante la rotunda afirmación de Raven. Los tres sabían que ni los trucos astutos ni las fanfarronadas ruidosas constituían la verdadera justicia.

Finalmente, Deer dio un paso adelante, con los ojos gentiles, abiertos y claros.

—La justicia no es ni astuta ni ruidosa —dijo en voz baja. —Escucha con paciencia y habla con suavidad. Camina con humildad, pero se mantiene firme cuando debe.

Deer bajó la vista y las aguas se aquietaron; su reflejo permaneció sereno e inalterado.

Entonces el lago habló con voz calmada y profunda, resonando a través de la niebla:

—La verdadera justicia no refleja ni el grito más alto ni la mente más astuta, sino la equidad: un espejo honesto libre de prejuicios. La justicia es una luz imparcial de verdad, arraigada en la equidad, la igualdad y la integridad. Garantiza que cada voz sea escuchada y cada acción sea sopesada sin prejuicios».

La justicia es equilibrio, una ponderación cuidadosa de lo correcto y lo incorrecto. No distingue favoritos, ni rangos, ni disfraces. Busca la verdad por encima del consuelo, y la claridad por encima del ruido. La justicia es el valor de defender la verdad ajena con la misma firmeza que la propia.

Cuando la voz se apagó, Fox y Raven inclinaron la cabeza, amonestados. Junto a Deer, partieron lado a lado, cada uno llevándose una comprensión recién adquirida: la justicia brilla más cuando la balanza está equilibrada y cada voz —incluso la más tenue— cuenta.

Reddish enrolló con suavidad el segundo pergamino, las palabras de la historia aún resonando en el silencio del lugar. Pensó en cómo, una y otra vez, las ilusiones de injusticia se habían marchitado cada vez que ellos permanecían inquebrantables defendiendo lo justo.

—Ninguna ilusión de injusticia puede resistir una verdadera equidad —dijo con voz firme y cargada de convicción.

Los ojos de Lettizia se iluminaron con satisfacción.

—Exacto —respondió, claramente complacida con su comprensión.

Aún mientras ella hablaba, la luz de la lámpara parpadeó. El cálido resplandor se volvió tenue e incierto, mientras las sombras comenzaban a agolparse otra vez en los bordes del rincón.

Blunt sintió una vibración repentina a través de la mesa al tiempo que su engranaje de sinergia respondía a una oleada de magia en el aire. Sus músculos se tensaron.

—Algo se acerca —advirtió en un susurro.

Checkered volvió a colocarse el monóculo ante el ojo; la lente latía con luz de alerta mientras escaneaba los rincones que se oscurecían.

—Ilusiones —confirmó con voz cortante. —Se están reuniendo de nuevo.

Firee y Breezie intercambiaron miradas decididas: ese era el momento para el que Lettizia las había preparado.

Lettizia cerró suavemente el gran tomo frente a ella.

—Habéis leído sobre la justicia —dijo en voz baja mientras apartaba el pesado libro. Alzó la mirada hacia la oscuridad que se cernía. —Ahora, enfrentad de nuevo la prueba de la justicia, —conminó.

Las linternas de la tienda se atenuaron aún más, sus llamas reduciéndose a meros puntos. Un estruendo sordo estremeció Las seis estatuas, como si el propio edificio contuviera la respiración. Las ilusiones de sesgo e injusticia —infundidas de audacia por esa pausa reflexiva— estallaron con fuerza. De repente, los espejos de plata en las paredes se empañaron, y cada uno reveló una escena diferente de injusticia desarrollándose como una película fantasmal. La estatua de mármol de la Justicia tembló sobre su pedestal, y uno de sus platillos de bronce se hundió dramáticamente, cargado con prejuicios invisibles.

Lettizia desafió:

—¡Demostrad la equidad o prevalecerá la injusticia! —y su voz resonó en el aire como el golpe de un mazo judicial.

En un instante, los magos apretaron su formación bajo la estatua. Seis capas de colores vivos se rozaron entre sí al cerrar filas, hombro con hombro.

Al principio, las ilusiones atacaron como solían hacerlo en pruebas anteriores: se fragmentaron en múltiples fantasmas más pequeños que tironearon de cada uno por separado, intentando dispersar su atención:

Desde un espejo situado a la izquierda de Checkered, surgió a su alrededor un tribunal fantasmal. Un juez con toga se inclinó sobre el estrado, susurrándole insidiosamente al oído: le ofrecía un cuantioso soborno a cambio de dictar sentencia a favor de un demandado rico sobre un demandante pobre. Checkered retrocedió con repugnancia, su monóculo centelleó.

—La verdad exige equidad —respondió ella con brusquedad, su voz rasgándose como un látigo.

Avanzó su lente hacia adelante y un rayo de luz salió disparado. El juez ilusorio se encogió, siseando, antes de que el rayo atravesara su forma. Con un aullido, el fantasma corrupto estalló en jirones de humo. Encima de Checkered, las balanzas de la estatua crujieron —su platillo más pesado se elevó ligeramente al disiparse el peso de la ilusión del soborno.

En el lado opuesto, Greenie se enfrentó a la visión de dos aldeanos enfrascados en una disputa mezquina: uno de ellos era la amiga de siempre de Greenie y el otro un desconocido. La ilusión la instó astutamente a ponerse del lado de su amiga de toda la vida, sin importar quién era el verdadero culpable. El corazón de Greenie resistió aquella tentación.

—Debemos mantener el equilibrio —se susurró a sí misma.

Extendió su magia empática hacia afuera como delicadas enredaderas que se enrollaban alrededor de los dos aldeanos espectrales. Con un suave arrullo, la comprensión floreció entre ellos; de pronto, cada aldeano sintió la perspectiva y el dolor del otro. La comprensión surgió donde antes había prejuicios. El impulso de favorecer a uno por sobre el otro desapareció y la disputa se resolvió con disculpas mutuas. Una suave brisa recorrió la tienda mientras aquella ilusión se desvanecía, y el platillo inclinado de la estatua se niveló, acercándose más al equilibrio.

A continuación, un destello en el aire frente a Reddish se solidificó en un tentador contrato de pergamino, cuyo texto brillaba con promesas de ganancias personales —con tal de que ella ignorara cierta falta. Los ojos de Reddish ardieron como carbones al rojo vivo ante la sola idea.

—Ninguna recompensa construida sobre la injusticia nos tentará —declaró.

Barrió con la mano el contrato flotante, dejando tras sus dedos una estela de fuego. El documento ilusorio estalló en una ráfaga de brasas y desapareció. Más arriba, las llamas bañaron brevemente con luz los platillos de bronce; uno de ellos centelleó y se elevó, como si una gran carga se hubiera aliviado en él.

A poca distancia, Firee se encontró frente a la aparición de una turba de aldeanos que rodeaban a una figura solitaria y asustada. Los gruñidos airados de la muchedumbre llenaron el aire: exigían encontrar a alguien a quien culpar por una desgracia reciente, y un desafortunado chivo expiatorio se hallaba en medio de ellos. La ilusión insinuó que la solución más sencilla era sacrificar a uno por la satisfacción de muchos. El rostro de Firee se endureció; ya había visto esa cruel lógica en otras formas.

—¡No más chivos expiatorios! —rugió.

La pasión en su voz provocó una ondulación visible en la turba envuelta en humo. De su capa brotó un penacho de fuego rojo. Rugió hacia afuera, no para quemar, sino para formar un anillo protector alrededor del paria en el centro de la multitud. Los espectros que componían la turba retrocedieron ante la barrera incandescente. Sus gritos indignados vacilaron, luego callaron uno a uno mientras toda la escena de odio se desvanecía en una fina niebla. Más arriba, la balanza de la Justicia se inclinó un grado más hacia el equilibrio.

Desde detrás del grupo, Blunt sintió de repente un peso opresivo que le presionaba los hombros. Una ilusión se había enroscado a su alrededor: la visión de él mismo de pie en un gran salón de consejo mientras se aprobaba un decreto cruel. Un susurro incorpóreo insinuó que lo más seguro era mantenerse callado —insistiendo en que alguien más podría protestar si él no lo hacía. La mandíbula de Blunt se tensó con determinación sombría.

—¡El silencio es cómplice de la injusticia! —bramó, su voz resonando contra las vigas.

Alzando su varita en alto, la bajó de golpe como un mazo de juez. Una oleada de magia acuática avanzó, azul y reluciente. Se estrelló contra la cámara fantasma del consejo que se había formado a su alrededor, barriendo el estrado y los bancos. La ola barrió el silencio opresivo, y a su paso los consejeros silenciados en la visión de Blunt recuperaron la voz, levantándose en un coro de disenso contra el cruel decreto. El falso salón del consejo se desplomó en la nada, dejando a Blunt firme mientras el agua caía en gotas relucientes.

Al mismo tiempo, Breezie —en el mismo centro del círculo de los magos— detectó el último y sutil engaño filtrándose entre las grietas. Este se deslizó directamente en sus mentes: una astuta insinuación de que tal vez los magos no confiaban realmente unos en otros, que cada uno guardaba dudas o prejuicios secretos hacia los demás. Era una ilusión de desconfianza, que intentaba enroscarse alrededor de sus corazones y enfrentarlos entre sí. Breezie cerró los ojos y exhaló un largo suspiro relajante. Un viento fresco y purificador emanó de él.

—Ninguna media verdad puede romper nuestra unidad, —entonó suavemente.

Abriendo los ojos, barrió con el brazo en un amplio arco, guiando la brisa entre sus amigos. Las dudas infundadas fueron atrapadas como polvo y arrastradas. En cuestión de instantes, los últimos tentáculos de esa ilusión aislante se deshicieron y se esfumaron, dejando el círculo de amigos intacto.

Juntos, los magos habían contrarrestado cada truco casi tan rápido como había aparecido. En cuestión de un minuto, la tienda volvió a quedarse en silencio, salvo por el sonido de seis respiraciones acompasadas. Sobre ellos, las balanzas de bronce de la estatua de la Justicia aún oscilaban, pero ahora su vaivén disminuía; el equilibrio estaba casi restablecido. La luz de la linterna se intensificó ligeramente, revelando un espacio en gran parte libre de sombras.

De repente, los restos fantasmales dispersos a su alrededor comenzaron a reunirse, fusionándose en una única gran ilusión que rodeó a los magos por todas partes. El verdadero corazón de la prueba estaba a punto de manifestarse. Todos los espejos plateados de la tienda brillaron al unísono, proyectando una escena única y contínua superpuesta a la realidad. Las paredes de Las seis estatuas parecieron desvanecerse y los magos se encontraron de pie en una recreación fantasmal de la Antigua Casa de Reuniones del Sur —o mejor dicho, una ilusión de ella.

Veredicto en el Viejo Sur

Reconocieron el alto techo abovedado y los bancos de madera. Era como si el tiempo se hubiera retrocedido dos siglos y medio: la sala estaba repleta de pobladores fantasmas vestidos con ropas coloniales, sus rostros retorcidos por la ira y el miedo. Las linternas encendidas proyectaban un resplandor salvaje sobre la escena. Al frente, donde debería estar el púlpito, se erigían un austero magistrado y un joven encadenado y tembloroso. El joven estaba arrodillado, con los ojos abiertos de par en par por el terror. El rostro espectral del magistrado estaba torcido en una mueca triunfal.

—¡Culpable de brujería y traición! —Tronó una voz incorpórea, un conjunto de múltiples voces hablando al unísono.

La multitud rugió en señal de asentimiento; su furia colectiva se sentía como un peso físico que oprimía la sala.

Los magos se dieron cuenta de que esa era la primera forma de la ilusión: la tiranía de la mayoría. Un inocente aterrorizado estaba a punto de ser condenado simplemente para apaciguar el miedo de la multitud. El corazón empático de Greenie casi se rindió ante el embate de las emociones de la multitud; se tambaleó, sintiendo la fuerza incontenible del terror y la ira cernirse sobre aquel joven solitario. Pero recordó la historia que la había guiado momentos antes: la fábula del Árbol de los Ecos, en la que una aldea entera permaneció paralizada por el miedo hasta que una voz valiente habló la verdad. Inspirada por esa historia, Greenie resistió la presión psíquica y dio un paso al frente. Alzó la voz, firme e inquebrantable:

—¿Dónde está la prueba? —Exclamó con voz decidida. —No condenaremos a un inocente sólo para apaciguar a una multitud aterrada.

La congregación fantasmal siseó ante su desafío, redoblando su clamor. La figura del magistrado se agrandó, amenazando a Greenie con los ojos llameantes.

—¡Exigen un veredicto! —Tronó una voz polifónica desde las vigas.

La multitud gritó al unísono:

—¡Veredicto! ¡Veredicto!

El joven encadenado apretó los ojos con desesperación mientras el magistrado blandía una larga espada ilusoria para dictar sentencia.

Ningún mago vaciló. Reddish acudió al lado de Greenie, y de las puntas de sus dedos brotaban brasas en forma de chispas desafiantes. La escena de la turba aullante dispuesta a sacrificar a ese chico inocente encendió en su pecho una ira justiciera.

—¡No sacrificaremos la justicia para aplacar vuestro pánico! —Gritó con la voz crepitando de furia apasionada. —Convertir a este chico en chivo expiatorio no traerá la paz; sólo acumulará injusticia tras injusticia.

Cada chispa de Reddish estalló en una diminuta llama flotando en el aire, iluminando los rostros atónitos y culpables de la multitud. La multitud retrocedió levemente ante su furia llameante.

Mientras tanto, la mente analítica de Checkered trabajaba a toda velocidad. Miró fijamente al magistrado a través de su monóculo y lo descubrió: una capa de oscuridad grasienta se aferraba a su silueta como tinta. Era sesgo y engaño, casi imperceptibles salvo para quien está entrenado para percibir la verdad.

—¡Este juicio es una farsa! —Exclamó Checkered señalando con su varita al magistrado.

Un rayo de luz prismático salió disparado de su varita, revelando manchas de falsedad por todo el ropaje del juez.

—Las pruebas están contaminadas por el prejuicio. ¡No vamos a seguir a una multitud enfurecida ni a un acusador mentiroso dejando de lado la verdad! —Proclamó con voz firme.

Sus palabras resonaron como golpes de martillo. El magistrado tambaleó como si lo hubieran golpeado; la incertidumbre brilló fugazmente en su rostro de piedra.

Pero la multitud no se dejaba convencer tan fácilmente. Una ola de indignación recorrió a los colonos congregados; sus murmullos crecieron hasta convertirse en un rugido airado ante la resistencia de los magos. Todo el salón tembló bajo la fuerza de esa furia colectiva. Grietas serpenteaban a través de las tablas de madera del suelo. El propio aire vibraba con la amenaza de una violencia inminente: era como si la ilusión quisiera desgarrar el mundo entero para salirse con la suya.

En ese momento crucial, Blunt avanzó y se plantó firmemente entre la multitud furiosa y el prisionero encadenado. Extendió los brazos: con una mano empuñó su varita y con la otra apretó la moneda de bronce Aequitas que llevaba en el bolsillo. La moneda le ardía en la palma, dando fuerza a su voz mientras tronaba:

—¡La justicia no es un voto de la mayoría ni un capricho de los poderosos!

La pura fuerza de su declaración atravesó la cacofonía como una hoja. Cayó un silencio sepulcral; un estremecimiento de asombro recorrió a los pobladores fantasmas.

Los ojos de Blunt ardían con integridad.

—Nosotros defendemos lo que es correcto, aunque tengamos que permanecer solos frente a todos vosotros, —declaró con voz resonante.

La convicción emanaba de él en una onda casi visible.

Por un instante, nadie se movió. Entonces, con un chirrido metálico, aparecieron unas enormes balanzas de la Justicia suspendidas entre el magistrado y el joven acusado. Se oyó un suspiro colectivo cuando aquellas balanzas fantasmales —que hasta entonces estaban fuertemente inclinadas hacia el lado del magistrado— comenzaron a nivelarse. El desequilibrio se estaba corrigiendo por sí solo. El brazo con la espada del magistrado se estremeció y bajó levemente. En el suelo, el joven prisionero sintió cómo sus cadenas se aflojaban por sí solas. Una chispa de esperanza iluminó su rostro surcado por lágrimas al darse cuenta de que la ejecución había sido suspendida.

El peso opresivo de la tiranía de la mayoría comenzaba a levantarse. Pero la prueba no había terminado. Las duales ilusiones de Lettizia siempre atacaban dos veces: dos caras de la injusticia. Mientras los gritos furiosos de la multitud se apagaban en murmullos inquietos, una espiral de humo oscuro envolvió la escena. El magistrado y la turba se desvanecieron en vapor, junto con el joven prisionero. La luz de las linternas se atenuó y cambió. Era como si una moneda hubieran lanzado al aire y hubiera caído mostrando su cara opuesta, de cara a cruz. Los magos se prepararon, sabiendo que venía otro desafío.

Cuando el humo se disipó, se había formado una nueva escena en el salón de reuniones. Esta vez, una mujer llorosa estaba de pie en el lugar donde antes había estado el joven, abrazando a un niño delgado y asustado contra su pecho. Ante ella se erigía un severo alguacil del pueblo con la espada desenfundada. Tenía el rostro impasible, despiadado. La voz incorpórea y amalgamada habló de nuevo, esta vez con un tono astuto y persuasivo:

—Si te niegas a castigar al inocente... ¿castigarás entonces al culpable?

Las botas del alguacil retumbaron sobre el suelo de madera al avanzar.

—Esta mujer, —pronunció señalándola con la espada, —ha robado pan para alimentar a su hijo hambriento. La ley exige castigo: mano por pan. Muchos pasan hambre; la justicia pide un ejemplo, no sea que otros también rompan la ley.

Detrás de él, los pobladores fantasmas comenzaron a materializarse nuevamente. Pero, a diferencia de la primera muchedumbre, estos rostros mostraban dudas. Algunos asintieron con dureza al decreto del alguacil, repitiendo:

—La ley es la ley.

Sin embargo, otros quedaron pálidos y horrorizados, murmurando que el castigo era excesivamente cruel para un robo fruto de la desesperación. Ojos compasivos se posaron en la madre sollozante y su niño flaco, pero esas voces bondadosas callaron, vacilantes.

Los magos lo entendieron: era el dilema de la misericordia malentendida. Antes, la ilusión empujaba a la crueldad; ahora empujaba a la dureza excesiva, poniendo a prueba si serían tan blandos de corazón como para ignorar por completo la justicia. El sesgo cambió de apariencia, pasando de la insensibilidad a una rigidez desmedida, tentándolos a abandonar la equidad bajo la influencia de la piedad. La verdadera justicia, como todos sabían, caminaba por la delgada línea entre el corazón y los principios.

Breezie sintió que su tierno corazón se encogía al ver a la pobre madre protegiendo a su hijo. Todo el tribunal ilusorio estaba cargado de dolor y complejidad moral. Lentamente, Breezie se acercó a la mujer, bajando su varita. Colocó una mano reconfortante sobre su hombro; aunque ella no fuera más que una ilusión, su compasión era sincera. Hablando con claridad, se dirigió tanto al alguacil como a la multitud.

—Escuchamos su súplica. La justicia no es ciega ante el sufrimiento: la misericordia tiene su lugar, —dijo con voz tranquila y suave. —Pero la verdadera justicia tampoco puede hacerse la vista gorda ante la ley —añadió.

La mujer entre sollozos levantó la vista hacia el amable rostro de Breezie, con esperanza y confusión mezcladas en su expresión.

Firee dio un paso adelante. Las llamas que normalmente lo envolvían se atenuaron hasta adquirir un brillo constante y suave. Había luchado contra muchas ilusiones oscuras antes y reconoció que esta batalla no se trataba de vencer a un mal evidente, sino de hallar el equilibrio.

—Nadie está por encima de los principios de la equidad —dijo Firee con tono mesurado y firme. —Sus razones para robar son desgarradoras y comprensibles. Pero si ignoramos por completo el robo, ¿qué pasa con todos los demás en el pueblo que están sufriendo? ¿Qué impedirá que la próxima alma desesperada vuelva a delinquir y termine con el mismo castigo? Debemos encontrar una solución que proteja a la comunidad y muestre compasión. —Añadió.

Greenie se arrodilló junto al niño ilusorio, apartando una lágrima de la mejilla del pequeño con un dedo. Los ojos temerosos del niño se encontraron con su cálida mirada verde.

—La justicia equilibra la compasión con la responsabilidad —dijo Greenie con voz suave, apretando la mano del niño en señal de consuelo. —Luego se incorporó para enfrentarse al alguacil. —Sí, se violó la ley, pero fue por desesperación, no por malicia —prosiguió.— La respuesta no puede ser mutilada ni fingir que no pasó nada. El camino justo es afrontar la causa de su delito. Ayudarla en lugar de dañarla. Asegurarnos de que nadie en este pueblo tenga que robar solo para sobrevivir, —concluyó.

Checkered, siempre pragmática, dirigió una mirada penetrante al alguacil.

—¿Acaso no es el propósito de la ley velar por el bien común? —preguntó con firmeza. —¿Qué sentido tiene cortarle la mano a una madre por intentar mantener con vida a su hijo? —prosiguió. —Una sociedad justa debería unirse para ayudar a esta familia, no brutalizarlos y llamar «justicia» a eso, —añadió.

Su desafío lógico quedó suspendido en el aire, enfrentando la intransigencia del decreto con sabiduría práctica y humanidad.

La conjunción de su razonamiento y empatía hizo que hasta la implacable ilusión vacilara. El brazo del alguacil que sostenía la espada vaciló. La duda se reflejó en sus fríos ojos. Detrás de él, algunos aldeanos fantasmas empezaron a asentir con la cabeza, en señal de acuerdo con las palabras de los magos. La balanza de la opinión en la sala cambió visiblemente: los rostros endurecidos se suavizaron, los susurros airados dieron paso a murmullos pensativos.

Al percibir que el control se le escapaba, la voz incorpórea de la ilusión siseó con furia, haciendo un último intento desesperado.

—¡La ley debe cumplirse! —chilló.

La forma del alguacil parpadeó, dividido entre volver a solidificarse en una dureza implacable o disolverse en una luz apacible.

—¿Acaso van a desafiar la letra de la ley? ¿Qué mensaje envía eso? —desafió la voz con tono vacilante.

Blunt avanzó para contestar, irradiando autoridad tranquila con su postura. Se situó firmemente entre el alguacil y la madre con su hijo, fijando la mirada en el oficial fantasma sin titubear.

—Nosotros defendemos el espíritu de la ley —dijo Blunt con cada palabra medida y resuelta. —El verdadero propósito de la ley es crear una sociedad justa y armoniosa; no hay justicia en la crueldad —añadió.

Mientras hablaba, la pequeña llave plateada del equilibrio en el bolsillo de su capa comenzó a emitir un tenue resplandor, recordándoles la lección duramente aprendida en Copenhague: la justicia debe templar la ley con humanidad. Blunt levantó su varita en alto, dirigiéndose al espectro del alguacil y a todos en la sala de espectadores.

—Nuestro veredicto es este: equidad con compasión. La injusticia será corregida sin derramar sangre, —decretó.

El pronunciamiento de Blunt resonó como el toque de clarín. En ese instante, los ojos agudos de Breezie divisaron un brillo en el estrado del juez detrás del alguacil: allí había aparecido algo nuevo. Era una única semilla dorada, pulsando con una luz suave. Breezie la reconoció de inmediato: era una semilla de la fábula del Árbol de los Ecos que Greenie había leído. Sus valientes voces de razón y compasión la habían hecho brotar allí, un símbolo de la verdad echando raíces. A medida que la semilla resplandecía, hasta los fantasmas de los aldeanos enfurecidos bajaron la cabeza, avergonzados al comprender finalmente. La actitud colectiva de la ilusión había cambiado para siempre.

Blunt bajó su varita con un amplio movimiento. Una ola de luz azul plateada surgió, barriendo todo el salón y limpiando cada rincón de sombra e injusticia. El severo alguacil dio un paso atrás al ser alcanzado por la luz; su figura crujió y luego se desvaneció en diminutas motas de polvo brillante. Las lágrimas de terror de la madre se transformaron en llanto de alivio. La hoja mortal que estaba dispuesta a mutilarla desapareció en la nada. El niño parpadeó incrédulo y luego estalló en una brillante sonrisa, señalando hacia arriba.

—¡Mira! —Exclamó el niño.

Sobre el estrado del juez que se desvanecía colgaba el antiguo reloj de la galería del Salón de Reuniones, detenido en una hora imposible: las trece en punto. Ahora, ante sus ojos, las agujas, paralizadas por tanto tiempo, comenzaron a moverse. Con un fuerte tic… toc…, la manecilla de las horas regresó a su lugar correcto y la de los minutos avanzó, ajustando la hora. El reloj marcaba ahora las 5:59, al borde del amanecer. Un instante después, la campana de bronce del reloj dio un solo y claro campanazo para señalar las seis en punto. El sonido fue puro y rotundo, resonando por el salón como si anunciara el veredicto final: se había hecho justicia.

Cuando el eco de la campana se desvaneció, toda la sala de audiencias fantasma se evaporó como el rocío matutino ante los primeros rayos del sol. Los magos volvieron a encontrarse de pie una vez más en el tranquilo recinto iluminado por linternas de la tienda Las seis estatuas. Los espectadores fantasmas, el alguacil, la madre afligida y su hijo — todos — habían desaparecido como si nunca hubieran estado, dejando tras de sí apenas el suave aleteo de las llamas de las linternas. Encima, la estatua de la Justicia de mármol volvió a aparecer en su lugar, observándolos con mirada impasible. Sus balanzas, que antes se mecían salvajemente, ahora colgaban perfectamente quietas y niveladas, con ambos platillos iguales. Una suave luz dorada bañó esas balanzas por un instante y luego se desvaneció, como si la virtud de su justa decisión hubiese sido reconocida y sellada.

Por un largo momento ninguno de los seis habló. Con los corazones latiendo con fuerza, cada uno de ellos respiró lentamente. La prueba que acababan de pasar los había puesto a prueba como nunca antes: no en su destreza mágica ni en su valor físico, sino en su juicio, su unidad y su integridad moral. Se miraron unos a otros, y entre ellos brotó una comprensión silenciosa: esta victoria no se trataba de vencer a un enemigo, sino de afirmar lo que era correcto. Era un triunfo no de la fuerza, sino de la verdadera justicia.

Un sonido suave rompió el silencio: una risa tenue, cálida y aprobadora.

Lettizia Dillettante surgió de detrás de la estatua de la Justicia, aplaudiendo suavemente en señal de aprobación. Sus ojos brillaban con orgullo.

—El triunfo de la Justicia, —dijo ella con voz colmada de satisfacción, —no se logra con la fuerza de las armas, sino con la sabiduría, la compasión y la unidad de corazón. Lo habéis hecho bien.

La tienda de antigüedades pareció iluminarse cuando las ilusiones de Lettizia se disiparon por completo. Los últimos jirones de niebla oscura se desvanecieron en la nada, dejando solo el cálido resplandor de la luz de las linternas y el acogedor polvo de las antiguas estanterías.

En los espejos plateados a lo largo de una pared — espejos que hacía un momento reflejaban escenas de injusticia —los magos ahora veían sus propios reflejos. Se veían cansados, sí, pero también orgullosos e inquebrantables, reunidos en un círculo indestructible. En esos mismos espejos aparecieron nuevas imágenes, superpuestas junto a sus rostros: visiones de balanzas equilibradas, de manos abiertas ofreciendo misericordia, de agravios siendo reparados. La justicia restaurada. Los seis amigos comprendieron que no eran ilusiones, sino suaves afirmaciones conjuradas por la virtud que habían mantenido.

Lettizia se acercó a la base de la estatua de la Justicia, deslizando sus dedos por su pedestal de mármol. La piedra estaba inmaculada y fría; no quedaba rastro alguno de sombra. Satisfecha, se volvió hacia los magos con una serena sonrisa.

—Esta noche habéis reafirmado la equidad, —dijo con suavidad. Ahora había un profundo respeto en sus ojos.

Blunt exhaló, liberando por fin la tensión acumulada. Colocó una mano sobre el pedestal de la estatua, como para convencerse de que era sólido y real. Debajo de su capa, su equipo de sinergia emitía un zumbido constante y satisfecho, como el latido de un corazón que volvía a un ritmo tranquilo.

—Esas ilusiones intentaron con todas sus fuerzas desequilibrarnos, —dijo, mirando a sus compañeros. —Pero no titubeamos cuando realmente importaba.

Greenie asintió. Se acercó a una repisa cercana y pasó la yema de sus dedos sobre ella: ahora solo estaba cubierta de polvo inofensivo. Ese mismo lugar había albergado un fantasma de injusticia cuando entraron por primera vez; ahora no quedaba nada de él.

— Las ilusiones como estas se alimentan de los miedos y prejuicios de la gente, —observó Greenie. —Esta noche no les dimos nada a lo que aferrarse. Nos negamos a aceptar ninguno de los extremos que ofrecían las ilusiones.

Checkered guardó su monóculo, con una inusual y radiante satisfacción en el rostro.

—Incluso cuando las ilusiones intentaron abrumarnos a todos a la vez, encontramos la respuesta juntos, —dijo ella.

La erudita analítica en ella no pudo evitar comentar en voz alta la estrategia.

—Verdades a medias, mentiras estruendosas, crueldad oculta o compasión mal dirigida: las desenredamos todas juntas, como equipo, —continuó.

Breezie sonrió, sintiendo cómo la adrenalina persistente cedía y daba paso a una satisfacción tranquila.

—Nos ayudó a afrontar la justicia desde múltiples ángulos antes de llegar aquí, —añadió. —En Filadelfia, el reloj de Rittenhouse nos recordó confiar en la razón y en la evidencia por encima del clamor. En Copenhague, el reloj mundial de Olsen nos enseñó a tener en cuenta a todos. Trajimos esas lecciones con nosotros.

Asintió agradecido hacia la capa de Blunt, donde la moneda de bronce de Sedona y la llave de plata de Copenhague estaban guardadas con seguridad. La equidad a través de la razón, el equilibrio entre las voces: esas ideas habían sido sus faros en la oscuridad.

Reddish hizo girar una chispa residual entre sus dedos y soltó una suave carcajada.

—Es cierto. Cada etapa nos preparó para esta prueba final. —asintió —Ninguna perspectiva única —ni la ley fría ni la emoción cruda— podría desviarnos, porque sabíamos que la justicia necesita tanto del corazón como de la mente.

Extendió la mano y le dio a Firee un codazo juguetón.

—Ni siquiera una multitud de ilusiones podría intimidarnos para tomar una decisión equivocada.

Firee se rio entre dientes, frotándose el hombro como si el codazo le hubiera dolido (aunque su sonrisa decía lo contrario).

—Eso intentaron sin duda, —dijo él. —Dirigió una mirada a las balanzas ahora perfectamente equilibradas que la estatua sostenía en su mano. —Pero al final, la justicia triunfó. —Sus ojos color llama se posaron en Lettizia. —Gracias a los desafíos que nos impusiste.

Lettizia inclinó la cabeza con gratitud.

—Efectivamente, la justicia ha prevalecido aquí, —dijo con voz amable.

Con un gesto de la mano llamó a los magos para que se acercaran. De un bolsillo de su túnica, Lettizia sacó un pequeño objeto que brilló a la luz de las linternas. Era otra moneda de bronce, idéntica a la que habían obtenido en Sedona — grabada con Aequitas Est Virtus. Se la entregó a Blunt, quien la aceptó con una reverencia respetuosa. La moneda era cálida y reconfortante en su palma.

— Toma este símbolo del triunfo de la Justicia, —dijo Lettizia. — Que te recuerde que la equidad, una vez ganada, debe mantenerse siempre.

Blunt cerró los dedos sobre la moneda. Podía sentir las dos monedas idénticas ya juntas en su bolsillo: recordatorios gemelos de las batallas por la justicia que habían librado.

—Gracias, —respondió con sinceridad. —No olvidaremos esta lección.

Los demás asintieron murmurando, cada uno erguido un poco más que antes.

Afuera, a través de la ventana de la tienda, los primeros rayos dorados del amanecer se colaban sobre el horizonte de Boston. La noche había dado paso al amanecer. Los ojos de Lettizia parecían brillar con la misma luz de la mañana.

—Vuestro viaje continúa, amigos míos, —dijo en voz baja.

Con un gesto suave, señaló un objeto sobre una mesa cercana que antes no estaba allí: un diario gastado encuadernado en cuero adornado con la imagen de una campana y el emblema agrietado de la Liberty Bell. En el lomo se leía Independence Hall Log – 1776.

Checkered cogió el viejo diario y, en cuanto lo hizo, una visión floreció en su mente: el Independence Hall de Filadelfia y una gran torre de reloj que lo dominaba. Una nueva prueba, la virtud de la Fortaleza, les aguardaba allí… Encontró la mirada de Blunt y asintió.

—Nuestro próximo destino se revela, —dijo.

Blunt sonrió y se volvió para agradecer a Lettizia, pero la Anticuaria había desaparecido tan silenciosamente como había llegado.

Los seis magos salieron de la tienda Las seis estatuas y se adentraron en la fresca mañana. La Old South Meeting House de Boston se alzaba ante ellos, con su torre del reloj marcando la hora correcta en el cielo que se iluminaba. Bajo aquella luz del alba, los amigos sintieron cómo el peso de las pruebas de la noche se aligeraba, reemplazado por un sentido de paz y confianza ganadas con esfuerzo. La justicia había sido puesta a prueba y había triunfado —no por ninguno de ellos por separado, sino por todos juntos, con sus virtudes combinadas como engranajes entrelazados del reloj más perfecto.

—¿Adelante, entonces? —Preguntó Breezie, lanzando la moneda de bronce al aire y atrapándola con una sonrisa. Blunt guardó la moneda y la llave de plata con seguridad en su capa, junto a la primera moneda. Miró a sus compañeros: Greenie, con los ojos brillando de compasión; Checkered, el monóculo reluciendo por su perspicacia; Firee y Reddish, llama y brasa ardiendo ambas con coraje; Breezie, la brisa de la mañana agitaba su capa, portando esperanza. El orgullo brotó en el interior de Blunt.

— Adelante, —consintió. —Dondequiera que nos lleve el siguiente reloj, sea cual sea la prueba que nos espera, la enfrentaremos juntos.

Unidos, los seis magos se encaminaron por la calle bostoniana que despertaba, con la moneda de bronce ya comenzando a brillar con la promesa de la próxima aventura. El triunfo de la Justicia allí iluminaría su camino por delante. Y al doblar la esquina, la torre del reloj de la Old South Meeting House dio las seis; cada campanada era la confirmación de que, mientras la sabiduría y la virtud los guiaran, la justicia continuaría prevaleciendo.

Capítulo 13

Del reloj de Independence Hall al reloj astronómico de Gdańsk

— la prueba de la fortaleza

Independence Hall a medianoche

La luz de las estrellas de medianoche envolvía la torre del reloj con un resplandor templado. El bronce colonial—teñido de verdín por el aliento de un siglo—captaba la luz de la luna en finas rendijas, como si el metal recordara promesas. Un silencio cayó sobre la plaza; incluso el último eco de la campana parecía apoyar el hombro contra el ladrillo y escuchar. De un pliegue de bronce y zafiro en el aire surgieron Blunt, Reddish, Firee, Checkered, Breezie y Greenie, con sus capas arlequín susurrando colores —esmeralda en remolinos pausados, carmesí latente como brasas, zafiro en arcos límpidos y brillantes como el oleaje.

Los dedos de Blunt encontraron el colgante rúnico en su garganta —Fortitudo Vincit Timorem— la recompensa de una noche en que la valentía había pesado más que el espectáculo. Bajo su capa, el engranaje de sinergia con la inscripción Innovare Est Virtus emitía un zumbido bajo y recurrente que se acompasaba con el pulso del reloj. Esas mismas runas les habían guiñado antes —en la piedra paciente del Zytglogge, en la órbita tallada de Stará Bystrica— hilos de un mismo patrón cosidos a través de las ciudades. Esta noche el hilo se tensó. El lema bajo su pulgar pareció calentarse, como si la torre lo reconociera.

Breezie alzó el mentón y dejó que su Visión de la Realidad rastreara la base de la torre. El movimiento del péndulo se enganchó en algo no mecánico: un tropiezo, un temblor que no pertenecía al metal.

—Allí, —dijo en voz baja pero segura. —El latido tropieza; el miedo se ha encajado entre los tic-tacs.

Exhaló, y una suave corriente apartó una película invisible adherida a la esfera del reloj, del mismo modo en que el vaho desempaña un cristal.

Firee apoyó la palma en la mampostería y sintió un calor que no era tanto calor como fricción, —como metal protestando por un mal ajuste en la forja.

—Toda la estructura está erizada, —murmuró. —No es llama, es resistencia. Algo está desgastando la valentía del mecanismo.

Los ojos de Reddish encontraron la ranura del péndulo y allí se quedaron; en sus manos, las brasas brillaban suaves —no una llamarada, sino el resplandor atento de la determinación.

—Entonces no le daremos holgura para agarrarse, —dijo ella.

—Ni un solo latido.

Greenie, sintonizada con el ánimo humano, lo sintió antes de verlo: una oleada de alarma sin nombre deslizándose por los bordes de la plaza. Un par de transeúntes tardíos se apretaron los abrigos sin saber por qué. La luz amarilla de un taxi tituló.

—Temor sin nombre, —dijo en un susurro. —Se alimenta de lo que no se enfrenta.

El lente de Checkered, alzado hacia la quietud plateada, destelló una vez: una onda efímera cerca de los engranajes superiores, casi la insinuación de una sombra intentando volverse real.

—Quiere vacilarnos, —afirmó con la precisión de un agrimensor. — Le negaremos el plano.

Una pequeña inscripción se reveló a la altura de la rodilla, letras oscurecidas por el hollín sobre la piedra clara: Fortitudo Vincit Timorem; Timor Est Vitium. La frase coincidía con el colgante de Blunt trazo por trazo. Las runas sobre el metal respondieron con una tenue línea de luz, y por un instante las manecillas de bronce arriba parecieron atrapar el destello: un hilo de oro trazando una costura en la noche.

—Texto ancla, —dijo Blunt, medio para sí. —La misma letra en todos los relojes.

La línea de luz no brilló; se afinó y se alargó —como dibujando un rumbo de brújula finísimo hacia el este, insinuando un portal aún no abierto pero que ya escogía dirección.

El zumbido se intensificó de golpe. Un hombre de mediana edad, al otro lado de la plaza, trastabilló fuera de su camino, los ojos desorbitados bajo una presión innombrable. Reddish llegó hasta él antes de que la idea de caer terminara de apoderarse de su cuerpo. Apoyó una mano firme en su manga; la brasa en su otra mano arrojó un círculo tenue de calor, lo suficientemente ligero para pasar por algo normal.

—Está bien, —le aseguró, con voz como metrónomo constante que le prestó su compás. El hombre parpadeó; su respiración volvió en sí; lo que fuera que lo enredaba por dentro aflojó su presa. Él asintió —avergonzado, agradecido— y se apresuró a seguir, sin darse cuenta de lo cuidadosamente que habían evitado que su pánico se convirtiera en historia.

Alrededor de la esfera de la torre se acumuló una nueva oleada —más sugerencia que fuerza, una penumbra prestada tratando de cobrar forma. Los seis cerraron filas sin aspavientos. El lente de Checkered se estabilizó; las manos de Breezie flotaron, moldeando el aire hasta volverlo nítido; Greenie susurró los hechos simples —ladrillo, dintel, esfera— dando contornos a la escena. La palma de Firee permaneció sobre la piedra, captando la tensión; las brasas de Reddish mantuvieron su paciente ardor. La mano de Blunt se aferró al colgante, y el zumbido del engranaje se acompasó con el ritmo que el reloj debía llevar.

—Actuamos juntos —dijo Blunt, sin alzar la voz, pero con tono definitivo—, y el miedo no encuentra dónde esconderse.

La impresión sombría vaciló. No estalló como una burbuja ni se desvaneció con un parpadeo de truco; se disipó como la neblina cuando no se discute con el sol, lo suficientemente lento para verla marcharse. El péndulo de bronce arriba logró una oscilación limpia, luego otra. La plaza respiró.

Blunt volvió a mirar la inscripción —Fortitudo Vincit Timorem; Timor Est Vitium— y sintió que las runas del colgante respondían con un suave tirón hacia el amanecer. El recuerdo de relojes previos emergió, no como triunfos contabilizados sino como pasos ensayados: encontrar el nombre, mantener la cuenta, alzar el valor, cruzar cuando el camino se manifieste. En algún lugar adelante, ese camino se definiría como un portal. Casi podía oír un mecanismo distante alinearse: otro dial aguardando, paciente como un faro en el puerto.

—Mantengan el compás —dijo Checkered, con la mirada aún en los engranajes.

Breezie asintió, disipando el último resto de bruma. La atención de Greenie se demoró en los transeúntes hasta que relajaron los hombros. Firee retiró la mano; la protesta de la mampostería había remitido. La brasa de Reddish disminuyó, sin extinguirse —mantenida lista, como una chispa contenida. Los seis alzaron la vista al unísono.

—No vacilamos —afirmó Blunt, y la línea de luz a lo largo de las runas se estabilizó, como si asintiera—. Es suficiente.

La torre respondió con el simple tic de un reloj que conoce su labor. Y en algún lugar justo más allá del borde de la plaza, el aire mantenía una costura tan fina como un hilo trazado: dirección elegida, aún no recorrida.

La puerta se fija su orientación

Bajo los engranajes temblorosos se concentró una tenue luminosidad —primero una veta de fuego azul a lo largo de las piedras de la base, luego un hilo que trazó un círculo nítido en la noche. La inscripción allí —Fortitudo Vincit Timorem— se respondió a sí misma en luz, y un torbellino de bronce y zafiro se abrió en silencio. Blunt sintió que el zumbido de su engranaje de sinergia ascendía a su encuentro, y el colgante en su garganta desplegó sobre el equipo una pequeña protección ondulante, como probando la costura en busca de enganches.

—La misma mano, el mismo patrón —dijo, pensando en los otros relojes cuyas runas habían cosido las ciudades entre sí—. El miedo de Filadelfia está tirando de otro engranaje.

Greenie colocó su palma cerca del umbral; el aire más allá empujó de vuelta con un temor constante y discreto, como una multitud conteniendo el aliento.

—Miedo real aguardando —dijo con tono parejo—. No es un rumor.

Breezie tanteó el borde del portal con una ráfaga; esta se curvó hacia dentro y regresó, como reconociendo la disciplina. El lente de Checkered flotó y captó tenues marcas angulares girando dentro del remolino: coordenadas trenzadas con plegarias.

—Dirección fija —anunció.

El reloj de Gdańsk. Reddish hizo chasquear una brasa paciente a través de la juntura; esta no desapareció, sino que pasó a un azul más profundo y siguió adelante. Firee pellizcó una chispa entre la uña y el pulgar, leyendo el portal como un herrero lee el calor: sin quemadura alguna, únicamente la sensación de metal templado pidiendo ser trabajado.

No desperdiciaron la certeza. Con las capas susurrando, dieron el paso —la protección del colgante de Blunt expandiéndose como anillos de una campana al sonar— hacia un aire frío y pétreo con sabor a cera y ceniza vieja. A lo lejos, unas campanas lejanas respondieron con un repique sobrio y medido. El torbellino se cerró, dejando solo la impresión de un círculo que bien podría haber sido siempre parte del suelo.

Nave de Santa María: la campana en el gozne

La nave de Santa María los recibió con costillas ensombrecidas y un aliento de siglos. Un puñado de velas se inclinaban en sus recipientes, la luz formaba charcos sobre los bancos pulidos por la oración. El Reloj Astronómico se alzaba como una ciudad de madera —santos, astrónomos, reyes— y en lo alto de su esfera la talla de la Muerte sostenía una campana a medio tañer, como si el instante antes del sonido hubiera sido estirado y amarrado. El mecanismo era de factura del siglo XV, iniciado alrededor de 1460 y tan terco como vigas de roble; sin embargo, bajo esa durabilidad, un temblor recorría los engranajes, un zumbido bajo de miedo tratando de reescribir el compás.

El lente de Checkered se estabilizó sobre los engranajes temblorosos, trazando el escalofrío como un agrimensor traza un asentamiento.

—Alteración en el tren de sonería —indicó—. No es fallo, es interferencia. La mirada de Greenie se dirigió a una anciana conserje que barría cerca de un altar lateral. Las manos de la mujer temblaban en pequeños círculos torpes, la escoba dibujando semicírculos sobre la piedra.

—Se está filtrando en la gente —murmuró Greenie, y dejó que su respiración se adaptara a un conteo que la sala pudiera tomar prestado.

Reddish dio un paso más cerca de la base; la brasa en su palma no era para exhibición, solo una brújula privada de calor que no titilaba ni crecía.

—Nos mantenemos —dijo ella—. Esa es la tarea.

Firee posó dos dedos sobre la talla de un santo; la madera desprendía un calor de suelo de fragua, no ardiente sino la temperatura recordada del trabajo.

—Tritura, no brasa —informó—. Algo está forzando a los dientes a morder fuera de tempo.

Breezie inhaló, y la bruma aferrada al dial inferior se apartó por grados, del mismo modo en que el aire fresco despeja un horno hacia la claridad. Blunt recorrió con la mirada la placa de posguerra —Fortitudo Vincit Timorem; Timor Est Vitium— y el engranaje en su pecho hizo clic una vez, como una herramienta encajando a la perfección.

—Esta ciudad ya ha nombrado al miedo antes —dijo—. El reloj conoce la diferencia entre coraje y ruido.

Otra oleada vino —no el velo vacilante que habían disipado en otros recintos, sino un trabajo de sombra más denso detenido en la veta de la madera, tratando de anclarse en las tallas mismas. Los seis cerraron filas, cada movimiento deliberadamente pausado. La ráfaga de Breezie despejó el espacio. El lente de Checkered mantuvo la línea de mediciones. La brasa de Reddish conservó su luz tranquila. Firee escuchó la nota de yunque dentro del temblor; el calor allí no era llama sino fricción, y lo aguantó como un herrero que evita que el acero se deforme. Greenie permaneció junto a la conserje hasta que el barrido de la mujer recuperó un arco constante. Blunt levantó el colgante; la protección rozó la superficie del metal, suave como un suspiro.

La primera oleada retrocedió —pero no hasta desvanecerse. Se atenuó, se reagrupó y volvió a presionar, poniendo a prueba su firmeza del mismo modo en que la marea pone a prueba un malecón. El equipo no intercambió proclamas por pruebas; le proporcionaron a la sala conteo, contornos, nombres. Un segundo retroceso —luego otro regreso, este aferrándose a la campana de la Muerte tallada. La figura pareció inclinarse, menos congelada que antes, como si el propio reloj estuviera atrapado entre el tañido y el silencio y quisiera que ellos eligieran.

—Está aprendiendo nuestro ritmo —dijo Checkered, sin alarmarse, simplemente señalando que esta no sería una tarea de un solo aliento.

—Bien —respondió Blunt—. Nosotros también.

Avanzaron hacia la base, y Blunt extendió la mano de nuevo hacia la placa, no buscando un presagio sino un anclaje más simple: el frío del metal bajo la mano, la mordida de las serifas en las letras, la forma en que los tornillos encajaban al ras en la madera. Cada hecho se sostuvo. En algún punto arriba, un diente encajó limpiamente. Polvo se desprendió con suavidad de la maquinaria y se asentó. La escoba de la conserje trazaba círculos completos ahora, y ella no levantó la vista de su labor.

Lucrecia Van Egmond observó que el golpe inminente se atenuaba, no desaparecido, pero retrocediendo un paso de su presunción.

—Mejor —dijo, y cerró la mano; los hilos de brillo se disiparon como polvo en aire leve—. Otra vez... y otra vez... hasta que el reloj recuerde que el miedo no tiene autoridad aquí. —Inclinó la cabeza hacia la placa. —Las palabras no son un hechizo —añadió. —Son una práctica.

Su capa medianoche tomó la luz de las velas y se volvió un manto con ella mientras avanzaba para colocarse junto a la base.

—Cuando llegue la próxima presión, dejaréis que se manifieste por completo —dijo Lucrecia—. Le daréis su nombre adecuado, y luego le negaréis su espacio. La campana sonará cuando sea el momento, no porque el miedo la haya sacudido.

La nave contuvo el aliento. Los seis se prepararon, no para reventar un truco, sino para reeducar un hábito.

El consejo de Lucrecia

—Buscadores. La voz llegó desde el transepto, serena pero firme. La luz de las velas recorrió la capa azul medianoche cuando Lucrecia Van Egmond surgió de entre dos columnas, con el porte tranquilo y seguro. Una autoridad la acompañaba, implícita pero constante; sin alardes, solo una presencia que nunca había fallado. Alzó una mano. Entre sus dedos se reunieron finos hilos de destello —nada de teatro, sino una demostración mesurada de la sustancia que había estado inquietando el engranaje.

—Ya han conocido a sus primas —dijo—. Aquí quiere sentarse sobre la campana.

Repasó el reloj con la mirada analítica de una bibliotecaria —santos, esfera, mecanismo de sonería, placa— y luego a los seis, uno por uno.

—El miedo no es ruidoso aquí —dijo Lucrecia—. Es habitual, casi cortés. Por eso es efectivo. Los tenues hilos entre sus dedos se formaron en la noción de una grieta donde no la había; ella lo permitió, luego lo deshizo, y la madera permaneció intacta. —Saben cómo rechazar el pánico. Bien. Esta noche requiere algo más constante.

La pregunta del gozne

Un silencio se fue acumulando bajo la bóveda mientras una costura más oscura se dibujaba a lo largo de la base del Reloj Astronómico. El aire se espesó con ese tipo de consejo que llega sin rostro —retrocede, hazte pequeño, no hagas ruido— y la Muerte tallada arriba, con la campana en alto, pareció escuchar hacia qué lado se inclinaría su valentía. La capa medianoche de Lucrecia tomó la luz de las velas y se hizo un manto con ella. Alzó una mano; tenues filamentos se arremolinaron entre sus dedos, los mismos hilos que habían estado perturbando el tañido.

—Bueno entonces —dijo, sin dureza—. ¿Fortaleza o miedo?

Los seis respondieron con práctica más que con proclamaciones. La palma de Breezie atrajo una brisa a través de la nave que dejó a la bruma menos rincones. Checkered encuadró el temblor en un marco de mediciones para que tuviera un tamaño que perder. Greenie dejó que su respiración encontrara un compás que la sala pudiera tomar prestado; el barrido de la anciana conserje se estabilizó, como si alguien le hubiera tomado la mano con amabilidad para acompasarla. Firee apoyó dos dedos en la madera y escuchó la nota de yunque dentro del escalofrío; el calor allí no era llama sino fricción, y lo aguantó como un herrero que evita que el acero se deforme. Reddish sostuvo una brasa no más grande que un nudillo, no para quemar, solo para mantener un núcleo tibio. Blunt alzó el colgante y un resguardo onduló desde él —elemento sin nombre— suavizando la primera oleada sin aspavientos.

Susurros pusieron a prueba cada resquicio que encontraron. Vas a fallar se deslizó hacia Checkered; ella no discutió.

—Perduramos —dijo una vez, y en esa sola palabra la lente se estabilizó, la burla deshilándose hasta no dejar nada útil.

Una voz más leve se trenzó alrededor del hombro de Greenie —*dudan de ti*— y encontró la tranquila réplica de su conteo hasta que se quedó sin números que robar. Una tentación sutil inclinó a Reddish hacia la comodidad —*déjalo, estarás a salvo, nadie lo sabrá*— pero la brasa en su palma no se avivó ni se apagó; mantuvo la temperatura de la determinación y la oferta no tuvo asidero. Una imagen más amplia trató de arrojarse sobre Firee —*ruina, inutilidad, un futuro ya roto*— y él miró al santo tallado bajo su mano como un artesano mira la veta:

—El trabajo se mantiene —dijo, y la imagen, privada de espectáculo, se descubrió diminuta. Breezie barrió el último rizo de oscuridad y este se adelgazó obedientemente, el polvo mostrando dónde el aire había estado confundido.

Para Blunt, el empuje llegó quedo y doméstico —*tu sinergia no se mantendrá; aquí es donde se deshace*— el tipo de frase que se desteje sola si la tocas mal. El colgante respondió con otro anillo hacia afuera, una firmeza que no forzaba ni sofocaba, sino que se negaba a tambalear.

La presión retrocedió un paso. A su alrededor, un engranaje del reloj encajó limpiamente, luego otro; la nave tomó un aliento modesto.

No todo cedió. Una tenue insistencia permanecía en la campana de la Muerte, una grieta aferrada al gozne, volviendo cada vez que la suavizaban —paciente, bien educada y por tanto terca. Las mediciones de Checkered la acorralaron; Breezie despejó el aire a su alrededor; Firee enfrió la fricción de calor a trabajo; la brasa de Reddish demostró que la atención podía durar más que el apetito; Greenie mantuvo el nuevo tempo de la conserje como metrónomo para la sala; Blunt dejó que el resguardo pasara sobre el metal sin forzar silencio ni tañido. La grieta retrocedió, sí, pero rehusó el paso final. Lucrecia observó la contención con aprobación.

—Mejor —dijo—. Y exactamente correcto. Lo que muestra su cara ante la presión no es su totalidad. Cerró la mano; los hilos sueltos que había sacado del aire cayeron como polvo asentándose en los rincones.
—No vamos a obligar a una campana a tener valor.

Una llave que abre lo que está listo

La mirada de Lucrecia se dirigió a Blunt y Reddish.

—Valor, conoce al precedente —dijo en voz baja. En su palma apareció una pequeña llave de plata, fría como un pensamiento bien guardado; el arco ostentaba el lema grabado en letras negras —Fortitudo Vincit Timorem, realzado en azul Oxford. —Esto no es un premio —dijo—. Es un recordatorio —y solo abre lo que ya está listo para abrirse.

Blunt aferró la llave; las runas a lo largo de su borde se sentían como una promesa que rehusaba grandilocuencias.

—Volveremos cuando tengamos la palabra correcta para lo que se aferra al gozne —dijo, sin urgencia ni demora.

Nadie respondió con consignas. Checkered golpeó una vez el lomo cerrado de su cuaderno. La respiración de Breezie se ajustó al compás de la torre. La atención de Greenie se mantuvo ligera en la calle, confirmando que nadie cercano tomaba prestado un miedo que no necesitaba. Solo entonces Blunt lo expresó en voz alta, una sola vez:

—Estamos listos. El reloj respondió con un tic que sonó más a acuerdo que a aplauso.

—Están listos —repitió Breezie, y luego: —Podemos cruzar.

El reloj retorna a la normalidad

El gran reloj de Independence Hall estaba en paz de nuevo. El latido vacilante que había llevado se desvaneció, y el familiar tic-tac se impuso en la quietud de la madrugada. Los seis jóvenes magos estaban de pie frente a él, relajando los hombros. Breezie envió una suave corriente por el aire de la plaza, y el crepúsculo pareció soltar su tensión. Checkered examinó el mecanismo con su lente y no encontró nada ominoso – solo las manecillas de bronce oscilando con fidelidad. Greenie cerró los ojos y sintió las emociones de los pocos transeúntes: curiosidad tranquila, nada más. Incluso la brisa a través de la plaza se sentía libre de la carga que había llevado.

—Eso fue rápido —susurró Reddish, con ascuas parpadeando tenue en su palma. Recordó cómo, en innumerables noches, habían deshecho el miedo sin permitir que echara raíz.

Firee simplemente asintió, una calidez silenciosa en su mirada, mientras hacía girar una chispa entre los dedos y la dejaba apagarse. Blunt apoyó una mano sobre la llave plateada en su garganta —un peso frío que pareció asentir: actúa de inmediato, nombra la verdad, y la oscuridad se desvanece. No compartieron discursos; no hacía falta. Las calles coloniales de Filadelfia estaban vacías ahora, el reloj restaurado, y la lección estaba escrita claramente en la noche.

Se alejaron del edificio bajo el cielo iluminado por la luna. No se habían cantado canciones de cuna, no hicieron falta florituras: el reloj era ordinario de nuevo y ellos también. Cuando se insinuaron los primeros hilos del alba, unos pasos resonaron suavemente sobre los adoquines. Más adelante, una figura de oscuro manto se movía con determinación apenas más allá de un callejón. Era Tetragor —o más bien, su silueta bajo el halo de un farol— y tres máscaras arlequines de tonos apagados avanzaron hacia la luz detrás de él. Con apenas un vistazo atrás, la figura de abrigo tinta se escabulló por un pasaje angosto. Instintivamente, Blunt dio la señal.

La vieja ciudad, óvalos delgados

La luz de la luna caía en óvalos alargados sobre la pizarra mojada mientras el equipo seguía. Una puerta de servicio resonó con estrépito en algún lugar cercano, su bisagra ofreciendo una rápida disculpa en el silencio. La mirada de Blunt no vaciló: un hombre con abrigo de viaje color tinta acababa de colarse por allí. Tenía que ser Tetragor. Tres enmascarados —con sus atuendos arlequines de tonos apagados— se colocaron tras él, impulsados por algún propósito siniestro.

—Sobre él —murmuró Blunt.

Seis capas fluyeron al callejón tras Tetragor, marcando el paso con el compás restaurado del reloj.

El primer arlequín siseó una ilusión bajo sus pies: el adoquín más adelante pareció desaparecer. El lente de Checkered fue certero: vio a través del truco.

—Piedra —anotó en voz baja, y el hueco se llenó de suelo firme.

En el siguiente paso, una figura se abalanzó; Breezie liberó un soplo que se deslizó calle abajo. El segundo arlequín vaciló, perdiendo el equilibrio. Reddish exhaló un vaho cálido en la esquina, y un gélido agarre en el aire se desvaneció. La mano de Firee barrió una farola cercana; el armazón metálico zumbó en suave protesta y marcó un límite firme que la tercera máscara no pudo cruzar. Greenie extendió un pensamiento tranquilizador en la manzana, estabilizando los latidos de unos pocos que aún dormían a esas horas, quienes de otro modo habrían temblado.

Tetragor casi alcanzó una hendidura en el ladrillo. Golpeó una secuencia en una puerta estrecha —tres-dos-uno— y se escabulló a través de ella en cuanto cedió silenciosamente. Los seis llegaron a la abertura en un instante, pero los pestillos se cerraron de golpe tras él con la honestidad del metal antiguo. Polvo cayó flotando de las vigas, asentándose como si la tienda, ahora cerrada a la noche, se sintiera aliviada de su carga.

En el interior, el aire olía a papel y a cola de encuadernación; fundas color medianoche alineaban estantes estrechos. Tetragor colgó su capa junto a la puerta, sin prisa. Se volvió para encararlos cuando entraron.

—Bien —dijo, con la voz grave como tinta sobre papel—. Mantuvieron el compás, aunque se les instaba a gastarlo. Fortaleza, no lucimiento. Van a necesitar eso para lo que todavía se aferra a un gozne.

Dejó un pequeño diapasón de acero sobre el mostrador. Su superficie atrapó la exigua luz como un pensamiento cuidadoso. —La lección de esta noche es una sola pieza —continuó Tetragor—. Una fábula y un poema de bolsillo: dos caras de la misma moneda.

Abrió un libro viejo y delgado. Todos se reunieron a su alrededor para escuchar. Tetragor recorrió sus rostros con silenciosa intensidad.

—Escuchen bien —dijo en voz baja—, esta historia les mostrará cómo la verdad puede hacer encoger incluso a las sombras más grandes.

El diapasón y la sombra

Un viajero llevaba un diapasón metido tras la oreja, pues se rumoraba que una Sombra vivía en la plaza siguiente.

—No hagas ningún ruido —aconsejó una puerta—. El silencio te salvará.

—Corre —dijo otra—. Deja atrás lo que temes.

El viajero, en cambio, siguió caminando.

En la plaza, la Sombra se alzó más alta que los tejados, más ancha que los callejones.

—Baja tu sonido —exhaló—. No hagas sonar tu nota. Escúchame, y me esfumo.

El viajero no discutió. El viajero hizo vibrar el diapasón —un tono claro y firme que no pedía nada ni asentía a nada falso—. Sin nada vago de donde alimentarse, la Sombra se encogió al tamaño de un gato callejero y se escondió tras un barril de lluvia.

—Nómbrate —dijo el viajero.

Una voz, fina como hilo, respondió desde la oscuridad:

—Soy Supón. Vivo de lo que no mides.

El viajero mantuvo el diapasón sobre los adoquines hasta que el tono tocó cada esquina.

Sin espacio para expandirse, Supón se volvió una mancha donde se juntaban dos baldosas. El viajero pasó sobre ella y siguió su camino.

Tetragor cerró el libro.

—La fortaleza no es un corazón que late más fuerte —dijo—. Es un tono más verdadero… y el hábito de nombrar aquello que silba en la vaguedad.

Dejó que las palabras se asentaran sobre el grupo.

Greenie alzó la mirada y preguntó en voz baja:

—¿Significa eso que, si nombramos un miedo, se vuelve más pequeño?

Tetragor esbozó una leve sonrisa.

—Exactamente —respondió—. Has captado la esencia de la historia.

Asintió con aprobación.

—Bien —dijo—. Ahora escuchad esto.

Pasó la página y deslizó una sola hoja pesada, de superficie casi rígida.

Nota de la mano firme

*Cuando las ventanas tiemblen, haz sonar
—no calles— tu nota;
nombra silla y dintel, libro de cuentas, reloj y abrigo.
El aliento encuentra su compás mientras enumeras lo cierto;
la duda pierde la cuenta cuando los hechos te cuentan a ti.
No busques el trueno —afina tu tono, mejor—;
atraviesa el silencio con paso sin vergüenza.
El valor no está en lo alto que ondeen las banderas,
sino en quedarse quieto mientras pasan los fantasmas.
Que las manos sean firmes; que el conteo sea claro;
escucha cada pequeño temblor, pero no te detengas.
Cuando el susurro diga "Supón", mantén el diapasón en alto:
las sombras se hacen más pequeñas cuando la verdad es el cielo.*

Tetragor dejó que la última línea flotara en el aire. Breezie frunció el ceño y susurró:

—¿Por qué enumerar tantos objetos?

Tetragor encontró su mirada.

—Porque al nombrar el mundo que te rodea, te anclas en la realidad —explicó—. Ahora, practiquen los pasos. —indicó Tetragor, colocando de nuevo el diapasón entre ellos—. Nombren. Respiren. Alcen. Avancen. Cuando el miedo insista en hacerse grande, hagan concreto el cuarto hasta que se quede sin sitios donde sostenerse.

Reddish susurró las palabras para sí. Checkered las garabateó en un rincón de su cuaderno encuadernado en cuero y no necesitó subrayarlas. Breezie contó las sílabas con los dedos, dejando que su respiración siguiera el ritmo. Greenie señaló alrededor de la habitación y nombró los hechos simples —roble, barniz, tinta— hasta que cada borde quedó pronunciado. Firee sintió el impulso de alzar la voz y en cambio optó por permanecer en silencio, firme y paciente. Y Blunt tomó la llave de plata de Lucrecia de debajo de su capa; incluso el engranaje sobre su pecho hizo clic quedamente, como una herramienta encajando en su lugar.

Tetragor asintió una vez, visiblemente complacido.

—Bien hecho —dijo en voz baja—. Han practicado bien esta noche. Lleven con ustedes esta firmeza siempre que aceche la oscuridad.

Afuera, unos pasos apagados se desvanecieron en el murmullo ordinario de las calles de Filadelfia. Tetragor alzó el pestillo.

—Las transiciones importan —dijo—. Salgan de la forma en que piensan seguir: afinados, con todo nombrado, listos para llamar a las cosas por su nombre.

Salieron al aire nocturno. El pesado panel de la puerta se cerró silenciosamente y reanudó su disfraz, viéndose de nuevo como algo que nunca se hubiera abierto. El engranaje de Blunt latía bajo su capa —sutil, como si hiciera eco de un reloj distante.

Amanecer bajo los aleros de la taverna

Para cuando el primer hilo pálido del amanecer cosió el borde lejano del cielo, habían llegado a una taberna de la época colonial. Sus contraventanas de madera parecían párpados a medio cerrar, comenzando a dejar entrar la mañana. El aire estaba quedo. Un tenue pulso del engranaje de Blunt insinuó un patrón en lo profundo de su labor, pero los seis se detuvieron en quietud. En los aleros de la taberna, donde las viejas vigas se curvaban hacia la calle, algo parecido a un rostro jugaba con el amanecer: el contorno de unos engranajes, la sugerencia del gozne de una campana.

Checkered alzó su lente por un momento y vio un único destello de geometría en el aire —ahí, luego desaparecido— como si un mecanismo desconocido hubiera tomado medida brevemente y decidido esperar.

—Un llamado, no una exigencia —observó en voz baja, bajando el aparato—. Posiblemente el próximo reloj haciéndose notar.

No anotó eso; algunas pruebas preferían ganarse.

Greenie cerró los ojos por una cuenta lenta y respiró la mañana ordinaria: el letrero de la taberna, el barril junto a la puerta, la delgada franja de cielo que todos compartían.

—Demos al momento sus nombres reales —dijo quedamente—. Eso bastará.

Mientras hablaba, un vestigio de algo bajo los aleros intentó formarse de nuevo. La brasa suave de Reddish y la brisa constante de Breezie no le dejaron dónde aglutinarse; se difuminó hasta la nada en la luz fresca. Firee, observando, se permitió la más mínima sonrisa, casi tímida, mientras la luz del sol se arrastraba calle arriba.

Breezie hizo girar su bastón con calma, más por hábito que como espectáculo, y el amago de brisa se disipó sin dramatismo.

—El patrón se mantiene —dijo, con voz en suave ascenso—. Mantenemos nuestro tono.

Blunt cerró el puño alrededor de la llave plateada en su palma y no sintió tirón alguno hacia la prisa.

—Cuando llame, responderemos —añadió—. Por ahora, dejemos que la ciudad termine de respirar.

Reanudaron la marcha con el mismo paso uniforme con que se habían movido durante la noche, sin buscar presagios ni huyendo de ellos. Las callejuelas coloniales permanecían estrechas y sinceras, conduciendo adonde el día pudiera llevar. Bajo sus pies, los ladrillos y adoquines trazaban sus propias líneas rectas. Y con cada paso, cualquier destello de oscuridad se disolvía en silencio.

Filadelfia, firme

Ya por la tarde dejaron que las calles antiguas de la ciudad marcaran el paso – ladrillo bajo sus pies, sol en los cristales, el sosiego que llega cuando el trabajo se ha hecho bien. Si una tenue inquietud probaba suerte en la esquina de una vidriera o en la juntura de un callejón, se hallaba superada en número por los hechos: farola, dintel, bordillo. El grupo siguió caminando, juntos, pero sin prisa. No intercambiaron fanfarrias y apenas hablaron; el ritmo ordinario de Filadelfia era su propia recompensa.

Checkered guardó su lente y echó un único vistazo mesurado a una fachada de ladrillo gastado – una vez bastó.

—Limpio —dijo quedamente, dejando que la palabra representara toda una página de observaciones.

Greenie vigiló relajada a los peatones que pasaban. Cuando por fin habló, fue solo para decir: —Dormirán bien —y la ciudad pareció estar de acuerdo.

Cerca, Firee apoyó un nudillo en una verja de hierro y solo sintió el frío franco del metal – sin rastro de la fricción anterior.

—La obra se mantiene —comentó en voz baja, tan satisfecho como un herrero cuya hoja se ha enfriado con la forma perfecta. Reddish hizo girar una pequeña brasa en su palma y dejó que se consumiera, no para extinguir nada, solo para mostrar que la calidez no necesita arder para ser real. —Pequeños bolsillos de frío, nada más —murmuró, viendo una sombra escabullirse en un rincón.

Breezie levantó un hilillo de brisa para remover el polvo del pavimento y luego lo dejó caer de nuevo en su lugar. La bandera distante en el techo del edificio ya no se sentía obligada a temblar. Blunt hizo girar la llave de Lucrecia entre sus dedos; el engranaje bajo su capa emitió un suave clic de asentimiento, el sonido que hace un mecanismo cuando está perfectamente alineado.

Torcieron por la calle ancha que volvía hacia la plaza. Los escaparates mostraban sus vidrios dormidos a esa hora. De vez en cuando, un jirón extraviado de sombra rascaba algún borde —como un pensamiento a medio formar rasguña en la mente— pero los magos simplemente nombraban lo que realmente estaba allí: buzón, tirador de campana, una oferta escrita en tiza en un pizarrón de acera. Las sombras no tenían ya nada que reclamar. Un autobús tardío suspiró calle abajo, y en algún lugar una sirena distante escogió otra ruta.

Breezie aguzó el oído al flujo corriente de la calle.

—En equilibrio —dijo sencillamente, refiriéndose al aire, al momento, a la medida. Reddish respondió con un leve suspiro de satisfacción. Checkered sonrió y asentó una última anotación en su cuaderno: Philadelphia, steady. No la subrayó. Greenie miró a su alrededor los rostros tranquilos de los habitantes de la ciudad y sintió sus hombros relajarse; nadie estaba tomando prestado un temor que no necesitara. Firee dejó que el último rastro de calor en su mano se deslizara de vuelta al herraje y no sintió ningún tirón a cambio.

—No tenemos que hacer la nota más fuerte cuando ya es verdadera —dijo.

Blunt no dijo nada más. Simplemente extendió la mano hacia la placa del Independence Hall al pasar, sintiendo la sólida certeza de las letras bajo su palma —Fortitudo Vincit Timorem; Timor Est Vitium. No contó sus victorias; no lo necesitaba.

—Actuamos juntos —dijo quedamente al aire vacío—, y el miedo se queda sin dónde esconderse —luego dejó que esa verdad permaneciera. El engranaje sobre su pecho emitió un acorde satisfecho bajo su capa, un testigo silencioso de su determinación.

La labor de la fortaleza

La tarde dibujaba los bordes de la mampostería en relieve como tinta sobre una plancha. Dieron una última vuelta junto a la torre que los había estabilizado en las primeras horas, luego permitieron que la plaza los soltara a sus ciudadanos ordinarios – gente que nunca sabría con cuánta cautela habían sido preservados de una historia innecesaria. Un tranvía pasó traqueteando, un caminante tardío cruzó la plaza; nadie percibió el casi desencadenamiento del pánico. Reddish pensó en las salas a sus espaldas —la paciencia de Monticello, la determinación de Hazleton, las medidas limpias de Boston, la luz seca de Sedona, la campana de Gdańsk esperando la palabra exacta— y solo sintió el patrón tranquilo que aquellas pruebas habían formado. No era un recuento lo que recitaba, sino la sensación de que cada lugar había planteado la misma pregunta de manera diferente.

—Algunos trabajos —susurró— requieren que te quedes.

Greenie asintió; entendía que el quedarse había resultado ser un arte en sí mismo, no un tropiezo. Firee esbozó una sonrisa de satisfacción, como la de un herrero cuando una hoja se enfría recta.

No enumeraron sus victorias en voz alta. Dejaron que las pruebas del día se posaran en ellos, y luego sencillamente caminaron. La llave cabalgaba en la palma de Blunt como una promesa silenciosa —no algo para ostentar, sino algo en lo que confiar. No necesitaba anunciar lo rápidamente que caería cualquier engaño futuro. En cambio, solo dijo: —Si todos los fallos se juntan, mantendremos nuestro tono. Eso era todo lo que hacía falta decir.

El bastón de Breezie giró una vez en su mano, y el aire se replegó a sus cauces habituales. Checkered, siempre precisa, se permitió un capricho: una última mirada hacia la torre. Sus manecillas marcaban la hora sin oscilación; su esfera no se esforzaba por parecer importante.

—Muy bien —susurró a la noche, más para sí que para nadie. Ya eran innecesarios allí. Juntos bajaron el último bordillo mientras las primeras estrellas punteaban el cielo crepuscular.

Para cuando las luces del segundo piso parpadearon en las ventanas cercanas, cualquier susurro remanente de miedo había olvidado su parlamento. Si siquiera una mancha de sombra intentaba quedarse bajo un alero, la brasa silenciosa de Reddish y la brisa constante de Breezie no le dejaban nada donde sostenerse. Greenie seguía nombrando las cosas ordinarias —letrero, barril, bisagra— hasta que la calle no tuvo apetito de drama.

—No vacilamos —dijo Blunt una vez, y eso bastó.

Una brisa suave trenzó su camino más allá de la torre y hacia Market Street mientras ellos seguían andando. El cuaderno de Checkered permaneció cerrado y silencioso. Los hombros de Greenie se relajaron. La mano de Firee dejó la barandilla con una comodidad satisfecha. Reddish dejó que su brasa se durmiera. Blunt cerró su mano alrededor de la llave plateada de Lucrecia y sintió el engranaje bajo su capa responder con un clic modesto y contento —como diciendo que todas las piezas encajaban a la perfección.

Filadelfia, estable, les permitió marcharse.

Capítulo 14

Gran Reloj Histórico de América

y Reloj de Ulm

– El fuego de la fortaleza

En busca de propósito

El crepúsculo cubría Beacon Hill, en Boston, con un susurro de niebla iluminada por gas. Las farolas titilaban a lo largo de estrechas aceras de ladrillo, su luz danzando sobre barandillas de hierro forjado. Los pasos resonaban en los adoquines pulidos por siglos de historia— susurros de revolución y resiliencia. A esa tensión tranquila entraron Blunt, Reddish, Firee, Checkered, Breezie y Greenie, que emergieron de un portal arremolinado de bronce y zafiro en el borde de Louisburg Square, atraídos por el leve tirón de una llave de plata. Sus capas Arlequín—esmeralda, carmesí, zafiro—parpadeaban con un brillo contenido mientras se adentraban por completo en el abrazo de Boston. Y en la mano de Blunt, la llave de plata otorgada por Lucrecia en Gdańsk resplandecía suavemente, su canto grabado en latín fluido con «Fortitudo Vincit Timorem» — la fortaleza vence al miedo —, recordatorio del coraje que había desterrado la desesperación en aquella ciudad lejana y faro para el desafío que ahora se desplegaba en estas calles cargadas de historia.

Un viento cortante hizo estremecer a los arces. Los transeúntes se apresuraban a casa bajo la amarillenta bruma de las lámparas, la mirada apartada, una tensión erizada en el aire. Daba la impresión de que el miedo se había deslizado en la ciudad, oscureciendo ventanas y avivando murmullos inquietos en los umbrales.

Greenie cerró los ojos, sintiendo una corriente subterránea de preocupación palpitando bajo la regia fachada de Beacon Hill. «Hay un espíritu que tiembla aquí», susurró. «Algo roe el coraje de Boston. Es como si quedaran ilusiones, alimentándose de un miedo oculto».

Blunt exhaló, el zumbido de la llave resonando con su propia determinación.

—Nos enfrentamos a ilusiones en Filadelfia, —dijo en voz baja, recordando cómo la convicción inquebrantable había atravesado falsedades. —Si el miedo amenaza este lugar, nos plantamos frente a él.

Reddish dio un paso al frente, llamas parpadeando en sus iris ámbar. También parpadeó un recuerdo: días atrás había superado una prueba aferrándose a la unidad por encima del aislamiento. Sintió encenderse ese mismo fuego ahora.

—¿Por dónde empezamos?, —preguntó.

Desde detrás de un remolino de niebla, una figura se movió como sombra sobre los adoquines—un silencioso destello de tela azul medianoche. Lucrecia Van Egmond. Su presencia irradiaba propósito y desafío. La llave de plata se intensificó en la mano de Blunt, como si se sintiera atraída por su aura misteriosa.

Persecución por Beacon Hill

Lucrecia desapareció al girar una esquina, la capa arrastrándose por la bruma de gas. Al instante, los jóvenes magos la siguieron, sus zancadas rebotando en la arquitectura intemporal. A Firee se le erizaron los sentidos, medio esperando que las ilusiones retorcieran los callejones—había aprendido cuán astuto podía ser el miedo en encuentros anteriores.

La suave pendiente de Beacon Hill se alzaba ante ellos, coronada por farolas que se erguían como centinelas. En una intersección, Checkered se detuvo a estudiar un resplandor trémulo. Su lente relució mientras escaneaba en busca de runas ocultas o engaños grabados en los ladrillos.

—Aquí hay algo…, —murmuró.

Blunt alzó la llave de plata. La inscripción «Fortitudo Vincit Timorem» latía con un ritmo tenue, como si los apremiara a seguir.

—Lucrecia nos está guiando, —dijo en un susurro. —Pero ¿nos guía o nos pone a prueba?

La magia del viento de Breezie hizo susurrar las ramas sobre sus cabezas, agitando el olor a hojas húmedas y madera vieja. Lanzó una corriente suave para apartar la niebla.

—Quizá ambas, —respondió. —Sus ilusiones en pruebas pasadas nos enseñaron a ver más allá de las apariencias.

Doblaron una verja de hierro forjado hacia un callejón más silencioso, flanqueado por imponentes casas de ladrillo. La luz de los faroles se derramó sobre el grupo, revelando formas espectrales tras ellos—breves apariciones ondulando en el borde de la visión de Firee. Se tensó, y luego se dio cuenta de que sólo era magia residual en la estela de Lucrecia.

—No podemos dejar que el miedo se hunda en estas calles, —susurró Greenie, al notar a una pareja joven colarse en su casa y atrancar la puerta como si los persiguieran fantasmas. —Boston siempre ha sido un lugar de desafío. Mantengámoslo así.

Más adelante, una runa en forma de estrella centelleaba en una farola. Sus contornos brillaban tenuemente, recordando el diseño de un reloj celeste que se rumoreaba vinculado a un antiguo cripto Orloj. Blunt arqueó las cejas.

—Mirad, —dijo suavemente, colocando la mano sobre el símbolo. —Nos está señalando más arriba.

Un remolino de tela azul medianoche volvió a captar su mirada— Lucrecia desapareciendo tras una hilera de altos setos. Con asentimientos compartidos, siguieron adelante. La persecución se aceleró, cada paso puntuado por el tamborileo silencioso de su determinación.

La bruma se aferraba a verjas y jardineras mientras los magos seguían a Lucrecia más adentro de Beacon Hill. Cada callejuela que cruzaban se sentía más estrecha, cada giro revelaba más del alma histórica de Boston—una mezcla tensada de desafío y desasosiego. Las ascuas de Reddish ardieron contra el aire húmedo. Recordó cómo las ilusiones casi habían hecho trizas su confianza. Ahora se movía con firmeza, dejando que el calor de su capa ahuyentara la ansiedad persistente.

—¡La veo!, —llamó, señalando un fugaz destello de la capa de Lucrecia al fondo del callejón.

De pronto, una oleada de quietud inquietante cayó sobre la calle. Las lámparas de gas parpadearon de forma antinatural, sus llamas curvándose como si las azotaran vientos invisibles. Checkered alzó su lente, recelosa.

—¿Alguien más lo nota? —Preguntó, con un matiz de temor asomando a su voz. Brotaron remolinos de fantasmas: las paredes parecían agrietarse, los adoquines amenazaban con hundirse y gritos asustados resonaban en la bruma. Firee extendió la mano, chispas danzando en sus dedos.

—Manteneos juntos, —instó. —No dejéis que las visiones nos dispersen.

Breezie exhaló, conjurando una brisa suave que arrancó capas de fantasmas.

—Hay gente real en estas casas, imaginad su terror.

Con una determinación lenta y constante, guio los espectros lejos de un umbral donde una vecina mayor asomaba con los ojos muy abiertos.

Greenie se centró en la empatía que le recorría. Sintió corazones latiendo con rapidez tras postigos cerrados, sus miedos tangibles. Invocando un aura de sosiego, dejó que la esperanza irradiara, ofreciendo al vecindario un bálsamo de calma.

Blunt presionó la llave de plata contra su pecho, invocando una tenue salvaguarda que onduló por el callejón. Cintas transparentes de luz azul anularon la ilusión de ladrillo desmoronándose. Cuando la solidez de la calle regresó, una silueta fugitiva de Lucrecia observaba desde debajo de una farola lejana. Una media sonrisa le cruzó el rostro antes de desvanecerse de nuevo en la niebla.

—Sus espejismos se alimentan del miedo, —dijo Checkered, pasando por donde habían estado las grietas fantasmas. —Pero podemos mostrarle a Boston cómo la resolución corta el pánico.

Con pasos decididos, los seis magos siguieron, los corazones unidos frente a la penumbra conjurada. Otro giro los llamó—un patio escondido tras altas casas en hilera, conocido en la tradición local como el Patio del Farolero (Lamplighter's Court)—y sintieron que esta prueba distaba mucho de haber terminado. Su persecución se detuvo donde la propia historia montaba guardia.

Las farolas parpadeaban arriba, sus cristales grabados con motivos arcaicos. En el corazón del patio se alzaba una farola de latón pulido, su superficie tan lisa que distorsionaba el resplandor a su alrededor, reflejando tenuemente a las seis figuras encapuchadas en un panorama fantasmagórico. Intrincadas inscripciones rúnicas brillaban a lo largo de su fuste, irradiando un aura a la vez acogedora e imponente.

Lucrecia aguardaba allí, su capa azul medianoche posada a su alrededor como el silencio antes de la tormenta.

—El espíritu de Boston se sostiene sobre siglos de valor, —dijo en voz queda. —El miedo es artero. Si le dejáis, consume la unidad.

Blunt se acercó, alzando la llave de plata. La farola respondió a su presencia, las runas refulgiendo con renovado brío.

—Ya hemos visto las ilusiones desgarrar comunidades, —respondió, recordando cómo visiones falsas habían provocado caos en Gdańsk. — Pero también conocemos el poder de la unidad.

La mirada de Lucrecia recorrió a cada joven mago.

—Habéis fortalecido el corazón contra el engaño, —reconoció. — Pero la fortaleza también debe probarse. El miedo no es sólo una ilusión en las calles, se alimenta de las dudas no dichas por dentro.

Checkered estudió la farola rúnica a través de su lente. Símbolos intrincados, incluido un tenue motivo de estrella, se alineaban con perfección geométrica—patrones que resonaban como si incluso el tiempo mismo hubiese sido grabado en el diseño.

—Estas marcas vibran con una magia más honda, —musitó, —como un centinela que nos recuerda que, en la noche más oscura, la firmeza guía el camino.

Greenie apoyó una mano suave en la base de la farola. El latón estaba tibio al tacto, una vibración sutil zumbando bajo sus dedos. Percibió una poderosa corriente de solidaridad, recordando cómo los patriotas se reunían en secreto en los estrechos callejones de Boston, templándose para la adversidad.

—La fortaleza superó la opresión entonces. Puede hacerlo de nuevo ahora.

Reddish alzó la barbilla, ascuas reluciendo en sus ojos.

—Estamos aquí por quienes no pueden luchar solos contra las ilusiones, —declaró. Echó una mirada a Firee, que asintió en silencio.

Lucrecia metió la mano en su capa y sacó un tomo de cuero gastado.

—Entonces, leamos, —dijo, abriendo el libro por una página marcada. —En el conocimiento, atisbamos perspectiva. En la perspectiva, hallamos claridad. Y en la claridad, descubrimos la verdadera fortaleza.

Un silencio se posó sobre el patio mientras los seis amigos se reunían en círculo bajo el resplandor manso. Más allá de los muros cubiertos de hiedra, el zumbido tenue de la noche bostoniana pareció desvanecerse, dejándolos en un espacio donde sólo el valor o el miedo prevalecerían.

Las runas de la farola arrojaron una luz firme sobre los adoquines, desterrando lo último de las sombras rezagadas. Los jóvenes magos se mantuvieron hombro con hombro en aquel charco de luz dorada mientras Lucrecia deslizaba un dedo por el texto rúnico del tomo.

—La fortaleza conquista las ilusiones del miedo, —dijo, su voz baja pero resuelta. —Dos lecturas breves ilustrarán cómo la resolución disipa el pánico.

El grupo cerró filas. Puede que Beacon Hill hubiese dejado atrás sus batallas del XVIII hace mucho, pero aquella noche se disponía a una nueva prueba de fortaleza. Con las luces vacilando ante la noche que se adensaba, se prepararon, el corazón sereno, listos para disipar cualquier ilusión que acechara en estas calles históricas.

La luz de la farola titiló, y la niebla que se aferraba a Beacon Hill empezó a desplazarse, arremolinándose hacia dentro como si manos invisibles la atrajeran. La llave de plata, en el puño de Blunt, resplandeció, su inscripción latina palpitando con una luminiscencia suave.

De ese resplandor emergió Lucrecia—la capa de medianoche centelleando con silenciosa autoridad, sus ojos reflejando a un tiempo orgullo y propósito.

—El coraje de Boston perdura, —dijo. —Pero esta noche vuestra fuerza se necesita donde duerme la memoria de la nación—en los pasillos de su historia.

Extendió la mano, y la luz se reunió ante ella en espirales de bronce y zafiro. Dentro centellearon imágenes fugaces—columnas de mármol, el brillo del latón y el contorno tenue de un reloj colosal girando bajo cristal.

—El Gran Reloj Histórico os espera, —dijo con suavidad. —Id y estabilizad su corazón.

Justo entonces, la puerta de una casa cercana se abrió y un hombre de mediana edad salió, mirando sorprendido a las seis figuras encapuchadas. Hacía apenas unos minutos, el barrio había estado atenazado por el miedo; ahora todo estaba en calma. El hombre echó un vistazo alrededor, sin notar nada extraño más allá de aquel grupo inusual.

—¿Está todo bien ahí fuera? —Llamó, su acento de Boston teñido de una leve preocupación.

Reddish dio un paso al frente con una sonrisa tranquilizadora, ajustándose la capa para atenuar su brillo mágico.

—Todo en orden, señor, —respondió con calidez. —Sólo un poco de niebla rara antes, pero ya pasó.

Él los estudió un momento y luego asintió, satisfecho por su aplomo sereno.

La cosa más rara—creímos ver… bah, da igual. Mejor que se haya despejado. Cuidaos.

Con un gesto cortés, se ciñó la rebeca y volvió al interior.

Cuando la puerta encajó, Breezie soltó un aliento que no sabía que contenía.

—El dominio del miedo se debilita, —observó en voz baja. Puede que Beacon Hill durmiera más tranquilo aquella noche.

Los seis magos se mantuvieron juntos como uno solo. El aire vibró; el mundo se plegó. Una luz de bronce barrió la calle, y la niebla se convirtió en un puente de estrellas.

Cuando se disipó, Beacon Hill quedó de nuevo vacío—sus farolas ardiendo firmes, su coraje trasladado a otra ciudad, otra prueba.

Llegada a través del portal al Smithsonian

La noche había caído sobre Washington D. C., envolviendo el National Mall en un silencio sereno. Un remolino de luz de bronce y zafiro se desplegó frente al Museo Nacional de Historia Estadounidense del Smithsonian, depositando a seis figuras encapuchadas en la acera desierta. Blunt, Reddish, Firee, Checkered, Breezie y Greenie avanzaron al unísono, sus capas Arlequín — esmeralda, carmesí, zafiro y más— brillando con suavidad a la luz de una farola cercana. En la mano de Blunt, una llave de plata latía y …

Se acercaron a la gran entrada del museo; la ciudad dormitaba a su alrededor. Las puertas de cristal cedieron a un discreto hechizo de apertura de Checkered. Dentro, el vasto atrio estaba en penumbra, iluminado sólo por luces de seguridad que proyectaban largas sombras sobre los testimonios del pasado de la nación. El aire era fresco y reverente. Los suelos de mármol devolvían el eco de sus pasos mientras avanzaban con propósito, cada mago instintivamente alerta ante cualquier indicio de ilusión. Era fuera de horario, y sin embargo una quietud antinatural impregnaba la sala—la sensación de que algo, o alguien, aguardaba en la oscuridad. Greenie cerró los ojos y extendió su sentido empático.

—Algo se agita aquí, —susurró Greenie. El corazón se le aceleró al sentirlo: una corriente subterránea de inquietud palpitando en el vacío. —Una ansiedad… como si el propio edificio contuviera el aliento.

Casi podía saborear la tensión, como electricidad antes de la tormenta.

Reddish dio un paso al frente, la barbilla alzada. A la tenue luz, sus iris ámbar chisporrotearon con diminutas llamas.

—Esto ya lo hemos sentido, —murmuró, recordando cómo las ilusiones del miedo habían atenazado una calle entera hasta que permanecieron unidos para romperlas. El recuerdo encendió un fuego sereno en su interior. —Si el miedo acecha aquí también, lo enfrentaremos juntos.

Blunt asintió con firmeza. Pasó el pulgar por el grabado latino de la llave luminosa.

—Nos hemos plantado contra ilusiones de terror en otros lugares, —dijo en voz baja, con una confianza que resonó. —Filadelfia, Gdańsk, Lund… cada vez, la unidad y el valor nos sostuvieron. Si el miedo amenaza este museo —el corazón histórico de América—, nos alzamos contra él ahora.

Su declaración se posó sobre ellos, y cada uno se ciñó la capa un poco más, afianzando su resolución.

Un repentino tintineo resonó desde las profundidades del museo. Breezie chasqueó la muñeca y convocó un susurro de aire para explorar por delante; la brisa trajo el olor de pergamino antiguo y latón. El soplo rozó una exposición colosal oculta entre sombras: la silueta de un reloj gigante. Checkered ajustó sus lentes y, aun sin luz plena, reconoció la forma por sus estudios. —El Gran Reloj Histórico de América, — exhaló.

Allá en lo alto de la penumbra, se alzaban los contornos de un enorme artilugio de 13 pies coronado por una Estatua de la Libertad en miniatura. Incluso inerte, su presencia imponía.

Avanzaron hacia la sala de la exposición del reloj; la llave en la mano de Blunt brillaba más con cada paso. Al entrar en el espacio, la luz de la luna se filtró por un lucernario, bañando de resplandor el marco dorado. El Gran Reloj Histórico de América estaba en vitrina, pero visible en toda su compleja gloria: escenas talladas de batallas y reencuentros, un anillo zodiacal dorado en el centro y hileras de figurillas —milicianos, presidentes, pioneros— a punto de desfilar por dioramas de los triunfos y pruebas de la nación. Aun pasadas las doce, la esfera marcaba la hora correcta, y el dial astrológico inferior relucía con símbolos cósmicos.

A Greenie se le escapó el aliento ante las figuras detenidas a mitad de historia: minúsculos soldados esculpidos encogidos a un lado, unas pintadas Cataratas del Niágara al otro, Paul Revere a caballo y estatuas alegóricas de las etapas de la vida. Era como si el alma de la historia estadounidense se hubiese destilado en un reloj. Pero algo no cuadraba. La habitualmente orgullosa Estatua de la Libertad en miniatura de lo alto estaba apagada —su antorcha sin luz—. Y la urna de cristal que debía resguardar el reloj estaba… abierta. Una fisura en forma de filigrana cruzaba el vidrio, como forzada por alguna manipulación mágica.

Checkered miró a través de su lente rúnica.

—Esto no está bien. La urna se ha roto desde dentro, —señaló en un susurro. En la base del reloj danzaban motas de magia ilusoria, visibles para su ojo entrenado. Era como si el reloj se hubiera agitado por una pesadilla. —Las ilusiones han irrumpido en esta vitrina.

Al oírlo, un quejido grave emanó del mecanismo. Firee y Reddish se adelantaron al instante, manos en alto a la defensiva. El quejido se convirtió en zumbido de engranajes. Sin aviso, el Gran Reloj cobró vida en la oscuridad. Normalmente sonaría con melodías populares y haría desfilar sus figurillas en celebración. Pero ahora las campanadas salían discordantes, deformadas por la ilusión. La diminuta figura de George Washington dio un tirón desde una torreta, como para iniciar su procesión, pero donde iba la inclinación digna, su rostro de madera se torció en un gesto mustio. La procesión de presidentes que debía seguirle quedó inmóvil, con los ojos pintados súbitamente surcados de ansiedad.

Detrás del reloj surgió un cuadro proyectado que sobresaltó a los jóvenes magos: una imagen fantasma de un campo de batalla, soldados de la Guerra de Independencia vacilando como si dudasen de la victoria. Un coro etéreo de voces resonó en la sala—susurros en tonos de desaliento. Los agudos oídos de Breezie captaron fragmentos de su lamento: *«demasiado difícil... no podemos... todo está perdido...»*. Las voces de patriotas y pioneros de los dioramas estaban siendo distorsionadas en tonos de rendición.

Greenie hizo una mueca, recibiendo de lleno el oleaje de desesperanza que arrojaban aquellas ilusiones. El Reloj de América, hecho para inspirar, veía sus historias vueltas contra sí.

—Quieren erosionar nuestra resiliencia colectiva, —dijo, con los ojos brillando de indignación compasiva. *Personal o colectiva*, pensó, *la resiliencia está bajo ataque aquí. No se trataba sólo de asustar a individuos; se trataba de socavar el espíritu de lucha de un pueblo.*

—No mientras estemos nosotros, —gruñó Blunt.

Sentía la misma magia insidiosa que ya habían combatido—el miedo y la desesperación dándoles forma. El resplandor de la llave de plata se intensificó, respondiendo al envite.

Ilusiones en la Sala de la Historia

Antes de que Blunt pudiera acercarse más, un temblor recorrió el suelo. Banderas y estandartes, colgados del techo, aletearon sin brisa. En la penumbra, la gran bandera estadounidense de la pared lejana— una enorme enseña de estrellas y franjas—pareció oscilar y apagarse, como si una sombra hubiese caído sobre la esperanza de la nación. La ilusión se extendía.

Sin esperar indicaciones, los seis cerraron formación alrededor del reloj. ¡Crash! Un sacudón hizo crujir la sala cuando uno de los paneles de cristal se agrietó más y una esquirla cayó, estallando contra el mármol. Con ese sonido, las ilusiones brotaron del todo: figuras espectrales emergieron de los dioramas y anegaron el hall. *Minutemen* fantasmales tropezaron con los fusiles caídos, sus rostros de bruma grabados de duda. Familias pioneras de neblina se encogieron como si la luz de su coraje se apagase. A un lado, una Libertad translúcida titiló junto al reloj real, la mano de la antorcha temblándole como si pesara demasiado.

—¡Juntos! ¡No dejéis que las visiones nos dispersen!, —gritó Firee por encima de la creciente cacofonía, repitiendo el grito de unidad que había aprendido en pruebas anteriores. Un remolino de humo fantasmal trató de separarlo de los demás, pero Breezie impuso una brisa constante que empujó la niebla asfixiante hacia atrás. Los seis cerraron filas ante el reloj, presentando un frente unido en medio de los fantasmas de la rendición.

Una ilusión especialmente grande saltó desde la base: un caballo negro al galope montado por un general Sheridan de la Guerra Civil. Pero en lugar de cargar con bravura, el espectro se encabritó y amenazó con atropellar a un grupo de civiles fantasmales. Reddish reaccionó al instante, avanzando con un brillo ígneo en los ojos. Con un barrido, conjuró una andanada de fuego controlado sobre el mármol. No era para quemar, sino para acorralar y redirigir. El fogonazo sorprendió al caballo espectral, que viró lejos de las víctimas ilusorias y se disolvió en humo con un relincho lejano.

Checkered ajustó su lente y escudriñó el torbellino. Entre el caos, su vista perspicaz captó destellos de runas en el dial zodiacal giratorio. *Alguien —o algo— lo estaba alimentando*, pensó.

—¡Allí!, —señaló, al anillo dorado del centro.

Los signos del zodiaco —un león, un toro, un escorpión y otros en pan de oro— giraban de forma errática. Cada símbolo brillaba con malevolencia al pasar por lo alto. Los astros, normalmente benévolos, estaban torcidos para alimentar el miedo.

—La ilusión se está focalizando a través del zodiaco, —dedujo Checkered.

El reloj se había vuelto un conducto de ataque mágico contra la moral. Blunt la miró y entendió. Ya tenía una idea. La llama de la fortaleza no va de victorias rápidas, se recordó. Va de resistencia y unidad.

—¡Dadme un momento!, —urgió.

Apretando la llave de plata, saltó a la plataforma de la vitrina, frente al dial enloquecido. La fachada del reloj se alzaba sobre él, con columnas y dorados proyectando sombras largas.

Las ilusiones parecieron captar su intención y convergieron para detenerlo. Un par de mujeres coloniales espectrales, el rostro contraído por el pánico, se abalanzaron sobre Blunt como para suplicarle que compartiera su terror. Breezie se interpuso con compasión veloz: barrió delante de ellas y exhaló una ráfaga fresca y apaciguadora. Las mujeres-fantasma vacilaron, sus bordes ondulando mientras el viento calmante deshilachaba sus miedos. Greenie acudió tras él, extendiendo la mano y emanando una ola de sosiego.

—No estáis solas, —susurró, no sólo a los fantasmas, sino a cualesquiera espíritus de la historia que quedaran. Los gestos frenéticos se suavizaron; se miraron como recordando la fuerza que tuvieron. Se apagaron en un hálito de luz, disipadas por la empatía y la solidaridad.

Firee y Reddish guardaron los flancos de Blunt mientras él presionaba la llave contra el cristal del zodiaco. El dial respondió con fiereza; un latigazo de relámpago ilusorio chisporroteó, casi derribándolo. Reddish plantó los pies y lo sujetó del brazo, alzando la otra mano. Las ascuas de sus ojos ardieron. ¡Bum! Otra descarga brotó del reloj, pero Reddish absorbió la mayor parte, su aura ígnea disipando el golpe en una lluvia de chispas inocuas. Apretó los dientes, con el calor de su sangre inquebrantable.

—Esta vez no, —gruñó a la manifestación del miedo.

Entretanto, Firee centró la vista en la Estatua de la Libertad de lo alto. La antorcha, de bronce, estaba a oscuras, simbólicamente apagada por la ilusión. Se le encogió el corazón: entendió el peso de esa imagen. Alzó la varita y, con un flujo medido de magia, encendió de nuevo la antorcha. Una llamita, no mayor que una vela, prendió en la mano de la estatua. Arrojó un resplandor cálido sobre la esfera. La estatua real había acogido antaño a los cansados y a los pobres con esperanza; ahora incluso esta réplica podía brillar.

—Permanece encendida, —susurró, volcando su determinación en esa lucecita. Era una chispa de desafío en la oscuridad.

El efecto fue inmediato. Algunas ilusiones cercanas —soldados mustios y colonos sollozantes— retrocedieron ante la luz dorada como si les doliera. Animado, Blunt apretó con más fuerza la llave contra el anillo, cerrando los ojos para concentrarse. Recordó cómo en Gdańsk, ante la desesperación, Lucrecia les desafió a resistir. Convocó esa misma entereza ahora. La llave empezó a brillar con más fuerza, canalizando su voluntad. Fortitudo Vincit Timorem.

Checkered trepó a su lado, hojeando con una mano un cuadernillo de glifos mientras con la otra se sujetaba el sombrero ante otro remolino de magia caótica.

—Ya casi…, —murmuró, localizando la runa que buscaba. Con un gesto decidido, trazó un símbolo de firmeza sobre el cristal, justo encima de donde Blunt presionaba la llave. Una runa azul fría prendió, anclando la protección de Blunt al reloj.

El dial zodiacal se estremeció y se detuvo, clavado por la fuerza combinada de la llave y la runa de Checkered. En ese instante, un silencio extraño cayó sobre la sala. Las ilusiones restantes vacilaron, sus formas titubeando, indecisas entre atacar o huir. La pequeña llama de la antorcha siguió ardiendo, imperturbable.

Greenie y Breezie se movieron al unísono para aprovechar la pausa. Greenie abrió los brazos, ojos cerrados, y envió una onda de compasión y ánimo por el espacio. Pensó en toda la gente real que allí había mantenido el tipo—activistas, sufragistas, soldados y enfermeras— almas que soportaron tiempos feroces con fortaleza. Tirando de esa fuerza colectiva, proyectó una empatía calmante que recorrió el hall como un abrazo. Breezie, captando su intención, condujo su aura con una brisa suave, llevándola a cada rincón y a cada fantasma vacilante.

Uno a uno, los espectros dejaron de temblar. Los *minutemen* que habían desfallecido enderezaron sus espaldas translúcidas, recordando su valor. La familia pionera soltó el miedo y se abrazó con firmeza antes de desvanecerse. Incluso el fantasma del general Sheridan reapareció un instante al borde de la exposición, no como amenaza sino como silueta orgullosa saludando al grupo, para disolverse luego en neblina inocua. La magia malévola que infectaba el reloj se había roto;

sólo quedaban los ecos de la historia auténtica, observando en silencio agradecido.

En la plataforma, Blunt abrió los ojos cuando la llave se enfrió en su mano. El zodiaco había quedado en un alineamiento sereno —el sol dorado en el cenit, señal de un nuevo amanecer. El Gran Reloj volvió a quedar quedo, sus figuras en calma. La antorcha de la Libertad continuó brillando leve, un pequeño faro de esperanza en la sala oscura.

—Está hecho, —susurró Checkered, ajustando su lente para verificar que ya no quedara magia ilusoria. Sólo vio polvo asentado y el aura natural de la magnífica pieza. Soltó un suspiro de alivio.

Reddish saltó de la plataforma y ayudó a Blunt y a Checkered a bajar.

—Lo conseguimos, al menos aquí, —dijo en voz baja.

Se pasó la mano por el cabello, domando mechones escapados durante el frenesí. Tenía las mejillas encendidas, no por el esfuerzo, sino por el orgullo. Las ilusiones habían puesto a prueba su resiliencia colectiva, y ellos habían respondido con firmeza sostenida.

Firee se quedó mirando la maquinaria ya en calma. La pequeña llama de la antorcha que había encendido se estaba apagando por fin, cumplida su función.

—Sólo ha sido la primera oleada, —murmuró, con el presentimiento de que su prueba de fortaleza aún no había terminado.

La llave de Blunt, aunque más tenue, seguía tirando con sutileza —como señalando más allá de estos muros a otro reto por venir.

Breezie asintió. Casi escuchó un suspiro distante, como el paso de una gran página de la historia.

—El miedo aquí ha sido aplacado, —dijo, sintiendo aligerarse el ambiente del museo. La gran bandera de la pared volvió a colgar orgullosa. —Pero me da que nuestra prueba no ha terminado. Queda algo más, en otro lugar.

Como en respuesta, un leve tacón sonó tras ellos. Desde las sombras del borde del vestíbulo, una figura alta dio un paso adelante. Los seis se giraron, sin alarma —la llave de Blunt palpitaba en reconocimiento. De la penumbra emergió una mujer con capa azul medianoche hacia un rayo de luna. Llevaba la capucha echada atrás lo justo para mostrar un rostro resuelto enmarcado por mechones plateados. Lucrecia Van Egmond.

Los ojos oscuros de Lucrecia brillaron de aprobación y propósito.

—Habéis obrado bien aquí, —dijo, con voz baja y clara en el silencio. Era la misma voz que los había desafiado en la lejana Gdańsk, donde entregó por primera vez la llave de plata que Blunt sostenía. —Las ilusiones del reloj se alimentaban del temor colectivo al fracaso, de la pesadilla de que la fortaleza flaquearía cuando la historia más la necesitara. Pero habéis demostrado que la resolución y la unidad pueden ahuyentar incluso tal desespero.

Lucrecia extendió el brazo hacia el Gran Reloj. El aire a su alrededor centelleó y la urna de cristal se reparó con un tintineo suave, sellando de nuevo el preciado artefacto.

Greenie dio un paso al frente, mezcla de alivio y curiosidad en el rostro.

—Lucrecia… esta prueba, no ha terminado, ¿verdad?, —preguntó. —Lo siento —como un cuento a medio contar.

Su intuición empática le decía que el miedo vencido aquí era sólo un capítulo en la prueba de la fortaleza.

Lucrecia inclinó la cabeza.

—Correcto. La fortaleza ha de brillar en más de un ámbito. —Posó la mano en el borde de la urna, pensativa. —En la joven historia de América, habéis reavivado una chispa de esperanza. Pero otro lugar llama, mucho más antiguo, donde también hay que defender la llama de la fortaleza.

Mientras hablaba, apartó la capa y dejó ver un tomo de cuero antiguo bajo el brazo.

A Checkered se le iluminaron los ojos al ver el tomo. Recordaba la sabiduría y los relatos que contenía desde su último encuentro. Lucrecia prosiguió:

—Estamos en una sala de democracia y memoria. Ahora viajaréis a una sala de sabiduría y fe centenarias para enfrentar ilusiones que atacan la resistencia de otra forma. Pero antes…, —abrió el libro por una página marcada con una cinta de seda, —debéis recordar qué es la verdadera fortaleza.

Los seis intercambiaron miradas expectantes y se reunieron en torno a Lucrecia cuando ella avanzó hacia un banco de la exposición. El hall estaba ya en calma y, a la luz dorada que aún emitía el reloj, parecía que se sentaran junto al hogar de una cuentacuentos antigua. Lucrecia colocó el tomo sobre el regazo; sus páginas ajadas captaron la luz.

—La fortaleza no es sólo valentía física ni un arrebato de coraje, —dijo con dulzura, mirando a cada uno por turno. —Es el fuego sostenido que sobrevive al frío del miedo. Desde siempre, fábulas y poemas han servido para avivarlo. Escuchad y recordad.

Un silencio reverente envolvió la sala de la historia mientras Lucrecia empezaba a leer. Los jóvenes magos formaron un semicírculo a sus pies, las capas arremolinándose sobre el mármol. Arriba, la luna se escondió tras una nube, y por un momento la única luz fue el suave resplandor de la llave de Blunt y la serena determinación en los ojos de Lucrecia.

El cuervo y el acantilado resquebrajado

En un pueblo tendido bajo la larga sombra de un acantilado dentado, el miedo reinaba como soberano. Cada crujido de piedra y cada ráfaga de viento desataban pavor entre la gente, que se encogía en silencio, susurrando derrumbe. Las leyendas volvieron al acantilado un monstruo —no de roca, sino de fatalidad imaginada. Sus corazones temblorosos agrietaban la tierra más que el tiempo o el temblor.

Muy arriba, en un pino que se inclinaba valiente hacia el cielo, vivía Veyra, un cuervo solitario de plumas como piedra mojada de tormenta y ojos oscuros de perspicacia. Observaba cómo el miedo se enroscaba alrededor de los aldeanos como la niebla, espesándose cada día. «¿Por qué», preguntó al viento, «temen lo que no se han atrevido a conocer?»

Los aldeanos reprendieron su calma. «Tener miedo es estar a salvo», corearon. Pero bajo sus palabras, la tierra gemía —no tanto por el peso del acantilado como por el peso de la preocupación. Al andar de puntillas para huir del peligro, su retirada aflojaba el suelo bajo sus pies. Veyra alzó el vuelo.

No huyó, sino que voló más cerca —al acantilado, a la verdad. Entre vientos punzantes y advertencias que resonaban, describió círculos y descendió a un saliente mellado, herido y firme. Recogió las alas y, con la mirada fija, montó guardia mientras la noche aullaba. Uno a uno, los aldeanos alzaron la vista.

No todos a la vez, sino en pequeñas olas de valentía —corazones despertados por la negativa de Veyra a doblarse al pavor. Un joven pastor fue el primero en trepar, luego un cantero, luego una viuda de manos temblorosas. Juntos, se unieron a ella en el saliente —no porque fuera seguro, sino porque era sólido, y porque su unidad lo hacía más fuerte aún.

Con cada paso dado con coraje, el acantilado dejó de gemir. La tierra se aquietó. El viento, antes fiero, llevó ahora el canto de un pueblo que ya no se ocultaba.

Reconstruyeron —no bajo la sombra, sino junto a la fuerza. Y al pie del acantilado, donde reinó el miedo, surgió un corro de almas, valientes no porque no sintieran miedo, sino porque eligieron no inclinarse ante él.

Y así fue cómo Veyra, el cuervo del pino inquebrantable, enseñó a un mundo tembloroso que la fortaleza no es ruidosa, sino luminosa. No ruge; se posa. Y espera —no para ser seguida, sino para ser comprendida.

Cuando cesó la lectura, un silencio profundo abrazó el hall. Durante un largo instante, ninguno habló. Casi podían oír el viento imaginado de la fábula, sentir el peso del miedo del pueblo y el alivio de plantarse sobre suelo firme. Una brisa reverente —quizá convocada sin querer por Breezie— agitó el borde de la capa de Lucrecia y susurró en las páginas del tomo, llevando la sabiduría de la fábula a los muros cargados de memoria.

Blunt rompió el silencio, la historia resonándole hondo.

—Veyra les mostró el precio del pánico, —dijo quedo.

En su mente vio los corazones temblorosos y recordó momentos del propio viaje en que el miedo casi los desunió.

—Ese mismo pánico casi nos devora una vez, hasta que nos pusimos hombro con hombro, como esos aldeanos en el saliente.

Miró a cada amigo con gratitud y determinación.

El monóculo de Checkered centelleó al parpadear. No hacía tanto, en Lund, las ilusiones casi la convencieron de que la confianza estaba rota y de que cada cual estaba aislado.

—El miedo ahonda cada grieta, —dijo suave, con su voz analítica ahora templada. —Pero cuando nos atrevimos a unirnos, las grietas se cerraron y las ilusiones perdieron fuerza.

Greenie pasó la yema sobre la llave de plata, siguiendo la palabra Fortitudo. La llave vibró como viva con la energía del relato.

—Cualquier comunidad puede astillarse por el miedo, —murmuró, pensando en los aldeanos, en Boston antes esa misma noche, en cualquier grupo de amigos. —Salvo que recordemos el ejemplo de Veyra: firmes, y juntos. El miedo puede aullar, pero no tenemos que afrontarlo solos.

Lucrecia asintió, complacida. Con un leve crujido de papel, pasó a otra página marcada.

—Aún aguarda un cuento», anunció con calidez. —Otro prisma para vislumbrar la naturaleza del miedo y de la fortaleza, esta vez, en verso.

Sacó con cuidado un pergamino doblado que reposaba entre las hojas. Emanó de él un pulso sutil de magia que removió los sentidos elementales de Reddish.

Reddish tomó el pergamino con respeto. Al contacto, sintió un cosquilleo, unas brasas diminutas, como si el propio papel guardara un calor vivo.

—Veamos qué más aprendemos del coraje, —convino.

Dio un paso y lo desenrolló. Los demás observaron cómo un resplandor rojo anaranjado le bañaba el rostro, como si las palabras estuvieran escritas en fuego. En efecto, al empezar a leer, pequeñas ascuas danzaron en el bajo de su capa carmesí, acompasadas con la pasión contenida de su voz.

La llama de la determinación

En tierras donde el silencio ahogó el aliento,
y las estrellas se escondieron de espanto,
donde el pavor destiló olor a muerte
y el día se disolvió en manto,
surgió una llama que ninguna tormenta apaga,
que ningún susurro acobarda—
un soberano destello, pequeño en la palma,
que nunca se retira.
Titiló sobre un muro hecho añicos,
donde antaño hablaron voces valientes;
se alzó aunque los miedos reptaran
y ahumaran el aire en ciernes.
El vacío siseó amenazas en cada ráfaga—
«¡Extínguete! ¡O sométete!»—
más el fuego, nacido de sagrada confianza,
no torna nunca a ceniza gris.
Entre ira de truenos y mueca de sombras,
bailó en serena rebeldía—
no alto, sino hondo; no alto, sino claro—
una llama de autonomía.
Su brillo no exigió trono,
ni esperó a que la marea girase;
alumbró el sendero a quien iba solo,
puente, boya, don que nace.
Uno miró. Luego dos.
Después se acercaron multitudes,
cada alma con ojos cargados,
y en el ánimo firme de aquella luz
vieron al suyo alzado.
La mano tímida, antes crispada de temor,
se alzó ahora a resguardar la llama;
cada aliento que tomó engendró fulgor,
y nadie ya fue el mismo.

Cuando Reddish terminó, su voz se desvaneció en el silencio, suave como brasa que muere y potente como el núcleo de una hoguera. Bajó el pergamino despacio, los ojos brillándole con asombro y el rescoldo de magia. Los versos parecían quedar suspendidos en el aire como las últimas notas de una canción. En aquel vasto salón repleto de reliquias de resiliencia, la imagen de una llama que prende corazones resonó con fuerza.

—El valor se contagia como esa chispa, —dijo Reddish, rompiendo el silencio. Exhaló, firme, y casi podía imaginarse la pequeña llama soberana reflejada en sus ojos. —Una vez encendida, no la apagan meros espectros.

Como portadora literal de fuego, sintió parentesco con aquella llama de determinación: no era un bramido, sino una luz constante—tal como la fuerza interior a la que aspiraba.

Firee había cruzado los brazos durante el poema; ahora los relajó, notando el calor de los versos en su interior. Recordó bien las ilusiones pasadas—cuán astutas eran para volver a los amigos contra sí mismos, para sembrar silencio y obediencia.

—Cuando uno solo de nosotros resiste a las sombras, murmuró, —nos da valor al resto.

Pensó en cómo la negativa de Blunt a ceder en Filadelfia les había galvanizado a todos, o en cómo el superar de Reddish su miedo a su propio fuego le inspiró. El valor de cada uno era chispa; juntos, una hoguera.

Breezie soltó un aliento que no sabía que retenía. Con un gesto, hizo circular una brisa templada en torno a su círculo, atenuando la tensión que dejaron los relatos. Sonrió cuando el aire en movimiento imitó un aplauso suave a la verdad del poema.

—El miedo aísla, —dijo, recordando el vacío del verso donde la oscuridad trataba de dividir. —La fortaleza reúne, alimenta una llama común. ¿Cuántas veces lo había visto ya? Un acto de valentía —una llama— uniendo a muchos. El pensamiento le llenó de esperanza tranquila.

Lucrecia se puso en pie, cerrando su tomo y guardando con cuidado el pergamino entre sus páginas. Su capa azul medianoche centelleó al situarse en el centro del grupo. La luz dorada del reloj se reflejó en ella, dándole un aura casi de otro mundo. Miró a los seis con ojos nítidos y orgullosos.

—Recordad el saliente del cuervo y el brillo de la llama, —aconsejó con dulzura. —La fortaleza no es sólo aguantar el miedo. Es forjar una unidad que sobreviva a cualquier ilusión. Es el fuego que mantenéis vivo en los demás, sobre todo cuando la noche se alarga.

Ellos absorbieron sus palabras y se irguieron un poco más.

Por un momento, se instaló una quietud extraña. Parecía que todo el museo —y quizá los espíritus de la historia en él— contuviese el aliento a la par, ponderando el valor y la unidad que alababan aquellas historias. El Gran Reloj, silencioso, reflejaba al grupo como un eco espectral de Washington, Franklin y otros que antaño se unieron por una causa mayor. La llama de la fortaleza ardía ahora en cada corazón, reavivada por cuento y verso.

Lucrecia cerró el libro con un leve chasquido —señal del siguiente movimiento del viaje. Como obedeciendo a esa señal, la llave de Blunt y las runas del tomo emitieron un pulso tenue. El tiempo de la reflexión se había acabado; tocaba actuar de nuevo. Lucrecia retrocedió y, con un gesto amplio del brazo, dibujó un óvalo en el aire. Hilillos de luz zafiro brotaron de sus dedos, entrelazándose hasta materializar un portal. En su interior se arremolinaba la bruma mágica y un vislumbre de cielo estrellado.

—Vuestra próxima prueba os espera al otro lado, —dijo, la voz con un leve eco mientras el portal se abría. —Lejos de aquí, al otro lado del mar, en un lugar de cronometraje antiguo. El Reloj Astronómico de Ulm, en Alemania, lleva en pie siglos, testimonio de la curiosidad y la fe humanas. Pero esta noche pondrá a prueba vuestra fortaleza de nuevas maneras. Fortaleza no de rapidez o fuerza, sino de constancia. Lo que habéis enfrentado aquí, en la sala de la historia, fue sólo una faceta del miedo. En Ulm, las ilusiones atacarán las dudas personales y la resistencia del espíritu de toda una comunidad. Recordad: la resolución sostenida os hará avanzar.

Los seis se acercaron, mirando dentro del portal. Aún no veían Ulm, pero sintieron el susurro frío de la noche europea y el tañido lejano de una campana. Uno a uno, con Blunt en cabeza y Lucrecia tras ellos, cruzaron el umbral mágico, dejando atrás el museo silencioso y el Gran Reloj Histórico. La luz del portal los envolvió y, en un parpadeo, Washington D. C. quedó atrás.

Llegada al Ayuntamiento de Ulm

Los jóvenes magos emergieron al otro lado del portal en un aire nocturno nítido y se encontraron de pie en una amplia plaza adoquinada. Sobre sus cabezas, el cielo era un tapiz de estrellas y la luna colgaba baja, bañando la ciudad con luz plateada. Estaban en Ulm, Alemania—una ciudad antigua en el cruce de la historia y el mito. Alrededor de la plaza se alzaban pintorescas casas entramadas y tiendas con postigos cerrados por la noche. Pero lo más sobrecogedor estaba justo enfrente: el Rathaus de Ulm, el célebre Ayuntamiento, adornado con suntuosos murales y coronado por un reloj astronómico que dominaba en silencio la fachada.

Greenie aspiró un suave aliento mientras giraba lentamente sobre sí misma, empapándose de aquel entorno. El Rathaus parecía sacado de un libro de cuentos. A la luz de la luna alcanzaba a distinguir murales en azules, rojos y dorados intensos cubriendo los muros—escenas de virtudes y vicios, mandamientos y fábulas, todo interconectado. Muy arriba, en el centro de la ornamentada fachada oriental, relucía el reloj astronómico. Mostraba un gran astrolabio circular de algo más de siete metros de diámetro. En su corazón, un delicado entramado de símbolos celestes indicaba las posiciones del sol y la luna. Anillos concéntricos marcaban las horas en números rotundos y el zodiaco en una rueda de esculturas doradas. Incluso en la oscuridad, algunas figuras doradas atrapaban la luz lunar: Greenie distinguió un Leo brillante, una doncella Virgo, un arquero Sagitario con la flecha pronta, entre otras, formando la rueda del zodiaco alrededor de la esfera.

—Qué hermoso… —susurró Checkered, embelesada. Ajustó sus gafas para acercar el detalle del reloj. En el borde del dial estaban inscritos lemas latinos y minúsculos pictogramas de días y planetas. Un anillo horario de veinticuatro horas en el círculo más exterior destellaba levemente, y justo dentro de él, un aro dorado giratorio mostraba el zodiaco, primo del que acababan de ver en Washington. Pero éste era más antiguo, cargado de siglos de sentido. En lo alto del reloj, figurillas de caballeros medievales montaban guardia, y justo debajo, una pequeña ventana parecía ocultar autómatas o martilladores listos para sonar a la hora.

Breezie se ciñó la capa cuando una brisa fresca llegó del cercano río Danubio, cuyo olor alcanzaba a percibir, aunque no lo veía en la oscuridad.

—Este lugar… ha visto épocas de turbulencia y renacimiento —dijo en voz baja.

Los murales de la fachada mostraban escenas que parecían aleccionadoras: a un lado, personificaciones de las Siete Virtudes (reconoció los símbolos de la Fortaleza con una torre al hombro y de la

Justicia con una balanza), y enfrente, los Siete Vicios con rasgos grotescos. Cintas de inscripciones latinas serpenteaban por las pinturas, mezcla de advertencia y sabiduría. La mirada de Breezie fue a una pintura en particular—una representación de la Fortaleza como una mujer con armadura, sosteniendo con calma una torre sobre el hombro mientras a su alrededor demonios del miedo rompían sus garras contra sus pies. Le infundió confianza.

Avanzaron unos pasos por la plaza, sus botas marcando un leve tac-tac sobre la piedra antigua. Era tarde—algún momento, pasada la medianoche a juzgar por el aire—, así que la plaza estaba vacía, salvo por su grupo y por Lucrecia, que ahora se adelantaba con propósito. En la quietud, se oía el compás del mecanismo del reloj resonando en el silencio. El péndulo dentro oscilaba fiel, metrónomo del latido de la ciudad.

Lucrecia se detuvo al pie de las escalinatas del Ayuntamiento. —El Reloj Astronómico de Ulm —anunció suavemente—, instalado en el siglo XVI y aun guiando las miradas hacia los cielos. Alzó la vista hacia la esfera que se alzaba sobre ellos. La luz de la luna rozó figuras talladas alrededor del dial—quizá los cuatro evangelistas u otras figuras históricas locales—y proyectó una telaraña de sombras sobre la superficie del astrolabio.

—Durante generaciones, este reloj ha resistido tormentas e incluso la guerra. En 1944, el interior de este mismo edificio quedó arrasado por el fuego —añadió con gravedad—, y aun así el reloj y los muros exteriores sobrevivieron. Ulm reconstruyó, restauró las pinturas, y el reloj sigue latiendo—testimonio de la resiliencia.

Al apagarse sus palabras, un rumor tenue perturbó el aire. Firee se tensó, medio esperando otro portal o alguna amenaza física, pero era sólo la maquinaria del reloj entrando en acción. Los magos advirtieron que estaba a punto de dar la hora. Un instante después, el reloj comenzó a tañer la medianoche. Una campana grave y sonora tocó doce veces, cada campanada rodando por la plaza desierta. Con cada golpe, los autómatas del reloj cobraron vida: pequeñas puertas sobre el dial se abrieron y figuras pintadas de reyes y profetas salieron en procesión con movimientos rígidos y antiguos. De día, habría sido un despliegue encantador de pompa medieval y fe para los curiosos. Pero en mitad de la noche, bajo estrellas inquietas, se sentía inquietantemente ominoso.

En la duodécima y última campanada, algo en el aire se quebró. Las figuras autómatas se detuvieron de golpe a mitad de su procesión, sus rostros de madera clavados en miradas extrañas. Las últimas vibraciones de la campana se disolvieron en un silencio antinatural. Greenie se llevó una mano al corazón.

—¿Lo notáis? —susurró.

En efecto, un cosquilleo les recorrió la espalda—la sensación de ser observados por ojos invisibles, como si las Virtudes y los Vicios pintados alrededor hubieran cobrado vida con intención hostil.

Checkered alzó su lente para escanear. Por un instante, la plaza parecía normal—sólo un espacio vacío a la luz de la luna. Luego, en el borde de su visión mágica, captó una distorsión: las siluetas de los murales del Rathaus titilaron. Las Virtudes—Prudencia, Justicia, Templanza, Fortaleza—centellearon, y sus ojos relucieron. Los Vicios—Envidia, Codicia, Soberbia, Miedo y los demás—parecieron retorcerse en sus formas pintadas, con muecas desdeñosas.

—Magia de ilusión… saturando la fachada —advirtió Checkered, con la voz tensa—. ¡Se está filtrando desde las pinturas!

No había terminado de hablar cuando la primera ilusión se desprendió del todo. Con un sonido de yeso resquebrajándose, el mural del Miedo se despegó de la pared. El vicio, representado como una criatura macilenta de ojos hundidos que se aferraba el pecho, descendió a la plaza en forma tridimensional, doblando la altura de un hombre. Su rostro de pintura se volvió una máscara viva de terror y malicia, y lanzó un grito silencioso que envió ondas por el aire. Detrás, otros vicios se arrancaron de la pared—la Desesperación, envuelta en un sudario gris, y la Duda, representada como un duende pálido de dos caras—saltaron abajo y comenzaron a rondar a los héroes con velocidad escalofriante.

Los seis retrocedieron de forma automática, formando un anillo protector con Lucrecia en el centro. Las palmas de Firee ardieron con llamas listas, y los dedos de Reddish temblaron, hilando pequeñas ascuas desde su cabello. Blunt alzó la llave de plata que aún llevaba; su brillo había regresado, lanzando un halo azul alrededor de ellos. La magia de la llave reconocía claramente el desafío: ilusiones nacidas de los enemigos interiores más antiguos de la humanidad, animadas por el dominio encantado del reloj.

La capa azul medianoche de Lucrecia aleteó mientras las ilusiones rondaban el perímetro de su círculo. Su rostro estaba sereno pero severo.

—Enfrentaos a vuestros miedos ocultos —entonó, eco del reto que ya les había lanzado—. La fortaleza florece sólo cuando se pone a prueba.

Dicho esto, retrocedió hacia los escalones del Ayuntamiento, apartándose deliberadamente de la pelea inmediata. Esta prueba debían superarla ellos.

Los espectros de los vicios no tardaron. La Desesperación atacó primero: se arrastró hacia delante, una masa arremolinada de negrura de carbón, y envolvió al grupo en una sombra gélida. En la mente de cada uno, la magia de la Desesperación buscó sus dudas personales y las amplificó.

Blunt dio un traspié cuando una visión lo atrapó—un destello súbito y atroz de su misión fracasando. Vio a sus amigos dispersos, al Arlequín Oscuro (su lejano némesis) victorioso, y Boston—su hogar querido— sumergido en un mar de desconsuelo. El corazón se le encogió con dolor, y por un instante un frío susurro le dijo que quizá todo su esfuerzo era inútil. Pero debajo de eso ardía algo: la llama constante de la resolución. Apretó la llave de plata hasta que sus aristas se le clavaron en la piel, usando ese leve dolor para anclarse.

—No —gruñó por lo bajo, con los dientes apretados. La visión pesadilla vaciló. Se centró en lo real, cinco amigos a su alrededor, firmes. Pensó en Filadelfia otra vez, donde terrores falsos se deshicieron cuando creyeron los unos en los otros.

—No estamos solos —se recordó Blunt, y la duda que le roía se encogió. La llave de plata palpitó, proyectando una onda de luz azul protectora que apartó de él los zarcillos sombríos de la Desesperación.

Checkered sintió también un frío súbito. En su ojo mental, la Duda y el Miedo confabularon para mostrarle un escenario terrible: vio a sus amigos darle la espalda, acusándola de fallar, con su lógica cuidadosa impotente para salvarlos. Un jadeo ahogado se le escapó—casi un sollozo. Pero no, aquello no era real. Se caló las gafas con gesto decidido; las lentes chispearon con una magia resuelta. A través de ellas, la verdadera naturaleza de las ilusiones quedó al desnudo: feas, huecas, sin fundamento.

—Mentiras —escupió Checkered, con una voz que cortó el grito mudo del espectro del miedo.

Con un barrido de la mano, desterró las imágenes falsas de sus amigos abandonándola. La verdad brilló a través de su lente—sus compañeros estaban allí mismo, enfrentando la pelea con ella.

—Estos delirios no tienen raíz en nuestro vínculo —declaró. Su lente resplandeció, emitiendo un haz de claridad que cruzó al espectro alto y macilento del Miedo.

La criatura retrocedió como si se hubiera quemado, los ojos huecos parpadeando, sorprendida ante su férrea resistencia.

El corazón empático de Greenie estaba sitiado también. La ilusión de Desesperación se le ciñó como una manta asfixiante, aislándole los sentidos. Se sintió por completo sola—cortada del hilo cálido de sus amigos que siempre palpaba al borde de su mente. Con horror, brotó una visión: un futuro donde cada compañero sucumbía a sus debilidades y la dejaba, uno tras otro, hasta quedar sola frente a la oscuridad. Una lágrima caliente le surcó la mejilla por la soledad abrumadora. *¿Ese es mi destino?,* susurró una voz pequeña. Pero otra voz, suave y firme, le respondió desde dentro: *No. Tiende la mano.* Greenie inspiró hondo y se afirmó. Cerró los ojos y buscó la vida a su alrededor—no la falsa aridez de la desesperación, sino los corazones verdaderos que conocía tan bien. Encontró uno: una chispita de preocupación de Breezie, justo a su lado. Luego otro: la rebeldía ígnea de Reddish, y el valor sereno de Blunt, el enfoque analítico de Checkered, la lealtad feroz de Firee. Uno por uno, Greenie se reconectó con el latido de cada amigo, como tejiendo hilos en un tapiz. Los lazos empáticos entre ellos resplandecieron en su mente, vivos e irrompibles. Con un grito mitad sollozo, mitad risa, Greenie abrió los brazos y empujó una ola de conexión contra la oscuridad. La sensación de aislamiento se hizo añicos; la Desesperación fantasma titubeó mientras la magia de Greenie imponía la verdad: estaban juntos, y ella los sentía, a cada uno.

Un remolino de humo negro se abalanzó hacia Reddish a continuación. Dentro de ese humo, vívido como un relámpago, la hicieron revivir su peor recuerdo: el momento en que sus llamas descontroladas, nacidas del miedo, casi hirieron a quienes amaba. La ilusión le susurró que era un peligro, que su temperamento era una bomba de relojería, que fallaría a sus amigos cuando más importara. Las manos de Reddish temblaron al recordar aquel instante—lo cerca que estuvo del desastre. Por un segundo, las palabras del fantasma escocieron como sal en una herida vieja. Pero Reddish recordó la fábula de Veyra en el saliente, y cómo la unidad daba coraje. Recordó las incontables veces desde entonces en que la comprensión de sus amigos y su propio crecimiento mantuvieron a raya ese miedo. Cuadró los hombros, plantó los pies firmes sobre los adoquines de Ulm.

—Acepto esa parte de mí —susurró al humo, con voz estable—. Pero soy más que mi ira. Ya no estoy sola con ella.

Como si respondieran, un aura verde suave—la empatía de Greenie—la envolvió, y una caricia de brisa—la certeza de Breezie— le rozó la mejilla. Reddish abrió la palma, y en ella floreció una llama controlada, brillante y confiada. Sus ojos de ascua centellearon. La criatura de humo negro chilló sin sonido, arremetiendo contra ella como una furia. Reddish tendió la mano hacia delante, y la llama de su palma se desplegó en un amplio arco de fuego purificador. No era un estallido salvaje, sino una quema deliberada de valentía. El arco cortó el humo, reduciendo a ceniza el espectro de su duda. Las pavesas volaron por la plaza y Reddish quedó incólume, el fuego crepitando en su cabello como una corona.

Cerca, Breezie libraba su propio duelo. El vicio de la Duda revoloteaba a su alrededor como un duende pálido, susurrándole un pensamiento frío que se le metía en la mente: *«Tu voz es demasiado suave para que nadie la oiga. Al final, te quedas gritando al vacío».* Breezie tropezó cuando la ilusión le conjuró un hueco aullante—un abismo ecoico donde sus llamadas de auxilio se perdían en la oscuridad, sin que nadie las oyera. Era un miedo primario a la insignificancia y al abandono que rara vez reconocía, y allí estaba. Pero incluso mientras el viento hueco del engaño le rugía en los oídos, la mente de Breezie se aferró a un verso del poema que acababan de oír: una llama, una chispa, puede encender a muchas. En aquel vacío, imaginó una sola vela encendiendo otra, y otra—igual que una respiración serena da vida al fuego. Comprendió con certeza tranquila que su naturaleza apacible no era debilidad; era la brisa que avivaba la llama común. Cerró los ojos, acompasó la respiración y convocó desde lo hondo una corriente de aire centrada.

—Estamos los unos con los otros —entonó, casi en plegaria.

El viento que lanzó no fue un vendaval violento, sino una ráfaga constante de reafirmación. Sopló por el vacío mental y, al hacerlo, sintió a sus amigos a su alrededor en la realidad, anclados por el hilo empático de Greenie. El terror del hueco se reveló como lo que era— una ilusión. Breezie abrió los ojos y, con un gesto firme de muñeca, envió su viento hacia fuera. El duende-Duda quedó atrapado en la corriente y se disipó como una nubecilla bajo el sol naciente.

La prueba de Firee llegó al final y de golpe, como un destello. El Miedo, aunque herido por el haz de Checkered antes, había dado un rodeo y atacó directo al corazón de Firee. Un coro de voces burlonas siseó en sus oídos, ilusiones extraídas de sus propias ansiedades: *«Te van a abandonar. Al final, te quedarás solo. ¿Para qué seguir luchando con ellos?»* La sangre de Firee chisporroteó—reconocía el veneno de esas palabras. Ya había visto ilusiones así abrir grietas entre buena gente en otras ciudades, volviendo la inseguridad profecía autocumplida. Cerró los puños, el fuego lamiéndole entre los dedos. Las voces se alzaron, escupiendo que la lealtad de sus amigos era sólo temporal. La ira ardió en sus venas—no contra sus compañeros, sino contra esos fantasmas cobardes por atreverse a insinuar tales mentiras. Y bajo la ira, una punzada de dolor. Tal vez, alguna vez, en sus momentos más oscuros, había temido que lo dejaran atrás. Pero no después de todo lo que habían vivido. Recordó noches en su viaje en las que hizo guardia hasta el alba, para encontrar a cada amigo aún a su lado cuando rompía la luz. Nunca lo habían abandonado, ni él a ellos. ¿Qué había que dudar ahora?

—¡Basta! —bramó Firee, y su voz rebotó en las paredes de piedra.

En ese instante, una corona de fuego estalló a su alrededor, brillante y furiosa. El fantasma del miedo, que se cernía sobre él, chilló y levantó brazos de sombra para protegerse del calor. Los ojos de Firee ardieron cuando lanzó un torrente enfocado de fuego directo a la aparición.

—¡Hemos caminado demasiado juntos para que el miedo nos meta una cuña ahora! —rugió.

La llama atravesó al fantasma, que explotó en una lluvia de fragmentos humeantes que Breezie enseguida barrió con su brisa remanente. Firee quedó jadeando, la luz del fuego apagándose a su alrededor, y sólo quedó el resplandor manso de los faroles de la plaza.

Con las ilusiones personales hechas trizas, los seis se reagruparon instintivamente, espalda con espalda en círculo, mirando hacia fuera. Los espectros de los Vicios habían sido rechazados, pero la prueba no había terminado. Sobre ellos, toda la fachada del Ayuntamiento tembló, como si el propio edificio resentido por su victoria. Los murales de Virtudes y Vicios alternaron destellos de luz y sombra. Luego, con un bramido sordo, grietas de luz surcaron el frente—no eran grietas físicas, sino desgarros en la ilusión. Toda la energía negativa se condensó en un único espectro inmenso que se escurrió fuera de la fachada y cayó a los adoquines con un golpe seco.

Tenía forma monstruosa: una torre de amalgamas de Miedo, Desesperación, Duda y cada otro desaliento, tejido en un coloso humanoide que tapaba las estrellas tras su espalda. Aquella ilusión final era el emblema de la derrota colectiva—la visión de toda una ciudad, de todo un pueblo, sucumbiendo a la desesperanza. Tenía ojos huecos como lunas negras y una boca que se abría en un aullido sin voz. Los seis sintieron olas de intimidación emanando de él, presionando los bordes de su mente con el peso de un fracaso absoluto.

Por un latido, ninguno se movió. Era la ilusión más formidable que habían enfrentado: la suma de todos los miedos. Las inscripciones rúnicas doradas en los muros del Ayuntamiento y en el reloj parpadearon con nerviosismo, como si dudasen de que los jóvenes pudieran plantarse ante tamaño horror. El gigantesco fantasma alzó un brazo y el aire se espesó, la gravedad duplicándose como para forzarlos de rodillas.

Pero la fortaleza había ido creciendo en cada uno toda la noche, y ahora fulguró. Blunt, Reddish, Greenie, Firee, Checkered y Breezie intercambiaron una sola mirada silenciosa. En ella iba un voto: Lo haremos juntos. A la vez, dieron un paso al frente, formando una línea de resolución frente a la mole ilusoria.

Cada mago convocó su magia, no por separado, sino en concierto. Reddish plantó los pies y dejó que las ascuas de su núcleo surgieran, se convirtió en faro de fuego carmesí. Firee la reflejó en el extremo opuesto, con llamas lamiéndole los brazos. Juntas, sus llamas se enroscaron y ascendieron, arrojando una luz cálida que iluminó la plaza. Greenie se colocó al lado de Reddish, su empatía fluyendo a la llama y dándole propósito y corazón, finos zarcillos de energía verde se entretejieron en el fuego, símbolo de vida y esperanza. Checkered se situó junto a Firee; alzó ambas manos y proyectó desde su lente un haz de claridad blanca, la luz de la verdad enfocando las llamas en una fuerza coherente. Breezie se puso detrás de ellos y alzó los brazos, vertiendo un viento constante y conductor al conjunto, moldeando la luz ígnea en una cuña. En el centro, Blunt sostuvo la llave de plata en alto con ambas manos. La llave brilló con radiancia azul, activando la salvaguarda y uniendo todas sus contribuciones en un hechizo magnífico.

El coloso fantasma abatió su brazo con intención de aplastarlos de un golpe. Pero justo en ese momento, los seis liberaron su magia combinada. Una oleada deslumbrante de luz—pluricolor, rugiente en silencio—salió disparada desde los magos unidos y se encontró con el brazo descendente. Brotaron chispas en el punto de contacto. El brazo del gigante, hecho de sombra y miedo, comenzó a evaporarse bajo el embate de aquella luz de fortaleza.

Envalentonados, los amigos avanzaron juntos, paso por paso, cada uno acompasado con el otro. Sus capas ondearon, cada una con su tono distintivo: rojo, azul, verde, oro, damero y plata lunar. El haz fusionado de fuego, viento, empatía, claridad y coraje atravesó el centro del fantasma. Grietas de pura radiación se abrieron por su pecho y extremidades, como una telaraña. El gigante tambaleó, retrocediendo sin un sonido. A través de las grietas de su forma, ya se intuía el contorno del Ayuntamiento de Ulm detrás, como si la criatura no fuera más que una cáscara hueca.

Paso a paso, unidos, los magos apretaron el avance, empujando más su magia. El gran espectro de la derrota intentó rehacerse—alzó ambos brazos sombríos y reunió una última ola de pavor que rodó hacia ellos como un tsunami negro. Por un aliento, su avance se detuvo cuando la presión de esa desesperación les golpeó. A Greenie le flaquearon las rodillas, y la llama de Firee vaciló. Pero Blunt apretó los dientes, y desde el frente mismo de su línea, Reddish lanzó un grito de determinación, reavivando su fuego aún más caliente. Breezie incrementó la fuerza del viento a su llamada, azotando la ola de pavor con aire fresco. Los demás siguieron: el fuego de Firee volvió a rugir, Greenie vertió más energía amorosa en el haz, la lente de Checkered ardió como una estrella.

Con un último esfuerzo concertado, rompieron la ola. Su magia radiante sobrepasó el pavor y chocó contra el núcleo del fantasma. La colosal ilusión lanzó un grito final sin sonido, la boca abierta en agonía, mientras la luz la inundaba del todo. Luego la figura se hizo añicos en mil fragmentos de sombra que se evaporaron en una bruma tenue. En un latido, la mole desapareció, deshecha en la noche.

El silencio volvió a posarse sobre la plaza. Los murales de la fachada del Ayuntamiento dejaron de titilar y recuperaron su quietud pintada— Virtudes y Vicios ya sólo arte, nada más. El reloj astronómico reanudó su tictac amable; la crisis había pasado. Los faroles alrededor de la plaza, que se habían atenuado durante la contienda, volvieron a brillar firmes, su luz cálida revelando a seis jóvenes héroes, jadeantes pero ilesos, en el centro del lugar.

Lo habían logrado. Juntos, encararon los peores miedos y salieron no sólo indemnes, sino más fuertes.

Lucrecia avanzó desde la sombra de los escalones, con los ojos brillándole de orgullo y alivio. No dijo nada de inmediato—no hacían falta palabras. Una sonrisa levísima le jugó en los labios mientras contemplaba al grupo exhausto pero exultante. Los hechos habían hablado con más fuerza que cualquier voz: la fortaleza, en su forma más pura, había triunfado esa noche.

Arriba, el astrolabio del reloj de Ulm tintineó el cuarto de hora, como si aplaudiera a su modo. Los patrones rúnicos ocultos en la decoración de la fachada resplandecieron un instante y se aquietaron, como si el edificio antiguo reconociera que la prueba se había superado.

El triunfo de la fortaleza y un nuevo camino

Una brisa suave susurró por la Rathausplatz de Ulm, despejando los últimos jirones de niebla ilusoria del aire. Los seis amigos se reunieron junto a Lucrecia al pie de las escalinatas. Por un momento nadie habló, cada cual rumiando la batalla y sus lecciones. La plaza a su alrededor se sentía impregnada de calma. Le recordó a Blunt cómo se había sentido Beacon Hill después de disipar allí el miedo—como si las propias piedras suspiraran de alivio. Aquí también, las almas viejas de Ulm parecían exhalar, un aliento colectivo de gratitud porque el valor había vencido al miedo.

Por fin, Lucrecia rompió el silencio.

—Vuestra fortaleza os ha traído muy lejos —dijo quedo. Su voz era a la vez suave y fuerte, como un trueno lejano en un cielo despejado.

—Esta noche habéis defendido no uno, sino dos grandes relojes, abarcando continentes y siglos de sentido. Donde el miedo intentó afianzarse en el pasado esperanzado de América y en la herencia tenaz de Europa, volvisteis a encender la esperanza y os mantuvisteis firmes.

Su papel en esta prueba había terminado. La capa azul medianoche de Lucrecia se posó a su alrededor cuando hurgó en sus pliegues y sacó algo que relució bajo el farol. Extendió la mano hacia Blunt y abrió la palma. En ella había un colgante rúnico labrado en una cadena de plata. El colgante era redondo, forjado en estaño envejecido o hierro, y grabado con un diseño circular que recordaba a una esfera de reloj. En su centro, brillaba nítida la inscripción: «Reflectio Est Virtus» — La reflexión es virtud, grabada en letra fluida alrededor de una pequeña gema como de espejo. El símbolo era inequívoco: su siguiente principio guía.

Con ambas manos, Lucrecia ofreció el colgante a Blunt. —Llévalo como prueba de vuestra posición ante el miedo —dijo.

En su tono había respeto; era una insignia de honor y una herramienta para las pruebas venideras. Blunt inclinó levemente la cabeza y lo aceptó con reverencia. Al tocarle la piel el metal frío, sintió que de la inscripción emanaba un calor tenue, parecido al zumbido reconfortante de la llave de plata. Era como si el colgante reconociera la fortaleza que habían demostrado y respondiera con su propia fuerza callada.

Blunt abrochó la cadena del colgante alrededor del cuello. El disco metálico se asentó en su pecho, aún tibio. Puso la mano encima y percibió el pulso suave de la magia dentro. Resonaba en armonía con la llave que aún sostenía en la otra mano. Llave y colgante, fortaleza y reflexión—dos lecciones conquistadas, dos artefactos para alumbrar el camino.

—Gracias —dijo Blunt a Lucrecia, con la voz gruesa de gratitud. Sabía que ese emblema no se concedía a la ligera; se lo habían ganado con cada acto de coraje y unidad de aquella noche.

Lucrecia se permitió una sonrisa mínima, de satisfacción serena.

—La fortaleza venció a las ilusiones aquí, como en Beacon Hill — afirmó. Sus ojos recorrieron a cada miembro del grupo, y vieron un hilo de emoción, orgullo, sí, pero también algo parecido a una despedida.

—Habéis probado la fuerza de vuestra resolución. Pero os aguardan nuevos desafíos —inclinó la cabeza hacia el colgante que reposaba sobre el corazón de Blunt—. Una vez que el miedo ya no enturbia la visión, la reflexión puede conduciros a verdades ocultas. La siguiente virtud que debéis dominar la sugiere esa inscripción.

Checkered dio un paso, la curiosidad templada por el respeto. Se inclinó para inspeccionar las marcas del colgante rúnico. A la luz de la luna y del farol, vio un grabado en el borde: un sutil patrón de estrellas y relojes de arena entrelazados. En el centro, la pequeña gema circular relucía como un ojo.

—Este diseño… hace eco del motivo estelar que vimos antes —señaló, recordando cómo en Washington el zodiaco, y aquí en Ulm los patrones de estrellas habían jugado su papel. En efecto, el colgante llevaba una discreta estrella grabada en su parte superior, muy parecida a las runas-estrellas que los guiaron colina arriba en Beacon Hill o a las talladas en las farolas de Ulm.

—Tal vez conecta con un cripto Orloj antiguo del que se rumorea que pone a prueba la reflexión —murmuró.

Había leído susurros de tales cosas en tomos arcanos, lugares secretos donde el tiempo y la introspección se cruzan.

A esto, Lucrecia asintió una vez.

—En un lugar donde la piedra vieja se encuentra con el silencio del tiempo, hallaréis un reloj cuyo secreto sólo desvelan quienes miran hacia dentro —dijo enigmática.

Sus palabras dibujaron en la mente de cada mago una imagen: una cripta silenciosa, motas de polvo danzando en el aire inmóvil y un reloj antiguo oculto bajo siglos de historia.

—Dejad que os guíe este colgante. Sabrá cuándo estáis cerca, y su virtud os protegerá en la prueba que llega.

Reddish le dio vueltas a la frase latina del colgante: Reflectio est virtus. Pensó en la fábula de Veyra, en los aldeanos que tuvieron que enfrentar su miedo infundado. La reflexión era un valor hacia dentro, quizá más duro que la bravura hacia fuera.

—Cuando el miedo se despeja, queda la claridad —dijo, casi para sí, aunque lo bastante alto para que todos la oyeran. Sus ojos ámbar brillaron suave, no ya con fuego, sino con luz pensativa. —Puede que la siguiente senda trate de esa claridad… de encarar verdades que hemos evitado. Recordó cómo admitió su temor a su propio temperamento a sus amigos, en aquel banco de Boston. Fue la reflexión la que la condujo a esa fuerza. Un nuevo camino, sí—uno que quizá exigiría honestidad aún más profunda.

Greenie rozó con delicadeza una hiedra que trepaba la piedra del Ayuntamiento. Las hojas estaban frías y húmedas de rocío. Sintió el pulso constante de la tierra bajo la plaza, antiguo y paciente.

—Entonces seguimos, unidos —remató Greenie, dando forma al pensamiento de Reddish con serenidad segura.

Miró a sus compañeros, su familia en todo menos en sangre. Habían capeado mucho, pero probablemente las mayores pruebas serían las de dentro de ellos. Aun así, no sentía aprensión después de esa noche. Fuera lo que fuese, compartirían la carga y así la aligerarían.

Lucrecia dio un paso atrás, su silueta fundiéndose de nuevo con las sombras al pie del Rathaus. Su papel como guía de la prueba de la fortaleza había concluido, y los siguientes pasos los daría otra mano.

—Habéis obrado bien, amigos míos —dijo suavemente—. Boston duerme más tranquila gracias a vosotros, y la noche de Ulm está en calma otra vez. En efecto, al decirlo, notaron un par de ventanas medio entornadas en las casas cercanas, vecinos curiosos quizá despertados por las campanas y que intuían que el extraño tumulto había remitido.

Una torre distante (tal vez la catedral de Ulm) tocó y marcó un cuarto pasado la medianoche, con normalidad perfecta. El mundo, al parecer, retomaba su curso.

Con una sonrisa de despedida tocada de orgullo y un hilo de pena, la figura de Lucrecia vaciló. Una niebla fina cruzó la plaza (Breezie no supo si era magia de Lucrecia o simple bruma del río) y, en ese instante, desapareció. Los seis jóvenes magos quedaron en el resplandor manso de los faroles de Ulm, victoriosos y solos juntos.

Durante un rato, ninguno se movió ni habló. Sólo absorbieron el momento. Las agujas de bronce del reloj de Ulm arriba marcaron suavemente, el único sonido junto a su respiración. El Ayuntamiento, hacía nada campo de batalla de ilusiones, volvía a ser un edificio antiguo exquisito bajo la mirada de la noche, su fachada pintada benigna. El astrolabio reflejaba la luna, como si les guiñara un ojo.

Blunt rompió por fin el silencio. Levantó el colgante y lo inclinó para que cogiera la luz.

—Reflectio Est Virtus —leyó en voz alta, traduciendo en silencio y asintiendo. En su bolsillo, la llave de plata dio un pulso leve, como en respuesta—como diciendo: sí, la fortaleza conduce a la reflexión.

Blunt recorrió con la vista la plaza vacía.

—Aquí ya no hay ilusiones —dijo con una sonrisa pequeña—. Ni en Washington D. C., ni en Ulm. Esta noche las hemos disipado todas. No había jactancia en su tono, sólo satisfacción.

Firee rodó los hombros, soltando la última tensión. Su capa, que chisporroteaba con llamas residuales, se calmó por fin hasta su carmesí normal.

—La prueba de Lucrecia aquí ha concluido —confirmó.

Su voz era modesta, pero con un punto de orgullo. Miró los murales, ahora quietos. La figura pintada de la Fortaleza en armadura casi parecía asentirle con aprobación. Firee sonrió de lado y añadió:

—A los vicios no les duró mucho el envite, ¿eh?

Checkered soltó una risita leve, empujando sus gafas hacia la frente.

—Desde luego lo intentaron —dijo. Su mente analítica repasó la secuencia de la batalla y se sorprendió de lo fluido que habían trabajado en concierto. *Somos de veras un equipo ya,* pensó. —El agarre inmediato del miedo en estos lugares se ha roto. —Se tocó la sien, donde el recuerdo de las ilusiones quedaba sólo como advertencia—. Y hemos aprendido mucho de nosotros mismos en el proceso.

Breezie inhaló hondo, saboreando el aire fresco. Traía el leve olor del Danubio y el verde de parques lejanos. En algún lugar, un ave nocturna lanzó una nota sola. Todas señales de una noche en paz recobrada. Se volvió hacia Blunt y los demás, con una sonrisa jovial.

—Entonces… ¿a dónde ahora? —preguntó, dejando que se le colara algo de emoción.

Tenían la llave, tenían el colgante. Llamaba el próximo destino, y él, por su parte, estaba deseando mantener el impulso.

Blunt alzó la llave de plata y el colgante nuevo a la vez, uno en cada mano. Al acercarlos, ocurrió algo fascinante: ambos brillaron al unísono, proyectando un rayo fino de luz entre sí. Donde se encontraban, una leve espiral comenzó a formarse—un amago de otro portal, aunque aún no del todo. Se arremolinó con imágenes de escalones de piedra y libros antiguos, y luego se desvaneció. Los artefactos daban una pista, no abrían el paso todavía.

Blunt sonrió y bajó las manos.

—Lucrecia nos dio una pista, en Boston —dijo.

Recordaba con claridad sus palabras de despedida en Beacon Hill: *Donde la sabiduría pesa en salones históricos, buscad el reloj.* Lo compartió con el grupo, pensativo.

—Un lugar de sabiduría, salones con historia… y un Orloj oculto. —Se giró lentamente hacia el oeste, donde, al otro lado del océano, Boston aguardaba su regreso—. Sospecho que nuestro viaje cierra el círculo —continuó—. De vuelta a Boston—bajo la Old North Church, quizá, u otro sanctasanctórum donde el tiempo y el saber se entrelacen. Un cripto Orloj.

La llave de plata en su mano tiró imperceptiblemente, confirmando su intuición.

Alzaron la vista una última vez hacia el gran reloj de Ulm. Era casi hora de marcharse. El portal pronto estaría listo, probablemente llevándolos a casa para preparar la siguiente prueba. Pero ninguno sentía prisa; se habían ganado esa vuelta de la victoria en la plaza a la luz de la luna de Ulm.

Juntos, se encaminaron hacia el borde de la plaza, dejando atrás el Rathaus. El resplandor suave del colgante bastaba para iluminarles el paso. A medida que se alejaban, algunas estrellas locales parecieron parpadear con más brillo, como en un guiño de despedida. Quizá era un truco de la noche, o quizá la ciudad mostraba su gratitud.

Abandonaron la plaza bajo un arco de piedra. Al otro lado, se abría la boca de una calleja que conducía hacia donde intuían que un portal podría abrirse sin peligro. Las calles de Ulm estaban en absoluto silencio. Al andar, oían el rumor suave del río en el muelle y el propio compás de sus pasos. La adrenalina de la batalla remitía, dejando una fatiga agradable y una comprensión más honda de sí mismos.

Se detuvieron sobre un pequeño puente de piedra que miraba el hilo oscuro del Danubio. El agua devolvía la luna en columnas largas y trémulas. Allí, al aire libre, Blunt sintió que ése era tan buen lugar como cualquier otro para abrir su portal de regreso.

Él se volvió hacia sus amigos.

—Fortaleza, justicia, compasión, curiosidad… todas las virtudes que hemos encontrado, cada prueba nos ha dado algo —observó, alzando la llave y el colgante—. Una llave, una moneda, un engranaje, y ahora un colgante. Piezas de un rompecabezas mayor.

Sabían todos que se acercaban a algo grande, algo en el corazón de todos aquellos Orloj y las ilusiones.

—Tengo el presentimiento —dijo Reddish, mirando su reflejo ondular en el río—, de que el próximo reto no será tan… externo. Puede que tengamos que mirarnos como no lo hemos hecho aún. No había miedo ya en su voz, sólo resolución.

Breezie dejó que la brisa juguetona los arremolinara, haciendo flamear sus capas.

—Si la reflexión exige honestidad —siguió el hilo—, tendremos que estar listos para enfrentar verdades a las que solemos dar la espalda. —Tomó aire fresco—. Pero después de esta noche, diría que ya hemos empezado bien. Cada uno ha admitido algo doloroso y lo ha superado.

Le dirigió a Reddish un gesto de ánimo, y ella se lo devolvió agradecida.

Firee dio una palmada en la espalda a Blunt.

—Y sea lo que sea lo que encontremos en nosotros —dijo, con media sonrisa—, lo manejaremos como siempre. Con confianza… y un poco de estilo.

Tenía un brillo en los ojos; no de ira ya, sino de ganas. Firee había aprendido a confiar en el grupo a fondo, y eso le libraba de muchos miedos antiguos.

Blunt los miró uno a uno, con el orgullo hinchándole el pecho. Desde el encuentro aprensivo en el museo de D. C. hasta la batalla feroz en Ulm, se habían probado una vez más. Y, más importante, habían crecido.

—Nos espera la reflexión, entonces —dijo en voz baja.

Alzó juntos la llave de plata y el colgante. Los artefactos respondieron, brillando ahora al unísono con fuerza. La luz arremolinada del portal floreció ante ellos, iluminando el puente y sus rostros resueltos. Tras la bruma del umbral, vislumbraron la silueta familiar del skyline de Boston bajo un cielo al filo del amanecer—su siguiente destino y su base.

Uno por uno, los seis magos cruzaron el portal, dejando atrás la belleza callada de Ulm. Al desvanecerse el último de ellos en el éter, el horizonte oriental sobre Ulm acusó los primeros toques del alba, y el reloj astronómico sonó quedo, como en una felicitación suave.

Emergieron al otro lado en un rincón apartado de Boston, el mundo que mejor conocían, llevando consigo la sabiduría ganada a pulso del fuego de la fortaleza. El portal no sólo había plegado la distancia, sino también la hora; Boston los recibió de nuevo al filo del amanecer. La noche en Boston empezaba a declinar, y las farolas seguían encendidas, proyectando sombras alargadas sobre los adoquines de casa.

Llegaron a un parquecito cerca de la cima de la colina —un pequeño refugio de verde tras una verja de hierro forjado. Bajo viejos robles, unos cuantos bancos de hierro invitaban a descansar. Los seis compañeros se dejaron caer en los asientos, agradecidos por un respiro breve. Los faroles de gas junto a la verja arrojaban sombras cambiantes sobre el suelo, centelleando con suavidad en la brisa nocturna.

Blunt puso el nuevo colgante en la palma y dejó que una farola cercana jugara con la inscripción: «Reflectio Est Virtus». Recordó la prueba de la justicia en Filadelfia, cómo allí se habían disipado las ilusiones con una verdad inquebrantable.

—Fortaleza, justicia, reflexión, cada prueba nos ha dado una pieza de un rompecabezas mayor —observó en voz baja.

Checkered cruzó los brazos, su lente reposando en el regazo.

—Hemos aprendido que las ilusiones prosperan en la duda —dijo, — La reflexión nos exigirá enfrentar no sólo trucos externos, sino las inseguridades que llevamos dentro.

Greenie asintió desde el banco contiguo.

—Al plantarnos esta noche ante aquella farola, sentí un destello de lo que los primeros rebeldes de Boston debieron de sentir ante sus opresores —dijo—. Tuvieron que reflexionar si su causa era justa y, al hacerlo, hallaron el valor para perseverar.

Junto a Greenie, Reddish pasó un dedo por el borde bordado de su capa, con los ojos bajos mientras ascuas suaves danzaban en ellos.

—Antes temía mi propio temperamento —admitió en voz muy baja—. Me asustaba que me consumiera o que os ahuyentara. —Alzó la mirada con una sonrisa pequeña hacia sus amigos—. Pero, gracias a nuestra unidad, aprendí que aceptar nuestros fallos puede convertirse en fuerza, no en debilidad.

Breezie dejó que una brisa mansa meciera las ramas de los robles. Las hojas susurraron entre sí, sonido apacible.

—Hemos llegado lejos —dijo en voz suave—. Pero quizá aún nos aguarde una prueba mayor. Si la reflexión exige honestidad, hay que estar listos para encarar verdades que hemos evitado hasta ahora.

Firee exhaló, y de sus labios escapó una chispa en el aire frío.

—Vencimos las ilusiones aquí confiando los unos en los otros —dijo, con voz firme—. Esa misma confianza será nuestra mejor arma para lo que venga.

Se quedaron un momento más en un silencio pensativo, cada cual dándole vueltas a recuerdos de ilusiones vencidas en lugares como Gdańsk y Lund—conscientes de que las más duras de disipar quizá fueran las que acechaban dentro de ellos mismos. Cuando por fin se incorporaron, el camino por delante pareció un poco más nítido: hallar el reloj oculto, atender al llamado de la reflexión y apoyarse en el vínculo irrompible que habían forjado.

Dejando atrás el parquecito, se abrieron paso por el laberinto de aceras de ladrillo y elegantes escalinatas de Beacon Hill. La llave de plata en el bolsillo de Blunt seguía emitiendo un suave resplandor guía, tirando de ellos poco a poco cuesta abajo. A ratos se detenían junto a las viejas farolas de cada esquina—más de una vez Checkered señaló grabados rúnicos tenues que serpenteaban alrededor del poste. Cada uno llevaba palabras de perseverancia o acertijos sobre el fluir del tiempo.

En una de esas farolas, Checkered se paró en seco. Alzó su lente hacia un grabado de estrella estilizada y rosa de los vientos cerca de la coronación.

—Es el mismo motivo —comentó—, como una estrella guía que señala algo central.

Greenie rozó con las yemas un surco desgastado del tallado.

—Se parece a aquellos diseños antiguos que encontramos en los archivos ocultos —convino—. Símbolos que vinculan los ciclos celestes con la resiliencia mortal. Un rastro de estrellas, quizá, que conduce a algún lugar importante.

Mientras seguían, una pareja de vecinos pasó paseando al perro, saludando con un leve gesto. Los magos devolvieron el saludo con sonrisas cálidas pero discretas, notando lo tranquilos que iban esos paseantes nocturnos frente a los rostros asustados de antes. Tal vez el miasma del miedo se había disipado de veras de Beacon Hill.

Firee se agachó junto a la siguiente farola y descubrió una plaquita de bronce encastrada en la base. Las letras, gastadas por el tiempo, mencionaban —leyó de cerca— una «cámara subterránea» que en su día utilizaron los revolucionarios para reuniones secretas.

—Puede que esto forme parte de la ruta hacia esa cripto que buscamos —aventuró, siguiendo las letras con un dedo cuidadoso.

Breezie alzó la vista hacia el destello del río Charles entre tejados y, más allá, hacia las luces titilantes del horizonte.

—Boston está hecha de capas de rincones y secretos —murmuró—. Podríamos encontrar una entrada a esa cripta cerca del corazón histórico de la ciudad.

Blunt notó un latido suave del colgante contra el pecho, como si resonara con la estrella grabada de la farola.

—Nos está atrayendo hacia el corazón histórico de la ciudad —confirmó—. Un reloj tipo Orloj oculto en un lugar más antiguo de lo que pensamos.

Convencidos de ir por buen camino, siguieron por las callejas enrevesadas. Cada paso los acercaba un poco más a comprender cómo la siguiente virtud —la reflexión— moldearía la prueba por venir. A sus espaldas, la estrella grabada en la farola se atenuó y sus runas se borraron, como satisfecha de que su guía hubiera sido atendida.

Al recobrar el aliento y orientarse de nuevo, los seis amigos formaron instintivamente un pequeño círculo. Sobre ellos, las últimas estrellas de la noche titilaban como en aliento. Blunt alzó el colgante rúnico y la llave de plata a la vez; ambos artefactos refulgieron al unísono, dos luces guía hermanadas. Miró en torno a sus compañeros—cansados, quizá, y un poco deslucidos por el viaje, pero con la mirada encendida de convicción.

—Nuestro siguiente paso —empezó Blunt— se halla donde la sabiduría pesa en salones históricos. Buscaremos ese cripto Orloj. —Sonrió con complicidad a Breezie y Checkered, que asintieron al recordar las pistas de Lucrecia—. Allí, la reflexión nos pondrá a prueba de un modo que ninguna ilusión podría: volviendo la mirada hacia dentro. Pero por muy punzantes que sean las verdades que descubramos… —colocó la mano en el centro del corro, y, uno a uno, sus amigos hicieron lo mismo, apilándolas en un gesto de camaradería irrompible—, las afrontaremos juntos. Como siempre.

Por el oriente, más allá de la ciudad que despertaba, el cielo empezó a clarear: promesa de amanecer. Los salones históricos y criptas ocultas de Boston aguardaban las pruebas de la reflexión. Pero en ese momento, en el umbral de un nuevo día y de un nuevo capítulo, los seis jóvenes magos se mantuvieron unidos, con el corazón afianzado por las llamas de la fortaleza. El miedo quedaba atrás; la reflexión, por delante—otra aventura, otra ocasión de iluminar la oscuridad con la luz perdurable de su amistad y su coraje. Y mientras se echaban a andar por la calle silenciosa, con la risa baja y la resolución templada, quedó claro que ninguna ilusión, por muy astuta que fuera, volvería a apagar aquella luz.

Capítulo 15

Los Relojes de Willard y Zimmer

– El ajuste de cuentas de la reflexión

Bajo Old North: el Orloj despierta

La luz suave del amanecer se filtró en la cripta de la Old North Church, iluminando piedras desgastadas grabadas con runas coloniales. Un remolino de luz bronce y zafiro anunció la llegada de Blunt, Reddish, Firee, Checkered, Breezie y Greenie. Sus capas Arlequín —remolinos de esmeralda, llamas carmesí, olas de zafiro— captaron el resplandor de las velas dispersas.

Blunt alzó un colgante rúnico con la inscripción «Reflectio Est Virtus». El calor residual de su última prueba los había guiado en silencio hasta este santuario oculto. Recordó cómo, hacía nada, se habían mantenido firmes ante ilusiones que amenazaban Beacon Hill. Ahora, en este refugio subterráneo, el silencio parecía casi sagrado.

A lo largo de una pared de la cripta, un fino cable arqueaba por encima de sus cabezas, chisporroteando con chispas estáticas. Un detalle curioso —algo mecánico o incluso telegráfico. Tal vez un conducto conservado de algún experimento de telégrafo de un encargado del XIX, extraño en una cripta colonial. Breezie fue el primero en verlo.

—Nunca había visto una instalación así en un sitio tan antiguo —murmuró, mientras el zumbido tenue del cable añadía al aura misteriosa de la cripta.

Reddish barrió la estancia con la mirada.

—No hay ilusiones arremolinándose esta vez —observó, con brasas en los ojos que titilaron al recordar cómo aquellas ilusiones solían acosarlos—. Esto se siente más como un lugar para parar y pensar.

Greenie apoyó la palma en las runas talladas del muro. Sintió ecos de la herencia de Boston —almas valientes que afrontaron el peligro con contemplación en lugar de pánico.

—Está pensado para la reflexión —susurró.

Detrás de ellos, Checkered examinó un arco labrado que llevaba las mismas palabras del colgante de Blunt.

—Todo aquí apunta a ver nuestras verdades con claridad —comentó.

Su lente brilló con su curiosidad habitual, como si esperara medio ver brotar alguna ilusión escondida… pero no apareció ninguna.

De pronto, la cúpula de la cripta centelleó. Una silueta de cabello plateado, delineada en engranajes fantasmales, se condensó sobre sus cabezas. El Orloj de Boston —encarnación de conocimiento histórico y magia mecánica— tomó forma y habló con un tono amable que reverberó en la piedra.

—Bienvenidos, Arlequines —saludó el Orloj—. La fortaleza abrió una puerta; ahora la reflexión se alza en el umbral de otra. Preparaos: llegan pruebas nuevas— menos de disipar ilusiones, más de comprender mecanismos ocultos.

El zumbido en la capa de Blunt se intensificó, recordándole la sinergia forjada a pulso en incontables desafíos. Asintió y sostuvo la mirada del Orloj. Fuera lo que fuese lo que aguardaba, lo afrontarían juntos en la quietud del alba.

Regla de dos: las pares de relojes

La presencia del Orloj flotó en el aire —el pelo de plata refulgente, los ojos de engranaje girando como ruedas que encajan. La luz de las velas bailó en las paredes de la cripta, y hasta el cable telegráfico chisporroteó suave, como si repitiera las palabras del Orloj.

—Arlequines —comenzó con calidez—, conocéis ya ilusiones que se alimentan del miedo y del sesgo, y las quebrasteis manteniéndoos unidos. Ahora, la reflexión os guía hacia adelante. Los próximos retos giran en torno a parejas de relojes: rompecabezas más intrincados que cualquier engaño fugaz.

Blunt inclinó la cabeza con respeto tranquilo. Recordaba ilusiones recientes en Filadelfia y Boston que casi deshilvanaron la paz de cada ciudad.

—Hemos demostrado que podemos mantenernos firmes bajo amenaza —dijo—. Pero si las ilusiones desaparecen, ¿qué se nos opone ahora?

—Nuevas pruebas exigen una visión más profunda —respondió el Orloj—. Acertijos mecánicos, códigos históricos… cada reloj guarda secretos que sólo la colaboración desvelará.

Las brasas de Reddish chispearon con suavidad, lejos del ardor de una batalla.

—¿Los afrontaremos de dos en dos, entonces? —preguntó.

—Sí —afirmó el Orloj con un brillo cómplice en sus ojos de engranaje.

Alzó una mano traslúcida, y la cripta contuvo la respiración. Dos esferas fantasmales aparecieron en el aire: una brillaba con fuerza, su gemela apenas visible en sombra. Un hilo pálido de luz saltó del Orloj al cable superior, que empezó a crepitar en un patrón medido de chispas cortas y largas —como un Morse silencioso. A cada pulso, la esfera tenue se iluminaba un instante para reflejar a su gemela luminosa y luego se apagaba. Los seis se miraron, asombrados, mientras el significado cuajaba: sólo enlazando cada pareja de relojes haciendo que latieran al unísono revelarían sus secretos.

Cuando las esferas fantasma se apagaron y el cable quedó en silencio, Checkered ajustó su lente con gesto pensativo, rastreando el aire por si quedaban destellos alrededor del Orloj.

—¿Alguna pista de por dónde empezar? —se aventuró.

—Buscad una pieza de Simon Willard —respondió el Orloj—. Allí hallaréis el primer enigma. Cuando lo resolváis, mirad a su compañero al otro lado del mar, en una torre de muchas esferas. Completad ambos para avanzar.

Firee entrecerró los ojos, alerta.

—¿Y si las ilusiones vuelven mientras estamos en ello? —preguntó con cautela.

Una risita suave titiló en las sombras —quizá un eco arlequín de antaño.

—Las ilusiones pueden aparecer cuando menos se espera —admitió el Orloj—. Pero estas tareas os pondrán a prueba sobre todo mediante mecánicas astutas. Manteneos atentos.

Greenie sintió una calma constante irradiar de la presencia del Orloj, una certeza de que la reflexión, por sí misma, los protegería.

—No daremos por sentada esta paz —prometió en voz baja.

El Orloj asintió.

—Id. Cada acertijo resuelto os mostrará el siguiente. Confiad en vuestra sinergia, y dejad que la reflexión guíe cada paso.

Con eso, el resplandor dorado de la cripta empezó a atenuarse. La silueta del Orloj se disolvió en motas de luz arremolinadas, dejando un recogimiento reverente que invitaba a la introspección —y un nuevo viaje que pendía de los secretos de esas parejas de relojes.

En la quietud a la luz de los faroles, los jóvenes magos se agruparon en torno a una mesa de roble sencilla junto al muro del fondo. El colgante rúnico grabado con Reflectio Est Virtus reposaba entre ellos, la superficie aún con un leve fulgor. Viendo que el momento era propicio, Blunt carraspeó y desenrolló un pequeño pergamino que había encontrado en un cuaderno antiguo. Era un cuento breve que pensó cristalizaría para todos el poder de la reflexión.

El Consejo de los Espejos

En una ciudad antigua velada por niebla perpetua, donde la luz luchaba por atravesar la penumbra, un solemne consejo de ancianos se reunió en un salón de mármol. Cada anciano llevaba un espejo —ornado, de marco de plata, intacto. Se los habían dado no por vanidad, sino por sabiduría. Y, sin embargo, ninguno había osado mirarse en ellos.

La ciudad se había inquietado. Los susurros se volvieron acusaciones. La culpa pasaba de boca en boca como una tea, quemando los puentes entre vecinos. En su gran cámara, los ancianos reñían.

—¡Tú has sembrado la discordia! —gritó uno.

—¡Es tu ambición la que oscurece nuestras calles! —arremetió otro.

Y siempre, sus espejos seguían velados bajo un paño, escondidos por miedo.

Una tarde, llegó un viajero —no envuelto en seda ni armado, sino en claridad. Escuchó en silencio, luego habló sin juicio, con calma:

—Habláis de sombras, pero ninguno ha enfrentado las propias. Señaló sus espejos cubiertos.

—Lleváis la luz que os negáis a vosotros mismos.

Sus palabras dolieron —no por crueles, sino por verdaderas. Un desasosiego recorrió la sala. Una anciana —orgullosa antaño, cuya voz se había vuelto afilada— fue la primera en descubrir su espejo. Jadeó, no por las arrugas, sino por la ira grabada en sus ojos. Otro anciano la siguió, y otro. Uno a uno, se atrevieron a mirar. Y lo que vieron no fue culpa, sino duelo. No malicia, sino malentendidos. Sus reflejos revelaron verdades que habían enterrado bajo el bullicio de sus certezas.

Rodaron lágrimas —silenciosas, sin espectáculo. Y mientras lloraban, ocurrió algo milagroso: la niebla fuera empezó a clarear. La luz se filtró en los callejones. Las ventanas volvieron a brillar. La risa regresó a los patios.

El consejo no proclamó vencedor. Abrazaron el silencio, luego el perdón. Por primera vez en generaciones, cada anciano vio a los demás no como rivales, sino como espejos —cada uno reflejando la posibilidad tanto de fractura como de sanación.

Desde entonces, cuando la discordia amenazaba la ciudad, el consejo no alzaba la voz. Alzaba los espejos. Y en la quietud del autorreconocimiento, hallaban la paz.

Blunt dejó el pergamino.

—En nuestras batallas contra ilusiones, hubo que ver las falsedades tal como eran —dijo en voz suave—. Ahora afrontamos acertijos que exigen mirarnos hacia dentro, con paciencia y sin miedo.

Los ojos de Greenie brillaron, tocada por la lección.

—Como esos ancianos, debemos estar dispuestos a vernos con claridad —murmuró.

Reddish susurró:

—Y cada enigma que encaremos puede revelar más sobre cómo funcionamos como equipo. La reflexión podría unirnos aún más.

Firee cruzó los brazos, pensativo.

—En algunas pruebas anteriores, espejos ilusorios intentaron tentar nuestro orgullo o atizar nuestros miedos —recordó—. Pero en esta historia, los espejos ayudaron a toda una comunidad a encontrar la verdad y sanar.

Del colgante sobre la mesa emanó un zumbido leve, como afirmando su propósito. Afuera, el amanecer iba iluminando el cielo. Firee y Breezie intercambiaron una mirada determinada. Los retos que venían no dependerían de la fuerza bruta ni del engaño, sino de conocimiento, cooperación y una honesta auto indagación.

—Busquemos el Reloj Astronómico de repisa de Simon Willard —dijo Checkered, con la lente reluciendo—. Es hora de comprobar si hemos aprendido la lección del consejo de los espejos.

Salieron de la cripta justo cuando la luz dorada se derramaba por las calles estrechas de Boston. La ciudad ya despertaba —tenderos descorriendo cerrojos, carruajes resonando en los adoquines. Por encima, finos cables de telégrafo corrían de aguja a aguja, recordatorio de que inventos como el de Morse estaban transformando la comunicación. Blunt alzó la vista, pensativo, hacia aquella red; se preguntó si el zumbido que oyeron en la cripta era un conducto experimental que enlazaba Old North con otro lugar —una pista de que el conocimiento aquí estaba pensado para conectarse lejos y ancho.

Greenie caminaba a su lado, recordando cómo antaño se sintió aislada por su don empático. Las ilusiones habían intentado torcer esos sentimientos hacia la desesperación, convenciéndola de que estaba sola. Pero ahora hallaba fuerza en la reflexión honesta. Abrazar abiertamente su poder había calmado sus dudas —y la había acercado más a los suyos.

Breezie exhaló, soltando una brisa apaciguadora que se posó a su alrededor.

—Nos esperan obstáculos mecánicos —advirtió—. La gente quizá no se dé cuenta de cómo estos relojes antiguos podrían causar problemas. Mantengamos el foco.

Salón de Grafton: la prueba del reloj espejo

La luz de media mañana atravesaba los cristales antiguos cuando Blunt, Reddish, Firee, Checkered, Breezie y Greenie entraron en el salón de la Willard House & Clock Museum, en North Grafton, tras un breve viaje al oeste desde Boston. La estancia olía a barniz viejo e historia. En la repisa, su objetivo: el Reloj Astronómico de repisa de Simon Willard, una caja de madera modesta con una esfera redonda de latón. A ojos profanos, podía parecer un reloj colonial más, pero los seis sabían la verdad.

Checkered ajustó la lente con brillo académico.

—Este es uno de sólo dos que se hicieron —susurró, pasando el dedo con reverencia cerca de la esfera (sin tocar)—. Willard lo construyó hacia 1780 como un planetario doméstico. Puede mostrar día, fecha, incluso mareas y posiciones estelares: un pequeño orrery de repisa. El propio Paul Revere grabó algunas piezas, como las escalas del almanaque.

Breezie dejó escapar un silbido bajo y los ojos de Reddish se abrieron ante la mezcla de artesanía patriótica y curiosidad científica.

Rodearon el reloj; sus capas rozaban unas tarimas que crujían. Greenie casi podía sentir la intención dentro del mecanismo —un zumbido callado de propósito, como si el reloj supiera a qué venían. Blunt sacó el colgante rúnico del cuello, el mismo con Reflectio Est Virtus. Su tenue calor, remanente de la última prueba, los había guiado hasta allí, y ahora palpitaba en su palma acompasado con el tic sutil del reloj.

Sin aviso, la aguja larga dio un tirón por sí sola. ¡Click! No era del todo mediodía, pero el reloj sonó suave de todos modos: un timbre etéreo. Cayó un silencio. La luz del sol pareció atenuarse como si una nube pasara—, y sin embargo fuera el cielo veraniego estaba despejado. Greenie inspiró.

—¿Lo notáis? —murmuró. Un cosquilleo mágico recorrió las paredes: algo invisible, como un espejo que atrapa la luz, centelleando en los bordes de su visión.

De pronto, cada uno de los seis se vio de pie no en el acogedor salón del museo, sino aparentemente solo en un espacio gris y brumoso, encarando… a sí mismo. O mejor, un reflejo distorsionado de sí mismo. El museo se difuminó; sólo el reloj permanecía, ahora con un brillo argentado. Reddish parpadeó y se afirmó. No, seguía en la sala: distinguía los contornos de sus amigos en torno al reloj, pero era como si cada uno estuviera encerrado en una burbuja de ilusión, frente a un espejo personal.

La mano de Firee voló instintivamente al mango de una varita oculta en la capa, pero dudó. Su yo-espejo avanzó desde el reflejo del reloj. Aquel doble tenía los ojos desorbitados, con sombras de desvelo. Llevaba su misma cara, pero torcida en una expresión de duda y miedo.

—Siempre esperas lo peor —le siseó, con voz baja y temblorosa—. Con toda tu vigilancia, y aun así no evitaste heridas pasadas.

A Firee le golpeó el corazón: le vinieron recuerdos de una ilusión en Praga, cuando su cautela vaciló por un instante. Una llama titiló en sus dedos, pero recordó que su propósito allí era la reflexión, no el combate. Cerró el puño, apagó la llama y sostuvo la mirada del doble en silencio.

A escasos pasos, Reddish encaró una aparición ígnea con sus rasgos. Su yo-espejo tenía el cabello crepitando como ascuas, los ojos candentes.

—Tu ira te define —gruñó—. Sin ella, ¿qué eres? ¿Débil o, peor aún, irrelevante?

A Reddish le subió el calor al pecho; el impulso de discutir brotó. Pero advirtió que los bordes de la ilusión se deformaban al ritmo de su genio. Forzó una respiración lenta, recordando la quietud de la cripta de la Old North que acababan de dejar.

—Soy más que mi ira —respondió con firmeza.

El doble de ojos de ascua vaciló, su fiereza mermando a medida que calaba la serenidad de Reddish.

En otro ángulo de aquella cámara mental, Breezie se vio ante una copia espectral de sí mismo que parpadeaba y se desdibujaba como una brisa indecisa. Susurraba inacción —todas las veces que se contuvo por miedo a desatar tormentas.

—Dejas que otros lideren. Te esfumas, aportas poco —suspiró, con voz de viento solitario.

A Breezie le escocieron los ojos ante la acusación, que resonaba con sus dudas más íntimas. Recordó un momento crítico en París en el que su reticencia casi les costó la victoria hasta que por fin reunió valor. Se irguió ahora, convocando una brisa suave que arremolinó a ambos.

—Me muevo cuando importa —dijo con una sonrisa leve.

El aire se llevó la duda del espectro como humo.

El yo de Greenie lloraba, con enredaderas trepándole por los brazos.

—Sientes demasiado —sollozó, con voz ahogada—. Cada daño, cada pérdida… te paraliza. ¿No sería más fácil cerrarlo todo?

Greenie tragó. Había verdad ahí: su empatía era don y carga. Pero, mediante la reflexión, había aprendido que sentir hondo era también su fuerza. Con dulzura, tomó las manos de su doble.

—Mis sentimientos me conectan con los demás. No los abandonaré.

Las enredaderas se secaron y las lágrimas pararon; el doble le devolvió una sonrisa triste y serena antes de deshacerse en motas de luz.

La aparición de Checkered salió del espejo con una versión exagerada de su lente. Los ojos, fríos tras el cristal; la voz, recortada y analítica hasta el exceso.

—La lógica por encima de todo —mono tono—. Los amigos son variables, ecuaciones que resolver. Mantienes a raya el corazón, no sea que te extravíe.

Checkered se mordió el labio. A menudo se había refugiado en la razón en el caos, a veces hasta cerrar a los otros. Con mano temblorosa, alzó su propia lente y miró directo a la ilusión. En su reflejo no vio una autómata calculadora, sino una chica asustada usando la lógica como armadura.

—Puedo ser lógica y cariñosa —susurró.

Una luz cálida rebotó en su lente. El doble severo se desmoronó en facetas, como un prisma rindiéndose a la luz.

Por último, Blunt afrontó una silueta suya, alta, con los brazos cruzados en juicio severo. Aquel Blunt-espejo irradiaba dureza pétrea, el rostro cincelado.

—Debes ser la roca, el líder sin dudas —tronó—. La vulnerabilidad es debilidad. La vacilación destruirá a tu equipo.

Blunt sintió el peso de cada decisión tomada, la presión de no flaquear. A menudo ocultaba sus propios miedos para sostener a los demás. Pero había aprendido que reflexionar con honestidad y admitir dudas podía templar mejor la unidad. Dio un paso y sostuvo la mirada pétrea.

—Un verdadero líder aprende de sus fallos —dijo quedo—. No tengo todas las respuestas, y está bien.

Esbozó una sonrisa genuina. El gigante se agrietó con un crujido y, antes de hacerse polvo, inclinó la cabeza con respeto.

Uno a uno, la aceptación y la mirada limpia de cada joven hicieron disiparse a sus adversarios-espejo. La neblina argéntea del salón se aclaró. Se encontraron de nuevo juntos en torno al reloj de Willard, respirando agitados pero intactos. Todo había durado apenas instantes, aunque les pareciera mucho más. Las agujas marcaban ahora el mediodía en punto. Con un último ding resonante, el reloj calló. Su péndulo de latón, detenido durante la prueba, reanudó su vaivén mientras la luz normal volvía a la estancia.

Greenie soltó el aire sin saber que lo retenía.

—Eran nuestros reflejos —dijo en un susurro—: exagerados, disminuidos… pero nosotros.

En el silencio siguiente, los seis asimilaron lo visto: fortalezas subrayadas, remordimientos a la vista, puntos ciegos expuestos. Reddish soltó una risa nerviosa.

—Enfrentar un dragón habría sido más fácil —bromeó, agradecida—. En cierto modo, me alegro. Me siento… más ligera.

Se tocó la cara, como para comprobar que seguía siendo ella.

Firee asintió, el ceño recogido en reflexión.

—Reflexión —murmuró, recordando el lema de la virtud—: verse sin distorsión. Sólo así se disipaban.

Sus ojos, normalmente encendidos para el combate, estaban ahora más suaves.

La mirada de Checkered se posó en el reloj. Advirtió algo nuevo: el vidrio del dial, antes polvoriento, se había pulido hasta brillo de espejo durante la ilusión. Ahora reflejaba sus rostros juntos. Donde hacía un momento rondaban fantasmas, sólo quedaban los seis de verdad. Y, en la coronación de la caja, relucía una palabra grabada: «Lier». A Checkered se le aceleró el pulso. ¿Estuvo siempre allí? Quizá sólo ahora se mostraba.

—Lier —leyó en voz alta, señalando.

Mientras los demás se inclinaban, el reloj emitió un zumbido mecánico. Las agujas giraron por sí solas, cada vez más rápido, hasta volverse un círculo luminoso. ¡Fuuu! Con un soplo, el círculo se expandió más allá del reloj y flotó en la sala como una ventana de portal. A través de él se veía una plaza empedrada y una torre de piedra alta con un magnífico reloj de múltiples esferas en la fachada.

Breezie sonrió, reconociendo la imagen.

—Es la Torre Zimmer en Lier, Bélgica, ¿no? El Reloj Jubilar Astronómico.

No cabía duda: una gran esfera central rodeada por numerosas esferas menores en el muro antiguo. A Checkered le vibró el corazón de emoción.

—¡El homólogo! —exclamó—. Tiene que serlo. ¿Os acordáis de la pista del Orloj sobre parejas? Hemos enlazado la primera venciendo esta prueba, y ahora nos llama el segundo.

Blunt cerró con cuidado la puerta de cristal del reloj, asegurándolo con respeto. Sus reflexiones allí habían terminado y ya tenían lo que necesitaban. Guardó el colgante bajo la capa, aún brillante, y miró a sus amigos. Todos mostraban determinación renovada.

—Enfrentamos la siguiente reflexión —dijo, señalando el portal.

Los seis formaron un círculo y, de la mano, dieron un paso hacia la luz.

Lier, Bélgica: Doce caras de la reflexión

Los Arlequines emergieron al otro lado del portal al aire libre de una pequeña plaza flamenca. El atardecer caía sobre Lier, pintando el cielo en lavanda y rosa. Ante ellos se alzaba la Torre Zimmer, con su fábrica de piedra y ladrillo del siglo XIV encendida por la última luz del día. Alta en la fachada, el asombroso Reloj Jubilar: una gran esfera central rodeada por doce esferas menores, cada una mostrando un ciclo cósmico distinto. Una estatua de San Gummarus vigilaba a tamaño natural sobre la arcada inferior y, encima de los diales, un gran globo dorado representaba el sol. Incluso en reposo, la torre parecía viva de conocimiento—una catedral del tiempo.

—Esta torre fue una fortificación medieval —recordó Checkered en voz baja, echando mano de sus notas—. En 1930, el astrónomo y relojero Louis Zimmer la transformó instalando este reloj para celebrar el centenario de Bélgica. Convirtió la torre en un museo público del tiempo.

Greenie alzó la vista hacia el rosario de diales que circundaban el rostro principal, cada uno marcado con símbolos intrigantes.

—Todos esos relojes pequeños… —empezó.

—…muestran tiempos o ciclos científicos distintos —remató Checkered, con los ojos brillándole—. Fases de la luna, mareas, zodiaco, calendario—tantas cosas. Aquí lo llaman el Reloj de las Maravillas. Y dentro —señaló el pabellón adosado a la base— está su obra aún más compleja: el Wonder Clock con 57 diales y un planetario. ¡Una de sus agujas tarda 25.800 años en dar una vuelta! —Su voz fue reverente.

—Incluso Einstein felicitó a Zimmer —añadió Breezie con una sonrisa, recordando el dato.

Sin duda, aquel lugar era una cumbre de la orología —reflexivo— perfecto para la prueba de la reflexión.

La plaza estaba tranquila a esa hora, casi vacía salvo por los seis viajeros. Al dar un paso Blunt, el colgante bajo su capa dio un pulso suave, como afirmando que estaban donde debían. Quizá esperaban que apareciera un encargado o que el pabellón se abriera para ellos, pero no pasó nada de eso. En cambio, el Reloj Jubilar se puso en marcha por sí mismo. Las agujas del dial central, que marcaban la hora local, empezaron a moverse de forma errática—minutos que saltaban hacia adelante y atrás. Las doce esferas circundantes se encendieron una tras otra, como si cada una despertara. El gran globo dorado de arriba (el sol) emitió una luz cálida, mientras el modelo azul de la Tierra al pie del reloj comenzó a girar a trompicones.

Reddish se tensó.

—Todos atentos. Puede que toque otra ilusión… o algo distinto.

La luz de la plaza menguó; el crepúsculo se adensó de forma antinatural. Los faroles de la calle parpadearon y sus sombras alargadas vacilaron como si estuvieran vivas.

Sin aviso, resonaron campanadas desde la torre—siete toques, aunque no era en punto. Con cada tañido, uno de los diales pequeños destelló con fuerza. En el séptimo, chorros de luz de colores brotaron de siete esferas y convergieron en la plaza ante los magos. Las luces se arremolinaron, tomando forma humana—seis formas. A Breezie se le cortó la respiración. Otra vez no…

Sí: las luces se condensaron en seis figuras espectrales, cada una con el rostro y el cuerpo de uno de los jóvenes—pero no eran copias idénticas como antes. Eran amalgamas deformadas, alternando distintas versiones de su sujeto. La figura de Blunt aparecía a veces alta e imponente, luego encorvada y cansada. El espectro de Reddish oscilaba entre una guerrera de melena de fuego y una silueta tenue cubierta de ceniza. Cada uno de los seis espectros alternaba encarnaciones exageradas y disminuidas del reflejado. Era como si los muchos diales de la torre estuvieran barajando posibilidades—las fases de su yo interior—igual que el reloj mostraba fases de luna o cambios de estación.

A Greenie le recorrió un escalofrío al ver a su doble balancearse entre llanto incontenible e indiferencia serena, como si una mano invisible estuviera girando el mando de su empatía.

—No son ilusiones separadas para cada uno —advirtió, recordando lo aislados que se sintieron en Grafton—. Esta vez los estamos viendo a todos, juntos.

En efecto, se colocaron espalda con espalda, formando un círculo, mirando hacia fuera mientras sus seis reflejos distorsionados rondaban la plaza. Era un verdadero consejo de espejos—una confrontación colectiva.

El espectro de Reddish dio el primer paso, ojos que un instante ardían y al siguiente se apagaban. En voz burlona—que alternó entre un siseo furioso y un tono monótono—se dirigió al grupo:

—¿De veras crees que dominas tu genio, chispita? Mira qué fácil aún prendes… y te apagas.

Reddish apretó la mandíbula, pero no se dejó provocar.

Luego, el falso Blunt se agigantó, se encogió, volvió a agigantarse, su voz con ecos:

—Líder fuerte un minuto, paralizado por la duda al siguiente. ¿Condenará tu indecisión a tus amigos algún día?

Un músculo le palpitó en la mejilla a Blunt, pero mantuvo la calma, recordando cómo encaró al gigante antes.

Uno a uno, los espectros escupieron dudas y preguntas insidiosas no sólo a sus contrapartes, sino para que todos oyeran. El de Firee crepitó:

—¿Siempre vigilante o sólo un miedica? Tu cautela puede paralizarte cuando haga falta audacia.

El de Breezie susurró entre viento:

—¿Pacificador o cobarde? ¿Desaparecerás cuando llegue el conflicto?

El de Checkered basculó entre calculadora y confundida:
—Todo tu saber… ¿y si te falla? Sin él, ¿vales algo?

El de Greenie preguntó en coro quejumbroso:

—Tu corazón late por todos… ¿pero cuando se rompa? ¿No sería más fácil endurecerlo?

Los seis pegaron más sus espaldas, cercados por aquellas acusaciones. Dolían porque todos conocían ya las luchas íntimas de los demás. Oírlas en voz alta de esos yo distorsionados amenazó con deshacer la confianza recién afianzada. A Firee le chisporrotearon los dedos; a Reddish le ardieron las palmas. Era tentador reventar a esos fantasmas a base de magia y listo.

Pero la voz de Checkered cortó la tensión:

—¡Recordad la fábula! El Consejo de los Espejos—¿cómo hallaron la paz?

Su lente atrapó un brillo de la torre mientras giraba despacio, cruzando miradas con cada amigo. En aquel cuento, la salvación del consejo no fue gritar más fuerte, sino escuchar y aceptar la verdad. Alzaron los espejos hacia sí mismos.

Blunt actuó el primero. Desabrochó el colgante del cuello y orientó el pequeño disco reflectante hacia su Blunt fantasma. En la superficie pulida, aparecieron su rostro y el del espectro, lado a lado.

—Te veo —dijo con firmeza a su figura—. Eres parte de mí—mi orgullo y mi duda. Te reconozco.

El Blunt cambiante frenó su arenga, vacilante. El colgante brilló, y la forma del espectro se estabilizó en una sola: un reflejo en calma, a tamaño real, devolviéndole una leve sonrisa aprobatoria. Blunt exhaló y ladeó el espejo. El espectro lo imitó, inclinándose con respeto antes de deshacerse en un hilo de luz plateada que subió a uno de los diales. Arriba, el dial de la letra dominical y el ciclo solar relució, como registrando una victoria.

Animada, Reddish sacó de su bolsa una brújula metálica—la tapa pulida como espejo. Frente a su doble oscilante, abrió la brújula y le devolvió sus ojos de brasa en reflejo.

—Ya no me asusta lo que veo —dijo suave—. Rabia y vulnerabilidad, convivo con ambas, y de ambas crezco.

Las llamas espectrales amortiguaron hasta ser ascuas templadas. Dos Reddish, la real y la reflejada, compartieron un gesto de entendimiento.

El fantasma estalló en un remolino de ascuas que voló hacia arriba. El dial de las fases lunares palpitó cuando las ascuas se fundieron en él.

Alrededor del círculo, los demás siguieron su ejemplo. Breezie invocó un remolino en miniatura en la palma, su superficie tornándose un brillo vítreo. Enfrentando a su figura vacilante, habló como a un amigo asustado:

—Acepto mi calma y mi poder cuando hace falta. No voy a desaparecer.

El remolino le devolvió una sonrisa amable reflejada y el espectro se disipó en una brisa suave. Arriba centelleó el dial de las Estaciones.

Firee sacó de la capa un eslabón de acero pulido—herramienta de antiguas lecciones de encendido. Usándolo como espejo ante su doble chisporroteante, admitió:

—Sí, soy cauto, y a veces tengo miedo. Esa cautela nos ha salvado— pero no dejaré que el miedo me gobierne.

Los ojos salvajes del espectro hallaron un poco de paz. Saludó breve antes de desvanecerse en una lluvia de chispas. El dial de las Mareas se iluminó con un símbolo de ola creciente.

Greenie, con delicadeza, retiró un fragmento de cristal de un farol cercano (quizá roto por algún chispazo de magia). En ese vidrio encaró a su gemela llorosa.

—Mi sensibilidad es mi fuerza —dijo con calma compasiva —No voy a sellar el corazón, aunque duela.

Las lágrimas del espectro se volvieron gotitas brillantes y, con una sonrisa agradecida, también se fundió; las gotas volaron hacia el dial del Globo (la Tierra), que resplandeció cálido.

Por último, Checkered encaró a su doble. Alzó su propio monóculo de aro plateado, ahora espejo.

—Lógica e intuición, análisis y corazón—los necesito todos. No voy a negar ninguna parte de mí.

El fantasma de Checkered la miró extrañado, suavizando el gesto hasta una sonrisa orgullosa. Se tocó la frente en saludo y se desintegró en piezas de puzle que subieron hacia el dial del ciclo metónico y la epacta, que se encendió en reconocimiento.

Al disiparse la última ilusión en el gran reloj, cayó un silencio hondo sobre la plaza. Los jóvenes bajaron sus espejos improvisados. Cada uno sintió una ligereza interior extraña, como si engranajes que antes chirriaban hubieran encajado al fin—piezas del espíritu ajustadas a punto. Encima, los doce diales del Jubilar brillaban ahora a la vez, coronando la esfera central como una guirnalda de estrellas en la penumbra. El dial principal dio la hora con una campanada armoniosa. Marcaba las nueve en punto locales—y esta vez el bronce sonó verdadero.

Con las visiones disipadas, la puerta del pabellón junto a la torre se entreabrió sola. Intercambiando miradas de expectativa, subieron los escalones y entraron en el museo tenuemente iluminado. Dentro, el aire era fresco y olía a madera añeja y aceite de engranajes. En el centro, el legendario Wonder Clock—la obra magna de Zimmer. Un mecanismo gigantesco y primoroso en armazón de caoba, cubierto de diales y más diales. Incluso quieto, imponía respeto. Al acercarse, el Reloj de las Maravillas cobró vida en saludo: planetas del orrery interno empezaron a orbitar, lunas minúsculas a trazar sus círculos. Detrás de 57 indicaciones, dientes de rueda giraron. En un dial, una aguja casi imperceptible avanzaba—la que tardará milenios en completar su vuelta. Los seis se quedaron boquiabiertos, con mil pequeñísimos reflejos centelleándoles en los ojos.

—Es precioso —susurró Greenie, llevándose las manos al pecho. El instante se sentía sagrado—como si el reloj entendiera el peso de su triunfo. En una placa cercana, Breezie leyó una cita de Einstein elogiando el diseño del Wonder Clock y no pudo evitar sonreírle al círculo completo de saber y sabiduría presente en aquella sala.

Un suave clink metálico les llamó la atención. En la base de la caja se había abierto un compartimento oculto. Dentro, un pequeño objeto brillaba con la luz reflejada de los diales. Blunt lo tomó con cuidado para enseñarlo. Era un espejo de mano finamente labrado. El dorso, grabado con motivos de estrellas y olas, y en el centro, una taracea de dos esferas de reloj entrelazadas—una recordaba al dial del Willard de repisa y la otra, en miniatura, al despliegue de la Torre Zimmer. El símbolo era inequívoco: dos relojes, dos reinos de reflexión, unidos en uno. En el borde, en letra fluida, estaba grabado el mismo lema del colgante: Reflectio Est Virtus.

—Un nuevo artefacto —musitó Checkered, ojiplática.

Greenie pasó la yema por la inscripción. La superficie del espejo titiló y, por un momento, los seis se vieron reflejados, no distorsionados como antes, sino tal cual eran: jóvenes, algo cansados de la prueba, pero resueltos y con luz interior.

A Firee se le hizo un nudo dulce en la garganta.

—Nos recordará—cuando dudemos—que miremos con honestidad —dijo.

Blunt envolvió el espejo en un paño de terciopelo y lo guardó con mimo. Era un tesoro no de poder, sino de sabiduría.

Salieron del pabellón a la noche. El gran reloj de la torre había vuelto a su resplandor manso. Arriba, sólo unos pocos diales—la fase lunar, el globo—parpadearon como haciéndoles un guiño. Las calles tranquilas de Lier estaban vacías, pero los seis sintieron la historia de la ciudad velándolos con cariño. A lo lejos, las campanas de la iglesia de San Gummarus tocaron la hora—un sonido reconfortante.

—Este tipo de prueba exige un valor más templado —dijo Reddish, con ascuas de orgullo sereno.

—No nos atacaron siniestros engaños a cada paso —convino Firee, mirando la torre silenciosa—. Pero no hay que subestimarlas. Cada solución puede ser más críptica que la anterior.

En los adoquines, el grupo se abrazó sin pensarlo. No hicieron falta palabras; su vínculo había crecido. Habían encarado las ilusiones de dentro y salido enteros. Cada uno se sentía más él mismo: el liderazgo constante de Blunt templado por apertura; el fuego de Reddish suavizado por comprensión; la cautela de Firee equilibrada por valentía; la calma de Breezie reforzada por determinación; la inteligencia de Checkered fundida con intuición; y la empatía de Greenie resguardada por fortaleza interior.

Al disponerse a partir, Blunt sacó el viejo pergamino de Boston—la fábula de "El Consejo de los Espejos". A la luz de un farol de la puerta del pabellón, leyó en voz baja:

—Lleváis la luz que os negáis a vosotros mismos.

Greenie sonrió ante aquella verdad. Cada uno llevaba ahora una luz un poco más brillante por la honestidad que se habían concedido. El ajuste de cuentas de la reflexión los había dejado más silenciosos, más sabios y, desde luego, más introspectivos.

Greenie se sentó en un banco junto al muro de la torre, dejando que la brisa nocturna le acariciara la cara.

—Ya no hay nada alimentándose de nuestros miedos —dijo suave, cruzando miradas con todos—. Como los ancianos del cuento, nos miramos… y seguimos juntos.

Reddish asintió, apoyando una mano en su hombro.
—Supongo que la reflexión puede ser amiga, no enemiga —murmuró, destilando una lección costosa.

Todos lo sintieron: corazón más ligero, mente más calma.

Breezie miró el colgante rúnico y el nuevo espejo en manos de Blunt.
—¿Y ahora a dónde? —preguntó en voz baja.

Sobre sus cabezas empezaron a asomar algunas estrellas, insinuando horizontes lejanos.

Reddish miró la constelación y luego a cada uno de sus compañeros.
—Dondequiera que llame la próxima prueba —dijo. No había miedo ya en su voz, sólo convicción.

Checkered consultó su carta—siempre a mano—ya anotada con Grafton y Lier.

—Aquí hemos equilibrado reflexión y acción —apuntó—. Intuyo que lo que venga exigirá darnos de nuevas formas.

Una anticipación leve los recorrió, como si notaran que la virtud de la generosidad—de espíritu, de conocimiento, de corazón—pronto sería puesta a prueba.

Blunt extendió las manos y los otros las tomaron, cerrando su círculo una vez más. El espejo de la reflexión descansaba seguro en su zurrón, su peso reconfortante. Greenie cerró los ojos, centrada en la calma compartida. Las pruebas que aguardaban serían difíciles, pero la batalla más dura—la interior—había sido librada y ganada aquí.

—¿Listos? —preguntó Firee en un susurro.

Asintieron todos. Al unísono, los seis jóvenes magos dieron un paso adelante, con las capas arremolinándose. Tras ellos, la gran torre de Zimmer marcó suavemente el tiempo, guardiana de verdad y de horas. Delante, el portal cobró forma—una puerta cincelada por la lucidez recién hallada. Uno a uno, se desvanecieron en la luz, llevando consigo la lección de la reflexión. Y cuando la plaza volvió a quedarse en calma, los relojes de Lier y de Grafton latieron en armonía leve, marcando el final de un capítulo y el alba esperanzada de lo que viniera.

Capítulo 16

Los Relojes de Long Now y de la Catedral de Wells

– El triunfo de la generosidad

El pulso de diez mil años

La quietud de la medianoche reinaba en una vasta cámara subterránea, en lo profundo de una remota montaña desértica cerca de Van Horn, Texas, donde el Reloj del Long Now se alzaba con esplendor imponente. No era una exhibición, sino un santuario deliberadamente construido para albergar aquel cronómetro milenario lejos del apresurado mundo de la superficie. El colosal reloj abarcaba un pozo vertical excavado en el corazón de la montaña. Engranajes gigantes interconectados y ruedas anilladas se alineaban a lo largo de las paredes de roca, y enormes contrapesos de piedra colgaban expectantes en la oscuridad sobre ellos. Muy por encima, grandes campanas de bronce colgaban silenciosas, diseñadas para entonar una melodía que no se repetiría en diez mil años. Sin embargo, a pesar de tanta grandeza, sus engranajes de acero—diseñados para marcar diez milenios—giraban con un leve zumbido descompasado, como si la avaricia se hubiera filtrado en el mecanismo y atenuado su majestuoso ritmo.

Un torbellino de luz de tonos bronce y zafiro apareció junto a un arco de piedra, revelando a Blunt, Reddish, Firee, Checkered, Breezie y Greenie con sus capas arlequín, recién llegados por medio de un portal mágico. Cada capa—esmeralda, carmesí, zafiro—captaba el débil resplandor de aquel espacio futurista. Breezie ajustó la correa de su morral, asegurándose de que el valioso espejo de reflexión que habían ganado en Bélgica permaneciera seguro en su interior. En la mano de Blunt, un alambre rúnico rotulado "Donatio Est Virtus" (La generosidad es virtud) latía como un faro guía. Paulina le había obsequiado ese mismo alambre en Boston—aquello era un emblema de la magia del farol destinado a guiarlos en las pruebas venideras.

Blunt recordó un momento de inseguridad durante una prueba anterior, cuando las ilusiones casi lo habían dominado. En aquel entonces, forjar la unidad con sus amigos había disipado aquellos fantasmas. Ahora, con ese recuerdo alimentando su determinación.

—Hemos visto lo que las ilusiones pueden hacer cuando el miedo o la avaricia se apoderan —dijo en voz baja—. Veamos cómo la generosidad restaura este reloj.

Checkered examinó los engranajes inferiores del reloj, cada uno tallado con inscripciones crípticas.

—Miren, algo está interfiriendo con el mecanismo central —observó—. Es como si al reloj le faltara el espíritu que fue construido para compartir.

Un eco peculiar se deslizó por el aire, asemejándose tenuemente a la risa distante y burlona de una prueba pasada. Reddish se puso en guardia al oírlo, con ascuas centelleando en sus ojos.

—Vayamos donde vayamos, parece que las sombras siguen al acecho —murmuró.

Greenie apoyó una mano sobre la carcasa de acero, sintiendo su peso bajo la palma. Percibió que aquel reloj había sido diseñado en beneficio de las generaciones futuras—el tiempo medido no para el provecho personal, sino para el bien colectivo.

—La avaricia amenaza el legado de este reloj —susurró—. Tenemos que liberarlo.

A lo lejos surgió una figura, con un chal echado sobre los hombros. Era Paulina Tetrikus, que irradiaba una calidez suave capaz de atravesar el frío mecánico. Les hizo señas para que se acercaran.

—Bienvenidos al Long Now —dijo con voz baja y acogedora—. Sus engranajes sienten la tensión del acaparamiento egoísta, pero la generosidad puede enmendar lo extraviado.

El grupo intercambió miradas decididas, con los corazones unidos frente al peso de la avaricia. Avanzaron más hacia el interior de la cámara, dispuestos a demostrar que la generosidad —compartida libremente— podía restaurar el propósito del reloj de perdurar para toda la humanidad durante diez mil años en el futuro.

Acero rúnico

Ellos siguieron a Paulina a través de un pasaje angosto que conducía al eje central del reloj. Sobre sus cabezas, vigas de acero se entrecruzaban en elegantes arcos, brillando bajo luces discretas. Un suave zumbido llenaba el aire—parte pulso mecánico, parte tensión intangible.

—Lo diseñamos para el largo plazo —dijo Paulina suavemente, apoyando la palma contra un engranaje masivo—. El futuro de la humanidad, medido en siglos. Pero la avaricia carcome su propósito, debilitando la sinergia de cada engranaje.

Blunt se acercó, notando un tenue destello que recorría el borde del engranaje. Incrustadas en el metal había formas que recordaban runas medievales—un choque inesperado de eras, como si el acero de alta tecnología hubiese revelado un palimpsesto oculto de símbolos antiguos bajo la tensión del reloj. Un símbolo centelleaba con una luz de otro mundo, insinuando algo antiguo que los conectaba con la Catedral de Wells al otro lado del océano.

Firee se arrodilló y examinó el pivote del engranaje con los ojos entornados. Sintió un cosquilleo de alarma.

—Hay una microfractura aquí —murmuró—. Si no la atendemos, toda la secuencia del reloj podría atascarse.

La posibilidad de una falla era grave: una paralización aquí podría incluso desincronizar las demás balizas temporales regionales conectadas a este mecanismo. En ocasiones anteriores las ilusiones habían atacado de forma más directa, pero el sutil sabotaje de la avaricia se sentía igual de amenazante.

Checkered ajustó su monóculo, escudriñando las runas giratorias.

—Estas inscripciones podrían estar conectadas a un diseño más antiguo—quizá un invento del siglo XIV —observó—. ¿Un vínculo con algún reloj compañero en Europa?

Paulina asintió. —Puede que tengas razón. El reloj de la Catedral de Wells es de los más antiguos de su tipo, y evoca una generosidad de siglos atrás. Si logramos sanar ambos relojes, preservaremos el espíritu de la generosidad a lo largo del tiempo.

Breezie notó que los hombros de Reddish se tensaban y que las brasas en sus ojos se avivaban. Con gentileza, colocó una mano sobre su brazo, dejando que un aura de calma fluyera por su contacto.

—Lo resolveremos pieza por pieza —murmuró—. La ira no nos ayudará aquí.

Ella exhaló y las ascuas de sus ojos se atenuaron hasta quedar en un suave resplandor; luego asintió agradecida. Cada amigo percibió cómo sus fortalezas encajaban entre sí—la lógica, la empatía, la vigilancia, la reflexión. Todos servían al elevado llamado de la generosidad.

Por un momento, los dedos de Reddish se crisparon al ver el alambre rúnico en la mano de Blunt. La tentación de apoderarse de su poder—solo para ella—fue casi como un pulso en el aire. En ese instante, el gran engranaje bajo sus pies crujió, como si estuviera consciente de su impulso fugaz. Breezie apretó suavemente su brazo.

—Recuerda por qué lo tenemos —le susurró al oído.

Reddish parpadeó, dejando que la idea de reclamar el artefacto solo para sí se desvaneciera. Volvió a abrir la mano y tomó aliento para serenarse.

Un silencio inquietante invadió la cámara. A pesar del zumbido del acero y el olor a ozono, algo parecido a un siseo oculto de avaricia se enroscaba a su alrededor, instando a cada uno a buscar el provecho personal. Pero los jóvenes magos se mantuvieron firmes.

—Arreglemos la fractura —dijo Blunt, golpeando el alambre rúnico en su mano—. Y veamos si revela un camino hacia Wells.

La noción de tender un puente entre épocas—reparar un reloj futurista en las montañas de West Texas y un reloj medieval en

Inglaterra—quedó flotando en el aire. Su misión estaba clara: donde la avaricia había dividido, la generosidad uniría.

Destello rúnico hacia Wells

Cuando Firee abrió con cuidado un panel de inspección en la base del reloj, un destello repentino brotó de la runa medieval grabada en el acero. Un remolino de chispas violetas danzó por la cámara abovedada, y un tenue tañido resonó como la lejana campana de una catedral. Paulina retrocedió, ajustando su chal color ámbar.

—El reloj está respondiendo a su presencia. Sabe que han venido a restaurar su propósito altruista —dijo con tranquila convicción.

La energía maternal que irradiaba se sentía casi palpable.

Los sentidos empáticos de Greenie hormiguearon. Sintió que se formaba un vínculo extraño—parte Long Now, parte algo más antiguo.

—Hay un hilo que nos conecta con otro lugar —susurró, sosteniendo con cuidado su mano sobre el resplandor arremolinado—. Un recuerdo del siglo XIV... una catedral antigua...

Antes de que pudiera terminar, el remolino se expandió, revelando una imagen difusa: altas columnas de piedra y arcos iluminados por velas. La Catedral de Wells, a siglos de distancia, los llamaba. Una inscripción parpadeó a lo largo del borde metálico: "Avaritia Est Vitium." La avaricia es un vicio.

Reddish inhaló bruscamente.

—¿Así que ese es nuestro siguiente paso después de estabilizar esto aquí... cruzar el mar?

Checkered miró a través de su lente.

—Probablemente. La fusión de códigos rúnicos sugiere que estos dos relojes antiguos comparten un vínculo espiritual. Uno no puede sanar por completo si el otro permanece contaminado.

Blunt evocó un momento sombrío de un desafío anterior—las ilusiones una vez lo habían atraído con falsas promesas de gloria personal y las superó enfocándose en el beneficio comunitario. Ese recuerdo brilló ahora, instándolo a permanecer firme.

—Tenemos que demostrar la generosidad en acción, aquí y en Wells.

Breezie acarició suavemente el alambre rúnico.

—Muy bien. Sigamos trabajando en la fractura del engranaje; luego veremos cómo cruzar al otro lado del océano. Este fenómeno similar a un portal podría guiarnos, pero primero asegurémonos de que el Long Now esté estable.

Una risa suave—de esas que oscilan entre lo acogedor y lo travieso— flotó desde la imagen arremolinada. Fuera el eco del Arlequín o la voz del propio reloj, nadie podría decirlo. Paulina, impávida, esbozó una sonrisa sabia.

—Aseguraremos el espíritu de este reloj —dijo—, y yo les ayudaré a aprovechar el portal. La avaricia no tiene cabida en un legado destinado a cada generación venidera.

Con un asentimiento de Paulina, los seis se pusieron en marcha. Blunt y Checkered treparon a plataformas adyacentes para inspeccionar el engranaje dañado, mientras Firee y Reddish apuntalaban con magia constante los engranajes cercanos. Trabajando al unísono, redistribuyeron con cuidado la carga del reloj a través de múltiples trenes de engranajes, tratando el mecanismo como un bien común compartido en lugar de piezas aisladas. Siguiendo las indicaciones de Checkered, Breezie soltó una ráfaga controlada para frenar un volante que giraba sin control, permitiendo a Blunt encajar el alambre rúnico contra el engranaje fracturado a modo de abrazadera para reconectar un circuito roto. Firee aplicó una llama concentrada para sellar la microfractura, mientras Reddish canalizaba calor hacia un enlace atascado hasta que cedió. Poco a poco—un aumento prestado de par aquí, un peso aliviado por allá—los componentes del Long Now comenzaron a moverse en equilibrio una vez más.

Por fin, el engranaje dañado se estremeció y luego giró suavemente alineado con los demás. Un lento tic triunfal recorrió la estructura del reloj—el latido de diez mil años retornando a su cadencia legítima. Aliviado de la tensión, el gran mecanismo se estableció en un ritmo constante, cada engranaje compartiendo de nuevo la carga del tiempo como siempre debía hacerlo. Con el reloj estabilizado, las chispas violetas en torno a la runa se extinguieron, dejando solo una tenue visión de arcos de piedra medieval suspendida en el aire. En aquel silencio cargado, los amigos sintieron que el propio tiempo conectaba siglos entre sí—la generosidad era la piedra clave invisible que unía pasado y futuro.

Un farol llamado "Donatio"

Con su tarea cumplida, un parpadeo de luz de portal los invitó a seguir adelante. Uno a uno, dieron un paso al frente y emergieron bajo las farolas del North End de Boston, un antiguo barrio portuario de callejuelas serpenteantes y adoquines gastados. La noche se extendía sobre sus cabezas, con la luna proyectando charcos de luz plateada a lo largo de los estrechos callejones. Sin embargo, algo se sentía mal: una corriente subterránea de avaricia rondaba aquellos pasajes, manifestándose como susurros ilusorios de riqueza fácil y tesoros ocultos. Los transeúntes parecían inquietos, con la mirada saltando de una sombra a otra.

—Será mejor que nos pongamos en marcha —murmuró Blunt—. Paulina dijo que nos encontraría aquí si el Long Now quedaba estabilizado.

Echó un vistazo a su alrededor, buscando el destello de su chal. El instinto de alerta de Firee se activó: alguien—o algo—acechaba a unas pocas calles de distancia.

—Cuidado —advirtió en voz baja, tirando suavemente de la capa de Reddish—. Percibo ilusiones. Este lugar está plagado de tentaciones codiciosas.

Efectivamente, unas formas tenues centelleaban en los bordes de su visión, susurrando: *«Acapáralo todo... no lo compartas...»*. Aquellos fantasmas velaban la verdad, incitándolos a buscar un beneficio egoísta. Reddish encendió una pequeña llama en su palma, lista para atacar, pero Breezie dio un paso al frente y apoyó con calma una mano en su hombro.

—Déjame despejar esto primero —dijo, liberando una brisa serena. Los oscuros espejismos se disiparon, revelando una realidad más simple: viejos muros de ladrillo y balcones de hierro forjado. —No hace falta carbonizar todo el distrito —añadió, y hasta Reddish tuvo que esbozar una sonrisa ante eso.

Divisaron el chal de Paulina desvaneciéndose tras una esquina. Con ascuas danzando a su paso, Reddish tomó la delantera. Checkered la siguió de cerca, el monóculo centelleando mientras examinaba cada esquina en busca de runas ocultas. Blunt y Greenie se rezagaron brevemente para asegurar a un vecino sobresaltado que el callejón estaba a salvo, mientras Firee escudriñaba cada piedra y cada sombra en busca de más trampas, con la vigilancia inquebrantable. A medida que se internaban en el corazón del North End, una carcajada burlona saltó entre los edificios—quizá la misma presencia del Arlequín que habían sentido en las montañas del oeste de Texas. La risa hizo vibrar los vidrios como una ráfaga repentina de viento. Aun así, siguieron adelante, guiados por la presencia serena de Paulina.

Por fin llegaron a un pequeño patio al final de un callejón apartado. Paulina estaba de pie junto a un farol antiguo y tenue cuya base brillaba con una runa ámbar, indicándoles que se acercaran. No era un simple farol de calle—era el farol de la generosidad de Boston, el único conducto seguro que unía la ciudad moderna con la Wells medieval. La brisa que Breezie había conjurado antes había mitigado las tinieblas; ahora, la suave radiación del farol disipaba los últimos de aquellos espejismos avariciosos.

—Aquí es donde la generosidad debe ser puesta a prueba —dijo Paulina simplemente, con su chal ondeando con la brisa sutil—. Solo entonces abriremos el camino hacia Wells.

—Muy bien —dijo Breezie—. Sigamos con la reparación del engranaje y aseguremos primero el Long Now antes de cruzar.

Debemos proteger/asegurar el espíritu de este reloj. La codicia no tiene lugar en un legado destinado a perdurar entre generaciones.

Luz compartida, temor disipado

La luz del farol reveló un remolino de inscripciones cambiantes bajo el tacto de Paulina. Ella alzó la palma, y una luz rúnica se desplegó, iluminando todo el patio con un suave tono dorado. El efecto era hipnótico—un calor que se sentía tanto físico como espiritual.

—Este lugar fue en su día un refugio para marineros que compartían lo poco que tenían —explicó Paulina—. Ahora se erige como testimonio de cómo la generosidad cohesiona a una comunidad.

Greenie observó con asombro. Percibió sinceridad en las acciones de Paulina: la energía que fluía de su chal y de sus dedos no era ilusión, sino una genuina ofrenda de consuelo. A través de su empatía, Greenie sintió cómo ese don aliviaba la tensión de los vecinos que miraban desde las ventanas cerradas. Un pequeño grupo de curiosos se reunió en silencio al borde de la luz. Una mujer se acercó con nerviosismo, los ojos inundados de preocupación por sus ahorros menguantes. Paulina extendió ambas manos en un gesto tranquilizador, permitiendo que la luz dorada envolviera a la mujer como un manto protector. La mujer cerró los ojos y soltó un lento suspiro de alivio.

Checkered observó cómo la actitud del grupo pasaba de la ansiedad a la esperanza. Era la generosidad en acto—sin grandes discursos ni caridad forzada, solo una silenciosa disposición a compartir. Incluso Reddish, normalmente tan fogosa y combativa, sintió que sus brasas se suavizaban bajo aquel resplandor. Firee montaba guardia al borde del patio, buscando cualquier ilusión rezagada. Breezie flotaba cerca, listo para apaciguar el aire de nuevo si surgían más fantasmas, aunque ninguno apareció.

Blunt contempló la demostración de Paulina con respeto creciente. Por un instante, una vieja inseguridad centelleó en su interior—recordó una ocasión en que había titubeado, temiendo mostrar debilidad. Pero ver el acto desinteresado de Paulina le recordó que incluso la vulnerabilidad podía fomentar la unidad. Cuando Paulina terminó de compartir su luz rúnica, el patio se sentía renovado. Los vecinos murmuraban su gratitud, e incluso la brisa nocturna soplaba con más dulzura.

—Continuemos —dijo Paulina, encontrando la mirada de los jóvenes magos—. El camino a la Catedral de Wells ya está abierto.

La base del farol brilló un poco más en ese momento, como reconociendo sus palabras.

Paulina sacó de debajo de su chal un pequeño tomo encuadernado en cuero.

—Antes de que partan hacia la Catedral de Wells —dijo—, escuchen este relato sobre la generosidad. Puede guiar sus corazones cuando la avaricia susurre falsas promesas.

Abrió el libro en un pasaje titulado "El pozo que se compartió a sí mismo". Aclarando suavemente la garganta, comenzó a leer:

El pozo que se compartió a sí mismo

En una tierra abrasada por el sol, una comunidad hallaba su única fuente de agua en un profundo pozo de piedra. Acechaba la sequía, y cada familia temía perder lo poco que quedaba. Desesperados, algunos intentaron acaparar recipientes de agua, escondiéndolos tras puertas con cerrojo. Otros saboteaban los cubos de sus vecinos, con la esperanza de reservar más para sí mismos.

Una mañana abrasadora, una niña llegó tambaleándose al pozo, sedienta y débil. Aunque su familia había tratado de ahorrar agua, ya habían agotado su ración. Al ver su desesperación, un anciano que aún tenía unos cuantos sorbos de sobra se los ofreció de buena gana. Al presenciar esta generosidad, otros dieron un paso al frente para compartir, primero con timidez, luego con el corazón abierto.

A pesar de la sequía, el agua del pozo duró más de lo que nadie esperaba. Con cada cubo compartido, la gratitud reemplazó al miedo, forjando lazos donde antes había arraigado la suspicacia. Cuando finalmente regresaron las preciadas lluvias, todo el pueblo celebró no solo el agua, sino la generosidad que los había salvado de la desesperación.

Desde ese día en adelante, jamás volvieron a acaparar el pozo. Cada aldeano recordó que, si uno de ellos sufría sed, todos corrían el riesgo de marchitarse. Y así transmitieron esta lección: al dar, preservamos la vida; al acaparar, sembramos desolación.

Paulina cerró el tomo. Un silencio reverente quedó suspendido, roto solo por el leve siseo del farol. El significado del relato se posó sobre ellos como un calor reconfortante—potente e innegable. La expresión de Paulina se suavizó.

—Lleven ese espíritu con ustedes —dijo—, porque el viaje a Wells puede poner a prueba su generosidad de maneras que no esperan.

El resplandor del pozo

Una ligera brisa nocturna hizo susurrar los árboles del patio mientras la lección de la fábula calaba en ellos. Cada uno de los seis magos permaneció en silencio, reflexionando en su interior sobre la historia y sopesando el peso de la generosidad en sus propias vidas. Greenie recordó una prueba anterior en la que las ilusiones se habían cebado con su naturaleza empática, casi llevándola a ocultar su don.

—Como ese pozo que se compartió a sí mismo —dijo en voz baja—, la empatía solo funciona cuando se ofrece libremente. Contenerla me hizo sentir sola.

Reddish dejó que una pequeña brasa danzara sobre su palma.

—Hubo un tiempo en que pensé que la fuerza bruta bastaba —admitió—. Pero ahora veo que es la generosidad, no la fuerza, lo que rompe los ciclos del miedo. Si todos nos aferramos a lo nuestro, todos sufrimos.

Firee fue el primero en romper el silencio que siguió.

—Las ilusiones siempre intentaron empujarme a pensar solo en mí —dijo en voz baja—. Quizá por eso esta etapa de nuestra búsqueda no se trató de una pelea, sino de demostrar que podíamos dar.

Checkered colocó una mano sobre el metal del farol, la luz analítica de sus ojos suavizada por la reflexión.

—Estos relojes que protegemos… están construidos para sobrevivirnos, pero solo si su regalo de tiempo se comparte —apuntó—. Los recursos, el conocimiento, incluso el tiempo mismo… tienen que circular, como el agua de ese pozo.

Blunt asintió pensativo y pasó un dedo sobre el alambre rúnico enrollado en su palma.

—Cuando la oscuridad casi me consumió tiempo atrás, fue la fuerza que ustedes compartieron la que me rescató —dijo, dirigiéndose a sus amigos—. La generosidad toma muchas formas. Los ojos de Breezie se dirigieron de nuevo hacia la calle silenciosa. —Incluso un pequeño acto de dar puede cambiar por completo el rumbo de los acontecimientos —añadió suavemente—. La compasión de aquel anciano salvó a una niña… e inspiró a todo un pueblo.

Paulina se acercó mientras terminaban de compartir sus reflexiones, su chal agitado por la brisa.

—La Catedral de Wells los espera —dijo—; el reloj de allá resuena con este mismo tema: engranajes antiguos que requieren de un espíritu colectivo para funcionar apropiadamente. Si la avaricia queda sin oposición, el significado de ese reloj se erosionará igualmente.

El grupo exhaló en conjunto, fortalecido por la lección de la fábula. La luz del farol brilló por un instante con mayor intensidad, como reconociendo la firmeza de su resolución. Dejarían atrás Boston para encaminarse hacia la grandeza medieval de Wells, guiados por la lección del relato arraigada en sus corazones.

Puente del don

Paulina dio un paso al frente y apoyó la palma en la base del farol. Un zumbido grave reverberó, y las inscripciones en torno a su circunferencia empezaron a girar, agrupándose en una espiral de luz.

—Al abrazar la generosidad aquí —dijo—, habéis abierto el camino hacia Wells. Avisados quedáis: la influencia de la avaricia aún ronda ese lugar antiguo. El reloj ha resistido desde el siglo XIV, pero no es impermeable a la corrupción.

La espiral de luz se expandió, dejando ver fugazmente arcos de piedra y velas resplandecientes. Ecos tenues de un canto coral lejano se colaron, como si la propia catedral estuviera llamando a través del tiempo. Reddish dio un paso más, con sus ascuas iluminando suavemente el portal arremolinado.

—Esto no es un viaje cualquiera —prosiguió Paulina—. Cruzaréis umbrales tanto de época como de perspectiva. Confiad en lo aprendido: al dar, hay seguridad.

Greenie miró a su alrededor a sus compañeros—Blunt con el alambre rúnico en la mano, Checkered lista con su lente, Firee preparado para detectar cualquier trampa, Breezie sereno en el borde, y Reddish con la determinación centelleando en los ojos. Una oleada de gratitud por su sinergia colectiva recorrió a Greenie. Luego, con un último destello de luz del farol, el portal se solidificó. Arcos de runas medievales danzaron en el aire, forjando un puente luminoso. Llegó un tenue olor a cera de vela y piedra antigua, y el sonido de agua corriendo—como de una fuente lejana—resonó suavemente.

No surgieron ilusiones para detenerles; quizá la malicia del Arlequín estuviera en otra parte o aguardando su momento. Sea como fuere, entraron sin dudar en el portal arremolinado. Las últimas palabras de Paulina flotaron en el aire nítido:

—Que la generosidad dé forma a vuestro camino. El gran engranaje suspiró; una campana en Somerset respondió. Un breve impulso de energía los envolvió. El patio del farol desapareció, sustituido por el susurro tenue de un espacio sagrado con siglos más de antigüedad que las calles de Boston que acababan de dejar atrás.

Piedra, incienso, tiempo

El silencio cayó cuando el portal arremolinado se desvaneció, dejando a los jóvenes magos en la nave tenuemente iluminada de la Catedral de Wells. Columnas imponentes enmarcaban el pasillo central, con la luz de las velas acumulándose sobre el antiguo suelo de piedra. El reloj astronómico del siglo XIV se alzaba junto a una pared, con su esfera zodiacal y sus pequeños caballeros justadores inquietantemente quietos. Un frío impregnado de incienso viejo se deslizaba por los arcos. A Breezie se le cortó la respiración—este lugar rezumaba una reverencia solemne.

—Se siente como retroceder en el tiempo —susurró, consciente de los siglos apilados entre estos muros.

Checkered alzó su lente hacia las vigas altas.

—Ese reloj es de los más antiguos de su clase —dijo en voz baja—. Forjado en la era medieval, antaño simbolizaba un compartir comunitario del conocimiento sobre los cielos. Si la avaricia lo empaña, nos arriesgamos a perder un pedazo vivo de historia.

Firee pasó la mano por el borde de un banco tallado, esperando a medias que surgiera una ilusión. En lugar de eso, percibió algo más difuso—un zumbido bajo y discordante que insinuaba avaricia.

—Ya hemos visto a la avaricia sabotear maravillas mecánicas —murmuró—. Apostaría a que aquí está haciendo lo mismo.

En efecto, una leve desarmonía vibraba desde los engranajes del reloj, como si quisiera tañer, pero estuviera atrapado por una energía egoísta. Reddish se acercó, observando las figurillas de caballeros que tradicionalmente justaban cada cuarto de hora. Ahora estaban rígidas, bloqueadas en una tensión que sugería el acaparamiento de algo intangible. Blunt aferró el alambre rúnico.

—Vencimos las ilusiones con entereza y reflexión —dijo—. Veamos si la generosidad puede desatar estos engranajes. Recordó la fábula de Paulina y cómo un solo acto de dar podía transformar a toda una comunidad.

Greenie extendió su sentido empático por la atmósfera de la catedral. La sintió vibrar con una devoción antigua.

—Wells siempre ha sido un lugar donde los peregrinos se daban a sí mismos—trabajo, monedas, oraciones. Quizá ese espíritu siga por aquí.

Cuando se reunieron al pie del reloj, un susurro emanó de la esfera: «Avaritia Est Vitium… Donatio Est Virtus». La avaricia es vicio; la generosidad es virtud. Las palabras crepitaron como una advertencia callada. Los amigos se intercambiaron miradas decididas. Venían preparados para restaurar lo que siglos de devoción habían construido, negándose a que la avaricia se adueñara de esta obra maestra medieval.

Cuando los caballeros bajan las lanzas, un repentino tirón mecánico sacudió el reloj, y las figuras de los caballeros cobraron vida a trompicones. Pero en lugar de su justa juguetona de siempre, avanzaron en una marcha amenazante, cada uno blandiendo una lanza. Las llamas de las velas vacilaron, proyectando sombras exageradas a lo largo de los muros de piedra. Blunt se situó delante del grupo.

—Están retorcidos por la avaricia —masculló, recordando cómo en pruebas anteriores las ilusiones habían corrompido figuras por lo demás benévolas. Alzó un resguardo protector—una barrera reluciente de luz como de agua—entre ellos y los caballeros que se aproximaban.

Reddish, con las ascuas latiéndole en las yemas de los dedos, se preparó para atacar con fuego. Aun así, vaciló, intuyendo que aquellas figuras animadas formaban parte del largo legado de la catedral. No quería destruirlas—solo liberarlas. Breezie se adelantó, extendiendo una brisa serena que se arremolinó alrededor de las formas mecánicas de los caballeros.

—Venimos a compartir, no a acaparar —les gritó con voz firme—. ¡Bajad las armas y volved a vuestro movimiento legítimo!

Los caballeros temblaron, como si lucharan contra el propio agarre de la avaricia. Uno se lanzó hacia delante, haciendo chocar su lanza contra la piedra. Firee se tensó, buscando con la mirada una trampa más profunda en el mecanismo. Efectivamente, avistó una varilla atascada detrás de la esfera, palpitando con la misma malignidad rúnica que habían visto en el oeste de Texas.

—¡Lo veo! —gritó, señalando para Checkered, quien corrió tras la carcasa del reloj, con la lente en la mano. Allí, un trozo de metal corroído bloqueaba un engranaje crítico. Llevaba grabado «Avaritia» —Avaricia.

—Esto es lo que retuerce su propósito —dijo, palanqueando con cuidado la pieza corroída.

Reddish canalizó su empatía hacia afuera, imaginando cómo este reloj había deleitado antaño a los presentes con sus exhibiciones alegres.

—Liberaos de esta corrupción —susurró, enviando bejucos de luz verde suave que se enroscaron alrededor de los brazos de los caballeros.

Poco a poco, la tensión del mecanismo cedió. Checkered desencajó el pedazo corroído, y Firee desató un destello abrasador que disolvió el fragmento maligno sin dañar el espacio sagrado. Los caballeros retrocedieron tambaleantes a su posición, con las mandíbulas mecánicas abriéndose en una aceptación silenciosa. Un suspiro de zumbido suave señaló la liberación del engranaje.

Cuando el mecanismo se reajustó, un tañido nítido resonó por toda la catedral. Los caballeros reanudaron su danza adecuada, justando con elegancia en un espectáculo inofensivo como lo habían hecho durante siglos. El sosiego volvió a la Catedral de Wells, ahora impregnado de alivio. Reddish bajó la mano, y sus llamas se apagaron hasta quedar en brasas.

—Han vuelto a alinearse —susurró, exhalando hondo—. Aquí perdió la avaricia.

Blunt inclinó la cabeza con gratitud silenciosa. El reloj antiguo, girando libre otra vez, se erguía como prueba de que lo destinado a compartirse no podía ser retenido por la avaricia por mucho tiempo.

Las velas volvieron a titilar cuando el tañido del reloj se desvaneció. La esfera zodiacal grabada resplandeció tenuemente, revelando un compartimento oculto bajo un león cincelado—un emblema del siglo XIV que simbolizaba tanto la autoridad regia como la administración comunitaria. Checkered y Greenie se miraron. Los ojos de Greenie se abrieron más.

—Percibo algo nuevo—algo que debe compartirse —murmuró.

El acero respira con alivio

Una risita fugaz—eco de la burla del Arlequín Oscuro—quebró la paz momentánea. Reddish entornó los ojos.

—Otra vez esa presencia —siseó, con las ascuas avivándose. Pero el sonido se deslizó enseguida y se desvaneció, dejando únicamente el zumbido constante del mecanismo.

—No se rendirá fácilmente —masculló Blunt, recordando cómo las ilusiones casi los habían devorado en el pasado—. Pero lo enfrentaremos del mismo modo: manteniéndonos juntos y compartiendo lo que tenemos.

Paulina los condujo hasta un panel abierto cerca del centro del reloj. Dentro había otro compartimento, que brillaba con el mismo emblema estelar.

—Habéis tendido un puente entre lo antiguo y lo nuevo —dijo con calidez—. El Long Now puede funcionar como fue concebido: un regalo perdurable para la humanidad.

Checkered avanzó con el medallón estrellado en la mano. Por un instante vaciló—el diseño antiguo de aquella reliquia era un filón de conocimiento que anhelaba estudiar. Pero estaba hecho para compartirse, no para acapararlo. Reuniendo resolución, encajó el medallón en su sitio. Un clic satisfactorio resonó, y el zumbido del sistema se volvió firme y confiado. Un tenue remolino de runas—mitad medievales, mitad futuristas—centelleó a lo largo del metal.

—Está completo —susurró.

Con el reloj del Long Now plenamente restaurado, Paulina reunió a los magos alrededor del engranaje principal. De la placa se alzó un círculo radiante de luz rúnica, formando bajo sus pies un mosaico de patrones cósmicos y símbolos arcaicos. Su voz llevaba la calma de quien ha visto lo peor de la codicia, pero sigue creyendo en lo mejor de la humanidad.

—Al actuar con generosidad aquí y en Wells, habéis demostrado cómo la avaricia puede amenazar el legado del tiempo. Si no se le pone freno, envenena cualquier reloj o comunidad que toca. —Hizo una pausa para que sus palabras calaran. El grupo recordó cómo las ilusiones habían hurgado en sus inseguridades, casi resquebrajando su unidad. La avaricia era simplemente otra cara de esa misma oscuridad—una capaz de erosionar civilizaciones enteras si no se la desafía. Paulina prosiguió—: Vuestro éxito significa que estos dos relojes perdurarán ahora para las generaciones futuras. Pero también es señal de nuevas pruebas. La triquiñuela del Arlequín sigue ahí—al acecho en ilusiones y manipulaciones sutiles, lista para alimentarse de cualquiera que acapare en vez de compartir.

Breezie cruzó los brazos e intercambió una mirada con Firee.

—¿Entonces seguimos con el siguiente eslabón de esta cadena de relojes? —preguntó.

—Sí —afirmó Paulina, apartándose un mechón de pelo—. Cada reloj que restauráis ahuyenta otra sombra de avaricia. Ese es el poder de la generosidad.

Greenie sintió que un peso sutil se posaba sobre sus hombros, como si cada paso hacia delante cargara con más responsabilidad.

—Estamos preparadas —dijo en voz baja, recordando a la niña de la fábula que casi muere de sed—. Si la generosidad salvó a aquel pueblo, puede salvar a muchos más.

Reddish cerró el puño, con ascuas ardiendo de determinación.

—No habrá ilusión, ni avaricia, ni risa fantasma que nos detenga —dijo.

Paulina esbozó una sonrisa orgullosa.

—Entonces continuaréis —dijo, señalando el mosaico arremolinado—. El camino se extiende más allá de esta cámara. Encontrad el siguiente reloj. Protegedlo. Demostrad que la generosidad triunfa sobre todas las formas de avaricia.

Un leve temblor recorrió el suelo, como si el propio Long Now aprobara. Las luces bajo sus pies parpadearon, insinuando un portal naciente hacia algún desafío futuro. Los amigos intercambiaron miradas endurecidas—ya no había vuelta atrás.

Aprovisionar el don

El engranaje principal fue bajando el ritmo poco a poco, soltando un último tañido resonante por el inmenso espacio. Paulina los condujo lejos de la maquinaria hasta un nicho más tranquilo, alineado con cajas de archivo y viejos bocetos—planos para futuras ampliaciones del reloj del Long Now.

—Necesitáis un respiro —dijo, ofreciéndoles agua y pequeños paquetes de comida. Porque hasta la generosidad, lo sabía bien, requiere de vez en cuando alimento tangible. Cada cual aceptó agradecido, consciente de que dar y recibir forman parte del mismo ciclo.

Blunt bajó la mirada al alambre rúnico que tenía en la mano.

—Llevamos estas herramientas por una razón —reflexionó, jugueteando con su longitud—. No son para el lucro personal, sino para conectarnos con quienes necesitan ayuda.

Firee, sorbiendo agua, recordó cómo las ilusiones habían retorcido su vigilancia hasta convertirla en paranoia.

—Si mantengo los sentidos abiertos no solo por mí, sino por el bienestar de todos, quizá ninguna ilusión vuelva a engancharme —dijo en voz baja.

Checkered asintió.

—Y mi lente—al principio solo la usaba para recopilar datos. Ahora veo que sirve para descifrar ilusiones e inscripciones que benefician a algo más que mi curiosidad. —Recordó haber escaneado las runas medievales en Wells y haber desbloqueado un pedazo de historia que muchos habían olvidado.

Reddish se apoyó en un pilar de piedra, con las ascuas aun palpitando suavemente.

—Vencimos a las ilusiones uniéndonos, y vencimos a la avaricia compartiendo —dijo con sorna—. Empiezo a ver un patrón.

Greenie dejó a un lado su vaso de agua vacío y cerró los ojos, respirando la quietud.

—La generosidad puede parecer una idea sencilla —dijo en voz baja—, pero es lo más difícil de entender para quien es egoísta. Llevaremos ese espíritu allá donde vayamos.

El chal de Paulina captó una leve corriente, arremolinándose en torno a sus tobillos.

—Cuando estéis listos —dijo con suavidad—, seguid el camino que se forma desde este punto. —Asintió hacia un arco abierto donde titilaba una luz suave, un nuevo portal cobrando vida. Invitaba hacia Argent Keep, el santuario oculto en lo alto de montañas lejanas que nombraba la pista del orbe. Lo que antes parecía una mera metáfora estaba a punto de convertirse en una fortaleza muy real y en el sitio del próximo reloj. Los seis se pusieron en pie, con las capas ondeando. Ya no rondaban ilusiones por aquellos pasillos—la avaricia había sido desterrada del Long Now y de Wells. Pero el camino por delante era largo, y seguirían adelante, confiando en que cada paso dado con generosidad disiparía cualquier oscuridad que aguardase en rincones invisibles.

Coda: Dos relojes en concordia

Un silencio final descendió sobre la cámara subterránea mientras los jóvenes magos se reunían junto a Paulina. Más allá del arco, titilaba un túnel de luz, prometiendo el paso hacia otro destino ligado a un reloj—uno que, sin duda, pondría a prueba su unidad y su generosidad de nuevas maneras. La mirada amable de Paulina recorrió a cada uno, y su chal resplandecía con el mismo calor con el que había calmado a la gente del North End.

—Recordad la fábula del pozo que se compartió a sí mismo —dijo en voz suave—. Es la esencia de todo lo que habéis hecho aquí: cuando una persona da, inspira a las demás.

No necesitó explicarlo más; la lección era evidente.

Blunt dio un paso al frente y le tomó la mano con gratitud. Un recuerdo de su antigua inseguridad le cruzó fugaz por la mente, pero de pie allí ya no sentía ese peso.

—Tu guía nos ayudó a ver cómo el futuro y el pasado pueden compartir el regalo del tiempo —dijo—. Seguiremos abriendo camino.

Reddish y Greenie se unieron, cada una con un agradecimiento en voz queda. Firee, Breezie y Checkered también expresaron su gratitud, reconociendo que la influencia maternal de Paulina no solo había reparado relojes, sino que también había suavizado sus propias aristas.

Un eco tenue de aquella risa fantasma aún rondaba en el fondo de sus mentes—un recordatorio persistente de la influencia del Arlequín. Pero ya no se sentía amenazante, apenas una carcajada lejana ahogada por el calor de su propósito común. Paulina asintió, orgullosa, y se hizo a un lado. El portal arremolinado más allá del arco palpitó en arcos invitadores de azul pálido y dorado. Reuniendo el ánimo, los seis amigos intercambiaron miradas resueltas. Uno a uno, cruzaron el umbral, con las capas brillando en la penumbra mientras desaparecían del Long Now.

En cuanto sus figuras se desvanecieron, la quietud de la cámara se hizo más honda. Una resonancia casi musical se extendió por los grandes engranajes de acero, como si todo el reloj reconociera su acto desinteresado. Diez mil años de tictac quedaban por delante, sostenidos por el espíritu de la generosidad.

De vuelta en la Catedral de Wells, el reloj antiguo tañó con vigor renovado, y sus caballeros volvieron a justar juguetones para deleite de los visitantes. A través de un océano y a través de los siglos, dos relojes—uno medieval, otro futurista—se movían ahora en silenciosa concordia. Cada tic era un testimonio vivo de lo que los magos habían logrado. Así terminó su confrontación con la avaricia en el Long Now y en la Catedral de Wells. El viaje de los jóvenes continuaba—siempre atentos a las ilusiones que se alimentaban del miedo y la avaricia, siempre confiados en que la llama de la unidad y la generosidad los guiaría a través de cualquier oscuridad que aguardase.

Capítulo 17

El Planetario de Adler y el Reloj de Münster

– La balanza de la justicia

Chicago bajo la balanza

Un cielo nocturno de Chicago resplandecía sobre la silueta del Planetario Adler, donde un reloj celeste permanecía silencioso y ladeado. Encargado cuando el Adler abrió en 1930 para demostrar la armonía cósmica, sus engranajes estrellados—que normalmente zumbaban al unísono con el firmamento—emitían ahora un ritmo desconcertante y descompasado. Para cualquiera sintonizado con la interferencia mágica, se sentía como si la injusticia deformara el equilibrio natural del universo, volcando el reloj de arena del cosmos boca abajo.

De un remolino de luz bronce y zafiro, Blunt, Reddish, Firee, Checkered, Breezie y Greenie aparecieron en el gran salón. Sus capas arlequín—esmeralda, carmesí, zafiro—captaban destellos de las luces de exhibición sobre sus cabezas. En la mano de Blunt, un emblema grabado con "Aequitas Est Virtus" palpitaba, guiándolos hacia adelante.

Firee miró a su alrededor, recordando cómo las ilusiones una vez aprovecharon sus vulnerabilidades en una ciudad anterior.

—No hay ilusiones girando todavía, —murmuró. —Pero la energía aquí se siente… desviada.

Checkered presionó su lente contra la base del reloj planetario y leyó un lema grabado: *"La justicia es una virtud; La justicia es un vicio"*. Descubrió una leve distorsión en las órbitas de latón.

—Algo está forzando a estas órbitas cósmicas a desalinearse, —dijo en voz baja, —como un desequilibrio moral hecho forma física. La verdad suspendida en la luz de las estrellas, aguardando equilibrio.

Greenie cerró los ojos, percibiendo el sueño incumplido del reloj: estrellas uniendo a la humanidad con justicia.

—Fue construido para mostrar unidad bajo el cosmos, —susurró, —pero algo lo está dividiendo.

Las brasas de Reddish se avivaron ante la idea de la opresión. Recordó ilusiones que una vez forzaron a comunidades enteras al aislamiento.

—Si la injusticia puede torcer arcos estrellados, —dijo, —debemos devolver la justicia a esta máquina.

Un sutil resplandor emanó del estrado. Lettizia Dillettante, serena y majestuosa, emergió junto a unas exhibiciones antiguas. Su mirada portaba la promesa de una prueba, pero también un aire de cautela.

—El reloj de Adler representa la justicia universal, —explicó. — Fuerzas sesgadas han saboteado su corazón.

Blunt apretó el emblema con fuerza. Las lecciones pasadas— generosidad, fortaleza—ardían en su memoria.

—Vencimos las ilusiones manteniéndonos unidos, —dijo. —Aquí, nos aseguraremos de que la justicia triunfe sobre la división.

Los ojos de Lettizia se entrecerraron, como sopesando su determinación, luego asintió.

—Preparaos. Solo un compromiso compartido con la equidad puede desbloquear el mecanismo del reloj y llevarnos a Münster, donde aguardan más desafíos.

Engranajes que inclinan el cielo

El vasto salón se oscureció levemente mientras los magos se acercaban al aparato central del reloj. A su alrededor, mapas estelares y modelos de sistemas solares proyectaban tenues reflejos sobre el suelo pulido. El silencio cayó, roto solo por el insistente tic-tac de engranajes desalineados.

Checkered se agachó junto a un panel donde convergían varias varillas de latón.

—Cada varilla dirige una órbita diferente, —explicó. —Por lo general están equilibradas, pero una las obliga a inclinarse como un desequilibrio moral hecho forma física.

Recordó cómo confiar únicamente en la lógica pura una vez le hizo pasar por alto una pista emocional, y juró no repetir ese error. Esta vez, fusionaría un análisis minucioso con empatía.

—Percibo una fractura dentro, —susurró Firee, rozando el metal con una mano enguantada. Su agudo sentido para detectar trampas se activó, como si las ilusiones acecharan tras la elegante fachada del reloj. —Si lo dejamos supurar, todo el mapa estelar podría atascarse.

Greenie apoyó la palma sobre una inscripción que simbolizaba la unidad global con constelaciones.

—Este lugar fue diseñado para mostrar que compartimos el mismo cielo, —murmuró, —y una responsabilidad común debajo de él. La injusticia desgarra esa unidad.

Cerca de allí, Breezie observó a un grupo de visitantes nocturnos que se acercaron demasiado, cautivados por la grandeza del reloj. Los tranquilizó con un gesto, asegurándose de que ninguna ilusión los asustara o lastimara. Los visitantes pronto se retiraron, dejando el salón en silencio.

Un leve zumbido bajo el suelo señalaba energías más profundas. Blunt acarició el emblema brillante en su mano, donde se leía "Aequitas Est Virtus". Recordó cómo las ilusiones de codicia una vez amenazaron un reloj diferente cerca de Van Horn, en el oeste de Texas, solo para ser disipadas por un frente unido. Ahora era la injusticia, una fuerza más sutil pero igual de corrosiva.

Reddish observó un remolino de luz cósmica danzando sobre ellos — un eco del proyector estelar de la exhibición.

—Si el sesgo puede desalinear órbitas, —dijo, —las alinearemos. Veamos si Lettizia puede guiarnos a la raíz de este sabotaje.

Desde detrás de una columna de bronce, Lettizia dio un paso al frente. Su vestido captó las constelaciones del techo, convirtiendo su silueta en un tapiz viviente de luz estelar.

—Seguidme, —dijo en voz baja, indicándoles una escotilla oculta junto a la base del reloj. —Debemos enfrentar la injusticia en su origen, o este mapa celestial permanecerá torcido.

La balanza de la justicia de Lettizia

Descendieron por una escalera corta hasta un recoveco de mantenimiento raramente visitado por el público. Cableado de bronce y engranajes en forma de estrella cubrían las paredes para replicar movimientos cósmicos. Sin embargo, cada componente vibraba con una tensión latente.

Lettizia se detuvo ante un pedestal que sostenía una balanza rúnica. Uno de sus platillos colgaba mucho más bajo que el otro. Con mano firme, la alzó a la vista.

—Esta balanza fue diseñada para reflejar el equilibrio cósmico. Pero, ¿veis cómo se inclina?

Reddish frunció el ceño, con sus brasas brillando.

—Es como si estuviera lastrada por algo intangible.

—La injusticia, —respondió Lettizia, colocando suavemente una pluma luminosa en el platillo más alto. —Cuando las decisiones, los recursos u oportunidades favorecen a un grupo a expensas de otros, el tejido moral del universo se distorsiona.

En ese momento, volutas de energía humeante surgieron alrededor del pedestal, fusionándose en fantasmas a medio formar — sombras cargadas de privilegio y sesgo que instaban a ciertos engranajes a girar más rápido que otros. Dentro del torbellino ilusorio parpadeó una sala de consejo fantasmal: una facción de espectros clamaba por derechos y privilegios exclusivos, mientras la otra gritaba contra la explotación. Las acusaciones se superponían en un clamor discordante, sin que ningún bando escuchara al otro. La mirada de Lettizia no vaciló.

—Restauro el equilibrio reconociendo la participación igual de cada persona, —continuó, canalizando una sutil oleada de magia hacia la balanza y conjurando un suave destello de equidad que disipó las ilusiones en motas arremolinadas.

Los platillos de la balanza se nivelaron, aunque solo por un instante.

Greenie sintió un suave pulso de empatía emanando de la demostración de Lettizia, su promesa de incluir a los indefensos. Mientras tanto, el agudo sentido para trampas de Firee volvió a activarse. Vislumbró destellos de manos ilusorias que intentaban inclinar la balanza hacia abajo otra vez.

—Son persistentes, —advirtió.

Breezie se colocó detrás de Reddish y posó una mano en su hombro al notar que su frustración crecía.

—Mantengamos la calma, —dijo en tono tranquilizador. — Aprendimos de ilusiones pasadas que el miedo o la ira pueden alimentarlas.

Reddish exhaló, dejando que sus brasas se apaciguaran. Sabía que luchar contra las ilusiones con pura rabia a menudo resultaba contraproducente.

—Cierto, —asintió a Breezie. —Sigamos con paso firme.

Con un último arranque de determinación, Lettizia equilibró de nuevo la balanza rúnica. Esta vez, las ilusiones desaparecieron. Un engranaje oculto tras el pedestal se puso en marcha con un clic, señalando la restauración parcial de la armonía cósmica del reloj. Por encima, uno de los anillos planetarios que había estado desalineado se estremeció y volvió a encajar en su ranura, como si los mismos cielos reconocieran el equilibrio recuperado.

Lettizia esbozó una sonrisa de alivio.

—La justicia comienza aquí, —dijo en voz baja, bajando la balanza. —Pero debemos llevar ese principio más allá de Adler, hasta Münster, donde un reloj más antiguo también lucha bajo el peso de la parcialidad.

Una aguja de estrellas

Un leve zumbido creció bajo sus pies, resonando con la balanza equilibrada. Lettizia los condujo de regreso al salón principal. Un engranaje plateado — el corazón del reloj de Adler — flotaba bajo la cúpula, brillando con poder renovado. Su luz se proyectaba hacia el este a través del cielo nocturno simulado, esbozando el contorno de una aguja lejana entre las estrellas. Sobre sus cabezas, las constelaciones habituales resplandecían, pero ahora una parpadeó y se transformó en la aguja de una catedral medieval grabada en la cúpula.

—Ahí está vuestro camino, —dijo Lettizia, señalando el perfil reluciente. —El Reloj Astronómico de Münster de 1540 comparte un vínculo con el de Adler. Ambos fueron diseñados para unificar la mirada de la gente hacia el cielo, pero la injusticia los ha corrompido.

Blunt observó cómo la aguja bañada de estrellas brillaba con runas girando a su alrededor.

—Una runa de catedral resplandeció, —comentó, maravillado al ver arquearse un patrón efímero a través de la cúpula, un puente centelleante que unía el cosmos de Chicago con la ciudad alemana. Sintió el peso de una nueva prueba convocándolos.

—La injusticia amenaza el equilibrio cósmico, —murmuró Greenie, recordando en silencio cómo las ilusiones antes encubrieron la verdad. —No podemos dejarlo sin resolver.

El salón quedó en silencio, como si las propias exhibiciones del planetario percibieran la transición. Reddish notó el eco fantasmal de una risa sombría resonando alrededor de la cúpula, quizás la presencia burlona del Arlequín. Apretó los dientes, recordando las ilusiones que una vez intentaron separarlos.

—Enfrentaremos esa risa si regresa, —juró.

Checkered miró a Breezie, recordando cómo ilusiones previas sacudieron al grupo.

—Nos mantendremos tranquilos, —dijo, aludiendo al momento en que la lógica pura le falló. Ahora entendía que la empatía y la equidad debían acompañar al análisis.

Firee asintió.

—Entonces el portal se forma en sinergia con la restauración parcial del reloj. Asegurémonos de arreglar cada engranaje antes de saltar.

Lettizia se dirigió al estrado central, colocando una mano sobre un planetario mecánico que hacía girar un anillo dorado alrededor de una diminuta esfera terrestre.

—El sistema de Adler está lo bastante estable para permitir el paso, —confirmó. —Pero Münster aguarda la misma purga del sesgo. De lo contrario, el ciclo queda incompleto.

Un remolino de viento cósmico recorrió la exhibición. El contorno estrellado arriba brilló de pronto y se transformó en un cometa fulgurante que cruzó la cúpula. En un instante, la cola del cometa se desplegó en una mano luminosa de polvo estelar que se precipitó hacia ellos. Reddish dio un paso adelante instintivamente cuando la mano se cerró suavemente alrededor de todos. Con un tirón rápido, la mano-cometa arrancó a los seis del suelo y los arrojó dentro de la aguja de luz. Mientras el mundo se disolvía en un borrón de estrellas, la voz de Lettizia resonó tras ellos:

—Llevad la justicia al antiguo reloj de Münster. Solo entonces regresará el equilibrio.

Los ángeles piden equilibrio

Al salir del torbellino cósmico, los magos se encontraron en una nave iluminada por velas. Unos elevados arcos góticos se alzaban sobre sus cabezas, con la luz danzando sobre pilares tallados. A un lado se alzaba el Reloj Astronómico de 1540, con ángeles del zodíaco y santos lunares encaramados en niveles giratorios. Sin embargo, el mecanismo daba sacudidas erráticas, como si alguna fuerza oculta tironeara de sus engranajes.

Un leve olor a cera de vela se mezclaba con la piedra centenaria, acentuando la sensación de historia solemne. Greenie se estremeció ante la tensión en el aire.

—Münster ha soportado muchas pruebas. Ahora se enfrenta a ilusiones de injusticia —dijo en voz baja.

Checkered ajustó su monóculo, escudriñando el anillo exterior del reloj.

—Hace siglos, este reloj simbolizaba la unidad comunitaria —apuntó en voz baja—. La gente venía de todas partes para ver su espectáculo cósmico. Un recordatorio de que compartimos un mismo cielo y una responsabilidad común bajo él.

Reddish reparó en ciertas figuras: estatuas angélicas que sostenían balanzas doradas ladeadas fuera de su sitio.

—Algo las está retorciendo. Se ven casi... resentidas —murmuró.

Firee se acercó a los mecanismos internos, buscando indicios de sabotaje.

—Percibo que se está formando una trampa —advirtió, captando tenues pulsos de energía negativa detrás de la esfera. —Unas varillas del reloj están a punto de partirse si no las estabilizamos.

Breezie percibió por el rabillo del ojo el revoloteo de fantasmas con túnicas en los bordes de su visión —jueces y clérigos espectrales, ilusiones que sugerían un favoritismo jerárquico alimentando la injusticia. Advirtió que Reddish cerraba los puños mientras la ira relampagueaba en sus ojos. Al encontrarse con su mirada, él asintió sutilmente y exhaló lentamente, proyectando una presencia tranquilizadora. Ella también respiró hondo, sintiendo que su corazón acelerado se sosegaba gracias a la silenciosa seguridad que él le transmitía.

—Mantente firme —susurró Breezie.

Ambos sabían que no podían permitir que esas ilusiones los incitaran a actuar imprudentemente.

Blunt asintió, sintiendo que el sello Aequitas Est Virtus latía con renovada urgencia. Recordó el momento en Chicago en que vieron cómo un solo engranaje desequilibrado podía minar todo un sistema.

—El reloj de Münster está igualmente comprometido —dijo en voz baja—. Si lo restauramos aquí, la sinergia con el de Adler estará completa.

Como si fuera una señal, los ángeles del zodíaco cobraron vida con un temblor, blandiendo orbes estrellados. Un zumbido sesgado reverberó en el silencio de la catedral, incitando el favoritismo hacia algunas figurillas mientras aislaba a otras. El grupo intercambió miradas firmes: estaban listos para enfrentar las ilusiones que se alimentaban de la división.

Cuando los ángeles se inclinan

Un repentino tirón sacudió el reloj de la catedral. Los ángeles —antes símbolos de unidad— ahora estaban contorsionados, inclinando sus orbes como si estuvieran listos para atacar. Al mismo tiempo, los santos lunares fruncían el ceño desde sus pedestales, acaparando pequeños emblemas estelares.

Blunt dio un paso al frente, invocando un escudo de luz acuosa para proteger a sus compañeros.

—¡La justicia perdura! —gritó, recordando cómo las ilusiones del miedo una vez se hicieron añicos gracias a la determinación compartida.

Un ángel arrojó una esfera hacia el grupo, pero Reddish la desvió con un remolino controlado de brasas. Canalizó su frustración en una llama concentrada, cuidando de no chamuscar la antigua reliquia.

—¡Que haya equilibrio, no división! —espetó, dispersando los brillos ilusorios que revoloteaban alrededor de las alas del ángel.

Los sentidos empáticos de Greenie palpitaron. Sintió una multitud de pequeñas ilusiones al acecho en las sombras, destellos de feligreses que antaño se creían superiores o indignos, alimentando ahora el sesgo del reloj.

—La equidad nos une a todos —murmuró, tejiendo una suave enredadera de energía que calmó la agitación mecánica del reloj.

Firee localizó la trampa que había presentido: un cúmulo de engranajes semirreales atascados bajo el pie de un santo tallado.

—Estas ilusiones se han endurecido hasta volverse algo físico —dijo. Con una precisa ráfaga de fuego, incineró el metal corrompido.

El monóculo de Checkered resplandeció, resaltando inscripciones rúnicas que se retorcían por el reloj: Iniquitas Est Vitium. Serenó su mente, negándose a dejarse influir por los susurros insidiosos. Recurriendo tanto a la razón como a la compasión, descifró cómo las ilusiones habían sesgado el movimiento de cada figura.

—¡La verdad alinea! —declaró cuando el patrón oculto se volvió claro.

Breezie invocó una brisa constante que barrió las últimas formas efímeras aferradas a los ángeles del zodíaco. Una tras otra, las figuras celestiales volvieron a sus movimientos normales, ya no detenidas por ilusiones de favoritismo. El silencio se instaló, roto solo por el suave tic-tac de los engranajes al reajustarse.

El espíritu maternal de la Sra. V. centelleó junto a un nicho iluminado por velas, ofreciendo una suave afirmación:

—La justicia vence al sesgo —susurró.

Luego se desvaneció, dejando al grupo con una sensación de triunfo sereno. El zumbido mecánico del reloj de Münster se suavizó, como si exhalara alivio tras siglos de tensión.

Por un breve momento, uno de los ángeles del zodíaco giró lentamente de regreso a su postura erguida, levantando una pequeña balanza dorada en un gesto de equilibrio restablecido. Cerca de allí, un santo tallado junto a la esfera se deslizó de vuelta a su nicho con un suave clic mientras sonaba una delicada campanada: señales sutiles de que el orden se había restaurado en el antiguo reloj.

El legado del reloj de 1540

Disipadas las ilusiones, el Reloj Astronómico de 1540 reanudó una elegante danza de figuras celestiales. La luz de las velas relucía sobre los detalles dorados, revelando el arte de quienes lo crearon hace casi cinco siglos.

Checkered leyó una pequeña placa en la base del reloj.

—En 1540, artesanos locales terminaron estos ángeles y santos giratorios para recordar a todos la equidad cósmica —dijo con reverencia—. Ningún grupo eclipsaba a los demás; cada elemento tallado aportaba al gran diseño.

Greenie tocó la piedra lisa de un pilar cercano, percibiendo ecos de feligreses del pasado que una vez se maravillaron con el funcionamiento diario del reloj.

—Venían a ver cómo los cielos se movían al unísono, reflejando un orden moral —susurró—. La injusticia nunca estuvo destinada a mancillarlo.

Firee exhaló, liberando la última pizca de tensión.

—Ya está estable. Si las ilusiones intentan regresar, las detectaremos. Pero creo que rompimos su control.

Breezie asintió, notando cómo las ascuas de Reddish se habían enfriado hasta quedar en un suave resplandor. Le dedicó una pequeña sonrisa tranquilizadora.

—Podemos bajar la guardia —dijo en voz baja, recordando lo cerca que estuvo la ira de consumirla—. El peligro ha pasado.

Blunt presionó el sello Aequitas Est Virtus contra una muesca recién revelada en el lateral del reloj. Con un chasquido mecánico, un panel oculto se abrió, revelando un disco cifrado.

—Parece el último secreto de Münster... ¿quizás un enlace a otro lugar más?

Una suave voz resonó desde la oscuridad a sus espaldas. La figura de Lettizia centelleó brevemente en las sombras iluminadas por las velas.

—Habéis traído la justicia aquí —dijo en voz baja—. El mapa cósmico de Adler y el mecanismo histórico de Münster reflejan la equidad restablecida. Pero hay más por descubrir.

El grupo intercambió miradas cómplices. Habían vencido a ilusiones que propagaban el sesgo, conectando dos relojes a través de continentes. Sin embargo, el camino para restaurar cada reloj mágico seguía abierto.

En el silencio que siguió, un suave susurro se elevó desde las sombras de la nave, como si hablara un eco persistente de las ilusiones disipadas:

«¿Cómo podéis gobernar con justicia si os negáis a escuchar las penurias del prójimo?»

Tras un momento de calma, Lettizia les hizo un ademán para que se acercaran a un sitial tallado del coro. De entre sus ropas sacó un pequeño pergamino.

—Antes de continuar, escuchad esto —dijo suavemente—. Una vieja fábula sobre un concejo municipal dividido que aprendió el significado de la justicia imparcial.

Lettizia carraspeó y comenzó:

Voces divididas

Una ciudad próspera quedó sumida en disputas cuando la mitad del concejo exigió derechos exclusivos sobre nuevas tierras, mientras que la otra mitad insistía en que tales concesiones explotarían a los pobres. Las reuniones se tornaron acaloradas, y cada bando lanzaba acusaciones.

En medio de ese alboroto, llegó una sabia mediadora con una sola pregunta: «¿Cómo podéis gobernar con justicia si os negáis a escuchar las penurias del prójimo?».

El concejo se rio ante la idea de escuchar a los oponentes. Pero la mediadora se mantuvo firme y propuso un día para que cada bando hablara sin interrupciones mientras el otro escuchaba en silencio.

De mala gana, el concejo aceptó. Al final del día, ambas facciones comprendieron que habían malinterpretado los temores y esperanzas de la otra parte. Los ricos temían perder privilegios establecidos, mientras que las familias en apuros temían quedar permanentemente marginadas. Con la guía de la mediadora, redactaron una carta que garantizaba un acceso equitativo a las tierras para todos —un equilibrio que preservaba la prosperidad de la ciudad sin pisotear a los vulnerables.

Una vez que la carta fue aprobada, la tensión disminuyó. Los habitantes recuperaron la confianza en sus líderes y la ciudad prosperó. El concejo, aunque seguía obstinado en sus opiniones, adoptó una norma: ninguna ley podría aprobarse sin escuchar cada voz a su debido turno. La equidad prevaleció sobre la división.

Lettizia terminó de leer y luego bajó el pergamino.

Un silencio cayó en torno al coro. Por un momento, ninguno de los magos habló mientras la pregunta resonaba en el aire. Finalmente, Blunt rompió el silencio, con voz reflexiva.

—La equidad no es solo un ideal —dijo en voz baja—. Es algo que practicamos, al escuchar cada voz y refrenar nuestros propios juicios.

La división se convierte en armonía solo cuando realmente escuchamos, tal como hemos aprendido a hacer entre nosotros.

Los ojos de Lettizia centellearon con tranquila aprobación.

—Bien dicho. Vuestra unidad prospera cuando cada voz es escuchada; ninguna ilusión puede desgarrarla.

De vuelta a Boston: el puerto desequilibrado

Un sutil remolino de magia los envolvió, desencadenado por la reactivación del reloj de Münster. Blunt sintió que el sello Aequitas Est Virtus se calentaba, instándolos a avanzar.

—Adler está estable, Münster está estable —dijo, notando el conocido tirón de la magia de teletransporte—. Pero percibo otra llamada... algo que nos arrastra de regreso a Boston antes del próximo horizonte.

Lettizia se hizo a un lado, y cerca de la base de un altar lateral de la catedral un portal relució al formarse.

—Queda un hilo más en Boston —dijo—. Un lugar donde la injusticia perdura. Solo al purificarlo podréis reclamar la pieza final para desbloquear futuros relojes.

Uno a uno, atravesaron el umbral brillante. Una brisa fresca los recibió mientras los muros de piedra daban paso a la noche abierta y al olor a salitre. Surgieron en un muelle a la luz de la luna, con los perfiles de embarcaciones históricas y acorazados en dique seco alzándose en silueta.

La sal y el alquitrán teñían el aire frío. El silencio solo era roto por el crujido de sogas húmedas y el débil chapoteo del agua del puerto contra los pilotes de madera.

El Astillero Naval de Charlestown se extendía ante ellos, una extensión de muelles, cordelerías y barcos preservados de otra época. Ilusiones fantasmales se arremolinaban sobre la superficie del agua, proyectando reflejos distorsionados que ocultaban la verdad con destellos. Era como si el mismo mar centelleara con verdades a medias, alimentadas por un sesgo no resuelto.

Breezie inhaló el viento salado, percibiendo tensiones latentes entre los mástiles que se mecían.

—Barcos brillando con ilusiones —murmuró, con la mirada siguiendo formas efímeras que danzaban sobre las olas—. Será mejor que estemos alerta. Estas ilusiones pueden ser más astutas que la mayoría.

Reddish dejó que sus brasas se elevaran lo justo para proyectar un cálido resplandor sobre las tablas de madera.

—La injusticia amenaza el equilibrio cósmico —recordó en voz baja, evocando un viejo juramento de que incluso un pequeño sesgo podía deformar mundos enteros—. No podemos permitir que eche anclas aquí.

Checkered alzó su monóculo y examinó el oscuro astillero.

—Las ilusiones de injusticia podrían propagarse fácilmente alrededor de sitios disputados como estos viejos acorazados —dijo—. Son símbolos de poder, y el poder a menudo engendra sesgos si no se le controla.

Greenie cuadró los hombros, recordando la lección de que se debe escuchar cada voz.

—Sea cual sea la ilusión que aparezca —dijo—, la enfrentaremos juntos: la justicia será nuestra ancla.

Ilusiones en la marea

Se adentraron más en el astillero. Viejos cañones flanqueaban los muelles, y la luz de la luna destellaba en los cascos de acero de barcos fuera de servicio. El lugar estaba silencioso a esa hora tardía; no había turistas ni trabajadores, solo el goteo de agua salobre y el raspar de cabos contra el metal.

De pronto, Firee se detuvo y alzó una mano. Su instinto de trampas se encendió.

—Cuidado —sisió—. Hay un cúmulo de ilusiones arremolinándose cerca de la escotilla de ese viejo submarino. —Señaló hacia una embarcación en penumbra amarrada más adelante—. Están tejiendo visiones de verdades a medias: promesas de favor para algunos, descuido para otros.

Mientras el grupo se acercaba, formas espectrales parpadearon a la vista sobre la cubierta del submarino: oficiales uniformados prendiendo medallas a ciertos marineros mientras ignoraban deliberadamente a otros. Las brasas de Reddish se avivaron.

—Injusticia en el mar —murmuró, preparándose como si enfrentara a un viejo enemigo.

Antes de que la ira pudiera apoderarse de ella, Breezie se deslizó hasta quedar a su lado y posó una mano firme en el hombro de Reddish. El recuerdo del consejo susurrado, de paciencia y de escuchar, afloró en la mente de Reddish. Ella respiró lento, atenuando su llama.

—Tranquila —susurró Breezie—. No les des lo que quieren.

Reddish exhaló, asintiendo.

—Tienes razón. No dejaré que me manipulen.

Un remolino de medallas fantasmales flotó tentadoramente por el aire, pero los magos no mordieron el anzuelo. El monóculo de Checkered confirmó el señuelo de la ilusión: privilegios especiales ofrecidos a algunos a costa de otros —un eco directo del sesgo. Frunció los labios, recordando cómo un juicio errado una vez les costó tiempo valioso.

—Esta vez no —dijo, avanzando con determinación.

Greenie cerró los ojos y extendió una onda empática, alentando a que las ilusiones se disolvieran ante la equidad compartida. Firee continuó con ráfagas precisas de fuego, quemando el ancla de cada ilusión. Blunt montó guardia sobre el grupo, sosteniendo en alto el sello Aequitas Est Virtus a modo de faro.

Gradualmente, los fantasmas se disiparon hasta desaparecer, dejando la escotilla y la cubierta del submarino vacías y quietas. El grupo siguió adelante, con el corazón firme en su postura unida.

—La injusticia puede seducir con verdades a medias —observó Blunt mientras se reagrupaban—, pero vemos más allá de su brillo. No nos dejaremos dividir.

El medallón del equilibrio

Continuaron a lo largo de una hilera de buques de guerra envejecidos, guiados por tenues runas que brillaban sobre cajas y amarras cercanas. Una suave luz plateada los llamaba desde debajo de un ancla de hierro oxidado montada en el muelle. Al acercarse, Lettizia Dillettante emergió de las sombras, con su túnica ondeante teñida por la penumbra azul grisácea del astillero.

—La injusticia se filtra incluso en lugares que llevan mucho tiempo en paz —dijo en voz queda, volviéndose hacia ellos. Su tono era sereno, pero subyacía en él una nota de alivio—. Vuestra resiliencia aquí prueba que os negáis a permitir que las ilusiones retuerzan quién merece respeto.

Greenie miró alrededor, hacia los silenciosos barcos.

—Hemos ahuyentado las ilusiones de estos muelles —dijo—, pero las manchas del sesgo pasado aún yacen en su historia.

Checkered recordó a una sabia mediadora que una vez unió dos bandos hostiles.

—Tenemos que ser esa mediadora dondequiera que vayamos —añadió en voz baja—. No debemos permitir nunca que una perspectiva domine injustamente.

Ante esas palabras, las tenues runas a su alrededor giraron y se fusionaron. Un medallón delgado emergió en la palma abierta de Lettizia, formándose de la propia luz azul plateada del puerto. En él estaba grabada una pareja de balanzas equilibradas. El medallón brillaba con una radiancia blanco-plateada pura, distinta de los tonos ámbar y bronce de las insignias que los magos habían obtenido antes.

Lettizia extendió el medallón rúnico en silencio. Su luminiscencia bañó al grupo con un resplandor suave, como reconociendo su unidad arduamente conseguida.

—Esto simboliza lo que habéis ganado —dijo por fin—. La justicia no es un veredicto único; debe entretejerse en cada acto, en cada lugar que tocáis.

Unos pocos jirones de ilusión temblaron en el borde del muelle, pero ante la radiación del medallón se desvanecieron. Breezie lanzó una brisa final por el astillero para disipar cualquier sombra restante. Las llamas de Reddish danzaban bajas y constantes, alimentadas ya no por la ira sino por la determinación.

—Charlestown yace tranquila ahora —dijo Reddish en voz baja, escudriñando el astillero a la luz de la luna—. Ninguna ilusión se agita. Hemos mantenido el sesgo a raya.

Blunt dio un paso adelante para recibir el medallón. Lo sintió resonar con el sello que ya sostenía, brillando ambos en armonía.

—Hemos disipado ilusiones en salones futuristas, catedrales antiguas... y ahora hasta en un viejo astillero —dijo, con la luz plateada del medallón reflejándose en sus ojos—. La justicia perdura porque la llevamos dentro de nosotros.

Lettizia inclinó la cabeza, satisfecha.

—El cosmos de Adler y el reloj de Münster están en paz de nuevo. Pero vuestro viaje continúa. El diseño cósmico os llama a avanzar, cada nuevo desafío exigiendo la luz inquebrantable de la justicia.

A sus pies, un remolino familiar de luz rúnica empezó a formarse; pero Lettizia alzó una mano.

—Antes de que partáis, tomad un momento —dijo, señalando un área de asientos improvisados con viejas cajas cercanas—. La justicia va más allá de disipar estas ilusiones. Permitidme compartir una historia más... una que moldeó mi propia devoción a la equidad.

Los magos se acomodaron en los asientos improvisados mientras Lettizia abría un diario ajado y comenzaba a leer:

Las dos facciones

Una gran ciudad estaba dividida en dos facciones: las Altas Terrazas, donde habitaban los nobles, y los Bajos Campos, hogar de los trabajadores. Los nobles aprobaban leyes que solo los favorecían a ellos, y los trabajadores hervían ante la injusticia.

Un día, llegó una jueza itinerante, respondiendo a las súplicas desesperadas de los Bajos Campos. Convocó a ambos bandos en un foro abierto, colocando una sola silla en el centro. —Nadie podrá hablar a menos que esté sentado en esta silla —declaró. La multitud se agitó con curiosidad, porque el asiento era demasiado pequeño para que una sola persona lo ocupara por completo.

Los nobles intentaron sentarse primero, pero la silla se tambaleaba siempre que se negaban a compartirla. Los trabajadores, al intentarlo a su vez, descubrieron que tampoco se mantenía estable estando uno solo. Por fin, un noble y un trabajador se acercaron juntos, cada uno ocupando una parte del asiento. Para su sorpresa, este se equilibró bajo ellos.

La jueza proclamó: —La justicia no requiere que un lado se alce sobre el otro. Solo cuando compartimos el espacio del debate podemos mantenernos firmes. Comprendiendo esta verdad, las facciones reescribieron sus leyes, atendiendo por igual las preocupaciones de los privilegiados y las penurias comunes, forjando soluciones que beneficiaban a todos.

En lo sucesivo, las sesiones del concejo de la ciudad siempre incluyeron un asiento equilibrado en su centro para recordar a todos que, si un lado lo acapara todo, ambos lados caen.

Cerrando el diario, Lettizia juntó las manos.

—Esa jueza itinerante se volvió legendaria —añadió—. Muchos dicen que su asiento equilibrado moldeó el destino de la ciudad durante generaciones.

Los magos permanecieron en silencio, asimilando la lección. Cada uno de ellos se vio a sí mismo en el espejo del relato: momentos en que el orgullo o el miedo casi habían hecho tambalear su propio equilibrio. Blunt se levantó de su caja, con el nuevo medallón de la Justicia centelleando blanco plateado en su mano.

—La silla de tu jueza itinerante, Lettizia... hace eco de tu demostración de la balanza en Adler —dijo pensativo—. Ambas enseñaron que la justicia solo prospera cuando cada voz tiene espacio y nadie se erige por encima de los demás.

El talante reservado de Lettizia finalmente se fundió en una cálida sonrisa. Había visto la prueba de su comprensión.

—Tu percepción honra el legado de la jueza —respondió—. Llevad esa lección a cada lugar donde las ilusiones busquen sembrar sesgos.

Con la sabiduría de la fábula asimilada, el halo rúnico tras Lettizia brilló con más fuerza, señalando que había llegado el momento de seguir adelante.

Retorno a Adler & Münster

Un último torbellino de luz centelleante se elevó desde el muelle de Charlestown y giró a su alrededor, transportando a los magos de regreso al Planetario Adler en Chicago. Llegaron para encontrar las órbitas del reloj celestial perfectamente estables, los engranajes estrellados zumbando con una claridad renovada. Mientras observaban, una aguja con forma de cometa barría con gracia la esfera del reloj, y un delicado tañido resonó desde lo profundo del mecanismo —señales de que el reloj volvía a prosperar. Una tenue brisa cósmica susurró: «Aequitas Est Virtus», como si las mismas estrellas reconocieran su triunfo.

Lettizia estaba de pie junto al estrado central bajo la gran cúpula de Adler, con una expresión serena.

—La injusticia buscó fracturar el mapa cósmico de Adler y el antiguo reloj de Münster —dijo—. Los restaurasteis ambos rechazando cada falso veredicto del sesgo. Ahora cada engranaje y cada figura se mueven en la armonía que les corresponde.

Blunt dio un paso al frente bajo el resplandor de la cúpula, sosteniendo el medallón blanco plateado de la Justicia. Tomó un respiro firme, mirando desde el reloj cósmico restaurado hasta sus compañeros reunidos a su alrededor.

—Ya vencimos antes la ilusión de la codicia, y ahora la injusticia —dijo, su voz resonando en el silencioso salón—. Nos aguardan pruebas más difíciles, pero las enfrentamos juntos.

Mientras Blunt hablaba, los demás se acercaron en silenciosa solidaridad. Los ojos de Greenie brillaban con esperanza mientras alzaba la vista hacia las estrellas equilibradas sobre ellos. Reddish apoyó con tranquilidad una mano en la empuñadura de su varita, sus brasas perennes ahora convertidas en un cálido resplandor en su interior. Firee hizo girar su báculo una vez y lo dejó quieto, satisfecho de que no acechaban trampas en las sombras. Breezie se plantó al lado de Reddish, una presencia que les daba estabilidad, mientras Checkered pulía el monóculo que le había mostrado la importancia de la empatía junto con la lógica. De sus propias maneras silenciosas, cada uno afirmó las palabras de Blunt: estaban listos para lo que viniera, su unidad forjada con más fuerza a la luz de la justicia.

Lettizia se acercó y posó una mano suave sobre el medallón en la palma de Blunt.

—Lleváis ahora con vosotros la chispa de la justicia —dijo—. Más allá de estos dos relojes, otras pruebas aguardan vuestra intervención. El tapiz permanece incompleto hasta que cada sitio esté libre de ilusión.

Ante sus palabras, el proyector estelar del planetario se intensificó, proyectando una imagen fantasmal de otra gran aguja en la cúpula —un indicio de alguna torre de reloj distante, quizás Salisbury o Estrasburgo, haciendo señas en el horizonte. Una risa tenue —claramente el matiz burlón del Arlequín Oscuro— onduló por el aire, pero se desvaneció rápidamente bajo el zumbido cósmico de Adler.

—Adelante —dijo Lettizia, con voz amable y firme—. Habéis equilibrado la injusticia aquí; llevad adelante esa equidad duramente ganada. El gran diseño del Orloj sigue llamando, y cada reloj que restauráis nos acerca más a un futuro libre de las ilusiones de la división.

Con esas palabras finales, los seis magos se encaminaron hacia el portal que se formaba, sus capas arlequín ondeando en la renovada brisa cósmica. La justicia había prevalecido en Chicago y Münster —con su emblema blanco plateado a salvo—, y el viaje continuó. Nuevas virtudes aguardaban ser descubiertas, nuevas ilusiones ansiaban ser disipadas, y el péndulo de la conciencia siguió oscilando mientras se aventuraban a tejer un tapiz de unidad más brillante a través de las eras y los continentes.

Capítulo 18

Los Relojes de Salisbury y Estrasburgo

— La llama del valor

Luz de luna sobre el reloj más antiguo

La luz de la luna se filtraba a través de los altos arcos góticos de la catedral de Salisbury, iluminando el antiguo reloj de 1386 —una maravilla reconocida como el reloj mecánico en funcionamiento más antiguo del mundo. Sus desgastados engranajes de roble giraban con movimientos entrecortados, como si el valor mismo hubiera huido. Un zumbido tenso flotaba en la nave, trayendo el escalofrío de siglos pasados.

Blunt, Reddish, Firee, Checkered, Breezie y Greenie emergieron de un remolino de luz color bronce y zafiro, con sus capas de Arlequín —esmeralda, carmesí, zafiro— atrapando el resplandor de la luna en destellos sutiles. En la mano de Blunt palpitaba tenuemente un medallón rúnico inscrito con "Fortitudo Est Virtus", reflejando la energía que los había guiado hasta allí desde una reciente victoria en Chicago. Aquella demostración de valor, aunque fuera ajena a las pruebas de los relojes del Orloj, los había preparado para el desafío que les aguardaba.

El silencio parecía cargado de temores no expresados. La cobardía pendía sobre el sagrado legado de Salisbury, dispuesta a paralizar el servicio atemporal del reloj a la fe y la historia. Checkered, observando a través de su lente especializada, descubrió una inscripción en la base:

"Fortitudo Est Virtus; Timiditas Est Vitium"
(La valentía es virtud; la cobardía es vicio).

Los ojos ámbar de Reddish relucían en la penumbra mientras un pavor intangible se le instalaba en el pecho.

—Este lugar se encoge ante su propio poder —murmuró.

Greenie pasó suavemente la mano por el armazón de madera del reloj, sintiendo la profunda devoción de los artesanos medievales.

—La catedral de Salisbury ha permanecido fuerte durante siglos —dijo—; su torre se alzó por encima de tormentas y guerras. Sin embargo, el miedo puede erosionar incluso los cimientos más sólidos.

Firee pasó una mano con cuidado por un gran engranaje, notando un leve temblor, como si el mecanismo vacilara.

—Es como una voz callada que instara a este reloj a detenerse —observó con gravedad.

Blunt apretó el medallón con más fuerza.

—La valentía es la prueba —dijo en voz baja—. Nos mantenemos firmes o cedemos al miedo; la elección determina lo que ocurre después. Un eco tenue, tal vez el antiguo tic-tac del reloj, le respondió desde la penumbra.

Sus capas resplandecieron al unísono, cada color intensificándose como si el reloj reconociera a aliados en su silenciosa lucha. Morpheus Rubicom, de quien se rumoreaba que los pondría a prueba allí, no se veía por ninguna parte. Sin embargo, su presencia se sentía cercana —como una quietud incómoda en los rincones lejanos de la nave, como si un guardián invisible de la cobardía merodeara entre las sombras, irradiando un pavor paralizante.

Susurros en los engranajes

La luz de las antorchas titilaba contra los muros de piedra tallada mientras los Magos se internaban más en la nave. Cada eco de sus pasos se fundía con el traqueteo irregular del reloj de 1386. Greenie percibió que este emitía una silenciosa súplica de auxilio: siglos de servicio fiel ahora eclipsados por una timidez insidiosa que robaba la voluntad de la máquina.

Checkered se arrodilló junto al armazón expuesto, con el olor metálico de engranajes antiguos flotando en el aire. A través de su lente vio un delicado juego de ruedas dentadas, cada una grabada con símbolos devocionales —un testimonio de la artesanía medieval que había desafiado siglos de agitación.

—Este reloj resistió la prueba del tiempo —observó—. ¿Por qué ceder al miedo ahora?

La capa carmesí de Firee ondeó con la tenue corriente, y él presionó una mano contra un engranaje tembloroso.

—Percibo ilusiones o sabotaje deformando su ritmo —dijo—. Si dejamos que la cobardía eche raíces, todo el mecanismo podría detenerse.

Reddish recordó una ocasión en la que casi vaciló en un momento crítico porque unas ilusiones de fracaso nublaron su mente. Ahora reconocía ese mismo escalofrío sutil intentando infectar el reloj de Salisbury.

—Esta vez no —murmuró, mientras destellos ámbar danzaban en sus ojos—. Hemos aprendido a mantenernos firmes. Ante sus palabras, la fría presencia en la nave retrocedió levemente.

Desde lo alto, un brillo tenue centelleó alrededor de una esfera oculta, un remolino inesperado de formas rúnicas que proyectaba luces danzantes sobre el suelo de piedra. Breezie inclinó la cabeza.

—Mirad allí... se está formando un portal —susurró.

Dentro de esa luminosidad, una sola runa francesa relucía en el torbellino zafiro, insinuando una catedral más allá de las fronteras de Inglaterra. Blunt apretó el medallón de "Fortitudo Est Virtus".

—Este debe ser el camino a Estrasburgo —dedujo—. La próxima prueba de valentía nos espera en esa ciudad francesa.

Un temblor inquietante recorrió los engranajes del reloj, como si el mismo enemigo oculto se opusiera a que descubrieran esa ruta. Las runas centellearon, mezclándose con ecos de cánticos centenarios. La cobardía amenazaba con descarrilar el legado de Salisbury, y un miedo paralelo susurraba en el titilar de aquella runa francesa, presagiando lo que podría acechar en Estrasburgo.

Con un asentimiento resuelto, Blunt se volvió hacia sus amigos.

—Primero estabilizaremos el reloj de Salisbury. Luego seguiremos ese portal hasta la catedral de Estrasburgo, donde otro reloj necesita la chispa del valor.

A sus espaldas, el reloj emitió un gemido bajo e irregular. El desafío había comenzado, y cada Mago percibió un leve rastro de ansiedad en el aire. Si fracasaban aquí, el antiguo guardián del tiempo podría sucumbir para siempre al pavor. Una ráfaga súbita de aire helado barrió la nave, y las manecillas del reloj vacilaron, como si un peso invisible las oprimiera...

—Rendíos... dejad que se quede en silencio...

Las palabras se colaron en sus mentes, reptando, y encendieron pequeñas chispas de duda. Los ojos de Checkered se entrecerraron tras la lente.

—Morpheous —siseó, reconociendo el matiz taimado de aquella voz...

Estrasburgo: El valor se atasca al mediodía

Un remolino de magia radiante los envolvió y, en un abrir y cerrar de ojos, se encontraron bajo las elevadas bóvedas de la catedral de Estrasburgo. Las sombras a la luz de las velas danzaban sobre columnas imponentes, el aire denso de cera derretida y polvo antiguo, revelando el famoso Reloj Astronómico de 1842 en todo su ornamentado esplendor. Sin embargo, algo andaba mal: los querubines celestiales y los caballeros planetarios, destinados a ilustrar la armonía cósmica, se movían a tirones, como si estuvieran presos de un terror invisible.

Blunt aferró el medallón con fuerza.

—La cobardía está envenenando este sagrado legado; está congelando el flujo del tiempo y la fe —dijo en voz baja—. Tenemos que reavivar su fuego.

Greenie advirtió la quietud entre los cirios parpadeantes.

—La historia de esta catedral es rica; estos muros se mantuvieron firmes durante revoluciones y guerras —murmuró—. El miedo no debería arraigar precisamente aquí.

Firee avanzó, explorando posibles ilusiones con sus aguzados sentidos. Recordó una ocasión en la que estuvo cerca de la derrota, cuando unas visiones falsas por poco lo dejaron paralizado. Ese recuerdo ahora lo impulsaba.

—Romperemos cualquier encantamiento que estrangule los engranajes —prometió.

Entretanto, Breezie se acercó a una retorcida figura de querubín. Su expresión tallada, que debía ser alegre, ahora se veía deformada por un pavor tembloroso.

—Parece como si algo los hubiera asustado a mitad de la celebración —observó con un matiz de preocupación en la voz.

Checkered examinó una inscripción cerca de la base de la esfera del reloj:

"Fortitudo Est Virtus; Timiditas Est Vitium." (La valentía es virtud; la cobardía es vicio).

Pasó la mano por el texto.

—Este reloj simboliza la innovación audaz —observó—. El legado de Estrasburgo estaba destinado a inspirar asombro, no timidez.

Sus capas se agitaron al unísono, cada Mago preparándose para el enfrentamiento. El silencio cambió —la madera y el metal crujieron. Tras la enorme esfera del reloj revolotearon formas efímeras: apariciones alimentadas por el miedo, dispuestas a convertir el orgulloso legado de la catedral en una historia aleccionadora. Era el miedo en plena exhibición —a diferencia del pavor sutil de Salisbury, aquí los fantasmas sembraban el caos a sus anchas.

Blunt alzó el medallón, con voz resuelta.

—La cobardía no puede plantar cara a la unión. Encendamos la valentía por el bien de Estrasburgo y también por el reloj de Salisbury.

Un instante tenso transcurrió antes de que las apariciones atacaran. De detrás de la esfera surgió el guardián del miedo de Estrasburgo —un espectro de pesadilla que exudaba un pánico abrumador. El gran reloj de la catedral se estremeció bajo el asalto —sus engranajes chirriaron hasta detenerse al filo del mediodía, como si el mismo tiempo se negara a avanzar. Greenie retrocedió tambaleándose cuando una ola de pánico helado los envolvió. Pero Firee reaccionó al instante, desatando una cinta de llamas que desgarró la forma del fantasma, mientras Breezie desataba una ráfaga cortante que hizo retroceder a los espectros restantes. Aun así, las pesadas manecillas del reloj permanecieron inmóviles, temblando bajo el peso del terror persistente.

La esfera planetaria vaciló... y se mantuvo. Checkered respiró hondo e inclinó la luz del medallón hacia el hueco en penumbra del reloj. Por un instante, nada. Luego el caballero dorado en la puerta de las horas bajó su espada temblorosa y dio un paso al frente, y el querubín sobre él dejó escapar una campanada firme que rompió de golpe el silencio. El desfile de figuras se reanudó, sin estruendo, pero imperturbable. El coraje, al fin, volvía a ponerse en marcha.

La prueba del Athenaeum

Tan pronto como sofocaron la amenaza inmediata en Estrasburgo, un tirón de magia los devolvió a Boston. Esta vez aparecieron en la serena grandeza del Athenaeum de Boston, una institución famosa por sus colecciones históricas. El aire olía a encuadernaciones de cuero y pergaminos viejos. Los rayos de luna se colaban por altos ventanales, iluminando hileras de tomos antiguos.

Pero algo alteraba la quietud: ilusiones susurraban entre los estantes, centelleando sobre las páginas y flotando como letras fantasmales en lo alto. Se decía que Morpheus Rubicom vagaba por aquellos pasillos aquella noche, poniendo a prueba si se acobardarían ante el conocimiento oculto o lo enfrentarían con valentía.

Firee percibió una posible trampa: algunas ilusiones se manifestaban como glifos arremolinados que amenazaban con distraer al grupo o sepultarlo en verdades a medias.

—Cuidado —advirtió—. Estos engaños se alimentan de la confusión: prometen una ignorancia segura, pero siembran un temor más profundo.

Breezie notó que los hombros de Greenie se tensaban; su empatía captaba la atmósfera enrarecida. Con gentileza, le tocó el brazo.

—Mantén la calma —susurró—. Ya hemos visto a las ilusiones intentar separarnos. La valentía consiste en afrontarlas juntos.

Una fugaz risa sombría resonó entre los estantes, enfriando los rincones iluminados por las lámparas. Reddish apretó los puños, recordando fantasmas que encontró en otra biblioteca tiempo atrás y que casi la hicieron dudar de su propio fuego. —Nos mantenemos firmes, no huimos —murmuró, doblando un pasillo en su búsqueda.

Vislumbraron la capa de Morpheus desvaneciéndose detrás de un enorme escritorio de lectura. Manuscritos manchados de tinta ondulaban con ilusiones. Blunt aferró el medallón rúnico inscrito con "Fortitudo Est Virtus".

—Morpheus está poniendo a prueba nuestro valor —dijo—. No podemos flaquear, porque el camino para sostener la valentía atraviesa estos estantes inexplorados.

La lente de Checkered captó destellos de inscripciones fantasmales girando sobre sus cabezas —reflejos de las dudas de antiguos lectores o de saberes ocultos que alguna vez los intimidaron.

—Enfrentar lo desconocido es la mitad de la batalla —comentó, abriéndose paso entre los estantes.

Un grupo de figuras espectrales se alzó frente a ellos, con forma de eruditos encapuchados que instaban a la retirada, sus voces huecas siseando: *«Es más seguro no aprender... más seguro darse la vuelta...»*. Las llamas de Firee titilaron, Breezie preparó una suave brisa, Reddish avivó sus brasas, Greenie proyectó empatía para tranquilizar a cualquiera que observara, y Blunt reforzó el hechizo protector. Juntos, avanzaron.

Al doblar la última hilera de estanterías imponentes, los Magos vieron a Morpheus Rubicom de pie bajo un lucernario de vitrales. La luz de la luna dibujaba patrones danzantes sobre su capa repleta de baratijas —un mosaico de pequeñas reliquias y amuletos que tintineaban con un ritmo inquieto. En su mano sostenía desafiante un pergamino rúnico, y sus ojos centelleaban con una extraña mezcla de reto y vulnerabilidad.

—La cobardía acecha en cada página no escrita —dijo Morpheus en voz baja—. ¿Rehuiréis el conocimiento que amenaza vuestra comodidad? ¿O lo tomaréis?

Las ascuas de Reddish se avivaron. Recordó una vez en que actuó precipitadamente por temor a que, si dudaba, fracasaría. Ahora se serenó.

—Nos hemos enfrentado a ilusiones alimentadas por la avaricia y el miedo —respondió—. No dejaremos que la ignorancia eclipse lo que podemos aprender.

Greenie sintió un temblor en el aire, como si fantasmas invisibles en las estanterías a sus espaldas intentaran incitarla a huir. Breezie notó que ella se tensaba y le susurró con tono tranquilizador:

—El coraje no significa no sentir miedo, sino negarse a ceder ante él.

Ella exhaló, recordando cómo ilusiones similares tiempo atrás la acorralaron en una ciudad lejana y la obligaron a plantarse o sucumbir.

La mirada de Firee se fijó en un remolino de ilusiones que reptaban por el suelo. Recordó cómo un solo momento de indecisión casi les costó una victoria crucial. Con determinación, dejó que una llama medida consumiera las ilusiones.

—Si el conocimiento revela nuevas amenazas —dijo en voz baja—, las enfrentamos, no nos escondemos.

La postura de Morpheus se relajó apenas, el pergamino rúnico destellando en su mano.

—Vuestras palabras suenan auténticas. El valor es más que bravata: es reconocer el miedo y aun así seguir adelante.

Sus amuletos tintinearon de nuevo, cada uno pareciendo resonar con algún desafío del pasado.

Checkered recordó un acertijo lógico que una vez no logró resolver porque tenía demasiado miedo de confiar en su intuición.

—Morpheus, estamos listos —declaró, con la lente brillante en la tenue luz de la biblioteca—. Abriremos cada página, por desalentadora que sea.

Un remolino de ilusiones tomó forma de tímidas siluetas detrás de Morpheus. Él las miró y luego volvió la vista a los Magos.

—Que así sea —dijo—. Demostradme que vuestra determinación no tiembla en la oscuridad.

Morpheus se acercó a una amplia mesa de roble y colocó el pergamino rúnico en el centro.

—Antes de concluir esta lección —murmuró—, escuchad una fábula sobre el valor que encontré garabateada en un diario maltrecho hace siglos.

La guardiana asediada por la tormenta"

Una ciudad costera construyó su torre de reloj en lo alto de un acantilado, dependiendo de un único reloj para advertir a los marineros de las mareas. Un año fatídico, se cernió una feroz tempestad: los truenos retumbaban, los relámpagos hendían el horizonte y surgían olas monstruosas.

Presos del pánico, la mayoría huyó tierra adentro, abandonando el reloj. Sin embargo, una guardiana solitaria permaneció. A pesar de los vientos aulladores y la lluvia furiosa, se negó a dejar su puesto, sabiendo que, si el reloj fallaba, los barcos en el mar no tendrían señal de puerto seguro. El miedo le arañaba la mente, instándola a buscar refugio, pero ella contuvo el temblor de sus manos.

Hora tras hora, reforzó las vigas de la torre, protegiendo el mecanismo del reloj de las aguas embravecidas. Los relámpagos incendiaban el cielo, los escombros golpeaban los muros, y aun así ella perseveró.

Cuando despuntó el alba, magullada y empapada, hizo sonar la campana, alertando a los barcos para que regresaran a puerto. La ciudad comprendió que su valor había salvado cientos de vidas.

Desde entonces, los habitantes del pueblo contaron la historia de la guardiana que se mantuvo inflexible, recordando a todos que la verdadera valentía no es la ausencia de terror, sino el triunfo de la determinación sobre la rendición.

Tras la lectura, cayó un silencio profundo. Los seis magos intercambiaron miradas reflexivas, cada uno identificándose con la fábula a su manera.

—Esa guardiana arriesgó todo para mantener el reloj en marcha —dijo Blunt, dejando escapar un suspiro contemplativo—. Es un reflejo de cómo nosotros nos mantenemos firmes, incluso cuando las ilusiones nos gritan que retrocedamos.

—Me identifico con eso —dijo Reddish mientras las brasas de su capa se avivaban—. Una vez casi vacilé en un momento crítico. La postura inquebrantable de la guardiana me recuerda que no podemos permitirnos titubear cuando otros dependen de nosotros.

—Su lógica quizá le dijo que huyera, pero ella la equilibró con valentía —asintió Checkered, con el monóculo reflejando la luz de la lámpara—. Igual que nosotros, se negó a dejar que las ilusiones de seguridad eclipsaran la responsabilidad real.

—Y al amanecer, ella no solo fue heroica, sino que se convirtió en un faro —añadió Breezie con calma—. Podemos ser ese faro en cada lugar que las ilusiones oscurezcan.

Morpheus apoyó una mano sobre el pergamino rúnico de la mesa.

—Como veis, la ciudad prosperó porque una persona no se acobardó. El valor los mantuvo unidos. ¿Estáis listos para plantaros como esa guardiana, cueste lo que cueste? —los desafió con la mirada.

En unísono, asintieron con determinación. Las ilusiones remanentes vacilaron ante la fuerza combinada de su resolución.

Cifrado y papel del siguiente reloj

Con la fábula fresca en sus mentes, Morpheus señaló el pergamino rúnico sobre la mesa.

—No es solo una historia —dijo—. Este pergamino contiene coordenadas cifradas que vinculan los relojes de Salisbury y Estrasburgo con otro sitio: Greenwich y más allá.

Blunt colocó una mano sobre el pergamino.

—Hemos estado siguiendo estos pares de relojes. Cada lugar tenía ilusiones que distorsionaban una virtud fundamental: generosidad, justicia y ahora valor —recordó Blunt, consciente de cómo cada victoria abría el camino a la siguiente.

Firee se inclinó más para escudriñar los glifos ondulantes del pergamino.

—El diseño del Orloj entrelaza cada reloj en un solo tapiz. Si desciframos esto, sabremos dónde nos aguarda la perseverancia.

Checkered asintió.

—Un amigo nuestro de mente inventiva insinuó una vez que los flujos de marea de Greenwich eran vitales para los pasos finales del Orloj. Este cifrado podría confirmarlo.

Reddish observó las ilusiones arremolinadas disipándose entre los estantes.

—El mensaje es simple —dijo—: dominar el valor aquí y llevar la lección al próximo desafío.

Morpheus dio unos golpecitos al pergamino, con un sutil nerviosismo en sus movimientos.

—Greenwich y posiblemente Ulm en Alemania... ambos sitios simbólicos para la perseverancia. La cobardía desharía toda la secuencia, pero vuestra firmeza en Salisbury y Estrasburgo demuestra que no dejaréis que el miedo decida.

Breezie inhaló, captando el tenue olor a pergaminos viejos.

—Entonces, ¿lo desciframos ahora o necesita la sinergia final del reloj que acabamos de rescatar?

Morpheus se encogió de hombros con una tenue sonrisa.

—Ya lo veréis. Que el valor siga avanzando es la mitad de la clave.

Luego se volvió hacia Blunt.

—Abrid el camino como lo hicisteis con los otros relojes. Mostradme que ninguna tormenta puede quebrantar vuestro círculo.

Descifrando el pergamino: el valor al unísono

Desplegaron el pergamino sobre un escritorio, a la luz de la lámpara que bañaba líneas de escritura arcaica. Blunt fue pasando la mirada del medallón rúnico al texto, y reconoció frases repetidas que coincidían con inscripciones de la catedral de Salisbury.

Checkered pasó la yema del dedo por las líneas, y su lente reveló connotaciones ocultas.

—Algunos glifos mencionan la fortaleza, otros aluden a las ilusiones del miedo. Si los superponemos, podríamos revelar el mensaje final.

Firee aplicó una llama sutil para calentar partes del pergamino, revelando tenues patrones de tinta.

—Como un código invisible. El conocimiento suele exigir que salgamos de nuestra zona de confort.

Greenie tomó una pluma y trazó suavemente energía empática sobre los símbolos.

—El coraje no siempre ruge —susurró—, pero aun así rompe el dominio de las ilusiones.

Breezie conjuró una suave brisa para pasar las páginas del pergamino y permitir examinar cada sección. Reddish sostuvo las esquinas con pequeñas brasas, asegurándose de que ninguna llama extraviada lo consumiera.

Gradualmente, emergió un diagrama oculto: un conjunto estilizado de mareas aludiendo al meridiano de Greenwich, superpuesto a una estructura abovedada que bien podría ser la famosa aguja de la catedral de Ulm. Las palabras "Perseverantia Est Virtus" brillaban tenuemente, conectando ambos sitios.

Blunt señaló el sigilo final.

—Eso es. Greenwich para la perseverancia, y otro reloj al otro lado del mar en Ulm. Anclamos uno para desbloquear el otro, igual que hicimos aquí.

Los inquietos ojos de Morpheus se suavizaron.

—Bien —dijo con voz ronca—. No solo habéis descifrado las palabras, sino también el espíritu tras ellas. El valor prevalece.

Confrontación de las ilusiones: prueba final en el Athenaeum

Una repentina ráfaga de aire helado recorrió el Boston Athenaeum. Las ilusiones que habían merodeado entre los estantes regresaron en un último y desesperado embate.

Formas en silueta surgieron tras las mesas de lectura, cada una moldeada por ansiedades apenas vislumbradas: hilos de duda que podrían deshilachar al grupo si llegaban a ceder.

—Lo habéis hecho bien hasta ahora —entonó Morpheus, retrocediendo—. Pero las ilusiones se aferran con más fuerza cuando las arrinconas. Mostradme si de verdad vuestro valor se mantiene firme.

Reddish sintió que un torbellino de abatimiento le oprimía el pecho, susurrándole inseguridades pasadas sobre actuar con demasiada prisa y fallar. Cerró los puños, recordando cómo la guardiana asediada por la tormenta nunca se rindió a su miedo.

—Ahora no —espetó, dejando que las brasas de su magia consumieran la duda.

Greenie percibió oleadas de ansiedad derivando hacia ella desde las ilusiones, amenazando con abrumar su corazón empático. Breezie notó su esfuerzo y conjuró una brisa reconfortante que la envolvió en calma. Greenie inhaló profundo, recordando cómo habían hecho trizas ilusiones anteriores con su solidaridad.

—No voy a hundirme en el miedo —juró.

Checkered apuntó a ilusiones que intentaban torcer la lógica hasta convertirla en pánico.

—Los hechos son los hechos —declaró, con su lente centelleando—. Me niego a dejar que las ilusiones los retuerzan hasta convertirlos en puro pavor.

Firee avanzó, recordando un antiguo conflicto en el que la indecisión casi les costó la victoria. Proyectó llamas constantes que redujeron a cenizas las ilusiones que reptaban por el suelo.

—Aprendí de aquel momento —dijo en voz baja—. Vacilar le cede terreno al miedo... pero aquí no.

Blunt alzó el medallón por encima de su cabeza.

—El valor no es no temblar nunca —proclamó con firmeza—, sino mantenerse en pie a pesar de ello.

Una a una, las ilusiones acorraladas se resquebrajaron y se desintegraron en jirones de tenue luz. La quietud volvió: la biblioteca era de nuevo un refugio seguro de conocimiento en vez de un laberinto de intimidación.

La aprobación de Morpheus y la entrega del engranaje

Morpheus exhaló, con la tensión abandonando su cuerpo. Las ilusiones habían puesto a prueba la determinación colectiva, pero ellos se mantuvieron intactos. Con pasos lentos, se acercó a Blunt y extrajo de su capa un pequeño engranaje, una pieza grabada con runas nítidas. Su superficie brillaba como si hubiera sido forjada con luz de estrellas.

—Este engranaje encarna la esencia de "Perseverantia Est Virtus" —explicó—. Portarlo marca vuestro triunfo sobre la cobardía, vinculando Salisbury y Estrasburgo con la siguiente fase.

Blunt recibió el engranaje, sintiendo un zumbido eléctrico en la palma.

—Tus ilusiones intentaron empujarnos a escondernos —dijo suavemente—, pero las enfrentamos.

Los inquietos ojos de Morpheus recorrieron a cada uno de los jóvenes magos: Reddish con sus brasas constantes, Greenie irradiando tranquila empatía, el lente de Checkered brillante, la llama de Firee firme, la brisa de Breezie agitando suavemente el aire.

—Habéis demostrado que la valentía puede desterrar el impulso de huir o acobardarse —dijo con voz ronca y sincera—. En la antigüedad, la cobardía destruyó a menudo grandes obras. Que no destruya estos relojes.

Una quietud se asentó mientras los últimos espectros se desvanecían, dejando solo el reconfortante olor a pergamino y el cálido resplandor de la lámpara. La última sombra de temor pareció retirarse de la expresión de Morpheus.

—Que ninguna tormenta os aparte de vuestra guardia —murmuró, recordando el relato de la guardiana.

En ese momento, la sinergia entre los magos se sintió absoluta. Otra virtud había sido arrancada de las garras de la ilusión.

El valor da las horas

Tras sellar su éxito en Boston, sintieron que la magia los halaba de vuelta a la catedral de Salisbury. Un remolino de luz conocido los envolvió y, una vez más, se encontraron ante la majestuosa quietud del antiguo reloj de 1386. Sus engranajes giraban ahora con renovada firmeza —débil pero inconfundible.

Morpheus apareció a su lado, el brillo inquieto de sus ojos ahora parcialmente calmado. Posó una mano sobre el viejo armazón de roble.

—El reloj de Salisbury ahora respira valor. El silencio del miedo se ha quebrado; ya no queda ninguna ilusión que pueda paralizar esta antigua maravilla.

Checkered sonrió, observando que el mecanismo ya no traqueteaba con vibraciones tímidas.

—Un lugar que ha sobrevivido siglos de tormentas no debería quedar arruinado por la cobardía —afirmó—. Hemos restaurado su espíritu original.

Desde detrás de la esfera centenaria, una tenue runa francesa volvió a resplandecer, reafirmando el portal hacia Estrasburgo. Una última oleada de sosiego recorrió la catedral, como reconociendo la victoria del grupo.

Capítulo 19

Los Relojes de Greenwich y Mesina

— El triunfo de la perseverancia´

Meridiano de Greenwich, pulso que apaga

A medida que se desvanecían los ecos del triunfo de Salisbury, un zumbido ambiental empezó a elevarse a su alrededor, llevando consigo la fuerza de su valor hacia la siguiente prueba. La luz arremolinada de bronce y zafiro del portal se disipó, revelando el Observatorio de Greenwich bajo un tranquilo cielo bañado por la luz de la luna. El engranaje de Coraje latía de este a oeste, doblando el tiempo mismo hacia el Primer Meridiano. La luz lunar bañaba el Real Observatorio de Greenwich. Encaramado sobre las aguas mareales del Támesis, el histórico reloj Shepherd Gate de 1852 —un emblema de la cronometría global— resplandecía suavemente. Sin embargo, sus engranajes de bronce rechinaban en protesta, como si un silencio desolador amenazara con detener el tiempo. Blunt, Reddish, Firee, Checkered, Breezie y Greenie emergieron juntos, con sus capas Arlequín centelleando con una tenue luminiscencia.

Blunt aferraba en su mano un engranaje rúnico grabado con "Perseverantia Est Virtus", un artefacto guía obtenido tras su victoria sobre el miedo en una catedral lejana. Ahora enfrentaban un nuevo desafío: la prueba de la perseverancia contra la desesperación. Checkered inspeccionó la base del reloj, donde una inscripción rezaba:

"Perseverantia Est Virtus; Desperatio Est Vitium."
(La perseverancia es una virtud; la desesperación es un vicio).

Un escalofrío caló el aire, haciendo que cada aliento se sintiera extrañamente pesado. Los ojos ámbar de Reddish brillaron al percibir un zumbido inquietante recorriendo el mecanismo, como un lamento que minaba la voluntad de continuar. Apretó los puños, recordando la fortaleza que habían demostrado antes. —Parece que este reloj se está rindiendo —murmuró, con ascuas danzando en sus ojos.

Greenie dio un paso al frente y posó suavemente una mano sobre el armazón de madera del reloj.

—Este lugar sirve de ancla para el tiempo global —dijo en voz baja—. Si la desesperación echa raíces aquí, minará el latido del mundo.

Firee pasó un dedo con cuidado por un gran engranaje de bronce.

—Una vez superamos ilusiones nacidas del miedo —señaló. — Ahora debemos enfrentar ilusiones forjadas por la desesperanza.

Desde las sombras del observatorio surgió una silueta tenue: Lazarus Zeetrikus, considerado el último mentor de la perseverancia. Su presencia era severa; en su porte latía una voluntad implacable. Blunt apretó con fuerza el engranaje rúnico; su expresión se endureció.

—Veamos si podemos reavivar la resistencia de este reloj —susurró.

La penumbra silenciosa los oprimía como un peso invisible. En desafíos anteriores, las ilusiones se habían alimentado del miedo o la injusticia. Ahora la amenaza era más profunda: un impulso de abandonar toda esperanza. El grupo intercambió miradas solemnes; cada uno de ellos resuelto a no ceder. Una nueva prueba los convocaba, y la afrontarían como uno solo, sin importar cuánto los acorralara la oscuridad.

Puerta de la estrella del Meridiano

En el interior de la cámara del observatorio, destellos de la luz de una lámpara revelaron el elaborado armazón de bronce del Reloj Shepherd Gate. Las sombras danzaban sobre el suelo de piedra, y un zumbido sordo vibraba en el aire —un pulso amenazante que mermaba la fortaleza. La voz serena de Breezie rompió el tenso silencio.

—Tenemos que ver de dónde proviene esta desesperación. Este mecanismo era conocido por su precisión inquebrantable.

Checkered se arrodilló para examinar los engranajes que iban perdiendo velocidad. Cada rueda dentada llevaba el sello de la artesanía del siglo XIX, una época que codificó los estándares mundiales de la medición del tiempo. Sin embargo, el mecanismo flaqueaba, como si el peso intangible de la desesperanza se hubiese alojado en su corazón. Sus dedos recorrieron un engranaje; algo no encajaba. El destello de un grabado llamó su atención: *"Desperatio Est Virtus"* —rezaba la inscripción deformada.

Sintió un escalofrío.

—Eso no está bien —susurró—. La desesperación es un vicio, no una virtud. Este engranaje es una mentira.

Al darse cuenta de que el Arlequín había saboteado el reloj, los magos entraron en acción. Firee y Reddish estabilizaron el armazón del reloj mientras Blunt y Checkered hacían palanca para soltar el engranaje falso. Con un chirrido metálico se desprendió, cayendo al suelo. El reloj se estremeció como si tosiera, luego volvió a ponerse en marcha. Por un instante, no pasó nada. Después, muy lentamente, las manecillas empezaron a girar de nuevo, una tras otra. La esperanza que había sido sofocada empezó a regresar. Las ascuas de Reddish resplandecieron cálidamente.

—Sabotaje del Arlequín Oscuro —dijo con seriedad.

Blunt tendió una mano para estabilizar el mecanismo. Greenie cerró los ojos y extendió su empatía hacia el bronce del reloj; el zumbido oscuro se desvaneció.

Justo entonces, un portal tenue centelleó junto al eje central del reloj. La energía arremolinada portaba hebras de bronce y zafiro arcanos, pero un detalle destacaba: en el vórtice resplandecía una runa italiana. Blunt entrecerró los ojos.

—Debe de ser nuestra ruta a Messina —dijo.

Pasó la mano por el engranaje rúnico que sostenía.

—Nos trajo desde la vieja catedral que nos inculcó el valor. Ahora nos impulsa a seguir adelante.

Firee notó que la penumbra remanente se intensificaba en cuanto reconocieron el portal.

—Lo que esté alimentando esta desesperación debe de sentir que estamos a punto de acabar con ello —dijo, con una llama chispeando en su palma.

Una voz resonante cortó el silencio: un timbre severo de determinación inquebrantable. Zeetrikus se hizo visible, con su gastado sombrero ladeado y la dignidad incólume.

—Perseverad —ordenó—. Atravesad el portal o contemplad cómo este lugar sucumbe al olvido.

Con una exhalación controlada, Blunt guio a los demás hacia el portal centelleante. El engranaje en su mano latía al compás del renovado pulso del reloj.

—Veamos si podemos salvar Greenwich —dijo—. Pero si Messina también nos llama, no eludiremos ese deber. Una oleada de asentimientos recorrió al grupo. Breezie dirigió una última mirada al Reloj Shepherd Gate. Greenie colocó su mano una vez más sobre su esfera; el segundero emitió un tic tranquilizador.

—El tiempo de Greenwich está a salvo ahora —dijo en voz baja.

Los seis compañeros se adentraron en la luz zafiro del portal. La runa italiana en el vórtice resplandeció con mayor intensidad, invitándolos a librar la próxima batalla contra la desesperación rampante.

Puerta de la estrella siciliana

Un tañido metálico retumbó sobre el puerto cuando salieron del portal a la plaza de la catedral de Messina. La torre del reloj del Duomo se alzaba contra un cielo violeta, con su esfera astronómica apagada por un silencio agotador. En lo alto, el gran espectáculo de la torre —león, gallo, apóstoles— debería haber anunciado la función del mediodía; en cambio, una atmósfera de final definitivo envolvía el mecanismo, como si la Desesperación misma se hubiese atrincherado en los engranajes y le enseñara a la ciudad a rendirse.

La esfera del reloj temblaba como si estuviera al borde del colapso. Un zumbido amargo impregnaba el aire, cargado con una sensación de derrota. Firee lanzó una mirada rápida a su alrededor —recordó una vez, en un antiguo conflicto, cuando su llama casi se apagó porque dudó de sí mismo. Ese recuerdo le escoció, alimentando su determinación de actuar ahora.

Blunt dio un paso al frente, empuñando el engranaje rúnico grabado con "Perseverantia Est Virtus". La obligación de rescatar otro reloj ardía en él.

—No podemos dejar que la desesperanza abrume este lugar —dijo con voz firme—. El reloj de Messina ha perdurado siglos. Le ayudaremos a perdurar siglos más.

Reddish hizo brotar tenues ascuas alrededor de sus puños y escudriñó los antiguos relieves. Pensó en cómo una vez enfrentó ilusiones que se alimentaban de sus impulsos temerarios —con el tiempo había templado ese fuego sin perder su pasión.

—La desesperación quiere que nos rindamos —murmuró—. Pero hemos aprendido a mantenernos firmes.

Greenie dejó que sus sentidos empáticos se extendieran sobre los temblorosos autómatas de la torre y los orbes. Sintió miedo al acecho —la noción insidiosa de que todo se derrumbaría, volviendo inútil cualquier esfuerzo.

—Superamos ilusiones que se alimentaban del miedo —recordó en voz baja—. Ahora nos enfrentamos a ilusiones que nos dicen que no vale la pena intentarlo en absoluto.

Un chillido repentino desgarró el aire desde el centro del reloj. Las figuras esculpidas de serafines, animadas por magia retorcida, desataron tempestades de luz estrellada que golpearon la torre del reloj de la catedral de Messina. Firee se tensó —el eco de su antigua duda resonó en su mente—, pero obligó a su llama a intensificarse.

—Esta vez no —prometió, conjurando un escudo de fuego que desvió una andanada de luces arremolinadas.

Breezie convocó un vendaval constante. El viento giró en torno a las ascuas de Reddish, manteniéndolas ardiendo sin dañar los muros sagrados. La lente de Checkered brilló al reconocer el patrón dentro de la locura.

—Están conjurando ilusiones de final —dijo—, como si todo estuviera ya perdido; ¿para qué seguir luchando?

Blunt alzó un conjuro de agua, forjando una barrera resplandeciente alrededor del grupo.

—El reloj de Messina una vez simbolizó una fe inquebrantable —dijo—. No sucumbirá ante la desesperación… no si nos mantenemos firmes con él.

A su señal, cada mago asumió una postura firme, preparándose para sofocar la embestida. El zumbido de desesperanza arreciaba, pero ya habían visto cómo las ilusiones se desmoronaban antes. Firee dejó que su llama ardiera con intensidad, iluminando la oscuridad, y así comenzó en serio la batalla por el reloj de Messina.

Cuando el autómata de la Torre vacila

Las ilusiones arremolinadas chocaron con los magos en rápida sucesión; energías salpicadas de estrellas surgían de los autómatas animados de la torre y de los orbes luminosos. Toda la torre del reloj parecía bullir bajo una tormenta de derrota que intentaba aplastarlos. Un estampido de trueno fantasma retumbó sobre sus cabezas, haciendo temblar las bóvedas antiguas. Reddish barrió una oleada de ascuas a través de un fuego cruzado de luz distorsionada, abriéndose camino hacia el corazón del reloj.

Las enredaderas empáticas de Greenie se enroscaron entre la penumbra, buscando calmar cada ilusión frenética que alimentaba la andanada de los autómatas de la torre. Encontró en cada fantasma una semilla de pena, como si alguien —o algo— se hubiera convencido de que no tenía sentido continuar.

—Hemos visto ilusiones tergiversar la justicia y el coraje —dijo—. Pero la desesperación… es más silenciosa, más absoluta.

Checkered enfocó con su lente la dorada esfera del reloj, buscando inscripciones rúnicas para contrarrestar el encantamiento.

—Allí —llamó, al divisar símbolos tenues tallados cerca de la esfera astronómica y del tren del calendario—. Podemos restablecer la alineación del reloj iluminando estos símbolos.

Blunt se volvió hacia Firee.

—Contendremos estas ilusiones mientras tú terminas el encantamiento —dijo.

Firee dudó solo un instante —una vieja duda parpadeando como una brasa agonizante— antes de recordar una batalla lejana en la que la unidad los había salvado. Apartó esa duda y desató una columna de fuego precisa que atravesó la ilusión arremolinada en torno a los símbolos.

Breezie conjuró otra ráfaga, rechazando una nueva oleada de tentáculos estrellados. Ancló las ascuas de Reddish, logrando que ardieran con ferocidad e iluminaran la labor de la lente de Checkered. No permitiría que esta oscuridad los hiciera añicos.

Poco a poco, las ilusiones se debilitaron. Greenie se fijó en cada forma convulsa y la deshizo con su empatía. La lente de Checkered resplandeció con más intensidad al completar los trazos finales en la esfera astronómica y el tren del calendario. Una oleada de esperanza rompió la penumbra —ya no el gemido de la desesperación, sino el retumbar de una voluntad recuperada.

Los autómatas de la torre y los orbes se congelaron a mitad del ataque, con la incertidumbre centelleando en sus rostros tallados. Con un último empujón concertado, los magos desterraron las ilusiones por completo. Cayó un silencio, dejando solo el leve tic-tac de un reloj liberado, con sus engranajes vivos una vez más. Firee exhaló, notando cómo la tensión se desvanecía de sus hombros. Por un momento se permitió una sonrisa de alivio —a pesar de la parálisis que lo había amenazado, él había perseverado. Y lo mismo había hecho el reloj de Messina.

En ese instante, el nuevo latido del reloj cobró fuerza. Una de las grandes campanas en lo alto cobró vida y tañó una nota grave y resonante que resonó en toda la torre del reloj. En la ciudad dormida, algunas luces parpadearon cuando el repentino repique rasgó la oscuridad, despertando a quienes solo habían conocido el silencio.

Un anciano abad emergió de una capilla lateral, atraído por la milagrosa renovación. Lazarus Zeetrikus avanzó también, sus ojos reflejando el suave resplandor de la esfera restaurada. Encontró un hueco donde un engranaje había sido destrozado por la desesperación y, tomando el engranaje rúnico de manos de Blunt, lo colocó en el espacio vacío. Una chispa de magia centelleó en sus dedos, fusionando la pieza nueva en armonía con la antigua maquinaria de bronce.

Cuando el último engranaje encajó en su lugar, el reloj se estremeció y la campana repicó una vez más con triunfo. El abad se persignó con reverencia. Posando una mano temblorosa sobre el engranaje recién forjado, susurró: "Perseverantia Est Virtus", consagrando el mecanismo con el viejo credo. Una cálida luz dorada impregnó el engranaje, que luego se liberó del abrazo del reloj y flotó suavemente de regreso a la palma de Blunt. En ese momento, la pericia del astrónomo y la fe del abad se habían unido para reavivar el latido perdurable del reloj.

Desde lo alto, otra campana tañó larga y clara. El nuevo tañido resonó por la catedral, confirmando que la esperanza había triunfado.

El calendario avanzó con un clic; las agujas astrales se movieron en arcos constantes. Arriba, el espectáculo de la torre por fin encontró su voz —no un rugido de triunfo, sino la cadencia confiada de un reloj que se niega a rendirse.

Un familiar resplandor zafiro se fusionó en el centro de la torre del reloj, formando un portal de regreso a casa. Los magos reunieron sus trofeos duramente ganados: el engranaje rúnico que ahora zumbaba con poder renovado, y una pequeña reliquia con forma de estrella desprendida de la esfera zodiacal. Greenie alzó la estrella hasta su rostro y, en su luz trémula, creyó ver algo notable: la silueta dentada de la Custom House Tower de Boston en el horizonte, parpadeando como una promesa lejana. En esa visión, el hogar y el destino convergieron.

Con agradecidas inclinaciones de cabeza hacia el abad, Zeetrikus y los seis compañeros se adentraron en la luz del portal y desaparecieron, dejando una vez más a Messina en paz.

De vuelta a Boston: se agitan las estanterías

Un remolino de luz arcana los transportó de Messina de regreso a Boston en un solo suspiro. El aire frío y pétreo de la iglesia dio paso al cálido resplandor de las lámparas y al tenue olor a páginas antiguas cuando se encontraron de pie en la silenciosa grandeza de la histórica sala de lectura de la Biblioteca Pública de Boston. Altos arcos, suelos de mármol pulido y estantes repletos de volúmenes centenarios otorgaban al ambiente a la vez solemnidad y serena esperanza.

Unas lámparas parpadeantes proyectaban sombras alargadas sobre las estanterías. Cerca de allí, Lazarus Zeetrikus se movía entre mesas atestadas de libros, con su sombrero torcido grabado con tenues cicatrices rúnicas que insinuaban antiguas pruebas de perseverancia. El silencio se sentía cargado de ilusiones impregnadas de desesperación, como si el conocimiento de la biblioteca amenazara con ahogarse en la desesperanza.

Greenie inhaló, recordando ilusiones que una vez jugaron con su empatía en un laberinto similar de libros.

—La desesperación podría alimentarse de la noción de que el aprendizaje o el esfuerzo no sirven de nada —susurró, recorriendo con la mirada los volúmenes polvorientos.

Reddish asintió, recordando una ocasión en que se había precipitado demasiado impulsivamente y casi perdió una pista vital. Ahora reconocía la necesidad de una perseverancia constante en la búsqueda del conocimiento.

Vislumbraron un destello en el extremo más alejado: un remolino de figuras sombrías deslizándose entre las estanterías. Breezie se tensó; una punzada le recordó aquellas veces que se había sentido aislado del grupo. Pero se armó de valor y envió un suave viento para dispersar la oscuridad persistente. Ya habían vencido antes a ilusiones que intentaron quebrar su determinación, y él juró en silencio que ahora no flaquearían.

Firee ahuecó una llama protegida en su mano, consciente de las páginas inflamables de la biblioteca. La incertidumbre que había vencido en Messina ahora avivaba una determinación más profunda. Las ilusiones de desesperación podrían susurrar que nada importaba, pero él estaba decidido a demostrar lo contrario; su perseverancia consumiría esa mentira.

Checkered alzó su lente y divisó sutiles marcas rúnicas a lo largo de las estanterías.

—Zeetrikus definitivamente nos está poniendo a prueba —murmuró—. Ha dejado un rastro, así que tenemos que seguirlo.

Blunt agarró en silencio el engranaje rúnico grabado con "Perseverantia Est Virtus". El recuerdo del maltrecho reloj de Greenwich lo impulsaba a seguir. Habían revivido un mecanismo que anclaba el tiempo global, y el enfermo reloj de Messina también había sido liberado. Ceder ahora echaría por tierra todo lo que habían luchado por proteger.

Una risa apagada pero ominosa, que recordaba a las maquinaciones del Arlequín Oscuro, resonó entre los pasillos. La penumbra se espesó, ilusiones arremolinándose entre los tomos polvorientos. Las brasas de Reddish brillaron suavemente, listas para rechazar cualquier intento de sepultarlos en la desesperanza. Paso a paso, se internaron más en la sala de lectura, decididos a no dejar que la desesperación ensombreciera el conocimiento ni saboteara su misión final.

Las ilusiones que antes rondaban por los rincones de la biblioteca resurgieron, quizá buscando su última batalla. Pero los Magos avanzaron con determinación. El viento sereno de Breezie apartó la penumbra arremolinada cerca de la salida, y la lente de Checkered desterró cualquier susurro fantasmal de *«¿Para qué intentarlo?»*.

Greenie guio a los curiosos inquietos a investigadores nocturnos que habían vislumbrado lo sobrenatural. Ella los tranquilizó, su aura empática difundiendo esperanza.

—Su búsqueda de conocimiento no será sofocada por las ilusiones —les prometió.

Reddish permanecía cerca, sus brasas pulsando suavemente, asegurándose de que ninguna amenaza fantasmal se colara tras los estantes.

Firee se escabulló entre grupos de espectros que buscaban reavivar viejos temores. Su llama, ahora rebosante de confianza tras la batalla de Messina, acabó con ellos en un santiamén.

—No nos doblegaremos ante la desesperación —murmuró, cada palabra avivando su chispa desafiante.

Zeetrikus se quedó junto a un pilar de mármol, brazos cruzados, observando su eficacia. Tras un momento, asintió una sola vez.

—Este lugar está asegurado —declaró—. Las ilusiones ya no pueden reagruparse aquí.

Dicho esto, Zeetrikus hizo un gesto hacia las ornamentadas puertas de la biblioteca.

—Habéis aprendido la lección del vigilante: no os detengáis mientras la tormenta siga rugiendo —dijo—. Ahora tomad esa estrella y llevad esto hasta el final.

Con mínima ceremonia, los Magos despejaron las últimas ilusiones de la sala de lectura. Regresó el silencio, cálido de alivio en lugar de ahogado por la penumbra. Al salir, Blunt captó un destello por el rabillo del ojo —una sombra fugaz, quizás un eco del Arlequín Oscuro, deslizándose fuera de la vista. Un recordatorio final de que la batalla definitiva yacía justo por delante, donde solo la perseverancia podría no ser suficiente. Necesitarían unidad.

Lo que llevamos a cuestas

Mientras caminaban bajo el cielo ya entrada la noche hacia su próxima prueba, cada Mago reflexionaba en silencio sobre las lecciones aprendidas. Reddish se descubrió recordando un momento temerario de su pasado irrumpiendo en un laberinto de ilusiones e intentando extinguirlas por pura fuerza. Casi se había aislado del grupo y por poco arruina una misión entera.

—Ahora veo que la perseverancia significa más que avanzar a ciegas —dijo en voz baja—. Es seguir adelante con sensatez, dejando que tus aliados te apoyen.

Breezie asintió.

—Antes me preocupaba pasar desapercibido —admitió—. Ese miedo una vez me hizo cuestionar mi lugar. Pero ahora veo cómo cada uno de nosotros representa algo. Mis vientos calman la tempestad, tus brasas encienden la esperanza. Todos perseveramos juntos.

Greenie puso una mano tranquilizadora sobre el hombro de Breezie.

—Superamos ilusiones que intentaron abrir brechas entre nosotros —le recordó—. Somos más fuertes gracias a ello.

Firee exhaló una llama suave, consciente de la calle de la ciudad frente a ellos.

—Y necesitaremos toda esa solidaridad para lo que viene —dijo—. Incluso si la desesperación u otra amenaza más poderosa intenta romper nuestra unidad.

Zeetrikus, caminando unos pasos adelante con su sombrero torcido, miró hacia atrás por encima del hombro.

—¿Lo veis? La perseverancia no es un acto en solitario. Florece en un grupo que se niega a dejar que ninguno de sus miembros flaquee.

Blunt intervino, recordando los relojes maltrechos que habían rescatado.

—Hemos soportado las ilusiones porque confiamos unos en otros —afirmó—. Ninguna chispa ni ráfaga se sostiene por sí sola.

Los seis avanzaron por la plaza silenciosa, preparados para enfrentar lo que fuera. A sus espaldas, el antiguo reloj de Salisbury sonó suavemente en la noche, como si bendijera su partida. Al otro lado del agua, el gran reloj de Estrasburgo continuaba su rítmica procesión, ya libre del miedo. Ya no reinaba ninguna ilusión allí; solo el callado triunfo del valor. Una sombra abigarrada revoloteó sobre la alta cúpula de la catedral y se desvaneció, insinuando que el Arlequín Oscuro todavía acechaba oculto.

Así terminó su enfrentamiento con la cobardía, uniendo dos venerables relojes a través de Inglaterra y Francia. El siguiente horizonte de los Magos se extendía más allá de un mar turbulento de pruebas. Pero llevaban consigo una llama inextinguible, semejante a la luz del vigilante en la tormenta más feroz. El coraje había sido demostrado; ahora la perseverancia debía conquistarse.

Poesías para las noches largas

El faro azotado por el viento
En una escabrosa región costera,
una torre de faro colosal
una vez guio a los barcos a través de tormentas implacables.
Cuando azotó un vendaval catastrófico,
el farero se enfrentó a inundaciones
que entraban a raudales,
amenazando con anegar la maquinaria
que operaba la luz giratoria del faro.
Durante dos días el farero luchó contra el agotamiento, accionando
una manivela manual
cada vez que el motor fallaba.
La lluvia golpeaba cada aliento suyo,
la sal le escocía en los ojos.
Más de una vez estuvo a punto de desplomarse,
pero recordaba los barcos,
que dependían de aquel resplandor,
para encontrar un puerto seguro.
Al anochecer del segundo día,
la tormenta alcanzó su punto máximo,
azotando el faro con olas tan altas como casas.
A pesar de sus manos temblorosas y su cuerpo maltrecho,
el farero se negó a abandonar su puesto.
Volvió a accionar la manivela,
con el sudor y la lluvia mezclándose en su frente.
Finalmente, al amanecer, la tormenta amainó.
El faro aún giraba, y un sinnúmero de embarcaciones
habían evitado el desastre.
A partir de entonces, la tradición local sostenía que

Un silencio se asentó tras terminar Zeetrikus la lectura. Cada Mago asimiló la lección de la fábula a su manera. Blunt recordó cómo, al salvar un reloj maltrecho en una ciudad europea, estuvo a punto de perder la esperanza ante ilusiones abrumadoras —sin embargo, siguió adelante, sabiendo que comunidades enteras dependían de él.

Greenie pensó en cómo la empatía exige un cuidado constante. Una vez estuvo tentada de cerrarse al dolor ajeno para evitar la angustia, pero reconoció que mantener abierto el corazón era esencial para que el faro siguiera brillando por quienes lo necesitaban.

Checkered comparó el esfuerzo manual del farero al accionar la manivela con su propio uso de la lógica y la razón. Podía parecer tedioso, pero apartarse significaría que las ilusiones ganaban. Así que continuó descifrando cada acertijo, sin importar cuán exhausta estuviera su mente.

Reddish empatizó con el cuerpo maltrecho del farero. Sentía el dolor de haber llevado sus poderes de fuego al límite, negándose aun así a rendirse. Firee vio paralelos en cómo él había superado sus propias dudas para mantener viva su llama. Breezie lo vinculó con sus suaves brisas que persistían silenciosamente, incluso cuando quedaban opacadas por las tormentas. Los ojos de Zeetrikus brillaron con fiera aprobación; la lección de la fábula había echado raíces.

Ahora, con la historia aún en sus corazones, el grupo dirigió su atención a la estrella que habían traído de Messina y que reposaba sobre un banco cercano. Checkered apuntó su lente hacia la pequeña estrella rúnica. Sus intrincados grabados brillaban a lo largo de sus bordes, formando líneas celestiales a modo de mapa incompleto.

—Esta estrella podría vincular todos nuestros esfuerzos —observó, con la voz encendida de curiosidad.

Blunt extendió el engranaje rúnico grabado con "Perseverantia Est Virtus".

—Vimos algo similar en un reloj anterior —recordó—. Cada engranaje o estrella que hemos reunido nos conduce al siguiente lugar.

Greenie pasó la yema de un dedo sobre la superficie reluciente de la estrella, sintiendo un pulso tenue.

—Es como si estos artefactos rúnicos formaran un código que desbloquea la pieza final, algo sobre la unidad en una torre de Boston —dijo en voz baja.

Zeetrikus asintió.

—El cifrado se basa en cada virtud que hemos recuperado: generosidad, justicia, valor, perseverancia. Al combinar estos patrones, encontraréis la torre donde aguarda el secreto final del Orloj.

Reddish soltó un aliento pausado, sus brasas pulsando al unísono con el brillo de la estrella.

—Todas estas ilusiones que hemos roto: miedo, codicia, prejuicio, desesperación forman parte del plan del Arlequín para quebrarnos —dijo en voz queda—. Pero seguimos adelante.

La lente de Checkered reveló una frase grabada en luz tenue: "Unitas Est Virtus; Divisio Est Vitium". Debajo, una línea más simple rezaba: "Custom House Tower", aunque las ilusiones intentaron una vez enterrar esa pista. La estrella brilló con más intensidad, y se formó un remolino de magia.

—Se está forjando un portal —dijo Breezie en voz baja, sintiendo el suave viento arremolinarse a sus pies—. Unidad o división... este es el último paso.

Zeetrikus tocó su sombrero torcido, con silenciosas cicatrices rúnicas destellando a la luz de las lámparas.

—Id, asegurad la torre —apremió—. Llevad con vosotros ese espíritu del vigilante. Que ninguna tempestad ni oscuridad quiebre vuestro paso.

El amanecer del vigilante nocturno

En un estruendoso pulso de viento arcano, la estrella se alzó del banco y quedó suspendida entre ellos, irradiando un portal de energía luminiscente. El exterior iluminado por las lámparas de la biblioteca pareció parpadear bajo el portal arremolinado, que revelaba destellos de una alta estructura elevándose sobre el perfil de la ciudad. Allí, sin duda, se congregaban las ilusiones del Arlequín, ansiosas por cortar el último eslabón de su cadena de virtudes.

Blunt sacó el engranaje rúnico grabado con "Perseverantia Est Virtus" de su capa y lo presionó suavemente contra la estrella. Una resonancia perfecta floreció, intensificando el remolino de colores hasta convertirlo en una luz cegadora. Se volvió hacia Zeetrikus, quien observaba con mirada firme.

—No permitiremos que la desesperación ni ninguna ilusión nos impida terminar lo que empezamos —dijo Blunt—. No después de ver cómo el vigilante se negó a permitir que la tormenta se apoderara de su faro.

Zeetrikus inclinó la cabeza.

—Vuestra perseverancia ha quedado demostrada. Tomad esa chispa de resistencia; combinadla con todo lo que habéis aprendido: coraje, justicia, generosidad, empatía y más. Solo la unidad puede sellar esta gesta.

Reddish recordó el angustioso momento en Messina cuando casi flaqueó, y las veces que Firee había dudado de su llama. Vio cómo cada uno de ellos había crecido, forjando un círculo de determinación irrompible.

—Vamos juntos —declaró, avanzando con valentía hacia el portal.

Greenie sujetó la mano de Breezie para darle firmeza. Las ilusiones adoraban explotar la duda, pero todos ellos habían acogido la lección del vigilante: seguir adelante a pesar de los ánimos maltrechos y las tormentas desatadas. Breezie, inspirado por su empatía y trabajo en equipo, asintió con confianza.

—Enfrentamos al Arlequín como enfrentamos cada amenaza: codo con codo —dijo.

Checkered echó una última ojeada a su lente. Ya no flotaba ninguna ilusión, miedo, desesperación y desánimo habían retrocedido bajo el poder de la perseverancia.

—Este es el umbral del reloj final —murmuró—. La torre de Boston, el Orloj que lo une todo. Terminemos con esto.

Con una respiración al unísono, entraron en la luz arremolinada. El aire nocturno se transformó en un vórtice cósmico, y el brillo de la estrella los envolvió en una oleada de voluntad inquebrantable. Cada uno llevaba la fábula del vigilante en el corazón, un testimonio de la fuerza hallada en la determinación inquebrantable. Al otro lado aguardaba la Custom House Tower de Boston, el último bastión del Arlequín. Emergieron con el corazón en llamas —porque la perseverancia los había guiado hasta allí, y su unidad prometía un triunfo final sobre cualquier tormenta desatada.

Así concluyó el Triunfo de la Perseverancia, una victoria que conectó Greenwich y Messina en una armonía de tiempo y fe que resonó a través de los continentes. El camino hacia la unidad quedaba abierto, y la determinación del grupo ardía mientras se elevaban hacia la torre, estrella rúnica en mano, impertérritos en su posición contra las más oscuras ilusiones de la desesperación. El alba del vigilante aguardaba, una promesa de victoria apenas más allá del horizonte.

Capítulo 20

La gran prueba final

– La llama eterna de la unidad

Dentro de las fauces del Orloj

Debajo de la Torre de la Aduana de Boston, los engranajes ocultos del Orloj gemían bajo la tensión. Antiguos engranajes hacían chasquidos irregulares, sus dientes separándose lentamente como si una fuerza invisible los jalara en direcciones opuestas. Cada rueda enorme protestaba ante el tirón, chirriando como metal torturado. El aire mismo chisporroteaba de tensión. Apariciones fantasmales parpadeaban en los bordes de la oscuridad. Ecos medio formados de antiguas faltas y remordimientos. Acusaciones susurradas y destellos de viejas disputas flotaban entre las vigas, tentando a los magos con dudas conocidas.

En un brillo de bronce y zafiro, Blunt, Reddish, Firee, Checkered, Breezie y Greenie llegaron a la base de la torre. En la penumbra, sus capas de Arlequín centelleaban blancas y negras, como nubarrones iluminados desde dentro. Blunt sostenía en su mano el artefacto rúnico con forma de estrella, que latía constantemente: un metrónomo de unidad frente al caos. Su resplandor palpitaba al compás, cada latido un recordatorio de Unitas Est Virtus — Unidad es virtud. Los magos intercambiaron miradas decididas.

—Todos los relojes que hemos salvado nos han llevado a esto — murmuró Blunt—. Nuestra prueba final.

Él recordó cómo en un observatorio lejano habían enfrentado a la propia desesperación y forjado una determinación de hierro. Ahora, un desafío más oscuro se cernía: el Arlequín Oscuro estaba desgarrando las costuras del corazón de Boston.

Entonces, sin previo aviso, una ráfaga cargada de estática sacudió sus ropajes. Siluetas fantasmales remolinearon a su alrededor, visiones de traición, de amigos alejándose, de la confianza hecha añicos. La mandíbula de Firee se tensó al evocar fantasmas anteriores que se alimentaban de sus inseguridades; esta noche esas dudas volvían a danzar vivas.

La sensibilidad empática de Greenie se encendió en respuesta. Sintió la angustia del Orloj, una máquina construida para la cooperación que ahora amenazaba con hacerse añicos. En voz baja dijo:

—Los engranajes del Reloj Viejo claman por unidad. Resistimos la codicia y el miedo del Arlequín Oscuro juntos, nos mantendremos firmes contra la división.

La lente de Checkered brilló en la oscuridad mientras escudriñaba las sombras.

—Estas ilusiones son potentes —advirtió—. Se alimentan de cada susurro odioso que hemos oído.

Breezie sintió un dedo frío de temor cuando los fantasmas se serpentearon entre la maquinaria. En otra época sintió que desaparecía en un segundo plano, pero no esta vez. Plantándose con determinación, dejó que una suave brisa agitara los engranajes cercanos.

—No estamos solos aquí —susurró a sus amigos—. Lo enfrentamos como uno solo.

Dientes rotos del tiempo

Un estruendo atronador estalló desde las profundidades de la torre. Blunt aferró con más fuerza la estrella. Incluso sobre ellos, la ciudad parecía contener el aliento, esperando ver si la unidad podía sofocar el asalto final del Arlequín. Decididos, los magos avanzaron hacia las fauces de hierro del Orloj, sus pasos resonando en la penumbra mecánica. Cada engranaje que pasaban vibraba y temblaba bajo una fuerza extraña; arcos de luz retorcida saltaban entre dientes, como si intentaran separarlos.

Más allá de una enorme puerta de hierro entraron en el laberinto oculto del Orloj. En lugar del apacible zumbido del mecanismo, la cámara estaba fracturada. Colosales ruedas dentadas que antes giraban en perfecta armonía ahora se inclinaban en ángulos extraños. Se abrían brechas donde las ruedas ya no engranaban. Un hedor acre a aceite quemado y ozono flotaba en el aire, como si el propio corazón del reloj estuviera siendo estrangulado.

Breezie se detuvo, sus instintos lo alertaban.

—Algo está aquí —murmuró, erizándosele cada vello de la nuca.

Checkered se agachó para ajustar su lente, confirmando su temor: un remolino de oscuridad tinta se arremolinaba no muy lejos. En su centro había un vórtice semi formado — un embrión de pesadilla del Arlequín Oscuro, con los bordes centelleando con potencial maligno. Flotaba justo sobre los engranajes rotos, silencioso pero burlón.

Firee jadeó.

—La verdadera forma del Arlequín —susurró, mientras una llama danzaba en su palma.

Sus amigos se estremecieron cuando la mirada del vórtice pareció posarse en ellos, retorciendo sus peores remordimientos en rostros sombríos que los observaban desde sus profundidades.

Greenie se inclinó hacia adelante sobre las puntas de los pies. Percibió que el Arlequín se alimentaba de sus miedos, cada visión destinada a aislarlos.

—Busca ponernos unos contra otros —dijo en voz baja—. Divide y vencerás.

Las manos de Reddish se cerraron en puños, ascuas chisporroteando en sus yemas. Pensó en su propia impaciencia, el error que una vez les había costado caro.

—Esta vez no —murmuró Reddish—. Ningún truco romperá este círculo.

Los riesgos grabados en bronce

Chirridos metálicos estallaron de repente desde el techo — el Orloj mismo clamando. Inscripciones tenues recorrían las vigas de hierro, hablando de revolución y alianza, de eras antiguas y nuevas unidas. La estrella rúnica en la mano de Blunt latía con energía. Blunt la sintió tironear hacia el corazón de la máquina.

—Sigamos moviéndonos —dijo con la voz firme a pesar del temblor de la maquinaria—. Cada engranaje debe volver a acoplarse, o lo perderemos todo.

Subieron a una plataforma metálica elevada en el corazón de la cámara. Vapor silbaba desde pistones colosales en las paredes, y el suelo vibraba bajo sus pies. En el centro de la plataforma yacía un enorme disco de bronce, grabado con letras rúnicas alrededor de su borde. La inscripción brillaba débilmente. Breezie dio un paso al frente y entornó los ojos para leer la inscripción.

Blunt leyó por encima de su hombro: «La división amenaza el equilibrio cósmico del Orloj, deshilachando la realidad». Un escalofrío le recorrió la espalda. El destino de Boston — quizá de todo el mundo — pendía de ese momento. Si el Arlequín Oscuro lograba dividirlos, la propia realidad podría deshilacharse.

Blunt inhaló hondo, aferrando la estrella palpitante.

—Esto es más grande que solo una ciudad —murmuró—. Si la unidad falla aquí, todo por lo que hemos luchado se vendrá abajo.

Greenie tocó suavemente el borde de bronce del disco. El metal estaba frío y resbaladizo por el aceite, y sintió una sutil vibración bajo sus dedos, el latido de un mundo en guerra consigo mismo.

—Es como si el tiempo y el espacio convergieran en estos engranajes —observó—. Si el Arlequín Oscuro los corta, la realidad se deshilachará.

Recordó cómo, una vez, su propia empatía fue retorcida hasta dejarla aislada por un truco similar. No dejaría que volviera a suceder.

Los ojos de Reddish se entrecerraron ante las sombras que se arrastraban a su alrededor. Tentáculos oscuros bosquejaban siluetas burlonas de sus compañeros. Voces susurrantes clamaban: *«Te traicionarán».* Cada visión intentaba enfrentar a un mago contra los demás. Recordando lo rápido que una vez aquel truco aprovechó su impaciencia, se irguió. Ascuas chispeantes danzaron por sus brazos.

—Nos aferramos a la unidad —dijo con calma—. No permitiremos que nada se interponga entre nosotros.

Breezie dejó que una corriente de aire tranquila fluyera a su alrededor, un aura protectora.

—Hemos derrotado todas las ilusiones hasta ahora: el miedo, la desesperación, la envidia, el egoísmo —dijo en voz baja—. Esto no es diferente.

Sus ojos se encontraron con los de cada uno de sus amigos.

—Juntos, podemos enfrentar lo que venga.

Unificando las virtudes – frente unido

Un poco más allá del disco de bronce, una red de pasarelas metálicas se irradiaba como los radios de una rueda. Cada camino brillaba con una luz tenue — un tono correspondiente a una virtud que habían recuperado: valor, justicia, generosidad, perseverancia y más. Se sentía como si el propio Orloj exigiera que los magos fundieran sus lecciones en una sola sinergia irrompible.

Blunt alzó la estrella en alto, su resplandor intensificándose.

—Siempre nos hemos mantenido juntos —dijo, recordando relojes maltrechos y torres remotas donde la amistad había prevalecido—. Nuestro vínculo es nuestra fuerza.

Reddish cerró los ojos y dejó que el recuerdo de su prisa anterior templara su determinación. Llamas se enroscaron en sus brazos mientras susurraba:

—Cada uno de nosotros es una pieza de un rompecabezas mayor. Juntos somos fuertes.

Greenie sintió que el zumbido del Orloj se hacía más profundo, como si el mismo aire cantara sobre la unidad. Cada virtud pasada — compasión, curiosidad, humildad — se entretejía como hilos en un gran tapiz. Sabía que cuando su empatía fue puesta a prueba en soledad, confiar en sus amigos la había sacado adelante.

—Cada vez que una virtud caía, otra nos sostenía —murmuró Greenie—. Aprendimos que, codo con codo, podemos llevarlas todas.

Checkered se arrodilló junto al disco y dejó que su lente explorara las runas serpenteantes. Líneas de texto cósmico corrían alrededor del metal como corrientes de río.

—El Orloj nos está diciendo que fusionemos todas las virtudes en una sola —tradujo—. Que combinemos nuestros dones, o veremos la realidad desgarrarse.

Firee apretó la estrella con más fuerza. Cada prueba que habían superado, batallas en la niebla y el fuego, hazañas de valentía y sacrificio las habían afrontado en equipo.

—Combatimos el miedo y la desesperación juntos. Nos opusimos a la codicia y al odio juntos —dijo con firmeza—. La división no nos detendrá ahora.

Breezie abrió su capa y dejó que una brisa espiral ascendiera, agitando sus ropajes.

—Cada uno posee una llave distinta —añadió—. Valentía, ingenio, bondad, comprensión... todo ello encaja únicamente si está unido. Avanzamos como uno solo, o no avanzamos en absoluto.

De inmediato, la plataforma bajo sus pies retumbó. Corrientes de luz rúnica se deslizaron desde debajo de los radios de bronce, conectando las capas de Arlequín de cada mago en una cadena brillante. Las distorsiones caóticas a su alrededor sisearon y retrocedieron. La estrella ardió con aprobación, y un camino se abrió más adentro del laberinto. Los engranajes chocaban al unísono, rítmicamente, y las falsas sombras vacilaron ante su fuerza combinada. Juntos, dieron un paso al frente, firmes, hacia cualquier prueba que los aguardara.

Pruebas personales — Firee y Breezie

Al entrar en la siguiente cámara, el coro luminoso de voces se apagó y cayó un silencio helado. De pronto, el aire alrededor de cada mago centelleó y se fusionó en pesadillas personales, diseñadas a la medida de sus propias debilidades.

Blunt vio su reflejo sobre un estrado de esplendor cósmico, el Orloj doblegándose a su mandato — una visión de poder absoluto.

Normalmente podría haberle tentado, pero ahora la humildad lo anclaba. Dejó que el suave resplandor de la estrella mantuviera firme su mirada hasta que la ilusión se desmoronó.

Checkered se enfrentó a un laberinto cambiante de mentiras y verdades a medias, que susurraba promesas de un camino fácil si ella hacía la vista gorda. Levantó su lente con firmeza y cortó el engaño con paciencia y lógica.

—No hay atajos —murmuró, observando a los fantasmas dispersarse.

La prueba de Firee cobró vida como un recuerdo: el día que perdió el control de su fuego, las llamas saltando desbocadas hacia sus amigos. Su estómago dio un vuelco; aquella vez, ese recuerdo casi lo había aplastado. Pero ahora Firee sentía el control en la punta de sus dedos.

—No dejaré que los viejos miedos se reaviven —susurró.

Con una brisa controlada guiando su palma, apagó la alucinación.

La prueba de Breezie tomó forma en susurros ásperos y desencarnados que remolineaban a su alrededor: *«Tus vientos son débiles... No eres nada»*. Recordó las noches en que se sintió insignificante. Ahora, dejando que la confianza lo llenara, Breezie liberó un viento constante que rodeó la sala.

—Soy parte de algo más grande —dijo, y las voces acusadoras se disiparon.

Pruebas personales — Reddish y Greenie

La oscuridad remolinaba ferozmente a los pies de Reddish y Greenie. Cada una sintió un toque frío: se formaron ilusiones que las atacaban en lo más profundo de su ser.

Para Reddish, la visión era dolorosamente familiar: revivía el momento en que su propia ira casi descarriló un plan, una llama quemando de pronto a un compañero. La sala se llenó de calor y de su impaciencia pasada, como si aún pudiera oír la rabia en su propia voz. Un dolor punzó su pecho. Pero Reddish respiró hondo. Recordando cómo había aprendido a templar su fuego con estrategia, dejó que brasas frías recorrieran sus brazos.

—Estoy con ellos, no en su contra —se aseguró a sí misma.

La ilusión de traición vaciló y se apagó como ceniza en la brisa.

La prueba de Greenie tomó forma como un mundo indiferente: voces insistían en que la empatía era inútil, que un corazón generoso solo sería pisoteado. Recordó ocasiones en que sintió su empatía ignorada — el engaño de una prueba pasada que intentó aislarla. Pero también recordó cuán firmemente había aprendido a confiar en sus amigos. Una tranquila sonrisa se dibujó en su rostro. Alzó la mano y conjuró un suave remolino de enredaderas y luz. El mundo a su alrededor floreció en verde mientras los fantasmas retrocedían.

—La compasión nunca falla; no cuando la enfrentamos juntos —dijo Greenie en voz baja.

Una epopeya para la unidad

El corredor desembocó en una gran cámara. La estrella rúnica en la mano de Blunt brilló intensamente, como si supiera que esa era la cámara final del Orloj. Alrededor de ellos, el mecanismo se retorcía formando un estrado en espiral rodeado de engranajes colosales. Arriba, el vórtice del Arlequín Oscuro se agitaba en una columna turbulenta de luz negra y púrpura. Toda la sala vibraba con tensión — el núcleo de la realidad parecía al borde de resquebrajarse.

Greenie percibió que el propio Orloj suplicaba a través de la magia, como si el reloj les rogara que demostraran que la unidad es más fuerte que la división. Breezie observó el caos giratorio sobre sus cabezas y susurró:

—Es como la tormenta final a punto de desatarse.

Reddish cerró los ojos, recordando la lección de una mentora: la sinergia necesitaba un ancla en la historia.

—Siempre hemos usado historias o poemas para unir nuestras enseñanzas —dijo—. ¿Por qué no también para la unidad?

Checkered asintió.

—La estrella nos impulsa hacia algo mayor. Quizá una epopeya que entreteja todas las virtudes en un solo tapiz —dijo, examinando la escritura rúnica del estrado—. Si podemos re imaginar nuestro viaje como una sola historia, quizá finalmente sellemos el poder del Orloj.

Firee acarició suavemente la estrella.

—Antes teníamos fábulas cortas para cada virtud. Quizá ahora necesitemos una verdadera epopeya para la unidad — para mostrar cómo todas las virtudes se fusionan en algo imparable.

Blunt alzó la vista hacia la sombra giratoria. El rugido del Arlequín iba creciendo, pero aún no se completaba.

—Tenemos un momento —dijo en voz baja—, una oportunidad para hacer esto bien. El Orloj fue construido para nuestra llegada — quizá para algo como esto.

La cámara quedó en silencio, excepto por ecos lejanos. La mente de Blunt evocó las palabras de Zeetrikus en pruebas anteriores: «Recuerda cómo la perseverancia venció a la desesperación — deja que la unidad haga lo mismo con la división». Sacando fuerza de ese recuerdo, los magos se desplazaron al centro del estrado y formaron un círculo con la estrella brillando entre ellos. Los fantasmas oscuros de arriba se detuvieron, vacilantes. Había llegado el momento de dar voz a la épica final de la unidad.

Epopeya de la unidad

Greenie tomó aliento con un leve temblor y colocó su mano sobre la estrella rúnica. Con voz queda, que parecía responder a la silenciosa súplica del Orloj, comenzó a pronunciar las palabras que acudieron a su mente, una epopeya entregada a ellos como por destino:

El Tejido Celestial

En una era antes de relojes y brújulas,
doce virtudes resplandecientes danzaban entre las estrellas—
la valentía ardía brillante como el amanecer,
la justicia equilibraba las balanzas celestiales,
la generosidad brindaba un calor reconfortante,
y la perseverancia se negaba a ceder.
Sin embargo, estas virtudes giraban solas,
cada una un orbe separado a la deriva en el vacío cósmico.
Sombras retorcidas se deslizaron entre ellas,
sembrando discordia en cada corazón.
Sin la unidad que las sostuviera,

los orbes refulgentes comenzaron a astillarse,
perdidos en una noche sin fin.
Luego, de la oscuridad llegó una estrella solitaria.
Contempló las luces fragmentadas y sintió su dolor.
Poco a poco, cada virtud escuchó su llamado.
La valentía abrazó la balanza de la justicia,
la generosidad apaciguó el resentimiento,
y la curiosidad saludó a la empatía.
Volvieron a girar juntas, ya no como luces separadas
sino como una sola constelación.
Las sombras se hicieron añicos,
sus susurros silenciados por un nuevo amanecer.
Por fin, las virtudes —una vez fracturadas—
ardieron como una sola llama eterna:
el Tejido Celestial, un tapiz de unidad
que ninguna oscura ilusión podría desgarrar.

El silencio cayó mientras la última palabra de Greenie resonaba. La estrella en la mano de Blunt palpitó una vez más y luego brilló constantemente. Blunt exhaló.

—Esa epopeya nos muestra la verdad —dijo en voz baja—. Cada virtud brilla por sí sola únicamente en rincones del mundo, pero cuando se unen logran disipar cualquier oscuridad.

Reddish abrió los ojos, recordando su anterior impaciencia.

—Por poco ardo demasiado intensamente una vez, pero canalizado por la unidad nuestro fuego aporta calidez en lugar de ruina —dijo, con brasas danzando a lo largo de sus brazos.

Los ojos de Greenie brillaron al pensar en las ilusiones que una vez se aprovecharon de su empatía.

—Yo represento la compasión —susurró—, pero solo en un círculo de confianza puede cambiar el mundo.

Checkered inclinó la cabeza, recordando cómo la lógica pura le había fallado cuando actuaba sola.

—La lógica y la curiosidad por sí solas son fuertes, pero unidas a las demás descubrimos respuestas mucho más allá de lo que yo podía encontrar por mí misma —dijo en voz queda.

Firee, todavía sosteniendo el resplandor de la estrella, añadió en voz baja:

—Encontré fortaleza apoyándome en todos ustedes. Ese es el verdadero poder.

Breezie sonrió cuando el amanecer pareció asomarse por los bordes de la cámara.

—Solía preguntarme si yo era irrelevante —dijo con dulzura. —Ahora lo sé: cada brisa que aporto es parte de algo más grande.

A medida que cada mago hablaba, la oscuridad sobre ellos hervía de rabia. La forma semi formada del Arlequín Oscuro se estremeció, con aros de ojos vacíos brillando cruelmente. Las sombras giratorias sobre sus cabezas vacilaron, amenazadas al fin — su confrontación final se aproximaba.

Cayó el silencio tras la última palabra de Greenie. La estrella en la mano de Blunt palpitó una vez más y luego brilló con firmeza. Blunt exhaló.

—Esa epopeya nos muestra la verdad —dijo en voz baja—. Cada virtud brilla por sí sola únicamente en rincones del mundo, pero cuando se unen disipan cualquier oscuridad.

Reddish abrió los ojos, recordando su impaciencia anterior.

—Estuve a punto de arder con demasiada intensidad una vez, pero, canalizado por la unidad, nuestro fuego aporta calor en lugar de ruina —dijo, mientras ascuas danzaban a lo largo de sus brazos.

Los ojos de Greenie brillaron al pensar en las ilusiones que antes habían acechado su empatía.

—Yo represento la compasión —susurró—, pero solo en un círculo de confianza puede cambiar el mundo.

Checkered inclinó la cabeza, recordando cómo la lógica pura le había fallado cuando estaba sola.

—La lógica y la curiosidad por sí solas son fuertes, pero, unidas a las demás, descubrimos respuestas mucho más allá de las que yo habría podido encontrar por mi cuenta —dijo en voz baja.

Firee, aun sosteniendo el resplandor de la estrella, añadió con suavidad:

—Encontré fuerza apoyándome en todos vosotros. Ese es el verdadero poder.

Breezie sonrió, pues el amanecer parecía colarse por los bordes de la cámara.

—Solía preguntarme si yo era irrelevante —dijo con dulzura—. Ahora sé que cada brisa que doy forma parte de algo más grande.

A medida que cada mago hablaba, la oscuridad sobre sus cabezas hervía de rabia. La silueta incompleta del Arlequín Oscuro se estremeció, con anillos de ojos vacíos brillando cruelmente. Las sombras giratorias que los rodeaban vacilaron, amenazadas al fin: la confrontación final se acercaba.

El Arlequín Oscuro desenmascarado

En cuanto esas últimas palabras se desvanecieron, la cámara se convulsionó. Un estallido de oscuridad hirviente descendió desde lo alto. El vórtice a medio formar se inflamó en la forma completa y de pesadilla del Arlequín Oscuro: un inmenso remolino de sombras rodeado por engranajes retorcidos. Cientos de ojos vacíos se abrieron en su figura; cada ojo reflejaba el peor defecto del mago en el que se posaba. El temperamento de Reddish, el miedo de Breezie a ser insignificante, la vacilación de Firee, todos se burlaban de ellos, magnificados y perversos.

Entonces una voz fría y metálica cortó el caos. Era un murmullo bajo y hueco, como si hablara desde lo profundo del hierro.

—Estúpidos mortales —siseó—. ¿Creéis que la unidad os hace fuertes? Yo una vez fui como vosotros —parte de una hermandad unida por la lealtad—. Pero la unidad me falló. La confianza me traicionó y me dejó vacío. Así que abracé la división y hallé la claridad. En soledad, uno no tiene que hacer ningún compromiso.

Un sonido como de cristal hecho añicos rasgó el aire: la risa del Arlequín, cruda y maliciosa, cobrando vida. La visión sobre ellos pareció alimentarse de ella, creciendo más y retorciéndose.

La capa de Breezie se hinchó cuando él se afirmó sobre sus pies.

—Nos llamaban soñadores —continuó la voz, resonando por la cámara—. Os enseñaré lo que es la realidad.

Una oleada de risas malignas reverberó, afilada por el poder de la ilusión. Breezie se estremeció al sentir un destello de su antiguo miedo, pero había llegado demasiado lejos para ceder ahora. Conjuró un viento firme, desviando el embate arremolinado y negándose a ser apartado de nuevo.

Greenie vio incontables sombras incitándola a renunciar a la compasión.

—Somos esa estrella —susurró mientras extendía sus vides empáticas hacia afuera.

Estas se deslizaron alrededor de los escudos nacientes de sus amigos —enlazándose con el viento protector de Breezie, las ascuas de Reddish, el escudo de Blunt, la lente de Checkered—, tejiendo a los magos en un círculo inquebrantable.

La mirada del Arlequín Oscuro se clavó en Greenie y por un momento la cámara entera se paralizó. Pero Reddish ya estaba en movimiento. Un recuerdo antiguo le siseó —sus propias llamas casi habían herido a sus compañeros— y, por un instante, la duda se filtró en su mente. Apretó los dientes para silenciar el susurro y alimentó la defensa con sus ascuas medidas.

—No nos arruinarás —gruñó, calcinando la mentira.

Checkered afianzó su lente contra el tumulto. Datos y susurros atacaban su mente, pero ella los cortó con serena concentración; cada fantasma se hizo añicos bajo su embate.

En el centro, Blunt plantó los pies y alzó la estrella. A su alrededor, los demás magos vertieron su sinergia en la luz del artefacto. El vórtice del Arlequín lanzó un alarido mientras la realidad comenzaba a deformarse, pero la energía rúnica de la estrella brilló en respuesta. La batalla final había comenzado.

Cadena de luz

El piso cubierto de engranajes tembló mientras los fantasmas arremetían desde todos los flancos. El fuego controlado de Reddish se desbordó en un fogonazo cuando una visión intentó aislarla. Greenie sintió cómo heladas apariciones buscaban asfixiar su compasión. El viento de Breezie vaciló cuando oscuras voces susurraron que él no importaba. Pero ninguno luchaba solo esta vez.

Blunt invocó un muro de agua que se alzó alrededor del círculo.

—Nos unimos ahora o nunca —exclamó, su voz resonando por encima del estruendo.

La lente de Checkered brilló al percibir la fuerza de cada amigo. El viento de Breezie reforzó la empatía de Greenie; las ascuas de Reddish estabilizaron la llama de Firee; y los escudos de Blunt guiaron a todos.

—Este es el acorde final —afirmó Checkered, afianzando sus lazos.

Greenie inhaló hondo, sintiendo el vendaval de sinergia a su espalda.

—Hemos derrotado todas las ilusiones antes —declaró con calma.

El fuego de Reddish tituló en señal de acuerdo, cada destello un símbolo de su control. Juntas, sus energías se entrelazaron a sus pies, formando un círculo brillante de luz.

Como uno solo, extendieron las manos hacia la estrella y vertieron en ella su voluntad combinada. Las runas del artefacto resplandecieron con fiereza.

—¡Unitas Est Virtus! —gritaron al unísono.

Blunt sintió cómo arcos de luz brillante saltaban de la estrella hacia cada uno de ellos, forjando una cadena irrompible. La oscuridad embistió contra aquel fulgor, pero la cadena resistió. La cámara se llenó con un anillo de resplandor arcoíris: su unidad frente al vacío.

Corona de virtudes fracturadas

De repente, el suelo dio un violento sacudón. Sobre ellos, el caos giratorio se fusionó en un vórtice colosal, dentado como una corona hecha trizas. Cada punta reflejaba una virtud corrompida: la generosidad convertida en codicia, el coraje doblegado en cobardía, y así sucesivamente. En el centro relucían los ojos vacíos del Arlequín, cada uno orbitando con maliciosa alegría mientras los fantasmas se abalanzaban.

Una última oleada de ilusiones los embistió. Blunt se vio a sí mismo apoderándose del poder del Orloj: control absoluto. Reddish se vio desatando una furia incendiaria, destruyendo lo que había jurado proteger. Firee contempló su llama apagada por su propia indecisión. Breezie se vio a sí mismo encogiéndose, devorado por la sombra. Checkered se encontró atrapada en un laberinto interminable de mentiras.

Por un instante, las sombras lograron sembrar terror. El escudo de Blunt titiló y la llama de Reddish vaciló. Breezie trastabilló cuando una fuerza invisible intentó arrancarlo del círculo. Este se estremeció, la unidad casi rota.

Pero esas dudas ya habían sido puestas a prueba antes. Los magos respiraron hondo. Blunt invocó una oleada de escudos fundidos con el fuego controlado de Reddish. La luz empática de Greenie se arremolinó hacia afuera, uniéndolos con calidez. Firee concentró sus llamas en ráfagas precisas, haciendo trizas los ecos de perdición más cercanos. Breezie se mantuvo firme en el centro con una brisa constante y serena. La lente de Checkered proyectó la fuerza restante en un propósito claro.

Por fin, canalizaron todo su poder en la estrella rúnica.

—¡Unitas Est Virtus! —gritaron todos a una.

El artefacto estalló en una corona fulgurante, disparando arcos de color hacia cada mago. Los fantasmas chillaron cuando cada reflejo oscuro quedó clavado por un anillo de luz; sus imágenes negativas estallaron en motas inofensivas.

Un bramido atronador recorrió el vórtice al comenzar a desintegrarse. El torbellino monstruoso del Arlequín Oscuro se derrumbó sobre sí mismo. Ni una grieta había en el vínculo de los magos. La realidad volvió de golpe —las sombras se desvanecieron hasta la nada, dejando solo los engranajes maltrechos y un silencio sobrecogedor.

El Orloj restaurado

Por un momento, la cámara quedó en quietud. Luego, la luz de la estrella se redujo a un brillo suave. Greenie sintió una oleada de alivio, y Reddish soltó el aliento que no sabía que contenía. La arremetida final del Arlequín Oscuro había concluido —deshecha por la unidad.

Los engranajes dañados aminoraron su marcha hasta un latido constante. Sobre el dial, la estrella rúnica flotaba por sí sola, aguardando el paso final. Uno a uno, los magos avanzaron y posaron sus manos sobre el metal bruñido. Pulsos invisibles de energía se propagaron hacia afuera, realineando los engranajes y los hilos del poder cósmico. La disonancia se disipó; la luz armoniosa regresó.

Finalmente, Blunt guio la estrella hasta una ranura vacante en el núcleo del Orloj. Encajó a la perfección, cada runa de la estrella alineándose con los surcos del dial. Por un instante efímero, el símbolo rúnico de la estrella resplandeció, su luz formando un halo parecido a una corona sobre ellos, como insinuando un destino mayor por venir. Un último clic resonó en la torre. Toda la estructura tembló —esta vez de alivio, no de terror.

Luces centellearon por cada engranaje y eje. Proyecciones brillaron en cada rueda dentada: imágenes de los siglos de Boston —revolucionarios, constructores del siglo XIX, soñadores modernos— fusionándose todas en un solo tapiz de unidad y propósito.

El Orloj en sí pareció suspirar de gratitud. Un suave tañido mecánico sonó, como si el reloj ofreciera una bendición. En el silencio, un tenue coro de voces —Paulina, Morpheus, Zeetrikus— pareció murmurar su aprobación. Este reloj cósmico, perdido en el caos durante tanto tiempo, ahora se erguía restaurado gracias a la sinergia. La fusión de todas las virtudes había vencido incluso al Arlequín Oscuro.

El piso de la cámara se estabilizó. No quedaba ningún rastro de ilusión. El fin de su travesía se vislumbraba, aunque cada mago presentía que un nuevo amanecer también traería nuevos desafíos. Por ahora, simplemente respiraron profundo, dejando que la resonancia de la unidad llenara los huesos de hierro de la torre.

Bendición en la azotea

Afuera, el amanecer los encontró en la cima de la Custom House Tower. Emergieron de la cámara secreta al aire fresco de la mañana, con el perfil de Boston bañándose en luz dorada. Una brisa marina tironeaba de sus capas. Muy abajo, el Orloj zumbaba quedamente, cada engranaje girando al fin con firme propósito. En el centro, la estrella se había asentado en el núcleo de la máquina, pulsando suavemente —un silencioso testimonio de la unidad hecha realidad.

Por un momento, los magos se observaron en silencio, sobrecogidos por el nuevo día. Firee habló primero.

—Recuerdo la ilusión que se alimentaba de mi miedo al fracaso —dijo en voz baja, contemplando el amanecer—. Me di cuenta de que ese miedo era una brasa que necesitaba el aliento de mis amigos para arder sin peligro. Ahora todo aquello parece tan lejano.

Breezie asintió, con la vista en la ciudad que despertaba.

—Solía pensar que yo era la brisa más débil —dijo en voz baja—. Ahora veo que todo viento, por pequeño que sea, ayudó a liberar los engranajes de esta torre. Tengo mi lugar.

Reddish inclinó la cabeza para sentir el aire salobre del puerto.

—Antes veía mi llama como algo indómito —dijo, sonriendo—. Casi quemé a todos yo sola. Ahora sé que calienta todo lo que toca.

Greenie exhaló con satisfacción, percibiendo la paz de la ciudad.

—Vimos cómo ridiculizaron la compasión ahí abajo —dijo, con ojos centelleantes—, pero nuestra compasión se entretejió en algo poderoso. Aquella ilusión ya se ha desvanecido.

La lente de Checkered atrapó la luz de la mañana en sus rostros. Ella susurró:

—Buscar la verdad con todo nuestro corazón nos trajo hasta aquí. Enfrentamos las mentiras y las sombras juntos, y emergimos más fuertes.

Blunt permaneció en el centro del círculo e inclinó la cabeza brevemente. El recuerdo de cada reloj que habían restaurado —cada virtud que habían demostrado— se unió en un solo triunfo. La unidad se había convertido en la piedra angular. Alzó la mirada hacia el amanecer mientras un viento suave remolinaba a su alrededor. Boston despertaba abajo, completamente ajena al conflicto cósmico del que acababa de salir indemne. El zumbido constante del Orloj era su recompensa: cada eco un recordatorio de que lo habían logrado. Fuera cual fuese la última jugada del Arlequín, no encontró asidero contra un frente unido.

Se quedaron un momento más, dejando que el sol naciente los colmara de calidez. La unidad había prevalecido. Los jóvenes magos no solo habían enfrentado la oscuridad, sino que habían demostrado que, juntos, eran imparables. Un nuevo día había amanecido en Boston, y lo afrontaban como uno solo.

Capítulo 21

Confrontación final

– La victoria cósmica de la unidad

Sombra en la corona

Un silencio cargado envolvió la torre Custom House de Boston mientras Blunt, Reddish, Firee, Checkered, Breezie y Greenie emergían de un vórtice de luz color bronce y zafiro. Al sellarse el portal tras ellos, la estrella rúnica a sus pies se desplegó en una estrella-corona —la forma que adopta la unidad cuando es empuñada por muchos—. Sus capas Arlequín centelleaban bajo el núcleo cósmico oculto de la estructura —el motor secreto de la armonía de Boston—, donde engranajes impregnados de antiguos iconos coloniales giraban sometidos a una tensión antinatural. El tiempo en sí parecía estirarse hasta el límite.

Blunt agarró la estrella-corona rúnica grabada con Unitas Est Virtus, la reliquia final que demostraba su dominio de la unidad. Recordó cómo las ilusiones de todo el mundo habían puesto a prueba su sinergia; ahora se avecinaba la última prueba. Reddish miró fijamente las sombras arremolinadas, vislumbrando la silueta fugaz de una figura alta. Por un instante se asemejaba a la túnica de un viejo mago, pero manchada de oscuridad viviente. Un aura tenue y corrupta centelleaba a su alrededor.

Breezie se tensó.

—Se rumoreaba que había un líder Arlequín oculto —tal vez un mago que antaño fue noble. —susurró— Parece que esos rumores eran ciertos.

Desde detrás del conjunto principal de engranajes surgió un siseo fantasmal, cuyos susurros desenterraban destellos de antiguos errores y arrepentimientos medio olvidados —restos de batallas pasadas destinados a inquietarlos. La llama de Firee titubeó al reconocer ilusiones como aquellas que una vez habían carcomido su valor.

—Vencimos las ilusiones de la codicia, la desesperación, la división —murmuró, mientras se recomponía—. Si queda un último enemigo, lo enfrentaremos unidos.

Greenie extendió su sentido empático, sintiendo el pulso del Orloj palpitar con desesperación. Percibió un filo de pánico, como si la propia unidad de la ciudad estuviera amenazada por una única presencia maligna.

—No podemos dejar que las ilusiones fracturen la última ancla de la sinergia —dijo en voz baja.

El lente de Checkered brilló mientras examinaba las inscripciones talladas en el motor cósmico de la torre.

—Estas runas hablan de forjar el vínculo final —musitó—. Si ese mago está realmente corrompido, explotará cada debilidad que hemos superado. Sin embargo, cada imagen inquietante a su alrededor solo les recordaba a los magos que su unidad los había mantenido intactos en cada prueba. Blunt inhaló profundamente. —Tenemos la clave de la unidad —dijo, levantando la estrella-corona—. Ninguna ilusión se mantendrá en pie una vez que nos unamos como uno solo.

En el rincón más lejano resonó una risa queda —un indicio siniestro de la presencia del Arlequín. El grupo se preparó, recordando cómo las ilusiones casi los habían quebrado antes, pero siempre fracasaron ante su fuerza conjunta. Destellos de luz estelar danzaban sobre las paredes cargadas de engranajes, cada remache grabado con tenues motivos de las expansiones de Boston en 1849. El orgulloso legado de la torre se sentía empañado por la oscuridad invasora. Con determinación, avanzaron, preparados para comprobar si su unidad podía ahuyentar los últimos vestigios del caos que acechaban en las tinieblas agitadas frente a ellos.

Hacia el corazón del mecanismo

Más adentro de la torre, la maquinaria se abría a una vasta cámara cósmica —un tapiz de engranajes y campos estelares flotantes. Cada engranaje mostraba huellas del espíritu revolucionario de Boston, pero arcos de energía caótica amenazaban con desalinearlos. Un silencio amenazante se instaló, como si todo el artilugio pendiera al borde de la realidad. Una débil brisa suspiró en la cámara, cargando el aroma de aceite añejo y polvo de engranajes inmóviles desde hacía mucho tiempo.

Lo oyeron de nuevo: una risa áspera resonando desde el corazón de la cámara. Les pinchó la adrenalina en las venas, recordándoles las ilusiones que una vez combatieron —miedo, codicia, injusticia—, pero con un toque adicional de malevolencia. Las ascuas de Reddish crepitaron en respuesta.

—Debe de ser el líder de los Arlequines. —dijo —Se ha envalentonado si ahora nos permite oírlo.

El lente de Checkered detectó formas espectrales en las vigas —imágenes fragmentadas de traiciones y misiones fallidas.

—Está aprovechando ilusiones que ya superamos, intentando avivar dudas antiguas —observó ella.

Breezie conjuró una brisa suave, haciendo retroceder las sombras sigilosas que amenazaban con separarlos.

—Ninguna ilusión podrá quebrarnos si nos mantenemos firmes —susurró.

Firee sintió un atisbo de tensión en su llama. En el pasado, las ilusiones habían prosperado aislándolo de la sinergia del grupo. Esta vez calmó su respiración, dejando que el calor de la unidad venciera cualquier temor persistente. Mientras tanto, Greenie percibió el pulso intangible del latido cósmico del Orloj —un llamado rítmico que les instaba a unirse antes de que las ilusiones pudieran fracturar el tiempo mismo.

Blunt blandió la estrella-corona rúnica.

—Vinculamos estos engranajes en sinergia —dijo, al recordar cómo en ciudades previas los engaños de sus enemigos casi provocaron que sistemas cósmicos enteros se desmoronaran—. Que resuene esa risa. Hemos demostrado que las ilusiones no pueden romper los lazos verdaderos.

Un remolino de sombra se apartó cerca del centro, revelando la tenue silueta de una figura alta. Unos ropajes negros centelleaban con arcos de corrupción mientras el grupo alcanzaba a ver una piel cetrina y ojos ardientes. Los rumores quedaron confirmados: un mago que antaño fue noble, ahora consumido por el poder divisorio del Arlequín. Un escalofrío los recorrió, pero ninguno retrocedió.

El camino adelante brillaba con arcos de luz amatista y zafiro, invitándolos a adentrarse más. Avanzaron, cada uno recordando las ilusiones que los habían puesto a prueba individualmente —momentos de casi traición o desesperación—. Pero la sinergia había superado cada amenaza. Con una nueva oleada de determinación, se prepararon para la vorágine cósmica que el mago corrompido estaba a punto de desatar, seguros de que la unidad era su escudo irrompible.

Manto de contradicciones

Un torbellino de ilusiones estalló desde el manto andrajoso del mago, recorriendo a toda prisa el suelo entrelazado de engranajes. Cada ilusión tomó forma como un reflejo distorsionado de las propias virtudes de los magos: la humildad deformada en arrogancia, la valentía en temeridad, la generosidad en explotación, la perseverancia en tozudez obsesiva. Fue un ataque directo a todo lo que ellos habían perfeccionado con tanto esfuerzo a lo largo de sus viajes.

Blunt se adelantó hacia una ilusión punzante que intentaba tentarlo con altivas visiones de dominar el Orloj. Recordó cómo ilusiones similares una vez le prometieron poder si renunciaba a la humildad. Pero la sinergia le había enseñado que la fuerza real radicaba en elevar a los demás. Canalizó ese recuerdo, disolviendo la ilusión con una serena ola de agua.

Checkered divisó una ilusión que deformaba la curiosidad en ignorancia deliberada —un denso fantasma que proclamaba: *«Ya sabes suficiente. Deja de preguntar»*. Recordó cómo, en una prueba anterior, el engaño casi la había convencido de que el conocimiento era una carga. Esa lección la obligó a unir la curiosidad con la empatía, forjando una determinación imparable. Convocando ahora esa perspectiva equilibrada, adelantó su lente.

—Ninguna ilusión puede sofocar nuestra búsqueda de la verdad —declaró, y el espejismo jactancioso se hizo añicos como vidrio quebradizo.

Greenie se topó con una ilusión que convertía la compasión en apatía, susurrando: *«La gente solo te traicionará si te importa»*. Reconociendo el intento de aislar su empatía —tal como fantasmas similares habían intentado antes—, tejió vides verdes y empáticas que reafirmaron que el cuidar de los demás era su verdadera fortaleza. Junto a ella, Reddish prendió fuego a una ilusión que torcía la valentía en una agresividad imprudente. Ella ya había visto esa táctica antes y había aprendido a canalizar sus brasas con precaución medida; la furia fantasmal se apagó frente a su llama controlada.

Firee se enfrentó a una ilusión burlona que empañaba la perseverancia, volviéndola una obstinada negativa a adaptarse. Recordó ocasiones en que ilusiones tercas casi lo habían llevado al límite al instarlo a no desviarse nunca de su rumbo. Con la claridad obtenida de su sinergia, equilibró la firmeza con la mente abierta. Una columna concentrada de fuego partió el engaño en dos. Mientras tanto, Breezie barrió una ilusión que convertía la justicia en crueldad —una perversión utilizada en su día para sembrar división. Esta vez sus suaves vientos de equidad se negaron a permitir que la injusticia echara raíces.

En menos de un minuto, las ilusiones por todo el estrado se desmoronaron, cada una anulada por el esfuerzo unido de los magos. Detrás de ellos, el mago corrompido siseó con frustración, cada movimiento afilado por el despecho. El propio suelo abarrotado de engranajes retumbó en protesta, como si el Orloj reconociera cada pequeña victoria. Blunt exhaló, con el sudor perlándole la frente.

—Hemos roto ilusiones de virtudes retorcidas —murmuró.

La unidad se había mantenido firme, pero un enfrentamiento más profundo aún acechaba en el laberinto cósmico.

El círculo se forma

El mago corrompido retrocedió con un gruñido, desapareciendo en un vórtice giratorio en el núcleo del Orloj, como si los invitara a seguirlo. Ante los magos se abrió un corredor prismático de engranajes giratorios, cada engranaje grabado con símbolos estelares que pulsaban al compás de un profundo zumbido cósmico. La propia voz del Orloj pareció gemir: un llamado para que avanzaran.

Un tenue resplandor de la estrella-corona rúnica los guió hacia adelante. Blunt sintió que la estrella-corona tiraba hacia las profundidades adonde el mago corrompido había huido. Asintió a los demás.

—El zumbido del Orloj está aumentando, instándonos hacia el corazón de esta lucha —dijo, preparándolos para el enfrentamiento final. Firee mantuvo su llama en una combustión baja y lista —consciente de que podrían surgir nuevas ilusiones, pero confiando en su fuerza conjunta.

Greenie deslizó su mano sobre un engranaje maltrecho de la pared, irradiando compasión con su toque al sentir el anhelo del Orloj por completarse.

—Hemos deshecho ilusiones que retorcieron el miedo, la codicia, la desesperación y más —dijo en voz baja—. Sea lo que sea que quede, no podemos dejar que la división rompa nuestro vínculo final.

Reddish encendió una pequeña brasa en la punta de sus dedos, los recuerdos de errores casi catastróficos alimentando su cautela. En una ocasión se había adelantado sola imprudentemente, pero la sinergia la salvó de ilusiones que casi devoraron su voluntad. Ahora estaba entre aliados cuya presencia reforzaba su determinación.

Checkered avanzó junto a ellos, con el lente escudriñando la escritura rúnica del corredor. Cada frase hablaba de forjar una unidad cósmica que trascendiera la ilusión. Recordó ocasiones en que los engaños intentaron atraparla en su propia mente; los había superado vinculando la razón con la empatía. Breezie se mantuvo a su lado, conjurando una brisa constante y orientadora. Recordó cómo las ilusiones una vez se alimentaron de su miedo a ser innecesario, hasta que la unidad le demostró que cada uno de ellos era indispensable.

Por fin alcanzaron un umbral custodiado por ilusiones fractales. Los espejismos se apartaron ante ellos como sombras renuentes. La sensación de confrontación final se espesó a su alrededor —una prueba definitiva de sinergia los llamaba desde más allá del arco. La estrella-corona rúnica en la mano de Blunt brilló con más fuerza, confirmando que iban por el camino correcto. Con un aliento colectivo, se internaron en una nueva cámara, medio esperando una emboscada. En cambio, solo encontraron una quietud ominosa, como si hasta la oscuridad remanente contuviera el aliento a la espera de la siguiente etapa.

El círculo resiste

Al entrar en un vasto espacio circular bordeado de discos giratorios, encontraron al mago corrompido en su corazón. Su manto ondulaba a su alrededor como un tapiz viviente tejido de defectos. Hilos de envidia, miedo y traición serpenteaban visiblemente a través de la tela. Un único engranaje superior proyectaba una luz cambiante sobre él, dando a su rostro una semisombra retorcida que acentuaba la profundidad de su corrupción.

Sus labios se curvaron en una sonrisa torcida. Su voz brotó, áspera y amarga:

—Unidad... tu preciosa unidad. Una vez la abracé, y me traicionó. Mejor estar aparte, a salvo de la confianza que seguramente te romperá. Solo, nadie puede lastimarte.

Blunt alzó en alto la estrella-corona rúnica, concentrando la sinergia ganada con esfuerzo de cada reloj que habían rescatado. Recuerdos de desafíos superados —lecciones de humildad en Filadelfia, pruebas catedralicias en Europa, batallas cósmicas contra la codicia y el miedo— inundaron su mente.

—Hemos enfrentado ilusiones en cada rincón del mundo —dijo con firmeza—. La unidad las venció cada vez. Esta confrontación final no será diferente.

Un remolino de ilusiones brotó del manto del mago, cada filamento moldeado por su vendetta personal. Breezie se tensó al sentir cómo una mentira conocida le punzaba la mente —el viejo susurro de que no tenía un lugar entre sus amigos. La apartó con una ráfaga limpia de viento.

—No tenemos tiempo para tus divisiones —replicó, su voz inusualmente cortante.

Los sentidos empáticos de Greenie captaron el leve temblor de un corazón roto alimentando la corrupción del mago —quizás en algún momento él había perdido la fe en la unidad y acudido a las ilusiones en busca de poder. La tristeza centelleó en sus ojos mientras tejía suaves enredaderas para sofocar los fantasmas que se alzaban a su alrededor.

—Ninguna traición justifica renunciar a la unidad —murmuró, con resolución en la voz.

Reddish arremetió con llamas medidas, recordando cómo casi destruyó una pista vital por actuar con demasiada impetuosidad. Ahora templaba su agresividad con trabajo en equipo.

—No permitiremos que las ilusiones vuelvan a aprovecharse de nosotros —dijo, su mirada incandescente sin apartarse de su adversario.

Checkered notó ecuaciones espectrales arremolinándose alrededor del manto del mago —lógica retorcida para justificar su caída. Se negó a permitir que semejante razonamiento distorsionado la atrapara en un laberinto de verdades a medias.

—Mantenemos la mente y el corazón abiertos —declaró, con su lente ardiendo como si fuera a quemar las mentiras.

Por un latido, una ilusión cruel se apoderó de ellos. Cada mago vio a un amigo vacilar en la duda: Breezie imaginó a Greenie flaquear de desesperación; Greenie pensó que Breezie se había apartado por miedo. Sus corazones se helaron, la incertidumbre tendiéndose entre ellos. Entonces la voz fuerte de Reddish resonó, rompiendo el hechizo. La mano de Breezie se cerró sobre la de Greenie, sus sonrisas firmes con confianza. En un instante, la luz de la unidad desterró el engaño. Juntos nuevamente, enfrentaron la última oleada de ilusiones con resolución inquebrantable.

La llama de Firee se avivó y se fusionó sin problemas con la de Reddish, forjando una ola unificada de calor que hizo retroceder las ilusiones que se cernían sobre ellos. El mago se tambaleó, las sombras a su alrededor centelleando —una señal de que su control comenzaba a deshilacharse bajo su poder combinado. Por un instante su manto brilló, cada hebra oscura retorciéndose como una cosa viva. El golpe final aún no había caído, pero estaba claramente debilitado. El zumbido del Orloj se aceleró, lo que indicaba que la prueba definitiva estaba comenzando.

El sello de la unidad

Los seis amigos intercambiaron miradas agotadas —se habían mantenido unidos, pero apenas. Las rodillas de Breezie casi cedían por el cansancio, y la mano de Checkered temblaba en torno a su lente hasta que Greenie la estabilizó con suavidad. Cada mago mostraba en el rostro el agotamiento de la batalla, un crudo recordatorio del costo de la victoria.

Al percibir que las ilusiones flaqueaban, el zumbido cósmico del Orloj se intensificó, como si estuviera pidiendo un testimonio culminante de su sinergia. Reddish y Firee se afirmaron para otro embate, pero el mago corrompido solo se tambaleó. Una calma escalofriante cayó en el remolino cósmico a su alrededor.

Blunt alzó de nuevo la estrella-corona rúnica, sintiéndola palpitar con una petición muda —de algo unificador más allá del mero poder bruto.

—Hemos visto fábulas y poemas afianzar cada virtud —dijo, su voz resonando en la quietud—. Quizás necesitemos una epopeya final para sellar el dominio de la unidad sobre la ilusión.

La intuición empática de Greenie resonó con el anhelo del Orloj. —Así es como superamos las ilusiones en pruebas pasadas —concordó en voz baja—. Canalizando cada virtud en una historia que las une a todas.

—El Orloj quiere una epopeya definitiva que una cada virtud en una sola fuerza, o los fantasmas podrían persistir —les recordó Checkered, leyendo la urgencia en las runas parpadeantes sobre ellos.

Breezie echó un vistazo hacia el mago, que permanecía encorvado y con el manto maltrecho.

—Puede que aún reagrupe sus ilusiones si no afianzamos nuestra unidad ahora —advirtió.

Firee asintió, su llama ardiendo baja y estable.

—Entonces recitemos la epopeya final del Orloj —algo que reúna todo lo que hemos aprendido—.

Reddish acunó sus brasas entre las manos para estabilizarlas.

—Superamos fantasmas que intentaron quebrar la generosidad, la justicia, la valentía, la perseverancia... Ahora afirmamos la unidad, para siempre.

Ante sus palabras, el estrado cargado de engranajes bajo ellos retumbó en señal de acuerdo, como si les concediera un momento efímero para ofrecer este testimonio final. Sobre sus cabezas, un remolino de niebla cósmica se fusionó, señalando que el Orloj estaba listo para recibir las palabras que finalizarían su orden cósmico.

Greenie colocó la palma sobre la estrella-corona rúnica, sintiendo líneas de texto cósmico arremolinándose en su mente. Con voz clara y resonante, comenzó a recitar:

La penumbra de la fractura, el alba de la unidad

Antes de que se contaran las eras y los relojes dieran sus primeras campanadas, doce virtudes radiantes danzaban entre incontables estrellas. La valentía encendió una llama audaz, mientras la justicia equilibraba cada balanza cósmica.

La generosidad fluía para remendar corazones solitarios, y la perseverancia se negaba a quebrarse bajo las tormentas. La compasión propiciaba la curación, la curiosidad sondeaba cada amanecer, y la fortaleza se mantenía firme contra la noche roedora del miedo.

La innovación alumbró caminos más brillantes, la humildad dirigió a las almas orgullosas, la sabiduría guio el asombro mortal, la racionalidad aportó claridad, y la unidad las unió a todas.

Entonces llegó un tiempo aciago en que cada virtud giró por su cuenta, atrapada en ilusiones de división. Las sombras susurraron: «Mantente aparte», hasta que incluso la luz de las estrellas se apagó.

Sin embargo, de esa oscuridad surgió una sola estrella, recordando cómo cada virtud había brillado una vez al unísono.

Una a una, las virtudes se acercaron, formando una constelación que ninguna oscuridad pudo deshacer. En ese amanecer, las ilusiones se dispersaron, porque la unidad unió cada brasa en un resplandor inquebrantable.

Lo que se había fracturado se forjó de nuevo —el alba de una luz imparable.

Un silencio quedó suspendido tras el último verso de Greenie. Uno a uno, cada mago afirmó en voz baja cómo la unidad los había moldeado:

Blunt recordó tentaciones en lugares distantes que alguna vez le prometieron control absoluto.

—Pero la sinergia me enseñó humildad —murmuró—. Liderar significa estar al lado de los demás, no por encima de ellos.

Reddish pensó en aquella vez que casi saboteó una misión por precipitarse imprudentemente.

—La unidad templó mi fuego en una chispa creativa en vez de un fuego descontrolado —admitió suavemente.

Greenie sintió que una empatía renovada afloraba en su corazón.

—Siempre que las ilusiones susurraban que preocuparse era un disparate, nuestra sinergia me mostró que es justamente el hilo que entrelaza los corazones —dijo.

Checkered recordó engaños que torcieron la lógica pura en un aislamiento frío.

—Aprendí que la razón prospera mejor cuando se fusiona con la empatía —concluyó—. La claridad guiada por la compasión puede disipar cualquier ilusión.

Firee recordó cómo casi abandonó al grupo en una ocasión, presa de la desesperación.

—La unidad ancló mi llama y se aseguró de que nunca se apagara —dijo con firmeza.

Breezie dejó que una suave brisa llevara sus palabras por el salón resplandeciente.

—Vencimos la separación confiando unos en otros —concluyó—. Juntos, extinguimos toda oscuridad.

El círculo se forma

El mago corrompido retrocedió con un gruñido, desapareciendo en un vórtice de remolinos en el núcleo del Orloj como si los invitara a seguirlo. Frente a los jóvenes magos se abrió un corredor prismático de engranajes giratorios, cada engranaje grabado con símbolos estelares que latían al ritmo de un profundo zumbido cósmico. La propia voz del Orloj pareció gemir: un llamado para que avanzaran.

Un leve resplandor del corona-estrella rúnico los guio hacia adelante. Blunt sintió al corona-estrella tirar hacia las profundidades adonde el mago corrompido había huido. Asintió con la cabeza a los demás.

—El zumbido del Orloj está aumentando, instándonos hacia el corazón de esta pelea —dijo, preparándolos para la confrontación final.

Firee mantuvo su llama baja, lista para encender, consciente de que podrían surgir nuevas ilusiones, pero confiando en la fuerza de su unión.

Greenie rozó con la mano un engranaje maltrecho en la pared, irradiando compasión al hacerlo mientras percibía el anhelo de cumplimiento del Orloj.

—Hemos deshecho ilusiones que retorcían el miedo, la avaricia, la desesperación y más —dijo en voz baja—. Lo que quede, no podemos permitir que la división rompa nuestro lazo final.

Reddish encendió una pequeña brasa en la punta de sus dedos, recuerdos de errores casi catastróficos impulsando su precaución. Una vez se había adelantado corriendo sola, pero la sinergia la salvó de ilusiones que casi devoraron su voluntad. Ahora estaba junto a aliados cuya sola presencia reforzaba su determinación.

Checkered avanzó junto a ellos, su lente escaneando el guion rúnico del corredor. Cada frase hablaba de forjar una unidad cósmica que trascendiera la ilusión. Recordó las veces en que los engaños habían intentado atraparla en su propia mente; los había superado uniendo la razón con la empatía. Breezie se mantuvo a su lado, invocando una brisa constante y guía. Recordó cómo las ilusiones se alimentaron alguna vez de su miedo a ser innecesario —hasta que la unidad le mostró que cada uno de ellos era indispensable.

Por fin, llegaron a un umbral custodiado por ilusiones fractales. Los espejismos se abrieron ante ellos como sombras renuentes. La sensación de confrontación final se espesó a su alrededor: la prueba definitiva de la sinergia los aguardaba más allá del arco. El corona-estrella rúnico en la mano de Blunt brilló con más intensidad, confirmando que iban por el camino correcto. Con un respiro colectivo, entraron en una nueva cámara, medio esperando una emboscada. En cambio, solo encontraron un ominoso silencio, como si hasta la oscuridad persistente contuviera el aliento para la siguiente etapa.

El círculo se mantiene

Entrando en un vasto espacio circular bordeado de discos giratorios, encontraron al mago corrompido en el corazón del lugar. Su capa ondulaba a su alrededor como un tapiz viviente tejido con defectos. Hilos de envidia, miedo y traición se entrelazaban visiblemente en la tela. Una única rueda dentada superior proyectaba sobre él una luz cambiante, dibujando una media sombra torcida que acentuaba la profundidad de su corrupción.

Sus labios se curvaron en una sonrisa torcida. Su voz brotó, áspera y amarga:

—La unidad... vuestra preciosa unidad. Una vez la abracé y me traicionó. Mejor estar separados, a salvo de la confianza que, sin duda, nos romperá. Solos, nadie puede dañaros.

Blunt alzó el corona-estrella rúnico en alto, enfocando la sinergia ganada con esfuerzo de cada reloj que alguna vez habían rescatado. Las memorias de desafíos superados —lecciones humildes en Filadelfia, pruebas en catedrales de Europa, batallas cósmicas contra la avaricia y el miedo— inundaron su mente.

—Hemos enfrentado ilusiones en cada rincón del mundo —dijo con firmeza—. La unidad las superó todas. Este último desafío no será diferente.

Los sentidos empáticos de Greenie captaron el leve temblor de desolación que alimentaba la corrupción del mago; quizá en otro tiempo él había perdido la fe en la unidad y recurrido a las ilusiones para obtener poder. Una chispa de dolor brilló en sus ojos mientras tejía sutiles enredaderas para acallar los fantasmas que surgían a su alrededor.

—Ninguna traición vale la pena si hay que renunciar a la unidad —murmuró ella con resolución.

Reddish lanzó llamas medidas, recordando cómo casi destruyó una pista vital en el pasado por actuar con demasiada imprudencia. Ahora templaba su agresividad con trabajo en equipo.

—No permitiremos que las ilusiones nos vuelvan a acechar jamás —dijo Reddish, sin apartar la mirada de su enemiga.

Checkered advirtió ecuaciones espectrales arremolinándose alrededor de la capa del mago: la lógica retorcida para justificar su caída. Se negó a permitir que ese razonamiento distorsionado la atrapara en un laberinto de medias verdades.

—Mantendremos la mente y el corazón abiertos —declaró ella, con su lente brillando como para quemar las mentiras.

Por un instante, una ilusión cruel los invadió. Cada mago vio a un amigo titubear en la duda: Breezie imaginó a Greenie flaquear con desesperación; Greenie pensó que Breezie se había alejado por miedo. Sus corazones se paralizaron, la incertidumbre extendiéndose entre ellos. Entonces la voz firme de Reddish resonó, rompiendo el hechizo. La mano de Breezie se cerró sobre la de Greenie, sus sonrisas seguras por la confianza. Al instante, la luz de la unidad disipó la ilusión. Lado a lado de nuevo, enfrentaron la última oleada de ilusiones con una resolución inquebrantable.

La llama de Firee se avivó y se unió sin interrupción a la de Reddish, forjando una ola unificada de calor que empujó de vuelta las ilusiones que avanzaban. El mago dio un traspié, las sombras a su alrededor centelleando —una señal de que su poder combinado comenzaba a deshilachar su dominio—. Por un instante su capa brilló; cada hebra oscura se retorcía como un ser viviente. El golpe final aún no había caído, pero estaba visiblemente debilitado. El zumbido del Orloj se aceleró, señalando que la prueba definitiva estaba por comenzar.

El sello de la unidad

Los seis amigos intercambiaron miradas cansadas—se habían mantenido unidos, pero por poco. Las rodillas de Breezie casi flaquearon por el agotamiento, y la mano de Checkered tembló con el lente hasta que Greenie la estabilizó con suavidad. Cada Mago llevaba el peso de la batalla en el rostro, un recordatorio nítido del costo de la victoria.

Al notar que las ilusiones flaqueaban, el zumbido cósmico del Orloj se intensificó, como llamándolos a un testimonio culminante de su sinergia. Reddish y Firee se prepararon para otro asalto, pero el mago corrompido apenas se tambaleaba. Una calma inquietante cayó en el remolino cósmico a su alrededor.

Blunt alzó de nuevo el corona-estrella rúnico, sintiéndolo pulsar con una petición sin palabras—por algo que uniera más allá del mero poder.

—Hemos visto cómo fábulas y poemas anclan cada virtud —dijo, con la voz resonando en la quietud—. Quizá necesitemos una épica final que selle la victoria de la unidad sobre la ilusión.

La intuición empática de Greenie resonó con el anhelo del Orloj.

—Así es como superamos las ilusiones en pruebas pasadas —aceptó en voz baja—. Canalizando cada virtud en una historia que las cementa a todas.

—El Orloj quiere una épica definitiva que entrelace todas las virtudes en una sola fuerza, o quizá los fantasmas perdurarán —les recordó Checkered, leyendo la urgencia en las runas parpadeantes sobre sus cabezas.

Breezie miró al mago, que permanecía encorvado y con la capa maltrecha.

—Puede que aún reanime sus ilusiones si no consolidamos nuestra unidad ahora —advirtió.

Firee asintió, su llama ardiendo baja y constante.

—Entonces recitemos la épica final del Orloj —dijo—, algo que unifique todo lo que hemos aprendido.

Reddish juntó sus brasas en las manos para estabilizarlas.

—Superamos fantoches que trataron de destruir la generosidad, la justicia, el coraje, la perseverancia... Ahora afirmamos la unidad, para siempre —murmuró. Al decirlo, la plataforma llena de engranajes bajo ellos retumbó en acuerdo, como concediendo un momento fugaz para entregar este último testimonio. Sobre ellos, un remolino de niebla cósmica se coaguló, señalando la disposición del Orloj a recibir las palabras que finalizarían su orden cósmico.

Greenie apoyó la palma sobre el corona-estrella rúnico, percibiendo líneas de texto cósmico girar en su mente. Con voz clara y resonante, comenzó a recitar:

El crepúsculo de la fractura, el amanecer de la unidad

Antes de que los tiempos se contaran
y los relojes dieran su primer tañido,
doce radiantes virtudes danzaban entre estrellas incontables.
El valor encendía una llama audaz,
mientras la justicia equilibraba cada balanza cósmica.
La generosidad fluía para sanar corazones solitarios,
la perseverancia se negaba a quebrarse bajo tormentas.
La compasión despertaba sanación,
la curiosidad exploraba cada amanecer,
y la fortaleza permanecía firme contra la noche
devoradora del miedo.
La innovación dio a luz caminos más luminosos,
la humildad guiaba a las almas orgullosas,
la sabiduría orientaba la maravilla mortal,
la racionalidad traía claridad,
y la unidad las unía a todas.
Entonces vino una época terrible
en que cada virtud giró en solitario,
atrapada en ilusiones de división.
Las sombras susurraban:
«Manteneos separados»,
hasta que incluso la luz de las estrellas se apagó.

Un silencio siguió a la última frase de Greenie. Uno por uno, cada Mago afirmó en voz baja cómo la unidad los había moldeado:

Blunt recordó las tentaciones en lugares lejanos que una vez le prometieron control absoluto.

—Pero la sinergia me enseñó humildad —murmuró—. Liderar significa estar al lado de los demás, no sobre ellos.

Reddish pensó en la vez que casi saboteó una misión al avanzar temerariamente.

—La unidad templó mi fuego para convertirlo en una chispa creativa en lugar de una llamarada descontrolada —admitió en voz baja.

Greenie sintió brotar una nueva empatía en su corazón.

—Siempre que las ilusiones susurraban que preocuparse era una tontería, nuestra sinergia me mostró que es precisamente el hilo que entrelaza los corazones —dijo.

Checkered recordó engaños que torcían la lógica pura en aislamiento frío.

—Aprendí que la razón prospera mejor cuando se fusiona con la empatía —concluyó—. La claridad guiada por la compasión puede disipar cualquier ilusión.

Firee recordó que casi abandonó al grupo sumido en la desesperación una vez.

—La unidad ancló mi llama y se aseguró de que nunca se extinguiera —dijo con firmeza.

Breezie dejó que una brisa suave llevase sus palabras por el salón iluminado.

—Superamos la separación confiando el uno en el otro, —terminó— Juntos, extinguimos toda oscuridad.

El Arlequín Oscuro se quiebra

La resonancia de su épica se desvaneció en el motor cósmico del Orloj. El mago corrompido se estremeció con un aullido, su capa de defectos ondulando de nuevo. Desató una última tormenta de ilusiones, tentáculos de oscuridad sondeando las antiguas vulnerabilidades de cada Mago. Sin embargo, el poder de la épica llenó la cámara, formando una barrera intangible que las ilusiones renovadas no pudieron penetrar. El dais se estremeció mientras la última fuerza del Arlequín presionaba desde todos los lados—pero unidos, los seis magos resistieron, repeliéndola.

Breezie exhaló una ráfaga intencionada, despejando las últimas sombras pegajosas de las esquinas de la cámara.

—La energía de la épica es real —observó en tono quedo—. Hemos anclado el Orloj con una historia cósmica que consagra la unidad como algo imparable.

Las enredaderas de Greenie se extendieron suavemente a su alrededor, brillando con patrones estrellados. Percibió que las ilusiones ya no podían echar raíces en corazones enlazados por la épica. Las brasas de Reddish parpadearon con calma en sus hombros, cada giro de llamas gentil recordando cómo la sinergia la había convertido en un agente equilibrado de cambio. Checkered sintió su lente aligerarse en su mano—ningún susurro oscuro podría pesar ahora sobre su lógica. La llama de Firee ardía firme e inalterable, reafirmando que las dudas que una vez lo amenazaron habían perdido todo apoyo.

El mago corrompido soltó un último grito gutural. Su capa de ilusiones fractales parpadeó erráticamente, agrietándose a lo largo de cada parche lleno de fallo. La realidad misma rechazó ceder; el Orloj, impulsado por su épica, se negó a entregar otro centímetro a la división. Blunt bajó el corona-estrella, su postura inquebrantable.

—Seguid presionando —les urgió—. Ninguna ilusión es lo bastante fuerte como para separar lo que hemos unido.

El manto se deshilacha

El mago luchaba por mantenerse en pie, su capa ahora cambiando como un tapiz harapiento—cada sección deshilachada representando un defecto que lo había alejado de la virtud. Esos hilos persistentes de oscuridad luchaban inútilmente contra la vibración de la épica que aún resonaba en la cámara del Orloj. Un siseo escapó de los labios del hombre, pero no quedaba malicia—solo angustia por lo que se había convertido.

Firee contempló los hilos arremolinados de la capa. Cada hebra brillaba débilmente con ecos de traición, avaricia o desesperación que en otro tiempo los había atormentado a todos.

—Lleva encarnados todos los defectos que las ilusiones explotaron —se dio cuenta Firee, su llama firme—. No es de extrañar que esa capa poseyera tanto poder.

Breezie generó a su alrededor una brisa suave, notando que las ilusiones restantes en la capa ya no azotaban, sino que flaqueaban.

—Quizá en otro tiempo tuvo todas las virtudes —reflexionó Breezie—, pero las ilusiones las torcieron en sus contrarios. Si purificamos esa capa, ¿puede quedar libre de ellas?

Greenie se acercó con cautela, sus sentidos empáticos registrando la lucha interna del mago: un torbellino de culpa, pesar y ansias de redención. Reddish, confiando en la unidad que habían forjado, dejó que sus brasas brillaran suavemente para mostrar que venían no con hostilidad, sino a rescatar lo que quedaba de su espíritu herido. Checkered mantuvo su lente lista, asegurándose de que ninguna sombra dispersa recuperara tracción.

Blunt levantó el corona-estrella rúnico y avanzó.

—La unidad superó las ilusiones a través de los continentes —dijo con firmeza—. Si un único mago sucumbió ante ellas, todavía podemos traerlo de vuelta.

El mago se estremeció cuando la luz de la corona lo inundó. Uno a uno, las ilusiones persistentes de la capa se desprendieron en fragmentos resplandecientes, revelando destellos del hombre que una vez fue—una figura de porte noble, con los ojos marcados por el profundo arrepentimiento.

Por fin, las ilusiones finales se desvanecieron en una cascada silenciosa de chispas. El mago cayó de rodillas, su capa colgando hecha jirones e impotente. El zumbido cósmico del Orloj se elevó, indicando que las ilusiones ya no tenían poder allí. Un tierno silencio llenó el aire—la unidad y el valor habían prevalecido. El mago liberado cerró los ojos, lágrimas deslizándose por sus mejillas mientras finalmente comprendía el peso de todas las ilusiones deshechas.

Restauración

Con la capa corrompida purgada, el mago se arrodilló tembloroso entre motas de polvo cósmico. Cada pedazo de oscuridad se desvanecía como una brasa apagada. Los engranajes del Orloj ahora zumbaban al unísono, arcos de luz estelar enlazando engranaje con engranaje en un magnífico diseño cósmico. Lo que hacía un momento había sido un mecanismo tenso estaba ahora al borde de la completa restauración.

Reddish y Greenie ofrecieron sus brazos de apoyo, ayudando al mago a ponerse de pie inestable. Él dirigió una mirada hueca sobre la plataforma, viendo el espacio ya libre de ilusiones por primera vez en años. Con voz ronca y quebrada murmuró:

—Yo... olvidé las virtudes que alguna vez defendimos.

Una débil chispa de tristeza cruzó su rostro, lamentando cuánto lo habían retorcido los encantamientos durante tanto tiempo.

Checkered le contestó con un asentimiento suave y comprensivo— no había condenación en sus ojos.

—Cada uno de nosotros casi sucumbió a las ilusiones en alguna ocasión —dijo en voz baja—. Pero nuestro vínculo siempre nos guió de regreso.

Breezie generó una brisa reconfortante a su alrededor, simbolizando cómo las sombras habían amenazado con consumirlo también, pero la luz de la unidad siempre había brillado.

Firee conjuró una pequeña llama contenida en la palma de su mano.

—Superamos la desesperación, el miedo, la avaricia, la división —contó tranquilamente—. Ahora representamos la unidad. Ni siquiera tu capa pudo romper ese vínculo.

El mago inclinó la cabeza, incapaz de articular palabras. Sin embargo, una chispa de comprensión brilló en sus ojos.

Blunt volvió a alzar el corona-estrella rúnico. El zumbido cósmico del Orloj retumbó en respuesta, instándolos a sellar esta restauración final.

—Las ilusiones han desaparecido —declaró—. El Orloj de Boston puede realinear el espíritu de la ciudad y el del mundo, de ser necesario.

El mago se apartó, su capa cayendo floja en sus brazos, permitiendo al grupo acercarse al núcleo central del Orloj. Sobre ellos, un tenue remolino de runas cósmicas todavía bailaba, como esperando la afirmación del triunfo. La restauración final estaba al alcance: las ilusiones desterradas y la sinergia intacta. Un sentimiento de clausura invadió el aire al sentir cada Mago que los pasos finales confirmarían todo por lo que habían luchado.

Amanecer en la torre

Una última oleada de energía cósmica recorrió la cámara, sellando la redención del mago y el renacimiento del Orloj. Arcos radiantes de luz recorrieron cada engranaje, alineándolos en perfecta armonía. El amanecer rompió fuera de la torre en ese mismo instante, inundando la cámara oculta de engranajes con una nueva luz dorada. Poco a poco, las sombras opresivas que habían asfixiado la unidad de la ciudad se disolvieron en motas inofensivas de color.

El mago, antes corrompido, permaneció a un lado, con su capa hecha trizas en la mano—ahora purgada de toda malicia. Se inclinó en silenciosa gratitud, sin estar seguro de si merecía el perdón, pero libre, al fin, de la influencia oscura que lo había atado. Reddish, recordando sus propios pasos en falso casi catastróficos, dio un paso adelante para ofrecerle consuelo.

—Todos hemos combatido la oscuridad —dijo con suavidad—. Puedes reconstruirte, tal como nosotros lo hicimos.

El aura empática de Greenie confirmó el genuino remordimiento en él, y con una cálida sonrisa ella le ofreció silenciosa aceptación. Checkered bajó su lente, satisfecha de que no quedara rastro de ilusión en su postura. Firee dejó su llama arder brillante pero apacible—una señal de que el miedo ya no reinaba aquí. Breezie conjuró una brisa suave y esperanzadora mientras Blunt apoyaba su mano en el hombro del mago. Cada gesto hablaba de unidad sobre juicio, compasión sobre reproche.

Juntos se volvieron para contemplar el Orloj cósmico, finalmente restaurado. Un silencio reverente cayó sobre ellos. Cada uno recordó cada prueba—miedo, avaricia, desesperación, división—y cómo juntos habían forjado cada virtud correspondiente en un todo coherente. El olor tangible a aceite y metal viejos se mezcló con el fresco aire del amanecer que entraba por la escotilla abierta arriba, recordándoles el mundo real y físico que su victoria ahora iluminaba.

Firee hizo una pausa, reflexionando cómo sus primeras dudas casi lo llevaron a abandonar al grupo.

—Veo ahora que mi llama representa la vigilancia y la esperanza —dijo en voz baja—. Cuando la oscuridad la amenazó, la unidad la mantuvo viva.

Con esa admisión, sintió que un cierre final se asentaba en su corazón.

Breezie también tuvo un momento tranquilo de introspección.

—Recuerdo los susurros que decían que yo era prescindible —dijo, dejando que una brisa suave agitara su capa—. Pero ahora veo cómo cada brisa aviva la llama o la protección de un amigo. Demostramos que esa mentira era falsa permaneciendo hombro a hombro.

El mago observó en silenciosa admiración cómo cada uno de ellos reflexionaba sobre las lecciones duramente ganadas detrás de su victoria. El fuego de Reddish ahora ardía con propósito en lugar de ira. Checkered había aprendido que la lógica, cuando se guía por la empatía, ofrece mucha más claridad. La compasión de Greenie se había vuelto inconmensurable. La humildad de Blunt resultó ser más potente que cualquier trono solitario. Al ver cómo cada uno de ellos había sido probado por la oscuridad y había emergido más fuerte en conjunto, el mago finalmente comprendió la verdadera fuerza de su unidad.

Afuera, el amanecer de la ciudad los llamaba. El zumbido cósmico del Orloj había disminuido hasta susurrar en el fondo, señalando que todas las sombras habían sido realmente vencidas. Un sutil portal brilló en el borde de la cámara. El mago redimido hizo señas para que los seis jóvenes héroes atravesaran—él se quedaría aquí, insistió, para expiar sus actos y servir como guardián de lo que pudiera venir.

Blunt, Reddish, Firee, Checkered, Breezie y Greenie atravesaron el portal hacia el resplandor de la mañana, con el corazón aliviado. Emergieron sobre terreno firme como seis estrellas unidas en una sola constelación, brillando más allá de cualquier sombra persistente. Ninguna ilusión los acosaría ahora; ningún reflejo retorcido amenazaría con romper su vínculo. Desde los primeros engaños encontrados en antiguos salones hasta la agitación cósmica bajo la torre de Boston, habían superado la última barrera de la división.

Un nuevo día los recibió—uno en el que nada podría jamás separar su vínculo. El pulso de la ciudad se sintió más suave, los engranajes cósmicos del Orloj completamente alineados, y el arco personal de cada mago culminado con gracia. Aunque su gran misión se acercaba ahora a su epílogo, la resonancia de la unidad continuaría, tejida en la esencia de cada reloj que habían restaurado y de cada espíritu que habían redimido. Y en ese amanecer esperanzador, el gran ciclo giró una vez más, dando inicio a un día fresco para Boston y para todos los que creyeran que la unidad podía triunfar incluso sobre la mentira más oscura.

Epílogo

El jardín después de la tormenta

La luz de la mañana templaba el Public Garden de Boston, con su paisajismo de 1859 —un testimonio vivo de la dedicación de la ciudad a la renovación—. Los sauces frondosos besaban el agua reluciente, y una brisa suave traía el olor de la hierba recién cortada. Blunt (Erasmus Cromwell-Smith Jr.), Reddish, Firee, Checkered, Breezie y Greenie se reunieron junto a un puentecito, con sus capas de Arlequín centelleando bajo la luz amable.

Erasmus Cromwell-Smith II, el padre de Blunt, y Lynn Tabernaki llegaron instantes después. Hacía tiempo que habían guiado a estos Magos, inculcándoles lecciones fundamentales de sinergia y humildad. Aunque sus papeles habían sido en gran parte invisibles en las batallas cósmicas finales, su sabiduría sostuvo cada paso que dieron los Magos. Un orgullo leve le brilló a Erasmus II en los ojos al ver cómo el grupo se reunía en unidad, recordando cómo la chispa de esta aventura se encendió años atrás.

Blunt asintió en señal de bienvenida, con la corona rúnica —«Unitas Est Virtus»— reposando tranquila en sus manos. Era la misma corona que habían forjado bajo la Custom House Tower, ahora símbolo de su virtud unificada. No flotaba ya ningún glamour; la ciudad permanecía en paz tras la confrontación final. La luz chispeaba sobre el agua mientras pasaban unos patos, aparentemente ajenos a las batallas cósmicas. Y, aun así, el zumbido del Orloj seguía en el aire, un acorde invisible de armonía que mantenía todo en un equilibrio apacible.

Greenie inspiró, recordando los velos que una vez amenazaron con separar su empatía de la sinergia del grupo. Ahora solo sentía calma, al rememorar cómo cada amigo había superado ilusiones retorcidas por el miedo, la avaricia o la desesperación —cada prueba dando lugar a un nuevo coraje, a generosidad o a esperanza renovada. Este jardín, tranquilo y a la vez cargado de resonancia histórica, parecía el lugar perfecto para sellar su voto de transmitir todo lo aprendido.

Las brasas de Reddish parpadearon con suavidad. Recordó cómo sus impulsos incendiarios habían estado a punto de fracturar al grupo en pruebas anteriores, pero la sinergia le enseñó a encauzar ese fuego para crear, no para arrasar. El aura mansa del jardín le recordó que incluso la llama más fiera puede convivir con la serenidad.

Un silencio se posó sobre ellos. Lynn saludó desde una magnolia en flor, llamando a todos hacia un claro circular junto a una fuentecilla, con inscripciones rúnicas grabadas a lo largo de su borde de piedra. Cada Mago reconoció ecos tenues de los patrones cósmicos del Orloj. Comprendieron que aquel rincón sereno sería el escenario final para plantar un legado que ningún glamour podría alcanzar. Con pasos suaves, avanzaron hacia la fuente, con el corazón rebosante de esperanza ante lo que les aguardaba.

Rayos de sol moteaban la piedra rúnica de la fuente mientras se reunían. Erasmus II se situó junto a Lynn; ambos llevaban discretas señales del legado de los viejos mentores —un broche de artesanía o una leve insignia hechicera que evocaba las primeras enseñanzas que les habían brindado.

Breezie se tomó un momento para apreciar cómo había cambiado la ciudad desde que emprendieron su búsqueda: antes ensombrecida por luces falsas, ahora impregnada de una unidad serena.

Checkered se quedó un poco rezagada junto al borde de la fuente, con la lente en la mano. Recuerdos fantasmales de ilusiones le cosquillearon la memoria: medias verdades que casi la atraparon en una lógica férrea que desdeñaba la emoción. Reconoció cómo la sinergia —la fusión de intelecto y empatía— había hecho añicos cada trampa ingeniosa.

—No vencimos las ilusiones solo por ser fuertes, —murmuró en voz baja, —sino tejiendo cada virtud, para que ninguna grieta pudiera abrirse más».

Greenie absorbió aquel silencio hondo, recordando cómo las ilusiones habían intentado aplastar su empatía con cinismo. «

—Tantas ilusiones quisieron hacerme pensar que cuidar era una debilidad, —musitó. —Y, sin embargo, la sinergia me mostró que la compasión es el ancla que las ilusiones no pueden quebrar. Esta planta late con ese mismo cuidado inquebrantable.

Por fin, Blunt alzó por última vez la corona rúnica, con un tenue centelleo estelar de sinergia palpitando en el metal.

—Vencimos las ilusiones forjando un anillo de virtud, —dijo. —Humildad, curiosidad, justicia, fortaleza, generosidad, empatía y las demás. Que esta semilla quede como testimonio de que las ilusiones por muy astutas que sean caen cuando los corazones se unen».

Erasmus II y Lynn dieron un paso al frente también.

—Velaremos por este jardín con vosotros, en espíritu o con consejo, — prometió Erasmus II.

Lynn posó una mano sobre el retoño, y una lágrima le cayó sobre la hoja.

—Ninguna ilusión puede sostenerse donde florece la sinergia, — susurró.

Un silencio manso selló aquel voto final. Blunt depositó la corona rúnica al pie del retoño con la humildad marcada en su postura; la brasa de Reddish brilló constante —su llama antaño impetuosa, ahora un calor manso—; el fuego de Firee ardió firme y parejo, libre de la desesperación que antes lo apagaba; Checkered guardó su lente, con la curiosidad ya equilibrada por la compasión; Breezie exhaló un suspiro satisfecho, su brisa cargando una esperanza tranquila; y Greenie apoyó con cariño la mano sobre las hojas nuevas, con su empatía anclando este inicio.

El sol ascendió, templando la fuente de piedra, el retoño recién brotado y el círculo de Magos a su alrededor. En aquella luz matinal centelleante, las ilusiones se apartaron de cada rincón de la memoria, sustituidas por una promesa viva de esperanza. En el borde de la fuente, la corona rúnica descansaba ahora junto al retoño recién nacido, ambos reluciendo como uno al sol de la mañana —un último cuadro de unidad y renovación. Las palabras finales flotaron en el aire, resonando con el amanecer:

—Ninguna ilusión eclipsa la sinergia. Ninguna oscuridad perdura cuando las virtudes se unen.

El jardín público, despierto a ese silencio triunfal, los envolvió con el abrazo de un nuevo día, asegurando que lo que habían construido sobreviviría a las ilusiones en todas sus formas. Así terminó el epílogo de la saga en una radiancia serena —semillas de legado plantadas, ilusiones deshechas, sinergia eterna—.

Nota del autor: Una Ventana al viaje

Escribir El Orloj de Boston ha sido tanto un viaje personal como uno literario. De adolescente, una vez me quedé de pie en un huerto al anochecer, con el runrún de que mis sueños más sinceros quizá no fueran más que espejismos—esperanzas frágiles condenadas a ceder ante las presiones de la vida. Pero un mentor de confianza me regaló una verdad sencilla: si se combinan la fortaleza y la humildad, ninguna visión es demasiado grande. Aquello echó raíces en mi corazón y, con el tiempo, floreció en la saga que tienes ahora entre las manos.

A lo largo de los viajes de los Magos—desde los primeros desafíos en Filadelfia hasta la prueba final bajo la Custom House Tower de Boston—fui canalizando aquella revelación del huerto. El liderazgo sereno de Blunt hace eco de la convicción tranquila que yo mismo encontré cuando las ilusiones amenazaban con eclipsar mis esperanzas juveniles, mientras que el espíritu fogoso de Reddish me recuerda cómo estuve a punto de dejar que la impaciencia chamuscara mis propias ambiciones hasta que la sinergia templó mi empuje y lo convirtió en propósito compartido. La empatía de Greenie lleva mi gratitud más honda hacia la comunidad, porque aprendí—igual que ella—que la compasión se mantiene firme frente a la soledad. La llama inquebrantable de Firee me recuerda el valor que hace falta para seguir cuando la duda susurra derrota, y la brisa suave de Breezie evoca la aceptación de que incluso quienes somos más callados tenemos un papel vital. La lógica de Checkered, equilibrada por la empatía, refleja mi comprensión de que el conocimiento vale poco si no sirve al bien común.

Mentores como Erasmus Cromwell-Smith II y Lynn Tabernaki hacen las veces de los guías reales que me empujaron más allá de las dudas de aquel huerto. Su sabiduría, tejida en los hilos cósmicos de las batallas del Orloj, ejemplifica cómo las ilusiones de uno mismo se disipan mediante la unidad y la apertura.

A ti, querido lector, te hago una invitación personal: llévate un trocito de esta historia a tu vida. Deja que hablen el valor, la empatía o la fortaleza cuando se ciernan las ilusiones. Igual que el huerto que moldeó mi camino—o el arbolito del Boston Public Garden (fundado en 1859)—nuestras raíces colectivas se profundizan cuando compartimos esperanza. Que todos cuidemos las virtudes que enlazan los corazones y desenmascaremos las ilusiones por lo que realmente son. Y cuando vuelva a sonar el reloj, recuerda: cada pregunta es un faro de luz en tu camino. Gracias por sumarte conmigo a este baile cósmico.

Índice de relojes astronómicos

Relojes astronómicos en los Estados Unidos

Cedar Rapids' "Silent Watcher"
Ubicación: Cedar Rapids, Iowa
Año de construcción: Desconocido (reloj cívico narrativo; estilo de principios del siglo XX)
Descripción: Un reloj cívico firme que abre la saga, modelando en silencio la humildad y la unidad antes de que el viaje gire hacia los grandes relojes astronómicos de Europa (Cap. 1).

Engle Monumental Clock
Ubicación: Hazleton, Pennsylvania
Año de construcción: 1878
Descripción: La pieza monumental de Stephen Decatur Engle, con figuras intrincadas; en la historia se enfrenta al estancamiento y recentra la resiliencia comunitaria (Cap. 3).

Old State House Clock
Ubicación: Boston, Massachusetts
Año de construcción: 1713 (mecanismo actualizado posteriormente)
Descripción: El emblemático reloj colonial que preside calles revolucionarias; piedra de toque de la innovación y el coraje cívico (Cap. 4).

Thomas Jefferson's Astronomical Clock
Ubicación: Monticello, Virginia
Año de construcción: 1806
Descripción: Reloj astronómico de latón de Jefferson para seguir ciclos celestes; ancla la «Linterna de la Indagación» y la curiosidad disciplinada (Cap. 6).

Old North Church Clock
Ubicación: Boston, Massachusetts
Año de construcción: 1726 (aprox.)
Descripción: El reloj de iglesia más antiguo que se conserva en Boston; su pulso constante respalda el cuestionamiento, la vigilancia y una determinación lúcida (Cap. 7).

Wanamaker Grand Court Clock
Ubicación: Philadelphia, Pennsylvania
Año de construcción: Principios del siglo XX
Descripción: La pieza icónica del Grand Court en un salón cívico enorme; en la narración, su cadencia pública resuena con la renovación de la compasión (Cap. 8).

Rittenhouse Astronomical Clock
Ubicación: Philadelphia, Pennsylvania
Año de construcción: Finales del siglo XVIII
Descripción: Tradición de precisión en la vena científica estadounidense; sostiene la claridad de la justicia y una imparcialidad mesurada (Cap. 12).

Simon Willard's Astronomical Shelf Clock
Ubicación: North Grafton, Massachusetts
Año de construcción: c. 1780
Descripción: Un «planetario casero» con indicaciones calendáricas/astrales; inicia las pruebas-espejo de la reflexión y la autoobservación honesta (Cap. 15).

Great Historical Clock of America
Ubicación: Washington, D.C. (escenario narrativo)
Año de construcción: Tradición de autómatas del siglo XIX
Descripción: Un gran autómata narrativo usado en el arco de la fortaleza y puesto a prueba junto a su homólogo de ultramar (Cap. 14).

Sedona's Orloj
Ubicación: Sedona, Arizona
Año de construcción: Moderno (narrativo)
Descripción: Un Orloj en pleno desierto cuyos discos y figuras se entrelazan con la justicia; emparejado con Franeker para equilibrar ley y empatía (Cap. 11).

Clock of the Long Now
Ubicación: Cerca de Van Horn, West Texas
Año de construcción: En curso (iniciado en 1996)
Descripción: Un reloj de 10.000 años que replantea el tiempo como custodia; en el arco de la generosidad se opone a la codicia cortoplacista con un cuidado de largo horizonte (Cap. 16).

Adler Planetarium Celestial Clock
Ubicación: Chicago, Illinois
Año de construcción: 1930
Descripción: Un dispositivo celeste de museo que vincula la balanza de la justicia con el orden cósmico; emparejado con Münster para el equilibrio (Cap. 17).

Independence Hall Clock
Ubicación: Philadelphia, Pennsylvania
Año de construcción: 1753 (aprox.)
Descripción: El reloj de la torre del salón fundacional; simboliza la fortaleza y el deber cívico camino de su contraparte europea (Cap. 13).

Relojes astronómicos en el mundo

Zytglogge Astronomical Clock
Ubicación: Berna, Suiza
Año de construcción: 1530 (etapa astronómica actual)
Descripción: Reloj-espectáculo medieval con figuras y esferas

celestes; se empareja con el capítulo inicial de la saga para enmarcar la humildad y la unidad (Cap. 1).

Stará Bystrica Astronomical Clock
Ubicación: Stará Bystrica, Eslovaquia
Año de construcción: 2009
Descripción: Un Orloj moderno de madera con motivos regionales; en la historia se enfrenta al estancamiento y la insensibilidad, impulsando la innovación y la compasión (Cap. 3).

Horologium Mirabile Lundense
Ubicación: Catedral de Lund, Lund, Suecia
Año de construcción: 1425
Descripción: Reloj astronómico medieval de madera con caballeros y muestras calendáricas/astrológicas; centra la indagación disciplinada (Cap. 6).

Eise Eisinga Planetarium
Ubicación: Franeker, Países Bajos
Año de construcción: 1781
Descripción: Un modelo planetario montado en el techo; sus cielos medidos estabilizan el rumbo de la justicia junto al Orloj de Sedona (Cap. 11).

Jens Olsen's World Clock
Ubicación: Ayuntamiento de Copenhague, Dinamarca
Año de construcción: 1955 (inaugurado; diseñado/iniciado antes)
Descripción: Una obra maestra cívico-científica con miles de piezas y ciclos astronómicos profundos; emparejado con Rittenhouse para culminar el Triunfo de la Justicia (Cap. 12).

Gdańsk Astronomical Clock
Ubicación: Iglesia de Santa María, Gdańsk, Polonia
Año de construcción: 1460

Descripción: Mecanismo medieval monumental con zodiaco y calendario; puesto a prueba junto al Independence Hall en el arco de la fortaleza (Cap. 13).

Ulm Minster Clock
Ubicación: Catedral (Minster) de Ulm, Ulm, Alemania
Año de construcción: Siglo XVI (trad.)
Descripción: Conjunto astronómico histórico dentro de la catedral; en la narración, su cadencia estabiliza el Fuego de la Fortaleza con la contraparte estadounidense (Cap. 14).

Zimmer Tower (Jubilee Astronomical Clock)
Ubicación: Lier, Bélgica
Año de construcción: 1930
Descripción: Conjunto astronómico público con múltiples esferas; completa las pruebas-espejo emparejadas de la reflexión con el reloj de estante de Willard (Cap. 15).

Wells Cathedral Clock
Ubicación: Wells, Inglaterra
Año de construcción: c. 1390
Descripción: Uno de los relojes astronómicos en funcionamiento más antiguos, con caballeros que justan; entrelazado con el Triunfo de la Generosidad (Cap. 16).

Münster Astronomical Clock
Ubicación: St. Paulus-Dom, Münster, Alemania
Año de construcción: 1540
Descripción: Trenes planetarios y calendáricos en una obra maestra del siglo XVI; equilibra la justicia con el reloj celeste del Adler (Cap. 17).

Salisbury Cathedral Clock
Ubicación: Salisbury, Inglaterra

Año de construcción: 1386

Descripción: El reloj mecánico en funcionamiento más antiguo del mundo (golpe de campana; sin esfera); un crisol para el coraje (Cap. 18).

Strasbourg Astronomical Clock

Ubicación: Catedral de Estrasburgo, Estrasburgo, Francia

Año de construcción: 1842 (versión actual)

Descripción: Un reloj astronómico grandioso y complejo; en la historia afina el coraje frente a la vacilación (Cap. 18).

Greenwich Clock (Shepherd Gate)

Ubicación: Real Observatorio, Greenwich, Inglaterra

Año de construcción: 1852

Descripción: El maestro público del GMT; enmarca el Triunfo de la Perseverancia antes de la contraparte de ultramar (Cap. 19).

Messina Cathedral Clock Tower

Ubicación: Messina, Sicilia, Italia

Año de construcción: 1933 (espectáculo de torre moderno y esferas astronómicas)

Descripción: Tabla con león, gallo y santos, con indicaciones astronómicas; sustituye a Ulm en este capítulo para contrarrestar la desesperación con una cadencia constante (Cap. 19).

Rostock Astronomical Clock (St. Mary's Church)

Ubicación: Rostock, Alemania

Año de construcción: 1472

Descripción: Reloj medieval interior con astrolabio, desfile de los apóstoles al mediodía y figura de la Muerte; célebre por su funcionamiento continuo y su disco de calendario renovado—central para el Triunfo de la Compasión y su prueba final (Cap. 8–9).

Glosario

Glosario de términos en Latin

Aequitas Est Virtus (La justicia es virtud)
Principio guía asociado a la justicia, presente en artefactos de sinergia como monedas, colgantes y sigilos. Subraya la equidad y contrarresta las ilusiones de injusticia, sesgo y favoritismo.

Avaritia Est Vitium; Donatio Est Virtus (La codicia es vicio; la generosidad es virtud)
Una pista contra las ilusiones de codicia, que destaca la virtud de la generosidad. Aparece en el capítulo 16, vinculada al Reloj del Long Now y al Reloj de la Catedral de Wells.

Caritas Contra Calliditas (Compasión contra la insensibilidad)
Pista que subraya la compasión como contrapeso a las ilusiones de frialdad. Se encuentra en el capítulo 8, vinculada al reloj Monumental de Engle y al de Rostock.

Caritas Est Finis (La compasión es el fin)
Grabado en un Engranaje de Sinergia de bronce de Paulina Tetrikus; simboliza el triunfo de la empatía sobre la insensibilidad. Aparece en el capítulo 8 y se conecta con el arco narrativo de la compasión.

Caritas Iterum (Compasión otra vez)
Grabado en un Engranaje de Sinergia de bronce; simboliza la persistencia de la empatía. Se encuentra en el capítulo 8 y refuerza la compasión frente a la apatía y la indiferencia.

Caritas Veritatem Revelat (La compasión revela la verdad)
Pista contra la insensibilidad, grabada en un Engranaje de Sinergia de bronce de Hazleton. Aparece en el capítulo 9 y se vincula al reloj de Rostock y a superar la apatía.

Chronos Taceo, Hazleton Vocat? (El tiempo calla, ¿Hazleton llama?)
Pista críptica que sugiere ilusiones ligadas al reloj Monumental de Engle; sugiere pasar a la acción. Se encuentra en el capítulo 7, asociada al triunfo de la curiosidad.

Fortitudo Est Virtus; Timiditas Est Vitium (El valor es virtud; la cobardía es vicio)
Pista contra las ilusiones de cobardía, que enfatiza el valor. Aparece en el capítulo 18, vinculada a los relojes de Salisbury y de Estrasburgo.

Fortitudo Vincit Timorem (La fortaleza vence al miedo)
Grabado en artefactos de sinergia como colgantes y llaves; simboliza el triunfo sobre el miedo y la duda. Se encuentra en los capítulos 13 y 14, asociado a los relojes de Independence Hall y de Gdańsk.

Fortitudo Vincit Timorem; Timor Est Vitium (La fortaleza vence al miedo; el miedo es vicio)
Pista que refuerza la fortaleza como contrapeso a las ilusiones de miedo y recalca el miedo como defecto. Aparece en el capítulo 13, asociado al triunfo de la fortaleza.

Humanitas Sive Nexum: Rises? (¿Surge la humanidad o el vínculo?)
Pista críptica para ilusiones futuras; sugiere temas de empatía y unidad. Hallada en el capítulo 8, ligada al arco de la compasión.

Innovare Contra Stagnatio (Innovar contra el estancamiento)
Frase que simboliza la innovación como antídoto frente al estancamiento y la resistencia al cambio. Aparece en el capítulo 4, asociada al Old State House Clock.

Innovare Est Virtus (La innovación es virtud)
Grabado en un Engranaje de Sinergia de plata de Zeetrikus; simboliza
la innovación colaborativa. Motivo recurrente a lo largo de los
capítulos; esencial para superar ilusiones.

Innovatio in Spiritu (Innovación en espíritu)
Inscripción ligada a la virtud de la innovación, que contrarresta las
ilusiones de inercia. Aparece en el capítulo 3, vinculada a los relojes
Monumentales de Engle y Stará Bystrica.

Perseverantia Est Virtus (La perseverancia es virtud)
Grabado en un Engranaje de Sinergia estrellado de Morpheus
Rubicom; simboliza la perseverancia frente a la desesperanza.
Aparece en los capítulos 18 y 19, conectada con los relojes de
Greenwich y de Ulm.

Quaestio Iterum (Preguntar de nuevo)
Grabado en un Engranaje de Sinergia de bronce de Morpheus
Rubicom; simboliza la investigación persistente contra la ignorancia.
Se encuentra en el capítulo 7, vinculado a los relojes de Old North
Church y del Granary.

Quaestio Prodevit: Mortifer Artifex? (Surge la pregunta: ¿artesano mortal o mortífero?)
Pista críptica que apunta a ilusiones futuras, quizá relacionadas con el
Arlequín Oscuro o con relojeros. Aparece en el capítulo 7 y se asocia
al triunfo de la curiosidad.

Quaestio Veritatem Revelat (La indagación revela la verdad)
Grabado en un Engranaje de Sinergia de bronce de Paulina Tetrikus;
simboliza el papel de la curiosidad para superar ilusiones. Se
encuentra en los capítulos 9 y 10, vinculado a los relojes de Rostock y
de Old North Church.

Reflectio Est Virtus (La reflexión es virtud)
Grabado en un Colgante de Sinergia rúnico de Lucrecia Van Egmond; simboliza la victoria de la reflexión sobre las prisas y la duda. Aparece en los capítulos 14 y 15, vinculado a Beacon Hill y a los rompecabezas del Orloj de Boston.

Scientia Lucem Affer; Ignorantia Tenebras Praebet (El conocimiento trae luz; la ignorancia trae tinieblas)
Pista contra las ilusiones de ignorancia que enfatiza la curiosidad y la indagación a fondo. Se halla en el capítulo 6 y se vincula a los relojes de Monticello y de Lund.

Unitas Est Virtus (La unidad es virtud)
Principio central de la narración, grabado en artefactos de sinergia como estrellas, coronas e inscripciones rúnicas. Aparece en los capítulos 19, 20 y 21 y en el Epílogo: simboliza el triunfo de la unidad sobre la división y la traición.

Unitas Est Virtus; Divisio Est Vitium (La unidad es virtud; la división es vicio)
Pista que refuerza la unidad como contrapeso de las ilusiones divisorias y señala la división como defecto. Se encuentra en el capítulo 19, enlazada con los relojes de Greenwich y de Messina.

Glosario de términos

Anticuarios

Figuras tipo mentor (p. ej., Zeetrikus, Morpheus Rubicom) que ponen a prueba a los Magos con ilusiones ligadas a virtudes como la compasión o la justicia. Guían lecciones morales mediante desafíos relacionados con relojes y a menudo entregan artefactos de sinergia.

Beacon Hill

Barrio de Boston con una farola rúnica grabada con motivos estrellados —símbolo de significado histórico y mágico—. Punto focal de las ilusiones de miedo en el capítulo 14 y de apariciones de espíritus mentores.

Boston Athenaeum

Biblioteca de Boston donde los Magos se enfrentan a ilusiones de cobardía en el capítulo 18; vinculada a los relojes de Salisbury y de Estrasburgo. Espacio de reto intelectual y moral.

Boston Common

Escenario de 2034 en Boston (Prólogo) donde confluyen los Magos, anticipando las pruebas del Orloj de Boston. Espacio público vinculado a la unidad y al surgimiento de ilusiones.

Boston Orloj

Reloj cósmico oculto, representado como el reloj de la Custom House Tower en Boston, elemento central de la obra. Simboliza la unidad frente a las ilusiones; no es un reloj astronómico real, sino un constructo ficticio.

Boston Public Garden

Jardín de 1859 en Boston, escenario de la siembra del retoño rúnico del Epílogo. Simboliza el legado de los Magos y el arraigo de virtudes como la unidad y la compasión.

Boston Public Library

Lugar de Boston (capítulo 19) donde los Magos afrontan ilusiones de desesperanza, vinculado a los relojes de Greenwich y de Messina. Centro cultural de perseverancia y unidad.

Boston's North End

Escenario de 2034 (Introducción) donde los Magos se reúnen en un brownstone. Punto de partida de las pruebas del Orloj en EE. UU., asociado a la humildad y la prudencia.

Cargo Ship's Tower Clock

Reloj de torre de un carguero en el puerto de Boston (años 1850), emparejado con el Cronómetro de John Harrison en el capítulo 15. Aporta pistas de alineación de estrellas para el triunfo de la reflexión.

Cedar Rapids' Orloj

Nueva torre de reloj en Cedar Rapids (Iowa), epicentro de ilusiones crecientes en el capítulo 1. Equivalente moderno estadounidense de los Orlojs europeos; ligado a la humildad.

Central Institute of Arts and Literature

Ámbito académico futurista en 2059 donde Erasmus Cromwell-Smith II comparte la historia de Boston (Prefacio). Simboliza reflexión intelectual y legado.

Charlestown Navy Yard

Astillero de Boston con buques (capítulo 17) donde se disipan ilusiones de injusticia. Espacio histórico y simbólico ligado al equilibrio de la justicia.

Corrupted Wizard's Cloak

Capa del Mago Corrompido: un tapiz de defectos (envidia, miedo, traición) empuñado por el mago anónimo del capítulo 21, al servicio del Arlequín Oscuro. Derrotado mediante sinergia —símbolo de redención.

Cosmic Gearworks

Laberinto bajo la Custom House Tower (capítulo 20) donde se pone a prueba la unidad del Orloj de Boston. Clímax metafísico frente a ilusiones divisorias.

Cosmic Maelstrom

Torbellino caótico dentro de la cámara del Orloj de Boston (capítulo 21), alimentado por ilusiones de división y traición. Calmado por la unidad de los Magos —restauración cósmica.

Danger Sense

Poder intuitivo de Firee para detectar trampas ilusorias; aparece a lo largo de la obra (p. ej., capítulo 6). Contrarresta la complacencia y favorece la vigilancia.

Dark Goblin (Goblin Oscuro)

Fuerza malévola rumoreada que simboliza ilusiones de miedo y desconfianza; mencionada en el Prefacio y el Prólogo. Tal vez distinta del Arlequín Oscuro; amenaza la sinergia.

Dark Harlequin's Vortex

Remolino sombrío con ojos vacíos —forma final del Arlequín Oscuro en el capítulo 20— que orquesta ilusiones divisorias. Derrotado por la unidad de los Magos.

Enchanted Lens

Lente encantada de Checkered para revelar patrones de ilusión, fallos mecánicos e inscripciones rúnicas. Se usa a lo largo de múltiples capítulos (5, 6, 7, 8, 9, 11, 12, 13, 14, 15, 17, 18, 19, 20, 21).

Ephemeral Shops ("Las seis estatuas")

Tiendas efímeras que recuerdan a encuentros con Anticuarios y guardan reliquias como la Estatua de la Justicia. Aparecen en los capítulos 1 y 12; ligadas a humildad y justicia.

Erasmus Sr.'s Diaries
Diarios históricos que lleva Blunt; contienen pistas sobre relojes de EE. UU. e ilusiones. Guían a los Magos en la Introducción y primeros capítulos.

Fire and Ice Immunity
Poder que protege de llamas y escarcha de ilusiones; exige uso ético. Referido en el Prefacio.

Ghost Lights
Luces espectrales en Boston y Cedar Rapids; conectadas al Arlequín Oscuro.

Glamour
Hechizo de ilusión para disfrazar o engañar; se contrarresta con humildad y unidad.

Harlequin Cloaks
Capas mágicas con tonos cambiantes que alertan de ilusiones; símbolo de unidad y vigilancia.

Harlequin's Quest
Arco narrativo por varias ciudades (Praga, Venecia, París, Londres, Boston) que pone a prueba la unidad.

Healing Vines
Enredaderas curativas de Greenie; encarnan compasión.

Hyperloop
Transporte futurista que usa Erasmus Cromwell-Smith II en el Prefacio.

Illusions
Fuerzas engañosas que explotan defectos y ponen a prueba virtudes; se vencen con sinergia y mentoría.

Invisibility
Poder de sigilo que, si se abusa, provoca desconfianza; Reddish lo usa de forma arriesgada en el Prólogo.

John Harrison's Chronometer
Cronómetro del s. XVIII en el Museo Marítimo de Boston, emparejado con el reloj de la torre del carguero (cap. 15).

Lie Detection
Poder para revelar verdades; conlleva dilemas éticos.

Magical Convergence
Alineación de energías mágicas, ligada a portales y pruebas; aparece en el capítulo 3.

Magical Inscriptions
Runas o símbolos que guían contra ilusiones; ligadas a la innovación en Old State House Clock.

Mentor Spirits
Guías espectrales (Mr. M., Mrs. V.) conectados a Erasmus Sr.; refuerzan virtudes.

Mind Reading
Lectura de mentes; riesgo de desconfianza si se usa mal.

North End Courtyard
Patio con farola "Donatio Est Virtus"; pruebas de generosidad (cap. 16).

Old North Church Crypt
Nook de Boston donde el Orloj se reúne con los Magos (caps. 5 y 15); centro de guía y rompecabezas.

Orchard
Huerto simbólico en la Nota del Autor; crecimiento personal y humildad.

Over-Soul
Concepto de Emerson sobre la conexión universal; se refleja en la sinergia (cap. 10).

Portals
Viajes mágicos con riesgo de distorsión; contemplados en la Introducción y capítulo 3.

Reality Sight
Percepción de Breezie para detectar portales e ilusiones; recurrente en la saga.

Runic Fountain
Fuente rúnica del Boston Public Garden; foco de votos y de la siembra del retoño (Epílogo).

Runic Lamppost
Farola rúnica de Beacon Hill; foco de ilusiones de miedo (cap. 14).

Runic Pendant
Colgante rúnico (valor, justicia o reflexión, según inscripción).

Runic Sapling
Retoño rúnico plantado en el Epílogo; legado vivo de virtudes.

Runic Seed
Semilla rúnica cósmica que origina el retoño; símbolo de legado.

Runic Slip

Papel con runas que advierte sobre Cedar Rapids y enfatiza la humildad.

Runic Symbols

Inscripciones en artefactos (pergaminos, relojes) que guían contra ilusiones.

Six Statues

Nombre de las "Travelling Antique Book Stores" (tiendas intinerantes de libros) de los Anticuarios Libreros de Harlequin.

Scroll

Pergamino con símbolos o pistas (librería de Tetragor, cap. 2).

Sedona, Arizona

Escenario sereno del Prefacio y sitio de reloj moderno (cap. 11).

Spider-Climb

Trepamuros para escalar; uso indebido conlleva riesgos.

Statue of Justice

Estatua de mármol en "Las seis estatuas" (cap. 12); brilla cuando cae la injusticia.

Synergy

Fuerza colectiva de virtudes; tema central en toda la obra.

Synergy Coin

Moneda de bronce con "Aequitas Est Virtus"; triunfo sobre injusticia.

Synergy Crown

Corona con "Unitas Est Virtus"; clave frente al Mago Corrompido (cap. 21).

Synergy Gear

Engranajes con lemas (innovación, compasión, indagación, …).

Synergy Key

Llave con "Fortitudo Vincit Timorem"; triunfo sobre el miedo (cap. 13).

Synergy Medallion

Medallón con "Aequitas Est Virtus" (Wells/Cap. 16 o Lettizia/Cap. 17).

Synergy Orb

Orbe con coordenadas rúnicas (cap. 15); resuelve el siguiente par de relojes.

Synergy Pendant

Colgantes rúnicos (Aequitas/Reflectio) de Lettizia o Lucrecia.

Synergy Sigil

Sello con "Aequitas Est Virtus"; guía contra la injusticia (cap. 17).

Synergy Star

Estrella con "Unitas Est Virtus"; guía a la torre de Boston (cap. 19).

Synergy Wire

Alambre con "Donatio Est Virtus"; contrapeso a la codicia (cap. 16).

Tarnished Key

Llave deslustrada de Morpheus Rubicom (cap. 6); victoria sobre la ignorancia.

Telegraph Wires

Cables del telégrafo (1844) —símbolo de conexión en el rompecabezas del cap. 15.

The Long Now Clock

Reloj futurista de 10.000 años (Texas); manchado por la codicia (cap. 16).

Las seis estatuas

Tiendas efímeras en Boston que guardan reliquias como la Estatua de la Justicia.

The Wanamaker Clock

Reloj de grandes almacenes (cap. 10); símbolo de unidad.

Tome

Tomo antiguo que guía pruebas; símbolo de sabiduría/mentoría.

Traveling Shops

Tiendas viajeras (librería de Tetragor); conocimiento vs. corrupción.

Water Wards

Barreras de agua protectoras de Blunt para estabilizar entornos y frenar ilusiones.

Wizard Portal

Viaje mágico con riesgo de distorsión por ilusiones; contemplado para Cedar Rapids.

Glosario de personajes en El Orloj de Boston

Magos Orloj
Grupo central de protagonistas mágicos, liderado por Blunt, que se enfrentan a ilusiones y encarnan virtudes a lo largo de pruebas ligadas a relojes.

- **Blunt (Erasmus Cromwell-Smith Jr.)** — Líder; usa barreras de agua; abanderado de unidad, humildad, valor y reflexión. Porta engranajes, colgantes y corona, y un tomo o diarios.
- **Reddish (Sofia)** — Maga de fuego; supera orgullo y prisas; impulsa valor, compasión y equidad.
- **Firee (Sanjiv)** — Llama precisa; vigilante ante miedo y desesperanza; apoya unidad con colgantes rúnicos y "sentido del peligro".
- **Checkered (Winnie)** — Lente encantada para detectar ilusiones/runas; razón y empatía contra la ignorancia y el prejuicio.
- **Breezie** — Viento y Vista de Realidad; resiliencia serena, unidad y calma.
- **Greenie** — Enredaderas curativas; compasión, empatía y curiosidad.

Mentores y espíritus guías
Figuras que guían con sabiduría —a menudo espectrales o históricas—, inculcando virtudes y contrarrestando ilusiones.

- **Erasmus Cromwell-Smith II** — Profesor y mentor; infunde humildad/valor; guía la siembra del retoño.
- **Lynn Tabernaki** — Apoyo emocional; participa en la siembra; sabiduría que nutre.
- **Erasmus Cromwell-Smith Sr.** — Mentor histórico; su sabiduría llega mediante diarios y espíritus (Mr. M.).

- **Mr. M.** — Mentor espectral de media capa; presencias en Boston Common y Beacon Hill.
- **Mrs. V.** — Espíritu mentor maternal; guía en humildad, curiosidad y compasión.
- **The Orloj** — Entidad cósmica de luz estelar y engranajes en la cripta de Old North Church.

Anticuarios

Adversarios/maestros que prueban virtudes mediante ilusiones.

- **Cornelius Tetragor** — Librería viajera; prueba vanidad y corrupción (caps. 1–2).
- **Lazarus Zeetrikus** — Innovación/perseverancia; combate estancamiento y desesperanza (cap. 19); entrega "Innovare Est Virtus".
- **Morpheus Rubicom** — Ignorancia/valor; medias verdades y cobardía; entrega "Quaestio Iterum" y "Perseverantia Est Virtus".
- **Paulina Tetrikus** — Compasión/generosidad; entrega "Caritas Iterum" y "Caritas Est Finis".
- **Lettizia Dillettante** — Justicia; prueba injusticia y sesgo (caps. 11–12, 17); entrega "Aequitas Est Virtus".
- **Lucrecia Van Egmond** — Fortaleza; prueba miedo y duda (caps. 13–14); entrega "Fortitudo Vincit Timorem" y "Reflectio Est Virtus".

Figuras históricas

Cameos y referencias para enseñar virtudes o contextualizar pruebas.

- **Benjamin Franklin** — Sinergia veloz con pararrayos (cap. 5).
- **Thomas Jefferson** — Reloj de Monticello; espíritu curioso (cap. 6).
- **Paul Revere** — Espíritu revolucionario de Boston (cap. 7).

- **Stephen Decatur Engle** — Creador del reloj Monumental de Engle; visión compasiva (caps. 3 y 8).
- **Ralph Waldo Emerson** — Estudio en Concord (1841), cap. 10; Over-Soul y sinergia.

Antagonistas y fuerzas malignas

Entidades que encarnan ilusiones/defectos; ponen a prueba virtudes y sinergia.

- **Arlequin oscuro** — Vórtice de ojos vacíos (cap. 20) y capa del mago corrompido (cap. 21); orquesta divisiones.
- **Goblin Oscuro** — Rumor de fuerza malévola; miedo/desconfianza.
- **Magos corruptos** — Antaño noble; instrumento del Arlequín Oscuro (cap. 21); redención por sinergia.

Personajes secundarios

Figuras que ayudan o aportan contexto.

- **Bart Sutton-Leigh** — Tío de Blunt; diarios y guía; investiga el Orloj de Boston (caps. 1, 2 y 4).
- **Antonella Cromwell-Smith** — Tía de Blunt; conocimiento histórico; vigila ilusiones; pistas sobre relojes de EE. UU. y la Búsqueda del Arlequín.

Sobre el autor,

Erasmus Cromwell-Smith II es un escritor, dramaturgo y poeta estadounidense. *El Orloj de Boston* es el quinto libro de la serie El Orloj

www.ingramcontent.com/pod-product-compliance
Lightning Source LLC
Chambersburg PA
CBHW061112100726
47911CB00013B/509